带着天山去远方

魏庄 著

中国文史出版社

CHINA CULTURAL AND HISTORICAL PRESS

图书在版编目(CIP)数据

带着天山去远方/魏庄著.—北京：

中国文史出版社,2024.3. — ISBN 978-7-5205-4882-3

I.1247.5

中国国家版本馆 CIP 数据核字第 2024YX4637 号

责任编辑：卜伟欣

出版发行：中国文史出版社

网　　址：www.chinawenshi.net

社　　址：北京市海淀区西八里庄 69 号院　邮编:100142

电　　话：010－81136606　81136602　81136603(发行部)

传　　真：010－81136655

印　　装：廊坊市海涛印刷有限公司

经　　销：全国新华书店

开　　本：16 开

印　　张：34.75

字　　数：568 千字

版　　次：2025 年 3 月北京第 1 版

印　　次：2025 年 3 月第 1 次印刷

定　　价：88.00 元

目 录
CONTENTS

第一章
核桃瞎了

叶尔禾县乃布呼乡供销合作社的院子里好久没有这么热闹了。街道上的人们还没有吃完早饭，供销合作社的仓库门前就有马车、毛驴车、农用小汽车和手扶拖拉机裹挟着尘烟欢腾地进进出出，营造出一派热火朝天热闹和繁忙景象。供销合作社经理阿米提和销售员迪力夏提一起将乡下农户送来的装满核桃的麻袋卸车、过秤，又挨着仓库的墙边一层一层地码好。供销社会计阿娜尔古丽穿梭在人群之中，热情地给大家倒上飘着浓香的砖茶解渴。看着一垛垛码得整整齐齐的核桃麻袋，阿米提的心里终于踏实了。

原来，阿米提承包经营的供销合作社总是为生活困难的百姓赊账，阿米提的善举虽然为乡亲们解决了一时的生活难处，却导致供销社入不敷出，欠下了不少债务。阿米提为了解决债务问题，想出了用核桃抵账的办法，一方面以供销社的名义拿去销售抵债；另一方面也替农户解决了核桃的销路问题。这是个一箭双雕的好办法，赢得了迪力夏提和阿娜尔古丽的一致赞同，迪力夏提甚至自告奋勇单独下乡组织收购核桃，让阿米提和阿娜尔古丽守在供销社里只管接货。

这个供销合作社是阿米提和迪力夏提、阿娜尔古丽共同承包经营的。阿米提出生于乃布呼乡的乃噶尔村，村子距离乡上有五六公里。阿米提在上高二时，由于哥哥阿依提在帮助附近村子采摘啤酒花返回途中遭遇车祸，家里欠下了高额债务，无力继续上学，就报名参了军，复员后被安置在了父亲海里木·达吾提所在的县供销合作社做保卫工作。迪力夏提和阿娜尔古丽都在县供销合作社上班，也都是阿米提的好友，一个毕业于南疆的巴州商业学校；另一个毕业于新疆财经大学，阿娜尔古丽还是阿米提小学和初中时期的同学。今年初供销社实施经营体制改革时，三个人自由结合，承包了乃布呼乡的门市部。

说起阿米提因为百姓欠账的事，还得从头讲起。阿米提所在的叶尔禾县乃布呼乡，位于新疆天山中段南麓的山前平原。这里以农牧业为主，远离城市，信息闭塞，交通不便，干旱少雨。虽然已是 20 世纪 90 年代，但人们的生活条件依然十分落后。不要说在城市已经普及的现代化家具、液晶彩电、智能冰箱、滚筒洗衣机、程控电话、手机、电脑和正在兴起的私家小轿车热、互联网热，这里的乡下人都见不到，就连黑白电视也不是家家都有，电话还是只装在公家的单位里，谁家要是有辆摩托车、农用小汽车，就被看作有钱人家，要是再盖起二层的砖瓦房，那肯定要被称为"暴发户"了。许多人家的生活还仅仅是够温饱。

阿米提刚任职供销合作社经理时，虽然前来买东西的人们常常表现出抠抠搜搜的样子，但由于他初来乍到，不太熟悉，还没有出现赊账的现象。后来随着时间久了，彼此渐渐熟悉起来，有的人开始央求赊账。阿米提有些为难，毕竟是自己承包的门市部，赔钱要算自己的。但是乡里乡亲、抬头不见低头见的，于是他的心一软，就给乡亲们赊了账。他还特意买了一沓子白纸裁成二指宽的纸条，把赊的账记到条子上，以便日后催还。开始赊账的金额是一两元、三五元，慢慢地变成了 10 元、20 元……白条子越来越多，可是还账的人却几乎没有。有的人赊了一次又一次，阿米提也有忍不住的时候，于是他就对前来赊账买东西的人说："你上次的钱还没还呢！"

买东西的人摊着两手说："我实在太困难了，家里又急着用东西，你说我该怎么办呢？好心的阿米提兄弟，你就发发慈悲，帮帮忙吧。"

无奈之下，阿米提只好说："那你就把东西拿走吧，我先给你记上账。"

买东西的人感激地点着头说："好，好，先记上，有钱了一定还。"

于是，一块砖茶、几块方糖、一盒火柴又被拿走了。望着购物人离去的背影，阿米提只好摇摇头，露出一副无可奈何的样子。

他知道，乡亲们确实太穷了，由于生产条件落后，很多人家里连温饱问题都解决不了，哪来的钱呢？于是再来人说赊账买东西的时候，他就什么也不说，任由来人要东西，他只是记上账而已。迪力夏提和阿娜尔古丽看这样下去不是个办法，就多次对阿米提予以劝阻，阿米提也知道这样做会带来严重的后果，曾下决心硬起心肠来，但一遇到具体情况，禁不住对方哭穷，又心软了下来。有时遇到有行动不便的人捎话来要求赊账买东西，他甚至还要亲自把赊下的东西送到对方的家里。由于赊账越来越多，不但使供销社的正常经营活动难以为继，就连他们几个人的工资都发不下来，按照合同规定应该给县供销社上交的承包费也已经连续三个月欠缴，这让阿米提整天心事重重、寝食难安。

最早发现阿米提赊账问题的是苏来曼·乌拉音。苏来曼·乌拉音是乃布呼乡供销合作社的前任经理，曾参加过土地改革，是位老同志，因在一次风雪天气里往牧区送生产资料时坠马，腰部受伤，不得已便提前退休。当年为了方便开展业务，他就在供销社门市部的隔壁安了家，打开家里客厅的后窗就能看到供销社的院子。自从阿米提承包了门市部后，苏来曼·乌拉音就一直对阿米提的工作非常关心，经常给阿米提传授工作经验。对于阿米提赊账的做法，一开始他曾想劝阻，但又怕别人说他干涉新任经理的工作，几次话到嘴边又咽了下去。后来他实在看不下去了，就对阿米提说："生意哪能这么做！如果他们今后还不上钱，你怎么办？"

阿米提回答说："我们要相信别人。他们现在没钱，今后有钱了会给的。"

苏来曼·乌拉音比阿米提整整大了 25 岁，他像对待自己的孩子一样，用生活经验告诉眼前的这位小伙子："真的，账再这样赊下去，你的门市部非垮不可！"

阿米提说："乡亲们都这么穷，你说我该怎么办？他们的生活少不了油盐酱醋啊。"

苏来曼·乌拉音说："是啊，大家都穷是事实，但经营就是经营，反正这样下去绝对不行。"

他们正说着，又来了一位名叫帕提汗的老大娘。这位老大娘怀里抱着一包鸡蛋，一进门就用恳求的语气说："阿米提，我的孩子，今天家里来了一位远客，我手里没有现钱，拿这些鸡蛋换些东西行不行？"阿米提知道收下这些鸡蛋是没有办法处理的，但望着眼前这位比自己母亲年龄还要大的老妈妈恳求的眼神，只好说："大娘，鸡蛋不能换东西，既然家里来了客人，你需要什么就拿吧，我记上账，有钱了记着还。"

老大娘连说了几个"谢谢"，然后拿走了一瓶水果罐头、一瓶牛肉罐头、两瓶清香白酒、一块砖茶、两盒火柴，一共八元四角。

账是记上了，但能不能还上还是个未知数。当帕提汗老大娘刚一出门，苏来曼·乌拉音就被阿米提气得直跺脚："我的天呀！你这生意别做了，早晚你得赔了夫人又折兵！"

阿米提赊账经营的事情还是被县供销合作社的张旭平主任知道了。

各个乡镇的门市部实行承包经营后，其他门市部的承包人都陆续带着现金到县供销合作社进货了，唯独阿米提这里没有动静。张旭平感到很奇怪，于是有一天就带着会计来到这里要看个究竟。

张旭平来到乃布呼乡的门市部后，先是查看了货架上的货物，发现货物明显少了，说明生意不错。他把来意说出来后，阿米提苦笑着拿出了一沓沓的赊账条。

"怎么回事？"张旭平惊诧地问。

阿米提只好说出了事情的原委。

张旭平一听就生气了："阿米提呀阿米提，咱们做生意可不是做慈善事业，我们过去搞计划经济，就是因为吃大锅饭，造成了人人负责，人人又不负责，不讲经济效益，导致国家的资产流失，流失了还不知道流到哪里去了。我们之所以要实行承包经营，其目的就是要让市场活起来，还要让国家的资产不流失，让承包人有钱可挣。"

"老百姓是穷，但是这种赊账的方法根本治不了穷根子。"张旭平不能不给阿米提陈述利害关系了，"你今天赊一下，明天赊一下，把你的店赊完了怎么办？不但给国家交不了账，就连你们自己的基本生活费也挣不到。你看你，都没钱买煤，这么冷的天，你们怎么过？你一定要买些煤，否则冻坏了身体咋办呀？"

张旭平语重心长地说完，从口袋里掏出 500 元塞到阿米提手里，心事重重地走了。

张旭平回到县供销合作社后，把这个情况告诉了阿米提的爸爸海里木，让海里木也劝劝阿米提。海里木星期天回到家后，又把这个情况告诉了全家，阿米提的哥哥阿依提和姐姐阿依汗为此还把阿米提狠狠地数落了一顿，说他当几年兵当成了苕料子（傻子），将来非把这个家败光不可，搞得阿米提在家里好长时间都抬不起头来。

正当阿米提一筹莫展的时候，事情突然出现了转机。那天他和迪力夏提到乡下收账，路过一大片果园时，抬头看到了一棵棵挂满果实的核桃树。他灵机一动：用核桃抵账，这不正是还账的好方法吗？他把自己的想法一说出，就得到了迪力夏提的激赞。阿娜尔古丽听说后，也说有这些核桃抵账，我们欠乡信用社和县供销合作社的账有指望还了。

就是从这一天起，他们天天盼着核桃快快成熟，他们甚至还隔三岔五地骑着摩托车到乡下查看，生怕这些核桃受到了什么伤害。

在焦灼和希冀之中，丰收的一天终于到来了。

真是个好日子！秋日的阳光洒在人们的脸上，照耀得每个人心花怒放。阿米提一扫往日由于欠账无法偿还在心里所投下的阴霾，一边指挥大家把装满核桃的麻袋码放得整整齐齐，一边夸奖迪力夏提干得漂亮。生性活泼可爱的迪力夏提和农户们一起搬运核桃，浑身似乎有使不完的劲。他欢快地搬着麻袋，嘴里还不停地哼唱着《达坂城的姑娘》：

> 达坂城的石路硬又平啊
>
> 西瓜呀大又甜呀
>
> 那里来的姑娘辫子长啊
>
> 两个眼睛真漂亮
>
> 你要想嫁人
>
> 不要嫁给别人
>
> 一定要嫁给我
>
> 带着百万钱财
>
> 领着你的妹妹
>
> 赶着那马车来……

迪力夏提一边唱，还一边向阿娜尔古丽抛媚眼，逗得正在给大家端茶倒水的阿娜尔古丽一阵阵嗔怪。

苏来曼·乌拉音也来到现场给大家助力。他今天特别高兴，好像自己获得了一笔还账的财物。

几个调皮的孩子跟随着大人们搬运核桃的脚步蹦蹦跳跳地起哄玩耍，一个小巴郎子（男孩）大胆地捅开了破损的麻袋，哗啦一声，随着麻袋的破裂，核桃滚落一地。家长跑来训斥小孩，惹得小孩委屈大哭。阿娜尔古丽见状赶紧走过去，捡起几个核桃塞到小孩手里，微笑着安慰了一番。重新露出笑脸的小孩攥着核桃，被家人牵着小手走出了热闹的院子。后面的孩子也都拿着阿娜尔古丽给的核桃跟着走了。

这个丰收的场面，也感染了前来要债的乡信用社信贷员吐逊江。吐逊江曾经为阿米提的供销社办理过几次信用贷款，虽然乡里乡亲他也不好意思总是追债，可贷款还不上也让他十分为难。特别是前不久社里专门召开了追讨债务会议，供销社的欠债已被列入追讨范围，如果再有一个月还不上，就要影响到他的饭碗问题。吐逊江为此也更加担忧。自从知道了供销社销售核桃抵债的方法后，吐逊江终于看到了希望，脸上也有了难得的喜悦。

这不，正当人们干得热火朝天的时候，吐逊江骑着摩托车驶进了门市部院子。只见他刹住车双脚点地，望着满院的核桃垛对阿米提说："阿米提，这一下你可没话说了吧！什么时候还我们的贷款呀？上边都催得不耐烦了！"

阿米提用不容置疑的口气说："这些核桃一卖就还，保证不让你再为难！"

吐逊江挑着眉头问："真的？"

阿米提的语气更加坚定："真的，一言为定！"

吐逊江吃了颗定心丸，右手打一个响指，"哧"的一声开上摩托车渐行渐远。

随着迪力夏提把从农户那里收来的最后几麻袋核桃搬运回供销合作社，收购核桃的任务暂时告一段落。

人车散去后，阿米提带着迪力夏提和阿娜尔古丽把现场打扫了一遍，并把下一步的工作做了安排，然后让大家洗漱后回家吃午饭。阿米提还特意交代说："今天早上大家都起得太早了，早饭也没吃好，上午的活又干得累，下午都在家好好休息一下，明天再上班。"说完就让迪力夏提和阿娜尔古丽先走。

阿娜尔古丽关切地说："你也早点回去吧，快办婚事了，家里肯定有好多事在等着你呢。"

阿米提的脸色沉了一下，轻轻地点了一下头，低声说了一句："谢谢。"

看到阿米提的神情，阿娜尔古丽后悔自己不该提这件事。

本来，阿米提的心上人是阿娜尔古丽，阿娜尔古丽的心里也一直给阿米提留着位置。可是由于阿娜尔古丽的母亲嫌弃阿米提家太穷，当阿米提的母亲托人向阿娜尔古丽的母亲提亲时，被阿娜尔古丽的母亲一口回绝了，说他们已经看好了斯拉木，如果阿米提要想娶阿娜尔古丽，除非像斯拉木家那样也有楼房和小汽车。阿米提一气之下，就答应了姐姐为他介绍的一个对象。定亲后他才发现，对方并不是图的他这个人，而是看他手里有个铁饭碗，将来也想跟着他进城工作，吃公家的饭。由于没有多少共同语言，阿米提对这门亲事并不怎么上心。现在阿娜尔古丽提起了这件事，他才想起早上出门时，母亲曾交代要他抽空把结婚用的礼服定做一下，防止到跟前误事。于是，他又向迪力夏提和阿娜尔古丽嘱咐了几句，然后骑上摩托车到裁缝店去了。

阿米提前脚刚走，前面曾在院子里玩耍过的几个小孩子又在大人的带领下回来了，其中一个被阿娜尔古丽送过核桃的那位小朋友手里还举着核桃对阿娜尔古丽说:"阿姨,你们收的这些核桃都是空壳的。"阿娜尔古丽向大人询问情况,随行的大人补充说,她带着这群孩子回到家后,孩子们都争相砸核桃吃,谁知一连砸了好几个都是空的,她怕供销合作社受损失,就专门过来说明情况,让供销社赶快想办法。

听了孩子家长的介绍,阿娜尔古丽将信将疑地接过孩子们手里的核桃掂了掂。刚才送给孩子们的时候由于没在意,也就没掂出分量,现在再一掂,确实感觉有点轻。她又跑到核桃垛跟前从开口的麻袋中取出几颗,一掂,也是一样的轻。她索性用秤砣砸开核桃,结果一连砸了几个竟然都是空的,她惊呼起来,赶紧让迪力夏提挨个儿从麻袋里掏核桃砸。很快,地上砸了一大堆核桃,大多都是空壳。迪力夏提傻眼了,瞬间呆立在原地。

阿娜尔古丽一看事情不好,大声地对迪力夏提说:"你还愣在那里干什么?赶快去叫阿米提呀!"

迪力夏提这才缓过神来,骑上摩托车去找阿米提。

阿米提回来后,看到这一现象,也是满脸惊愕。他让迪力夏提再挑几个麻袋的核桃砸砸试试,看是不是个别现象。迪力夏提又从核桃垛的中间挑了几只麻袋剪开封口试砸了几十个,结果还是一样。阿米提的脸上瞬间蒙上了一层黑布,一下子瘫坐在了地上。

"他们在欺骗我!"迪力夏提大骂了一声,转身就去发动摩托车。

听到摩托车"突突"起来,阿米提才猛然回过神来,朝迪力夏提大喊一声:"你干什么去?"

"找他们算账去!"迪力夏提回答了一声,气呼呼地骑上摩托车飞出了院门。

阿米提知道迪力夏提是要去找那些拿核桃抵账的人家理论,他担心迪力夏提激化矛盾,急忙起身跑去骑上自己的摩托车追赶迪力夏提。谁知摩托车怎么也发动不起来,急得他满头大汗。阿娜尔古丽赶忙把自己的摩托车推到阿米提跟前。

待阿米提骑上摩托车追出大门,早已不见了迪力夏提的踪影。

阿米提骑着摩托车在几个村子里满村街寻找,就是见不到迪力夏提。后来在一座桥头边,迎面而来一位赶毛驴车的中年人。阿米提停下车上前打听,这位中年人朝不远处的一个村庄指了指。这个村子名字叫和布克噶尔村,阿米提他们下乡时曾经来过。阿米提抚胸向中年人道谢后,朝这个村子疾驶。

　　阿米提一进村，老远就听到了吵闹声。他循声来到一农户门前，只见里里外外都挤满了人，迪力夏提正在和一个青年男子争吵。迪力夏提吵得歇斯底里，说他们不该拿空壳核桃骗他。青年男子也不甘示弱地说："这些核桃都是你亲自来验收的，有问题你当时为什么不说？现在都拉回去了，谁知道你们是从哪里收的！难道你们供销社的东西卖出去后还可以退回吗？"两人争得面红耳赤，眼看就要动起手脚。阿米提急忙挤进人群，拉起迪力夏提往外走。

　　出了村子，阿米提对迪力夏提说："光吵架有什么用？我们得先把事情的原因弄清楚再说。"

　　他俩并排走着，路过一片核桃园，核桃园里有一位老农正在采摘树上遗留的核桃。阿米提把摩托车停在路边，拉着迪力夏提来到老农跟前。寒暄后，阿米提帮着老农把采摘的核桃装进纸箱子。阿米提掂着有些发轻的核桃问老农："老大爷，今年的核桃怎么没坐实呀？"

　　老农叹了一口气说："老天爷不长眼，今年的核桃在坐果和灌浆的时候连续旱了两个多月，结果许多果子坐得不实，出现了很多瞎核桃。你看这几个，看起来个头儿挺大，可掂到手里却轻轻的，种核桃的人家今年可是吃了大亏了！"老农说着，还抓起几颗核桃让阿米提和迪力夏提看。

　　阿米提接过老农递过来的核桃在手里掂了掂，问道："像这样的核桃在咱们收摘的核桃当中能占到几成？"

　　老农思索了片刻，说："少说也有四成。"

　　阿米提又问："这种现象在咱们这里普遍吗？"

　　老农不假思索地说："普遍，很普遍。除了靠近河边和离渠道近一些的地方，大部分的果园都是这样，有的果园瞎核桃可能还要超过四成。"

　　阿米提点了点头，像是对老农也像是自言自语说："那就是说，今年的核桃瞎了，是天灾造成的，而不是人祸的原因。"

　　老农点着头说："纯粹是天灾，谁家愿意去种瞎核桃呢！"

　　临离开时，老农还心情沉重地说了一句："今年那些种核桃的大户，损失可就惨了！"

　　回到供销合作社，迪力夏提把摩托车撂在一边，蹲在核桃垛上沮丧地直往麻袋上砸拳头，悔恨地说："这都是由于我自己太粗心，把好事办砸了。要是当初多长个心眼儿，找个懂行的人摸摸底，也不至于把瞎核桃当成好核桃收购回来。"

阿米提对迪力夏提劝慰说："这也不能怪你，主要是我自己缺乏经验，不知道收购核桃还有这么多道道。要是知道，早点给你提个醒，也不至于落到这步田地。"说完，他又补充了一句，"这都怪我，我不该同意欠账。要是不欠账，哪里会有这些事！"

阿娜尔古丽端来两杯茶水分别递到他俩手里，说："都不要在这里自责了，还是看看这件事怎么处理吧。"

迪力夏提接过阿娜尔古丽递过来的茶杯喝了一口，看着满院子摞得高高的装满瞎了果实的核桃麻袋，一筹莫展。

阿米提思索了片刻说："这些核桃里有瞎了的，也有没瞎的，我看这样吧，咱们费点力把好的挑拣出来，瞎的倒掉，多少还可以弥补点损失。"

阿娜尔古丽说："这也是个没有办法的办法，事到如今也只有这样做了，无非我们几个累一点。"

迪力夏提抬眼看了一下核桃垛，面露难色，说："这么多麻袋怎么挑拣呀？"

阿米提说："人手不够，我们可以把家里人都动员来嘛！"说完，起身拿过来一个箩筐开始挑拣核桃。阿娜尔古丽也跟着挑拣起来。

迪力夏提磨蹭了一阵，很不情愿地打开了一只麻袋。

傍晚，当忙碌了一天并且连中午饭都没吃的阿米提拖着疲惫的身子回到家时，母亲牡丹汗和姐姐阿依汗、妹妹阿迪拉正在为他准备结婚用的被子，哥哥阿依提在为他收拾婚床。阿米提看着一家人忙碌的样子，一直迟疑到晚饭后才说出了让家人帮助挑拣核桃的事。谁知他的话刚一出口，就立刻遭到哥哥阿依提和姐姐阿依汗的反对。

阿依提说："你们自己惹下的事情应该自己去想办法解决，怎么把家里人也牵扯上了？你们好意思吗？"

阿依汗说："人家结婚都是自己操心，你倒好，自己的婚事自己不但不管，还拉着家里人去帮你们擦屁股！我明天还要给你和新娘子缝被单和褥子，没有时间！"

妹妹阿迪拉一看哥哥和姐姐的态度，忙帮着阿米提说话："二哥也是为了咱们这个家才承包门市部的，现在他遇到了难处，我们自己家里人不帮谁去帮。姐，床上的那几件东西明天先放一天，后天我帮你缝，干不完我负责找个人帮忙。"

阿依提朝阿迪拉白了一眼，带着火气说："他哪是为了这个家？他纯粹是为了逞能！"他又转过脸对阿米提说，"你认为经商是好玩的吗？没有金刚钻，就不要揽那个瓷器活。遇到难处了，就找家里人垫背，那还是个男人吗？"

阿依汗也数落着说："当初我就说过，你从小就一直上学，后来又当兵，就不是做生意的料，把自己的饭碗端稳当就行了，还承包什么门市部？现在可好，坐蜡了吧？"

阿依提又补了一句："你一开始赊账我就说过，你这是在做生意，不是搞慈善，不能赊，你就是不听。今天赊，明天赊，到现在戳了个大窟窿，连一家人都搭上了！要不是你赊账，咱们家能穷到这个地步？能让人家天天追债？真是羞死先人了！"

阿迪拉实在听不下去了，就戗了阿依提一句："咱们家里现在这个状况也不是二哥一人造成的，大哥你那一年受伤欠的债到现在还没还清呢。要不是你欠账，二哥哪能连高中都没上完？如果二哥能把高中读完，兴许在部队上能考上军校，现在也是个营连级的军官了呢！"

阿依提瞪了阿迪拉一眼，把想说的话又咽了下去。

母亲牡丹汗看着阿米提为难的样子，用不容置疑的口气说："你们不要吵了，明天都去！办婚事的活回来再干。"

阿依提看了看母亲，没敢再反对。

阿依汗却不满地看了牡丹汗一眼，嘟囔着发了一句牢骚："什么时候你都向着他！"

阿米提无法辩解，只能苦闷地离开家去供销合作社过夜。

阿娜尔古丽回到家后，还没端起饭碗就央求妈妈卓尔汗明天到他们门市部帮助挑拣核桃。一开始卓尔汗极不情愿，后经阿娜尔古丽软磨硬泡，卓尔汗最终还是勉强同意了。她就这一个闺女，阿娜尔古丽可是她的心头肉啊，好多事情她都是依着闺女。

说完这件事，卓尔汗换了一个话题。

"你对斯拉木那门婚事考虑得怎么样了？"卓尔汗问道。

阿娜尔古丽最不喜欢妈妈问她这件事。既然今天是她自己向妈妈求情的，她就不得不正面回答了。

"这个人从小就极端自私，我不喜欢他。"阿娜尔古丽直言不讳地说。

"你这话怎么讲？"卓尔汗是乡百货商店的营业员，百货商店是国营单位，营业员在那个年代又是很吃香的，更何况他还是个中专生，是一个文化人，说起话来经常带着"公家人"的口气。

"你忘了？那一年报考内地高中班，他还跟我争名额，要不是阿米提把自己的名额让给我，我哪里还能读到大专？读不到大专哪还有今天的工作？"阿娜尔古丽说的话，一下子揭了斯拉木的老底。

阿娜尔古丽说的是，那一年她们在初中毕业时，上级通知准备组织新疆的少数民族学生到内地读高中，以提高民族地区的教育质量。她和阿米提、斯拉木是同班同学，当时他们班里分了两个名额，在全班 40 多名同学中，阿米提是男生中的学习尖子，她是女生中的学习尖子，不管从哪方面看，她和阿米提都是最佳人选。可是斯拉木却做了个手脚，通过关系找到了学校的一位领导，并给那位领导送了重礼，结果就把阿娜尔古丽挤了下来。那个时候，阿娜尔古丽的爸爸还不是教育局局长，人微言轻。阿娜尔古丽一心想上这个学，一连哭了几天，眼睛都哭肿了。阿米提看到这个情况，就给学校递交了一份申请，主动把名额让给了阿娜尔古丽。后来由于这个"内高班"的双语（汉语和维吾尔语）师资力量准备不足没有开办，这些学生被集中到乌鲁木齐的重点中学——乌鲁木齐市第一中学读书。阿娜尔古丽在这里高中毕业后，顺利考入了新疆财经学院，学的是财会专业，这在当时可是热门专业，所以刚一毕业，就被分配到国营单位的县供销合作社担任会计工作。

听了阿娜尔古丽说的情况，卓尔汗不以为然地说："那都是过去的事了，况且那时候他和你一样都还很小，办点错事也是情有可原的。"

阿娜尔古丽说："你向来都是向着他说话，可别让他哄了你。"

卓尔汗眉头一挑说："他想哄我？你也不看看你老娘是谁！"卓尔汗换了个口气说，"不管你怎么想，斯拉木现在可是远近闻名的富裕户，过了这个村就没有这个店了。"

阿娜尔古丽说："过了这个店咱就换个店，大不了这辈子嫁不出去，当个老姑娘。"

卓尔汗故作生气状扬起巴掌要打，但只是做了个样子。她警告说："听说你最近和阿米提走得很近？你可要听好了，他们家穷成那个样子，你的脑子不要进水了！再说人家马上就要结婚了，别再自作多情！"

"妈，你又来了！"阿娜尔古丽撒娇似的噘起了嘴巴。

卓尔汗无奈说道："好好好，听不听由你，我不说了。不听老人言吃亏在眼前，要是不听话，将来吃亏的可是你自己。"

第二天是个巴扎日（集市），三家人聚集在供销社的院子里，开始挑拣核桃。

一开始大家还有些耐心，但挑着挑着埋怨的话就多了起来。

话题还是卓尔汗挑起的。她先是数落阿娜尔古丽太粗心，一点经验也没有，不会干也不找个人请教一下。接着就把矛头直接对准了阿米提。她带着责备的口气说："阿米提也真是的！你既然是承包人，就要敢于承担。现在把事情闹到这个地步，还把家里人都搭进去，太没有责任心了！"

阿依汗本来就对卓尔汗不同意阿娜尔古丽和阿米提的婚事心存芥蒂，现在一听卓尔汗责备起了阿米提，火气一下子就蹿了起来，她绷着脸说："阿米提是承包人不假，但这个门市部是他们三个人共同经营的，有利了要共享，有难了也应该同当。现在出了瞎核桃，责任应该是三个人都有份儿，凭什么把责任都推给阿米提一个人？"

卓尔汗对着阿依汗饯了一句："阿米提是经理，当然要负这个责任！他不安排、不同意，谁敢去办？"说完又补了一句："收了这么多烂核桃，到底是谁的责任，应该追究，不能让大家都跟着背黑锅！"

阿娜尔古丽一看把火烧到了阿米提身上，心里气不过，对着卓尔汗低声争辩道："妈，收核桃是阿米提经理先提出来的，但我们三个都是同意的，不能把责任都推到他一个人身上，况且下乡收购也不是他去的。"

卓尔汗的声音仍然很高："就你老护着他！不是他去收购的那是谁去的？"

阿娜尔古丽朝迪力夏提看了看，但没有说出来。

迪力夏提脸上红一阵白一阵，站起来说："这些瞎核桃是我下乡收购来的，与阿米提无关。一人做事一人当，该打该罚朝我来，你们都不要再为难阿米提了。"

迪力夏提的父亲买买提一听是自己儿子办的，感到很丢面子，抄起一把坎土曼就朝迪力夏提身上打，吓得迪力夏提满院子跑。阿米提上前拦住，他又把气撒到阿米提身上："阿米提，你是经理，这些倒霉的事你怎么都交给他干，你干什么去了？"

阿米提的家人一看卓尔汗和买买提都把矛头指向了阿米提，也不示弱，先是批评阿米提有眼无珠，不该把生瓜蛋子都弄到门市部来，给自己惹是生非。

接着又说他们三个人都是窝囊废，人家乡镇的门市部个个都赚钱，唯独他们这里债台高筑，连工资都发不下来，搞得阿米提的爸爸在县供销合作社很没面子，然后指桑骂槐地把卓尔汗和买买提也指责了一番。

卓尔汗不服，丢下手中的活跳到阿米提的家人面前吵闹。卓尔汗指着阿依汗说："你认为我家的阿娜尔古丽是要攀你们家阿米提的高枝吗？亏你说得出来！当初我家阿娜尔古丽在县城干得好好的，你家阿米提非要拉她搞承包，要不是你们家阿米提三番五次去找，她会跑到乡下受这份罪？不是我想抹黑你们，你家阿米提当初要我家阿娜尔古丽一起承包门市部，纯粹是想勾引她，弄得四邻朋友到现在都还议论纷纷。你们还有脸说别人，真是的！"

卓尔汗此言一出，搞得阿米提和阿娜尔古丽都很难堪。阿米提气得血脉偾张，阿娜尔古丽也羞红着脸跑进市部躲了起来。

阿米提的家人奋起反击，和卓尔汗论理。双方你争我吵，互不相让，最后竟扭打在了一起，引来许多赶巴扎的人围观。

正在这时，斯拉木开着一辆面包车进来。斯拉木今天好像刻意打扮了一番：上身穿着一件肥大的印着醒目英文字母的港式 T 恤，下身穿着紧身的牛仔裤，鼻梁上架着一副蛤蟆镜，腰里别着一款像砖头一样大小的大哥大，让人一看就是个大款的派头。他像看笑话一样把阿米提和迪力夏提奚落了一顿，然后从车里搬出一箱饮料发给大家喝，一边发一边还大声吆喝着："各位父老乡亲们，大家拣瞎核桃辛苦了！作为阿米提的同学和朋友，我是特意来慰问大家的。来来来，娃哈哈，每人两瓶。广告上说，喝了娃哈哈，大人孩子笑哈哈！我今天要说，喝了娃哈哈，挑拣瞎核桃也笑哈哈！"斯拉木说完，还故意哈哈大笑了一番。

阿米提气红了眼，大吼一声："够了！都给我滚！"然后把三家人连同看热闹的人一齐轰了出去。

斯拉木上车时，阿米提掂起那箱饮料砸到了他的脚下。

迪力夏提也在背后轻声骂了一句："真是狗鼻子！他怎么知道我们今天挑拣瞎核桃？"

第二章
残局中的残局

面对残局，阿米提蹲在供销合作社的门口抽起了闷烟。

吐逊江骑着摩托车又来催账。他一进门就说："阿米提，我听说你们收的核桃都瞎了，那你欠我们信用社的账怎么办？"

阿米提正在气头上，没好气地说："请你一百个放心，我不会赖你的账，等有了钱一定还！"

吐逊江说："你这句话都说了快半年了，到现在还没见你拿出来一个子儿，你到底是还还是不还呀？"

阿米提说："你这话是什么意思？我啥时候说过要赖你账了？"

吐逊江说："你是没有说过要赖账，可是你拿什么还呢？开始你说挣了钱就还，结果你们不但没挣来钱还越赊越多，后来你又说等核桃收了一定还，结果你们收来的核桃又瞎了，你总不能给我推到年底吧？"

阿米提说："推到年底怕啥？不管到什么时候我都不会赖账！"

吐逊江说："什么？你还真要推到年底呀！我可给你说，我们的头儿已经给我下了死命令，说这个月要是再要不来你们的账，从下个月开始就要扣我的工资了，三个月要是要不来你们的账，就要考虑我还能不能在信用社待下去的问题，你说这不是要炒我的鱿鱼吗？"

阿米提说："炒不炒你的鱿鱼与我无关，我还是那句话，有了一定还，你不要再逼我了！"

吐逊江一听，急了："哎！你怎么说话呢！是我逼你呀还是你逼我？你说炒我鱿鱼与你无关，你这叫人话吗？要不是给你贷这么多款还不上，单位能炒我的鱿鱼吗？你知道我这个差事是怎么来的？现在办事不花钱能行？我要是被炒了鱿鱼，我干啥去？我一家老老少少靠谁养活？再说了，你当初找我贷款时求爷爷告奶奶的，要不是我从中说情，你能贷到那么多款？"

吐逊江临走时撂下一句话:"一个月内你要是再不还,我就住到你们家去!"

阿米提躺在门市部里那张用几根木条搭起来的简易床上足足想了一个晚上,也没有想出一个好办法来。第二天神情沮丧地回到家时,一家人还在为他的婚事忙碌。他没有心思理这些事情,一头钻进了里屋的床上。吃饭时阿迪拉喊了几次他都没起来,直到母亲牡丹汗亲自过来叫他才勉强起床。

他垂头丧气地对母亲牡丹汗说:"妈,我不准备结婚了,等把信用社的账还完再说吧。"

牡丹汗一听愣了,说:"这么大的事情,能是你说不结就不结了?你以为人家姑娘家是求你呀?老实给你说吧,人家要不是看你姐姐的面子,要不是看你当过兵,又有个正式工作,人家一开始连见都不见你!你现在要是说不想结,人家眨眼就会找到新主!"

阿米提说:"我不是这个意思。我是说,我现在欠人家这么多钱,老叫人家上门逼债,就是结了婚日子也好不到哪里去,还不如先把用于结婚的钱还给人家,等翻过身后我们再说结婚的事也不迟。"

牡丹汗说:"不行!结婚是结婚,还账是还账,你没看你都多大年龄了,再晃几年你还到哪里去寻媳妇?我看这样,我跟你爸再商量一下,看能不能把准备给你办事的钱挤一点先给信用社还一些,让人家也有个台阶下来,要不然往后我们要是再有个什么急事谁还敢跟我们打交道!"

母亲把话说到这个份儿上,阿米提也就只好答应了。

第二天一上班,阿米提就让迪力夏提骑摩托车把吐逊江叫到门市部,把母亲牡丹汗说的话告诉了吐逊江。吐逊江一听,脸色缓和了下来,说:"有一点总比没有强,这样我也好向领导交代。"

这件事就这样算暂时按下了。

欠账的事就像一块巨大的石头压在阿米提的心头,让他吃饭不香,坐卧不安。这天,他带着迪力夏提来到乃提噶尔村,和村民们围坐在一起协商瞎核桃的处理办法。

阿米提看着眼前这些被风霜雪雨侵蚀得面色憔悴的农民兄弟,心有不忍地说:"按理说,谁家的核桃瞎了,谁家就应该承担损失。但考虑到这些瞎核桃是天灾造成的,全部让你们承担损失我们也于心不忍。我们供销社的同志商量了一下,为了照顾到各方面的利益,我们建议其间的损失由供销合作社和货主共同承担，大家商量一下看这个意见怎么样？"

他的话音刚落，大家就热烈地议论起来。对他的提议，有的同意，有的反对，有的说愿意承担百分之二十，有的说愿意承担百分之三十。经他再三说服，最终达成协议：双方各承担百分之五十。迪力夏提一个劲儿地给他使眼色，他也无动于衷。

在回供销社的路上，阿米提和迪力夏提骑着摩托车并排行进着。迪力夏提终于把心里的怨气撒了出来："你不该把门市部承担的比例定得那么高，这样我们吃的亏就太大了！"阿米提说："乡亲们也不容易，有困难我们自己想办法克服吧。"迪力夏提无可奈何地说："你就是心软。看来人们说的话是对的，心软的人做不成生意。"

老账未还又添新账，阿米提与迪力夏提和阿娜尔古丽商量，当务之急是赶快下乡看看秋收后各家各户都需要什么生产和生活用品，然后想办法进货销售赚钱。商量好后，阿米提和迪力夏提骑上摩托车分头下乡去了，留下阿娜尔古丽值班。临别时，阿娜尔古丽特意提醒阿米提说："你不常在乡下跑，乡下狗多，要多加小心，当心被狗咬伤。"阿米提感激地说了声"谢谢"，迪力夏提的脸上却流露出了醋意。

阿米提和迪力夏提骑着摩托车在村庄间穿行，看到有不少人家盖起了新房，迪力夏提说这些人多数是到内地省份打工才发了财，阿米提听后好生羡慕。

迪力夏提还指着一座最高的房子说："那就是你的情敌斯拉木家，这小子这几年到内地做生意发了，楼房盖起来了，汽车也有了，在城里还有了门面房，听说还要搞什么奇石大厦，走起路来连姿势都不一样了。要我说，你还不如把现在的这桩婚事蹬掉，要不然，阿娜尔古丽真就钻到人家怀里去了！"

阿米提苦笑了一下，没有作声。

阿米提和迪力夏提下乡后，斯拉木开着一辆面包车来到门市部，说他要进城去，想顺便拉上阿娜尔古丽到城里玩玩。阿娜尔古丽说："门市部现在只有我一个人值班，我走了谁来看门？"斯拉木碰了个软钉子，脸上一下子像蒙上了一层阴霾。

斯拉木走后，几个顾客前来门市部买东西，挑好后要求赊账，阿娜尔古丽坚决不同意。几个人就和她争吵起来，强辩说今年的核桃瞎了，他们没有钱，总不能让他们饿死。他们让她记上账明年一定还，然后拿上东西扬长而去。阿娜尔古丽气得直抹眼泪。

　　阿米提和迪力夏提骑着摩托车从乡下回来，老远看到阿娜尔古丽站在门外等着他们。走近一看，阿娜尔古丽好像哭过。阿米提和迪力夏提问明了原委，很是气愤，迪力夏提当即要去找那些人算账。阿米提劝住迪力夏提，问了那些人的名字，让阿娜尔古丽回忆了他们拿走的东西，一一记在了账上。

　　下班后，阿米提看阿娜尔古丽今天受了委屈，就护送着阿娜尔古丽来到了她家门前。阿娜尔古丽想让阿米提进屋，阿米提思考再三说："那样会惹你妈生气的。"两人只得依依不舍地分了手。

　　阿米提一直在为还账的事情发愁。这天，牡丹汗突然捎信说给信用社筹措了一点钱，请阿米提回家去取。正在乡下收账的阿米提一听到这个消息喜出望外，立即骑上摩托车往家赶。可是当他回到家后，情况却起了变化：女方的父母听说阿米提的门市部经营不景气，为防止女儿婚后遭罪，提出要增加彩礼，否则就要退婚，牡丹汗怕这门婚事黄掉，已经让阿依汗把给阿米提准备还账的钱送给了女方家。阿米提只好空手而返。吐逊江听到这个消息，在电话中半天没有说出话来。

　　阿米提安排继续下乡，阿娜尔古丽怎么也不肯单独留下，阿米提就让迪力夏提值班，让阿娜尔古丽跟着自己走。

　　阿娜尔古丽这天没骑摩托车，阿米提就让她坐在自己的摩托车上。

　　阿米提骑着摩托车在村街上穿行，阿娜尔古丽搂着阿米提的腰生怕掉下，吸引来不少惊异的目光，有的甚至啧啧地议论说："快看，多像两口子！"

　　听到人们的议论，阿米提扭头向阿娜尔古丽问道："听到了吧？要是害怕人们议论，你就下来，一个人走。"

　　阿娜尔古丽毫不害羞地说："怕什么？我才不怕呢！我们本来就是一家人嘛！要不是我妈阻拦，你家现在的婚事兴许就是为我们俩准备的。"说完，还把脸在阿米提的背上紧贴了一下。

　　阿米提亲昵地说："那么大个姑娘家，说这样的话还不嫌害臊。"

　　阿娜尔古丽撒娇似地说："本来就是这样的嘛！我说的哪有一句假话？"

　　出了村街，阿娜尔古丽突然轻柔地问道："阿米提哥，你现在是不是特别恨我？"

　　阿米提说："恨你？这从何说起！"

　　阿娜尔古丽说："你不说我也知道。我妈没有答应你们家提亲，你的心里肯定不好受。"

　　阿米提苦笑了一下："这都是过去的事了，都怪我们家太穷，没有这个福气。"

　　阿娜尔古丽诚恳地说："我知道，你的心里有我，我的心里也有你。其实，在我去乌鲁木齐上高中的时候，我的心里就已经有你了，只是没有机会也不好意思说出来。你是一个无私的人，我一辈子都会记着你，都会向你学习，真的。"

　　阿米提也动了感情，说："说实话，自从我当兵走前你专门从乌鲁木齐赶回来，并且给我送了一把名贵的热瓦普（维吾尔族的一种弹拨乐器），我就知道你的心思了，我也一直把你的情义记在心里。在部队上，每当我弹起你送给我的热瓦普，我就想起了你，想起你时心里就热乎乎地，感觉到很甜蜜，训练起来也特别有精神。"

　　"谢谢你，阿米提哥，谢谢你把我一直记在心里。"阿娜尔古丽甜蜜地说道。接着又叹了一口气，说："都怪我妈，要不是她阻拦，我们两个还能这样偷偷摸摸的？"

　　阿米提劝慰说："这也不能全怪你妈，天下父母都是一样的心，谁家眼睁睁地愿意把自己的儿女往火坑里推？你妈给你找的斯拉木不是很好吗？"

　　"好？好什么好？除了有几个臭钱，他哪里能和你比！"阿娜尔古丽一提起斯拉木就来了气，"这个人在学校读书的时候就很自私，凡事都是只考虑自己，不顾及他人，我就不喜欢这样的人！你看他那个做派，一从内地回来就显摆，穿得流里流气的，哪像个成熟的男人？一看见他我就想吐！"

　　阿米提哈哈笑了几声说："多少人对人家都羡慕得流口水，你却这样不待见，至于吗？"

　　阿娜尔古丽一本正经地说："我心里就是这样想的，当着他的面我也敢说，谁骗你谁是小狗。"

　　阿米提说："以后可不能这样，让你妈知道了是要生气的。"

　　阿娜尔古丽说："我才不怕呢！大不了就退亲。"

　　阿米提亲昵地责备了一句："又在说傻话！"

　　阿娜尔古丽停了一会儿，又换了个话题说："阿米提哥，新嫂子长得好吧，我还没见过呢。"

　　阿米提说："长的嘛？一般吧。说实话，我还真没仔细看过呢。"

　　"骗人，你又在骗人！"阿娜尔古丽咕嘟着嘴说，"都快举行婚礼了，还说没有仔细看过，说这样的话谁信？恐怕嘴都亲过好几次了！"说着，还在阿米提的背上撒娇似的拍打起来，边拍打还边说，"你骗人！你真坏！你是个坏哥哥！"

阿米提一本正经地说："不骗你，真的！我一天到晚想的都是还账、还账，哪还有心思去想那些事情？"

阿娜尔古丽这下信了，说："你说的倒也是实际情况。人在有心事的时候，是没有心思去想其他事的。不过，话又说回来，工作上的事要办好，家里也要照顾。嫂子一接过来，就算是成家立业了，作为男人就有责任把家里的事管起来。你和嫂子虽说不是从小青梅竹马，但毕竟走到一起来了，走到一起就是缘分，就要善待。女人是需要呵护的，你要把嫂子照顾好。我这边请你放心，我一定尽全力帮助你渡过难关。我妈那边你也不要担心，她就是那种性格，刀子嘴豆腐心，你别看她说起话来挺凶，其实心地也很善良，我想办的事情她是会支持的。我最担心的还是你，只要你抬起头、挺起胸，不要愁眉苦脸，再大的困难都是会被克服的，关键是自己要有信心。你说是不是，阿米提哥？"

一番情真意切的话语说得阿米提心里热乎乎的。他用左手轻轻地拍了拍阿娜尔古丽抱在他腰间的双手，深情地说："谢谢你，我的好妹妹！你说得很对，我都听你的……"

两个人就这样甜甜蜜蜜地说着，来到了一个村庄路口。阿米提怕人们说闲话，就把摩托车停下来，他推着摩托车在前边走，让阿娜尔古丽跟随在他的身后。

刚一进村，有一条大黄狗突然从树林里窜出来向阿娜尔古丽扑来，吓得阿娜尔古丽惊叫着连连后退。阿米提见状，赶忙丢下摩托车，一把护住阿娜尔古丽。大黄狗放开阿娜尔古丽，扑到阿米提身上，眨眼间就把阿米提的右裤腿撕了一个口子，殷红的鲜血一下子涌了出来。阿娜尔古丽大声呼叫起来，几位年轻人跑过来帮着把阿米提送到了乡卫生院。

经过医护人员紧张地麻醉、清创、止血、缝合、注射狂犬疫苗，阿米提腿部伤口的出血慢慢被止住，阿米提也慢慢地睡了过去。由于阿米提的伤口在腿上，一到手术室，他的裤子就被剪开脱了下来。做完手术进到病房，他也只是穿着上衣，下身裸露着，身上用医用棉被盖着。阿娜尔古丽担心阿米提的伤口渗血，不顾姑娘家的羞涩，隔上一阵儿就要轻轻掀开被子看看阿米提的伤口有没有血液渗出，直到渗血情况止住她才放下心来。

阿米提可能是这段时间太劳累，加上又打了麻醉针，一直睡到下午才醒来。阿娜尔古丽赶忙跑到医院附近的饭馆里给他买了一份他最喜欢吃的揪片子和一大把烤肉串。阿米提一边香甜地吃着，一边深情地看着阿娜尔古丽，连声说着"谢谢"。阿娜尔古丽说："你还说谢我呢！要不是你为了护我，哪能被狗咬成这个样子？"

吃完了饭，阿米提看看天色不早了，就劝阿娜尔古丽快回家去，说："一个女孩子家待在这里，你妈要是知道了，又会生气的。"

阿娜尔古丽一开始不同意，后来她想出去给阿米提买点生活用品，就爽快地答应了。

临出门时，阿米提特意交代："你想办法给我们家里捎个信，就说我这两天值班，回不了家，让他们不要担心。"

阿娜尔古丽答应着，先是来到门市部，把实情告诉了迪力夏提。

迪力夏提一听，慌了神，急忙出门要去卫生院看望。

阿娜尔古丽拉住他说："我的话还没说完呢，看你慌的！医院那边有我哩，你一个大男人家去了有什么用？你的任务是在这里看好门、值好班，让阿米提大哥在医院里好好养伤。"

迪力夏提又走回屋子里，挠了挠后脑勺说："你说的也有道理。"

阿娜尔古丽说："给你个任务，你现在就去给阿米提大哥家里捎个信，就说他这几天值班，回不了家，让家里不要担心。"

"好，好，我现在就去。"说着就去发动摩托车。

临走时阿娜尔古丽又嘱咐了一句："记住，对阿米提大哥受伤的事情要保密！"

"记住了！你放心吧！"迪力夏提答应着，一溜烟地走了。

阿娜尔古丽回到家里，对母亲卓尔汗说："妈，我的一个同学住院了，我去陪他一天。"一边说，一边去拿洗漱用品。

卓尔汗听说是她的同学，也就没有多问，只是嘱咐她要给单位请假，不要耽误上班。

阿娜尔古丽答应着，提着东西出了门。

来到街上，她帮着阿米提也买了一套洗漱用品，又称了一兜苹果，然后回到病房。

阿米提一看她又回来了，就问道："你又来干什么？"

阿娜尔古丽说："我来陪陪你呀！你是为了我才被咬伤的，我要是就这样走了，那就太没有良心了！"

阿米提说："我不是这个意思，我是怕你妈生气。再说，一个女孩子家，晚上在这里也不方便，你还是早点回去吧。"

阿娜尔古丽说："我妈那里你就放心吧，我已经安排好了。至于晚上嘛，这个也好办。我已经想好了，这里的护士好多我都熟悉，晚上我就和她们搭个伙，谁要是值夜班，我就在她们的床上凑合一晚上。"

阿娜尔古丽既然这样说，阿米提也就依了她。说心里话，他在内心里也想和阿娜尔古丽单独多待一会儿。

吃过晚饭，随着麻醉药的药效渐渐减弱，阿米提的伤口开始疼痛，开始还是隐隐约约地疼，到后来就像刀剜的一样，疼痛难忍，头上不断有汗珠冒出来，有时候还忍不住呻吟几声。阿娜尔古丽心疼地安慰着，时不时地俯身轻轻拭去他额头上沁出的汗珠。

为了帮助阿米提驱赶伤痛，阿娜尔古丽提出要讲个故事。

阿米提一听阿娜尔古丽说要讲故事，乐了，鼓励着说："好，你讲，我听着。"

阿娜尔古丽提出了一个条件："不管我讲的好坏，你都不准生气。"

"好，不生气，你快讲！"阿米提保证似的说。

阿娜尔古丽一边削着苹果，一边一本正经地讲了起来："上小学的时候，老师号召大家要向雷锋叔叔学习，开展勤工俭学活动。有个同学看到别的同学都捡了好多废铜烂铁交到学校，经常受到老师的表扬，可是他自己由于没有捡到多少废品，一次表扬也没有捞到，便很不高兴。有一天他看到铝制的牙膏皮也可以当废品，就把眼睛盯在他爸爸的刷牙缸子上，只要他爸爸的牙膏一用完，他就把牙膏皮拿到学校交给老师。后来他看他爸爸的牙膏用得太慢，每次不等用完，他就急着把剩余的牙膏挤掉，然后把牙膏皮交到学校。这样的次数多了，他爸爸感到很纳闷，就注意观察，终于发现了秘密，结果是让他狠狠地挨了一顿揍。"

讲到这里，阿娜尔古丽忍住笑，看着阿米提的反应。

阿米提没有笑，催促着说："还有呢？"

阿娜尔古丽继续讲道："还是这位同学，还是搞勤工俭学活动。冬天到了，班里要烧炉子，老师就号召同学们去打柴。我的这位同学表现非常积极，天天往学校背柴，而且背的柴都是用刀剜好的，很整齐，老师几乎是天天都要特别表扬一番。有一天这位同学却突然旷课了。老师担心他是不是为了打柴耽误了上课，就到他们家去找。结果到家一看，老师惊呆了：他被反着双手绑在一棵树上！一问才知道，他往学校背的柴火，是他爸爸利用星期天在山上打的。他每次往学校背的时候，都是趁家里没人时偷偷背走的……"

"哈哈哈！"故事讲到这里，阿米提终于忍不住笑了起来，原来这都是小时候发生在他身上的故事。

阿娜尔古丽陪着阿米提在卫生院住了几天，他的伤口慢慢开始消肿，疼痛感也渐渐减轻了，阿娜尔古丽的心也放了下来。

这天，斯拉木又到供销社来找阿娜尔古丽，迪力夏提一时没注意说漏了嘴，斯拉木就到卓尔汗跟前告了状。

卓尔汗一听，肺都要气炸了，当即把阿娜尔古丽叫回家，斥责道："一个大姑娘家，你和他是什么关系，还一天到晚在医院陪护，让外人知道了不怕遭耻笑？"

阿娜尔古丽辩解说："姑娘家怎么啦？姑娘家就不应该讲良心啦？他是我的经理，陪护他也是我的工作，何况他还是为了我才受的伤。"

卓尔汗说："去的时候你还骗我，说是你的同学，我还真以为是的呢！"

阿娜尔古丽说："谁骗你了！从上小学到初中，我们都是一个班的，那还不算同学吗？"

卓尔汗说："你说是同学，我还以为是个女同学呢，谁知是个男的，要知道是个男的，我根本就不会让你去！"

阿娜尔古丽一步不让："男的又怎么了？我又没干什么丢人现眼的事，怕什么！"

卓尔汗说："那我问你，这几天晚上你在哪里睡？"

阿娜尔古丽说："在哪里睡？和护士们在一起睡呀！不信，你去问问那些护士。"

阿娜尔古丽这样一说，卓尔汗的气慢慢消了下来。她用和缓的语气说："不是妈对你管得严，妈就你这一个心肝宝贝，你要有个什么闪失，让妈怎么活呀！"

阿娜尔古丽也哄着说："妈，你就放心吧，我都这么大了，知道哪些事该做，哪些事不该做，我不会给你丢脸的。"

卓尔汗拍着阿娜尔古丽的手说："你要是这样说，妈就放心了。"停了一下，她又说："但不管怎么说，今天你不能再去陪他了，毕竟是一个大姑娘家，非亲非故的，老陪在那里，人们是会说闲话的，况且我也不好向斯拉木他们家里交代。"

阿娜尔古丽知道阿米提的伤好多了，自己也可以离开了，于是就答应了母亲的要求。然后回医院对阿米提作了交代，又来到供销社让迪力夏提替自己去医院陪护，自己一个人值班。

不一会儿，斯拉木讨好似的又送来许多好吃的，并拿出一条丝巾要给阿娜尔古丽围上，说这是他特意托人从广州买来的，现在非常流行。阿娜尔古丽连看都不看，一把扔到了斯拉木面前。

阿米提的伤口还没有痊愈他就强烈要求出院了。这一方面是那批核桃的事还压在那里，另一方面是县供销合作社那边催款已经催得很紧了。还是在他住院期间，县供销社的张旭平主任前来看望，虽然当面没有给他讲上交承包款的事，但在背地里还给迪力夏提和阿娜尔古丽专门做了交代，让阿米提出院后一定要抓紧收缴欠款，不能再拖下去了，否则就要影响到他们的承包资格问题。

阿米提一出院，就带着迪力夏提到乡下收缴欠款。阿娜尔古丽看他刚出院，想让他留在家里值班，自己下乡去。后经阿米提反复劝说，阿娜尔古丽才依了他。

阿米提和迪力夏提挨家挨户收着，有不少人家还是通情达理的，只要他俩说明来意，对方总要拿出一点，这也让他们的心里多少宽慰一些。

在一农户门前，阿米提正要敲门，一辆面包车"咪"的一声停在了身边。斯拉木从车里走下来，带着讥讽的口气说："哟！我的阿米提大经理，工作都深入一家一户了，真是保持了我党我军的优良传统和作风啊！你们怕不是遇到什么灾难了吧，要不要我来赈点灾呀？"

阿米提看了他一眼，不屑地说："像你这样腰缠万贯的大老板我们哪敢高攀呀！有句俗话说，你走你的阳关道，我过我的独木桥，我们还是各走各的路吧！"

斯拉木自讨没趣，开上车灰溜溜地走了。

吐逊江听说阿米提正在组织下乡催缴欠款，专门把阿米提请到饭馆，用央求的口吻说："阿米提兄弟，看在我们交往多年的份上，也看在当时贷款时我曾经为你跑上跑下的份上，请你把收上来的欠款先给我们信用社还上，否则我就真的要被炒鱿鱼了！"

阿米提知道收上来的欠款少得可怜，但还是咬着牙答应了。

阿米提让迪力夏提把收上来的欠款交给阿娜尔古丽，计划一下看怎么分配。然后对迪力夏提和阿娜尔古丽说："这段时间大家为了挑拣核桃和催缴欠款的事连个星期天都没休息，明天咱们放假一天。"

迪力夏提和阿娜尔古丽几乎异口同声地说："我们的大经理真是考虑得太周到了！"迪力夏提还伸出右手做了个胜利的手势，大喊了一声："欧耶！"

临出门时，阿娜尔古丽悄悄告诉阿米提："明天你如有空，我过来和你一起逛街。"阿米提高兴地答应了。

第二天是个巴扎日，阿娜尔古丽早早地来到街头，一见到阿米提就情不自禁地上前牵起了阿米提的手。阿米提朝来往的人群示意了一下，阿娜尔古丽只好把牵着阿米提的手放下了。

巴扎上人声鼎沸，卖什么的都有。两个人跟着在集市上转悠，在一个服装摊前，阿米提看到一条红丝巾很漂亮，就掏钱买下，递到了阿娜尔古丽手里。阿娜尔古丽当场围在脖子上，露出了甜蜜的笑容。

过完休息日，阿米提和迪力夏提推着摩托车继续挨家挨户收缴欠款。

看样子今天收缴得不理想，两个人快快不乐的。

几个年龄大小不等的村民正围在一农户门口吃饭，看到阿米提和迪力夏提后赶忙散开。迪力夏提指着那一农户对阿米提说："那一家欠得最多，也最难缠，我来催了好几次他们都不交，还张口骂人。"阿米提说："我们要尽量说好话，只要交了就行。"

来到这家门口，他们把摩托车停在靠墙的一边，开始敲门。敲了一阵，阿米提和迪力夏提看里面没有动静，就大声喊了起来。但不管他们怎么敲怎么喊，里边的人始终没有回答。阿米提和迪力夏提知道这明显是在耍赖，就找来一根棍子插到门缝里撬。怎奈棍子太细，断了几节都没能把门撬开。迪力夏提急了，从邻家搬来一个梯子，翻墙跳进院里，然后打开门把阿米提放了进去。

这家的院子里拴了三只羊，迪力夏提说把这些羊拉走刚好够抵账。阿米提做了个制止的动作，示意迪力夏提还是要通过好言相劝解决问题。谁知还没等他俩张口，这家人老老少少都举着坎土曼、桑杈等农具一齐围了上来，说他们是大白天翻墙入室抢劫，要把他们扭送到派出所，引来了许多村民围观。阿米提和迪力夏提气得只好骑上摩托车返回了。

阿米提的婚礼在即，一家人都忙得不可开交，有的在准备待客用的烤馕、馓子、奶酪、油糕等美食，有的在准备接亲时要送给女方的茶叶、方糖、金银首饰、四季衣裳等礼品，阿米提却一点也打不起精神。海里木和牡丹汗都很不理解，阿依提和阿依汗甚至还当面责备他越来越不像话了。

阿米提也不和他们争辩，心事重重地又回到供销社。刚一进门，迪力夏提就对他说："刚才县供销社来电话说，前段时间我们申请批发的农资商品到了，必须拿上现钱才能进货，但我们的账上没有钱，怎么办？"阿米提正在发愁，阿娜尔古丽把自己的积蓄拿了出来。阿米提和迪力夏提都很感动，他们也把自己的工资垫上了。

随着一阵汽笛声响，一辆大卡车满载着农业生产资料开进了门市部院子。阿米提带着迪力夏提和阿娜尔古丽把车上的东西一件一件卸下来，然后又装上前来拉运的手扶拖拉机和马车、毛驴车，一个个累得满头大汗。

阿米提的婚礼如期进行。在他们家的院子内外，到处张灯结彩，鼓乐声声，宾朋满座，热闹异常。阿米提和新娘进行完例行的新婚礼仪，在亲朋好友的簇拥下，踏着手鼓和乐手营造的节奏，手挽手跳起了婚庆舞蹈。虽然音乐是欢快的，但阿米提的舞步和表情却如同木偶，急得牡丹汗和海里木直朝他使眼色，阿依汗在场外更是用各种动作和表情暗示，但阿米提却仍然无动于衷。

就在婚礼快要结束的时候，吐逊江却喝得醉醺醺地打着趔趄走了进来。一进门他就迷迷糊糊地大声嚷嚷着说："阿米提，你……你还我……我的账，还我……我的……工作！"他抹了一把鼻涕，手指着阿米提对众人说，"就是因为阿米提他……他欠我们信用社的账欠……欠的时间太长，我才被……被炒了……炒了鱿鱼，我今天就是要来找阿米提算……算账的……"

迪力夏提和阿米提的几个亲戚上来拦他，他一把把几个人扒拉到一边，并且指着迪力夏提说："迪……迪力夏提，你……你……你也不……不是个好……好东西，你和阿……和阿米提都……都是一……一伙的……"

阿米提这时走了出来，沉着脸说："吐逊江，不要胡闹，过几天我一定还你！"

　　吐逊江结结巴巴地说："还……还我？你……你还……还我？你用什……什么还……还我？你都快……快被炒鱿……鱿鱼了，还能还……还我？你做……做梦去吧！"说到最后，他竟号啕大哭起来，哽咽着说，"我们这一家算……算叫你……你阿米提害……害苦了……"

　　新娘一看这个场景，早就停下舞步，双手捂着脸跑进了屋子，一会儿又跑出来钻进了停在门外的婚车里，呜呜直哭，谁也劝不下来。

　　婚礼现场顿时乱成了一团麻……

第三章
葡萄是酸的

阿米提的婚礼不欢而散，全家人的脸上都被愁云笼罩着。姐姐阿依汗埋怨阿米提不会办事，让她白搭进去大半年的时间。哥哥阿依提大骂吐逊江不是个东西，早不喝酒晚不喝酒，单瞅着他们的婚礼闹场子，把个好端端的婚事搅黄了，真是个丧门星。父亲海里木感到不好向亲戚邻居交代，气得一连几个星期都没有回家。

牡丹汗心有不甘，让阿依汗到女方家里再说说好话，看还有没有挽回的余地。阿依汗去了一趟回来说："姑娘的父母说了，现在姑娘嫁人，要不就图个正式工作，要不就图个有钱。你们家阿米提原先有正式工作现在却和临时工差不多，还戳了个那么大的窟窿，把我们的闺女嫁过去那不是眼瞅着往火坑里跳吗？"

牡丹汗一看一点余地都没有了，愁容满面。

阿米提却说："退了也好，这样的人本来就不是咱家的人！"

牡丹汗说："你说得倒轻巧，你以为像咱们这个家说个人容易吗？你看看你哥也是这个样子，人家光说没意见，就是不给囫囵话，到现在结婚的日子还没定，还不是嫌弃咱们家穷？"

阿米提说："真说不来就算了，顶多这辈子打光棍！"

阿米提骑着摩托车来到门市部，阿娜尔古丽正在打扫卫生。阿娜尔古丽看阿米提满脸愁云，安慰说："人家退了就退了，天底下好姑娘多的是，要想开点，不能为了这件事伤了身子。"

阿米提说："我发愁的不是这件事。人们常说，婚姻不是买卖，恋爱不是交易，没有爱情的婚姻，是痛苦的无期徒刑。人家本来图的就不是咱这个人，而是图的正式工作和钱财，就是结了婚日子也不一定过得好。我现在最发愁的是，快到年底了，我们欠了那么多账，如何向县社交代。"

阿娜尔古丽听着，一边点头，一边从抽屉里取出一份通知书，递给阿米提说:"你这段时间忙,有件事忘记给你说了。我们的第一个承包年快到期了,县社过几天要召开年度总结大会,让每个乡镇门市部都要汇报一年来的工作,你也得准备一下。"

阿米提接过来把县供销合作社的通知书看了一遍说:"怎么汇报不当紧,当务之急是赶快还账。"

他正要和阿娜尔古丽商量还账的具体办法,县供销合作社突然来电话通知说年度总结大会要提前召开。阿米提只好硬着头皮前去参加。

县供销合作社的年度总结大会由张旭平主任亲自主持,会议一开始就要求各乡镇门市部的承包人上台汇报一年来的经营情况。阿米提的门市部因赊账债台高筑,迟迟不敢上台。张旭平语气严厉地要求每个承包人都必须上台汇报发言,阿米提看自己躲不过去,就拿着一摞欠条,犹犹豫豫地上了台。他上台后支支吾吾,不知说什么好,惹得下边哄堂大笑。

在总结讲话中,张旭平要求阿米提限期还账,否则将被取消承包资格。

阿米提在供销社的大会上受到批评,身为供销社副主任的父亲海里木感到很没面子,回到家就对阿米提发了一顿火。哥哥阿依提、姐姐阿依汗也跟着责备,搞得阿米提无地自容。

妹妹阿迪拉看不过去,替阿米提辩解说:"不是二哥做错了,而是咱们这里太穷,要是社员们都很富裕,谁还愿意舍脸去赊账?"

母亲牡丹汗也对海里木说:"阿米提从小就一直上学,后来又当了兵,从来都没做过生意,要不就给他换个工作?"

海里木眼睛一瞪说:"现在安排个工作比登天还难,上哪儿给他换?"

阿米提看自己待在家里也惹大家生气,感到不如离开好,就骑上摩托车来到门市部,同迪力夏提和阿娜尔古丽商量如何落实县社的要求。

迪力夏提垂着头丧气地说:"我早就说不要赊账,你们就是不听,要不然哪能这么作难!"

阿娜尔古丽说:"赊账的事我们都有责任,不能全怪阿米提大哥。"

阿米提说:"这件事责任都在我,可是光埋怨也解决不了问题,关键是如何想办法先把欠县供销社的账还上,不能让门市部倒闭。俗话说,留得青山在,不怕没柴烧。只要门市部不倒闭,我们就有办法。另外,我们只要把欠县供销社的账先还上,这样就还可以进货,只要能进来货,我们下一步就有办法了。"

迪力夏提说:"我也知道眼下还账最重要,但钱从哪里来?我们已经把工资都垫上了，总不能去偷吧？"

阿米提说："活人总不能叫尿憋死，我们都想想办法，看能不能先借一点，实在不行，再找其他门路。"

三个人于是都冷静下来，商量了一番。商量的结果是，由阿米提先去筹借，迪力夏提和阿娜尔古丽留下值班。阿娜尔古丽要同阿米提一起去，被阿米提劝住了。

目送着阿米提远去，阿娜尔古丽的神情顿时黯然下来。不一会儿，她对迪力夏提说："我出去办点事，你一个人在这里照看一下。"

迪力夏提问："出去多长时间？"

阿娜尔古丽犹豫了一下，说："可能一两天吧，办完事就回来了。"

迪力夏提说："怎么，你是不是心疼你阿米提大哥啦，也要去借钱？"

阿娜尔古丽不高兴地看了迪力夏提一眼，嗔怪地说："也不看看这是什么时候，还要贫嘴！"

阿米提回到家，瞅着阿依提和阿依汗不在家的空当，向母亲牡丹汗述说了自己的想法，想让母亲把女方退回来的彩礼钱拿出来让他先用，以后保证还上。牡丹汗犹豫了一阵，把钱拿了出来。阿米提刚要接，不料被刚进家门的阿依汗看到了。阿依汗听说阿米提是要拿这些钱去抵账，一把夺过来说："你的工资拿不回来不说，还要让家里倒贴，有你这样当经理的吗？"阿依提这时也回来了，他也坚决反对阿米提的做法。阿米提无奈，只好骑上摩托车出了家门，去找他的同学和朋友想办法。

阿娜尔古丽看阿米提为还账到处作难，就跑回家，想让妈妈卓尔汗把家里的存款拿出来先替阿米提还上。卓尔汗一听，双眉立马倒竖起来："我是他什么人要替他还账？他没那个金刚钻就不要揽那个瓷器活！"

阿娜尔古丽看她妈妈这里一点回旋的余地都没有，就犹豫着来到斯拉木家门前，把斯拉木约出来说明了来意。斯拉木一听狠狠地说："如果是你需要钱，我就是扒房子卖车都会给你，他阿米提要，休想！"

碰了两个硬钉子，阿娜尔古丽心想，看来只有向爸爸求援了。决心已下，她坐上班车来到了县城，找到了在县教育局上班的爸爸海里克。

阿娜尔古丽坐在爸爸的办公桌对面，用恳切的语气说明了来意，然后用央求的眼神看着海里克，等待着他的回答。

海里克没有马上表态，而是带着神秘的表情小声问道："你这样做是想帮助阿米提?"

阿娜尔古丽不知道爸爸这样问有什么用意,犹豫着轻轻地点了点头。

海里克又问道:"你感到阿米提值得帮吗?"

阿娜尔古丽看了看爸爸,又郑重地点了点头。

海里克接着问道:"你帮了他以后会不会后悔?"

阿娜尔古丽坚定地说:"不后悔,决不后悔!"

海里克还要问,阿娜尔古丽等不及了,撒娇似的催着说:"爸!别这么绕来绕去的,你到底是给不给吗?都快把人急死了!"

海里克没有正面回答,而是微笑着从抽屉里拿出一张存折放到阿娜尔古丽手中,并慈祥地悄声交代说:"千万不能让你妈妈知道了。"

阿娜尔古丽接过爸爸递过来的存折一看,眼泪一下子涌了出来。她从椅子上站起来,走到爸爸的身边,双手搂住爸爸的脖子,把脸贴在爸爸的脸上,柔情地来回亲着,久久不愿放开。

海里克的眼里也噙满了泪花。他轻柔地拍着阿娜尔古丽的双手说:"我的好闺女,爸爸知道你心里想的是什么,爸爸相信你的眼光,爸爸支持你。不过,以后在你妈妈跟前要讲究点策略,不要老是硬来。你妈妈也是为了你好,不要伤了她的心。"

阿娜尔古丽郑重地点点头说:"爸爸说的我都记住了,以后我要体谅妈妈。你一个人在这里也要注意照顾好自己,不要太累了,女儿以后还有好多事要依靠您呢。"

海里克说:"以后有难处就来找爸爸,谁叫你是我们的宝贝女儿呢?"

父女俩正亲昵着,有人进来向海里克请示工作。阿娜尔古丽知道阿米提正等着用钱,就依依不舍地告别爸爸,来到银行把存折中的钱取了出来,然后又赶到汽车站坐上了返回的班车。

阿米提跑了两天,空手而归。也难怪,他都落到这步田地了,谁还愿意把钱借给他?

月光下,阿米提靠在门市部院子里那棵大叶榆树下,弹奏着阿娜尔古丽赠送给他的那把热瓦普,诉说心中的苦闷。阿娜尔古丽悄悄地来到他的身旁。

只听阿米提忘情地唱着:

没有朋友的人是可怜的人,

没有马匹的人是穷苦的人，

没有实心的人是雪堆起的人，

没有私念的人是伟大的人。

朋友啊，你是为了关心我，

还是来为了把我烧烤？

莫不是要让理想的火焰，

又在我心田里熊熊燃烧？

像父亲那样的亲人在哪里？

像母亲那样的恩人在哪里？

在苦难中煎熬的时候，

我脚下的路又在哪里？

……

阿米提唱罢，看到阿娜尔古丽坐在自己的身旁，很是惊奇，说："这么晚了你怎么还没睡？"

阿娜尔古丽什么也没说，从身上掏出一个用手帕包着的小包塞到阿米提手里。

阿米提接过手帕包，一切都明白了。他含着热泪把阿娜尔古丽紧紧地揽在怀里，久久不知说什么好……

有了阿娜尔古丽拿过来的这些钱，阿米提心中的火焰又重新燃烧起来。他亲自到县供销社进了两大车货物押了回来。迪力夏提和阿娜尔古丽一看阿米提回来了，赶忙跑出来帮忙卸货。阿娜尔古丽看阿米提累得满头大汗，进屋给他端过来一杯茶。阿米提端着茶杯，深情地望着阿娜尔古丽，把茶水咕嘟咕嘟喝了个底朝天。

阿米提一边卸车，一边对迪力夏提和阿娜尔古丽说，他这次去县供销社进货，社主任张旭平虽然答应他们欠社里的账可以暂时缓一下再还，但不能欠太长时间，因为其他门市部的人都眼睁睁地盯着。迪力夏提和阿娜尔古丽都说张旭平主任也是个好心人，我们一定要好好干，把损失挽回来，千万不能辜负了张主任对我们的关心。

卸完货，阿米提说："我们三个人都守在这里不行，还是要想办法出去挣点钱回来。我看这样，我们三个分成两摊子，你们两个留下，把门市部经营好，我出去找点挣钱的门路，这样或许能帮助我们走出困境，最后即使我空着手回来，我们也还有根据地在。"

迪力夏提和阿娜尔古丽商量了一下，说这样也行，但他俩都争着要跟阿米提一起去，最终被阿米提说服了。

苏来曼·乌拉音对供销社的经营情况一直很关心，他听说阿米提想把门市部的人分成两摊子，自己想单独出去挣点钱，就专门来到门市部对阿米提提醒说："你想的这个办法是个可行的办法，但不能太理想化，因为现在的生意不好做，搞得不好会把家产都赔进去，最好是和你们家里的人商量一下，听听他们的意见。"

阿米提对苏来曼·乌拉音向来都很尊重，他感到老经理说的话有道理，晚上一回到家里，他就把自己的想法说给了家人。姐姐阿依汗当即表示反对，说："门市部有组织有系统你都做不好，离开门市部你能做好？"母亲牡丹汗也担心地说："你过去从来就没做过生意，现在单枪匹马的，能行吗？"妹妹阿迪拉却不这么看，说："世上的路都是人走出来的，谁生下来就会做生意？"

父亲海里木听了听大家的意见，寻思着说："你们门市部一部分人留下经营，分出一个人来出去挣点钱，这个办法可以试一试，但光你一个人不行。"海里木说到这里停了下来，想了想说，"我看这样吧，让你哥和你一起去，他毕竟比你年龄大一些，经验也多一些，有个什么事也好有个照应。"

阿依提因为没钱结婚，女方还在犹豫，正想出去挣点钱，对爸爸说的话当即应允了。

晚上躺在床上，阿米提和阿依提开始商量做生意先从哪里入手。兄弟俩商量了一阵，没有结果。阿依提说，明天到市场上看看再说吧。

第二天一大早，兄弟俩骑着摩托车来到了大巴扎。放眼望去，在整个大巴扎上，具有民族特色的各种土特产品琳琅满目，商贩们的叫卖声此起彼伏，赶巴扎的人摩肩接踵，好一派繁荣景象。

阿米提和阿依提在大巴扎上来回转悠着，看看这里，问问那里，琢磨着行情。

晚上回到家，阿米提和阿依提向父亲海里木说了自己的想法：他们准备经销葡萄干。

海里木考虑再三说："葡萄干属于干货，经营起来风险小一些，但正是因为风险小，做这种生意的人就特别多。尤其是在新疆做，人手就更富余一些，要是能联系到内地的客商就好了。"海里木最后说，"你们可以先试着做一做，看看能不能打开销路。"

阿米提和阿依提一看父亲支持，就着手准备。

按照父亲的指点，阿米提和阿依提来到位于县城郊区的葡萄干加工厂销售科，询问葡萄干的销售办法。销售经理告诉他们，这里是先款后货，一分钱不欠，货一出厂，出了问题厂方概不负责。销售经理听说他们是初次做这样的生意，特意交代说，必须先找到下家，然后才能进货，否则把货拉回去后没人要怎么办？并且还说，进货还得有仓库，要不然这么多东西拉回去往哪里放？你总不能天天往我们厂子里跑吧？

根据销售经理的建议，阿米提和阿依提在返回的路上一边走一边商量具体办法。最终商定，先筹钱，然后到大巴扎寻找商户，并商定，由阿米提负责筹钱和寻找仓库，阿依提负责寻找商户。

这件事由于是父亲同意的，做起来就顺当得多。阿米提回到家把他和哥哥商量的办法一讲，母亲牡丹汗二话没说，当即就取出女方退回来的彩礼钱交给了阿米提，第二天还让阿米提骑着摩托车带上她到阿米提的舅舅和姨姨家里去借了一些。妹妹阿迪拉也把自己积攒的体己钱悄悄地塞到了阿米提手里。

本钱筹到后，阿米提又来到供销社，想在门市部腾出一块地方作为盛放葡萄干的仓库使用。但看来看去，没有地方。阿娜尔古丽主动让出了她经常在里间休息的半个屋子。

阿米提看这个地方空间太小不够用，又回到家里，准备把一间厢房腾出来做做仓库，谁知被姐姐阿依汗拦住了。后经母亲牡丹汗劝说，阿依汗方才罢休。

黄昏，阿依提推着摩托车风尘仆仆地赶回来。一进门他就对阿米提说："商户倒有，但提出的条件都是代销，得等到把货卖完后才能付钱。"阿米提说："那他们到时候赖账怎么办？"站在一旁的海里木说："那要先签个合同，空口无凭。"

一切准备就绪，阿米提和阿依提就从县城的葡萄干加工厂购买了一大卡车葡萄干，用篷布盖着拉了回来。

大卡车一开到家门前，阿米提和阿依提把装着葡萄干的麻袋一个个卸下来。麻袋把一间厢房塞得满满的，引来一些村民和小孩子围观。姐姐阿依汗始终噘着嘴。

第二天，阿米提和阿依提就分别用摩托车驮着，把装有葡萄干的麻袋一袋袋送给商户。

阿米提给门市部也送来几麻袋葡萄干，让迪力夏提和阿娜尔古丽把它们分装成小袋，放在货架上销售。迪力夏提带着疑问地说:“我们这里到处都是种葡萄的，还有人会买葡萄干?”阿娜尔古丽说:“能卖一袋就卖一袋，反正我们也没有多少业务。”

没过几天，阿米提家盛放葡萄干的厢房里，麻袋垛就下去了三分之一。阿米提笑嘻嘻地说:“照这个速度，要不了几天就送完了。”阿依提说:“关键是收钱，到现在还没见到一分现钱哩。”

阿米提来到门市部，询问最近的经营情况。迪力夏提和阿娜尔古丽说:“和你在时差不了多少。”阿米提鼓励他们说:“情况会好起来的。”阿娜尔古丽问阿米提的葡萄干卖得怎么样了，阿米提说:“卖出去的倒不少，但收回来的钱却不多。”说完，他又收账去了。

阿米提走后，卓尔汗听迪力夏提说阿娜尔古丽在帮着阿米提做生意，专门来到门市部查看实情。当她看到阿娜尔古丽的举动后少不了又是一阵数落，阿娜尔古丽就干脆说她喜欢阿米提，为此母女俩还大吵了一场。

卓尔汗走后，阿娜尔古丽问迪力夏提这是谁告的密。在阿娜尔古丽的反复追问下，迪力夏提不得已承认了，两人为此几乎闹翻。迪力夏提下保证说:“以后我再也不会在你妈面前乱嚼舌根了。”这才得到了阿娜尔古丽的谅解。

正当阿米提和阿依提为销售葡萄干辛劳奔波的时候，这一天突然狂风大作，大雨瓢泼似的直往地上浇。阿米提家的房屋因年久失修，一遇到下雨天就漏雨，尤其是东屋盛放葡萄干的厢房，房顶上有几个窟窿露着天，常常是外面大下，里面小下，一到下雨天就进不去人。这不，由于雨太大，一会儿就把装葡萄干的麻袋淋湿了，阿米提赶紧往麻袋上搭塑料布。阿依提说:“那样不行，房顶上的水还会往房子里漏。”但雨下得很大，人无法到房顶上去。雨停后，房间的地上已积了很多水，挨着地的麻袋许多都湿透了，阿米提和阿依提赶忙往主房里搬。其间又发现许多麻袋已被老鼠咬破。阿米提不得已，又骑上摩托车到巴扎上买来新麻袋把老鼠咬烂的换上，搞得家里满房子都是麻袋。为此姐姐阿依汗还和他们吵了一架。

这天又是一个巴扎日，阿米提和阿依提一大早就骑着摩托车分头到代销他们葡萄干的商户收款。临近中午的时候，两个人会合到了一起。阿米提问阿依提货款收的怎么样了？阿依提说："卖完的商户给了，还有一部分商户没卖完，说卖完后一定给。"阿米提问："他们没说什么时候能卖完？"阿依提说："他们没说，但你也不要想得太好，就前面这点货都卖得超过两个月了。"阿依提问阿米提联到内地的客商没有？阿米提说："联系到了几个，但都是先货后款，货先发过去，等卖完后再付款。"阿依提说："我们对内地的情况不熟悉，这样做风险太大，况且我们又没有那么多资金，我看还是等一等再说吧。"

阿米提和阿依提收账回来，在一起核算金额。阿米提说："忙了近半年，基本上是打了个平手，还不算我们搭进去的工夫，身体也快垮了，看来这个生意确实不好做，我们还得另找门路。"

卖葡萄干的事情暂时放下了，阿米提回到门市部继续营业。他看货架上灰尘较多，就动手打扫起来。迪力夏提和阿娜尔古丽连忙把他替换下来。

忙完后，阿娜尔古丽从她住的里间把收款盒子抱出来放在柜台上打开，从盒子里取出一沓钱交给阿米提说："这是这段时间的营业收入，整钱是800元，你看怎么处理？"

阿米提想了想说："那就先给吐逊江还一点吧。"

说完，他从自己的身上又摸出200元添上，然后让迪力夏提把吐逊江叫了过来。

吐逊江因为上次醉酒后曾经闹过阿米提的婚礼，见到阿米提时一开始还有些不自在，后来见阿米提对那件事只字未提，也就释然了。他哆嗦着从阿米提手里接过钱，连说了几个"谢"字。

吐逊江拿着钱正准备往外走，阿依提骑着摩托车过来了，告诉阿米提说他找到了一个新的门路：往内地运送鲜葡萄能赚钱。阿依提说他是听一个朋友说的，他还专门向人家取了经。阿米提问鲜葡萄生意怎么做？阿依提说，做鲜葡萄生意主要是抓两头：一头是货源，另一头是经销商。

为了慎重起见，阿米提拿起电话向父亲海里木请教。海里木说刚好有一个广州的客商正在叶尔禾县供销合作社联系业务，他们两个正在交谈。阿米提就通过父亲海里木与这位客商达成了协议：阿米提他们在新疆这边组织货源，这位客商在广州那边接货，见到货即付款。广州客商在签订协议书时还特意提出，货源必须是吐鲁番的无核白葡萄。

做鲜葡萄生意的决心定下来了，可是他们现在已经拿不出一丁点儿做生意的本钱了。阿米提下意识地看了看吐逊江。吐逊江看阿米提今天也是真心实意要还债，犹豫之下把刚刚到手的一点还款退给了阿米提。阿米提很感动，诚恳地说："你放心，贩葡萄赚了钱，我会在第一时间还给你。"

临出门时，吐逊江提出了一个条件：他这次要亲自跟着阿米提一起做。吐逊江还解释说："阿米提，不是我不相信你们，只是做生意变数大，我跟着你们一起做，赚到钱我就收走当作还账，剩下的都归你们，这样也免得夜长梦多，节外生枝。"

阿米提考虑到让吐逊江一起参加，既能帮忙干活，又能帮助管钱，一举两得，于是就爽快地答应了。

三个人定下出发的日子后，一起从叶尔禾县赶到了盛产无核白葡萄的吐鲁番，按照客户的要求寻找着最好的无核白葡萄货源。葡萄成熟时的吐鲁番是一年中最美好的季节。一蓬蓬葡萄架下，人们一边劳动一边欢快地舞蹈歌唱，庆祝着丰收的喜悦。三个人受到欢乐气氛的感染，一时间忘却了往日的烦恼，干劲十足地忙碌起来。他们与当地的果农一起实地考察，认真品尝，甄选货源，第三天就签订了供货协议。

可是，事情却并不像他们预想的那么顺利。当他们赶到火车站准备找车皮发货时却傻了眼。原来，运送鲜葡萄需要保温车皮，而眼下保温车皮特别紧张，拿着条子等车皮的商人早就排起了长龙。阿米提一打听，申请车皮还要到乌鲁木齐的铁路局办理。无奈，阿米提就提议把三个人做了分工：哥哥阿依提留在货源地照看货源，防止货源遭受损失；吐逊江留在火车站等候，看有没有人因为货源数量不足能富余出车皮先挪给他们用；而他自己则到铁路局去办理报批手续。分工完毕，各人就忙各人的去了。

阿米提背着复员时带回来的军用黄挎包，当天就赶到了铁路局计划科的办事大厅。当排着队轮到他办事时，工作人员从办事窗口内通过袖珍扩音器告诉他，现在正是保温车皮供应紧张阶段，让他过几天再来。阿米提再三恳求，工作人员仍然无能为力。阿米提只好怏怏地离开。

眼看天色即将黑下来，阿米提在大街上寻找住的地方。他仰望着街道两边高大的酒店，猜测这样的酒店价格肯定很贵，脚步一直没有停下来。

在城乡接合部的一个农家客店里，阿米提掏10元钱住进了一间十分简陋的客房。

　　第二天一大早，阿米提又来到了铁路局。计划科的工作人员一上班，他就快步跑到办事大厅的窗口。他向工作人员询问有没有车皮，工作人员的回答仍然和昨天一样。后经他软磨硬泡，工作人员才给他递过来一份车皮计划申请表。他赶快填好后，恭敬地交给了工作人员，工作人员让他耐心等待。他问车皮批下来需要等多长时间？工作人员说："这个说不准，少则一天，多则一个星期。"他一听说需要这么长时间，吃惊得张大了嘴巴，但还是堆着笑脸恳求工作人员多多关照。

　　一直到下午下班，他也没有等到车皮审批的任何消息，只好走出铁路局办事大厅。

　　这天晚上他没敢再到远处去住宿，而是在铁路局附近的公共汽车站旁靠着护栏熬了一夜。他之所以要这样做，一方面是怕花钱，另一方面也是怕耽误了时间。

　　随着晨曦渐露，大街上的行人和车辆逐渐多起来。阿米提跑到马路边绿地里正在浇花的水龙头跟前，用双手接住水洗了一把脸、漱了漱口，又找到一家饭馆买了一个馕，接着就来到了铁路局继续等候。

　　下午快下班时终于传来消息，他们的申请计划批了，但只有一个车皮。阿米提问我们不是报了两个吗？工作人员说："报两个批一个就算照顾你们了，有的报十个才给批一个呢！"阿米提一听，马上右手抚胸以示感谢。

　　阿米提拿着批条火急火燎地赶回火车站，看到六神无主的吐逊江在站台上正焦急地向他来的这个方向张望。原来是阿米提走后不久，就有人因为货没到场，空出了车皮要调剂，吐逊江做不了主，心里干着急，所幸阿米提及时赶到。车皮一到，阿米提和吐逊江拼命一样赶快装车，终于如约将车皮发了出去。

　　接下来的两天里，阿米提和吐逊江焦急地等待着，不停地向车站工作人员询问火车运行的情况。吐逊江整天坐卧不安，阿米提也分秒计算着火车的到达时间。

　　在焦急的等待中，车站值班室终于在车皮发出的第四天通知他们，火车已经顺利到站，货品经检验没有任何问题，阿米提和吐逊江这才松了一口气。

　　对方很讲信用，货到的当天就把款打了过来。

　　一个车皮的鲜葡萄打响了胜利的第一仗，虽然车皮太少导致第一次供货利润不多，但阿米提和吐逊江总算看到了赚钱的希望。

广州老板发话说，吐鲁番的葡萄在内地尤其是南方供不应求，以后这种品质的葡萄，数量越多越好。

阿米提和吐逊江一听立刻激动起来，吐逊江甚至憧憬起阿米提如果给他还清了欠款，他就能领到被单位扣发的工资，到时候再给家里添几只羊。阿米提则憧憬起还款后和阿娜尔古丽有情人终成眷属的美好归宿。

晚上，他们住进了车站跟前一家简陋的旅馆里。两个人高兴得睡不着觉，不由得拉起了家常。

吐逊江说："那天你让迪力夏提到我们家叫我，一开始我还真有些发怵呢！"

阿米提问："为什么？"

吐逊江说："怕你骂我呀？"

阿米提说："哪会呢！事情都过去那么长时间了。再说，你也不是故意的。"

吐逊江说："说实话，你虽然是我的债主，但我那天也确实有点太过分了，不该那样去闹。俗话说，宁拆十座庙，不坏一桩亲。我那样一闹，把你的亲事都闹黄了，那还算是个人吗？连我老婆都骂我不是个东西，一连好几天都不理我。酒醒后我非常后悔，几次都想到你们家去当面道歉，但就是没有这个勇气。这件事，这辈子连我自己都不会原谅自己。"

阿米提说："你言重了。这门婚事我本来就不看好，主要是我爸我妈怕我这辈子打光棍给撮合来的。女方图的根本就不是我这个人，而是我手中的这个铁饭碗。这个铁饭碗我将来一旦端不稳，两个人的日子也是过不长久的。"

吐逊江说："不管怎么说，我都不该那样做，那样做是要遭人骂的，也是要受到良心谴责的。"

阿米提安慰吐逊江说："这件事已经过去了，你也不要老放在心里。再说了，人无完美无缺，马无不失前蹄，谁敢保证自己一辈子不办错一件事？更何况这件事也怪我们，要不是我们欠账，你们家能遭受那么大的损失？"

吐逊江笑了笑说："现在好了，我们终于有了一个渡过难关的好机会。"

阿米提也说："所以我们要抓住机会，趁热打铁，争取多发些车皮的鲜葡萄过去。到那时，我们想办什么样的事，我们想找什么样的老婆，都会不在话下了。"

吐逊江一边听，一边点头，称赞阿米提说得有道理。

过了一会儿，吐逊江问阿米提："听说你和阿娜尔古丽好上了？"

阿米提没有正面回答，而是问他："你听谁说的？"

吐逊江说："谁也没说，是我看出来的。不过，说真的，那个姑娘可是真没说的，要人品有人品，要相貌有相貌，善良、贤惠、懂事理，知道体贴人，还有文化，在咱们十里八乡都是拔尖的。你要是能找上她，那可是你一辈子的福气。"

阿米提叹了一口气说："可惜咱们的家里太穷了，恐怕没有这个福气。你没看见，斯拉木追得可紧了，听说阿娜尔古丽她妈都答应了。"

吐逊江说："只要阿娜尔古丽自己不同意，她妈答应有什么用？再说了，斯拉木那小子从小就善于投机钻营，阿娜尔古丽能看上他？"

阿米提说："不要一说人家追求阿娜尔古丽就说人家不好，斯拉木也是很能干的，他们家现在的日子过得好，那也是拼命挣来的，我们就没有人家干得好。"

吐逊江争辩说："不是我在背后说他的坏话，当面我都敢说他。不说他当年用不正当的手段和你们争上内高班的名额，就是后来分配工作中的行为也不是多光彩。先是被分配在乡镇企业局，他嫌没油水，就把另一名同志挤掉进了劳动人事局，后来又看社会上出了大款，就干脆辞职下海，利用他在劳动人事局的关系捞了一把，后来又跑到南方搞走私，又赚了一把。你别看他现在有钱，他赚的钱我还真不稀罕呢。"

阿米提笑了一下说："我们也不要把人家想得太坏了，人往高处走嘛！"

其实，就在阿米提想念阿娜尔古丽的时候，阿娜尔古丽也在想念着阿米提。阿米提的婚事在没退之前，虽然阿娜尔古丽的母亲卓尔汗对斯拉木很满意，但只是双方的大人见了个面，还没让两个年轻人正式见面，因为毕竟还没有正式提亲。可是自从阿米提的婚事退了以后，卓尔汗着急了，她怕阿娜尔古丽和阿米提之间生米煮成熟饭，就加紧促成这门亲事。在卓尔汗的安排下，阿娜尔古丽不得不与斯拉木正式见面。斯拉木由于和阿娜尔古丽同过学，对阿娜尔古丽心仪已久，当然对阿娜尔古丽非常满意，况且之前已多次向阿娜尔古丽献过殷勤，这让卓尔汗喜上眉梢，甚至开始计划起要准备什么样的嫁妆。但阿娜尔古丽却不这样想。她看着母亲卓尔汗莫名地欢喜，又好气又好笑。她在与斯拉木见面时，曾明确地向斯拉木表示自己已经有了心上人。谁知此话一出，反倒激发了斯拉木的斗志，他对阿娜尔古丽说："像你这么优秀的姑娘如果没有追求者那才是不可思议的，我相信在众多的追求者当中我斯拉木有能力脱颖而出!"他还说，"我懂得逼迫吃的饭不香、强行扭的瓜不甜这样的道理，我会通过公平竞争赢得你的芳心，直到你对我敞开心扉。"阿娜尔古丽只是淡淡地笑了笑，不置可否。

有了第一次贩鲜葡萄的成功，阿米提的胆子大了起来，再加上一次报了两个车皮却只批了一个的经验，阿米提这次一下子申请了四个车皮。对于他的这个做法，阿依提一开始是极力反对的。

还是那天在填写车皮申请单之前，阿米提跟阿依提商量写几个车皮好。阿依提问:"你这次想发几个?"

阿米提说:"这次想发四个。"

阿依提说:"那就写四个。"

阿米提说:"上次写两个给批了一个，这次想要四个就得写八个。"

阿依提说:"如果人家真要给你批八个怎么办?"

阿米提说:"那我们就发八个。"

阿依提说:"你疯了，你哪有那么多本钱?再说，一旦中间哪个环节出了问题怎么办?"

阿米提降下语调说:"那就先写四个吧，如果批得少了，我们再给人家说说好话。"

谁知阿米提填好单子递上去后，工作人员连问都没问，就按单子上的申请给批了，并且还说:"你们今天来的真巧，刚好车多客户少。"

阿米提拿住单子看了看，伸伸舌头自言自语地说:"幸亏没按八个写!"

四个车皮全部获批后，阿米提和吐逊江仿佛看到了这次大获全胜的结局一样，马不停蹄地联系货源，组织车辆，按照车站预报的到车时间提前把货物运到了站台。

谁知货物上站后，车皮的事情却迟迟不见动静。阿米提和吐逊江直盯盯地看着站台上悬挂的时钟，望眼欲穿地期盼着车皮快些到来。

在焦急的等待中，车站的喇叭突然响起，报告了一个令人担忧的消息:前方铁路遭遇狂风袭击，暂时停运。

心急如焚的阿米提眼看着烈日下的葡萄一点一点地失去鲜艳的光泽，变得心灰意懒。

阿米提一开始还忙着给葡萄遮阳、扇风、降温，但最终也只能是颓然地呆坐在了地上，懊悔自己不该这样冒险和冒进。

经过了一个昼夜的交替，火车终于进站，阿米提和吐逊江拖着疲惫的身体组织力量把货物装上了车。

货物虽然发出去了，但由于这批葡萄已过了保鲜期，运到广州验货时有很多已腐烂变质，根本无法销售，导致阿米提他们这一次不但没有盈利，反而把本钱赔进去不少。

原本在贩鲜葡萄生意里看到了希望的阿米提和吐逊江都深受打击，一个个走起路来垂头丧气。

吐逊江说："这种生意的风险也太大了，总是要靠赌徒一样的运气，哪能行？我看咱们还是罢手吧。"他还把剩下的钱清算了一下，虽然没有赚来钱，但本钱还是有些结余，多少还可以还一点账。

阿米提却不甘心就此收手。他说："这次天灾是个特例，老天爷不可能次次都和我们过不去，那么多人都在做这样的生意，难道就我们做不成？"他主张继续干，而不应该退缩。

但钱是在吐逊江手里攥着的，不管阿米提怎样软磨硬泡，吐逊江就是不肯撒手。

最后，阿米提急了，说："这点钱算是你个人借给我的，与公家不染，利息按银行的标准翻一番，这一次如果是赚了，到时候连本带息都给你，如果是赔了，全部记到我的账上，将来要是还不上，我拿房子做抵押。"

阿米提把话说到这个份儿上，吐逊江只好答应再相信阿米提一次，放手一搏。

阿米提拍着胸脯说："吐逊江兄弟，你就完全放心吧，我们有前两次的经验，这次保证稳赚不赔。"

吐逊江对此却仍然将信将疑："但愿如此吧。"

新的战斗开始了。阿米提吸取前次的教训，货源准备好后不是急于往车站送，而是暂时放在货源地，让阿依提守着。他安排吐逊江负责组织和押运车辆，他自己则等候在火车站，到时候车站这边一有火车进站的消息，他就立刻通知吐逊江运货。为了便于途中联络，阿米提还让阿依提从给他们供货的果农手里借了一部"大哥大"交给了吐逊江。一切安排就绪后，三个人各就各位，静候车皮进站。

　　果不其然，这一次火车依然是因为天气原因而晚点进站，阿米提庆幸自己吃一堑长一智，没有重蹈覆辙。

　　可是，车皮虽然终于进站了，但让阿米提没想到的是，这一次因为火车是晚点进站的，为了把耽误的时间赶回来，火车要急发，车站把装车的时间催得很紧。阿米提一听大叫不好，赶快跑到车站的电话亭，通过 LC 电话通知吐逊江，让他火速押运货物进站装车。

　　吐逊江一听情况紧急，瞬间慌了神，赶紧开车和众人一起往火车站赶。

　　这边，阿米提尽量给火车站的工作人员说好话，企图能拖延时间。但火车开车的时间是无法改变的，工作人员告诉阿米提：时间紧急，车皮有限，如果阿米提的货品再不运到装车，他们将把车皮协调给其他用户。而下一趟再次停靠的保温车皮至少要等 48 个小时，到那时鲜葡萄也就变成葡萄干了。

　　阿米提急得像热锅上的蚂蚁，焦急地等待着吐逊江带着拉运葡萄的货车出现。

　　此时已是深夜，吐逊江带着众人也急得火烧眉毛，"时间就是金钱"这句话让吐逊江终于有了切身的体会。他坐在头车的驾驶室里，不停地接听阿米提打来的询问电话，不停地抬腕看手表，不停地催促司机踩油门加快速度。突然，意想不到的危险降临了！吐逊江乘坐的货车由于车速太快，在转弯时车体大幅倾斜，整个车身侧翻下路基，驾驶室瞬间变了形。坐在副驾驶位置上的吐逊江被死死地夹在里边，发出了撕心裂肺的惨叫……

第四章
羊皮的味道

夜已经很深了，阿米提和阿依提垂头丧气地回到家里。

那天晚上的车祸发生后，阿米提和哥哥阿依提连夜把吐逊江送到了吐鲁番人民医院进行紧急救治。吐逊江虽然脱离了生命危险，但胳膊却因此骨折再也不能干重活了，对于一个正当壮年的男人来说，这无疑是个残忍的消息。

阿米提当时一直在病床前守护着等待吐逊江醒来，醒来的吐逊江说的第一句话就是问葡萄有没有按时发出，看到阿米提痛苦地摇摇头，吐逊江失落地重重叹了口气。

事故虽然妥善处理了，后来他们到车站又好说歹说把货也发出去了，但阿米提却遭受了不小的经济损失。同时为了给吐逊江治病，他不得已又四处举债，家里也贴上了为阿依提说媳妇准备的彩礼钱。而广州的老板因为阿米提这边三番五次地出状况影响发货，不得不放弃了与他们的合作。

这天夜里当兄弟俩在处理完车祸遗留问题后一回到家里，姐姐阿依汗就喋喋不休地埋怨起来。她的矛头都是对着阿米提的。开始是埋怨阿米提不该放下公家的铁饭碗承包门市部，接着是埋怨阿米提不该离开门市部自己去找门路挣钱，然后又埋怨阿米提这次又出了车祸赔了那么多钱，不仅把给哥哥阿依提找媳妇准备的彩礼钱赔光，还把人家吐逊江的一只胳膊也搭了进去，叫人家一家人今后怎么过。直说得阿米提满脸羞惭，恨不得找个地缝钻进去。

母亲牡丹汗实在听不下去了，就对阿依汗说："出了这样的事，他俩的心里够难受了，你就少说一句吧。再说，人也救过来了，货也发出去了，事情也处理完了，你还要他们怎样？你没看他俩都瘦成啥样子了！"

阿依汗争辩说："事情是处理完了，但最终还不是得不偿失？都是平时你给他们惯的，什么事都依着他们，闯了祸还护着他们，总有一天他们会把你这个家败完！"

阿米提做生意赔钱欠债还害惨了朋友的消息被传得沸沸扬扬，不管他走到哪里，都觉得背后有人指指点点说三道四。爸爸海里木和母亲牡丹汗因为无力偿还欠债，熬煎得一天到晚唉声叹气，姐姐更是冷言冷语，不给一点好脸。阿米提受不了这种窝囊气，在家只待了一天，就神情沮丧地又回到门市部。

阿娜尔古丽看到他闷闷不乐、又黑又瘦的样子很是心疼，连忙搬过来一把椅子，又给他沏了一杯茶。一贯幽默诙谐的迪力夏提也噤若寒蝉，只是简单问了一下事故的处理情况，没敢多说一句话。阿米提询问了一下最近一个时期的经营情况，让他俩都再想一想下一步怎么办。

这时，斯拉木又开着车过来了，不过他这次开的不是面包车，而是一辆崭新的小轿车，说是叫什么"现代"。一进门，他就把一大兜好吃的东西往柜台上一丢，然后掏出一支烟点上，对着阿米提不无讥讽地说："怎么样？我的大经理同志，生意不好做吧！需不需要兄弟我给你指条路？"

阿米提看着斯拉木幸灾乐祸的这副德行，鼻子里哼了一声，摔门走了出去。

阿娜尔古丽顺手把斯拉木放在柜台上的一兜东西推到了地下，气愤地挑起门帘走进了里屋。

迪力夏提用奚落的口吻说："哥们儿，还是积点德吧！也不看看今天是什么天气！"

斯拉木看了看几个人的脸色和举动，尴尬地开车走了。

望着斯拉木远去的背影，阿米提回转身，低着头在屋里转了几圈，端起茶杯猛喝了一口，还没有咽下去，突然举起茶杯摔到了地下，几步跨出门，踏上摩托车飞驰而出。

阿米提骑着摩托车回到家，看到哥哥阿依提正在收拾一把坎土曼，没进门就气呼呼地骂道："他妈的，太欺负人了！哥，我们不能就这样趴下，就这样趴下人家会笑话死我们的！"

阿依提放下手中的活，不解地问道："出什么事了？"

阿米提没有正面回答，只是一个劲儿地说："生意我们还得做，不能就这样趴下，你不做我做！"

阿依提看了阿米提一阵子，好像明白了阿米提的心思，若有所思地说："生意可以继续做，但眼下好的生意没有。我打听了一下，贩羊皮可以挣点钱，可就是太苦了，要跑到很偏远的地方一家一家地收，有时候恐怕连饭都吃不上。"

阿米提说："怕麻雀不种粮，怕野狼不养羊。吃苦不怕，只要能挣到钱。你要是嫌苦，我一个人去做！"

阿依提说："我嫌苦？笑话！好汉肚里能装一座山，你哥我什么时候嫌苦过？我是怕你吃不消。你要是不怕苦，咱们明天就走！"

兄弟俩说干就干，第二天就每人骑一辆摩托车，带着行李卷，来到了兵团一个很偏远的牧业连队，并租了一个已经废弃的马厩作为栖身之地和存放羊皮的库房。他们自己动手打扫了里边的卫生，安放了简易的床铺，支起了锅灶，购置了简单的生活用品。乍一看，也算是一户人家。

生活上的事情安排完，他们就商量起了如何经营的问题。

阿依提对阿米提说："做贩羊皮生意要有耐心，不能指望一口吃个胖子，也不能三天打鱼两天晒网。"

阿米提顺从地点着头。

为了摸清行情，他们趁着巴扎日来到了羊皮市场。

放眼望去，偌大的羊皮市场上布满了大小不一的羊皮摊位，吆喝声、叫卖声、讨价还价声不绝于耳。阿米提和阿依提在羊皮摊位前流连，向摊主请教买卖羊皮的各种问题。他们还不时地与购买羊皮的客商交谈，寻求商机和信息。

经过一番打探，兄弟俩对羊皮市场的行情心中有了底，便开始收购羊皮。

他们听说最偏远的地方羊皮也最便宜，为了获得最大的价格差，他们第一天就跑了一趟远路，来到很偏远的一个农牧村落。这里是一片浅山，一座座用土坯垒就的低矮房屋和一顶顶用羊毛毡搭成的毡房稀稀拉拉地散落在一个低洼的地方，周围都是连绵起伏的草原。

来到村边后，农牧民们一听说他们是来收购羊皮的，都争着把他们往自己家里拉。开始阿依提想让阿米提和自己分开收购，这样也会快一些，但他一想阿米提是第一次做这样的生意，没有经验，就让他跟着自己做。不到半天工夫，他们的摩托车上就被羊皮垛满了。阿依提手把手地教阿米提用绳子把垛在摩托车上的羊皮拴好。

他们把羊皮拴好刚准备出发，一个小伙子扛着几张羊皮从毡房里追出来，央求阿米提和阿依提把他家的这些羊皮买走，哪怕价钱便宜一点也可以。阿依提按照和其他家一样的价格把这批货收了下来，放在了自己的摩托后座上。

返回的路上，阿米提高兴地对阿依提说："这里的羊皮真便宜！要不了多久，咱们就可以把欠外边的账还个差不多，你和嫂子的事也有指望了。"

阿依提说："越是偏远的地方羊皮越便宜，就是太辛苦了，我怕你吃不消。"

　　阿米提说："这些苦对于一个当过兵的人来说，根本不在话下。"

　　往农牧区走的路都不是寻常的路，有些地方根本就不是路，而是车辆来往多了轧出的一道辙，到处坑坑洼洼的，走起来很艰难。阿米提从来没有走过这样的路，加之摩托车上又放了这么重的羊皮，走起路来撑不住把，摩托车总是歪歪扭扭的。在一个拐弯处，他一下子没有反应过来，摩托车侧翻了，车子上的羊皮被全部翻了下来。阿依提只得帮助他又一张一张地把羊皮抃到摩托车上，码好拴好。

　　阿依提说："偏远的地方就是这样，有些地方连条像样的路都没有，摩托车根本走不成。下一次要是再来，我们就换成自行车，来的时候骑上，回的时候就推上。"

　　阿米提说："好，回去就换。"

　　刚收购来的羊皮一般是湿的，要等到晒干了才能拿到市场上去交易。这天他们一回到临时居住点，就把收购来的羊皮摊在架子上晾晒，搞得满院子满屋子都是羊皮，羊皮的腥膻味把阿米提呛得直想吐，招来的苍蝇也飞得直碰头。阿依提带着阿米提割来艾蒿、薄荷和薰衣草撒在羊皮上，这才使羊皮的腥膻味得到了缓解。

　　自从阿米提贩羊皮走后，阿娜尔古丽就一直想着如何帮助阿米提渡过难关的事。这天吃过早饭上班后，她像往常一样打扫起门市部的室内外卫生。她把外边的卫生打扫完，搬过一条凳子站上去开始擦拭货架上的商品。正在聚精会神地擦着，迪力夏提上班来了。迪力夏提一进门就说："我的古丽小姐，你擦得再干净，没有人买还不是瞎子点灯？"阿娜尔古丽说："你这纯粹是懒人为自己偷懒找的借口。"

　　迪力夏提嘿嘿一笑耸了耸肩说："现在就这个状况，那你说怎么办？"

　　阿娜尔古丽说："阿米提大哥到外边挣钱还账，我们也不能就这样闲着。我想，咱们也得想点办法，不能把还账的担子都压在阿米提大哥一个人身上。"

　　迪力夏提戏谑地说："你是不是又心疼你的阿米提大哥了？要是真心疼，你就快跟他一起去贩羊皮，白天干在一起、吃在一起，晚上干脆就睡在一起，那样多好！"

　　阿娜尔古丽拿起一把笤帚打在迪力夏提的头上，嗔怪地说："你这个人，越来越不正经了，人家是跟你说点正经事。"

迪力夏提摊着两手说:"反正我是没有什么办法了,要不你给支个招儿?"

阿娜尔古丽说:"我想经营服装。"

迪力夏提一听说阿娜尔古丽想做服装生意,惊讶地说:"你也想做服装生意?我看就算了吧,你没看街上摆服装摊的人都快超过蚂蚁了!"

阿娜尔古丽说:"他们做他们的,我们做我们的。现在社会上都流行真丝和冰丝衣服,特别是韩国出的衣服,又好看又便宜,咱们不妨也进一点试试,实在不行再想其他办法。"

迪力夏提为难地说:"韩国离咱们这里那么远,漂洋过海的,咱们从哪里能把韩国的服装弄来?"

阿娜尔古丽说:"我在财经学院上学的时候有个同学,她的一个亲戚在威海做服装生意,从他们那里到韩国很方便,头天晚上坐上轮船,第二天早上就到了,买上东西后当天晚上还可以坐上轮船返回。你要是同意,我就跟那个同学说说,让她帮个忙。"

迪力夏提一看阿娜尔古丽有现成的渠道,也就顺水推舟同意了。阿娜尔古丽也不耽搁,当天通过电话找到了那位同学,一个多星期对方就把货发过来了。

门市部的货架上又多了一个品种——服装。屋子里摆不下,阿娜尔古丽就在靠近门口的院子里放了两个悬挂式货架,把韩国出品的各种款式的男女和小孩服装挂了上去,花花绿绿的,挺招人喜爱。阿娜尔古丽里里外外照看着,一边打理服装,一边招揽顾客。

韩国出品的服装在这里是个稀罕东西,吸引了不少的人前来观看。虽然看过的人都啧啧称赞,但就是舍不得掏腰包,一天下来,卖不了几件。

迪力夏提急了,对阿娜尔古丽说:"你卖了几天也没见卖出几件,我看还是算了吧。"

阿娜尔古丽说:"开弓没有回头箭,既然做了这项业务,我就要做到底。我不光在这里做,还要到大巴扎上做,过几天还要下乡做。你要是不愿去,我就一个人去。"

迪力夏提说:"你一个姑娘家都不怕见人,我一个大老爷们儿怕什么?只要你敢去,我就陪着你去。我要是不去,你这么漂亮,要是被人家抢跑了,你的阿米提大哥回来向我要人怎么办?"

阿娜尔古丽一听,顺手抄起衣服挑杆打了过来。

迪力夏提举起双手做了一个投降的动作赶忙跑开。

经过几天的晾晒，阿米提他们收购的羊皮一张张都干爽了。这天，兄弟俩早早地就用摩托车把这些晾干的羊皮驮到了羊皮市场，摆到了之前他们通过市场管理人员要来的摊位上。

羊皮市场上人来车往，一片繁闹。阿米提和阿依提的摊位上摆着高高的羊皮垛，阿依提高声吆喝着招揽顾客。阿米提不会吆喝，阿依提就小声教他。几个羊皮经销商围着摊位与阿依提讨价还价，由于他们的羊皮价位低，不断有生意成交。邻近的摊主看着他们生意兴隆的样子，纷纷投来羡慕的目光。

来自贵州通天河的皮革经销商单宝仁和他的情人游秀碧也被兄弟俩的吆喝所吸引，来到摊位前主动搭讪。

单宝仁看上去 40 岁刚出头，中等个儿，理着偏分头，穿一身蓝色的制服，左肩背着一个黑色的旧皮包，眼神既精明又憨实，让人一看就是一个来自乡下经常跑生意的人。

游秀碧则截然相反。从眼尾纹看，她的年龄离 50 岁不会太远，但她的打扮却像一个招摇的大姑娘，头发卷得高高的，口唇抹得红红的，耳坠吊得长长的，身上的衣服艳艳的，脚上的红色高跟鞋后跟足有五公分高，左手腕还挎了一个时髦的小坤包。看上去既不像纯粹的农村人，也不像纯粹的城市人，倒像一个城市和农村的混合女人。她的眼神告诉人们，她绝不是一个等闲之辈，而是一个内心刁钻的狠角儿。

他们挽着手一来到阿米提兄弟俩的摊位前，就在羊皮垛上东摸摸、西摸摸，上摸摸、下摸摸，询问这些羊皮是从哪里来的，为什么价位这么低，价位这么低质量能不能保证。

阿米提刚要回答，阿依提一把把阿米提推到身后，抢先说道："这两位老板，有道是好饭不问何人做，好货不问哪里来，想必两位老板也是圈内之人，肯定是慧眼识真金。你们看看这些羊皮，真真的就是物美价廉。需要多少，您们只管开口，保证你们进得多、卖得好，财源滚滚肥腰包。"

一番流利的羊皮贩子话说得单宝仁和游秀碧两位羊皮客忍不住笑了起来，游秀碧还用赞美的口气说："看来这位老弟也是羊皮市场上的老摊主了，生意好，口才也好，好口才赢得了好生意，好生意又练就了好口才，真是好上加好，一好百好，祝福你们的生意永远都好！"一边说还一边朝阿依提翘了翘大拇指。

这样一说，倒把双方的感情一下子拉近了。阿米提微笑着问道："两位老板是要来一批吗？"

单宝仁有意想深入交谈一下，如果价格合适就买上一批，刚要回话，游秀碧抢先答道："我们是初来乍到，先摸摸行情，后边如有机会，一定第一个和你们合作，还望两位老板多多关照。"说完，还伸出戴满首饰的玉手和阿依提轻轻握了一下。

离开摊位后，游秀碧对单宝仁窃窃私语："一个是老油条，一个是生瓜蛋子……"

望着他们离去的身影，阿依提若有所思地摇了摇头。

阿米提小声问阿依提："这是两口子吗？"

阿依提肯定地说："情妇。"

阿米提说："你怎么能那么肯定？"

阿依提说："凭直觉，说了你也不懂。"

由于他们的羊皮质量好，价位又低，不到半下午就卖完了。阿依提骑上摩托车去市管会交管理费，让阿米提收拾摊子。临走时，阿依提又专门叮嘱了一句："一定要把卫生打扫好，下一次我们还要用的。"

阿米提按照哥哥阿依提的吩咐收拾完摊位返回时，在进出羊皮市场的一个岔路口遇到一位操着河南口音的妇女拉着两个孩子，在向行人讨要。他走上前询问缘由，这位妇女抹着泪诉说了家庭的变故。他看这家人太可怜，就从钱包里掏出几张钱塞到了这位妇女手里，后来他看有点少，又添了两张。这位妇女感动得连连说："大兄弟，太多了，太多了！"只留下一张，其余的要退给阿米提。阿米提再次看了看这位妇女憔悴的面容和两个孩子面黄肌瘦的样子，拒绝了。

回到居住地后，兄弟俩一边洗漱，一边兴高采烈地谈论首次羊皮生意的收获。阿依提趁着高兴劲儿，大谈起他的生意经来。他不无得意地说："做生意就是这样，要想赚钱，不外乎三条。一是货好，要讲求质量，讲求诚信，货真价实，不能掺假，不能以次充好，不能欺骗顾客。顾客要是发现被你欺骗了，他会用比广播还要快的速度把你的坏名声传出去，那样你的生意就不要再做了。二是价好，价格不要定得太高，吃点过水面就行了，心不要太狠，不要太黑，一定要给顾客留下利润空间，有时候甚至还要有意识地给顾客让点利。因为到我们这里来进货的都是二道贩子，他们都是成批要的，他们拿回去后还要转几次手，后边的人也得吃饭，如果你要的价格太高，他们感到没钱可赚，就不会买你的货了，即使这一次买了你的，那也是一锤子买卖。不但他自己不会再来，他还会告诉他的朋友也不要来，这样一来，你的生意就做不下去了。有的人不明白这个道理，生怕自己赚的钱少，定价的时候往死里定，算账的时候算到骨头缝里，恨不得把钱全装到自己的腰包里。这样的人看上去很聪明，其实是很傻的，简直就是一个傻瓜！纯粹是自己搬石头砸自己的脚。三是态度好。笑脸胜黄金，做生意态度一定要好。因为人家到你这里来是来买东西的，而不是来看你脸色的，更不是来受气的。有些人不明白这一点，见了顾客吹胡子瞪眼睛，好像你就是大爷。这样谁会买你的账？现在不像过去计划经济时代，只此一家别无分店，现在是买方市场，此处不理爷，自有理爷人，离了你人家照样能买到东西。所以说，过去是政府说了算，现在顾客是上帝，离了顾客你的生意一天也做不下去。"

说完了这一大段话，阿依提还像做总结一样说："物美、价廉、态度好，这就是最有效的生意经，谁用得好谁就发财，用得越好发的财就越大，能用到极致，肯定会发大财。"

听着阿依提讲生意经，阿米提佩服得直点头。

阿依提换了一种口气说："就这么个简单的道理，并不是所有的人都能弄明白，就是明白了也不一定会照着去做。一到具体的生意上，他就又犯迷糊了。"

阿米提问："那是为什么？"

阿依提说："为什么？因为这里边有一个'利'字呀！在'利'字面前，好多人把'义'字都忘到脑门后去了。要知道，贪心不足可是人的天性！"

一句话听得阿米提睁大了眼睛。他还从来没听到过哥哥阿依提说过这么深刻的道理。过去阿依提给他的印象是，没有多少文化，一天到晚只知道干活，不善言辞，沉默寡言，活像一台机器。现在才知道，哥哥的心里其实是藏着好多学问的，只是当年由于家里太穷，没上几天学，要是能读到高中，那就肯定不会是现在这个样子了。但他也知道，哥哥也正是受到文化程度低的限制，看人看事往往眼界不够宽，给他的事业包括他自己设置了许多障碍。

兄弟俩洗漱完没顾上吃饭，阿依提就让阿米提算算今天的收入。阿米提从钱包里把钱全部掏出来一张一张地数完，给阿依提报了个数字。阿依提皱着眉头思谋了一阵说："不对吧，至少是这个数。"他把两只手的食指交叉起来做了个手势。

阿米提说："你说得对，就是这个数字。"

阿依提问："少的那些钱哪里去了？"

阿米提只得如实相告。

阿依提一听就火了。他暴跳如雷地说："你不知道我们这些钱是怎么来的吗？那可是卖一百张羊皮都赚不来的利润，你怎么就白白地送人呢？一个要饭的，给个块儿八毛就行了，最多给上十块钱，你怎么就那么大方，一下子就给了人家那么多，那可是相当于咱们家买台黑白电视机呀！有这些钱你拿回去还给人家吐逊江，也不至于让人家一家人天天生气。现在可好，你拿去做人情了，真是昏了头了！你的脑子是不是让驴子给踢了？"

阿依提说到这里还不解气，冲到阿米提的跟前指着阿米提的鼻尖斥责说："人家都说，温驯的羊羔都爱摸，心善的人做不成生意，你在门市部允许欠账就已经吃了亏，让全家人跟着背黑锅，到现在还不改。你要再这样下去，我就回家去，不和你做了！"阿依提越说越气，几乎想抄起家伙揍阿米提。

阿米提知道这笔钱来之不易，也知道哥哥平时节俭惯了，从不多花一分钱，他怕哥哥再往下说更生气，赶忙解释了一阵，承认了自己的不对，并且主动做起了晚饭，阿依提这才罢休。

就在阿依提给阿米提大讲生意经的时候，单宝仁和游秀碧也在他们住的乡下简易客栈里商量着运用什么手段能得到兄弟俩的生意经。

上午他们在羊皮市场上转了好几圈，转来转去，他们感到还是阿米提兄弟俩的羊皮质量好、价钱低。他们本来打算从兄弟俩的摊位上直接买上一批发回去，但后来一想，如果能把兄弟俩羊皮的来路搞清楚，直接到他们的羊皮来源地去收购，岂不是能赚取更大的利润？所以，他们就放弃了在市场上直接购买羊皮的想法，把目标锁定在了掌握兄弟俩的经营渠道上。

晚上回到客栈，两个人就在单宝仁住的房间里合计起来。商量的结果是雇个人盯着兄弟俩。

游秀碧说："那俩兄弟的名字你记住了吧？"

"记住了。"单宝仁温顺地回答。

"他们的货质量那么好价钱又那么低，来路肯定不一样，我们得想办法盯上他们，看看他们有什么特殊的门路。"

"怎么，你还想去当特务呀？"单宝仁有点不解地问。

游秀碧瞪起了眼睛："我哪能那么傻！再说了，我们今天认识了他们，他们肯定也记住了我们，我们要是跟着，还不得被他们发现啊？"

"那你说怎么办？"单宝仁又问。

游秀碧蛮有主意地说："我这里有票子！"一边说，还一边拍了拍她装着钱夹子的小坤包。

单宝仁醒悟过来了，有意夸奖说："你是要雇人哪！还是我们的游诸葛智谋广！"

游秀碧用涂抹着血红指甲的右手食指轻轻点了一下单宝仁的鼻尖："看把你贫的！"

要睡觉了，单宝仁让游秀碧到她的房间去。

游秀碧不高兴了，竖着双眉威胁地说："怎么，又想甩掉我？没那么容易吧！"

单宝仁赶忙找借口："哪能啊！我是怕让别人看见了不好。"

游秀碧带着轻蔑的口气说："这里离你的通天河十万八千里，谁吃饱了撑的没事干，专门来盯你梢呀！再说了，你们那口子天天守着个不死不活的肾病儿子，哪有心思来顾及你呀！"

说着，伸出双手和舌头，贴上去和单宝仁缠绵起来。

阿娜尔古丽把自己的服装摊位摆到了大巴扎上，迪力夏提很不情愿地坐在那里看着街上熙熙攘攘来来往往的行人。

几位女顾客来到摊位上挑拣衣服，阿娜尔古丽热情地帮着介绍、试穿，一位顾客满意地买了一件上衣。

两个小朋友在大人的引领下来到摊位前，其中一个小朋友指着一件衣服嚷嚷着要买，阿娜尔古丽就从衣架上取下来递到大人手里。

又有几位男女顾客来到摊位前。阿娜尔古丽把他们打发走后，刚端起茶杯想喝口水，突然发现斯拉木站在摊位前用一种阴沉的目光在盯着自己。

她走到斯拉木跟前，不冷不热地问道："你来干什么？"

斯拉木把她拉到一边，恳切地说："你怎么也干起了这种事情？"

阿娜尔古丽说："怎么，难道这种事情丢人吗？"

斯拉木说："你知道这种事是谁干的吗？这是那些没有工作、没有收入、没有身份、没有地位的人干的！你是谁？你是一个吃公家饭、端公家饭碗的人，你是一个有正式工作、有正式职业的人，你是一个有身份、有地位的人，你是一个人人都非常羡慕、非常向往的高贵的人，你怎么能干这种事情？你如果没有钱，需要多少我可以给多少，但你不能做这样的事，做这样的事对你来说是很失身份的！你还是快回去吧，不要再在这里干啦！你们门市部要是发不下来工资，从下个月，不，从明天起，你的工资由我包了！"

阿娜尔古丽生气地说："你不就是有几个钱吗？我不稀罕，我需要的钱我自己会挣，你少管我的闲事！"

阿娜尔古丽说完，回转身继续热情地为顾客服务。

斯拉木两眼直直地看着她，显出十分不理解的样子。过了好一阵儿，摇着头默默地离开了。

阿米提和阿依提有了第一次贩卖羊皮的胜利，接下来的干劲更足了。他们仍然骑着摩托车朝最偏远的农牧村子走。因为他们知道，只有在这样偏远的村子才没人愿来，没人愿来才能收购到最便宜的羊皮。而只有收购到最便宜的羊皮，他们在市场上才有比别人大得多的竞争力。然而，他们的这个秘密被人发现了。

这天，他们正往一个偏远的农牧村子走着，老远就看见一个青年男子也骑着摩托车跟在他们身后，他们停下，那个人也停下，他们走，那个人也走，这引起了阿米提的怀疑。阿米提对阿依提说："这个人怎么跟了我们一路？"阿依提说："可能也是来这里办事的吧。"

来到村子后，阿米提和阿依提从一户人家出来走到第二户人家门口，那个骑摩托车的男子把摩托车停在前面那户人家的门口，一闪身不见了。阿米提和阿依提站在门口等了好一阵子，也不见那人出来，阿依提对此也起了疑心。

待到阿米提和阿依提驮着满车的羊皮驶出村子的时候，那个青年男子也骑着摩托车从村子里走出来，上了另一条道路。

阿米提和阿依提带着满腹疑惑返回临时居住地。

阿米提和阿依提的怀疑是对的，这个人正是单宝仁和游秀碧雇来盯梢阿米提和阿依提的人。他采取的办法是，当阿米提兄弟俩从前面那一家把羊皮收购离开后，他就迅速钻到这一家，把阿米提他们收购羊皮的价格、数量问得清清楚楚，到下一家也是一样。这样跟了一路，他就把兄弟俩收购羊皮的方向和路子全部摸清楚了。

这天晚上，游秀碧正在她自己的客房里悠闲地看着电视，单宝仁喜笑颜开地进来了。他一进门就掩饰不住喜悦对游秀碧说："告诉你一个好消息，咱们雇的那个人把那兄弟俩收购羊皮的底细全摸清楚了。"然后把他听来的消息一五一十地说给了游秀碧。游秀碧一听，也把她的鬼主意告诉了单宝仁。

阿米提他们当然不知道阴沟里正在酝酿的这股恶风。他们的羊皮收购到够卖一次的时候，就暂时停下来，把之前收购来的湿羊皮晾干，然后又用摩托车驮运到羊皮市场上来卖。

羊皮市场继续着往日的繁华。阿米提和阿依提的生意是越来越好了。阿米提也像一个熟络的羊皮经销商，左右逢源地和客户们做着交易，一笔笔生意在他的手中成交。哥哥阿依提露出了满意的笑容。

阿娜尔古丽真的和迪力夏提把服装摊子摆到了村街上。阿娜尔古丽用手提话筒大声推介她的服装。村民们扶老携幼围拢在他们的摊位前，竞相挑拣各自喜爱的服装。迪力夏提也一改往日的阴郁表情，用他那惯有的幽默和风趣为村民们服务，引来一阵阵欢声笑语。

正当他们的服装生意做得风生水起的时候，阿娜尔古丽走乡串户叫卖服装的事被母亲卓尔汗知道了，卓尔汗把阿娜尔古丽堵在家里狠狠批评起来。

卓尔汗质问道："谁叫你去走乡串户叫卖服装的？"

阿娜尔古丽说："谁也没叫，是我自己去的。"

卓尔汗说："这种事是一个大姑娘家干的吗？"

阿娜尔古丽说："这又不是什么见不得人的事，为什么不能干？"

卓尔汗说："要是件体面的事，那些省委书记、县委书记，包括乡里书记、村书记家的女儿们，甚至包括他们家里的男孩子们为什么没人出来干？"

阿娜尔古丽一时不知道怎么回答，嘴巴张了张，停在了那里。

卓尔汗警告说："你爸爸是县里的教育局局长，你妈我是乡里百货商店的营业员，我和你爸都是要脸面的人，只要我们活着，你就别想干这种丢人现眼的事。如果你硬要继续做，我就把你锁到家里！"

对于母亲的这种态度，阿娜尔古丽既不理解，又感到心里很憋屈。但看着母亲凶巴巴的样子，这一次她没敢犟嘴，而是跑到门市部向迪力夏提讨教应对办法。

阿娜尔古丽噙着眼泪出现在门市部，一向幽默诙谐的迪力夏提也收敛了笑容关切地询问情况。阿娜尔古丽说明原委后，迪力夏提诚恳地说："要是这样，你也不要和你妈硬较劲。俗话说来日方长，你可以暂时缓一缓，待你妈的火气过去后再想办法。"

阿娜尔古丽看迪力夏提也是出于真心，就默默地点了点头。

单宝仁和游秀碧从阴沟里吹出的恶风终于挡住了阿米提和阿依提的财路。

这一天，他们像往常一样来到了一个偏远的农牧村落。在一农户家院子里，当阿米提和阿依提与户主商讨羊皮的价格时，户主一下子伸出了三个指头，不管他们怎样解释，户主就是不松口，使兄弟俩惊愕得半天回不过神来。

在另一农户家，他们遇到了同样的情况。

兄弟俩空着两手走出村子，脸上写满了疑惑。阿依提说："短短几天时间，价格怎么就翘起了这么高？"阿米提说："会不会与那天那个骑摩托车的人有关？"阿依提叹了口气，没有吱声。

接着，他们又来到另一个偏远的农牧村落。

阿米提和阿依提有了在前一个村庄的经验，指着地上的羊皮，对户主说出了比往日高得多的价格，但户主显然很不满意，坚决地摇了摇头。阿米提和阿依提只好垂着头走出院子。

之前他们还从来没有遇到过这种情况，一看今天这么不顺，兄弟俩只得空着手往回走。

刚走到半路，天空突然阴云乍起。不一会儿，狂风就卷着暴雨倾泻下来。兄弟俩推着自行车在毫无遮蔽的荒道上蹒跚而行，一会儿就被大雨淋得像落汤鸡一样。当他们浑身泥猴般回到居住地时，气得连晚饭都没吃。

而在单宝仁和游秀碧住的客栈里却是另一番景象。

客栈院子里，单宝仁和游秀碧眉开眼笑地围着刚刚装好的满满一大车羊皮查看刹车情况。

他们怎么也不会想到，这车货来得太容易了，几乎是易如反掌。

还是那天他们从雇用的那个年轻人的口中得知了阿米提兄弟的赚钱渠道后，他们就照着那个年轻人提供的路线，也来到偏远的农牧村庄收购羊皮。他们采取的办法是，把价格抬起来，让那些农牧民看到只有在他们这里才能赚到更多的钱，所以就更喜欢把羊皮交到他们手里，而不会再交给阿米提兄弟俩。这样看起来价格提高了，但与市场上相比，那还是要低得多。也就是说，这样做的利润要比市场上高得多。这样一来，客户就全跑到他们这里来了。

单宝仁看着装得满满的大车说："这一把赚的，恐怕要超过前三趟的总和。"

"回来的时候可不要忘了你的承诺。"游秀碧不忘叮嘱一句。

单宝仁鸡啄米似地连连点着头说："那是，那是，哪能忘了我们游诸葛的大功呢！"

阿米提和阿依提在乡下收购不到价格合适的羊皮，就来到市场上琢磨行情。他们看到羊皮的收购和批发价格都高得吓人，几乎没有利润空间，决定暂时退出羊皮市场，寻求新的门路。

这期间，单宝仁和游秀碧却赚了个盆满钵满。

那一天，单宝仁押着一大车羊皮回内地后，没过几天就返回来了，一见面就把一大把钱放到游秀碧手里，还给她专门买了一个当下十分流行的 LV 包。游秀碧一看单宝仁没有失约，还没等单宝仁提出来，就主动搂住单宝仁，让他尽情地满足了一回。

云雨过后，单宝仁问游秀碧："我走后这段时间市场有什么变化？"

游秀碧自鸣得意地说："羊皮市场正按照我们的设想发展，阿米提兄弟俩已经退出了市场，你回来刚好跟上再大捞一把。"

单宝仁问她有什么妙计，游秀碧说："上次我们是抬高收购价格，这一次刚好相反，要压低收购价格，而且要压得越低越好。"

单宝仁问为什么要这样做？游秀碧说："因为最近好多经销商都洗手不干了，农牧民把羊皮压在家里，时间一长羊皮就会变质，所以即使被割肉他们也会抛售。"

单宝仁夸奖游秀碧的高明计谋赛过诸葛。

单宝仁揣着游秀碧给出的计谋兴致勃勃地出去跑了几天，结果却败着兴回来了。

游秀碧正在洗浴，一听到外边传来敲门声，就知道是单宝仁回来了，她对着门喊道："你来就行了，进我这个门还需要敲？真是大白天掌灯，多此一举！"

单宝仁进来，走到床边，问道："人呢？"

游秀碧不耐烦地说："你看你这个人烦不烦，就这么屁大一点的房子，我能藏到哪里去？"

单宝仁推开浴室门，叹了一口气，想说而没有说出来。

游秀碧一看，急了，说："男子汉大丈夫有屁就放，还咽回去干什么？"

单宝仁叹了口气说："一言难尽，我这次落了个空趟。"

游秀碧问什么原因？单宝仁说："农牧民嫌我们给的价太低，都不愿出手。"

游秀碧思谋了一阵，恶狠狠地说："不给？那还不好办，他们不给我们就不收，再压一段时间，看看谁能熬过谁！"

单宝仁说："要是那兄弟俩趁机再去抓一把怎么办？"

游秀碧说："没有那么便宜的事，那兄弟俩早就洗手了！"

这一次确实让单宝仁给猜准了。

阿米提看已经好几天了还没有找到好的门路，心里很苦闷。这天晚上他刚准备睡觉，阿依提从外边回来了，说他听到一个新消息：一些经销商把羊皮的收购价压得太低，农牧民宁可把羊皮压在家里也不愿卖给他们。阿米提忽地一下坐起来，眼睛放着光说："这正好给我们提供了机会！"兄弟俩商定在明天早上就动手，杀他个回马枪！

回马枪果然奏效。阿米提和阿依提来到之前曾来过的农牧村庄后，见了卖羊皮的货主还是按老价钱走，既不提价也不压价，这些货主一看兄弟俩还是那么实诚，就纷纷把家里的羊皮卖给他们，有的还动员亲戚家也把羊皮拿过来。这次他们是骑着摩托车来的，不出半晌，他们的摩托车后座上就搭起了高高的羊皮垛子。兄弟俩驮着这些高高的羊皮垛子，兴高采烈地往羊皮市场飞驰。

路上，阿米提向阿依提询问这批货的价格如何定，阿依提毫不迟疑地说："还按原价走，不降也不涨。"

由于他们的羊皮货真价实，比其他皮货商的羊皮价位要低得多，他们的羊皮一进入市场就被一抢而光。接着又是第二批、第三批。随着他们驮着高高的羊皮垛子兴高采烈地在农牧区的道路上来往飞驰，他们腰里的钱包也越来越鼓了。

阿米提说："要是生意一直这么好，我们就把吐逊江也叫来，即使不能跟着我们一起跑，能照看一下摊位也行。人家为了咱们把饭碗都丢了，我们确实有点对不住人家。"

阿依提很痛快："过几天你就回去把他接过来。"

单宝仁和游秀碧沉寂了十几天，后来实在忍耐不住了，游秀碧就让单宝仁到羊皮市场上摸一摸近段时间的行情。不摸还好，一摸让单宝仁吓了一大跳。

单宝仁在羊皮市场上转了一圈，还没来得及走出市场，他就迫不及待地打电话给游秀碧报告他打听来的消息："那兄弟俩这段时间趁我们压价的机会，已经从农牧民手里收购四五批羊皮了，现在羊皮市场几乎让那兄弟俩控制了，我们也得赶快想办法了！"

游秀碧一听皱了皱眉头，阴沉着脸说："那我们也不能再等了，明天就去，价高一点也得收，否则我们连住店的钱都交不起了。"

阿米提和阿依提的生意越发兴隆，为了扩大经营规模，他们报请市场管理部门批准，在摊位前挂起了"阿米提羊皮商行"的招牌。商贩们看阿米提兄弟俩的生意越做越大，羊皮越来越抢手，都来找阿米提要求合伙。阿米提和哥哥阿依提商量后，选择了两名同乡入伙，同时把吐逊江也叫了来，让他帮助招呼摊位。

单宝仁按照游秀碧的吩咐到乡下跑了两三天，空手返了回来。他看好多人都找阿米提和阿依提，也跑过去要与他们合作，兄弟俩没有答应。

游秀碧看买不到价格低廉的羊皮，就只好让单宝仁从二道贩子手里买了一车货，然后运回了内地。

阿娜尔古丽天天看着放在柜台后边压在箱子里的服装，总想搬出来卖，但又怕被母亲发现，只好把这个想法压在心里。这天，她有些按捺不住，就从门市部里把这些服装搬了出来，准备再拿到大巴扎上去卖。迪力夏提劝她说："我的姑奶奶，你还是再忍耐几天吧！要是让你那个像老虎一样的妈看到了，还不把你给吃了？"阿娜尔古丽无奈，只好把服装箱又搬了回去。

又过了几天，阿娜尔古丽终于忍耐不住，又把服装箱搬了出来。迪力夏提开始还是一个劲儿地劝阻，但后来他看阿娜尔古丽态度坚决，就帮着阿娜尔古丽装车，装好后一同走上了街头。

在村街上，阿娜尔古丽仍然用手提话筒大声推介她的服装，迪力夏提也和往常一样，用他那惯用的幽默风趣方式招揽顾客。

谁知这件事又让卓尔汗发现了，这天阿娜尔古丽和迪力夏提正在村街上推销他们的服装，卓尔汗却气冲冲地跑了过来。她来到摊子跟前后，不由分说地把阿娜尔古丽拉起就走。

走了几步，卓尔汗又回过身来，从摊位上抓起衣服使劲往地上扔，边扔还边骂着说："我叫你卖，我叫你卖，你个不要脸的东西，在这里给老娘丢人现眼！"扔了一阵，又抓起阿娜尔古丽的一只胳膊往外走。

卓尔汗抓着阿娜尔古丽的胳膊一边走一边骂着说："一个贩羊皮的有什么可留恋的？整天和羊皮打交道，浑身上下都是臭烘烘的羊骚味，你跟他在一起，不吃饭也会感到恶心，将来还怎么跟他生活？"

村民们不知道这是何故，纷纷议论着四散开。

迪力夏提只好把被丢在地上的衣服一件件地拾起来重新叠好，自言自语地说着"这都是何苦呢"，然后垂头丧气地拉起车子往回走去。

灾难常常是在人们的不经意间降临的。

正当阿米提和阿依提热火朝天地经营着他们的羊皮生意，憧憬着把欠外边的账还完后一并解决自己的婚姻大事时，一场灾难悄无声息地降落到了他们的头上。

那天，兄弟俩正在市场上销售羊皮，两个穿法警制服的人走过来交给他们一张传票，让他们到法院去一下。阿米提一听愣住了，说："我们又没有犯法，到法院去干什么？"法警说："有人告你们在买卖羊皮中以次充好，给客商造成了重大损失，对方要求你们赔偿。"阿米提和阿依提还要辩解，法警说："你们还是到法院后再说吧。"

兄弟俩按照传票上标示的时间和地点来到了法院，听了法官的介绍才知道，原来是有人打着"阿米提羊皮商行"的旗号经销羊皮，在羊皮交易中以次充好，给客商造成了重大的经济损失，这些客商联名告到了法院，要求他们赔偿。法官建议说，这是一起经济纠纷，牵扯的人比较多，真要是打起官司来，既耗时间又耗财，不如庭下调解为好。

兄弟俩从法庭出来，阿米提气愤地说："我们从来都没有卖过那种质量的皮子，他们为什么要诬赖到我们头上！"

阿依提说："我们没卖，有人会卖，人家那皮子上打的可是'阿米提羊皮商行'的印戳。"

阿米提说："你是说，有可能是那两个合伙人干的？"

阿依提说："我只是怀疑，但我们没有证据。"

阿米提说："这样不行，我们得去找他们算账，要不，我们的亏可就吃大了。"

阿依提说："你去找他们他们也不会承认，都怪我们太善良、太相信他们了。现在我们唯一的办法，就是多收购些皮子拿过来卖，赶快把给那些客商造成的损失补回来，要不然，最后我们连老本都得赔进去。"

单宝仁和游秀碧的经营活动也不景气。上次那车货由于进价太高，拉到内地后不但没有赚到钱，还折了老本，搞得两个人都是一肚子怨气。

那天单宝仁手提着他那个不知用了多少年、已经磨得斑斑点点、油污满面的旧提包神情沮丧地从内地一回来，就垂头丧气地对前来迎接他的游秀碧说："这一趟赚取的利润和前几次简直不能比，亏大啦！"

游秀碧咬着牙说："这都是那兄弟俩造的孽，老娘我迟早要找他们算账！"游秀碧还幸灾乐祸地说："等着瞧，有他们的好戏看！"

阿米提和阿依提为了给那些受损的客商赔偿损失，只得拼命地收购和贩卖羊皮，常常是连轴转。

靠近山区的地方雨水多，眼下又是多雨的季节，时不时就会下起倾盆大雨。这天他们从偏远的农牧村庄收购进一批货刚刚上路，又遇到了一场倾盆大雨，他们驮着羊皮在荒道上走着，一会儿就被雨水淋得像落汤鸡。回到居住点后，他们连衣服都没顾得换，饭也没顾得吃，就赶忙把羊皮卸下来，散摊在屋子里晾开。

虽然经过一番拼搏给之前"假羊皮事件"中涉及的客商弥补了一部分损失，但由于涉及的金额太大，他们无力全部偿还，无奈之下只好另寻出路了，为此兄弟俩还抱头痛哭了一场。

第五章
路在何方

阿米提从羊皮市场回来，在家里待了一天，回到门市部看望迪力夏提和阿娜尔古丽。

阿米提骑着摩托车从大门外进来，把摩托车停在边上，像回到故乡一样，仔细地把门市部打量了一番，然后走进屋里。

迪力夏提惊喜地迎出来，像见到久别的亲人，握着阿米提的手说："走了这么长时间，我们都想死你了。听说你贩羊皮发了大财，这一下可以还清欠账了吧？"

阿米提苦笑了一下，叹了口气说："真是一言难尽。"

"这话怎么说？"迪力夏提问。

阿米提说："我们一开始做得确实不错，也赚了不少钱，可是后来全赔进去了。"

"那是什么原因？"迪力夏提又问。

阿米提解释说："有一段时间我们的生意做得确实很大，羊皮也很抢手，许多二道贩子都来找我们请求合伙，我们经不住人家恳求，就从中间选择了两名同乡。谁知他们却打着我们的旗号在收购羊皮中以次充好，为此引发了一场官司，我们不得不抽出身来应诉，结果一打就是几个月。那段时间又连遭大雨，我们此前收购的羊皮没来得及出手，全部受潮变质，几乎血本无归。受到这场官司和货物变故的双重打击，我们深感心力交瘁，加之这期间贩羊皮的人越来越多，生意越来越不好做，无奈我们就只好彻底放弃了。"

迪力夏提安慰说："赔了也不要紧，你不是常给我们说，'留得青山在，不怕没柴烧'，只要人没事就好，我们以后还可以再挣。"

阿米提朝里屋看了看，没有见到阿娜尔古丽，正想发问，迪力夏提说："还没来呢，这几天又被她妈锁到房子里去了。"

阿米提问是什么原因，迪力夏提一一作答。阿米提一听阿娜尔古丽是因为自己才受了这样的委屈，扭头出门去骑摩托车。

迪力夏提问："你到哪里去？"

阿米提说："去找阿娜尔古丽。"

迪力夏提说："她妈本来就对你很生气，你去了不是要给阿娜尔古丽再找麻烦吗？"

阿米提问："那怎么办？"

迪力夏提说："你在这里等着，我到她家去找，如果她妈阻拦，我就说上边下来人要查账，她是会计，她不回去账怎么查？"

阿米提拍了拍迪力夏提的肩膀，感动地说："还是我的迪力夏提兄弟好！"

迪力夏提骑上摩托车出去没多久，就把阿娜尔古丽带过来了。一见面，阿娜尔古丽也没顾及迪力夏提就在跟前，一下子拥到了阿米提怀里。阿米提看着阿娜尔古丽憔悴的样子，心疼地说："都是我不好，让你受了这么大委屈。"

阿娜尔古丽擦擦眼泪，从手包里取出一个红色的布包递到阿米提手里。

阿米提打开一看，是厚厚一沓子钱。阿米提再也控制不住自己的感情，紧紧地把阿娜尔古丽搂在怀里，泪水沿着阿娜尔古丽的乌发滴落下来。

迪力夏提眼里也噙着泪花，赶忙转身离开。

一直和阿米提兄弟俩作对的单宝仁这段时间也不好过。他从二道贩子手里买来羊皮运回通天河后，由于质量问题赔了钱，无钱为患肾病的儿子单小宝交医疗费，与妻子陈阿弟发生了激烈争吵，差一点让这个家分崩离析。

说起来单宝仁也挺可怜的。

单宝仁的家在贵州通天河的城乡接合部，说是城市，离城市还有十几公里，说是乡下，又带有某些城市的气息。在城不城乡不乡的地方，人们的思想和纯粹的农村相比是处于半封闭状态的，也就是说，既不完全开化，也不完全封闭，常常是半城半乡的状态。单宝仁就是这样。他高中肄业后，开始是在家务农的，后来受到来自城市信息的熏染，慢慢放弃了本业，跑起了买卖，其间有赔有赚，总算能够养家糊口，还娶了媳妇，并生了儿子，日子也算过得去。可是自从认识了游秀碧以后，他的好日子就再也没有回来了。

他和游秀碧是在一次彩色电视机的争购活动中认识的。那时候彩电奇缺，正在省城铁路局跑车皮生意的单宝仁听说铁路局的多经办新近从深圳进了一批彩电，单位分配后还有富余，就通过铁路局的生意伙伴搞到了 20 台。还没有出手，遇到了游秀碧。游秀碧当时也是来争购这批彩电的，但她没有内部关系，就没有搞到手。她一看单宝仁比较老实，就黏了上去，先是哭穷，说她原来在单位工作，后来单位搞体制改革，她被裁了，每个月只有一点点生活费，公公婆婆年老多病，丈夫又遭遇了车祸，高位截肢，生活极度艰难，为了养家糊口，她就出来跑点业务，挣几个钱好拿回家渡过难关。后来她又说过去从没有跑过业务，一开始让人家骗了好几次，现在身上连吃饭住宿的钱都没有了，希望单宝仁能够伸出援助之手。单宝仁也是个心软的人，经不住游秀碧一番涕泪横流的哭诉和央求，就答应从自己到手的 20 台中给游秀碧匀出了 10 台。

游秀碧转手倒卖后，在饭店里请了单宝仁一顿。席间，游秀碧感谢的话说了一火车，情意绵绵地陪着单宝仁喝了一杯又一杯，直把单宝仁灌得天昏地暗。两个人从此渐渐地走到了一起，合伙做起了生意，甚至还有些形影不离，只是在旅馆住宿时才各自分开。这一条还是单宝仁坚持的，他说他们毕竟都是有妇之夫和有夫之妇，不能太张扬了。但他不知道的是，游秀碧已经不是有夫之妇了。

游秀碧原来有一个十分幸福的家，上有身体健康、勤劳慈爱的公公婆婆，下有可爱的小女儿，丈夫虽然生活在农村，但心灵手巧，既能写会算，还会木工和盖房，小日子过得很幸福。但游秀碧不安于现状，她看到左邻右舍的大姑娘小媳妇都跑到广州深圳打工，回来后都是戴金挂银的，有不少人还盖起了二层楼，有的甚至还买起了小汽车，因而心里就羡慕得很，也想出去闯荡闯荡。开始公公婆婆都不同意，丈夫也十分犹豫，但经不住她软磨硬泡，公公婆婆最终还是勉强同意了。她把幼小的女儿交给公公婆婆照管，自己硬拉着丈夫踏上了开往广州的列车。

到广州后，他们经人介绍，来到一家专门生产家具的工厂打工。丈夫由于人好技术也好，很快成了生产骨干，老板也高看一眼，经常给予特殊关照。她本人虽然没有什么技术，但有丈夫的技术摆在那里，特别是她有一张漂亮的脸蛋和一副婀娜的身材，老板也就不多计较，而是让她干点诸如贴标、开票、售后服务等轻活。在和老板的接触中，她看老板年轻帅气，特别是看他的钱来得容易，就有意和老板接近，一来二去就成了老板的意中人。老板不但照顾她，不让她干力气活，还有意让她跟着自己参与一些商务活动，两个人很快就发展成了情人关系。老板不但明里暗里给她些衣服、首饰和钱财，甚至在床上云雨的时候还答应要和现在的老婆离婚，娶她为妻。她也从掩饰到张扬，有意在一些公开场合显摆她和老板的关系。事情败露后，老板的老婆纠合自己的兄弟姐妹闹了个天翻地覆，也把他们两口子赶出了厂门。

回到家乡后，丈夫感到无脸见人，经常和她吵闹生气，公公婆婆也不给她好脸看，她看在家里待不下去，一气之下就只身一人离家出走了。开始由于身上尚有钱财还算有吃有喝，但很快就囊中羞涩。她从小娇生惯养，结婚后又有丈夫做靠山，谋生能力很差，现在成了孤身一人，失去了靠山，一切都得靠自己，做啥啥不成，很快便到了山穷水尽的地步。正在她无路可走的时候，忽然遇到了单宝仁。她就像遇到了救星一样，一下子便贴在了单宝仁身上。

一开始她对单宝仁还是蛮体贴的，但很快她就露出了本性。她在经济上把单宝仁把得死死的，除了生活上的必需花销，每个月只给他一些少量的零花钱。单宝仁的儿子单小宝患有肾病，经常住院，需要花钱，游秀碧每次只给一点点。单宝仁的妻子陈阿弟为了给儿子治病，不得不到处捡破烂。单宝仁每次回到家里，看到家里的境况，心里就像压了一块石头一样难受。他也曾几次想摆脱游秀碧的纠缠，但始终被游秀碧控制着，脱不了身，他真恨不得一死了之。

这次就是这样。他知道家里的日子已经难以为继了，为了给家里贴补一点，他本来是想把这批羊皮拉回去后卖个好价钱，然后从中间打点折扣，留给儿子治病，但谁知道买来的羊皮由于受潮变质，不但没赚来钱，还把老本都赔了进去。没钱给儿子治病，妻子陈阿弟和他大吵了一架，他心里实在难受，和妻子连一个夜都没过，就回来了。

从内地返回的单宝仁闷着头走进院子，向在那里等候他的游秀碧说了这次回去后的遭遇，发狠心要去找坑他的那个羊皮商贩算账。

游秀碧似乎把单宝仁说的话都当成了耳旁风，她撇开单宝仁的话题，嗲声嗲气地说："出去这么久了也不想我？东边的太阳每天都有，要算账也得等到明天。"说着，把单宝仁拉进客房，从衣橱里取出单宝仁的内衣，把他推进了洗澡间。

单宝仁沉重地叹了一口气，光着身子坐在洗澡盆靠墙的边沿上，傻愣愣地想着心事，一会儿眼眶里就噙满了泪花。

阿米提从乡供销社回到家，看屋子里坐了许多人，一看就知道都是来要账的。阿米提许诺等钱挣到后一定尽快还他们。要账的人走后，阿米提与阿依提商量下一步怎么办。

阿依提说:"纵有家财万贯,不如薄技在身。做大的生意我们没有那个条件,要不你就学个手艺吧,学个手艺或许还能多少挣几个钱。"

阿米提问:"学个啥手艺好?"

阿依提想了想说:"其他手艺学起来都比较难,要不你就学学烤羊肉串吧,这个学起来简单一些,也不需要多大成本,也不用担多大风险。"

阿米提问:"跟谁学好呢?"

阿依提说:"你这是要做生意,要学就要找个好一点的师傅,不然也学不来真本事。"

阿依提思前想后,没有想出合适的人,就让阿米提也去打听打听。

阿米提说:"我听说迪力夏提的父亲烤羊肉串很出名,不知道人家愿不愿意教。"

阿依提说:"你可以去试一试。你和迪力夏提在一起工作,估计他们不会拒绝。"

阿米提找到迪力夏提说了自己的想法,迪力夏提拍着胸脯满口答应说:"这件事包在我身上。"

迪力夏提下班一回到家,就向父亲买买提说了阿米提的想法,谁知买买提当场就是一顿责骂。买买提说:"他把你们门市部搞成那个样子,把你也搭进去,我就说那么几句,他们全家都上来骂我,现在还有脸来找我?真是!"不管迪力夏提怎么死磨硬缠,买买提就是不答应,他还气呼呼地说,"当初他们骂我的时候怎么就不看看我这张老脸,现在需要的时候倒想起我来了?"最终丢下一句话,"休想!"迪力夏提无奈,只好回到门市部搬救兵。

迪力夏提低着头回到门市部,向阿娜尔古丽说明了原委,想请阿娜尔古丽前往说情。阿娜尔古丽为难地说:"一个女孩家,在大人面前说这样的事能行吗?"迪力夏提用激将的办法说:"阿米提可是你的大哥,你要是去了,我爸兴许还能答应,你要是不去,那我就没招了,那就让阿米提还贩羊皮去吧!"阿娜尔古丽无奈,就随着迪力夏提去了他们家。

还没等阿娜尔古丽进家门,买买提就躲进了里屋。迪力夏提钻到里屋找父亲问其何故,买买提说:"你看她的那个妈像个母老虎一样,生的女儿能好到哪里去?"迪力夏提再三解释,买买提就是不听。站在外间的阿娜尔古丽听到买买提的话,羞惭地退了出去。

　　第二天上午阿米提来到门市部，向迪力夏提询问关于学烤羊肉串的事情跟他父亲说了没有，迪力夏提吞吞吐吐地说不清楚，阿娜尔古丽也在一旁帮着遮掩。阿米提猜到了真相，决定亲自前往。

　　阿米提骑着摩托车，按照迪力夏提事先的指引来到迪力夏提家，他前脚刚到，阿娜尔古丽后脚也跟进来了。谁知买买提却不在家。一问，才知道他是赶巴扎去了。迪力夏提最后说了实话：他爸爸不想见他们。阿米提有些沮丧。迪力夏提很尴尬，骑上摩托车去巴扎寻找，无果。眼看快到中午了买买提还没有回来，阿米提只好带着阿娜尔古丽告辞。

　　阿米提低着头回到家里，父亲海里木问其何故，阿米提说了缘由。海里木说："看来咱们是把人家得罪了。要不，这样吧，我抽空托人去给县上火焰山饭店的老板说一说，他家的烤羊肉在整个县城可是很有名的。"阿米提点头应允了。

　　海里木很快给县城火焰山饭店的老板说通了。走之前，阿米提来到门市部给迪力夏提和阿娜尔古丽交代一番。他对迪力夏提和阿娜尔古丽说，他要到县城学烤肉，要他俩把摊子守好。安排完工作刚准备出门，迪力夏提的邻居来电话说他的父亲买买提被摩托车撞伤了腿，刚被抬到了家里，催促迪力夏提赶快回家。迪力夏提二话没说，跨上摩托车就飞出去了。阿米提一看，让阿娜尔古丽锁上门，他也骑上摩托车一起紧跟着出了大门。

　　迪力夏提回到家的时候，买买提躺在床上，一个乡间医生正在给他的腿扎绷带。迪力夏提一进门，就问是谁给撞的，他要去找他们算账。买买提挣扎着拦住他，说："人已经走了，你去找谁？再说，还是个女孩子，你去一找，还不把人家孩子吓坏了？"原来，买买提从巴扎回来，走到半路，正低着头生阿米提的气，不料从后面上来一辆摩托车，他还没来得及躲闪，摩托车就歪扭了几下，把他撞倒了。他想把骑摩托车的人拦住，结果一看是个女孩子。女孩子看撞倒了人，吓得掉了眼泪。买买提心软了，从地上站起来试着走两步，没有大碍，就把女孩哄了哄，让女孩走了。

　　买买提在公路边休息了一会儿，起身往回走。开始还不打紧，后来越走越感到右腿疼，走起路来感到很吃力，快到村边时，实在支撑不住了，一屁股坐在地下，起不来了，还是被邻居们看到了，才把他抬到了家里。邻居们要送他到医院，他死活不肯，邻居们就找了一位乡间医生前来治疗。

　　迪力夏提坚持还要去找肇事的人算账，买买提发火了，说："你要再去找，我就不治了！做人不能那样，谁能没个错的地方，况且人家还是个女孩子，人又是我让走的，现在你去找人家算哪门子事？"

他们正说着话，阿米提和阿娜尔古丽一前一后进来了。买买提一看到他们俩，立马把头偏到了一边。阿米提也不介意，他仔细查看了买买提的伤情，建议送到医院治疗。被买买提拒绝后，阿米提亲自动手整理起买买提的床铺，并吩咐阿娜尔古丽给买买提做饭熬药，一直忙到下午。

忙完，阿米提看门市部那边也不能离人，就安排迪力夏提在家照顾买买提，阿娜尔古丽回门市部留守，他出去找个人过来帮助伺候买买提。

阿米提回到家，左思右想找不到一个合适的人。正在为找人的事发愁，忽然看到阿迪拉回来了。他灵机一动，阿迪拉从农广校毕业后在家等待分配，不是正合适吗？于是他就对阿迪拉说了自己的想法。谁知阿迪拉却以她这几天补习功课没时间一口回绝了。阿米提的表情一僵，因为阿迪拉平时从来没有对他这样说过话。后经母亲牡丹汗做工作，阿迪拉才勉强答应可以先过去看看，如果伤者的家庭情况不适合像她这样的姑娘做，她就回来。阿米提答应了她的条件。

其实，阿迪拉心里是很不安的，因为她上午在赶巴扎的路上曾经撞倒了一个老人。所以当她一听到阿米提让她去伺候一位被撞伤的老人时，她心里是非常担心的，她想一旦要伺候的那位老人不是别人而刚好是自己撞伤的那位老人时，那将是什么结果呢？特别是她曾听大人们说过，人被撞伤时，一开始的感觉有时是不明显的，但随着时间的延长，伤情会越来越重，疼痛感会越来越强，现在遇到的要真是那位老人，那还不是自找麻烦？所以，一坐到阿米提的摩托车上，她就忐忑不安，心怦怦直跳。她还暗暗在心里祈祷着，千万不要出现这样的尴尬局面！

然而，当阿迪拉跟着阿米提站到买买提面前时，她一下子就惊呆了，面前的这个老头儿，正是她在马路上撞倒的那个人！阿迪拉害怕对方讹诈她，扭头就往外跑。

阿米提追出去，拉住阿迪拉，问其缘由，阿迪拉这才说了实话。阿米提说："越是这样，我们才越要主动，要不然，人家会怎么看我们？"说完，拉着阿迪拉又回到买买提面前。

买买提慈祥地说："姑娘，你别害怕，我已经给你说过，你一个女孩子家，又不是故意的，我不会为难你。你要是有顾虑，就回去，让你这个迪力夏提哥哥伺候我，我们爷儿俩常年生活在一起，已经习惯了。唯一的就是他手拙，不会做饭。这样也好，人都是给逼出来的，这一次也让他学学做饭，要不然我老了以后看他怎么办？"

一向伶牙俐齿的阿迪拉这时怯生生地站在买买提面前，不知道说什么好，只是一个劲儿地说"谢谢"。

迪力夏提看她窘迫的样子，忙上前解围说："我爸这个人心肠好，你就一万个放心吧！"说着，把她拉了出来。

阿迪拉一出门，就像遇到大赦一样，长吁了一口气，接着钻进了迪力夏提家的厨房。

自从买买提大叔的腿受伤以后，迪力夏提留在家里照顾。阿娜尔古丽在门市部值班，但她也隔三岔五地前去看望一下。这天阿娜尔古丽到家里看望买买提大叔回来后对阿米提说："阿迪拉真是个热情心细、手脚麻利的姑娘，你看他给买买提大叔伺候得多好。买买提大叔也特别喜欢阿迪拉，真把她当闺女看了。"阿米提说："他们家也确实需要个女的。"阿娜尔古丽说："要是真把阿迪拉说给迪力夏提，不知道买买提大叔会有多高兴呢！"阿米提摇了摇头，没有吱声。

在迪力夏提和阿迪拉的精心照料下，买买提大叔拄着拐杖能下地了。他看着屋子的里里外外收拾得干干净净，尤其是床上用品和地毯都清洗一新，更是高兴得合不拢嘴。他对迪力夏提说："家里没有个女人就是不行，你小子要好好干，赶快给我娶一个儿媳妇回来。"

迪力夏提凑到买买提的耳朵边悄声说："老爸，邻居们都说，您老人家这一次是因祸得福啊！"

买买提说："此话怎讲？"

迪力夏提说："邻居们说，您摔了一跤，得了一个儿媳妇。这不是因祸得福吗？"说完，自己先得意地笑了起来。

买买提扬起拐杖在迪力夏提的头上佯装敲了一下，说："看把你美的！"然后不无羡慕地说，"这孩子，要真是咱家的闺女那该多好啊！"

迪力夏提说："人家是只金凤凰，您就做梦吧！"

买买提叹了一口气说："咱咋就没有这个福气呢？"

自买买提大叔的腿受伤后，需要迪力夏提照顾，阿米提暂时放弃了到县城学烤肉的打算，和阿娜尔古丽一起照常营业。闲暇的时候，阿娜尔古丽和阿米提又说起了迪力夏提父亲腿伤恢复的事情。阿娜尔古丽说："听说阿迪拉伺候买买提大叔尽心尽力，很招买买提大叔喜欢，不会是想让阿迪拉给他家当媳妇吧？"

阿米提说："阿迪拉待人真诚，得买买提大叔喜欢是情理中的事，但要说是让阿迪拉给他们家当媳妇，那是不可能的事。阿迪拉的性格我了解，她在他们家也就十几天的工夫，事情没有十拿九稳她是不会表态的。"

他们正说着，迪力夏提骑着摩托车进来了，后面坐着阿迪拉。阿娜尔古丽朝阿米提示意了一下，阿米提心领神会地笑了笑没吱声。

迪力夏提是来传达父亲买买提意思的，让阿米提快到他们家里去，他要给阿米提传授烤肉技术。

阿米提问："买买提大叔的腿伤不是还没好吗？"迪力夏提说："我老爸说了，他的腿伤不影响教你烤肉技术。"

阿米提说："那好，我明天就去。"

迪力夏提说："我的老爸已经等不及了，他让你现在就过去。"阿米提询问阿迪拉是不是真的，阿迪拉说："迪力夏提哥说的是真的。"阿米提高兴地推出自己的摩托车，一溜烟地飞了出去。

买买提大叔一看到阿米提，就拄着拐杖热情地迎了上来，嘴里还不停地说："这次多亏了你们兄妹照顾，要不，我还不知道自己要在床上躺多久呢！"

买买提指挥迪力夏提把烤羊肉串的阵势摆开后，毫不保留地给阿米提传授起了烤羊肉串的技术。阿米提谦虚好学，领悟很快，经过反复研磨，很快掌握了烤羊肉串的技巧。

买买提对阿米提说："眼看千遭不如手做一遭，要想真正掌握烤肉技巧，关键是要亲自去做，要百练不烦。"

阿米提从买买提大叔那里得了烤羊肉串的真传，直接到大巴扎上买了一个崭新的烤肉箱扛了回去。

回到家后，他照着买买提大叔说的办法，在自家院子里支起了烤肉箱。由于手生，他烤起肉串来显得手忙脚乱，吸引来一群小巴郎子围观。阿米提烤好一批，就分发给这些小巴郎子们品尝。小巴郎子们吃了几口，就"呸呸呸"地把羊肉串扔到地下，一溜烟似地跑出去了，边跑还边说着损阿米提烤肉技术的话。阿依提走过来拿起一串尝了尝，一口吐了出来，说："你烤的肉怎么这么难吃呀！"

阿米提不知道问题出在哪里，就来找买买提大叔，买买提大叔给他又讲解又示范，从头到尾又教了一遍。

阿米提回来又烤了一批肉串让全家品尝，大家都说这一次有进步，但还不够味道。

无奈，阿米提第三次又来到买买提大叔家请教。这一次买买提大叔干脆穿了一堆肉串，一遍又一遍地边烤边教，直到阿米提烤的肉串得到他的首肯为止。

其间，阿依提也趁机向买买提大叔学了几招，使自己的烤肉技术提高了不少。

单宝仁上次到内地贩羊皮赔了钱，一直耿耿于怀，第二天他就跑到羊皮市场寻找卖给他们劣质羊皮的贩子算账，结果找了几天都没找到。这天他从羊皮市场回来，对游秀碧说："真是活见鬼了！上次卖给咱们羊皮的那个家伙，我找了他几次都没找到，莫非他蒸发了？"游秀碧说："常穿大布衫，能碰不见亲家一回？你只要守在这里，早晚总能找到。先弄点饭吃，过几天再去找。"单宝仁说："到时候找到这小子，看老子怎么收拾他！"

过了几天，单宝仁真把坑他们的那个货主找到了，但那家伙不承认，说他的羊皮都是从阿米提手里买的，要算账就找他们算去。游秀碧一听就对单宝仁挑拨着说："这一定是阿米提从中捣了鬼。依我看，我们要找就找那兄弟俩，要不然，我们的损失让谁赔？"单宝仁说："这个好办，我已经问清楚他们住的地方了，明天就去找他们。"

第二天，单宝仁找到上次雇用的那个青年男子用摩托车驮着找到了阿米提和阿依提曾经住过的临时居住地，但门却锁着。村里人告诉他，兄弟俩早都搬走了。单宝仁骂了一阵，垂头丧气地坐着摩托车又回到了他和游秀碧住的客栈。

此时的阿米提和阿依提正在县城的美食一条街上摆着烤肉摊。

自从阿米提跟着买买提大叔学会烤羊肉串后，他就迫不及待地撺掇哥哥阿依提到县城卖烤肉。阿依提过去也会烤肉串，但技术不够高，这次跟着买买提大叔学了几招，胆子也大了起来，就答应阿米提用摩托车驮着烤肉箱到县城的美食一条街摆起了烤肉摊。卖烤肉需要大声吆喝，阿米提不习惯，阿依提就做给他看，鼓励他放下架子，慢慢就习惯了。

阿依提卖烤肉秉承的还是他的"物美、价廉、态度好"的生意经。由于他们烤肉用的食材好，价格比其他烤肉摊的肉串便宜，态度也好，他们的烤肉摊一架起来，生意就出奇地好，忙得中午饭都一推再推，惹得邻近的烤肉摊老板既羡慕又嫉妒，还暗中学着他们的样子做。天黑收摊时，阿米提朝阿依提拍了拍鼓鼓的钱包，脸上露出了好长时间都没有的笑容。

阿米提前脚到县城摆烤肉摊，斯拉木后脚就跑到门市部向阿娜尔古丽催婚。阿娜尔古丽不知道该怎么办，就通过阿迪拉来找阿米提。她知道阿米提每天都是很晚才从县城赶回来的，但她还是早早地就来到了阿米提家附近的一棵核桃树下等候。

夜幕降临，阿米提从县城回来后还没顾上吃饭，就在妹妹阿迪拉的引领下来到了阿娜尔古丽身边。

阿娜尔古丽一见到阿米提就哭丧着脸说："斯拉木家今天又催婚了，我妈也来催我，把人都急死了，你说我该怎么办？"

阿米提想都没想，给阿娜尔古丽鼓劲说："你只要坚决不答应，他们也拿你没办法。"

阿娜尔古丽说："我给我妈说了，除了你，谁我都不答应。可我妈的态度也很坚决，说除非你能把欠公家的账还完，把公家的饭碗端稳，再把房子翻修一下，否则她就把我嫁给斯拉木。"

阿米提的态度仍然十分坚定："那你回去告诉你妈，就说我现在还是公家的人，谁也没有开除我，我很快就会把欠公家的账还完。"

得到了阿米提的坚定回答，阿娜尔古丽的心里有了主意，脸上的愁云顿时消散了，高高兴兴地要走。阿米提担心阿娜尔古丽一个人走夜路担惊受怕，就陪着把她送到了家门口，一路上又说了不少贴心的话。

自从阿娜尔古丽说了只要他能把欠公家的账还完、把公家的饭碗端稳，她妈就同意把阿娜尔古丽嫁给他以后，阿米提的心里就像被注射了一支强力剂，一站到烤肉摊前他就拼命地干，好像浑身有使不完的劲。随着经营天数的增加，他和哥哥的钱包也越鼓越高了。看着他一天天消瘦，母亲牡丹汗心疼地提醒他干活要悠着点，不要为挣几个钱把身子骨累垮了。每次听到这样的话，他都拍着自己的左臂右膀神气十足地对母亲说："你儿子是经过部队锻炼过的，浑身就像钢浇铁铸一般，哪有你说的那么娇气！"他甚至还在母亲面前夸下海口，"你儿子将来不光要把欠人家的账全部还完，把你喜欢的儿媳妇接回家，还要把咱们家这个旧房子全部扒掉，换成像城里人住的带自来水、空调、冲水马桶的宽敞明亮的大房子，让您和我老爸也享享清福！"

也许是命运要有意刁难阿米提。正当他对未来的美好生活充满无限向往的时候，一场不大不小的灾难降临了。

这天，阿米提和往常一样在烤肉摊上拼命地干着，已经过了吃中午饭的时间他还停不下来。哥哥阿依提端着饭碗反复催促，他虽然嘴上答应，但手中的活路依然不停。

到了晚上，县城的街灯已经亮了，他还仍然没命地忙碌着，阿依提多次催促，他也没有停下来的意思。

此时在家里，母亲牡丹汗一直在惦念着他们兄弟俩，盖在锅里的饭热了一次又一次还不见他们回来，牡丹汗心里放不下，就老是催促阿迪拉出去看，阿迪拉几次跑到公路边都没见到他俩的影子。牡丹汗急了，就自己来到公路边等候。但一直等到深夜，也没等到兄弟俩回来，一片阴云顿时笼罩在了牡丹汗的心头。

兄弟俩确实出事了。

劳累了一天的阿米提和阿依提骑着摩托车从县城往家走。这时，夜色已经笼罩大地，这天也没有月亮，兄弟俩开着车灯在公路上行驶着，偶尔有一辆汽车从身边驶过。也许是太劳累的缘故，阿米提的上下眼皮直打架。眼皮一打架，扶车把的两只手就有些不听使唤，摩托车的车头就会左右摇摆，照在前方的车灯也会随着来回摇摆。阿依提一看，就赶忙提醒。阿米提的摩托车来回晃了几次，阿依提看这样太危险，就让阿米提停下来，缓一会儿再走。阿米提说了句"没事"，接着就继续往前走。

他们走的这条道是县城通往乃布呼乡的交通干线，中途要经过一座浅山，其间有几处弯道，弯道旁竖立着提醒司机的标志。这些标志白天看着还比较醒目，但在晚上如果不注意，就有可能被忽视。

也是该出事。

兄弟俩开着车灯正在山道里往上坡方向行驶着，远远地看到有一台拖拉机也打着车灯从坡上开下来，由于是下坡，拖拉机开得很快，在一个拐弯处司机由于没有看到路旁的弯道标志，也没有减速，车速过快，拖拉机的车身在拐弯时失去了平衡，一下子翻了过来。这时阿米提骑着摩托刚好走到跟前，还没等他反应过来，就被撞飞了。阿依提见状，急忙跳下车跑过去救阿米提，不料后边又过来一辆汽车，把他也撞下了路基，当时就断了一条腿。两辆车的驾驶员很快把他俩送到了县医院。

消息很快传到了供销社。

这天轮到阿娜尔古丽休息。早晨她还在熟睡，迪力夏提突然气喘吁吁地跑来告诉她说阿米提出车祸了。阿娜尔古丽来不及细问，一骨碌爬起来，用湿毛巾简单把脸抹了一下就往外跑。

这一次，母亲卓尔汗不但没有阻拦她，还帮她收拾必须带的生活用品。临出门，卓尔汗还在后边大声嘱咐："去医院别空着手，你知道他平时都喜欢吃啥，到城里后买点带上！"嘱咐完，还沉重地叹了一口气，自言自语地说，"这孩子的命咋就这么苦呀！"

阿娜尔古丽跟着迪力夏提急急忙忙赶到医院时，阿米提刚刚做完手术，躺在病床上。一看到阿米提，阿娜尔古丽就控制不住自己的感情。她流着痛悔的泪水说："都是我不好，不该给你说那些话，让你没日没夜地挣钱，差一点把命都搭进去了。"

阿米提安慰她说："你看，我的命不是还没搭进去吗？"

阿娜尔古丽去县城后，斯拉木带着礼物又来到阿娜尔古丽家催婚。卓尔汗说："你知道阿娜尔古丽的心里一直惦记着阿米提，现在阿米提出了车祸，阿娜尔古丽心情很不好，在这个时候我要是逼她，她肯定不会同意，弄不好还会闹出事情，你还是再耐心地等一等吧！"斯拉木看卓尔汗说得有道理，也就只好答应了。

经过一段时间的治疗，阿米提的伤情明显好转。他对阿娜尔古丽说："我都快好了，你快回去吧，要不，你妈又要发火了。"

阿娜尔古丽说："我不，我一天也不愿离开你。再说，哥哥的腿还没好，还需要有人照顾。"

阿米提说："照顾哥哥有我在，还有姐姐和妹妹替换，你就不用操心了。再说，门市部只留迪力夏提一个人不行，万一有个什么急事，也没个人替换一下。"

阿娜尔古丽只好依了阿米提。

临走前，阿娜尔古丽又把阿米提和阿依提该洗该换的东西都洗换了一遍。

阿依提说："这姑娘真好，你还是赶快把她娶过来吧。"

　　阿米提叹了一口气说："咱恐怕没那个福气。"

　　阿娜尔古丽一回到门市部上班，斯拉木就开着车来找阿娜尔古丽。阿娜尔古丽冷冷地说："在阿米提没出院之前，你不要给我提订婚的事！"斯拉木看阿娜尔古丽火气这么大，知趣地离开了。

　　在亲友们的期待中，兄弟俩终于出院了。这天刚吃过早饭，一辆面包车就停在了阿米提家门前，阿米提搀扶着阿依提走下车。阿依提的腿伤还没痊愈，右手拄着拐杖。姐姐阿依汗迎上来，一边扶住阿依提，一边数落着说："这都是你们要做生意惹的祸。这还算上天保佑，你们没出大的事情，要不然，我看爸妈老了找谁养活！"

　　斯拉木一听说阿米提出院了，赶忙提着礼物来催婚。他怕在阿娜尔古丽跟前再碰钉子，就直接找到了卓尔汗。卓尔汗知道阿娜尔古丽这时候的心情，有些为难，试探着说："阿米提刚出院，现在就催是不是有点太急了？"斯拉木说："阿娜尔古丽说过，在阿米提没出院之前，她不让我提订婚的事，现在阿米提已经出院并且能正常上班了，阿娜尔古丽会同意的。"卓尔汗只好说："那让我试试。"

　　晚上阿娜尔古丽回到家里，卓尔汗趁着吃饭的时候，给阿娜尔古丽说起了白天斯拉木催婚的事。阿娜尔古丽一听气就不打一处来，愤愤地说："这个人怎么连一点人性都不懂，趁火打劫呀！"阿娜尔古丽在母亲面前从来都没有说过这样恶狠狠的话，卓尔汗一听，知道是伤闺女的心了，没敢再说下去。

　　阿米提受伤住院后，他的工作问题又遇到了新的危机，但大家都瞒着他，致使他一直被蒙在鼓里。

　　出院后的第二天，他回到门市部。一番寒暄后，他看迪力夏提和阿娜尔古丽好像有话要说，就向他们询问，但他们却极力遮掩。

　　正在这时，电话响了。阿米提接听，是阿迪拉从父亲那里打来的。阿迪拉在电话里说，他们欠县供销社的账由于迟迟还不上，供销社上下议论纷纷，父亲感到无脸见人，整天连办公室的门都不出。阿迪拉让阿米提赶快想想办法。

　　阿米提放下电话，问迪力夏提和阿娜尔古丽听到这种议论没有，迪力夏提没敢吭声。阿娜尔古丽说："你在住院期间我们就听到这种议论了，我们怕影响你康复，就没有告诉你。"阿娜尔古丽还说："阿米提大哥，你不要太着急，我们都再想想办法。"阿米提摇了摇头，叹了一口气说："我们已经没有办法了！"

阿米提晚上回到家,躺在床上翻来覆去睡不着。阿依提问他为什么,他说他想辞职。阿依提忽地坐起来,大声吼着说:"你想辞职?你是不是疯了?你知道你那个工作来得容易吗?你没想想,现在找个工作这么难,辞职以后你干什么?"

阿米提怕影响家人休息,悄声说:"妈和姐都睡了,你那么大声干什么?我这不是跟你商量吗!你也听说了,现在在县供销合作社,上上下下都在议论,因为爸是县社副主任,我既还不上账,又不辞职,你让爸今后还怎么工作?再说了,辞职后,我还可以找点其他事干,我又不是要在家闲着,这一点你不用担心。"

阿依提压低声音说:"现在想找个事干,哪有那么容易,我们俩干了一年多,结果怎么样?不行,我不同意!你要想辞,你给爸说去!"

阿米提说:"我明天就去找爸。"

第二天早晨起床后,阿米提正在洗漱,阿迪拉从门外回来说:"二哥,古丽姐找你有急事。"阿米提一听说阿娜尔古丽找他有急事,吐出含在嘴里的漱口水,连嘴唇上沾的牙膏沫都没顾得擦,就急急忙忙跟随阿迪拉跑了出去。

阿米提跟着阿迪拉来到村外,阿迪拉朝着村边的一棵杏树指了指,转身走了。

阿米提来到杏树下,阿娜尔古丽疾步迎上前来,向阿米提问道:"你真的想辞职?"

阿米提说:"你怎么知道的?"

阿娜尔古丽说:"是哥哥阿依提让阿迪拉告诉我的。"

阿米提苦笑说:"哥哥向来是个粗人,没想到他粗中有细,脑子还转得挺快的!昨天夜里我刚跟他说的,今天早上可就把你给搬出来了。他肯定是想让你劝我不要辞的。说吧,说说你的理由。"

阿娜尔古丽犹豫了一下说:"我没有更多的理由,反正是你如果真的辞了,咱们的事情可能就真的一点希望也没有了。"

阿米提不以为然地说:"没那么严重吧!"

阿娜尔古丽一脸愁容说:"后果可能比我说的还严重。"

阿米提说:"那你说说这是为什么?"

阿娜尔古丽说:"我上次就给你说过,我妈的态度就是,你要是把公家的账还完了,把公家的饭碗端稳了,咱俩的事她就不反对,否则,她就要干预。"

阿米提问:“你妈真是这个态度?”

阿娜尔古丽说:“那还有假? 前段时间她还这样说呢! 要不，我下那么大功夫去卖服装干吗?”

阿米提的脸色沉了下来。他在地上踱了一会儿说:“辞职也不是我的本意，主要是为了我爸，人们把他议论得头都抬不起来了。这样吧，今天我到县城去一趟，听听我爸的意见，他说让我辞我就辞，他如果不让我辞，我立马跑回来继续上班。”

阿娜尔古丽一听笑了:“你爸肯定不会轻易让你辞!”

阿米提要辞职的事很快让迪力夏提知道了。阿米提到县城去找海里木刚走，迪力夏提就悄悄对阿娜尔古丽说:“哎，你听说没有，咱们的头儿想辞职啦!”阿娜尔古丽斜睨了他一眼，带着怒气说:“谁说的，小心烂舌头!”

迪力夏提说:“他妹妹亲口给我说的，那还有假?”

阿娜尔古丽说:“净瞎说! 这么大的事我怎么不知道?”说完又叮咛了一句，“对别人不要再说了，说了影响不好。”

迪力夏提做了个鬼脸说:“不说，不说，那可是我的阿米提大哥!”他故意把“大哥”二字拉得很长。阿娜尔古丽拿起鸡毛掸子在迪力夏提的头上狠狠敲了几下。

他俩正说话间，斯拉木又开着车过来了。还没等他下车，阿娜尔古丽就在迪力夏提的耳边说了一句什么，转身钻进了里间。

斯拉木手里拎着一大兜好吃的，走进门来四下看了看，把东西放到了柜台上。还没等他开口，迪力夏提就用他那惯有的腔调说上了:“哟! 斯拉木大老板又送慰问品来了! 阿娜尔古丽小姐到县城办事去了，这些慰问品能不能让本兄弟先尝一尝?”

斯拉木没接迪力夏提的话茬，问道:“她什么时候能回来?”

迪力夏提故意戏谑地说:“她? 她是谁呀? 噢! 我知道了，是阿娜尔古丽小姐吧! 她走时没说，我也不好问，反正今天是回不来，明天能不能回来也未可知。这样吧，你有什么事就给兄弟我吩咐，我保证一字儿不差地转达到。”

斯拉木又往四周看了看，目光在通往里间的门帘子上停留了一阵子，没再说什么，只是让迪力夏提把东西转给阿娜尔古丽。临走时留下一句话:“改天再来!”

黄昏，一家人坐在院子里等待阿米提回来吃饭。阿迪拉说:“这么晚了，二哥恐怕是不会回来了，我们还是先吃吧，我早就饿了。"

母亲牡丹汗说："锅一揭就凉了，再等一会儿吧。"

阿迪拉问阿依提："爸会不会同意二哥辞职？"阿依提说："肯定不会，辞了怎么办？爸上哪儿再给他安排工作？"

这次他们都猜错了。

阿米提第二天从县城回来后，没有直接回家，而是低着头无精打采地来到了门市部。一看他的脸色就会明白，他真的辞职了。不是他自己要辞的，也不是他爸爸要他辞，而是在当初的承包合同上就已经写清楚了的。这是昨天他在爸爸的办公室里爸爸亲口给他说的，此前供销合作社主任张旭平已经找他爸爸正式谈了话。阿米提还没说完，阿娜尔古丽就瘫坐在椅子上，两行泪水像小河一样流了下来。

晚上，阿米提倚靠在村外那棵杏树下，弹着阿娜尔古丽送给他的那把热瓦普琴，忧伤的曲调在夜空中弥漫……

阿迪拉悄悄来到阿米提身边，静静地谛听着哥哥的心声，泪水不知什么时候也在她的脸上流成了河……

阿米提辞职后，门市部只剩下迪力夏提和阿娜尔古丽上班。这天他俩正在商量下一步如何经营，单宝仁和游秀碧突然出现在门口。单宝仁像刚发现新大陆一样亮着嗓门说："真是费了九牛二虎之力，今天可把你们找到了！"

迪力夏提带着疑问的目光迎上前问道："请问你们想买点什么？"

单宝仁说："我们不买东西，我们就是想找个人。"

迪力夏提问："想找人？请问你们想找谁？"

单宝仁说："我们想找你们的经理。"

迪力夏提疑惑地重复了一下："找我们的经理？"

单宝仁说："对，就是找你们的经理，找你们的阿米提经理。"

迪力夏提刚要回答，阿娜尔古丽一看来者不善，抢过来答道："我们的经理早就辞职不干了。"

游秀碧也抢上前来问道："早就辞职了？那么请问，他什么时候辞职的？辞职后到哪里去了？他的家住在什么地方？"

在得到否定回答后，游秀碧狞笑着说："小姑娘，你可要说实话，我们和他之间可是有官司的！请你们告诉他，如果他不来见我们，那我们就会在法庭上见。到那个时候，他的损失可就大了！"

说完，两个人扬长而去。

迪力夏提要把这件事告诉阿米提，阿娜尔古丽拦住说："你没看阿米提大哥已经熬煎成什么样了，你还忍心去给他添堵？"迪力夏提想了想，只好作罢。

阿米提闲在家里，非常苦闷。要账的人前脚走，后脚又被要账的人围住了门。父亲海里木对阿米提说，农牧区缺兽医，学个兽医也是个不错的手艺。阿米提说他不是那块料，也没那个兴趣。哥哥阿依提和姐姐阿依汗相互责备，阿米提的心中更加懊丧。

阿娜尔古丽的母亲卓尔汗嫌弃阿米提无能，逼迫阿娜尔古丽放弃与阿米提的恋爱关系。阿娜尔古丽死活不同意，卓尔汗说："当妈的能眼睁睁地把自己的亲生女儿往火坑里推？"她还举例说，"你也不看看，阿米提家穷成那个样子，连个黑白电视机都买不起，他自己又两手百拙，干啥啥不成，你嫁到他家不是白遭罪吗？"

阿娜尔古丽没有理由说服母亲，就来到阿米提家村外那棵杏树下，向阿米提哭诉她的境遇。阿米提仰天长叹道："看来上天是真的要把我往绝路上逼了！"

阿娜尔古丽以为阿米提要寻短见，马上止住哭声劝解说："绝路？阿米提哥，你可不能那样想，你一定要好好活下去，你只要活着，我这一辈子就有希望，就一定要跟着你，你要是寻了短见，那我一天都活不下去了！"

阿米提苦笑了一下说："傻妹子，爹妈养育我一场不容易，我又是个当过兵的，哪能轻易就去寻短见？你放心，我一定要活下去，一定要好好活下去，一定要活出个人样来！"

听阿米提这样一说，阿娜尔古丽破涕为笑，说道："你这样说，我就放心了！你放心，不管到什么时候，不管遇到什么情况，我都是你的人！"

经过一番激烈的思想斗争，无路可走的阿米提给全家说出了一个大胆的决定：他听说到内地打工能挣钱，为此他决定到内地闯荡，混出个人样来！此语一出，立刻遭到哥哥阿依提和姐姐阿依汗的反对，母亲牡丹汗更是以泪坚阻。妹妹阿迪拉看父亲海里木的态度有余地，就帮着阿米提说服父亲。父亲说："看来也只有这样了。"

阿娜尔古丽听说阿米提要到内地创业，急急忙忙找来，也要和阿米提一起去，阿米提怎么劝说她都不听。阿米提只好说："等我在内地站稳了脚跟，我一定回来接你。"阿娜尔古丽这才露出了笑容。

分别时，阿娜尔古丽特意对阿米提说，走之前一定要给她说一下。阿米提答应了。

自从卓尔汗答应斯拉木的求婚要求后，斯拉木往供销社跑得更勤了。这天轮到阿娜尔古丽调休，门市部只有迪力夏提在。刚上班，斯拉木就提着一大兜好吃的东西过来了。迪力夏提用揶揄的口气对前来给阿娜尔古丽送东西的斯拉木说："我的斯拉木兄弟，你听说了吧，你的情敌要到内地发展去了，这一下你可以放心大胆地追求你的梦中情人啦！"斯拉木问："阿米提真的要到内地发展去吗？"迪力夏提肯定地说："那还有假！不信你去问问阿娜尔古丽，她也要跟着去呢！"说完，他自觉失口，赶忙纠正说："阿米提到内地是真，阿娜尔古丽要去，那是我逗你玩的，哈哈哈哈！"

尽管迪力夏提极力掩饰，但斯拉木凭他对阿娜尔古丽的了解，仍然相信阿娜尔古丽要跟阿米提到内地去的事是真的，他立刻把这一消息告诉了卓尔汗。

卓尔汗听到这个消息，一气之下把阿娜尔古丽锁在了屋里，任凭阿娜尔古丽怎么哭喊，她都毫不松口。

阿米提来到乡供销合作社门市部向迪力夏提告别，迪力夏提动了感情，对阿米提说："如果你在外面有了挣钱的门路，不要忘了咱们这些难友。"阿米提问阿娜尔古丽怎么不在，迪力夏提没敢如实相告。阿米提开始想让迪力夏提找一下阿娜尔古丽，但又一想不见也好，自己混到这步田地，把人家对自己的期望完全辜负了，自己还有什么脸面向人家告别？

阿米提第二天就要走了。临行的前一天晚上，他在灯下把所欠的账一笔一笔地写在一张纸上，小心翼翼地夹进一个小塑料皮本子，然后揣进了怀里。

第六章
大雁塔下

阿米提怎么也没有想到，他的离开像一枚炸弹一样在供销合作社的上上下下和他的亲邻当中爆开了花。他本来是想到内地通过打拼把所欠的债务尽快还上，却没有想到适得其反，许多人认为他是有意躲避债务出逃了。这样一传十十传百，从乡里到县上到处都议论纷纷，搞得一家人有口难辩，就连一直对阿米提十分信任的阿娜尔古丽也信以为真，整天愁眉苦脸，害怕见人。

反应最为强烈的当属吐逊江。他得到消息时大惊失色，立刻赶到了供销合作社，发现供销社里已经聚集了许多前来要账的人，就连县供销合作社的张旭平主任也在其中。迪力夏提一个人正在疲于应付，还要不停地驱赶看热闹的人，后来老经理苏来曼·乌拉音也跑过来帮忙。吐逊江转身跑到阿米提家，不出所料，这里也被亲戚和债主们闹得鸡飞狗跳，那些被阿米提借了钱的人全都声讨阿米提不负责任，家里人百口莫辩只能唉声叹气。吐逊江一看这场面，心想这一次是彻底被阿米提害惨了，瞬间腿一软瘫倒在了地上。果不其然，阿米提欠信用社的贷款不还，吐逊江是直接责任人，很快就被信用社辞退了。吐逊江失去了铁饭碗，老婆不满他没有工作没有收入成了废人，一气之下带着孩子回了娘家。吐逊江看着自己家徒四壁的惨状，将一切都怪罪到了阿米提身上。他整天借酒浇愁，常常耍酒疯，闹得阿米提一家鸡犬不宁。

除了吐逊江，怨声载道的人还有阿米提的姐姐阿依汗和哥哥阿依提。他们整天抱怨一个好端端的家都被阿米提拖垮了，搞得全家老小都没有脸面出去见人。只有妹妹阿迪拉始终站在阿米提这边，一遇到有人贬损阿米提，她都凛然地站出来替阿米提辩解，说她的二哥绝不是逃跑，而是去内地赚钱，她相信二哥的人品和信用，赚到钱一定会回来还债的。但此刻大家都不再相信阿迪拉说的话，致使阿迪拉常常为此流下委屈的泪水。

与此同时陷入悲伤的还有阿娜尔古丽。本来阿米提离开家乡到内地打拼是为了还账，这一点她是知道的，也是阿米提亲口对她讲的，但几天来人们的议论都说阿米提的出走是为了逃债，加之母亲卓尔汗天天传递这样的信息，她的心里也慢慢产生了疑问。她不相信这些传言都是真的，但她又害怕这些传言将来变成事实；她既反感母亲干预她的婚姻，但又无力说服母亲放弃这种干预。特别是阿米提不辞而别更让她伤心。客观上讲，那些天她在母亲的钳制下失去了自由，但凭着阿米提的智慧，他完全有办法在临走之前告诉她一声。但阿米提没有这样做，而是悄悄地走了，不知道他当时是怎么想的，至今想起来心里都隐隐作痛。她既对阿米提只身到内地闯荡怀有深深的担忧，又害怕阿米提将来在内地发达了会抛弃她，不知道自己下一步究竟应该怎么办。她就是在这种矛盾的心理中挨着日子，以致神情恍惚，茶饭不香，寡言少语，生活无望。阿娜尔古丽暗自神伤的表现被卓尔汗看在眼里，她表面上对阿娜尔古丽百般安慰，暗地里却又让斯拉木抓紧提亲。身心茫然的阿娜尔古丽像个木偶一般被母亲安排操作，心如死灰，难起涟漪。

　　然而这一切翻天覆地的变化阿米提并不知道，此时此刻的他一路辗转终于到达了火车站。他手里攥着几张钱想买去往广州的火车票，是想去投奔之前在贩鲜葡萄时认识的老板，可售票员却冷漠地告诉他钱不够。他身上本来还带有几百元钱，但那是到内地打拼的本钱，他舍不得都拿出来交给火车。阿米提一时没了主意，不知道该往何处去。排队买票的人焦急地推搡，有人还喊着让他不买票就赶快走开。后面人抢着递出钱要买去往武汉的车票，他一问票价才知自己手里的钱也够买一张去武汉的票，于是就匆忙地把钱一递，也买了一张去往武汉的火车票。

　　火车缓缓开动，阿米提向着家乡的方向默默地颔首行礼。他深知，从此以后，故乡就成了他乡，自己踏上的这趟旅途，充满了未知的艰难甚至是凶险，但为了自己的理想和幸福，为了能还清那些账，为了能使自己和家人在人前挺起腰杆站起来，也为了能早日把他的心上人阿娜尔古丽娶过来，他必须把对故土的深切眷恋、对家人的万般不舍和对恋人有口难开的情意暂时掩藏起来。隔着车窗望着渐渐远去的故土，他的眼神中有不舍，也有坚定。他掏出那张写满欠款的字条，在心里默默地许下诺言：一定要还清欠款，挺直了腰杆回家，不还清欠债决不回头！

　　一列火车是一座流动的城市，车厢里天南地北的人都有。阿米提一边寻思着到了武汉后怎么办，一边倾听着旅客们的各种议论，从中捕捉着可能的商机。

　　途中，邻座的几个操陕西口音的男性旅客谈起了西安回民街的烧烤，几个人谈得津津有味，让人听后垂涎欲滴，看得出他们对那里的烧烤情有独钟。阿米提立马凑了上去，谦恭地询问起那里的烧烤生意好不好做。其中的一位马姓旅客热情地告诉他，西安的那条回民街远近闻名，街上有很多卖烤肉的摊位，每天的生意都很红火。阿米提一听动了心，他想，自己有烤肉的技术，到那里一定可以马上找到工作。于是，他临时改变主意，在西安站下了车。下车前，他还专门向那位马姓旅客问清了回民街所处的具体位置。

　　西安，作为有着十三朝古都文化底蕴的城市，一下子吸引住了从未走出过新疆的阿米提。望着鳞次栉比的一座座高楼大厦和潮水般涌流的车辆人群，他觉得这里是一个可以大展拳脚的好地方，他的心境也因此从阴郁一下子变得豁然开朗。他按照那位马姓旅客的指引来到了回民街，呈现在眼前的是一片热闹非凡的景象。烤肉串的回族和维吾尔族青年在烤肉摊前热情地吆喝着，食客们大快朵颐的情景让他不由得惊讶：原来内地的人们也喜欢吃烤肉！

　　阿米提在回民街上一边走一边察看，仔细观察着一个个烤肉摊上的经营情况，并谦恭地向烤肉摊主询问烤肉所需食材和成品的价位。经过一番观察和询问，他感到这里比自己在家时和哥哥阿依提在县城卖烤肉的情况要好得多，凭着自己的经验和技术，完全有能力在这里摆起烤肉摊。于是他拿出缝在裤腰里边的 500 元钱，找了一家铁匠铺打了一个烤肉箱，并购买了穿肉扦子、食材、佐料和简易餐桌椅等必要的烤肉用品，在回民街找了一块空地，也卖起了烤羊肉串。

　　"哎来来——！吃烤肉啦！新疆的烤羊肉串，倍儿棒，酥脆香，吃到嘴里油汪汪！小伙子吃了有力量，大姑娘吃了更漂亮，老头子吃了精神好，老大娘吃了身体棒，学生吃了我的羊肉串，保证实现你的梦想，不信你就来亲口尝一尝！"

　　随着阿米提一阵阵充满风趣幽默的吆喝声在大街上响起，一拨又一拨的顾客被吸引过来，开张的当天就挣了 60 多元。阿米提的心里喜滋滋的，他庆幸自己在西安下车的选择是明智的。他想，照这样下去，要不了几天就可以把本钱挣回来，下一步在这里租个店面也不会是太难的事情。

　　然而，他的梦想很快就被一伙欺行霸市的黑恶势力打破了。

　　第三天下午，阿米提正在兴致勃勃地叫卖烤肉，一个五大三粗的新疆大汉突然出现在他的烤肉摊前，一见面他就带着警告似的语气对阿米提说："喂，卖烤肉的，别在这里卖了，这是我们的地盘，要是让我们的老板知道你就完了，快把你的摊子收起来走吧！"

阿米提带着不解的神情看了一眼这个不速之客，生气地说："你是新疆人，我也是新疆人，我卖我的烤羊肉，碍你什么事了？"他不明白，这里怎么会是他们的地盘，太不讲理了！

"我警告你是对你的客气，你不从这里滚蛋，会有你好果子吃的！"大汉说完，扬长而去了。

阿米提不买他的账，依然大声吆喝着卖他的羊肉串，生意越来越红火了。

过了两天，那位大汉又来了，还没走到阿米提的摊位前就气势汹汹地喊叫说："喂！怎么回事，你怎么还不走？我们老板说了，限你两小时内离开，否则就砸烂你的摊子！"

阿米提争辩说："你我都是从新疆来的，这里又不是你们家的地方，凭什么你不走让我走？我就是不走，看你能把我怎么样！"

大汉一听，冷笑了一声，指着阿米提说："嘿！越说你还越来劲了！我告诉你，我们老板的脾气不好，你如果在两小时之内再不离开，你可是要倒霉的！"说完，鼻子里"哼"了一声，昂着头气汹汹地走了。

果不其然，两小时后，呼啦啦来了一大群人，一个个手里提着棒子拿着刀。他们怒气冲冲地来到阿米提的烤肉摊前，不由分说就把阿米提的烤肉摊砸了个稀巴烂，有几个人扭住他就打，还把他的身上搜了个精光。当兵出身的阿米提本想还击，但一看这伙人人多势众，自己抵不过，双手抱着头就跑，这些人又追着他打，直到他跑出了很远，这些人才停了下来。他的衣服都被这伙人撕烂了，脸上还流着血，路上的行人都纷纷看他。

阿米提气愤不过，决定去派出所告发这伙人。

可是，当他好不容易找到派出所时，他却犹豫了。心想，告了他们又能怎么样？就是告赢了，派出所也不可能把这么多人都抓起来，要是那样，没抓起来的人再来找事打他怎么办？为此他在派出所的门前徘徊了很久，也想了很久，但他越想越感到后怕，越想越无可奈何，越想越犹豫不决。后来他想，自己是出来做生意的，不是来打官司的，就是将来能打赢，不知道要耗进去多少时间和精力，之前在贩羊皮中所经历的那场官司教训已经够深的了，更何况自己现在孤身一人，身上的东西也被那伙人抢光了，自己一贫如洗，能耗得起吗？想来想去，他最后还是放弃了打官司这条路。但是他也知道，自己现在已经没有本钱做生意了，只能给别人打工，要不然，连吃饭的问题都解决不了。

就是在这种思想的支配下，阿米提只好抱着他的行军包和阿娜尔古丽赠送的那把心爱的热瓦普，心情黯然地离开了回民街。

阿米提从回民街出来，背着行李到处寻找能够打工的地方，但一直到夜幕降临也没有找到一份合适的工作。这时候他才感到又渴又饿，饥肠辘辘。他一摸口袋，仅有几块零钱。本来这几天他已经挣了 300 多元，但没想到这些钱都被那些该死的家伙给抢走了。他朝周围望了望，远处有家肉夹馍店，他咽了咽口水，来到店里。他看看价格表，一个肉夹馍要 3 元钱，但他只有 5 元钱，买一个不够吃，买两个钱又不够，他问服务员能不能光要饼子不要夹肉，服务员说他们从来没有这样卖过。他犹豫了一阵，下不了决心。这时候一个老板模样的人出来了，服务员说了一下他的情况，老板说那就优惠一下吧，5 元钱卖给他两个。他站在那里几口就把两个肉夹馍吞到了肚里。这要在平时，再加两个也不够，但现在囊中羞涩，也只能这样了。他让服务员倒了一杯开水喝下去，赶快去找晚上过夜的地方。这里毕竟是大城市，眼下又是夏天，晚上好打发。他来到一个小型广场的树林子里，躺在长椅上睡到了天亮。

新的一天开始了，眼下最重要的是赶快找到活干。这里人生地不熟，到哪里去找呢？他一下子犯难了。寻思了一阵儿，他忽然想到，前一天晚上卖肉夹馍的那个店里会不会需要服务员？如果需要，即使不给工资，只要能解决肚子的问题也好。于是，没等上班，他就早早地来到店门前等候。但遗憾的是，开门后一听他的来意，老板就抱歉地告诉他，他们这个店是个小门小店，用不了几个人，眼下服务人员已经有余，建议他到其他店里再看看有没有需要人的。

他从肉夹馍店里告辞出来，沿街寻找打工门路，只要是个店铺，他都要进去谦卑地询问一番，但得到的回答都是一样的。

阿米提狼狈地混迹在街头，眼看着中午吃饭的时间已到，早上已经饿了一顿的肚子又开始咕咕地叫起来。他迈着沉重的步子走到一个工地外的小吃摊前，贪婪地看着那些工人吃喝。他们的吃食虽然简单，但也足使他垂涎欲滴。小吃摊老板问他想吃点什么，他下意识地摸了摸口袋，咽着口水说自己只想讨一碗面汤。好心的小吃摊老板看了看他，随手给他舀了一碗热腾腾的面汤。他赶忙抚胸致谢，一口气连喝了三碗。身边正在吃饭的一位年轻工人取笑说：

"哎，你们看，这么大个小伙子，有手有脚的，也不知道找个活干，跑到这里来讨便宜，多不害臊！"阿米提连忙辩解说："这位兄弟，话可不能这么说。我就是出来打工的，一时间遭了难，找不到活干。要是有活干，能挣来钱，谁愿意来受这份罪？"他这样一说，一位年龄大一点的工人停下吃饭，朝他上上下下打量了一番。刚才那位年轻的工人说："头儿，你不正需要小工吗？你看这位哥们儿的身架，保准行！"说完，他又朝阿米提说道："这是我们的领工员，你想干活就找他说说。"阿米提一听，喜出望外，赶忙来到被称为领工员的这位工友跟前，右手抚胸，谦恭地鞠了一躬。领工员站起来，朝不远处正在施工的建筑工地指了指，说道："我们的工地眼下正需要运砖的小工，但这个活很苦，你想不想干？"阿米提连想都没想，就感激涕零地说："干！干！我干！我不怕苦！"

领工员给他要了一份饭菜，待他吃完后把他带到建筑工地，介绍给了老板。老板是个高个子，看上去有40多岁，挺和善。他询问了阿米提的情况后，对阿米提说："我们工地上现在最缺的是拉砖人手。从砖场到工地的距离是500米，一天一个人用人力车拉60趟才能满足需要。拉一趟的工钱是5毛，如果一天能拉60趟，那么一天就可以开30元的工资，一个月下来就是900元。即使除了刮风下雨天，一个月最少也可以挣到800元。"阿米提一听一个月能挣这么多钱，还没等老板问他愿不愿意干，他就抢先表了态。老板说："拉砖这个活苦得很，不知你能不能吃得消？"阿米提像在部队上接受战斗任务一样大声回答说："吃得消！不信你看看我身上的这些肌肉！"说着就把上衣脱了下来，露出了结实的胸肌和臂肌。老板一听说阿米提曾经当过兵，高兴地说："当过兵的人守纪律，能吃苦，干活踏实，我就喜欢当兵的！"

阿米提来到工地，拉起车子就快步跑起来。

自从阿米提离家出走之后，要债的人就一拨接着一拨，一直接连不断，如何替阿米提还债成了全家人的头等大事。为了把这些债主稳住，不让他们到处去说阿米提的坏话，防止他将来连个媳妇都说不上，海里木只好亲自出面，一家一家地登门做工作，承诺这些账如果阿米提还不上，将来就由家里替他偿还。为了使这些人能吃上定心丸，他还以自己现在的工资和将来的退休金作了保证。

上门逼债的人少了，但如何还账却像一座大山一样压在了全家人心头，尤其是这个家庭的当家人海里木的心上。他为此不仅更加节俭，把自己的生活开支紧了又紧，甚至连过去每周回家两次的习惯也减成了一次，为的是节省往返车费，而且对全家的日常开销也做了进一步压缩，要求全家人都要树立过紧日子的思想。阿依汗对此很是不满，说全家人过去就已经够节俭了，从来都没敢奢侈过，要是再节俭就不要吃饭了。海里木瞪着眼睛说："勒紧裤带也得还账，我们不能让人家在背后戳我们的脊梁骨！"他还对全家人正告说："黄金易得，信誉无价。讲信用重名声是祖上留下的家风，不能在我们这一代失传！"

话虽这么说，但海里木也知道，要把阿米提所欠的那些账全部还上，光靠节俭是不够的，还得"开源"。为此他专门开了一次家庭会，研究具体办法。阿依提一开始对此不以为然，说："谁欠下的账应该由谁来还，为什么要把一家人都拉上？"

海里木说："这些账是阿米提欠的不假，但他是我们家庭的一个成员，现在他无力偿还，我们全家都有这个责任和义务来帮助他。"

阿依提说："爸爸说这些账应该还，我也不反对，但阿米提以前是供销合作社的经理，他欠的账应该由供销社来偿还，我们为什么非要把它揽过来？"

海里木正色道："那些账虽然是阿米提在担任供销社经理期间欠下的，但他签的合同是承包，既然是承包，那就意味着利益归他享用，亏损就应该由他来承担。现在借了那么多的账债，他不还叫谁还？"

阿依提说："说承包也是他们几个人共同承包的，挣钱了几个人都有份，现在亏损了应该共同分担，为什么只要弟弟一个人承担？"海里木说："我们没有说非要让他全部承担，但那个期间他是经理，所有的决策都是他做出的，理应承担主要责任。况且赊账的事情其他同志都不同意，是他一个人做的主，这个责任更应该由他承担。"

阿依提还要争辩，海里木拿出了家长的威严："欠债还账，天经地义，这个问题没有必要再争论。现在的关键问题是，如何尽快把这些账还掉，不要让人家在背后再戳我们的脊梁骨！"

也就是在这次家庭会议上，海里木明确要求阿依提也要"找个事情干干"。为此，他还破天荒找了村里和乡里的领导，让阿依提进到乡、村联办的地毯加工厂，当了一名季节性业务员，从此有了一份半固定的收入。

对于阿娜尔古丽来说，阿米提离家出走以后，她的心也随之被带走了。虽然母亲卓尔汗不断地对她施加压力，斯拉木也不断地往供销社和她的家里跑，但她的心一直系在阿米提身上。每当夜深人静的时候，她就会想起阿米提，想阿米提的音容笑貌，想阿米提的男子汉气概，想阿米提为人处世的善良和大气，想阿米提对她的一往情深。她常常想得辗转反侧、夜不能寐，有时甚至想得泪水涟涟。她最担心的是阿米提过去从没到过内地，现在只身一人到内地闯荡，不知会遇到什么样的困难，更不知他能不能闯过这些难关，为此他整天忧心忡忡，愁眉不展。迪力夏提想逗她开心，时不时地故意问她："是不是又想你的阿米提大哥啦？"

每当这时，阿娜尔古丽总是担忧地说："人家都担心死了，你还在这里要贫嘴！"

迪力夏提这才一本正经地说："我不是看你整天老是愁眉苦脸的，怕把你忧虑坏了，想逗你开心嘛！"

阿娜尔古丽也把他当成知己，诚心地问道："他第一次到内地，也不知道生活上能不能适应，能不能找到事干？"

迪力夏提许诺说："我也帮你打听着，一有情况就在第一时间告诉你。"

而阿米提现在则完全是另一种状态。为了多挣钱，早日把账还上，他一天到晚都像钉子一样把自己焊在工地上。拉运砖块这种活没有多少技术含量，只要有力气就行。阿米提在部队上练就了一身强健的体魄，加之眼下这份工作来之不易，家里也眼巴巴地盼望着他能够还账，因此他干起活来浑身常常有使不完的劲。他每天天不亮就起床，当工友们起床洗漱的时候，他已经跑了好几趟了；中午和傍晚，工友们都纷纷收工了，他却还在弓着背拉砖；晚上吃过饭后，其他工友都休息了，他还要再到工地上去拉几车。工友们开玩笑说："阿米提，把老板的票子给其他弟兄也留一点吧，当心别把你的脊背累弯了，将来娶了老婆使不上劲！"阿米提听了只是笑。工友们议论说："这家伙干起活来就像一头犍牛！"

发工资的时间到了，工友们排着队来领工资，阿米提也兴致勃勃地站在中间。当他在工资表中签上自己的名字从出纳员手里接过钱往外走时，一位工友问他："阿米提，这个月挣了多少？"

另一个工友说："哪有一个月，他才来了半个月。"阿米提举起右手伸出拇指和小指比画了一下。

前面的那位工友羡慕地说："哟！半个月就挣了六百，比县委书记都拿得多，真有你的！"阿米提自豪地嘻嘻笑着，大步走出。

阿米提怀着满心欢喜回到简易宿舍，从怀里掏出欠账单仔细看了看，然后从工钱里抽出一张放进提包，把其余的 500 元装进上衣口袋，昂着头大踏步朝邮局走去，边走还边唱起了优美欢快的新疆民歌《阿瓦尔古丽》：

> 我骑着马儿唱起歌走过了伊犁，
>
> 看见了美丽的阿瓦尔古丽，
>
> 天涯海角有谁能比得上你，
>
> 哎呀！美丽的阿瓦尔古丽。
>
> 流浪的人儿踏破了天山越过那戈壁，
>
> 告诉你美丽的阿瓦尔古丽，
>
> 我要寻找的人儿就是你，
>
> 哎呀！美丽的阿瓦尔古丽……

打从阿米提离开家，母亲牡丹汗的心里就像被掏空了一样，一直悬着。

老实说，在牡丹汗生养的四个子女中，她心里最喜欢的是阿米提。这不仅是因为阿米提从小就听话，懂事，体谅大人，从来不争吃穿，从不惹大人生气，对老人孝敬，还有阿米提打小就爱学习、爱劳动，勤劳节俭，能吃苦、不懒惰、不乱花钱，更是因为阿米提与他的哥哥姐姐妹妹有着不同的志向和追求。在她的观察中，阿米提从小就胸怀大，有志向，心性善，关心他人和集体胜过关心自己，不自私。而且随着年龄的增长，这种品格越来越明显，越来越丰富，越来越成熟，成了他身上最鲜明的东西。而这些东西也正是她最喜欢也是最希望孩子们具备的。她是一个经历过改革开放等社会大变革的人，加上祖辈、父辈的教育和熏陶，她自信对有些大是大非问题自己还是能看得透彻的。她虽然没有走进社会舞台的中央，也不是共产党员，但她知道，在当今社会，一个人特别是青年人，胸怀小、没志向、缺善心、太自私是成就不了一番事业的。在这些方面，阿米提比他的哥哥姐姐甚至妹妹都要强得多。她知道，阿依提也是一个勤劳善良的人，从小就能吃苦，爱劳动，肯节俭，对弟妹关心，对家庭负责，对老人孝敬，在外边也从不惹是生非，但就是心胸和眼界窄了一些，为人处世考虑自己多，考虑别人少，有点太自私了。阿依汗更是如此，她虽然也懂得管家、顾家、治家，处处替父母和兄妹着想，为这个家也吃了许多苦、操了许多心，至今仍然过着艰辛的日子，但她考虑的仅仅是这个小家，她的眼界始终没有走出这个家庭的小天地，说到底也就是个家庭妇女而已。阿迪拉虽然上进、活泼、心活、是非分明、有知识、有眼光，能跟上社会和时代发展，但难免任性了一些，涉世不深，还有待历练。所以比较来比较去，牡丹汗还是最喜欢阿米提。

但遗憾的是，在阿米提最需要学习上进的时候，家庭却发生了变故，致使这孩子该接受的教育不够完善，耽误了他的学业，也耽误了他的前程，到现在想起来心里都十分愧疚，她感到太对不起孩子了。但事已至此，她也就只好在生活上多关心一下孩子，使他多得到一些家庭的温暖，而不至于因为家庭的变故使他丧失生活的信心。

现在，孩子由于在事业上遇到了困难而远离家乡外出打拼，虽然开始时她有些不舍，但她知道孩子的理想和志向，他知道孩子之所以做出这样的选择也是为了事业为了这个家，所以她只好顺从了丈夫海里木的决定。但她始终放心不下的是，阿米提从小就没出过远门，虽然当过几年兵，但也没有离开新疆，现在猛然离开新疆、离开家，只身一人到内地闯荡，她这个做母亲的能不对儿子的冷暖安危牵肠挂肚？所以自从阿米提离开家的那一天起，她就天天念叨，念叨阿米提到什么地方了，念叨阿米提找到工作没有，念叨阿米提在哪里吃饭在哪里睡觉，念叨他到内地后会不会水土不服、会不会生病，念叨会不会有人欺负他……一直念叨得家里人都产生了厌烦情绪。

这天，趁着天气好，她和阿迪拉一起把家里的所有地毯都拿出来准备洗涤一遍。她一边清洗地毯，一边又对阿迪拉诉说起了对阿米提的惦念。她对阿迪拉说："你二哥说他要去内地，这么多天了也不来个信，也不知道他到了没有，有没有地方吃饭？"阿迪拉说："看你，刚走几天你就天天想，天天念叨！我给你说过多少遍了，他那么大个活人，又当过兵，他会管好自己的，你就不要再操心了！"她争辩说："你没听人家说？儿行千里母担忧，夜半灯前念远游，他不是从妈身上掉下来的肉嘛！他除了当兵，从小就没出过远门，这次又是去内地，他过去又没去过，当妈的能不挂心？"

母女俩正说着，乡邮员突然来到了家门口，说是有他们家一张汇款单。阿迪拉接过来一看，是阿米提汇过来的，上面印着"伍佰元整"。她高兴地把汇款单举到母亲跟前，手指着汇款金额给母亲看，一边指一边说："刚才我还跟你说，我二哥是个当过兵的人，他会管好自己的，让你不要再为他操心了，你看，我说的准不准？"

母亲看完，阿迪拉又把汇款单拿给阿依提和阿依汗看，她还咕嘟着嘴对阿依提和阿依汗说："当初你们还阻拦二哥，看看？"言外之意是说，阿依提和阿依汗还不如她有眼光。

接着她又举着汇款单往外走，去推摩托车。母亲牡丹汗问她骑摩托车干什么，她举着汇款单朝乡供销合作社的方向指了指，神气十足地说："我拿去让他们也看看！"

阿迪拉风风火火地来到门市部，把阿米提的汇款单高举着拿到阿娜尔古丽面前，炫耀着说："你们家当初还嫌弃我二哥无能，你们看这是什么？"

阿娜尔古丽想接，但没好意思拿。迪力夏提抢过汇款单一看，眼睛一下子直了，惊喜地说："阿米提刚出去一个多月就汇回来这么多钱？"

阿迪拉瞟了一眼阿娜尔古丽，用讥讽的口气说："就这，有些人还嫌弃我二哥无能，前脚走后脚就和别人好上了！"

阿娜尔古丽一听，愣了一下，她想解释，阿迪拉却不听，带着得意的神情走出了门。

阿娜尔古丽知道这是阿迪拉误会了她。她含着泪独自坐了一会儿，然后骑上摩托车要去找阿迪拉解释。

迪力夏提劝住她说："那个疯丫头现在正在兴头上，你现在去还不是要碰钉子。还不如让她冷静一下，你晚上再去找她，那时候或许她还能听得进去。"

阿娜尔古丽看迪力夏提说得也有道理，就把摩托车又放下了。

迪力夏提看阿米提一到内地就挣了钱，赶快把阿米提的汇款地址悄悄地记了下来。

这天刚好是周末，海里木也回来了。晚上，一家人坐在院子里谈论阿米提往家里汇钱的事。海里木对阿依提说："看来内地的钱要好挣一些，再等几天看看，如果阿米提能在内地站住脚跟，你也去，把地毯加工厂的业务带上，到那里兄弟俩做个伴，也好有个照应。"阿依提高兴地答应了。

阿娜尔古丽一直想着白天阿迪拉误解她的事，吃过晚饭就在阿米提一家人在一起说事的时候，捎信说，她想找阿迪拉谈谈，结果被阿迪拉一口回绝。阿娜尔古丽委屈极了，一夜都没有合眼。

第二天门市部正常营业，阿娜尔古丽一大早就来了。迪力夏提上班时，阿娜尔古丽正坐在一旁抹眼泪。迪力夏提看着阿娜尔古丽暗自神伤的样子怔了一下，说："我的姑奶奶，你这是又咋了？阿迪拉那边你不是和解了吗？又有什么事了？"阿娜尔古丽委屈地说："哪和解了！昨天晚上我去找她，她根本就没理我。"迪力夏提说："那你怎么不早说呀？这样，你也别太生气，这件事包在我身上了！"阿娜尔古丽皱着眉头看了看他，疑惑地说："你？"迪力夏提说："你看你看！你又小看我了吧？芝麻大个事嘛！你看我的！"说完，凑在阿娜尔古丽的耳朵边小声说了几句，骑上摩托车出去了。

迪力夏提骑着摩托车来到阿米提家，他朝门里一看，阿迪拉坐在院子里正专心致志地在绣一顶男式杜帕（小花帽）。他把摩托车停在门口，朝门内大声喊了一下阿迪拉的名字。阿迪拉应声跑出门，一看是迪力夏提，板下面孔问道："工作时间不上班，你来家有什么事？"迪力夏提一本正经地说："你二哥打电话找你。"阿迪拉一听，在心里想，肯定是二哥没有时间写信，把钱寄走后还想给家里报个平安，再问问家里的情况，于是就打电话回来了。但她故意隐藏自己的心思，带着疑问不冷不热地说："他刚把钱寄回来，还会有什么事？"迪力夏提还是故作神秘地说："他也没说是什么事，只是让你亲自去接。"阿迪拉没再说什么，故意迟疑了一下，跟着迪力夏提往外走。

两个人骑着摩托车来到门市部，门市部的大门落着锁。迪力夏提从外边打开门锁，阿迪拉跟着迪力夏提走进屋里。

阿迪拉朝门里门外看了一眼，说："怎么就你一个人呀？"

迪力夏提说："阿娜尔古丽昨天听说你二哥又有女朋友了，一天都没吃饭，哭了一夜，一大早就病了，她妈已经把她送到乡卫生院了。"

阿迪拉一听，惊愕了一下，说："哟！那我得赶快去看看，我妈还天天在念叨她呢！"

阿迪拉要往外走，迪力夏提拉住她说："哎！你说，你二哥真的是又有女朋友了？"

阿迪拉说："你听谁瞎编的，纯粹是造谣！在我二哥的心里，除了古丽姐，他谁也不想。"

迪力夏提说："那你呢？你的心里还有没有阿娜尔古丽？"

阿迪拉说："我？我当然有！但人家心里没有我，更没有我二哥！"

迪力夏提说："你怎么知道？"

阿迪拉说："人家不是要嫁给斯拉木了吗？"

迪力夏提说："我听说那只是她妈妈的一厢情愿，她自己根本就没有那个想法。"

阿迪拉说："她自己不同意怎么能定亲？"

迪力夏提没有接阿迪拉的话茬儿，而是有意问道："你二哥两次住院，阿娜尔古丽都去陪护你知道吗？"

阿迪拉说："知道。"

迪力夏提说："阿娜尔古丽为了帮助你二哥还账，走街串巷卖服装，被她妈锁在房子里你知道吗？"

阿迪拉说："我也知道。这都是以前的事情了。"

迪力夏提说："你二哥走后，阿娜尔古丽哭了好几天，斯拉木几次到她们家她都不见，这可是后面的事了，你是不是不知道呀？"

阿迪拉说："我也听说了，当时心里很难受。"

迪力夏提说："那你怎么昨天还拿着你二哥的汇款单奚落人家，后来人家去找你解释你也不见人家？"

阿迪拉说："我不就是对他们看不起我二哥，把我二哥蹬掉不服气嘛！"

迪力夏提说："你都说了，那是她妈的事情，不是她自己的心愿。况且定亲的事情只是她妈和斯拉木同意，她和她爸还一直持反对态度，这件事到现在还放在那里，根本就没有举行过正式的定亲仪式，那能算定了吗？"

阿迪拉想了想说："那你的意思是说，我错怪了人家？"

迪力夏提说："也可以这么认为。"

阿迪拉说："那怎么办？"

迪力夏提故作深思，卖了个关子说："这个嘛！要说不好办也不好办，要说好办也好办。"

阿迪拉看迪力夏提说的话模棱两可，有些生气了，说："你这个人！平时说话那么痛快，怎么今天这么磨蹭的！你快说，怎么办？"

迪力夏提正经起来，说："办法嘛……其实很简单，就是你刚才准备做的那种办法，买点东西到医院里去看看她。"

阿迪拉一听，毫不迟疑地说："好，我现在就去！"话没说完，她就风风火火地往外走。

阿迪拉刚走到门口，阿娜尔古丽忽然把门帘一掀，喊着阿迪拉的名字，慌忙从里屋跑出来。

阿迪拉怔了一下，两个人紧紧地抱在了一起，眼泪也汩汩地流了下来。

许久，阿迪拉突然转过身，用双拳连连捶打着迪力夏提的前胸，嗔怪地说："我二哥的电话在哪里？你骗人！你真坏！你真坏！"

看着阿迪拉的举动，阿娜尔古丽擦了擦眼泪，会心地笑了。

阿米提那天把钱寄给家里后，心里像卸下了一个沉重的包袱，舒坦了许多。他盘算着，照这样干下去，要不了两年时间，就可以把欠外边的账全部还完，如果干得好，兴许还可以余出一些，给家里的房子翻修一下，让爸爸妈妈为此少担点心。这么想着，他感觉身上更加有劲，干起活来也更加卖力了。空闲的时候，他甚至还会把阿娜尔古丽赠送给他的那把热瓦普拿出来弹上几曲，以缓解他的思乡情，特别是对阿娜尔古丽的思念之情。每当这时，常常会引来工友们围观欣赏，无形中也活跃了工友们的枯燥劳累生活。

由于生活习惯的不同，阿米提对吃大锅饭有些犯难。老板知道后，特意安排人为他垒了个小灶，配置了一些必要的炊具，还送了一桶植物油和一条羊腿，允许他自己做饭。这使他非常感激，从内心里把工地当成了自己的家，不但干起活来更加卖命，他还经常利用工余和阴雨天帮助老板干些零星杂活，这使得大家也更加喜欢他了。

但什么事都有它的两面性。阿米提这么卖命地干活挣钱，有的工友看了很羡慕，但也有说闲话的。特别是老板允许他自开小灶的优待更加引起了个别人的嫉妒，他们在背地里开始贬评他，说他在拼命干活的背后肯定掩盖着什么不可告人的目的。有的甚至在老板面前嚼舌头，说他拼命工作一定有问题，没准是得了什么绝症，搞不好会累死在工地，让老板赔钱负责。老板对这些议论虽然不大相信，但看着阿米提每日不惜力气地干活，的确感到这个人很不对劲儿，就安排领工员私下里做了些调查。领工员经过和阿米提密切接触和观察，没有发现什么疑点，就如实汇报给了老板。老板将信将疑，嘱咐领工员注意多留点心，千万不要大意了。

事也凑巧。当时正值酷暑季节，天气特别炎热。这天阿米提和往常一样在工地拉砖，中午也不肯休息，结果中了暑，晕倒在工地上。领工员赶紧报告老板，叫来了120急救车。

这件事虽然没有造成什么后果，但引起了老板的警觉。阿米提恢复正常以后，老板虽然对阿米提确有些不舍，但经过慎重考虑，最后还是下了决心。

这天，老板在领工员的陪同下来到工地察看。他指着正在拼命拉砖的阿米提说:"你把他叫到我办公室来。"说完,转身走了。

过了一会儿,领工员带着阿米提来到了老板的办公室。老板让会计拿过来一个信封,递到阿米提手里。老板说:"这是你这段时间的工资。"

阿米提看了看老板,疑惑地说:"还没到发工资时间呀?"

老板说:"提前给你发的,你数一数。"

阿米提把钱抽出来简单数了一下说:"老板,你给的太多了,我没干这么多活。"

老板说:"你从今天起不要在我这里干了。"

阿米提有些不解:"怎么?你是要辞退我?不让我干了?"

老板说:"是的,从今天起,你被我辞退了。"

阿米提慌了,说:"老板,我可是拼着命干的,我一点都没有偷懒哪!"

老板说:"正因为你是拼着命在干,所以我要辞退你。"

阿米提更加不解了,他结结巴巴地说:"那、那、那……你是说我要是偷懒了你才会让我继续在这里干?"

老板说:"我也不是这个意思。"

阿米提看老板一时没有回答,忙说:"老板,只要你不辞退我,从明天起,你让我怎么干我就怎么干,保证一切都听你的,哪怕工资少一点都行。"

老板说:"阿米提,我知道你是个好样的,但我确实不能让你在我这里再干了,你要再干,我就得赔你的命了。"

说着,老板又把会计喊过来,伸出了五根指头。会计会意,立刻又拿过来一沓子钱。老板亲手把钱递到了阿米提手里。

阿米提看老板没有改变决定的意思,就把钱退回到老板手里,含着泪转身要走。

老板从抽屉里拿出一张名片塞到阿米提手里,不舍地说:"以后遇到困难就给我打电话。"

阿米提走出老板的办公室后,领工员跟了出来,对阿米提说:"去年我们工地上有一位工友,就是像你这个干法,最后累死在工地上,为此还闹了一场官司,所以后来老板一看到有拼命干活的人就坚决要辞退。"

阿米提大张着嘴"啊"了一声,顿时明白了一切。

领工员知道他在这里也没有亲戚朋友,就给他指了一条路:"火车站的货场经常需要搬运工,如果你没有地方去,可以先到那里干一段时间,至少可以不饿肚子。等情况熟悉后，你可以再找个轻一点的活干。"说完，领工员还从口袋里掏出一个小本子撕下一张，写了一个名字，递到阿米提手里，说这个人是他的朋友，如果阿米提要去货场干活，可以去找这个人。

阿米提接过领工员递过来的字条，右手抚胸，向领工员深深地鞠了一躬，然后向火车站走去。

迪力夏提今天上午做出了一个小小的决定：他准备请几天假到西安看看阿米提，如果在那里干着行，他就回来办个停薪留职手续，过去跟着阿米提一起干。

其实他的这个想法早在几天前就产生了。那天他一看到阿米提给家里的汇款单，他就动心了。

迪力夏提是几年前从巴州商业学校一毕业就分配到县供销合作社的。开始是在县社当业务员，后来就跟着阿米提一起承包了乃布呼乡的供销合作社门市部。几年来的风风雨雨使他切身感受到，计划经济时代，在供销社工作还是很优越、很体面的，但随着经济体制的改革和转型，供销合作社原有的体制被逐渐打破，但新的体制却尚未建立，或者说即使建立了也尚未健全和完善，体制内的各种矛盾错综复杂，给整个经营工作造成了许多困难。加之国家整体营商政策环境的调整和变化，致使供销合作社这个在计划经济时代的宠儿地位急剧下降，功能急剧弱化，经营越来越困难，相当一部分供销商业企业已经到了举步维艰的地步。因受大环境的影响，像他们乃布呼乡这样的供销合作社，即使没有赊账欠款问题的拖累，要想十分景气地展开经营，也是相当艰难的。而要改变这种状况，又不是像他这样地位的人力所能及的。所以，自从瞎核桃事件引发了一系列的问题后，他就萌生了要换个环境的想法。他之所以一直没有明确地提出来，一方面是因为阿米提正处于最困难的时期，作为当初共同的承包人，他不能在这个时候临阵脱逃，要是那样，就无异于趁火打劫，落井下石，往阿米提的伤口上撒盐，那也是他的为人处世准则和他所受的家庭教育所不能容许的；另一方面，也是因为他还没有找到一个可以摆脱这种困境的渠道和途径，也就是说，如果离开了这个地方，到哪个地方可以找到更好的吃饭门路和发展舞台，对于他来说，至少在目前还是个未知数。现在，阿米提给他们做出了榜样，虽然从目前情况看，由于时间和条件的限制，阿米提还没有完全闯出一条新路，但至少说这条新路已初现端倪，如果他能够搭上，或许真的能开辟出一个新的天地。就是出于这样的考虑，他才做出了上述决定。

　　这天上班后，他把这一想法给阿娜尔古丽一说，就立即得到了阿娜尔古丽的高度赞同，阿娜尔古丽连想都没想就脱口说道："你的想法我举双手赞成！我也是早就不想在这里待了！"阿娜尔古丽还给他鼓劲说："你先去，如果情况好，我随后也去，到时候我们三个还在一起干，欠外边的账我们共同还。"

　　阿娜尔古丽听说迪力夏提要去看阿米提，专门买了一套衬衣和一双鞋子让迪力夏提给阿米提带上。

　　迪力夏提说他现在去给阿迪拉也说一下，阿娜尔古丽知道他和阿迪拉最近的关系，但还是故意问了一句："你是不是看上人家了？"迪力夏提一口否定说："人家哪能看上咱呀？"阿娜尔古丽抿着嘴笑了。

　　晚上，迪力夏提来向阿迪拉辞行。他看在家里说话不方便，就把阿迪拉约在了村外阿米提和阿娜尔古丽过去经常约会的那棵高大的杏树下。

　　迪力夏提这次去西安本来是想趁看望阿米提寻找创业机会的，但这层意思他没有说，只说是想去看看阿米提。

　　阿迪拉一听迪力夏提说要去看望阿米提，心里一阵惊喜。因为自从上次阿米提给家里寄回来那 500 元钱以后，就再也没有音信了，家里人特别是她妈妈牡丹汗非常着急，几乎是天天念叨。现在既然迪力夏提要去见哥哥，那真是求之不得的。但她还是故意拿捏着，脸面板板地说："你去看我二哥是你的自由，与我有什么关系？你们都是公家的人，哪还敢劳你大驾，专门跑这么远来给我说。"

　　迪力夏提慌忙解释说："我主要是想给你们说一下，看你们家有什么需要带的东西没有。"

　　阿迪拉还是不冷不热地说："那就谢谢你，见了我二哥向他问个好，就说我爸妈说了，他一个人单独在外，要照顾好自己。"说完，就走了，态度冷冰冰的。

　　迪力夏提看着她的背影，似乎有些失望。

　　第二天，在火车站的月台上，迪力夏提提着一个大提包正准备登车，阿迪拉却追了过来。她给迪力夏提递过来一个小包，说是给她二哥捎的，并说见了她二哥就说家里一切都好，让他放心。说完，她还帮着迪力夏提整理起了上衣的领子，一边整理一边深情地望着迪力夏提，温柔地说："你也是第一次去内地，说话办事要当心点，到了以后，不要忘了给我来个电话。"她把"给我来个电话"的"我"字说得特别重。说完，脸一红就跑了。

迪力夏提看着她的背影，有点摸不着头脑。他站在原地愣怔了一阵，转身登上了东去的列车。

阿米提从建筑工地出来后，按照领工员的指点来到火车站的货场当起了搬运工。这天的任务是往棚子车上装粮食。粮食是装在麻袋里的，每个麻袋重100公斤。过去他在部队时，曾参加过修筑北疆铁路，其间，他和连队的战友们经常装卸水泥。水泥一般是50公斤一袋，他常常是一个肩膀一袋，每趟都是两袋两袋地搬运，当时也没有感觉到水泥袋有多沉重。现在他一看麻袋装的也就是两个水泥袋的重量，当时也没有多想就把一个麻袋扛上了肩。上肩后他感到麻袋在肩上前后有些失重，就下意识地上下耸了一下。这一耸不打紧，只觉得腰部像折了一样猛然一阵疼痛，他禁不住"哎哟"了一声，一屁股坐到地上，麻袋也摔了下来，粮食洒了一地。这时候他才想起来，半年前他在县城卖烤肉时腰部曾经被车撞受过伤。前段时间在建筑工地上拉运砖块虽然也是体力活，但那更多的是动胳膊动腿，腰上负重并不多，有时干多了腰部只是感觉有些累，稍微休息一下也就缓过来了，所以他就没有在意。现在100公斤的重量放在肩上，腰部肯定是受不了的。他瘫坐在地上，好一阵儿都没有缓过来。工友们怕他伤着腰椎或脊椎，当即把他送进了医院。经过检查，虽然只是扭伤，没有大碍，治疗了几天也就出院了，但这件事却告诉阿米提，他已不能再从事类似的重体力劳动了，他必须对自己的出路另做打算。

他躺在病床上想来想去，最适合自己干的还是卖烤肉。但是回民街是不能再回去了，因为那里有一群坏蛋。那么到哪里去干合适呢？他在脑海里搜索了一阵，感到钟鼓楼比较合适。在回民街干的那几天时间里，他曾去过那里一次，也听同行们介绍过那里的情况。钟鼓楼跟前白天经常摆着一排烧烤摊点，晚上这里又变成了夜市。对面不远处是一个广场，每当夜幕降临，人们会成群结队地在那里唱秦腔、跳街舞、练太极，而夜市这边也随之便会宾客爆棚。阿米提想，就凭着他的技术和勤劳程度，在那里摆个烤肉摊生意一定不会很差。为此，他从医院一出来，就到炊具店里定制了一个烤肉箱，在钟鼓楼下摆起了烤肉摊。

果如所料，由于阿米提的烤肉味美价廉，加之他的服务态度好，很快就吸引了大批的食客。特别是在晚上，总是有很多客人聚集在他的摊位前争相品尝他的烤肉，使他的摊位成了夜市上最热闹的摊位之一。这使他的心里因被建筑工地辞退和在火车站当装卸工时腰被扭伤而住院所带来的阴霾一扫而光，他的眼前又呈现出了一片光明的生活前景。

然而好景不长。

正当阿米提沉浸在烤肉生意红火带来的喜悦之中时，他怎么也没有想到，好生意也会带来大麻烦：他的烤肉摊被偷盗团伙的头目赛迪克给盯上了。

赛迪克也是来自新疆，有 40 多岁。他的家住在塔克拉玛干沙漠腹地一个贫穷落后的村子里。因家庭生活贫困，他只上到高小便辍学了，跟着父亲干起了半农半牧的活计。后来虽然成了家，也有了孩子，但生活却一直处于贫困状态。他由于不甘于贫困，只身出去流落了几年，其间遭受了不少苦楚。20 世纪 80 年代末期，他看到亲戚邻居中有些人通过到内地打工摘掉了贫困帽子，就也到内陆跑了一圈。他从中得到的结论是，大多数打工者所热衷的像搬砖搬瓦、扛麻袋和水泥之类的活计来钱太慢也太累，而偷偷摸摸、东诓西骗的事儿反倒能很快富起来，并且不用下很大的气力，只要做得隐蔽、不过分出格，一般也不会被公安机关追究。就是在这种歪心思的支配下，他通过哄骗等手段很快搞到了 10 个 7 岁至 12 岁的男孩子，并物色了两个成年人做骨干，集中在一个荒僻的地方训练了半年，然后抛家舍子，带着这些孩子和团伙骨干来到内地，干起了偷摸哄骗的营生。他采取的具体办法是，在一个场地上，让一少部分孩子表演达瓦孜（高空走绳）和那孜库姆（一种舞蹈）等维吾尔族民间杂技、说唱和舞蹈艺术，让大部分孩子在场下实施偷盗，得手后迅即离开。由于有杂技和歌舞表演做幌子，不容易被人怀疑和发现，有时即使偶尔露了马脚，也不会牵扯到更多的人，更不会把整个团伙打掉。他们在一个地方待的时间也不会很长，常常是"打一枪换一个地方"。屡屡得手后，赛迪克的钱包开始鼓起来，他的人员也不断增加，眼下已经发展到 20 多人，他感到自己顾不过来，就一直想物色一个合适的人来协助他，但物色了好几个他都不满意。正在他为此事犯愁的时候，阿米提进入了他的视野。

那天晚饭后，赛迪克像往常一样，带着艾尔肯等人在大街上转悠。艾尔肯 7 岁时就被赛迪克从人贩子手里收留，是这个团伙中入伙最早的孩子之一，这一年 12 岁。赛迪克带着艾尔肯等几个孩子在街上转了一圈，最后来到了钟鼓楼下的夜市。一到这里，他就发现了阿米提。当时阿米提正在忙着应酬顾客，由于顾客多，他忙得有些不亦乐乎。赛迪克站在不远的地方，直盯盯地看着阿米提，他从阿米提的长相、身架、待人方法、利索程度，一眼就看上这正是自己所需要的人。为此他当即示意艾尔肯把阿米提认下了。

第二天中午时分，阿米提的烤肉摊前和往常一样坐满了吃烤肉的人。阿米提正忙得不亦乐乎，艾尔肯突然从人群里窜了出来，他从阿米提的裤兜里掏出钱包拔腿就跑，边跑还边把钱包举在手上引逗阿米提。阿米提放下手中的活计就赶快追。

阿米提追着艾尔肯来到一个偏僻的院子里，看到一群未成年人正在接受偷盗训练，方知这是一个偷盗团伙。阿米提正要转身离开，赛迪克举着阿米提的钱包走了过来。阿米提索要钱包，赛迪克把阿米提引进屋子并提出了条件：要钱包可以，但必须参加他们的团伙。阿米提不从，赛迪克说可以给你几天考虑的时间，但钱包不给，尤其是身份证。

阿米提回到原地，越想越不对劲儿，他担心这些人还会来找他麻烦，第二天就收起摊子搬到了大雁塔下的风味小吃一条街。

果不其然，阿米提在大雁塔下刚刚支起烤肉摊不一会儿，一双脏兮兮的手就伸向了一串烤肉。阿米提上前一把抓住这双手举起拳头刚要打，只见艾尔肯扑通一声跪在地上，可怜兮兮地说："叔叔，我想吃串烤肉。"阿米提把他拉到一个僻静的地方问其缘由，艾尔肯说老板经常不给他们饭吃，还让他们多偷，并且说昨天的事是他老板逼着他干的。阿米提问他老板叫什么名字，艾尔肯说老板名叫赛迪克，是他们这个偷盗团伙的头目，眼下正想在这里招更多的人。阿米提问他为什么不逃跑，艾尔肯说老板把他们盯得很紧，一旦发现谁跑了，抓回去就会往死里打。阿米提抓了一把烤肉塞到艾尔肯手里，说以后你要是饿了就来找我。艾尔肯走时还特意给阿米提说，他们的老板正在到处找他，让他快走。

阿米提感到这伙人也太可恶了，遂向当地派出所报了案。公安民警根据阿米提提供的线索，很快在街头找到了赛迪克。赛迪克说，他们是靠卖艺谋生，根本不干偷盗那种事。为了证明他说的话是真的，赛迪克还把公安民警带到他们的一个演出地，当时他们的一个成员正在表演达瓦孜，还引来了围观群众的一片喝彩声。公安民警看没有更多的证据，也就不了了之。后来阿米提又通过派出所向赛迪克索要他的钱包和身份证，赛迪克一口咬定说没有这回事，是阿米提诬赖他的，他们内部的知情人也不敢出来作证，这件事最终也成了悬案。

过了两天，艾尔肯又跑过来向阿米提要烤肉吃，阿米提二话没说，抓起一把刚刚烤出来的肉串就塞到了艾尔肯手里。艾尔肯一边狼吞虎咽地吃着，一边悄悄对阿米提说，他们的老板听说他告发了自己，正在到处找他要报复，让他快走。阿米提说："派出所不是去抓他了吗？"艾尔肯说："嗨，你不知道，那家伙狡猾得很，他用的是障眼法。他打的幌子是卖艺，没有真凭实据，派出所也拿他没办法。"阿米提说："你们内部怎么没人去告？"艾尔肯说："根本就没人敢告。前边有两个巴郎子不小心走漏了点风声，赛迪克知道后让人把他们的腿都打断了。再说，团伙里的巴郎子都跟着他学了些手艺，也没人想去告。"阿米提说："这个家伙迟早要进监狱的。"

艾尔肯临走时一再对阿米提说："叔叔，你千万不要把我说的这些话传出去，要是传到赛迪克耳朵里，我就没命了。"阿米提说："我会的，你放心。不过，你也要多加小心，不要陷得太深了。"

艾尔肯刚刚离开，赛迪克就真的带着人追过来了。他们大喊着阿米提是偷盗犯，上来就是一阵乱砸。阿米提出手还击，无奈他们凭着人多势众，扭住阿米提把他身上搜了个精光。阿米提瞅个机会慌忙逃脱，钻进了大街上的人群。

阿米提东拐西窜，最后跑进一户人家的煤棚里躲了起来。

第二天一大早，煤棚的主人出来铲煤，看到里边睡着个人，吓得大声喊叫起来，一家人听到呼喊声都操起家伙围了过来。阿米提如实相告，煤棚主人才放他出来，并让他吃了早饭。

阿米提一看这里不是久留之地，他怕赛迪克再追过来报复他，从煤棚主人家出来后，他连自己的行李都没回去拿，就慌慌张张地跑到了火车站。在售票大厅，他掏遍全身，只找到了一元钱。他只好买了一张站台票，随着正在排队的旅客登上了开往郑州的火车。

赛迪克没有抓到阿米提，气得咬牙切齿，他曾留下一句狠话："只要我还活着，你就别想逃出我的手掌！"

迪力夏提来到西安后，先是照着阿米提在那张汇款单上留下的地址找到了阿米提曾经干过活的建筑工地，接着又照着那位领工员提供的地址找到了火车站的货场，后来又根据货场工友说的情况找到了阿米提曾经住过的医院。所有这一切都无果后，他只好盲找起来。其间他根据自己的分析和判断，跑遍了西安市的许多农贸市场和夜市，甚至还找到了回民街和大雁塔下的风味一条街，但都没有发现阿米提的踪影。眼看着假期已到，他只好神情沮丧地给阿迪拉打电话报告了实情。

阿迪拉一听说他没找到，就在电话中带着火气说："你再找找，要是找不到你就不要回来见我！"迪力夏提放下电话，自言自语地说，"嘿，真是岂有此理！你是我什么人，还敢这样来教训我？"

阿迪拉虽然在电话里那样说，但她还是把迪力夏提说的话告诉了家里人。大家一听，少不了又是一番激烈的讨论。阿依提和阿依汗埋怨海里木不该答应阿米提一个人出门闯荡，牡丹汗更是以泪洗面。海里木劝慰大家说："一个人到外面闯荡不可能一帆风顺，不要一遇到点挫折就怨天尤人抹眼泪，我们应当在心里边为他祝福。"

阿迪拉把迪力夏提没找到阿米提的消息也说给了阿娜尔古丽，阿娜尔古丽当时就抹起了眼泪。阿迪拉安慰说："古丽姐，你也不要太过担心，我二哥当过兵，不会有事的。"

与迪力夏提一前一后到西安来找阿米提的，还有阿米提的老对头单宝仁和游秀碧。

自从上次做羊皮生意赔了钱以后，他们就一直对阿米提耿耿于怀。其间他们还找到了阿米提的家里要讨个说法，被阿依提和阿依汗轰了出来，对此他们更是怀恨在心。后来他们听说阿米提跑到西安打工去了，还往家里汇过钱，他们就跟着追了过来。一开始单宝仁还不同意，说西安那么大个城市，找一个人那不等于是大海捞针吗？况且还要花那么多的差旅费。游秀碧说："你也不要把事情说得那么绝对，要是侥幸碰上了，咱们就把老账新账包括这次的差旅费都一起算给他。即使找不到，我们到那里后也可以开开眼界，或许还能够遇到商机呢！"在游秀碧的反复撺掇下，单宝仁只好陪着她一起来到了西安。

到西安后，他们俩马不停蹄地跑了不少地方，但结果是既没有看到阿米提的影子，也没有遇到什么商机，倒是花了不少冤枉钱，他们也就泄气了。刚好这时候单宝仁的妻子陈阿弟又打来电话，为给儿子单小宝治病的事催着要钱。单宝仁一听到"钱"字就来气，为此还在电话中和陈阿弟又吵了一架。

一连串的不如意使得单宝仁完全没了再去寻找阿米提的兴趣，他坐在沙发上抽了一阵闷烟，叹着气说："算了，不追了，明天就回去，还是我们自己去挣一点牢靠。"

第二天，他们也神情沮丧地返回了新疆。

第七章
遇到了狗蝇子

　　阿米提登上火车后，躲过乘务员的查票关，昏昏沉沉地睡了一觉。在睡梦中，他听到邻座有打骂孩子声，起身一看，一个中年男子正抓着一个满脸脏污的孩子的手，嘴里还骂骂咧咧的，被打孩子的另一只手里紧紧地抓着一根火腿肠。阿米提明白了：这孩子是饿极了，偷吃了中年男子放在小桌上的食品。阿米提动了恻隐之心，上前替孩子辩解，最终求得了中年男子的谅解。

　　事后经过询问得知，这孩子是个流浪儿，名叫黑枣。他在很小的时候，因为家乡暴发洪水，父母双双都被卷走了，只留下他和奶奶相依为命。不久后奶奶也去世了，没了亲人，他被送进了孤儿院，并上了学。但孤儿院管理不善，他经常挨打受骂，一气之下，他就连学也不上了，偷偷地跑出来，流落到了社会上。开始是在街头卖小报，挣碗饭吃，后来他看在火车上兜售个香烟什么的挺能挣钱，就走南闯北干起了这个营生。就这样一晃几年过去了，到现在还没个落脚的地方。阿米提听着他的诉说，再看看他身上的破衣烂衫，还光着两只脚丫子，心里十分同情，就让他跟着自己去干。这孩子可能是实在无路可走了，遂答应了阿米提的要求。

　　火车到达郑州后，阿米提带着黑枣走出出站口。他望着熙熙攘攘的人流，眼中一片茫然。

　　根据以往的经验，他知道在火车站的广场上经常会有一些人在这里招收打工者。于是，他就带着黑枣来到广场的一个广告栏前，在各色各样的广告信息中搜寻着适合自己干的活计。

　　这时，一位维吾尔族中年男子主动走过来与他搭话，自我介绍说他叫艾山江，来自新疆和田，在郑州市开着一个规模不算小的烤肉摊，眼下正缺人手，问阿米提愿不愿意跟他去。阿米提一听满口答应，但有一个条件：必须把黑枣也带上，工钱可以少给。艾山江问了问黑枣的情况，非常同情，当即答应了。

　　阿米提带着黑枣，跟着艾山江来到他的雇工宿舍。雇工们刚刚吃过早饭还未出摊，正在屋子里做着出摊前的准备。阿米提朝房间里看了看，没有多好，也不算太差。艾山江把阿米提和黑枣介绍给了大家，也把大家一一介绍给了阿米提和黑枣。艾山江让阿米提和黑枣先休息一天，阿米提不肯，随手把床铺简单收拾了一下，就和大家一起出摊了。

艾山江的烤肉摊设在一条街道的树荫下，有十来个摊位，看起来很壮观。阿米提和黑枣跟着艾山江来到一个崭新的烤肉箱前，艾山江指着这个烤箱和跟前的餐桌凳子说："这个摊位从今天起就由你来经营，黑枣给你打下手，工钱和大家一样，不分新老。"阿米提感激地点点头，立刻忙碌起来。黑枣不知道干什么，站在一旁傻看，阿米提耐心地一一教给他。

烤肉串对于阿米提来说是轻车熟路，加之他待人热情诚恳、干活手脚麻利、办事诚实守信，很快就扬起了名声，他烤的肉串常常是供不应求。艾山江时不时地来到各个摊位前察看，当他看到阿米提的烤肉摊前经常是食客满座时非常高兴，赞扬阿米提干得好，要求其他摊主都要向阿米提学习。

艾山江是个厚道人，虽然现在生意兴隆，但他也曾经吃过不少苦，当他了解到阿米提的境遇后非常同情，也很愿意帮衬阿米提。阿米提感恩艾山江，干起活来更加不遗余力，深得艾山江的赏识。有时收摊后，艾山江还喜欢来找阿米提一起吃饭聊天，两个人很快成了相见恨晚的朋友。

艾山江的雇工多是他的亲戚，他们中的一些人在卖烤肉的过程中常常偷奸耍滑，为了给自己谋取一些私利，经常多卖少缴，而艾山江此前却一直蒙在鼓里。自从阿米提来后，由于他做事诚实，每天所卖的烤肉钱都如数交给了艾山江，艾山江从阿米提和亲戚们上交钱数的对比中很快发现了其中的秘密，对阿米提更加信任了。

这天，艾山江又单独约请阿米提和黑枣吃饭。交谈当中，艾山江突然向阿米提问了一个问题。艾山江说："我注意了一下，在十个烤肉摊每天上交的钱当中，数你交的最多，我想问一句，你怎么不往口袋里也装一点呀？"阿米提诚恳地回答说："那可不行，做人不能那样！你知道咱们维吾尔人对名誉看得特别重，从小父母就教育我们宁肯自己饿断肠，不拿别人一粒粮，认为偷拿别人的东西是可耻的。再说，你对我这么好，我怎么能干那种没良心的事？"艾山江深深地点了点头，从手包里掏出一个红包，塞到了阿米提手里。阿米提连连推辞，坚决不收。艾山江说："这只是一点小小的心意，你要是不收，那就是看不起我了。"阿米提无奈，只好收下了。

出了餐馆，阿米提和黑枣边走边聊。黑枣说："老板单独请雇工吃饭，少见。"阿米提说："艾山江是个厚道人，待人心诚。"黑枣说："那也说明你干得好，要不然，他怎么不请那些人吃饭？还不是因为那些人干活偷奸耍滑，手脚不干净？"阿米提说："也可能有这个原因。"黑枣压低声音说："我看见他们经常偷偷往自己的腰包里装钱，你看见没有？"阿米提"嘘——"了一声，悄悄地说："小声点！听说那些人都是老板的亲戚。我们可不能那样干，做人要光明正大。"

迪力夏提回到门市部，神情有些懊丧。

阿娜尔古丽听说他没有见到阿米提，很是担心，问他阿米提会不会出什么事。

迪力夏提说："我也说不准。不过我也听人说过，这几年新疆一些黑社会组织到内地发展，见到新疆人就裹胁进去，不是贩毒就是偷盗，再不就是拐卖儿童，你要是不从，他们就会把你打成残废，听起来怪吓人的。"

阿娜尔古丽担心地说："阿米提不会也是遇到这样的坏人了吧？"

迪力夏提说："这也说不准。不过，他当过兵，第一，他不会主动去干；第二，遇到这种情况他也绝不会轻易就范。"

阿娜尔古丽听着，脸上的阴云始终不散。

打听不到阿米提的下落，阿米提一家更是着急。母亲牡丹汗让阿依提、阿依汗和阿迪拉都赶快想办法。阿依提和阿依汗听后仍然是嘟嘟囔囔，阿迪拉则表示说，她再去找迪力夏提，让他把他的朋友都发动起来，如果有可能，她就和他一起去找。

虽然艾山江已经发现了他的亲戚们在烤肉收益中玩的那些小把戏，但碍于情面，他不好直接揭穿，只是每天到各个摊位前巡查得更勤了。他的那些亲戚由于做贼心虚，害怕他们藏私钱的举动被发现，就私下里拉拢阿米提，想让他和他们一样卖多交少，替自己多攒一些钱。阿米提虽然迫切地想要赚钱还债，但他的做人准则是不管做什么都要对得起自己的良心，艾山江对自己有知遇之恩，自己无论如何也不能做那样亏心的事。于是，他断然拒绝了那些人的要求。那些人看阿米提态度这么坚决，也只好把那些见不得人的勾当暂时收敛起来，等待时机。

阿米提每天"日出而作，日落而息"，生活渐渐稳定下来。经过前段时间的磨合，他不但适应了艾山江烤肉摊工作的规律，也适应了这里的气候和生活节奏。尤其是在与黑枣相处中，不知是出于同情和怜悯，还是这孩子机灵懂事有眼色，抑或是自己独身一人太孤单需要陪伴，总之便特别喜欢他。每当闲暇的时候，他总是把黑枣带着在街上转悠，一边感受着中原地区的文化风情，一边谈天说地，享受着天伦之乐，活像一对父子。

这天下雨，不能出摊，艾山江就让大家放假一天。吃过早饭，阿米提把脏衣服洗了洗，又把烤肉用具整理了一遍，他看自己闲着没事，就又拉着黑枣，打起雨伞上了街。

阿米提和黑枣在街上一边走一边聊，很是开心。

午饭时间到了，阿米提拉着黑枣进到一家河南风味餐馆，每人喝了两碗胡辣汤，还吃了两个火烧馍。

往回走的时候遇到了一个回锅肉馆。黑枣朝门上的牌子看了看，眼馋地说："好长时间我都没有吃到肉了，就想吃点回锅肉。"

阿米提说："你在咱们的烤肉摊上不是每天都有肉吃吗？"

黑枣说："那是羊肉，我想吃的是大肉。"说着，拉起阿米提往里走。走到门口一摸口袋，他突然站住了，说："你等一等。"没等阿米提说话，他就一溜烟走了。

不一会儿他又回来，手里捏着两张钱。

阿米提一看他的举动，猜想他的这些钱肯定是偷来的，脸色一下子沉了下来，问："你这钱是从哪里来的？"

黑枣说："你先别管，我等一下告诉你。"说着，又拉起阿米提的手往里走。

阿米提火了，把手一甩说："不行，你不说清楚我就是不进去！"他还正颜厉色地警告说："我跟你说，钱要是从那里来的……"阿米提做了个偷钱包的动作并接着说道，"你赶快给人家送回去，要不然，以后我就不认你这个侄子了！"

黑枣一听，狡黠地笑了笑，把左脚前掌伸出来，像鱼张嘴一样上下活动了几下，然后说："你放心，我不是那个。"他也做了个小偷偷东西的动作。

阿米提疑惑地跟着他走了进去。

在柜台前，黑枣要了两份回锅肉。

阿米提问："刚才你已经吃了两碗胡辣汤，还吃了那么大两个火烧馍，你一下子又要这么多肉能吃完吗？"

黑枣说："我们是俩人哪，一人一碗。"

阿米提难为地说："我已经吃饱了，你一个人吃吧。"

黑枣说："那可不行，有福同享有难同当，你平时对我那么好，我请你吃一碗回锅肉总还是可以的吧，你可不能不给我这个面子呀。"

阿米提摇了摇头说："我不是不给你面子，我是……这是我们的风俗习惯。"

黑枣醒悟过来了，恍然大悟地说："我知道了，我们那里的回族就不吃大肉，你们是不是和回族一样，也不吃大肉？"

阿米提红着脸点了点头。

黑枣说："那就把这两碗回锅肉全退了吧，我一个人吃多没劲！"

阿米提挡住了他，说："想吃就吃，不要退了。你看我，想吃羊肉了，不也是大盘大盘地吃吗？"

吃过饭，两个人一起往回走。路过公园门口时，黑枣拉着阿米提的手要进去，阿米提说："咱们出来的时间已经不短了，还是回去吧。"

黑枣说："我还有个秘密没告诉你呢！"

阿米提说："什么秘密？"

黑枣说："钱哪，你不说我的钱是偷来的吗？"

阿米提"噢"了一声，说："你不说我倒忘了，我还真想知道你的钱是从哪里来的呢！"

来到公园，两个人来到一个凉亭下面，坐在了一条长条椅上。阿米提急于想知道黑枣的钱是怎么来的，就催他快说。黑枣却不紧不慢地把左脚上的一只鞋脱下来，从口袋掏出一个小水果刀慢慢把前掌割开，从里边取出一个蓝色的塑料袋子，打开后里边露出了一沓子钱。

阿米提明白了，拿过鞋子仔细看了看，赞佩地说："真聪明，想不到你还有这个绝招！"

黑枣不好意思地笑了笑说："这都是叫生活逼的！"接着，他给阿米提讲述了自己的一段经历。

那还是在他刚刚流落到街头的时候。一开始，他主要是捡些纸壳子、矿泉水瓶子之类的废品挣点饭钱，后来他看许多和他的年龄不相上下的孩子在街头卖报比捡破烂强，就加入了报童的行列。由于他头脑灵活，又能吃苦，很快就在小伙伴中成了佼佼者。挣来的钱慢慢有了剩余，就得找个安放的地方。他们住宿的地方是一间十分简陋的地下室，人多、杂乱，钱根本不敢往里边放，于是他就学着大人们的样子把钱缝藏在贴身的衣服口袋里，后来又买了个腰包绑在了腰上。时间一长，他的这个秘密被几个心思不正的混混发现了，就找了个借口把他身上的钱一扫而光，搞得他连吃饭的钱都没有，只好饿肚子。这样的情况遇到了好几次，一直没有防备的办法，搞得他很头疼。有一天，他的一只鞋子的底子裂了，他找到一个掌鞋的铺子想修一修。掌鞋师傅拿起他的鞋子把前掌捏了捏查看损坏的程度，在捏的时候前掌张开了一个大口。他一看到这个口子猛然想到，如果把钱藏到这个口子里边不就安全了吗？于是，他突然改变主意，鞋子不修了。他跑到街上，买来缝鞋用的小刀、粗针、蜡线，找到一个僻静的地方，把钱塞进了鞋底并缝合好。他把装了钱的鞋子穿在脚上试了试，没有什么异样，心里很高兴，就这样做下去了。后来他发现脚出汗尤其是遇到雨天钱容易受潮损伤，于是他就想了现在这样的办法，每次往鞋底夹缝中间放钱的时候，先用薄塑料袋把钱包一下，这样就保险多了，再没出现钱因受潮被损伤的情况。

听了黑枣绘声绘色的讲述，阿米提连连夸赞说："人都是在逆境当中慢慢地变得聪明。你这个办法不错，我也学学，像这次在西安遇到的那种情况，要是有这个办法，我也不至于受那么大的罪。"

停了一会儿，他像想起什么似的又突然问道："你既然有这个办法，那天在火车上怎么还伸手去抓别人的东西吃？你是不是舍不得花自己的钱？"

黑枣连忙解释说："哪是舍不得？你没看我当时是光着脚丫子吗？"

阿米提想了想说："是的，那天你是光着脚丫子。那你的鞋子呢？"

黑枣说："我当时身上带的有香烟，加上不想买票，怕车站上的人检查，就早早地躲在车站旁边的涵洞里，想等火车进站后悄悄地钻上去。谁知那天从涵洞里往上钻的时候被车站的巡逻人员发现了，他们一直在后边追，我们几个吓得拼命地跑，结果把两只鞋子都跑掉了。"

阿米提听到这里笑了，说："这也应了人们常说的一句话，'智者千虑，必有一失'，再好的办法都不是万无一失的。不过，现在有我们两个在一起，这样的做法就不需要了。"

在返回的路上，阿米提也给黑枣讲述了自己的家境和苦难经历。黑枣问阿米提一生中最后悔的事情是什么，阿米提说是上的学太少了。黑枣说他也是，最后悔的是自己没机会上学。阿米提结合自己的亲身经历给黑枣讲述了读书学习的重要性，鼓励他将来还是要争取上学。黑枣从小流浪惯了，平时不愿受约束，阿米提就循循善诱地启发他一定要改掉这个毛病，把自己的人生路走端正。黑枣看阿米提对自己这么交心，就把阿米提当成了自己的亲人。阿米提也把黑枣当成了自己的知心朋友。

阿米提带着黑枣在街上转了一天，晚上回到宿舍，早早就躺下了。随着喧闹的市声渐渐隐去，多数雇工进入了梦乡，有的还磨着牙、说着梦话。但阿米提怎么也睡不着，他的眼前不断浮现出阿娜尔古丽的面庞。是啊，出来了这么长时间，连一点音信都没通过，确实有点想了。躺了一会儿，他坐起来，穿上衣服，准备往外走。黑枣这时突然醒了，问他到哪里去。阿米提说："想出去打个电话。"黑枣说："这么晚了，一个人出去不安全，我陪你一起去吧。"阿米提开始没答应，后来在黑枣的坚持下，就应允了。

两个人一起来到街上的电话亭，阿米提进到里边打电话，黑枣在外边守着。

阿米提摘下电话的话筒，往电话机里塞了一枚硬币，开始拨打起来。正巧，今天供销合作社刚好是阿娜尔古丽在值班，阿米提把号码刚拨完，阿娜尔古丽就接电话了。他在来的路上本来已经想好了要说的话，可是真把电话打通了，他又不知道说什么了。向阿娜尔古丽问个好吗？可他走时是不辞而别的，现在怎么张口？对阿娜尔古丽说他们婚姻上的事吗？他现在流落在外，两手空空，对她妈的承诺还没有兑现，欠的那些账还没有着落，即使现在有了转机，但也需要很长的时日。说自己的工作吗？眼下虽然稍稍稳定了一点，但仅仅是个开始，后边还不知道要发生什么样的事。思来想去，他不知道从哪里说起。阿娜尔古丽似乎猜测到了是他打的电话，就在电话中一个劲儿地喊："你是阿米提哥吗？你现在在哪里？你现在的情况怎么样？你快说话呀！"但他拿着话筒只是喘粗气，一句话也没有说出来。迟疑了一会儿，他把电话挂了。

阿米提放下电话，走出电话亭，黑枣问怎么这么快就打完了，阿米提红着脸没有说话。

阿米提虽然在电话中没说一句话，但阿娜尔古丽还是猜到了。为了证实自己的判断，第二天上午她还拿着昨天打电话时电话机上来电显示的号码到邮局专门查了一下。紧接着，她连班都没上，就骑着摩托车来到阿米提家村外那棵大杏树下，把这个消息告诉了阿迪拉。

阿娜尔古丽一见到阿迪拉就激动地说："你二哥昨天晚上给我来电话了。"

阿迪拉一听，惊喜地问道："我二哥在电话里说什么了？"

阿娜尔古丽说："他什么也没说，只是在话筒里喘粗气。"

阿迪拉笑了，说："他什么也没说，光凭喘气声你哪能就断定是我二哥呢？"

阿娜尔古丽肯定地说："你二哥的气息我知道，一定是他。我今天上午专门到邮局查了，他打过来的那个电话号码是郑州的。迪力夏提到西安没找到，他有可能就是去郑州了。我想去找找他。"

阿迪拉说："郑州那么大个地方，你到哪里去找呀？"

阿娜尔古丽说："城市的电话号码都是分区的，我们到郑州后，去邮局查一查，只要能确定是哪条街，那就有办法。"

阿迪拉想了一下说："你要是去，我也想去，这段时间二哥一点消息都没有，我们一家人都快急死了。"

阿娜尔古丽说："这样更好，你去了我们还可以做个伴。"

阿迪拉担心地说："你要是去，那你妈妈会同意吗？"

阿娜尔古丽说："她哪里会同意？到时候我给县供销合作社的张主任说一说，就说我有点事，让他给我个出差的机会，这样我妈就不会阻拦我了。"

阿迪拉说："这个办法好。那，我怎么给家里说呢？"她是怕如果她们到郑州的行动走漏了风声，债主们会到家里来要账。

阿娜尔古丽说："你这么聪明还没有办法？你只要不把我说出去就行。"

说完，各自做准备去了。

　

艾山江的那几个亲戚收敛了几天，他们看艾山江没有什么动静，以为艾山江并没有发现他们的问题，于是又做起了手脚。实际上，艾山江虽然嘴上没有明说，但他的心里是有数的，为了堵塞漏洞，他采取了一项新的措施：每天发出多少羊肉串，就按多少羊肉串收钱，交不够的要赔偿。这一下，把他们给治住了。他们认为肯定是阿米提告的密，于是就把心里的气往阿米提身上撒。每天下班后一回到宿舍，他们就在宿舍里议论纷纷，指桑骂槐地说不知道是谁当了汉奸。阿米提心里坦荡，只管干自己的事情，一句腔也没有搭过。他们看这种办法无济于事，就在阿米提身上使坏，用偷拿他羊肉串的办法败坏他的名声。

这天，阿米提像往常一样在烤肉摊前忙了一天，送走最后一位顾客后开始数钱收摊。他数了两遍都皱着眉头。黑枣问为什么，他说今天又少了60串的钱。黑枣说:"早上发肉串的时候你数了没有?"阿米提说数了。黑枣说中间你出去过没有?阿米提说:"除了去过两次厕所,再没出去过,中午饭都是在这里吃的。"黑枣说:"那就怪了,你就认罚吧。"阿米提说:"罚几个钱倒是没啥,就怕人家说咱品行不好。"

吃过晚饭后,阿米提闷闷不乐地回到宿舍。刚走到门口,就听到里边有人在议论,说这个人看起来怪老实,没想到他也会偷拿老板的钱。阿米提听着,好像是在说自己,他想退出去,但又一想,如果这样走了,人家更要怀疑自己了,于是就干脆理直气壮地走了进来。谁知,那几个人的议论声更大了,好像是专门让他听的。他气愤地想问问这些人是想干什么,被黑枣劝住了。黑枣趴在他的耳边悄悄说:"我有办法。"

第二天上班后,阿米提在烤肉摊上忙碌了一阵儿,突然感到肚子不舒服,遂给黑枣交代了一下,就往厕所走。阿米提前脚走,黑枣后脚也走了。但他没走远,而是藏在不远处的一个树丛中紧紧盯着阿米提的摊位。不一会儿,另外两个摊位上的三个人鬼鬼祟祟地走到阿米提的摊位前,先是朝四下里看了看,然后各抓起一大把肉串跑回自己的摊位,把偷来的肉串放进了自己的肉串中。黑枣见状,飞快地跑回来,找到这几个人要他们把偷阿米提的肉串还回来。谁知这几个人不但不还,还把黑枣抓住狠揍,其他的人也不问青红皂白一齐上来殴打黑枣。从厕所回来的阿米提看他们没命地打黑枣,赶忙上去解救,他们硬说是黑枣偷了他们的肉串,还诬赖他们是贼。阿米提把黑枣从地上抱起来搀回自己的摊位,黑枣向阿米提说出了实情。阿米提气愤地找到艾山江反映情况,艾山江碍于这几个人都是自己的亲戚,只是对他们进行了严厉的批评,并对肇事的人每人罚款 100 元作为对黑枣的补偿。

晚上,阿米提回到宿舍,气得一句话也没有说,倒头便睡。他刚一睡下,不知是谁突然把电灯拉灭了。不一会儿,呼啦一声上来几个人,把他和黑枣用被子蒙起来暴打了一顿。打他的人散去后,他从床上下来,一瘸一拐地走到门口把电灯拉开,一看,屋子里所有的人除他和黑枣之外都是睡得死死的。他知道这些人是在故意报复他,抱着被子坐了一夜。

阿米提思前想后,深知此地已经不能久留,于是第二天天不亮,他就背着背包带着黑枣来向艾山江告别。艾山江问他为什么要走,黑枣把他的衣服揽了起来,艾山江一看阿米提的身上伤痕累累,什么都明白了,他大骂了一声"这些王八蛋",转过身就要去找这些人算账。阿米提不想因为自己而破坏了艾山江与亲戚之间的关系，当即把艾山江拦住了。艾山江再三真诚挽留，但阿米提去意已决，没有答应艾山江的恳求。艾山江不放心阿米提只身一人在外闯荡，问阿米提有无具体打算。阿米提说具体的打算还没有，只是说他的行李还在西安，他这次过去想再看看，如果那里能干，他就在那里找个事情继续干；如果不行，他再想其他办法。艾山江想了想说，这样也好，西安毕竟也是个省会城市，你之前在那里也待过，情况多少也熟悉一些。艾山江还建议他，如果在西安落不了脚，可以到开封去，那里从新疆过来做生意的人比较多，况且离郑州也近，找不到事干还可以再回来。艾山江说完，从桌子上拿过来一张纸，写了一个人的名字和地址交到阿米提手里，说这是他的一个朋友，就在开封做烧烤生意，如果阿米提去开封，可以直接去找这个朋友帮忙。接着，又从抽屉里取出一沓钱塞到了阿米提手里，说这是他这段时间的工钱。阿米提知道艾山江给的太多了，只从里边抽了几张，其余的又全部塞到了艾山江的抽屉里。

告别了恋恋不舍的艾山江后，阿米提带着黑枣来到了火车站。他在火车站旁的邮局里将自己身上的钱拿出来，除留下零用的外，全部汇回了家乡用于还债，之后便和黑枣一起坐上了返回西安的火车。

阿娜尔古丽以出差的名义，和阿迪拉结伴而行，来到了郑州。安排好住宿后，他们径直来到市中心的邮政大楼，拿着那天阿米提给他打电话的那个号码找到工作人员询问，工作人员告诉他们，这个电话在二七区的街道上。两个人谢过工作人员，找到了二七区。

二七区是郑州市的一个大区，街道很多。那个时候不像现在通信这么发达，要寻找一个电话号码如同大海捞针。尤其是他们过去谁也没有来过郑州，对这里的一切都非常陌生，加之他们对邮电部门的业务知识一点也不了解，一连找了三天都没有结果。阿迪拉对此产生了疑问，他对阿娜尔古丽说："古丽姐，你那天会不会是听错了，打电话的根本就不是我二哥，而是其他人？"

"其他人？其他人谁会给我打那样的电话，而且打了还不说话？"阿娜尔古丽瞪大了眼睛。

阿迪拉举着例子推测说："比如说，你们供销合作社和好多人都有业务联系，会不会是对方要找你们门市部的某一个人联系业务，一听你不是他要找的人，就把电话挂了；或者是对方要打其他地方的电话，拨错了，打到了你们这个地方，他意识到拨错了，又不好解释，就把电话挂了。"

　　阿娜尔古丽肯定地说:"不可能。一般情况下,打电话的人把电话拨通后如果对方不是他所找的人,他都会问一句这个人在不在或哪儿去了,即使拨错了,他也会做个解释,有的还会说一句'对不起'之类的道歉话,至少他们也会在电话里'喂'一声。但那天晚上的那个电话,连一个'喂'字都没有,绝不是你上面说的那些情况。"

　　阿迪拉听到这里笑了,说:"连一个'喂'字都没说,那你怎么就能断定那个电话是我二哥打的?"

　　阿娜尔古丽说:"他虽然没说一个字,但他在电话里有喘息声,而且他的喘息声很粗,说明他当时很激动,我一下子就听出来了。"

　　阿娜尔古丽这么一说,阿迪拉笑得更厉害了。她半掩住自己的嘴说:"他既然是给你打的,那为什么连一句话都不说呢?"

　　阿娜尔古丽说:"当时我也很纳闷,但后来一想,他肯定有难言之隐。比如说,我们两个平时感情那么好,但他走的时候连个招呼都没打,过后如果回想起来,他不会感到后悔吗?要真是这样,他拿起电话来就会感到不好对我解释,怕我埋怨他、生他的气,所以也就不说话了。又比如说,我妈妈对我们两个人婚事的态度一直是,如果他把欠外边的账还完了,把公家的饭碗端稳了,她就不反对,这一点你二哥是知道的,他也做过承诺,但现在这两件事他一件也没做到,而且还远走高飞了,搞得亲戚邻居都议论纷纷,你说他能在电话里跟我说什么?还有,你比如说这次外出吧,就他的性格,走之前他肯定是下了很大的决心,要在外边干出点名堂,混出个人样,快快地把欠人家的账还上,但哪里的钱都不是好挣的,更何况他从来就没出过新疆,猛一下跑这么远,谁知道会遇到什么样的难处?这段时间我一直在想,上次他给你们家寄回来的那点钱还不知道他是吃了多少苦流了多少汗才挣来的!如果他出来的这段时间走的路不顺当,我要是一问,他怎么回答?所以,我猜想,他可能是因为有些话不好说,说了又怕我追问,他不好回答,所以他在电话中就采取了沉默的态度。"

　　阿迪拉更加不理解了,说:"这就怪了!你有这么多理由说他在电话中不好说,他在电话中确实也没有说出一句话,那他为什么还要给你打电话呢?"

　　阿娜尔古丽想都没想就脱口说道:"想呀!他很想我呀!你试想一下,我们在一起相处这么长时间了,感情又这么深,一下子离开了这么长时间,他能不想我吗?"

　　阿迪拉摇了摇头说:"这也太矛盾了吧!"

为了证实自己的想法，阿娜尔古丽建议做个试验。开始她们想的办法是，一个到邮局，另一个在电话亭，由她们两个对听。后来她们感到这样做双方都是有思想准备的，肯定都能听出来，最后的结果会不准确，应当找一个事先不知道的人来做试验，那样才能试验出真实性。想来想去，她们就想到了迪力夏提，因为迪力夏提和她们两个都熟悉，事先她们也不告诉他，如果他能听出来，哪怕能听出一个人的气息，那就说明阿娜尔古丽的上述判断是可信的。于是，她们就利用晚上比较安静的时候，来到了大街上，找到一个电话亭，把电话打到了乃布呼乡的供销合作社门市部。她们知道，店里只有迪力夏提一个人值班，这个时候他一定在位。

电话打过去了，可是一连拨了三次都没人接。阿迪拉不耐烦了，生气地说："这个死鬼，不好好值班，跑到哪里去了，是不是又喝酒去了？"

阿娜尔古丽看一时打不通电话，就拉着阿迪拉暂时出来，到大街上看看这个城市的夜景。转了半个多小时，她们又回来继续打。

这一次拨通了，接电话的是迪力夏提。这边一开始是阿娜尔古丽拿话筒，只听迪力夏提在电话中询问："喂，哪里的电话？你是谁呀？怎么不说话？"声音不高不低，很平缓，像是有点漫不经心的样子。阿娜尔古丽拿着话筒只是听，也不说话，喘息声也是平缓的。阿迪拉站在阿娜尔古丽的身边，只是抿着嘴笑，喘息声也和平常一样，不动声色。过了一会儿，阿娜尔古丽怕时间长了迪力夏提会把电话挂掉，就把话筒递到了阿迪拉手里。阿迪拉刚才的喘息声还是缓缓的，很匀称，可是拿住电话以后，猛一阵子激动，脸上泛起了红晕，喘息声也一下子大了起来。只听迪力夏提在电话那头喊："阿迪拉？是阿迪拉吗？你怎么不说话呀？你们到郑州了？找到你二哥没有？喂！说话呀！怎么不说话？是不是想先卖个关子，要等到回来才给我一个惊喜呀……"迪力夏提的声音很大，听起来让人感觉很激动。阿娜尔古丽实在忍不住，"扑哧"一声笑了，阿迪拉也跟着笑了。接着，阿迪拉用一本正经的口气给迪力夏提讲了这几天的寻找情况。最后她还没有忘记叮嘱一句："古丽姐不在家，你要好好值班，不要到处乱跑，小心我回去收拾你！"说完，故意装出生气的样子，"啪"的一声把电话挂了。

走出电话亭，阿娜尔古丽说："怎么样？你这下应该相信了，我说的不是假话吧？"

阿迪拉情不自禁地说："不可思议，简直太不可思议了！"

停了一下，她又说："那，有一个问题我就不明白。"

阿娜尔古丽说:"什么问题?"

阿迪拉说:"一开始你在拿话筒的时候,他为什么就没听出来?"

阿娜尔古丽说:"这还用问? 一开始我在拿话筒的时候,心情是平静的,喘息声也很平缓,而且我和他只是一般的工作关系,所以他就辨别不出来。而你就不一样了,一拿住话筒心情就很激动,心跳肯定也加快了,喘息声自然也就粗了,对方也就容易辨别出来了。特别是你们又是在热恋当中,对对方的一呼一息都非常敏感,所以你的声音、气息一传过去他立马就听出来了。"

阿迪拉说:"你的这种解释也未免太牵强附会了吧!"

阿娜尔古丽郑重地说:"我的这种解释一点也不牵强。这是亲人尤其是恋人之间的一种心理感应。要不,怎么会有'心心相印''心有灵犀一点通'这样的说法呢?"

疑问解开了,她们又满怀信心地投入新的查找之中。

阿米提带着黑枣返回西安后,来到了他离开西安之前曾经住过的出租屋。说是出租屋,其实比煤棚好不了多少。这是一户居民放杂物的地方,砖混结构,有八九平方米,刚好能支起两个单人床。他是和另一个打工的小伙子共同租的,每个月的租金是 30 元。回来后,他本来是想观察一下,如果赛迪克那伙人走了,他就在原来摆烤肉摊的地方继续干。一问才知道,自从阿米提离开后,工商部门对大雁塔附近的市场进行了整顿,所有不合规的摊点都被取缔了,原来烧烤一条街上污染城市空气的摊点也都换成了符合要求的店铺。阿米提由于没有这么多钱租店面,到回民街又怕被那伙人欺负,遂打消了在这里继续摆摊设点的想法,在西安也没有停留,就背起行李带着黑枣赶往开封。

阿米提带着黑枣来到开封后,按照艾山江提供的联系方式找到了他所说的美食街。一打听,艾山江说的那位朋友已经不干了,好在这条美食街上有许多新疆人摆有烤羊肉摊,他就一个个打听,看哪个摊子需要帮手。后来还真的遇到了,是来自新疆喀什的一对中年夫妻,他们开的摊子正缺人手,想雇用阿米提,但又怕黑枣是个累赘,非常犹豫。阿米提担心黑枣单独流浪遭罪,就以"黑枣不要工资不管饭,只要有个睡的地方就行"为条件,最终说服了这对夫妻。

这对中年夫妻和艾山江一样,也是厚道人。他们看阿米提踏实本分、干活利索、办事可靠,因而对阿米提很信任,不光对他使用食材的数量、每天收款的数额从来没有查验过,有时候他们顾不及了,还让阿米提出去帮他们采购食材，或者到银行办些存取款之类的事情，俨然把阿米提当成了自家人。

按照开始时的约定，他们对黑枣只提供住宿条件，吃饭和工钱都是从阿米提的工钱中解决的。后来他们看黑枣很勤快，也很懂事，工余的时候还经常帮着他们干些家务，也就把黑枣按照雇工一样对待，既管住宿，也管吃饭，还适当给些工钱，这让阿米提和黑枣都非常感动，干起活来更加卖力了。

然而让阿米提怎么也没有想到的是，他们这种稳定的生活局面很快又被流窜作案的赛迪克团伙给打破了。

赛迪克团伙本来一直是在甘肃、青海、宁夏、陕西一带流窜，那天他们把阿米提殴打后在大雁塔下的摊贩中造成了很坏的影响，这些摊贩中的许多人曾经深受其苦，但不知道这种问题来自何方，现在公然冒出来了，他们担心这样长此下去也同样会危及自己的安全，所以就联名报告给市场管理部门。市场管理部门很重视，立即会同公安机关进行严厉打击。赛迪克一看风声不对，就带着他的人马连夜逃离了西安。他们一开始是跑到了西安附近的一些地市县城，后来发现这次严打是在全省范围展开的，于是就离开陕西，来到了河南境内，沿着三门峡、洛阳一路走来，一直到了郑州。在郑州待了几天，他们看郑州对社会治安管得很严，加之当时正在全市开展以严厉打击偷盗、拐卖、诈骗等犯罪行为为主要内容的"百日安全"活动，形势很紧，所以在这里没敢久留，很快就离开了。离开郑州后，他们本来是想往江浙方向去的，后来感到河南是人口大省，人烟稠密，干他们这一行容易得手，就打消了去江浙一带的打算。他们又看到开封离郑州比较近，经济比较发达，加之又是历史文化名城，到这里旅游的人很多，正是他们下手的好地方，于是第一站就把目标选在了这里。

连赛迪克自己也没有想到，在这里他又会遇到阿米提。

这天傍晚，在烤肉摊上忙活了一天的阿米提准备收摊，突然发现艾尔肯小心翼翼地走了过来。阿米提正想喊他的名字，艾尔肯赶紧把手指放在唇边予以制止。在一个僻静之处，艾尔肯告诉阿米提说赛迪克带着他的偷盗团伙已经来到这里，要阿米提注意防备。阿米提愣了一下，脸色顿时阴沉下来，像蒙上了一层灰布。他在心里骂了一句"真是一群狗蝇子"，嘱咐艾尔肯也要注意保护自己，然后叫来黑枣和艾尔肯相见，还让黑枣给艾尔肯塞了一把烤肉，并掏了几张钱。

自从艾尔肯说了赛迪克来到开封的消息后，阿米提的心里就一直闷闷不乐。他知道赛迪克只要看到他就一定不会善罢甘休，不知道他们还会采取什么样的卑劣手段。但要真让他离开，他又有些于心不舍，因为不管是从生意还是从打工的这家人的相处来看，或者从当地的自然环境特别是气候条件各方面看，都是他最满意的，他甚至还想如果将来干好了，他就自己支个摊子，和这家人联手干，要是再有条件的话，他就在这里买个房子，把家安在这里，然后把父母也接过来，让他们在这里安享晚年。

在这种矛盾的心理中，阿米提始终没有找到一个理想的办法。后来，他想，这种事情也不一定那么凑巧，这么大个城市，赛迪克不一定就能找到他。于是，他想等一等，看看情况再做打算。但为了防备一手，他还是给黑枣交代了注意事项，并在每天起床后都把自己的行李收拾在一起，以防万一。

阿娜尔古丽和阿迪拉自从下了继续查找阿米提的决心后，又在二七区的街道上找了一天，但仍然无果。

晚上回到宾馆，阿迪拉说："二七区的街道这么多，我们就这样一条街一条街地找，像大海捞针一样，那要多长时间啊，我们得另想办法。"阿娜尔古丽也说："县社的张主任就给那几天假，如果超了，回去也不好交代。"

两个人正商量着，阿迪拉突然冒了一句："我们还是到邮局去查一下，或许能节省点时间。"

阿娜尔古丽一听，眼前忽然一亮："你的意思是像我们来的时候那样，把这个号码报给邮局的工作人员，让他们帮助查一下？"

阿迪拉点点头说："我是这样想的。你想啊，大城市的电话号码是分区的，那区上的电话号码肯定也是分街道的，每个街道上都设有公用电话，那些号码肯定也是按顺序排列的，我们如果把那个号码与街道上的号码排序一对照，那这个电话亭设在哪个街道不是一眼就看出来了吗？"

阿娜尔古丽拍着大腿说："对呀，我们来的头一天在中心邮局不就是这样查的吗？我怎么就没想到这一点，我真笨！还是我的好妹妹聪明！"

说完，两人亲昵地搂在了一起。

第二天上午邮局一开门，他们就把要找的电话号码递给了柜台的业务人员，查找结果一下子就出来了。阿娜尔古丽自责地说："都怪我不动脑子，跑了这几天的冤枉路，还耽误了时间。"

他们拿着从邮局查到的结果来到这个电话亭所在的街道，很快就找到了阿米提那天晚上打电话的那个电话亭。阿娜尔古丽站在这个电话亭跟前朝四周的街道望了望，分析道："你二哥打工的地方离这里不会很远，我们只要仔细找，肯定能找到。"于是，他们两个就以这个电话亭为中心，把周围所有可能让阿米提打工的地方都找了个遍。尤其是餐馆和夜市，更是他们寻找的重点。

功夫不负有心人，他们终于在第三天下午，在艾山江的烤肉摊前得到了阿米提的去向。

姐妹俩喜出望外，买上火车票就往西安赶。

阿米提在忐忑不安中过了几天，他看赛迪克那个团伙也没有什么动静，心情也就慢慢放松下来，和往常一样卖着他的烤肉，诚心诚意地帮助那对中年夫妻全力经营着他们的烤肉摊。

这天阿米提所在的烤肉摊前来了几位青年男女，听说话和口音，他们都是在此地做服装生意的南方人。阿米提热情地招呼他们坐下，很快给他们捧上来一把香喷喷的鲜嫩烤肉。其间，一个身材高挑、长相甜美、穿戴时尚、名叫古兰兰的姑娘正在全神贯注地抓着烤肉扦子津津有味地吃烤肉，有个青年男子带着两个有些脏污的小男孩悄无声息地凑到了古兰兰的身后，眼睛盯在了她背后的肩包里露出来的漂亮钱包上，并朝身边的两个小男孩轻轻点头。这一切被阿米提发现了，他忍不住提醒了古兰兰。还没等古兰兰反应过来，那个青年男子就已经得手了，他把古兰兰的钱包从她的肩包里偷出来瞬间就揣进了自己的怀里。阿米提大喝一声"住手"，上去就抓那个小偷，那个小偷却动作很迅速，转身就跑，阿米提扔下烤肉摊子不顾一切地追。两人一前一后，在市场上展开了激烈的追逐。此时，古兰兰也穿着高跟鞋大呼小叫地帮助追逐小偷，却由于鞋子和体力等原因被远远地落在了后边。

小偷凭着矫捷的身手在街市上四处逃窜，不时掀翻街道两旁的摊位、货物和垃圾桶等企图阻挡阿米提追逐。阿米提本来身体素质就好，加上当过兵，掌握了一套擒拿格斗技术，只见他左闪右躲、跳跃跨栏，很快就来了一个猛虎扑食把小偷压在了身下，抢过了小偷本已到手的钱包。

让阿米提意想不到的是，刚才发生的这一幕一直被躲在暗处的赛迪克严密地注视着。开始赛迪克还被阿米提不凡的身手看呆了，没想到这个同乡壮汉有如此迅猛的动作，眼神中还生出几分欣赏，他甚至还对自己没有看错阿米提的潜力感到欣慰，到后来他看到自己的手下被阿米提擒住，眼看就要吃亏了，于是才立即打出暗号，指挥其他几个人迅速上前赶来支援。

阿米提与小偷单打独斗尚有胜算，但在一群小偷的围攻下还真有些力不从心。当时他从那个偷古兰兰钱包的小偷手里夺过钱包刚要离开，忽然发现自己被一群小偷同时包围了。阿米提经过前面那场追逐搏斗，身上的体力已经耗去了大半，头上又因为搏斗负了伤，鲜血直流。他正在为寻求冲出包围寻找时机，只见也在围攻之列的艾尔肯频频地朝他使眼色。阿米提立刻明白了，嘶吼着冲向艾尔肯，两人顿时抱在一起，扭打起来。阿米提假装激战，瞅准机会冲出了小偷们的包围圈。谁知其他小偷并不罢休，一路追得阿米提狼狈不堪，不得已，他看准一个餐馆，一闪身钻了进去，藏进了餐馆后厨的储物间，一直到小偷们散去，他才从餐馆里走了出来。

负伤的阿米提逃脱小偷们的围追后，带着古兰兰的钱包回到了烤肉摊。古兰兰看着受伤的阿米提，心里有说不出的感动。她眼里噙着泪花说："我长这么大，还从来没有人为了我能豁出性命。"阿米提平静地说："没事的，姑娘。无论换作谁，都不会眼睁睁地看着让坏人得逞，何况我还曾经是一名军人呢。"

阿米提将钱包还给古兰兰，准备继续烤他的羊肉串，谁知他刚一转身，猛然感到一阵眩晕，差点跌倒在地。古兰兰和黑枣忙上前扶住他，一看，他的头部因受到重击还在流着血，慌忙把他送往医院急诊。

阿米提从医院出来后，摊位上的那对中年夫妻劝他休息几天，但他只说了一句"没有什么"，就又到烤肉摊忙碌了起来。

然而，赛迪克并没有就此罢休。

就在那件事情过后的第三天下午，一个青年男子来到了阿米提的烤肉摊，说他的几个朋友晚上要在一个酒店里聚餐，听说阿米提烤的肉好吃，特意找他来预订300串，烤好后让阿米提坐他们的车送过去，并当场付了订金。

阿米提一看这么好的生意，当即就答应下来，并以最快的速度把肉串烤好，然后拿上肉串坐着青年男子的车来到酒店门口。车一停下，青年男子就跳下了车，阿米提也要下车，青年男子说吃饭的地方换了，让他先不要下来，并说司机知道地方，由司机把他送过去。青年男子说完，伸手朝前方指了指，转身进了酒店。

汽车开了一阵，来到市郊的一座民房前，阿米提一看，这是什么地方，一片脏乱差。他正在纳闷，忽然上来一群蒙面人，不由分说地把他拉进屋里，身上搜干净后套进麻袋用棍棒猛烈地击打。原来这是赛迪克的黑窝子，他们是在报前两天的那"一箭之仇"。艾尔肯眼看着阿米提挨打却无能为力，只能站在一旁悄悄地流眼泪。

　　赛迪克偷盗团伙成员将阿米提毒打后，又趁着天黑把他连同麻袋一起装上一辆皮卡车，然后拉到郊外，扔进了路边的一片树林子里。

　　受伤的阿米提在黑暗的麻袋里一下子被死亡的恐惧感攫住了。他不知道自己现在身陷何处，不知道自己还能不能得救，不知道还会有什么样的厄运降临。他想动一下，但浑身很痛，像散了架一样，并且身体被麻袋箍得紧紧的，根本就动不了。他想呼救，但声音传不出去，只能自己听到，而且他已经没有力气呼喊了。他想把麻袋弄破个洞，但双手却在背后被紧紧地压着，右手好不容易触到了右小腿上平时用来插放削肉小刀的地方，却忽然想起那些东西都已经被赛迪克偷盗团伙的人抢走了，连钥匙都没给他留下，要不其然，那也可以派上用场。他想用手撕，还得有左手配合，但左手又翻不过来，后来好不容易翻过来了，但麻袋上的那些绳子又十分结实，他把指头抠得钻心地疼，也没有什么效果。他觉得生还的希望越来越渺茫了。

　　正当他彻底绝望的时候，忽然听到了人的脚步声。他以为是赛迪克又派人前来加害他的，心中不免又增加了一份恐惧感。但没想到的是，随着麻袋被打开，艾尔肯站在了跟前。原来，阿米提遭毒打后被抛到荒郊野外的时候，艾尔肯也跟着车跑了过来。当那些人回去都睡下后，他摸黑又独自悄悄地返了回来。阿米提一看到艾尔肯，感动得不知道说什么好，一把将艾尔肯抱在了怀里。艾尔肯说赛迪克是个十分歹毒的家伙，劝阿米提赶快逃跑，并给他指了一条逃跑的路线。阿米提想要艾尔肯和他一起逃跑，艾尔肯似有难言之隐，阿米提没再勉强，嘱咐艾尔肯要注意照顾好自己。

　　分别时，阿米提让艾尔肯想办法告诉黑枣，让他暂时不要离开开封。

　　就在阿米提惨遭毒打的第二天上午，古兰兰带着营养品再次来向阿米提致谢，却只看到焦急的黑枣。黑枣告诉古兰兰，阿米提可能是落到盗窃团伙手里了，从前一天下午到现在一直都没有消息。古兰兰觉得情形危急，当即带着黑枣四处寻找阿米提，但他们一直找到天黑也没有见到阿米提的影子。

　　古兰兰对阿米提的安全很是担忧，她对黑枣说："从明天起，你哪里都不要去，就在这里守着，我带个人出去找。我先到附近找一找，如果没有，就到周边的城市再找。"她还说，"阿米提是因为我才遭到不测的，我就是上刀山下火海，跑遍全国也一定要找到他！"临别时，她还给了黑枣一些钱，并给黑枣留了一个电话号码，嘱咐说："你如果见到了阿米提大哥，一定要给我打电话报个平安。"

那天阿娜尔古丽和阿迪拉从艾山江口中得知阿米提的去向后，当天就坐上火车来到了西安，但她们按照艾山江提供的线索找遍了阿米提可能打工的所有烤肉摊店都没有见到阿米提，于是她们又赶往开封。在开封，她们也是按照艾山江提供的线索逐个摊位寻找，但最终也没有出现她们所希望的结果。阿娜尔古丽想起之前阿米提曾经从西安往家里寄钱的事，就提醒阿迪拉说："我们都出来这么长时间了，你打个电话问问家里，看你二哥有没有消息传回去。"阿迪拉知道迪力夏提接电话方便，就把电话打给了迪力夏提，让他到他们家里问一问。迪力夏提接到电话后，很快就反馈了信息，说是半个多月前家里曾收到过阿米提汇的钱，但没有其他的消息。阿迪拉问这笔钱是从哪里汇出的，迪力夏提说是从郑州。这也正好证明了之前阿娜尔古丽关于阿米提就在郑州的判断，因为这笔钱是阿米提在离开郑州前从郑州火车站汇出去的。

虽然这次电话没有得到阿米提更多的消息，但阿迪拉却从迪力夏提那里得知了自己的工作已经得到落实的信息：她已经被分配到乡农业技术推广站工作，要求近期报到。

眼看着离报到的日期已经很近，可阿米提还没有下落，阿迪拉的心里十分焦急，但又不知如何是好，陷入了苦闷之中。

这时候，阿娜尔古丽反倒冷静了下来。她对阿迪拉说："你的工作来之不易，不能因此而耽误，我们还是先回新疆去，你要按时报到。至于你二哥，眼下虽然我们还没有找到，但我相信他现在一定是在某一个地方努力地耕耘着，并规划着未来，他没有忘记咱们这个家，也没有忘记我，即使遇到挫折，他也不会改变初衷。凭着他的能力素质和对事业的执着，他将来一定能干出一番让人刮目相看的事业来，对此我们应当充满信心。"

望着阿娜尔古丽坚毅的神色，阿迪拉郑重地点了点头。

两人这次出来虽然没有找到阿米提，但她们却见识了外面的大世界。郑州和西安都是内地的省会城市，大都市的喧嚣热闹让两位花季中的年轻人都充满新奇甚至向往，一扇新世界的大门在她们面前徐徐打开。特别是在西安时，她们俩曾经利用夜晚在大雁塔下游玩，当时正值华灯初上，古都西安更加展示出大气磅礴的美丽。姐妹俩偶然在广场上看到一群中老年人在欢快地跳广场舞，新疆人能歌善舞的天性让她们抑制不住随着音乐纵情舞蹈起来。阿娜尔古丽在上大学时就是学校业余演出队的舞蹈演员，在这里一起舞，她那优美的舞姿和姣好的面容很快就引起了许多人驻足围观。在众人的掌声和叫好声中，她从羞涩跳到了自信，给自己这次内地之行留下了美好的记忆。让阿娜尔古丽没有想到的是，自己的舞姿也吸引了一个演艺公司的老板驻足观赏。这位老板是位女同志，凭经验深知像阿娜尔古丽这样能歌善舞的新疆姑娘在内地的发展前景，于是当场将自己的名片交到阿娜尔古丽手里，希望阿娜尔古丽能够加入她们的演艺公司。阿娜尔古丽从来没有想到跳舞竟然可以成为一种职业，她局促地记下老板的电话，又把名片匆匆地还给了老板。哪知老板笑称这名片阿娜尔古丽可以留下，以后有需要可以随时找她。阿娜尔古丽收好名片，一个关于舞蹈的梦想似乎在此刻扎根于心。阿迪拉对此也深受触动，觉得阿娜尔古丽不应在小小的县城里埋没自己的光彩，鼓励她应该冲出去，到大千世界里寻求梦想，实现自己应有的价值。阿迪拉的一番话让阿娜尔古丽信心倍增，她决心找机会到内地一试身手。

阿迪拉这次虽然没有找到她的二哥阿米提，但她与阿娜尔古丽的近距离相处中，对阿娜尔古丽有了更深入地了解，她对二哥的眼光也更加佩服了，她在心里默默地祝福这对有情人早日喜结良缘。

单宝仁和游秀碧从西安返回新疆后没几天，单小宝的病情突然加重，陈阿弟在电话中哭着催促单宝仁赶快回去。单宝仁接到电话后心急如焚，急着往家赶，游秀碧却因为怕花钱拦住单宝仁不放，单宝仁一气之下把游秀碧痛打了一顿。

单宝仁匆匆忙忙赶到医院，看到躺在病床上的单小宝全身浮肿，脸色蜡黄，病情反复，希望渺茫，为治病已经倾家荡产，遂心生怨恨，欲放弃救治。陈阿弟说儿子是她的心头肉，哪有这样的父亲见死不救！

单宝仁在与陈阿弟的激烈争吵中愤然离家，又回到了新疆。

他看游秀碧太自私，就躲开游秀碧，自己一个人开始干。

第八章
惹不起就躲

阿米提被艾尔肯救出后，按照艾尔肯指的一条山路，带着满身伤痕来到一条河边。这时天色已经大亮，东边的天际从鱼肚白渐渐变为橘红色，要是在大晴天，太阳将很快会从地平线上跃出来，但今天却被一片黑灰色的云彩遮蔽着，天地间显得有些灰蒙。

阿米提坐在一块石头上，望着流淌的河水发愣。河面上映现出了他自离家闯荡以来的一幅幅画面，后来又变幻成了他落魄回家的画面。他忽然有些想家，想爸爸妈妈，想哥哥姐姐，想妹妹阿迪拉，想过去一家人在一起的幸福时光。一家人在一起真好，虽然有时候对某一问题的看法会有不同意见，会有一些话语上的冲突，但那并不影响亲人之间的互敬互爱和互助互帮，事情过后一家人还是一家人，谁也不会把自家人当成外人，谁也不会把那些不愉快的事情长久地记在心里，更不会把它当成仇恨，寻找机会报复。特别是在遇到一些解不开的难题、遇到天灾人祸，或者是受到外侮的时候，更显得亲情无价、亲情无限，亲情深似海、亲情大于天。他不知道现在家里人都在干什么，但他知道，他们现在一定都在挂念着他，尤其是妈妈。妈妈太艰辛了，一家人的吃喝穿戴都得她操心。虽然父亲有着较为体面的工作和较好的薪资，是全家人的主心骨，但生活上他却常常顾不上家，一家人的吃穿住用特别是婚恋都得由妈妈操办。尤其是前些年祖父、祖母还在世，他们姊妹几个还很幼小的时候，在县城上班的爸爸由于忙于工作，经常回不了乡下的家，一家人的生活担子全部压在妈妈柔弱的肩膀上，妈妈既要照顾年迈的祖父、祖母，又要抚育幼小的子女，天天起早贪黑，披星戴月，以致早早地就驼了背、佝偻了腰。他也知道，全家人也都在盼望着，盼望着他能够找到一份满意的工作，把欠外面的那些账还上，当然也盼望他能够尽快地成个家。因为自己现在已经二十五六岁了，也该成个家了，不管是村子里年龄相仿的年轻人还是他的同学朋友，一个个都早早地成了家，甚至当上了爸爸，而自己现在还是孑然一身，让家里人尤其是妈妈天天放心不下，这也真是太不应该了。当然他也想到了自己的恋人——阿娜尔古丽，想到了他们过去在一起相处的美好日子，想到了阿娜尔古丽对他的一往情深，想到了阿娜尔古丽姣好的面容，想到了阿娜尔古丽对他的殷切期望。他不知道阿娜尔古丽对他的出走还生不生气，不知道阿娜尔古丽对他的爱恋还是不是一如既往，不知道阿娜尔古丽的妈妈会不会利用他的出走为阻拦他和阿娜尔古丽的婚姻寻找借口，不知道斯拉木会不会还是像过去一样死死地缠着阿娜尔古丽。但他知道，自己现在的处境已经没有条件也没有资格去考虑和阿娜尔古丽的婚姻问题了，他必须尽一切努力摆脱目前的困境，否则，他连生存的权利都没有了！

　　阿米提就这么出神地想着，以致忘记了自己的现实存在。

　　他突然想抽支烟，但摸遍全身都没找到，却从怀里摸出了那张欠账单。

　　他的目光在欠账单上停留了一阵子，然后咬了咬牙，从张着嘴的皮鞋夹层里掏出一张钱，又坚毅地站了起来。

　　他折下一根树枝当作拐棍，一瘸一拐地攀上了公路。

　　阿娜尔古丽一回到新疆，就与母亲卓尔汗发生了激烈的冲突。

　　本来，阿娜尔古丽和阿迪拉到郑州去寻找阿米提是以出差的名义去的，卓尔汗也一直被蒙在鼓里。那天，她看阿娜尔古丽出去了这么多天也没个信息，担心一个女孩子家在外边出什么问题，就来到乡供销合作社找迪力夏提询问。当时迪力夏提刚刚接完阿迪拉和阿娜尔古丽打来的电话，有些激动，不小心说漏了嘴。卓尔汗一听说阿娜尔古丽是和阿迪拉一起到内地寻找阿米提去了，气得暴跳如雷，当即就找到阿米提家兴师问罪，同阿米提的家人尤其是阿米提的姐姐阿依汗大吵了一架。卓尔汗一蹦三丈高地吵着说："你们也不买个镜子照照，简直是癞蛤蟆想吃天鹅肉！往后你们家阿米提如果再来勾引我家阿娜尔古丽，小心我一把火烧了你们家的房子！"卓尔汗的举动，惹得好多乡邻都过来围观看笑话。

　　这天阿娜尔古丽拖着疲惫的身体一踏进家门，就遭到卓尔汗一顿大骂。说她一个姑娘家不应该不知羞耻地跑到内地去寻找一个不属于自己的男人。随之就把她严格地管控了起来。

　　阿迪拉一开始也是以"等待分配，外出旅游"为借口到郑州去的，后来经卓尔汗到他们家里一闹，大家都知道了事情的真相，她从郑州一回到家里，人们特别是那些债主都纷纷过来向她询问阿米提的消息，她只好如实相告，遗憾地对大家说自己并没有找到哥哥。众人在失望之余，埋怨阿米提不应该离家这么长时间也不给家里打个电话，让大家都为他担心。得知消息的吐逊江也赶到阿米提家打探消息，无果后，怀疑阿米提的家人是在故意隐瞒阿米提的行踪，因而对他们一家人大加指责。

迪力夏提听说阿迪拉回来了，也急急忙忙地跑过来，缠着阿迪拉给他讲述到内地的见闻，讲他们遇到的好心人。迪力夏提听得十分入神，对内地的大千世界也更加向往了。

阿米提被赛迪克的团伙成员骗走后，原来的烤肉摊上只剩下了黑枣一个人。他守着烤肉摊，一边忙着烤肉招呼客人，一边不断地朝周围的人群寻觅着，留心着阿米提的去向。这天晚上，黑枣正在烤肉摊上吆喝，古兰兰肩上挎着一个皮包来到了跟前，询问阿米提有没有消息。黑枣重重地摇了摇头说："你都来了多少次了，我给你说过，只要一见到他，我就让他马上给你打电话。"古兰兰摸了摸黑枣的头，叹了一口气说："好孩子，阿姨不是担心嘛！"

古兰兰走后，黑枣又忙活了一阵，待顾客渐渐稀少后，开始收拾摊子。他刚把摊子收拾好，一个人忽然从身后伸过来一只手把他拉到了一个僻静处。他定睛一看，是阿米提。

原来，阿米提从河边的公路上坐上公共汽车后，又回到了市区，他怕再遇到赛迪克的团伙成员，就来到动物园的树林里躲了一天，并在躲避期间给他所在的烤肉摊主写了一封简短的感谢信，说明了他和黑枣无奈离开的原因，请求那对好心的夫妇原谅。当然他没有告诉他们他下一步往哪里去，因为连他自己也不知道自己下一步会流落到什么地方，他只是想快快地离开这个地方。

黑枣一看是阿米提，惊喜地想大喊，刚把嘴巴张开，就被阿米提捂住了。阿米提悄悄告诉他，让他快回去，把该带的东西都带上，回来就跟他走，并把事先写好的向那对夫妇告别的感谢信交到他手里，让他悄悄地塞到他们的门缝里。黑枣问阿米提往哪去，阿米提说："你什么都不要问，快去快回。"

黑枣去了一会儿，很快就返回来，手里除了阿米提的行军包和热瓦普，还拎着一个蛇皮袋子。阿米提问你拿这有什么用处，黑枣说到路上再给你说。

两个人乘着夜色从美食街出来，阿米提悄悄地对黑枣说，他准备带他到重庆去。黑枣问为什么要跑那么远，阿米提说，主要是想躲开赛迪克团伙的纠缠。

　　其实，关于下一步的去向问题，他也不是一下子就确定下来的。之前，他也曾考虑过还回郑州或者西安去，但后来又一想，当初从郑州艾山江处走的想法是自己主动提出来的，尽管人家有言在先，如果他遇到困难可以再回去，但"好马不吃回头草"，再见面毕竟不好张口，况且回去后和他的那些亲戚的关系也不好处理。回西安也是一样，大雁塔下不能随便摆摊，回民街又不敢再去，其他地方自己又不太熟悉，还不如到新的地方去闯一闯。到新的地方也得有个目标。东南沿海是好，经济发达，钱好挣，但南方人爱吃甜食，对麻辣食物显然不会太感兴趣。相比之下，西南地区可能要好一些。在部队上的时候，有些来自四川的战友就特别喜欢吃麻辣食物，而现在自己卖烤羊肉串刚好对路。想来想去，他就把目标点选在了重庆，备选地点是成都。

　　阿米提本来是想从开封直接坐火车去重庆的，但他感到火车站人多眼杂，怕再被赛迪克的团伙成员盯上，就带着黑枣从开封搭上汽车辗转来到许昌，然后从许昌火车站登上了开往重庆的列车。

　　上车后，阿米提才知道，黑枣提的蛇皮袋子里装的是香烟，他是准备像以前那样在车厢里悄悄兜售。他对阿米提说，艾尔肯一告诉我你被救的情况我就知道，你肯定会很快乘火车离开开封的，所以我就赶快买了这些香烟，好在火车上再挣几个钱。阿米提说，等咱们有了固定收入你就不要再干这种事情了，这样做毕竟是违反铁路上乘车规定的。

　　在火车上，黑枣向阿米提述说了古兰兰寻找他的经过和对他的担心，并掏出古兰兰留的电话号码让阿米提给古兰兰打个电话。阿米提说："我们现在还在流浪当中，给人家说了也会让人家多担心，等以后稳定下来再告诉人家吧。"

　　阿娜尔古丽从内地回到家后，卓尔汗害怕她再偷偷出去寻找阿米提，就天天盯着她，白天她去上班，一到天黑卓尔汗就打电话催她回家，更不准她在外边过夜，连值班的任务也全部交给了迪力夏提。卓尔汗还专门给县供销合作社的张旭平主任交代，以后没有特殊情况不要给阿娜尔古丽安排出差，万不得已安排出差时也必须事先经过她同意。张旭平知道卓尔汗的脾气，加之有海里克这个教育局局长的面子，他虽然很同情阿娜尔古丽的处境，但也不好得罪卓尔汗，就只好按着她说的办了。

　　卓尔汗虽然关得住阿娜尔古丽的人，却关不住阿娜尔古丽的心。每当独处或夜深人静的时候，阿娜尔古丽就会想念阿米提，想着如何才能找到他。特别是那张从西安得来的演艺公司经理的名片不知被她看过多少遍，到内地求取发展、圆自己舞蹈梦想的愿望越来越迫切。她开始想采取逃离的办法，一不做二不休，瞅准机会干脆逃出去，脱离家庭特别是妈妈卓尔汗的羁绊。但她后来又想，尽管她非常喜爱阿米提，到内地发展前景也会更好，但在世俗的眼光中，"逃婚"毕竟不是一个美好的字眼，搞得不好会招来一片骂声，特别是爸爸现在还在局长的位置上，还是"教书育人"的教育局局长，传出去对爸爸的形象肯定会带来负面影响，那样爸爸也就不好工作了。就是妈妈，要说有什么恶意，那也不是，她可能还认为她那样做也是在为女儿好呢！如果自己硬要采取逃婚的方式，那她可能就真的活不下去了。要真是出现那样的局面，不仅对自己和阿米提的婚事不利，反而会加剧矛盾，最终只能是事与愿违。看来还真的不能操之过急，只能等待时机了。这么一想，她的心也就暂时安静了下来。

斯拉木听说阿娜尔古丽已返回新疆，就从内地买了许多好衣服和首饰送到阿娜尔古丽家里。阿娜尔古丽虽然对斯拉木的做法十分反感，但为了让母亲卓尔汗放松对自己的看管，她这次没有把斯拉木拿来的东西扔出去。对于阿娜尔古丽的这个态度，卓尔汗的脸上第一次出现了笑容。

阿米提带着黑枣来到重庆后，把住的地方简单安顿了一下，就去找摆摊子的地方。经过一天的打听和现地查看，他们选择了两个地方：一个是农贸市场，另一个是小吃一条街。农贸市场上的摊主和购物的人多，小吃一条街上有一个夜市。他们打算白天在农贸市场设摊，晚上再把摊位转到夜市上，这样白天和晚上都有生意做，收入肯定会好。

接着，他们又找到一家打制烤肉箱的铁器制品店，打了一个烤肉箱。开始这个店的老板因为过去从来没有卖过这样的烤肉箱，不敢接这个活，阿米提就按照他使用过的烤肉箱的样子画了一张草图，并标上了尺寸，老板这才把活接了下来。

一切准备就绪，他们立即投入新的拼搏当中。

早晨天一亮，阿米提就把黑枣喊起来开始洗漱吃饭，还没等人们上班，他们就一个扛着崭新的烤肉箱、一个抱着穿肉的扦子来到了农贸市场。在一个空闲处，阿米提把烤肉箱支了起来。他用身上仅有的 12 元钱买了一小块羊肉，切好穿好加上佐料后放在烤肉箱上烤起来。重庆人喜欢吃麻辣食物，加之阿米提的烤肉味美鲜亮，香气扑鼻，很是惹人喜欢，不一会儿就吸引过来好几个顾客。这几串烤肉不够卖，阿米提就把刚收的钱让黑枣拿去又买了一块大的羊肉。如此反复，烤肉摊上的顾客越来越多，他们的钱包也渐渐鼓了起来。

待到夜幕降临，农贸市场上的人声渐渐稀落，阿米提开始收摊。他把钱包里的钱掏出来数了数，光整钱就有 80 元，还有一把零钱。他数出 20 元递给黑枣，黑枣不要，他硬塞到了黑枣的口袋里。

阿迪拉到乡农业技术推广站报到上班后，由于她长得漂亮，性格活泼，很快就成了单位里一些男孩子的追逐对象。这件事传到了迪力夏提的耳朵里，他担心阿迪拉经不住诱惑而变心，想找个借口多和阿迪拉见见面，培养一下感情，但一直没有机会。这天他和阿娜尔古丽又聊起了寻找阿米提的事情，突然心生一计：何不利用寻找阿米提的机会在阿迪拉面前表现一下？于是，晚上一下班，他就径直来到阿迪拉所在的村子，把阿迪拉约到村外的那棵杏树下。

一见面，迪力夏提就按照事先想好的说辞，带着关切的口气对阿迪拉说："听说你们上次到郑州也没找到阿米提，我的心里也很难过，你看我能帮着做点什么？"

阿迪拉猜想到了他的用意，故意带着讥讽的口吻说："你怕不是专门来看笑话的吧？"

迪力夏提慌忙说："看……看……看你都说到哪里去了？我难过都还来不及呢，哪还敢看你们的笑话！"

看着迪力夏提窘迫的样子，阿迪拉笑了，说："人家就是说个笑话，看把你急的！说吧，你还有什么新招数？"

迪力夏提挠了挠后脑勺说："我也没有什么新招数，我就是想，我们不能光靠自己家里的几个人去找，我们也得想点其他办法。"

阿迪拉说："有什么办法你就快点说吧，不要绕弯子了，真急死人。"

迪力夏提说："我想，我们也发动一下亲戚朋友，人多力量大嘛！"

阿迪拉说："绕来绕去，我还想你有什么高招呢，原来也不过如此！好吧，你的好心我领了，天黑了，你快回去吧，要不然，别人会说闲话的。"

迪力夏提急忙拦住说："别……别慌嘛，我……我的话还没说完呢！"

阿迪拉催着说："谁也没有把你的嘴封住，你快说呀！"

迪力夏提说："我有几个朋友，他们都在内地打工，其中有几个也是卖烤肉的，我准备托他们也帮助打听打听，或许能得到点消息呢！"

阿迪拉说："就这几句话，还绕了那么大的圈子。那好吧，那就辛苦你跟你那几个朋友说说，让他们也操个心，要是真有了消息，咱们一定感谢人家，不，一定要重谢。当然也包括你！"

迪力夏提不好意思地说："咱们……我……也要感谢？"

阿迪拉说："那当然！"说完，她看着迪力夏提惶惑的样子，猛然上前把迪力夏提的鼻子捏了一下，说，"看你那傻样！"

阿迪拉说完，风一样地从迪力夏提眼前消失了。

看着阿迪拉蹦跳着从外面进来，正等着她吃饭的母亲牡丹汗笑眯眯地说："看我闺女高兴的，是不是对人家有意思了？"阿迪拉故作镇静地说："他？我还没考验好呢！"牡丹汗用右手食指朝她的眉心点了一下，嗔怪地说："真是个疯丫头！"

迪力夏提想帮助寻找阿米提的想法获得阿迪拉的准许后，像获得圣旨一样，第二天一上班就给他的朋友们一一打电话，恳求他们帮着打听一下阿米提的下落。阿娜尔古丽一边听一边故意奚落他说："迪力夏提，这次你怎么这么上心呀，莫不是得了人家的好处了吧！"迪力夏提赶忙分辩说："哪里有什么好处？还不是人家要再考验一下咱？"阿娜尔古丽说："人家？人家是谁家？人家为什么要考验你？人家要考验你干什么？"迪力夏提的脸一下子红了，支吾了半天也没有说出来。阿娜尔古丽佯装恍然大悟地说："噢！我知道了，一定是阿迪拉。需不需要我来保媒呀？"迪力夏提红着脸说："咱还不知道人家心里是怎么想的呢！"

阿米提带着黑枣在农贸市场和小吃一条街之间干了几天，收益虽然比较可观，但白天晚上搬来搬去着实也不方便，加之农贸市场最近进行市场整顿，对小摊小贩进行严格登记，阿米提的身份证一直在赛迪克那里压着，办不了具体手续，他们只好把烤肉摊位固定在小吃一条街上，白天晚上都在这里干。这样，他们就不用再来回搬了，每天也有了喘息的时间，他们的生活也就慢慢地安定了下来。

谁知，没过多久，这种安定的生活又被打破了。

这天午后，阿米提正在摊子上穿肉，突然来了几个小青年，还没坐下，就喊着要吃 100 串烤肉。阿米提看他们吃不了这么多，就怀着好意说："你们恐怕吃不了这么多吧？"这几个小青年出言不逊："叫你烤几串你就烤几串，怎么那么多废话！"阿米提一看这是一帮没有素养的人，也没和他们多言语，就按照他们的要求烤起来。

烤肉端上后，他们一边吃，一边议论着在打架斗殴中吃亏占便宜的事情，见到有女青年走过，还说些非常下流的话。临走时，他们连钱都没有付。阿米提向他们索要，他们只扔下5元钱就要走。阿米提再要，他们拥上来就是一阵拳打脚踢，阿米提当场被打得鼻青脸肿。周围的人都说："这几个都是这里有名的地痞，你们也敢惹？"

晚上回到宿舍，黑枣拿来热毛巾给阿米提敷伤。黑枣说："我们怎么这么倒霉，老是遇到这样的人？"阿米提说："这可能也是老天故意要考验我们吧。我在部队上的时候，我们团的政委在一次上政治课的时候就曾经给我们讲过孟子的一段话。孟子说：'故天将降大任于是人也，必先苦其心志，劳其筋骨，饿其体肤，空乏其身，行拂乱其所为，所以动心忍性，增益其所不能。'"他看黑枣有些惶惑，知道他是对这句话不理解，就解释说："孟子的这段话，如果翻译成现在的话就是：上天要下达重大责任给一个人，一定要先使他们的内心痛苦，使他们的筋骨劳累，使他经受饥饿，使他受到贫困之苦，使他做事不顺，用这些来使他的内心警觉起来，使他的性格坚强起来，以增加他所不具备的才能。简单地说就是，一个人只有经过痛苦的磨炼，才能够担当大任。如果一个劲儿地去追求安逸和享乐，他慢慢就会走向萎靡和死亡。"

黑枣听后，感叹着说："孟子的话这么深奥，你怎么就能把它背下来了？"

阿米提说："我们团的政委是从军区机关下来的，可有水平了，我们都喜欢听他讲课。别的领导有的一讲课我们就打瞌睡，可是只要是政委讲课，大家都是静静地听、静静地记，没有一个打瞌睡的，生怕把重要的地方给漏掉。我还准备了一个专门的小本子，只要是听到政委讲到的名言警句，我都要想办法记下来，过后还要力争能够背下来。刚才我给你说的这段孟子的话，我就是这样把它背下来的。"

黑枣说："怪不得你说话办事想问题都和一般人不一样，原来是你懂得这么多的道理，受过这么好的教育呀！"

阿米提说："这都是当兵那几年在部队上学的，可惜，由于文化程度低，我在部队上待的时间太短了，要是能够多干几年就好了。"

黑枣说："部队真好，我要是也能到部队上锻炼几年就好了。可惜，我这一辈子是没有这种机会了。"

阿米提说:"部队上确实能够锻炼人,但人生的道路千万条,不管干什么,只要自己努力,路子走得正,肯下苦功夫,都可以实现自己的梦想。"

黑枣诚恳地说:"阿米提叔叔,你知道,我从小没人管,身上有很多毛病,你以后要多教教我,把我身上的毛病改掉,将来争取也做一个对社会有用的人。"

阿米提说:"我们共同努力吧。我身上的毛病也很多,你以后要是发现了,也要不客气地指出来,让我能够及时改掉。"

黑枣点点头说:"你放心,我会的。"

黑枣帮阿米提敷完伤,突然想起了什么,对阿米提说:"咱们什么时候给古兰兰阿姨打个电话吧?"

阿米提想了想说:"你看现在这个情况,这几个地痞说不定什么时候还会来给咱们找麻烦,我们再等一等,看看情况再说吧。"

果不出阿米提所料。没过几天,阿米提和黑枣正在烤肉摊上忙活着,那几个地痞又来了,他们这次一张嘴要吃 200 串。阿米提厌恶地说:"今天没有那么多肉!"那几个地痞恶狠狠地说:"烤不出 200 串就别想再要你的摊子!"阿米提无奈,就给他们烤了 200 串。临走时他们又是不给钱,阿米提说:"哪有白吃的?"这几个地痞不由分说,一齐拥上来,当即就把他的摊子给砸了,阿米提的脸上和身上又添了新伤。阿米提看惹不起这伙人,就只好把摊子收拾起来,另谋新路。

阿米提带着黑枣在市区的几个农贸市场和美食街上转了一天,也没有找到一个合适的地方。加之这个地方的气候潮热,不像新疆那样干爽,阿米提自来到这里,身上就长满了湿疹,奇痒难忍,抓破后直流黄水,汗水一浸,又疼得难受。阿米提考虑再三,只好放弃了这个地方,在一些同行朋友的指引下,把下一个落脚点选在了南宁。

阿迪拉自从到乡农业技术推广站上班后,每天早上都起得很早。这天早上她起床后正在洗漱,母亲牡丹汗提着准备烧奶茶的一壶奶子来到她跟前,忧心忡忡地说:"我最近老是失眠,晚上睡觉一闭上眼就梦见你二哥被人家打得头破血流,哭着喊妈妈,你说这多让人揪心!我寻思着,这么长时间他一直没个消息,肯定是在外面遇到难处了,要不然,不会天天给我托梦。你们快去想想办法，把他给我找回来，要不然，我可真就没法活了！"阿迪拉"啊啊"地答应着，把牙刷完，撒着娇说："老妈，请您老人家放心，上午一上班您闺女就去给您想办法。"

牡丹汗腾出右手在阿迪拉的后背上亲昵地拍了一下："都快20岁了，还疯疯癫癫的，看你什么时候能长大！"

上午，阿娜尔古丽和迪力夏提正在上班，阿迪拉提着两兜刚下来的新杏子走了进来。阿迪拉径直走到柜台前，把两兜杏子搁到柜台上，把其中的一兜推到阿娜尔古丽跟前，故意不看迪力夏提，亲切地对着阿娜尔古丽说："古丽姐，这是今年新下来的杏子，吃着可甜了，你尝一尝。"

阿娜尔古丽从兜里拿出一颗杏子填到嘴里，只嚼了一下就啧啧地称赞道："这杏子真好吃，你在哪里买的？"

迪力夏提忍耐不住，涎着脸凑过来，诙谐地说："人们不是常说有福同享有难同当吗？让本帅男也尝一尝，看有多好吃！今年的杏子本帅男还没尝过呢！"说着，手就伸进了阿娜尔古丽面前的那个装杏子的兜里。

阿迪拉嗔怒地把他的手打了一下，说："真不讲礼貌！还没经人家同意，可就伸手了？来，这个是你的！"说着，把另一兜杏子推到了迪力夏提的面前。

迪力夏提连说了一长串"谢谢"，顺手从兜里抓出一把杏子塞到了嘴里，大口咬起来。他刚嚼了几下，就"啊啊呜呜"地大叫起来，"噗噗噗"地往外吐，边吐边夸张地喊叫说："我的妈呀，快酸死我了，你们还说好吃呢！"

阿迪拉像一个淘气的小孩子，高兴得哈哈大笑起来。

阿娜尔古丽不知道什么原因，也拿来一个填到嘴里，刚咬了一口就痛苦地眯起眼张大了嘴巴。

阿迪拉笑得更响了，对着迪力夏提揶揄地说："你不是说男女有别吗？这就叫男女有别！"

闹了一阵，阿迪拉突然收住笑容，一本正经地对迪力夏提说："上次说的任务完成了没有？那可是你自告奋勇的！"

迪力夏提挠了挠后脑勺清了清嗓子，鼓着勇气说："还没呢。不过，我正在努力，很快就会有结果的。"

阿迪拉故意斜了一眼迪力夏提说："很快？你有把握？我看没那么容易吧！我都怀疑有的人没真下功夫！"

迪力夏提慌忙辩解说："人家天天都在催，晚上做梦都在打电话，昨天夜里我还梦见找到你二哥了呢，不信你问问阿娜尔古丽！"

阿迪拉说："你夜里做梦，古丽姐怎么知道？她又不是你肚子里的蛔虫。"

迪力夏提说："你问问阿娜尔古丽，我早上一上班还给她讲这个梦呢！"

阿迪拉说："那谁信呢，兴许是你编的。"

迪力夏提更慌了，说："我哪敢说一句假话，谁骗你谁是小狗！"

阿迪拉抿着嘴笑了一阵，话题一转说："看把你急的，人家是跟你逗着玩的，你可当真了！"

迪力夏提说："我不是怕你误会嘛！"

阿迪拉说："我妈最近老是失眠，说她一闭上眼就梦见我二哥让人打得头破血流，哭着喊妈妈，催着我赶快想办法把我二哥找回来。"

阿娜尔古丽说："这可真是'可怜天下父母心'啊！你二哥这么长时间一直没个消息，真得快点找，别出个啥事！"她还对迪力夏提说："我现在身不由己，你可要多操点心。"

迪力夏提郑重地点了点头。

此时的阿米提背着烤肉箱，带着黑枣来到了南宁市。

从重庆到南宁本来是可以乘坐火车的，一天即可到达，但阿米提有烤肉箱，上不了火车。扔掉吧，烤肉箱是个新的，有些可惜，当废品卖掉吧，又卖不了几个钱，最后阿米提只好背着它搭乘一辆拉货的车，颠簸了三四天才来到了南宁。

到南宁后，他们来到了这个城市最大的土特产一条街。这条街很繁华，街上各个店铺经营的都是全国各地有名的土特产。阿米提带着黑枣在街上查看，想看看有没有卖新疆烤肉的，或者哪个地方适合卖烤肉。转了一圈，一无所获。阿米提向一位卖新疆干果的摊贩打听，这位摊贩说，他在这里经营两年多了，但从来没有见到有人在这里卖烤肉，在其他街上他也没有见到卖新疆烤肉的。阿米提看这位摊贩挺和善，就如实相告了他和黑枣的遭遇和来意，想请这位摊贩给帮着出个主意。这位摊贩说："这个好说，咱们都是新疆人，出来挣碗饭吃不容易。我这个摊子上刚好需要人手，你们要是不嫌弃，就在我这个摊子上干，工钱按天开，住宿嘛，我这里有间库房，里边放的货也不多，加上一张床问题不大，你们要是不嫌弃，就在里边先凑合一下，等你们以后找到好的地方住了再搬走。至于你们想继续卖烤肉，我看这样，你们就把烤箱支在我的摊子边，边卖干果边烤肉，试试看，也不用办什么手续，生意好了继续干，生意不好就专卖咱们的干果。"

阿米提对这位好心的老乡千恩万谢了一番，按照对方说的办法把烤肉摊子支了起来。

阿米提在干果摊前支烤肉摊本来是试试看的，没想到一开张就火了，天天顾客满盈，供不应求。原来是这里的人来自四面八方，什么样的口味都有，许多人只是从报纸电视或别人的口中知道新疆的烤羊肉好吃，但就是没吃过，现在一看到有新疆的烤羊肉过来，而且是正宗的，许多人都想尝尝鲜，所以前来吃烤肉串的人越来越多，常常是收了摊位又来了客人，无奈只好把摊子再放下来。这天他们和往常一样正准备收摊，又来了几位吃烤肉的，阿米提只好把摊子又放下来继续烤肉，直到这几位顾客满意而去。那位卖干果的老乡摊贩高兴地说："没想到你的烤肉生意白手起家做得这么好，这可能也是上天的旨意吧。"阿米提说："哪里有什么上帝，这都来自您的恩惠，要不是您热心帮助，我们现在还不知道在哪里讨饭呢！"那位老乡摊贩诚恳地说："要说感谢，我也得感谢你们。你看，你们的烤肉生意好了，来的客人多了，来买我干果的人也多了，我的钱包随之也鼓起来了。"说着，还特意拍了拍腰里的钱包。一番话说得两个人都哈哈大笑起来。

这天是个周末，由于前来吃烤肉的顾客比较多，阿米提事先准备的食材尤其是羊肉不到半下午就用完了，开始他想再去买一些回来，后来他想羊肉市场比较远，来往一趟也不一定赶得上，就和黑枣早早地把摊子收了起来。他们刚准备往宿舍走，突然看到对面的一排店面起了火，人们纷纷前去施救，阿米提也毫不犹豫地跑了过去。他发现有一家店面没人施救，就抄起一个大盆子冲了进去。

大火扑灭后，店主跑过来，拉住被大火熏烤得满脸黢黑的阿米提千恩万谢，接着从身上掏出一张名片双手递到阿米提手中，诚恳地说："我的联系方式都在这个上面，以后不管你遇到什么样的困难都可以直接找我。"阿米提把名片捧在面前仔细看了看，上面写着"张守义"三个字。

对于当过兵、多次参加过抢险救灾、无数次学雷锋做好事的阿米提来说，他的这次救火举动简直太平常、太司空见惯、太微不足道了，他自己根本就没有放在心上，照常是卖他的烤肉串，甚至当别人再次提起的时候，他好像已经忘却了一样，只是淡淡地笑一笑。然而令他没有想到的是，如果不是那个可恶的赛迪克盗窃团伙和单宝仁、游秀碧那两个皮货商作恶，他的命运可能会由此而彻底改变，他这辈子可能就在北京定居了。

　　对他的救火举动看重的是一位名叫陈忠厚的人。陈忠厚在北京开着一家中等规模的饭店，名字叫"京新饭店"，他这次到南宁来，主要是考察一个特色产品——羊肚菌。这种产品营养价值极高，很受消费者青睐，他准备和厂家签订一份长期供货的合同。今天下午和供货方谈妥后，没有其他事情，他就来到这里随便看看，因为这里是全国土特产品的集散地。他一到这里，就看到了上边说的那一幕。当时他的心灵就被震撼了。他知道，一个能够在危急关头舍己救人奋不顾身的人，往往是一个重义轻利、忠实可靠、值得信赖的人，而这种品格正是当下的社会所逐渐缺失的。大到一个国家，小到一个企业，拥有这种品格的人越多，这个国家、这个企业就会越兴旺。正是在这种思想的支配下，他接连三天都专门过来，观察阿米提的手艺，观察阿米提的产品，观察阿米提的服务态度，观察阿米提的气质和为人处世的方法。通过观察，他更加证实了自己的判断，果断地向阿米提发出了邀请：让阿米提到他的饭店打工。

　　能去北京是阿米提从小就有的梦想，他当即答应了陈忠厚的邀请。

　　迪力夏提通过接二连三地打电话，终于有了结果。他兴高采烈地一接完电话，就眉飞色舞地对阿娜尔古丽说："阿米提找到了！"阿娜尔古丽一听很激动，问他是在哪里找到了？他说："在广州找到了。"阿娜尔古丽问是谁找到的？他说："是我的一个朋友。"他还说："我的这个朋友说，阿米提现在事业干的可大了，在广州还开着一家公司呢！"说着，就慌慌张张地往外走。阿娜尔古丽问他到哪儿去？他说："这还用说？去给阿迪拉家报喜呀！"阿娜尔古丽揶揄说："哟！这还没过门，就当起人家的女婿了！"迪力夏提像吃了蜜一样"嘻嘻嘻"地笑着，踩起摩托车飞走了。

　　迪力夏提一见到阿迪拉，就迫不及待地把找到阿米提的消息告诉给了她。阿迪拉一听喜出望外，说："明天我就去广州。"

　　迪力夏提拦住她说："你先不要慌，还是让我先去看看，如果他确实在那里开了大公司，我就回来接你。要是阿娜尔古丽也想去，我们就把她也带上。我在门市部也干够了，我们一起到广州发展，那里可是改革开放的前沿，挣钱的机会不知要比咱这里多多少倍呢！"

　　阿迪拉嗔怪道："你怎么一开口就是'我们''我们'的，谁和你是'我们'？让你打听一下消息，你可真就把自己当成个人了！"

　　迪力夏提争辩说："上次你就说我是你的人了，要不，你家里怎么一有难事就找我，你还把我送到车站呢？"

　　阿迪拉说："还不是想把你当成个小毛驴使唤一下吗？看把你美的！好了，就按你说的办，你先到广州去看看，如果情况属实，我们再商量下一步怎么办。"

　　迪力夏提说："你看你看！连你自己都说'我们'，还批评我呢！"

　　阿迪拉半握着拳头，微笑着朝迪力夏提的胸前轻轻捣了一下，俏皮地说："瞧你那傻样儿！"

第九章
好事和坏事的辩证法

京新饭店位于北京的朝阳区，是一座独立的 3 层楼，有员工 40 多人，属于中等规模。陈忠厚是个充满正能量的人，奉公守法，善待员工，上和下睦，生意兴旺，把饭店经营得井井有条，深得员工拥戴。阿米提一来到这里，就感受到了和谐的氛围，他很快就融入这个大家庭之中。他干起活来踏实肯干，不遗余力，受到员工们的好评，陈忠厚对他也更是信任有加。他虽然是初来乍到，陈忠厚却把他与其他员工一视同仁，使他很快就站住了脚。阿米提感到在这里工作心情从来没有这样舒畅过，俨然把这里当成了自己的归宿。他想，如果在这里能够落脚，他就把自己的家人接过来，让他们也感受一下首都的气息。为此他常常以主人翁的姿态对待工作，赢得了上上下下的信任和好感。

陈忠厚在南宁邀请阿米提到这里打工的时候，并没有邀请黑枣。后来在阿米提的请求下，陈忠厚经过现场观察，感到黑枣这孩子很勤快，很听话，也很有眼色，就答应了阿米提的请求，把黑枣也带了过来，安排在饭店的前厅做服务工作，工资待遇按照实习员工发。黑枣由于年龄小，还没到法定的工作年龄，不符合用工条件，为了防止出现涉法问题，陈忠厚根据黑枣的具体情况，专门派人到政府主管部门为黑枣办理了合法的工作手续。

京新饭店是个正规的饭店，一到时间就会按时发工资。这天，阿米提穿着工装正兴致很高地收拾餐厅，黑枣高高兴兴地跑过来说："阿米提叔叔，快，发工资啦！"阿米提笑了笑说："慌什么，工资领不领早晚都是你的，别人拿不走！"黑枣不好意思地笑笑说："你不是说过，第一个月工资一发，你就要寄回家，家里还急等着还账呢！"阿米提说："是我说的，现在咱们就去领。"

阿米提从出纳手中接过他来到京新饭店后的第一个月工资，扭头就往外走。黑枣问他到哪里去，他说到邮局去，黑枣说我也去。阿米提随口问道："你也是往家里寄钱？"黑枣的脸色一下子暗了下来。阿米提突然想起了黑枣的身世，意识到自己失言了，忙改口道："走，你和我做个伴，我寄钱的时候你帮我看着，别叫贼娃子给盯上了。"

阿米提带着黑枣来到邮局，先是给家里寄了钱，接着来到电话间，给阿迪拉拨通了电话。阿迪拉一听到阿米提的声音，一下子激动得不知道说什么好。阿迪拉问他现在在什么地方？他回答说在北京。阿迪拉问他干什么工作？他说在京新饭店打工。阿迪拉问京新饭店有多大，待遇怎么样，活重不重？他说京新饭店不大也不小，属于中等规模，员工的工资虽然不高，每月只有 500 元，但人手较多，活计不重，加上管吃管住，他已经感到很满足了。阿米提还十分自豪和信心十足地告诉阿迪拉："北京可大了，等我在这里彻底站稳脚跟后，你把爸妈都带上来，也看看天安门，看看北京的景致，让爸妈也享受一下。"阿迪拉在电话中嘱咐他一个人在外边一定要照顾好自己，并把她和阿娜尔古丽在郑州、西安和开封寻找他的情况和阿娜尔古丽对他的思念也告诉了他。他一听感到既高兴又愧疚，让阿迪拉一定要转告阿娜尔古丽放下心来，他只要把欠外边的账还完，就一定回去把他娶过来。

阿米提给家里打电话时很兴奋，以至走出电话间的时候脸上依然是红红的。黑枣问他是给谁打的电话，用了这么长时间？他说是给家里。黑枣说："我什么时候要是也有个家就好了。"阿米提安慰他说："会的，一定会的！你将来一定会有个家，有个属于自己的很温暖的家！"又对黑枣说，"从现在起，你就要把每个月的工资存下来，准备着以后成家时用。"黑枣郑重地点了点头。

阿米提带着黑枣往外走了几步，黑枣猛然间想起了什么，突然站住了，对阿米提说："你也给古兰兰阿姨打个电话吧，说不好人家可能还在找你呢！"阿米提想了想，从黑枣手里接过古兰兰的电话号码，又返回电话间。

阿迪拉接完电话，就把阿米提到北京的消息原原本本地告诉了爸爸妈妈和哥哥姐姐，一家人都高兴得合不拢嘴。海里木说："北京那可是个大地方，能养住人。"阿依提说："他要真能在那里站住脚，我立马就过去，这样我们还账也就有希望了。"

阿迪拉给家里报告完阿米提的喜讯，满含笑意地走出来准备去告诉阿娜尔古丽。刚一出门，猛然看见迪力夏提骑着摩托车来到她们家。她停下脚步，故意收敛笑容嗔怪地问道："哎哎哎！到人家家里来经过批准没有？"

迪力夏提愣了一下，疑惑地说："经过批准？经过谁批准？"

阿迪拉忍住笑说："就是本小姐呀！你一个大小伙子，没有经过批准，就往一个女孩子家乱跑，这要让邻居家看到了，算哪门子事呀？"

迪力夏提一听，右手挠着后脑勺，没头没脑地停在了门口。

母亲牡丹汗在院门里喊了阿迪拉一声，说："哪有你这么跟客人说话的，快让人家进屋！"

阿迪拉仍然忍住笑，向迪力夏提问道："这么风风火火地，怕不是你像我二哥一样，也在广州开了大公司了吧？"又学着迪力夏提的腔调说，"广州那可是个大城市，改革开放的前沿！要不，你也把我们带过去安排个工作？"

迪力夏提更加窘迫了，挠着头说："我那个朋友认错人了，我过去一看，那个人确实也叫阿米提，但不是你二哥，唉！又让我跑了个空腿！"

阿迪拉说："这一次可不能怪我，是你自己没有完成任务，以后我要是不让你进我们家的门，你可不要埋怨我。"

迪力夏提看了看阿迪拉，头一下子低了下去。

牡丹汗走过来在阿迪拉的头上拍了一巴掌说："鬼丫头，看把人家吓的，快让人家进屋，把实话说给人家！"

迪力夏提一听，知道阿迪拉的话里有诈，忙用右手抚胸，谢了牡丹汗，一闪身进了屋里。

阿迪拉在他的背后咯咯地大笑起来。

门口大树上的两只小鸟嘴咬着嘴亲昵了一阵子，阿迪拉送迪力夏提走出了院子。迪力夏提用恳求的口气对阿迪拉说："等你二哥在北京站稳脚跟后，你给他好好说说，也给我安排个合适的工作，我实在是不愿意在门市部这个鬼地方干了。"

阿迪拉去给阿娜尔古丽报告好消息的时候，阿娜尔古丽到县供销合作社办理会计业务去了，阿迪拉就通过电话给阿娜尔古丽说了一遍。阿娜尔古丽从阿迪拉口中得知了阿米提的确凿消息，一改往日的愁容，走起路来也觉得脚下生风了。傍晚，她肩上挎着一个装满布料和金丝线的挎包从外面回到家，嘴里还哼着欢快的维吾尔族民歌《玛依拉》：

> 人们都叫我玛依拉
> 诗人玛依拉
> 牙齿白声音好
> 歌手玛依拉

高兴时唱上一首歌

弹起冬不拉冬不拉

来往人们挤在我屋檐底下

玛依拉依拉

哈拉拉库拉依拉

拉依拉拉拉依拉

呀啦啦啦啦……

母亲卓尔汗看她的情绪有些异样，关切地问道："中午在县城吃饭没有？"

阿娜尔古丽没有急着回答，而是"吧唧"一声突然在卓尔汗的脸上亲了一口，然后仰起头扮了个鬼脸说："不但吃了，而且还吃了两个人的！"

卓尔汗不解，皱起了眉头，问："怎么？吃了两个人的，那个人是谁？"

阿娜尔古丽说："两个人都是我呀！比如说，平时我一顿只吃一碗，今天中午我却吃了两碗，那不是吃了两个人的饭吗？"

卓尔汗眼睛瞪了一下，故作生气状地用巴掌在阿娜尔古丽的后脑勺上轻轻拍了一下，嗔怒地说："看你都多大了，还跟妈开玩笑，真是没大没小！"

阿娜尔古丽撒娇似地说："我就是长到 80 岁，在你面前不还是个孩子吗！"

卓尔汗又在阿娜尔古丽头上拍了一巴掌说："这话不假，你就是活到 100 岁，也还得问我喊妈！"

母女俩逗了一会儿嘴，卓尔汗问阿娜尔古丽怎么今天这么高兴，阿娜尔古丽没有直接回答，而是把肩上的挎包盖子掀开给卓尔汗看。

卓尔汗掏出里边的东西看了看，有些不解，问道："买这些东西干什么？"

阿娜尔古丽回答说："准备绣个卡尼瓦伊（绣花衬衣）。"

卓尔汗问："怎么突然要绣个衬衣？那是给谁绣？"

阿娜尔古丽说："给斯拉木绣呀！"

卓尔汗更加不解了，问道："是真的吗？"

阿娜尔古丽一本正经地说："不给他绣，我还敢给谁绣呀？"

卓尔汗看了一阵阿娜尔古丽，终于眉开眼笑了。她亲昵地拍着阿娜尔古丽的肩膀说："这就对了嘛！我的闺女终于想明白了！你到县城跑了一天，也累了，先进屋去洗一洗、歇一会儿，妈出去给你找个样子来。要绣就给人家绣个好看的，别叫人家笑话咱手艺不好。"

阿米提那天给古兰兰打完电话后，也没再往心里去，就又忙他的事情去了。谁知古兰兰却如同获得了无价之宝一样，当即就做出决定，一定要来北京看看他，当面表达她对阿米提冒死相救的感谢之情。

这天阿米提正忙着招呼客人，门口突然传来一声脆亮脆亮的女子喊叫声："阿米提大哥！"连正在低头吃饭的顾客们都停住了筷子。

阿米提循声望去，是古兰兰亭亭玉立地站在门口。只见她穿的衣服既洋溢着青春的气息又很时尚，手里还拎了一个漂亮的坤包，简直就是一个时装模特。

阿米提慌忙跑过去，要接古兰兰的坤包，古兰兰笑了一下，指了指外面。阿米提往外一看，门口的地上放着一个很大的旅行包，他赶忙出去拎了进来。

古兰兰跟阿米提并排走着，一边走还一边说着她怎么想念阿米提的话，吸引来周围一片羡慕的目光。有的甚至还窃窃私语，这美女肯定是阿米提的女朋友，搞得阿米提很难为情，古兰兰也满脸羞涩。

来到阿米提的宿舍，古兰兰迫不及待地从旅行包里掏出她专门给阿米提带的衣服、鞋子和好吃的，还专门给阿米提买了一款新手机。古兰兰说："有了这个手机，以后我和你的家里人就再也不怕找不到你了。"阿米提感动得不知说什么好，一个劲儿地说："你想得真周到！你想得真周到！我以后打电话再也不用黑天半夜跑到街上找电话亭了。"

阿米提倒了杯茶水让古兰兰先喝，然后跑到老板陈忠厚那里去给古兰兰申请临时宿舍。陈忠厚问古兰兰是不是他的女朋友，他红着脸一个劲地否认。陈忠厚笑着说："不是你的女朋友，这一次我也要创造条件让她成为你的女朋友。"说完，喊来一名副经理，给古兰兰腾了一个带套间的宿舍。

阿米提带着古兰兰来到宿舍，古兰兰感动地说："你们的老板真好，我要是能在这里工作就更好了。"说完，她又摇了摇头。阿米提问她为什么摇头，她说："我和你现在啥关系也不是，怎么跟人家张口？"阿米提说："这有啥难的？我就跟老板说你是我的妹妹嘛！"古兰兰指指自己的脸，又指指阿米提的脸，没有再说下去。阿米提明白了，说："你是说，我是维吾尔族，你是汉族，说了人家也不相信吗？"古兰兰点了点头，没再接下去，而是催阿米提快去忙工作，说还有那么多的顾客等着服务呢。阿米提答应说："你先洗一洗休息一下，我忙完后带你去吃饭。刚好明天我休息，我们一起去看看北京的名胜古迹。"

古兰兰亲切地看着阿米提甜甜地笑了笑，满口答应了。

此时的乃布呼乡供销合作社门市部里，阿娜尔古丽趁着没有顾客，专心致志地绣着那件卡尼瓦伊。迪力夏提站在她的跟前左看右看，嬉皮笑脸地说："我的好妹子，又有心上人了？"

阿娜尔古丽伸手往迪力夏提的胳膊上打了一下，说："你什么时候能说个正经话！"

迪力夏提做了个鬼脸说："我知道，肯定是给斯拉木先生绣的。"

阿娜尔古丽厌恶地说："他算什么！我才不给他绣呢！"

迪力夏提说："那我知道了！"

阿娜尔古丽说："你知道什么？"

迪力夏提说："我知道你肯定是给我绣的！"

阿娜尔古丽嗔怒地又给了迪力夏提一巴掌："做梦去吧，想得倒美！"

迪力夏提停住笑，从阿娜尔古丽手中把卡尼瓦伊拿起来在自己面前翻来覆去看了几遍，啧啧着说："我们阿米提大哥真有福气！我要是阿米提，当拿到这件卡尼瓦伊的时候，肯定是要把口水都亲上去的！"迪力夏提说着，真的在卡尼瓦伊上吧唧吧唧亲了一阵子。

阿娜尔古丽站起身来，拿起一个小扫把就往迪力夏提的头上打，吓得迪力夏提在屋子里满圈转。

两个人逗了一会儿，迪力夏提一本正经地对阿娜尔古丽说："咱们不要闹了，我跟你说点正经的。阿米提已经到了北京，听说还干得不错，我想这样，瞅个机会咱们也一起去一下，看看他能不能帮助咱们也安排个工作，不说多好，哪怕就是端端盘子洗洗碗也可以。你想想看，北京是什么地方？那可是咱们国家的首都！首都是什么？首都就好比一个人的心脏，我们国家最重要的机关都在那个地方。自打上小学起，我就非常向往北京，做梦都想着有朝一日咱们也到北京去看看，也去登登天安门城楼，那该有多神气呀！"

迪力夏提一边说着，好像他已经到了北京，已经登上了天安门城楼，满脸都写满了骄傲和自豪。

阿娜尔古丽被他的情绪所感染，脸上也洋溢着憧憬之情。

过了一会儿，阿娜尔古丽的脸色忽然暗了下来。

迪力夏提说："你怎么了？是我说的不对，还是你不愿意到北京去？"

阿娜尔古丽忧郁地说："我和你不一样，我妈把我看得很紧，我现在一点自由都没有，我怕是出不去的。"

迪力夏提说："这个好办，你先把卡尼瓦伊绣好，过段时间，如果阿米提在北京确实站住了脚跟，我和阿迪拉先过去，把基础打好，然后找个借口把你也接过去，只要你跟阿米提把生米做成了熟饭，不怕你妈不答应。"

阿娜尔古丽仍然是忧心忡忡地说："我妈的脾气你还不知道？要是她认准的死理，你就是八头牛也别想把她拉回来。事情哪有你说的那么容易！"

迪力夏提说："事情能不能办成，关键是看你，看你有没有信心和耐心。俗话说，车到山前必有路，没有路就用刀劈嘛！只要你守得住，不要急于和斯拉木结婚，最终总会有办法的。"

阿娜尔古丽看了看迪力夏提，脸上显露出复杂的表情。

今天真是个好日子，阳光明媚，和风习习。阿米提和古兰兰吃过早饭，满面春风地从饭店走出。他们是要利用阿米提的轮休日去北京的名胜古迹游览。古兰兰今天穿得更加靓丽，阿米提也收拾得充满阳光。工友们围着阿米提左盘右问今天带着嫂子去干什么，搞得古兰兰羞涩难当。

出了饭店，他们先是搭乘市区的公共汽车来到金水桥畔，下车后沿着金水桥观赏了象征中华民族历史文化传统的华表，然后登上了雄伟壮丽的天安门城楼。在红灯笼高挂的天安门城楼上，阿米提和古兰兰凭栏远眺，天安门广场上的人民大会堂、人民英雄纪念碑、毛主席纪念堂以及国旗、花坛等各种宏伟的建筑和美景尽收眼底。

接着，他们又乘车来到了颐和园。颐和园里，杨柳依依，碧波荡漾。阿米提和古兰兰泛舟湖上，洒下一串串银铃般的笑声。

告别了颐和园，他们简单吃了点午餐，就往八达岭走。

抬眼望去，蜿蜒的长城上游人如织。阿米提要去购买门票，被古兰兰挡住了。古兰兰抢着来到售票处买来两张观光票，并把一张塞到了阿米提手里。接着，他们跟随着如潮的人群往山上走。在一个险峻处，阿米提攀登在前，古兰兰故作胆怯地向阿米提伸出了一只手。阿米提想拉古兰兰，他的手刚一伸出，两只眼睛下意识地朝四周看了看，很快又把手收了回去。古兰兰一看，故作生气地咕嘟起了嘴，阿米提只得把手又伸了过来。古兰兰一把抓住阿米提的手，一个台阶一个台阶地往上攀登，到顶后朝阿米提做了一个鬼脸。他们站在一个高台上手牵手欢呼跳跃，俨然一对热恋中的情人。

夕阳西下，游客们纷纷踏上归途。古兰兰和阿米提并排坐在下山的大巴车上，旁若无人地谈论着一天的收获，引来周围一片羡慕的目光。

第二天和第三天，阿米提又陪着古兰兰瞻仰了毛主席纪念堂，参观了故宫博物院和大观园、圆明园、天坛公园、香山公园和恭王府等名胜古迹。

为了记录下这次北京之行的美好瞬间，从第一天早上出发起，古兰兰都专门带了一部照相机。每到一个景点，她都要或自己或请人为她和阿米提拍照。参观游览之后，她把这些照片的胶卷一个个小心翼翼地从相机里取出来，拿到照相馆冲洗出来，然后挑选了一些她和阿米提都感到满意的照片，分别用特快专递寄给了自己和阿米提的家里。

阿米提寄给家里的照片是由阿迪拉签收的。家里人收到阿米提从北京寄回来的照片后，自然又是一番欢天喜地。一家人看完，阿迪拉又把这些照片拿给阿娜尔古丽和迪力夏提看。

阿米提从北京寄回来的这些照片，大都是阿米提和古兰兰在北京观光时的风景照，有的是阿米提的单人照，有的是古兰兰的单人照，也有阿米提和古兰兰的合影照。阿迪拉和迪力夏提一边看，一边赞叹着北京真美。迪力夏提还说:“咱们不要再耽搁了，还是早一点到北京去，即使找不到工作，就是能亲眼看看北京的风光，这一辈子也算值了。”只有阿娜尔古丽却不说话，开始她还是挺羡慕的，可是看着看着，她的脸色就变了，最后甚至还把那些照片推出去好远，独自坐在一旁生闷气。

迪力夏提感到莫名其妙，慢慢走到阿娜尔古丽跟前，用试探的口气说:“我的小大姐，又怎么了，嘴噘得能拴下小毛驴?”

阿娜尔古丽说:“你没长眼?人家都有了新欢了，你还天天骗我赶快把卡尼瓦伊绣好跟你到北京去!”

迪力夏提回头又把那些照片拿起来翻看了一遍，这才恍然大悟地说:“噢!我说呢，有些人是在吃醋呢!”

阿娜尔古丽越发生气了，说:“谁吃醋了?明明是人家已经变心了，你还在这里诳我!”

迪力夏提拿起一张阿米提和古兰兰的合影照，用欣赏的目光看了一阵说:

"嗯，长得是不赖，怪水灵的！不过，我看还是比不过咱们的阿娜尔古丽小姐。"他转向阿迪拉说，"你说我说得对吧？"

阿迪拉说："你们都瞎说些什么呀！我二哥在电话里说了，这是他的一个朋友，我二哥曾在贼娃子想偷她时帮助了她，她为了报答我二哥，才专门找到北京的，不信你们自己打电话问问我二哥。"

迪力夏提也帮着阿迪拉说话："我说嘛，阿米提不是那种这山望着那山高的人，哪能一见到是个女的，就把咱们美丽的阿娜尔古丽小姐给忘了呢？他要真是那种人，我迪力夏提也不会饶他！"

经阿迪拉和迪力夏提这么一说，阿娜尔古丽的脸色才由阴天转为多云，虽然没有完全转晴，但总算有了一些喜色。

他们三个商量，要赶快想些办法，一旦时机成熟，就一起到北京去。

古兰兰在阿米提这里住了一个星期后恋恋不舍地走了，走时还悄悄地给阿米提留了1000元钱。她前脚刚走，陈忠厚就把阿米提叫到自己的办公室询问两个人的关系进展得怎么样了。开始阿米提还不解其意，后来经陈忠厚明白说出，他才知道了陈忠厚的真正用意。他赶忙解释说，他和古兰兰只是萍水相逢，他在老家已经有对象了。但他一说完，又感到自己说的话不完全符合事实，因为他和阿娜尔古丽的关系还没有真正确定下来，还有一个斯拉木在中间横着。说到古兰兰，虽然是萍水相逢，但经过这几天的接触，他确实对她有好感，以至在古兰兰离开后，他的心里一下子感到空落落的，说不上来是一种什么感觉。事后，阿米提对自己的矛盾心理还做了严厉的自我批评。

古兰兰走后，阿米提的工作又恢复到正常的状态。他照常按时上下班，照常按店里的规定过星期天和节假日，空闲的时候他甚至还把他的热瓦普拿出来弹上几曲，以活跃自己和员工们的业余生活，深得大家喜爱。

这天又轮到他和黑枣调休，他打算把被褥拆洗一下。因为他自从离家以来一直是流落不定，没有机会拆洗被褥，被褥都脏得见不得人了。古兰兰在这里时，曾经要替他拆洗一下，他看人家是客人，又是个姑娘家，让人家干这样的活不好，就谢绝了古兰兰的好意，找借口把宿舍门锁了起来，古兰兰开不了门，也就只好作罢。现在既然有了足够的时间，那就再好不过了。谁知他刚把被子摊开，黑枣过来了，说过去一直听说北京的王府井百货大楼很有名气，可他们到北京这么长时间了，还没有去过王府井商场，向阿米提提议一起到那里看一看。阿米提一开始没同意，后来经不住黑枣软磨硬泡，只好答应了。

两个人一起在王府井商场里转了大半天，确实开了眼界，直到下午走出这个商场，两个人还边走边谈论着各自的感受。黑枣连声地赞叹说："这个商场可真大，里边的东西真多，把我的眼睛都看花了。"阿米提说："要不，怎么叫王府井百货大楼呢！"阿米提想坐公共汽车回去，黑枣说："咱们出来一次不容易，北京城这么好的景致，不好好看看都浪费了，咱们还是走着回去吧，只当咱们是来旅游了。"阿米提只好随了他。

两个人边走边看，抄近路来到了一个胡同口。他们刚往里走，突然被面前的一幕惊呆了，一个小偷正在抢夺一位中年女性抱在怀中的一个暗红色皮包。听到呼救，阿米提毫不犹豫地冲了上去，与小偷展开了搏斗，很快就把小偷制服，扭送到了派出所。

事后得知，这位女同志是一家私人企业的老板，被抢劫的那个暗红色的皮包里装的是她刚刚从银行提取的 10 万元现金。据这位女同志讲，平时这些业务都是会计和出纳来办的，这天这两人另有任务外出，因临时急用，她就一个人来了。当这位女同志从阿米提手里接过那个皮包时十分感激，说要不是遇到阿米提这些钱就打水漂了，一再要求阿米提留下姓名。阿米提说这样的事情谁遇到都会伸出援手，一个字也没给。最后这位女同志还是从黑枣嘴里套出了实话。

阿米提回到饭店后，对这件事只字没有提起，他叮咛黑枣也不要说出去。黑枣说这是件好事，为什么不能说？阿米提说："一个人在社会上总要遇到一些需要互相帮助的事情，别人需要你帮，你也需要别人帮，不要一做点好事就到处张扬。"可是那位得救的女同志却感恩在心，很快就找到饭店来了。

这天上午陈忠厚正在饭店的前厅给员工讲话，忽然看到呼呼啦啦地来了一群人，他赶忙派人出门查看，原来是那位女老板带着他的管理人员前来感谢阿米提，随员中还有几位是新闻记者。他们一来到饭店，就给陈忠厚赠送了一面大红锦旗，上面用金黄色的隶书体写着两行醒目的大字：

新风正气出自京新饭店
见义勇为源于优秀员工

在欢迎仪式上，那位女老板拉着陈忠厚的手一个劲儿地赞扬他培养了一个好员工，一群记者也像蜜蜂一样围着陈忠厚和阿米提采访。陈忠厚一看阿米提给饭店争了光，当场表态要给阿米提加薪。其他员工也向阿米提投来羡慕的目光。

时隔一天，随行的记者们就把这件事写成一篇报道发表在《都市新闻》和《消费时报》上，同时还附载了阿米提的大幅照片。陈忠厚也说到做到，第二天就把阿米提的月薪从 500 元增加到 800 元。

谁知这件事情却给阿米提埋下了祸根。

单宝仁和游秀碧那次到西安寻找阿米提无果后又回到了新疆，继续做他们的羊皮生意。开始仍然是两个人合伙做，后来因游秀碧阻拦单宝仁回家为儿子治病两个人闹崩了，就各做各的。游秀碧离开单宝仁生意做不下去，就软磨硬泡又和单宝仁合到了一起。其间他们到阿米提家里又闹了两次，因没有得到什么好处，更加深了对阿米提的怨恨。近段时间，他们听说新疆的干果在北京很吃香，就到北京查看市场行情。考察结束，在返回新疆的火车上，单宝仁一时感到枯燥，顺手从前来推销报纸的乘务员手里买了一张《都市新闻》。谁知这张报纸正是报道阿米提见义勇为的那张报纸，单宝仁一看，气就不打一处来，心里说：跑了这么多腿都没有找到你，这小子原来跑到这里来了！就把报纸拿给游秀碧看。游秀碧如获至宝，当即鼓动单宝仁要想办法对阿米提报复一下。开始单宝仁说的办法是到阿米提所在的那个饭店去闹他一下，后来游秀碧看这样还得坐火车返回去，那样不但会多花钱，而且北京那么大也不好找，就出了个恶毒的主意：让单宝仁回到新疆后，给这个报社的领导写封信，就说那件事是阿米提故意作秀，窃贼正是他自己，然后按照报纸上印的社址寄过去，让报社派人去查，这样只需要花几分钱，就可以把水搅浑，让阿米提这个混蛋在那里待不下去，最后滚出北京。

报社领导收到这封信后虽然经过调查澄清了事实，但毕竟在社会上和饭店的员工中引起了一些议论。特别是之前陈忠厚给阿米提涨工资后，有的员工就有嫉妒心理，在背后说阿米提的坏话，现在告状信一出来，他们更有话说了，说是无风不起浪，肯定是阿米提为了骗取老板的信任在故意作秀。这样的说法一时间传得沸沸扬扬，搞得阿米提有口难辩，抬不起头来。阿米提渐渐产生了苦闷心理，情绪一下子低落了下来。

而此时，阿迪拉和阿娜尔古丽正在抓紧做着到北京去看望阿米提的准备工作。一开始阿迪拉本来是想自己单独去的，后来家里想着她一个姑娘家单独跑那么远不放心，就劝她还是找个伴好。她想，最好的伴就是阿娜尔古丽，因而就去找阿娜尔古丽商量。阿娜尔古丽当然想去，但又碍于母亲卓尔汗的阻拦，决心一直下不了。

这天上班后，阿迪拉把工作上的事情处理完，就来找阿娜尔古丽。在供销社门市部院子的那棵大榆树下，阿迪拉向阿娜尔古丽询问去北京的事想好没有。阿娜尔古丽诉苦说："我早就想去，可是自从咱俩上次到内地去寻找你二哥被我妈知道后，她天天都盯着我，一到天黑就打电话催我回家，更不准我在外边过夜，没办法，我连值夜班的任务也全部交给迪力夏提了。我妈还专门给县供销社的张主任交代，以后没有特殊情况再不要给我安排出差，万不得已安排出差时也必须经过她批准。我现在哪里都去不了了。"

商量来商量去没有更好的办法，她们两个就结伴来到县供销合作社，把事情告诉了张主任，恳求张主任想办法给通融一下，下一次如有出差的机会就争取一下。张主任知道阿娜尔古丽和阿米提的感情，就答应了她俩的请求，但要求她们一定要注意保密，不要再惹出是非。

经过一番周折，阿迪拉和阿娜尔古丽终于如愿以偿。

然而就在她们正要启程的时候，一个意想不到的情况出现了：河南警方和新疆警方正在联手调查阿米提的动向。

原来，赛迪克在河南信阳地区流窜作案中被当地公安机关抓获，因其团伙成员大多是未成年人，被收容教育后全部遣散，只留下了赛迪克本人和几个已成年的团伙骨干。赛迪克在接受审讯时，谎称他自己并不是头目，这个团伙的真正头目是阿米提，并且还出示了阿米提的身份证。公安机关向赛迪克询问阿米提的去向，赛迪克说不出来，只说是阿米提经常是单独活动，来去无踪。公安机关为了核实赛迪克口供的真实性，就派人来到新疆，与新疆警方一起展开了调查。

这天，阿迪拉和阿娜尔古丽刚刚收拾完行装，准备第二天到北京去的时候，突然有两名公安人员找到了家里，说是要调查阿米提的去向。全家人不知何因，没敢说实话。他们只是对公安局的人说，阿米提自从离家出走后一直没和家里人联系，他们也不知道阿米提现在何方。公安人员在他们家里没有问出结果，就来到乃布呼乡供销合作社以及阿米提的一些同学朋友家里调查，一时间，"阿米提是偷盗团伙头目"的谣言在阿米提的亲戚邻居中间传扬得沸沸扬扬。阿迪拉和阿娜尔古丽一看这种情况，也就只好暂时放弃了去北京的行程。

其间，卓尔汗发现了阿娜尔古丽绣的卡尼瓦伊不是给斯拉木而是给阿米提的，当即把已经绣好的卡尼瓦伊从箱子里翻出来剪得粉碎，并且大骂阿娜尔古丽不长脑子，说阿米提现在都成罪犯了你还对他这么痴迷！吓得阿娜尔古丽也不敢再提到北京去的事情了。

公安局的人走后，一家人不放心，就让阿迪拉给阿米提打电话，问问是什么情况。阿米提听说现在公安机关在到处找他，感到莫名其妙，就在电话里对阿迪拉说："他们想找就让他们找吧，身正不怕影子歪，我又没干什么坏事，顶多就是欠别人那么些钱，我也没说不还，有什么好害怕的？"

阿迪拉说："不管你是不是偷盗团伙头目，但你受到公安机关的调查这是事实。北京那个地方信息很发达，你只要在北京，很快就会被发现，家里人劝你还是快一点离开为好。"

阿米提想了想，感到阿迪拉说的也有道理。现在的社会，情况比较复杂，自己这几年经营供销社，做葡萄干、羊皮和鲜葡萄生意，又出来跑了这么长的时间，牵扯到不少的人，说不准是得罪了谁，要是真有个什么事儿，那这一辈子也就完了。加之这段时间因为见义勇为的那件事引来了不少的议论，搞得他的心情很不舒畅，因而他最后决定还是听从家里的劝告，暂时离开北京一段时间，如果到时候没有什么事情，那就再回来，也就当这次出去是旅游散心了。

决心下定以后，他就来向陈忠厚辞行。陈忠厚感到很突然，问他是什么原因。他不好回答，就找了个理由，说还是因为前段那件事情，他忍受不了人们的议论，所以想换个地方。陈忠厚说："那件事情不是已经澄清了吗？"阿米提说："防口如防川，唾沫星子也能淹死人。一个人身上被泼了污水，跳到黄河也洗不清。你当老板的说没有问题，但下边的人他们就是不相信，你也不能一个一个地去解释。与其在这里闷闷不乐地过，倒还不如换个地方，这样对你、对咱们这个饭店都有好处。"陈忠厚想了想说："这样也好，换个环境散散心，疏解一下心里的郁结。要是找不到合适的事干，你就还回来，咱们这个饭店的大门随时都向你敞开。"说着，还专门把自己的名片给阿米提递了一张，并安排会计给他和黑枣结了账。

临行之前，阿米提还特意把自己的胡子刮得精光，以免被公安机关的人发现。

　　阿米提带着黑枣离开京新饭店以后，来到火车站，坐上了北京至成都的火车。他本来是想直接去南宁找张守义的，但他担心如果公安机关想抓他，肯定会把他过去所有去过的那些地方都要查找一遍，这样要是直接去南宁不是自投罗网吗？同时，要是走，也走得远远的，不能离北京太近，而成都刚好比较偏远，那里的人也喜欢吃麻辣食物，这样也有利于自己的业务发展。于是，他就选择了成都。

　　在硬座车厢里，阿米提和黑枣面对面坐着。黑枣一边吃着阿米提给他买的水果，一边询问阿米提："咱们在北京干得好好的，你为什么非要离开呢？"

　　阿米提朝四下看了看，凑到黑枣的耳边给他说明了原委。

　　黑枣一听，吓得塞满水果的嘴巴张得老大老大。他连连摇着头说："不可能！你这么好的人，公安局怎么可能要抓你呢？"

　　阿米提说："我也不知道为什么，因为我没做过什么坏事，但现在公安局要抓我，并且已经到我的老家找了好多趟了，你说我有什么办法？我要是不跑，那在北京不是一抓一个准？"

　　黑枣说："那你是不是过去犯过什么事儿？"

　　阿米提说："刚听到这个消息时，我也回想了一下，自己从来没有做过什么坏事，最多就是欠了那些账。但光凭欠账公安局不会抓我，因为我没有赖账，以后挣来了我会还的。"

　　黑枣说："那人家公安局抓人也不会是无缘无故的吧？"

　　阿米提说："我也是这么想的。我琢磨了一下，会不会是我在贩羊皮期间得罪了谁，他们找不到我就向公安局告发了。"

　　黑枣说："这也有可能，现在有些人的心黑得很，占点便宜可以，要是吃点亏就像死了爹娘一样到处咬人。"

　　阿米提说："所以不管怎么说，我们还是要躲一躲，实在躲不过去再说。"

　　黑枣说："现在我明白了，你为什么一出北京就跑这么远，你是想走得越远越好，不让他们抓住你，对吧？"

　　阿米提摩挲了一下黑枣的后脑勺说："谁说我们的黑枣傻，我们的黑枣比谁都聪明！"

　　黑枣说："这都是跟着你学的，比起你我还差得远呢！"

　　停了一会儿，阿米提问黑枣："我要是真被人家抓走了，你准备怎么办？"

　　黑枣说："你要是真被抓走了，我哪里也不去，就紧紧跟着你，你走到哪里我就跟到哪里。"

阿米提一听，笑了，说："尽说傻话！公安局抓我又不是抓你，哪能抓了个犯人后边还跟着个白吃饭的！"

黑枣坚定地说："那我就天天到公安局给你喊冤，直到把你放出来。"

阿米提摸摸黑枣的头说："谢谢你，我的好黑枣，有你这句话，叔叔到什么时候都会好好地活着。"

黑枣说："你是我的恩人，这都是我应该做的，哪里还要说感谢的话？要说感谢，我还不知道要怎样感谢你呢！"

阿米提郑重地对黑枣说："我要是真被抓走了，你哪里也不要去，就在公安局的附近摆个烤肉摊卖烤肉，等着我出来。我自己做的事我心里明白，他们即使把我抓起来，迟早也会把我放掉的，你要是走远了，我一旦被放出来，到哪里去找你呢？"

黑枣也郑重地点点头说："叔叔，我一定听你的，到时候哪里也不去，一直等着你出来，就是等一万年我也不变心！"

阿米提担心的事情终于还是发生了。

火车经过一天一夜的运行，停在了成都火车站的月台上，阿米提和黑枣背着行李随着熙熙攘攘的人流往外走。他俩刚走到出站口，阿米提就被便衣认了出来。

原来，上次公安机关的人员到阿米提的家乡查找未果后，他们经过分析研判，认为阿米提肯定有事，否则他怎么会不敢露面呢？于是，他们就在内部印发了协查通报，并把他的照片也印在了通报上。通报上还特意指出，阿米提平时喜欢留小胡子，现在为了防止被人认出来，他有可能会把胡子剃掉。所以，尽管他在北京临出发时特意把胡子剃掉，但还是被公安局的人认出来了。

两个便衣把阿米提簇拥着往警车上押。黑枣一看阿米提被抓了，大喊着说："你们怎么随便抓人？"后来他看阿米提被押上了警车，也赶忙拦了一辆出租车，背上行李就追赶。警车在前面响着鸣笛呼啸着一会儿就不见了踪影，黑枣急得直跺脚。他向出租车司机询问了公安局所在地，就让出租车把他拉到公安局跟前。

阿米提被公安局的人抓到后，送到了看守所里，身上的所有东西包括手机都被暂时收了。看守所设在城郊一个偏僻的地方，戒备森严。到达的第二天，公安人员即对阿米提进行了审讯。

公安人员问阿米提："你什么时候参加的偷盗团伙？"

阿米提说："我从来就没有参加过偷盗团伙。"

公安人员问："你参加过哪些偷盗活动？"

阿米提说："我没有参加过任何一次偷盗活动。"

公安人员问："你的身份证在哪里？"

阿米提说："我的身份证丢失了。"

公安人员问："你的身份证是怎么丢失的？"

阿米提原原本本地说明了身份证丢失的来龙去脉。

公安人员说："你说的这些是不是事实，这要经过调查才能证实。"

阿米提说："你们尽管调查，我说的话经得起验证。"

审讯结束，公安人员给阿米提交代了他这个案子的处理办法。

公安人员说："我们公安机关侦破案件的原则是属地管理。按照规定，你的这个案子我们要移交到河南省去，你说的这些情况我们也要向河南警方移交。"

阿米提说："我又没犯什么法，你们怎么要这样处理我？"

公安人员说："你说你没犯法，但有人告发了你，我们要通过调查才能证实你的说法。请你放心，我们绝不会冤枉一个好人。"

公安人员的说法合理合法，阿米提只好认了。

黑枣乘坐出租车追到公安局门口，刚才押送阿米提的那辆警车早已没了踪影，他就找铁制品店打了一个烤肉箱，然后在公安局附近选了个合适的地方支起了烤肉摊。一连几天，他都是守在这个烤肉摊前，瞅机会打听阿米提的下落。

这天吃过早饭，他又背着烤肉箱来到这里。把烤肉摊支起来后，他一边翻烤着肉串，一边大声吆喝着招揽顾客。他的目光时不时地往公安局那边张望，寻找着他想打听的人。

时至中午，陆续有公安人员从公安局门口走出。黑枣看到有三四个人向他这边走来，就赶忙拿着肉串往前迎。那几个公安人员以为他是向他们推销肉串的，连连摆着手加快步子从他的烤肉摊旁边过去了。黑枣失望地摇了摇头，回到烤肉摊前。

过了一会儿，又有几个公安人员走过来。黑枣这一次没有拿肉串，而是空手迎了上去。这几个公安人员恰好就是来吃烤肉的。黑枣喜出望外，极尽热情地予以招待。待这几个客人要的肉串上齐，他恭恭敬敬地走到他们跟前，谦恭地说道："各位叔叔阿姨，我想麻烦打听一个人，不知你们知不知道。"

这几个公安人员停下来，其中一个年龄大一点的看他还是个孩子，就和蔼地答道："你说说看，只要我们知道的，一定告诉你。"

黑枣很感谢，问道："你们认不认识一个叫阿米提的人？"

那个年龄大一点的公安人员问他："你说的这个阿米提，他是干什么的？"

黑枣说："他是个卖烤肉串的，维吾尔族，前几天叫你们公安局给抓走了。"

对方问："你知道他犯的是什么罪吗？"

黑枣摇摇头说："不知道，可能和做生意有关吧。"

对方说："和做生意有关，要不就是在法院，要不就是在监狱，我们这里是公安局，不关犯人。"

黑枣说："那法院和监狱在哪个地方？"

那个年龄大一点的公安人员说："法院不远，就在市区，等一会儿我可以把具体地址写给你。监狱嘛，那就远了，你去了没有证件也不会让你进去。"

黑枣说："那就麻烦您把这两个地方的地址都给写一下，我到时候想个办法。"说着，慌忙到处找纸。

那个年龄大一点的公安人员说："你不用找了，我这里有。"说着，他从自己提的公文包里拿出一个活页本子，把两个地方的地址写在一张纸上，取下来递到了黑枣手里，并交代说："法院好找，只要不过星期天，你哪一天去都行，但监狱必须到探监的时间才能去。"

黑枣问："那什么时间才能探监？"

那个年龄大一点的公安人员说："每周三和周日可以去。需要注意的是，你在去的这一天必须早起，因为距离太远，起得晚了等你跑到地方人家就关门了。"

黑枣接过字条叠整齐装进上衣口袋，然后回过身又捧过来一大把肉串让这几个公安人员吃。

这几个公安人员谢绝了黑枣的好意。

那天阿米提在成都警方接受审讯后，被移交到了河南省。为了防止串供，他被送进了信阳地区公安局的一个下属公安局看守所。

公安人员通过几天的调查，向他通报了调查结果，说赛迪克否认扣留他的身份证。

阿米提说："那怎么可能呢？我的身份证就是他给抢走的！你们现在把他叫过来，我可以和他当面对质。"

公安人员问："对你身份证丢失的情况，除了赛迪克之外，还有谁能证明？"

阿米提迟疑了一会儿，欲言又止。

公安人员说："如果没有证人，那就说明你说的情况是假的。"

阿米提想了想说："有个人最清楚，但我不能说。"

公安人员说："对我们公安机关，你还有什么可保密的吗？"

阿米提说："因为他也是受害者，从小就被赛迪克拐骗到了偷盗团伙，如果你们不伤害他，我可以告诉你们。"

公安人员答应了阿米提的要求。

阿米提说："对我身份证丢失情况最清楚的是艾尔肯。"

根据阿米提提供的情况，公安人员又展开了新的调查。

黑枣从公安人员那里得到法院和监狱的地址后，先来到了法院。在门口的接待室里，他向值班人员说明了来意，恳求对方给予帮助。值班员是位男同志，看上去有 40 多岁，很和善，就用他们的内部电话进行了查问，结果是没有黑枣问的这个人。黑枣失望而归。

到了探监日这天，黑枣按照那位公安人员的指点，早早地就往监狱的所在地赶。监狱设在一座山里边，因为路途远，中间要倒几次车，待黑枣赶到时，已经是下午了。就这样，前来探监的人还是一拨接着一拨。

黑枣径直来到监狱的接待室，把自己的来意向值班人员作了简要的讲述，并在接待登记簿上填写了相关的信息。

值班员是位女同志，也有 40 多岁，对来访者很热情。她拿起黑枣填写的信息看了看，和蔼地问道："你以前来这里探过没有？"

黑枣摇了摇头说："从来都没有来过，我这是第一次。"

女值班员问："你知道阿米提犯的是什么罪吗？"

黑枣说："不知道，我从来就没听人说过。"

女值班员问："你说的这个阿米提是什么时候宣判的？"

黑枣说："我也不知道，没听说过要对他宣判。"

女值班员看了看他，又问："这个阿米提是什么时候被送进监狱的？"

黑枣还是说："这个我也说不清楚，我只知道他是那天从火车站一下车就被公安局带走的。"

女值班员听到这里笑了，说："你什么都不知道，那我们怎么帮你找呢？"

黑枣一听，扑通一声跪了下来，恳求着说："阿姨，你就帮我找找吧，他可是个好人呀！"

女值班员赶忙离座，拉起黑枣安慰说："孩子，快起来，咱们不兴这一套，阿姨帮你找。"

女值班员说完，回到座位上，拿起电话拨了出去。

黑枣坐下来，一边等一边啃起了干粮，因为他从早上到现在还没吃一口。

女值班员见状，一手拿着话筒，一手把暖水瓶递过来，并拿出了一个纸杯，示意黑枣倒点水喝。

尽管这位女值班员费尽了心思，但最后还是遗憾地对黑枣说：他们这里的犯人中没有阿米提这个名字。

黑枣深深地向女值班员鞠了一躬，失望地走出了值班室。

阿米提自从那天被审讯后一直没有消息，他心里很焦急，就利用看守所组织犯人学习的机会向办案人员询问，打听他的身份证调查清楚没有。办案人员告诉他，赛迪克被抓后，他的团伙成员都走散了，艾尔肯不知去向，他们正在寻找。

又过了几天，办案人员终于告诉他，艾尔肯已经被找到了，经过提审，证实了他之前的说法，让他做好出所的准备。

阿米提听到这个消息如释重负，他恨不得当下就离开这个罪犯住的地方。

就在公安机关准备释放阿米提的时候，又出现了新的情况。办案人员经过比对，感到阿米提身份证上的照片是真的，但身份证上显示的出生日期是假的。身份证上显示的阿米提的出生日期是 4 月 31 日，而 4 月只有 30 天。公安人员决定继续展开内查外调。

阿米提只好耐住性子继续等待。

黑枣到法院和监狱没有找到阿米提的下落，又回到公安局附近的烤肉摊，想再找那位公安人员看看有没有新的指望。可他一连等了两天都没有见到那位公安人员，心想，公家的人经常出差，他是不是也出差去了，就耐着性子再等一等。

第三天一大早，黑枣又来到了烤肉摊前。他虽然嘴里吆喝的是卖烤肉，但他的目光却一直朝着公安局那边张望。每走过来一位公安人员，他都要跑到跟前看一看，看是不是他所要找的那个人。直到夜幕降临，他也没有见到那位公安人员。他感到很失望，就动手去收拾摊子。突然，他的眼睛一亮，他终于看到了那天那位年龄大一点的公安人员从公安局的大门里走了出来！他立刻放下摊子迎了上去。

他先是向对方简要讲述了到法院和监狱寻找阿米提的情况，接着问道："叔叔，你们公安局还有没有关犯人的地方？"

对方从他几次的描述中好像已经猜到了他所要找的人现在所在的位置，严肃地说："我们有规定，这个不能告诉你。"

黑枣就向对方又一次说明了阿米提被抓的经过，恳切地说："阿米提确实是个好人，你们公安局肯定是弄错了，请您一定帮我想个办法，哪怕只让我见一面都行。"

对方想了一下，给他写了一张字条，递过来说："你到这个地方找一找。"

第二天一大早，他连早饭都没顾上吃，就按照字条上的地址找到了最初关押阿米提的看守所。看守人员却告诉他，阿米提已经转走了。

他大失所望，回到烤肉摊，扛起烤肉箱，火速向河南信阳进发。

此时的阿米提也在焦急地等待着公安人员的调查结果。

他对前来找他谈话的办案人员说："我的身份证问题怎么还没有调查清楚呀？"

办案人员说："新疆那边说，当年给你办理身份证的经手人员早已调离，现在联系不上。"

阿米提说："身份证都是你们公安局发的，我又不会制造，还调查什么？"

办案人员说："现在身份证造假的很多，不调查清楚谁也不敢放人。"

阿米提无奈地摇摇头。

阿迪拉自从上次就公安局调查的事与阿米提通过一次话后，就一直和阿米提联系不上。一家人很着急，让她赶快再想办法。

阿迪拉利用上班间隙来到供销社门市部，和阿娜尔古丽、迪力夏提一起商量怎么办。

阿迪拉说："我二哥最近一直没给家里打过电话，我们打过去，他的手机也一直关机，看来凶多吉少，八成是被公安局抓了。"

阿娜尔古丽一听，脸色当即就暗了下来。

迪力夏提想了想说："不管出现什么情况，他在北京干过活的那个饭店里肯定有人知道他的去向。要不这样，古丽你留下来值班，我到北京去一下，找那个饭店的人打听打听，如果有情况，我及时给你们打电话回来。"

事已至此，也只有这个办法了，阿迪拉和阿娜尔古丽让他快去快回。

公安机关经过内查外调证实了阿米提的说法，把身份证还给了他。

走出看守所，他对着明亮的太阳长长地舒了一口气，迈开大步向火车站走去。

在河南信阳公安局附近，黑枣又运用在成都的办法摆起了烤肉摊。

随着汽笛一声长鸣，从信阳至成都的旅客列车徐徐启动了。阿米提坐在火车上，面色喜悦又冷峻。他带着万千的思绪，朝着下一个目的地进发。他知道，黑枣肯定会像他自己说的那样，在成都的公安局附近摆着烤肉摊等待着他，他必须尽快找到黑枣。

第十章
苦难何时了

古兰兰扛着大包小包的服装来到京新饭店，找阿米提想在北京做服装生意。

一见面，陈忠厚就告诉古兰兰说，阿米提已经辞职了。

古兰兰听到这个消息很是惊讶。她来之前没有给阿米提打电话，本是想给阿米提一个惊喜，谁知计划落了空。她问陈忠厚："他不是干得好好的吗，为什么突然就辞职了？"

陈忠厚没有往深处说，只是告诉古兰兰："阿米提可能是想多到一些地方看看，开阔一下眼界。"他本来是想说"散心"的，但又怕说不明白，就换成了这样一种说法。

古兰兰"噢"了一声，随之又问："那他到什么地方去了？"

陈忠厚想了想说："他走时也没说，有可能是又到南宁去了。"他知道，阿米提在来北京之前，在南宁是干得很舒心的。

听完陈忠厚的介绍，古兰兰决定把她带的这批服装在北京处理完后就到南宁去寻找。

古兰兰前脚走，迪力夏提后脚也来到了京新饭店，当他得知阿米提有可能是去了南宁的情况后，立即通过电话把这个消息告诉了阿娜尔古丽和阿迪拉。阿娜尔古丽和阿迪拉由于一时脱不开身，就让迪力夏提从北京直接到南宁，看看能不能打听到阿米提的下落，而后根据查找情况再商量具体办法。迪力夏提到南宁后，根据陈忠厚事先提供的线索找到了阿米提曾打过工的那家饭店，但得到的答复是，阿米提自从离开他们的饭店后再没有回来过，他们还很想念他呢！迪力夏提在南宁盲找了四五天也没有得到更多的情况，加之出来时请的假期时间已到，他也就只好无功而返了。其实，阿米提这个时候就在南宁，但他不是在之前曾经打过工的那个饭店里，而是在他曾经救过火的张守义家里，只是迪力夏提没有获得这方面信息的渠道而已。

　　阿米提在成都火车站下车后，径直找到公安局，在公安局周围能够摆烤肉摊的地方寻找黑枣的下落，可是一连找了三天也没见到黑枣的踪影，无奈，他决定到张守义那里去看看，先找个合适的事干，再来寻找黑枣。于是，他又返回火车站，乘上了去南宁的火车。

　　到南宁后，阿米提来到张守义曾经失过火的门店前。门店已经装饰一新，全然没有了失火的痕迹。店主人对阿米提说，张守义现在事业做大了，当了批零兼营的大老板，这个店面已经租给了他们。新店主给阿米提指明了寻找张守义的方向。

　　按照新店主的指引，阿米提找到了张守义。张守义果然发达了，光门店就有十多间，还有仓库和办公室。据张守义后来介绍，他原来除了失过火的那个门店外，在离市区中心较远的地方还有一处房产，由于远离商业中心，一直经营不起来，就闲置了。谁知后来那里被规划成了开发区，一下子成了投资的热点地区。那座房产被政府征购后，给了一笔可观的补偿费用，他就把那笔钱拿来购买了现在这排门店，主要经营水产、干鲜果品和土产日杂等，批零兼营，生意还真的很红火。

　　对于阿米提的到来，张守义念及之前的救火之恩对阿米提极尽热情。一见面，他就握着阿米提的手激动地说："自从你走后，我就一直想着你。你来的太好了！你看我现在的生意做大了，几个店铺都忙得很，很需要你。你来了就卖烤羊肉串，一个月我给你开1500元工资，到年底再给你发5000元的奖金，你看这样行不行？"

　　当天晚上，张守义还在一家豪华的酒店里专门给阿米提接风洗尘，在宴会上又重复了上午说的话。

　　对于张守义的一片盛情，阿米提除了感谢之外，他还能说什么呢？

　　然而在接下来的几天里，阿米提却有了异样的感觉：张守义说让他经营烤羊肉串的生意，但他既没有烤肉箱，也不说去铁匠铺打制烤肉箱；张守义的几个店铺生意很红火，也很忙，但他雇用的员工已经足够，阿米提根本就插不上手；张守义说这里很需要阿米提，但他每天除了招待他好吃好喝，还带他出去游玩外，从来没有给他安排过具体的事情。阿米提实际上成了一个无所事事的人。

　　阿米提看出来了，张守义这样做，是对他那次救火后的一种感激，只是表达的方式不同罢了。

张守义越是这样，阿米提就越是不安。他想，自己做的那件事情，搁谁身上都是会做的。而且，自己当时在做的时候，根本就没有想到要得到什么回报，要是那样，他阿米提就不叫阿米提了。

阿米提就这样想着，接连几天夜里都睡不着觉。最后，他决定离开南宁，离开张守义。

在来到南宁一个月后的一天晚上，他把去意说给了张守义。他是这样说的：他的一个表哥在成都开了家新疆干果店，生意很忙，需要他去帮忙，他已经答应。他说的这位表哥确有其人，但这位表哥他只是在小的时候见过，表哥做生意的事情也是听家里人讲的，他自己并不清楚。他之所以这样说，只是一个借口而已。

听完他的话，张守义沉思了一会儿说："那就让你这位表哥到我这里来，我保证让他和在成都一样赚钱。"

"他已经在成都做了好几年生意了，而且一家子都在那里，让他们离开肯定是不行的。"阿米提这样回答。

张守义看了看阿米提，知道他的去意已决，也不好再勉强，就封了一个红包交到他手里，让他在路上用。

阿米提虽然眼下确实需要钱，但想想自己来了一月有余，什么忙也没有帮上，怎么还好意思要人家钱呢？于是，他坚决地谢绝了。

阿米提告别张守义后，本来是要坐火车到成都去的，刚巧成都有家客商在张守义这里进了一车干鲜果品要返回成都，车上只有驾驶员一个人，阿米提就让张守义给这位驾驶员说一说，看能不能让他搭个便车。驾驶员正想找个人做伴，就满口答应了。

从南宁到成都沿公路线的山区较多，加之这天天气变化，他们走出南宁不远就下起了雨，因道路湿滑，车辆行速不快，阿米提在汽车的慢摇中渐渐地睡着了。

汽车在行驶到南丹地界时突然停住了，阿米提醒来一看，面前的道路被南来北往的车辆堵得死死的，一眼望不到头。等了一阵，阿米提看拥堵的车辆没有一点要动的迹象，就向司机要了一块雨布披在身上，下车往前查看。走到一个下坡的拐弯处发现，这里原来是发生了一起由汽车追尾引起的连环车祸，其中一辆黑色小轿车被挤压在一辆卡车和一辆客车之间，车的头和尾部已损坏，车里的三人都受了伤，其中坐在副驾驶位置上的一位中年妇女伤势较重，已昏迷不醒，额头和嘴角还流着血。阿米提到来时，出事的车辆跟前围了很多人，都在想办法调整车辆，疏通道路，好让伤员快些得到救治。无奈由于道路被南来北往的车辆堵死了，眼睁睁地看着伤员生命垂危没有办法。阿米提一看，心想，这要等到什么时候啊！要是再耽搁，本来有救的人也没有救了。于是，他把身上的雨布取下来，把这辆车的右前方车门打开，把那位伤势重的中年妇女背在身上，然后让另外两位伤势较轻的男女伤员陪着他朝拥堵车辆的尽头跑。路过他搭乘的那辆车时，他还给驾驶员专门交代了一句，让他不要等他。来到车辆不堵的地方后，他向一个面包车的驾驶员说明了情况，然后跟着这辆车把那位中年妇女送到了就近的南丹市人民医院。由于抢救及时，这位中年妇女很快脱离了生命危险。

在那位中年妇女抢救期间，她的丈夫也赶过来了。她的丈夫中等偏上的个头儿，看上去有 50 岁左右，像是个职场人员。他来到医院后，一听说是阿米提帮助救了他的夫人，异常感激，非要拉他到家里坐一坐，并自我介绍说，他叫吴胜利，他的家离这里不远，都是善良人家，请阿米提放心。阿米提不好推辞，就答应了他的邀请，在他的夫人出院时，随着前来接他们的汽车来到了他们住的地方。

这位名叫吴胜利的人住在南丹市郊一个有山有水、风景秀丽的地方。当阿米提跟着来到他们住家的时候，一下子被眼前的景象惊呆了。只见一幢欧式风格的独栋别墅坐落在风光旖旎的山水之间，居住的院落有一个足球场那么大，院内种植着荔枝、椰子、桂圆等树木，还有各种花卉和盆景。尤其是那天刚好下着霏霏细雨，小楼的黄色外墙和红色屋顶与院内郁郁葱葱的树木花卉织成了一幅雨中小景的画面，使院内更加生机勃勃，也使到访者感到美不胜收。

"原来吴胜利是一个老板级人物！"阿米提在心里说。

后来在与吴胜利一家人接触中，证实了阿米提的这种判断。吴胜利确实是一个大老板，光煤矿就开了三个，还有自己的运输公司。

然而，他哪里知道，富人也有富人的苦恼。

吴胜利在极尽热情地表达了对阿米提的真诚谢意后，也向阿米提聊起了自己的家事，尤其是对儿子的担心。

据吴胜利介绍，他们一家共有四口人，除了他和妻子之外，还有一双儿女。女儿很争气，现在正上大学，而儿子却很不听话，初中毕业就辍学在家，喜欢在社会上结交一些不三不四的狐朋狗友，整天吊儿郎当，吃喝玩乐，不务正业，他为此伤透了脑筋。

现在，阿米提来了，当他了解了阿米提的情况后，他请求阿米提留下来，带着他的儿子从小本生意做起，这样既解决了阿米提的生活问题，又让儿子得到了锻炼，为儿子日后接管企业打下可靠的基础，并一再表示，做生意的所有本钱都由他出，将来的一切收益都归阿米提，只要阿米提能把他的儿子带好，让他的儿子知道生活的艰辛就行。

阿米提虽然看到了吴胜利的真诚，但他对吴胜利的儿子心中没底，他答应可以试一试。

接下来，吴胜利就按照阿米提的意愿为他打制了烤肉箱，购买了需要制备的所有用品和材料，安排了具体的工作场所，然后就让他带着儿子开张了。

谁知，吴胜利的儿子根本就体会不到父亲的良苦用心，跟着阿米提出了两天的摊就再也不去了，又回到了原来的生活状态，任凭阿米提怎么劝说都无济于事。

阿米提苦恼了。他感到自己辜负了吴胜利希望他带好儿子的一片苦心，愧对了吴胜利对自己的一腔赤诚。他觉得自己已经不能再在吴胜利家待下去了，要是再待下去，他是无法向吴胜利交代的。

于是，在一个月明星稀的晚上，他望着窗外的明月，给吴胜利留下一封既感谢又愧疚的信，然后依依不舍地离开了这个好心人的家。

古兰兰在京新饭店没有找到阿米提，就来到名叫"秀水"的服装街上准备把她带的那批服装卖掉。由于心急，她用"吐血"的价格进行甩卖，没几天就处理完了。接着，她就赶到了南宁。

古兰兰是第一次到南宁来，对于她来说，一切都是陌生的。但为了能找到阿米提，她决定在这里住下来，租个摊位，一边经营服装生意，一边打听阿米提的下落。

这个娇艳的南方姑娘，你说她为什么非要找到从大西北来的、非本民族的、面色不同的阿米提呢？如果说要解释为对阿米提受到歹徒殴打不知去向的担心、要表达对阿米提舍身救她的感谢之情，她上次到北京不是已经见到阿米提、已经表示过心意了吗？那现在她为什么还非要再找到他呢？这一点，连她自己也说不明白。

但有两点她是刻骨铭心的：一是当她在危难时刻，一个陌生人能够舍生忘死地帮助她，这本身就是一种昭示、一种道义、一种境界、一种信念、一种人性光辉的展现、一种人类最高价值的迸发和表达。不是吗？在人类所有属于自己的东西当中，有什么能比生命更宝贵呢；二是阿米提对待困难和挫折的态度。且不说他在受到歹徒的威逼和毒打后所表现出的英勇、顽强、刚毅、果敢等男子汉气概，就是他在经商的道路上遇到困难和挫折后所表现出的不畏惧、不气馁、不怨天尤人、不自甘堕落，勇往直前、再扑再起、不达目的誓不罢休的个性和品格，就已经令人十分地敬佩了。

想想自己不也是这样的吗？自己出生在浙商世家，在自己高中毕业后，祖辈和父辈就已经为自己打下了继续经商的坚实基业，自己只需要按部就班，就可以稳稳地登上商业新秀的宝座。但她没有这样做，而是选择了自我奋斗。在走南闯北的颠沛流离中，自己既有坎坷的忧伤，也有幸福的喜悦，既有痛苦的泪水，也有甘甜的收获，但不管怎样，自己最终是以成功者的面貌出现在家人和大众面前的，因为她失去的是富家小姐的娇气和任性，收获的是时代青年的坚毅和刚强。这也使她越来越深切地体会到，人生的辉煌成就是靠自己奋斗出来的，坐享其成的人终究没有出息。就是在这样的价值观支配下，她看中了阿米提，她看到了在阿米提身上体现出的能量和磁性，她看到了阿米提和别人的不一样和自己与阿米提身上一样或相似的地方，她想多接触、多研究他，她想和他交朋友甚至成为他的红颜知己。她曾经也是一名文学爱好者，她阅读过许多描写和表现奋斗者的作品，她梦想自己将来有一天也能成为一名作家，把阿米提作为主人公写进自己的作品——后来她还真的以阿米提的奋斗历程为素材创作了一部长篇小说《烤串人生》，并搬上了电视屏幕。当然，这是几年以后的事情了。

就是抱着这种愿望，她下决心一定要找到阿米提，并期望与阿米提并肩战斗，去拼搏，去奋斗，去迎接现实生活更加猛烈的磨砺和铸造。

此时的黑枣，也和古兰兰一样在苦苦地寻找着阿米提。

上次在成都市公安局跟前得到那位好心的公安人员给的地址后，他没敢耽搁，扛着烤肉箱和阿米提的热瓦普就搭乘长途公共汽车，几经周转，来到了河南信阳市的公安局，按照他在成都公安局的办法，也在这个公安局附近选了一个合适的地方支起了烤肉摊，边卖烤肉边寻找阿米提。但是不管他怎样想方设法，就是没有出现他在成都公安局所遇到的那种情况。他陷入了深深的不安和忧虑之中。

正在他无计可施的时候，艾尔肯突然出现了。

原来，赛迪克盗窃团伙在这里落网后，本来像艾尔肯他们这些未成年人经过教育已经被遣散了，后来警方为了查清阿米提的身份证问题，要求艾尔肯出证，他们又把艾尔肯找了回来，问题澄清后，这才把阿米提放了，后来把艾尔肯也放了。

黑枣从艾尔肯口中得到了阿米提已经被释放的消息，虽然艾尔肯也不知道阿米提的去向，但黑枣猜测，阿米提肯定是又回到成都找他去了。于是，他扛起烤肉箱和阿米提的热瓦普，又开始往成都赶。临别时，他想让艾尔肯跟他一起走，艾尔肯说，他们这里还有几个人，都是赛迪克的死党，要是被他们发现，他是很难活命的，所以就没有答应。但他们还是互相留下了联系方式，希望有朝一日能够再次相见。

阿米提来到成都后，一道风景映入了眼帘：一群群男女老幼簇拥在火锅和烤肉摊前尽情地吃喝戏耍，满大街都飘散着麻辣味道。他对在这里能找到雇主充满了信心。

阿米提在美食街上一边走一边查看，仔细寻觅着工作机会。在一个广告栏前，他驻足观看，一则招工信息映入眼帘。这是一家专营烤肉串的餐馆，急需招收一名烤肉师傅，维吾尔族更好。阿米提想都没想就去应聘。

这家餐馆的老板名字叫杜丕，是从四川的乡下来到成都开饭馆的，但是餐馆的生意一直很冷清，杜丕学着别人的样子也在门外支起了烤肉摊，可是因为他没有烤肉经验，依然鲜有人光顾。阿米提的到来，让杜丕眼前一亮：这张新疆人的脸不就是正宗烤羊肉串的活招牌吗？杜丕立刻热情地留下了阿米提，不但当场给了阿米提300元预付工资，还把阿米提安置到条件较好的员工宿舍里让他好好休息。阿米提躺在宿舍的床上，庆幸自己选择离开张守义和吴胜利十分明智，一个人应当通过自己的努力去追求幸福生活，实现人生价值，而不应当依靠别人的施舍，更不应该去享受别人经过艰苦奋斗而得来的劳动成果。几天奔波的疲惫感慢慢袭来，有了工作的安心也像是催眠剂，阿米提睡了离开北京后的第一个踏实觉。

养足了精神的阿米提，带着对新工作的憧憬和对老板杜丕的感恩开始了烤肉工作。他换上老板为他准备的新疆特色服饰，充分施展着自己的烤肉技术。虽然他因为初来乍到，没有和这里的顾客打交道的经验，眼看到手的客人又被别的摊位拉拢走，阿米提很是着急，可是老板杜丕却没有怪罪他，甚至还很虚心地站在一旁给他打下手。这让他十分感动，就拿出了自己的看家本领，使得他的烤肉摊很快就红火起来。他看人手少忙不过来，就把哥哥阿依提也叫了来。他本来是想把迪力夏提和吐逊江也叫过来的，杜丕说他现在的摊位还少，等将来增加摊位后可以再多招几个人。

俗话说得好，知人知面不知心。这个杜丕其实是个心狠手辣的奸商，阿米提是被杜丕表面的和蔼可亲给欺骗了。杜丕看中的是阿米提的烤肉技术，就让阿米提充分施展，自己偷偷学艺，渐渐从不会烤羊肉串到熟练地掌握了烤肉的技巧。他不但自己学，还把他的儿子、侄子和女婿都叫了来，跟着阿米提和阿依提学，这些人很快都成了烤肉串的行家。

杜丕和他的知己亲戚把阿米提的烤肉技术学到手后，一方面亲自上阵烤肉；另一方面开始有意地刁难起阿米提，想把他榨干后逼走。他们一开始采取的方法是：延长作业时间，降低饭菜质量。过去每天的工作时间是 10 个小时，现在增加到 13 个小时；过去每天的早餐和晚餐分别有油条、馕、包子、鸡蛋、稀饭、小菜和馍馍、炒菜、稀饭、炖汤，午餐一般是米饭（或面条）、炒菜、杂菜汤，现在是每天的早晚餐每个员工只发一个馕，中午只给一碗面条，没有青菜，剩下的就是白开水。住宿，过去是免费，现在每天要收 5 元，接近于员工月工资的百分之二十。紧接着，又在工资待遇上作了所谓的"改革"：过去实行的是底薪加奖金，一月一结；现在是每天早上发肉串、晚上算账，天天清，如果晚上算账时数量和早上的对不上，少一串要罚两倍的钱。关键是，几乎是每天晚上结账时阿米提和阿依提的烤肉串数量都要比早上发的少一二十串，被罚的钱几乎要占去工钱的一半。杜丕的态度也和以前截然不同，过去他对待阿米提和阿依提的态度是，笑脸相迎，宾客相待，现在是每天见了他俩都黑丧着脸，稍有不如意就训斥、辱骂。特别是他每天在给阿米提和阿依提发肉串时都有意克扣，但还不准他们提出异议，否则就说他们不相信他，动辄叱骂，有时甚至还动手。阿依提实在受不了这份窝囊气，一气之下就辞职返回了家乡，临走之前还劝阿米提也要尽快离开这个狼窝，在外边实在找不到合适的事干就回老家去，千万不要再受这份罪了。但阿米提一直感念杜丕的收留之恩，不好意思向杜丕开口，同时想到自己欠外面的账还远远没有着落，就这样回去怎么办？怎么面对家人？怎么面对那些欠账的人？于是，他虽然有苦难言，在这里几乎到了难以生存的地步，但他仍心有不甘，最后还是选择了忍耐和退让，暂且留了下来。

阿娜尔古丽自从上次公安人员到他们供销社调查阿米提后再没有得到过阿米提的确切消息，心中很是担忧，一直闷闷不乐。斯拉木多次带着从内地买来的礼品到家里来，她也避而不见。卓尔汗逼迫她与斯拉木确定结婚日期，她以死相对，卓尔汗没办法，只得采取缓兵之计。

但自从阿依提从成都返回，她从阿迪拉口中得知了阿米提的近况后，她对斯拉木的这种态度改变了。

阿依提回到新疆后，给家里述说了阿米提的境况，阿迪拉很快就把这个消息说给了阿娜尔古丽和迪力夏提。阿娜尔古丽听到这个消息后又喜又忧。喜的是阿米提终于有了确切的消息，并且已被证明清白，消除了犯罪嫌疑，这样她也不至于因为这件事情让妈妈抓住不放，更不至于让自己在别人面前抬不起头来；忧的是阿米提现在还等于是在外流浪，生活得太屈辱，她担心阿米提承受不住，会不会对生活绝望，要是那样，她自己以后怎么办？在这样的忧虑中，她想亲自前往成都去看一看阿米提，哪怕是给他一点安慰也行。但是她心里明白，妈妈是不会同意的。怎么办？想来想去，她把希望寄托在了斯拉木身上，如果斯拉木再来纠缠她，她就借机实现自己的愿望。

这个机会还真的来了。

这天，刚从广州回到新疆的斯拉木又带着礼品来到家里。卓尔汗悄悄对斯拉木说，阿娜尔古丽整天窝在家里很苦闷，闹不好会憋出病来，让斯拉木想个办法带上她出去散散心。斯拉木明白了卓尔汗的意思，就提议可以带阿娜尔古丽到内地开开眼界，并征求阿娜尔古丽的意见。阿娜尔古丽看到了机会，但她故意冷面相对，不予答应，不过，这一次不像往常那样把话说得很死，而是在态度上留有缓和的余地。卓尔汗一看，就频频给斯拉木使眼色，斯拉木心领神会，立刻向阿娜尔古丽献殷勤。经过斯拉木一阵软磨硬泡后，阿娜尔古丽提出了一个条件：如果能让她去成都看看阿米提，她就可以随同斯拉木出游。这个条件对于斯拉木来说，和以前相比不知要好出多少倍，至少她可以跟随自己出去了。于是，他在犹豫了一阵后也就答应了。阿娜尔古丽一看，心愿达成了，她也就跟着斯拉木登上了飞机。

为了能使阿娜尔古丽开心，临行前，斯拉木还特意给她买了一款新手机。

谁知道，她这次去的结果却事与愿违。

阿依提走后，阿米提没了帮手，杜丕对他更加苛刻了，不仅天天找借口克扣他的工钱，还动不动就叱骂，搞得阿米提心绪不宁，进退两难，常常独自唉声叹气，精疲神倦。

这天，他神情疲惫地正在烤肉，一个女人出现在跟前。刚开始他还以为是来吃烤肉的，头也没抬就大声吆喝着捧上来一把烤肉串。那个女人没有去接烤肉，直盯盯地看着他。他抬起头定睛看时，烤肉串从他的手中猛然间滑落到了地上，原来是阿娜尔古丽来了，身后还跟着斯拉木。一阵尴尬过后，阿米提强装笑脸为阿娜尔古丽和斯拉木让了座，并倒上了茶水。接着，他也拉过一把凳子坐在了他们的对面。他本想和他们说几句欢迎的话，再聊聊家乡的情况，但他不知道如何开口，嘴唇只是嗫嚅了几下，把头垂了下去。倒是斯拉木经历过一些场面，率先大大方方地向他问了好，接着又简单地说了一些家乡的情况，让他放心，然后又说了这次带阿娜尔古丽出来的目的，这样就打破了眼前的尴尬和沉默的局面。

他们正聊着，杜丕背着手走过来了，老远就阴沉着脸颐指气使地大声斥责说："阿米提，你不知道我们这里的规矩吗？上班时间必须站着，你怎么坐下了？"

阿米提下意识地连忙站起来，红着脸对走到跟前的杜丕介绍说："这是我们家乡来的，他们都是我的同学。"接着他又转过脸对斯拉木和阿娜尔古丽介绍说，"这是我们餐馆的老板，姓杜，杜老板。"

杜丕仍然把脸阴沉着，眼神在斯拉木和阿娜尔古丽的脸上扫了一下，对阿米提冷冷地说："同学来了更要守规矩！还有，上班时间不准会客，这也是店里的规矩，不能违背，要接待，就等到晚上下班再来！"说完，背着手走了，也没和客人打个招呼。

望着杜丕的背影，脸色涨红的阿米提站也不是、坐也不是，一下子僵在了那里。斯拉木和阿娜尔古丽看着阿米提的窘态，一时也不知道说什么好，脸上现出了复杂的表情，阿娜尔古丽甚至还咬着嘴唇，噙着泪花。

没过一会儿，杜丕又来了，他这次来没再指责阿米提，而是捧着一把穿好的羊肉串给阿米提添货来了。他把肉串往阿米提的摊位上一放，冷冰冰地说了一句"还是一百串"，然后就转身走了。

因为这段时间阿米提每到晚上下班结账的时候都要少二十多串肉，几乎天天被罚，他今天就多了个心眼儿，要求数一下。

杜丕一听说他要数数，就瞪着眼说："我都数过了，还数什么？你连我都不相信？"

阿米提没有按杜丕说的做，坚持数了一遍，结果是少了 20 串。

杜丕一听，脸上挂不住了，一阵白一阵红，生气地说："你数错了！"

"数错了？不会吧？"阿米提小声重复着杜丕的话，拿起肉串重新数起来。

还没等他数完，恼羞成怒的杜丕挥起右手劈头盖脸就朝阿米提的脸上扇了一巴掌，一边打还一边骂着："王八蛋！连老子都不相信！"

这一巴掌打得很重，离得好远都听到了响声。阿米提的脸上顿时隆起了一片红红的指印，眼眶里也溢出了泪花，他下意识地赶忙往脸上捂。阿娜尔古丽惊吓得大张着嘴，差一点喊出声来，她连忙用手捂住了嘴巴。就连斯拉木也惊呆了，他从来没有见过这样的场面，双目怒视着杜丕。

这时候，正在周围摊位上忙碌的员工和正在吃烤肉的顾客都闻声纷纷围了过来。

阿米提委屈地指着杜丕说："你……你怎么还打人？"

杜丕仍然恶狠狠地说："咋？不服气？老子我就是打你了，怎么样？你有本事到法院告去！"说完，还不解气，又咬着牙骂道："这些贱骨头，都是属核桃的，就是欠揍！不挨揍不长记性，揍了揍就不会像疯狗一样乱咬人了！"说完，神气十足地昂着头背着手扬长而去了。

看着受到欺负的阿米提委屈的样子，阿娜尔古丽想上前安慰一下，斯拉木看了看阿米提的窘迫样和议论纷纷的围观人群，把阿娜尔古丽强拉着走了。

阿娜尔古丽和斯拉木走后，阿米提感到太窝囊、太委屈，去找杜丕理论，杜丕气势汹汹地说："你一个盗窃犯还敢给我脸色看？"索性把他的一帮亲戚吆喝过来收了阿米提的摊子，抢了阿米提的衣服和鞋子，把阿米提轰了出去，并扬言："下一次如果让我再碰到，就砸断你的骨头！"

斯拉木一回到新疆，就夸大其词地把阿米提的境况向卓尔汗、海里克和乡邻们作了传播，引来村民们窃窃私语。卓尔汗听后更加坚定了让阿娜尔古丽嫁给斯拉木的决心。她还对邻居们夸口说:"亏得我的眼光好,要不然,我的闺女早就跳到火坑里去了!"

　　然而,阿娜尔古丽却是另一番感受。对于她而言,这次成都之行就像对她的婚姻宣判了死刑一样,使她的心从此走向了死亡的边缘。

　　那天,她和斯拉木从阿米提那里出来,她都不知道自己是怎样走回到宾馆的。

　　那一巴掌打得太重了,它不只是打在阿米提的脸上,也是打在她阿娜尔古丽的脸上,不,确切地说,那是打在她的心上,让她痛心疾首、痛彻心扉!

　　那种呵斥和辱骂太伤人了,它不只是严重伤害了阿米提的人格和尊严,也严重伤害了她阿娜尔古丽的人格和尊严,不,确切地说,那是伤在她的心上,让她的眼流泪、心流血!

　　那种场面太让人恐惧了,它不只是让阿米提恐惧和不安,也让她阿娜尔古丽恐惧和不安,它像一只魔掌紧紧地攥住了她的心,让她心惊,让她胆战,让她不思饮食,让她不辨苦甜,让她百思难得其解,让她永世不得心安!

　　阿米提哥太屈辱、太窘迫、太可怜了,那种屈辱、窘迫和可怜,令人心痛,令人心酸,令人不寒而栗,令人毛骨悚然,令人不忍目睹,令人不堪回首!

　　阿米提哥是谁?阿米提哥是一座丰碑,是一棵大树,是一个楷模,是一盏明灯,是一座路标,是她崇拜的偶像,是她依托的靠山,是她风雨同舟的战友,是她人生旅程的伙伴,是她阿娜尔古丽朝思暮想的心上人,是她未来幸福生活的保护神!

　　然而,现在这棵大树倒了,这座丰碑塌了,这盏明灯熄了,这个靠山垮了,这个铁骨铮铮的男子汉被生活压迫到了社会的最底层,成了任人斥责、任人辱骂、任人殴打、任人欺凌的对象,已经到了朝不保夕、难以生存的地步!

　　多么使人伤心!多么让人悲哀!多么令人扼腕叹息!

　　阿娜尔古丽的心顷刻之间完全破碎了!她感到天在转、地在旋,日月无光、江河无澜。她甚至忘掉了自己在这个世上的存在。

　　回到宾馆后,她拒绝了斯拉木给她安排的广州、珠海、深圳乃至香港的观光旅程,直接回到了新疆的家。

　　阿娜尔古丽从内地回到家后,有苦难言,心情抑郁,无脸见人,闭门不出,终日无精打采,神情恍惚,面如死灰,目光呆滞,茶饭不思,彻夜难眠,对工作也彻底失去了兴趣。她经常一个人坐在那儿愣神儿，还时不时地说一些谁也弄不明白的呓语。有时甚至还无端地大哭或大笑，大哭或大笑的时候还伴随有冷森森的表情，使人看了后毛发直竖。到家不久她就病倒了。卓尔汗吓得直哭，请了好多医生，甚至还请乡里最有名望的宗教人士暗地里为她祈祷也无济于事，无奈，卓尔汗只好叫回海里克，把她送到县城医院，住进了精神病专科……

黑枣从艾尔肯那里得到阿米提可能又回到成都的消息后，他猜想，阿米提只要是来成都，必定会按照之前的约定在公安局附近等他。于是，当他背着烤肉箱和阿米提的热瓦普来到成都后，直接把烤肉摊又支在了公安局跟前，也就是他上次支烤肉摊的那个地方。他还是用的老办法，一边卖烤肉，一边打听阿米提的下落，等候着阿米提的到来。

可是，阿米提始终没有出现，他也始终没有得到阿米提的任何信息。

他失望了。

正在一筹莫展之时，他忽然想起了古兰兰。对，古兰兰曾经去过北京，或许和阿米提有联系。于是，他跑到大街上的电话亭里拨通了古兰兰的电话。

他的心思没有白费。他放下电话，就马不停蹄地往南宁赶。

黑枣来到南宁和古兰兰相见，两人都分外高兴。古兰兰帮助他很快找到了烤肉摊位。

接下来就是如何寻找到阿米提。

黑枣给古兰兰提了一个建议：阿米提只要是来南宁找工作，他肯定会去找之前他曾在这里干过活的那个饭店，因为他在去北京之前在那里干得很舒心；他也或许要去找那个失过火的门店店主张守义，因为他曾经帮助张守义救过火，并且张守义还特意给他留过一张名片，嘱咐他有什么困难可以随时找他。古兰兰赞同黑枣的判断。

第二天，黑枣让古兰兰守摊位，自己一人来到了他说的这两个地方。到第一个地方后，店主说阿米提没有来过。到第二个地方后，得到了确切的信息。

当黑枣把从张守义失过火的门店新店主口中得到关于阿米提有下落的消息告诉古兰兰后，古兰兰真有些喜出望外，当即带着他找到了张守义的新居。

张守义热情地接待了他们，但结果却令他们大失所望。因为张守义说阿米提已去了成都。他们分析，阿米提真要是去成都，他肯定会去公安局那里找，但黑枣在那里待了那么长时间，根本就没有见到过阿米提的影子。他们把这一情况说给张守义后，张守义想了想，就给那天从他这里进货的那个客户拨了个电话。信息很快反馈回来，说出了阿米提在半路救人的情节。

古兰兰和黑枣循着张守义提供的信息，按图索骥，辗转找到了吴胜利，并亲眼看到了阿米提给吴胜利留下的信件。阿米提在信中虽然没有说他下一步要到哪里去，但他们都判断，阿米提肯定还是去成都了。

于是，两个人就收起了在南宁的摊位，赶往成都。

阿米提被杜丕及其一家人轰出来后，他又气又怕，背着他的行李卷一口气跑到火车站。他想喘口气，就来到火车站跟前的一片小树林里，找个地方坐了下来。

坐了一会儿，他冷静下来，脑子里突然冒出了一个问题，下一步怎么办，往哪里走？

这时候，他才感到，他又一次来到了人生的十字路口。

外出谋生，就此打住，还回新疆？

是的，新疆是自己的故乡，那里有自己的父母亲人，有自己的亲戚朋友，有自己的同学战友，有自己心爱的人。哪像现在，到处流浪，四处碰壁，尝尽了辛酸，受尽了屈辱。然而，还是那个不知自己向自己问了多少遍的老问题：回去怎么办？怎么面对父老乡亲？怎么面对那些他欠账的人？怎么面对他心爱的人阿娜尔古丽？如果自己就这样回去，那他就是个逃兵，就是个懦夫，就是一个没有毅力、没有信念、没有男子汉气概的窝囊废，他就愧对了曾经穿过的那身军装，他在亲戚朋友、同学战友、领导同事面前就永远也别想抬起头来，他将窝窝囊囊地苟活一辈子，他也就等于枉在世上活了一生。这条路自己肯定是不愿走的。

初心不改，继续前行，开辟新机？

是的，这是唯一的选择，没有他途。只有继续前行，才有希望打破困境，找到新的机会，实现自己的夙愿。然而，未来的道路上肯定还会有虎豹豺狼，肯定是荆棘丛生，甚至会挑战生命，自己必须随时准备着经受更多的苦难、忍受更大的屈辱，甚至不惜牺牲宝贵的生命。如果不是这样，又怎能去完成自己的使命？

决心下定以后，随之而来的是，下一步往哪里走，也就是到哪里去寻找落脚点，先解决生计问题，然后再考虑还账和发展。

自己离开家乡已经两年有余，他把自己走过的路回望了一下，感到在大城市寻求生活出路不如到中小城市去更好。大城市虽然回旋余地大，机会多，适合创业，但大城市里的有些人优越感太强，看不起像他这样的乡下人，也太自私，缺乏同情心，不好相处。他们中的有些人虽然也来自乡下，但由于受到城市里一些不好东西的熏染，他们的身上沾染上了明显的市民气，渐渐地把本色丢掉了。但是到乡下去也不行，眼下好多农村和他们家乡的情况差不了多少，内地的情况虽然好一些，但和城市相比，不论是生活还是创业就业，差距还是明显的。而中小城市介于这二者之间，缓冲的余地较大，民风也比较淳朴，或许对他这样的人来说谋生的条件会更好一些，适应性也会更强一些。

经过一番思索，他决定，第一步就在西南这几个省份的中小城市看看情况，寻求机会，如果不行，然后就往东南沿海走。

决心下定，他来到车站广场，从报亭买了一张地图，出来这两年多，他已经养成了一种习惯，每到一地，都要先买张地图看一看，这样可以省却很多麻烦，因为地图是一个无声的向导，仔细地查看了一番，然后上路了。

谁知道，第一站就不顺。他从成都一路南下，一直到重庆都没有找到合适的活计。

其间也有两次机会。一次是在广元，他路过一个建筑工地，他很想在那里打工，谈好了每天的工钱是 40 元，他也开始上班了，但工地上统一安排的是汉餐，老板出于安全考虑也不愿意让他单独起伙，他的吃饭问题解决不了，无奈，只干了半天就被解雇了。另一次是在涪陵，他和一个餐馆的老板谈妥了，聘请他为烤肉师傅，可是他刚把行李放下，老板的妻子出来了，说是她听说新疆那边老是出事，对来自那里的人不放心，最后没有留下。但这位妻子人很好，她看他可怜，临走时给他送了一大包吃的东西，还让丈夫给了他 100 元钱在路上花。

重庆曾使他伤心过，他也适应不了这里的气候，所以他在这里没有停留，就继续往前走，沿途经过贵阳，而后进入了广西境内。他本来是想在这里落脚的，结果却被劫持了。

他进入广西后，走了几个城市都没有找来合适的活干，他本来从成都走时因为杜丕的盘剥身上就没带多少钱，加之路上一直没找到活，到这时口袋里已经干干的了，他必须想办法先解决吃饭问题。他听人说劳务市场上经常有人招工，于是在到达梧州的时候，他就径直来到了劳务市场。

　　劳务市场上招工的人真是多，不断地有人应招。阿米提一进来，就有几个人围了过来，说他们是建筑公司的，需要招收大量的建筑工人，管吃管住，月薪800元，干得好了还有奖金。阿米提一听，月薪有800元，远远超过了他们县供销合作社的张主任的工资，而且还管吃住，这是何等的好事！因为急于找到活干，他连想都没想就答应了。

　　接着，他跟着那些人派来的汽车，和另外新招收的十几个人一起被拉到了工地。

　　工地设在市郊的一条山沟里，主要任务是生产水泥预制板。阿米提他们一进来，领工员就要把他们的身份证和手机全部收走。阿米提不解，提出疑问，领工员说是为了加强管理。由于是初来乍到，他也不好再问，但他在心里直犯嘀咕，自己自从离家以来从没有遇到过这样的情况，他们这样做恐怕另有隐情。于是他就多了个心眼儿：只交出了手机，而没有交出身份证，他谎称自己的身份证在路上丢失了。为了证实自己的说法，他还主动打开行李、揽起衣服让领工员搜。领工员也着实搜了一遍，但没有搜到，只好用搜出来的几十元钱做了抵押，并让他写了一个保证书：每个月的工资由工地财务代为保管，将来离开工地时才能结账，平时的零花钱由领工员代为领取，用多少领多少，并由领工员代为支付，本人不能接触现金。

　　实际上阿米提的身份证就在他的身上，确切地说是在他的裤腰里。他当时穿的是蓝色牛仔裤，这种裤子的布料很厚，也很硬。在裤腰前面的里层有一个很小的口袋，刚好能装下身份证、银行卡之类的东西，并且还非常隐蔽，一般不容易被人发现，估计设计者也是出于这个目的才这样设计的。阿米提当时在信阳看守所从公安人员手里接过他的身份证后，因为之前他在身份证问题上吃尽了苦头，因而他一改过去把身份证夹在钱包里的做法，把身份证藏在了裤腰里边的这个小口袋里，并把这个口袋的开口用针线缝了起来，除了购买火车票和住店时出示一下，其他时间他都是把它藏得严严实实的，生怕再出现前面的情况。一直到在通天河落脚后，他才放心大胆地把身份证拿了出来。

　　后来的事实证明，他的判断是正确的，他的做法也是明智的。

　　他们到达这里后简单收拾了一下当天就上工了。一上工才知道，这里的工人大部分都是被欺骗和被胁迫进来的，每天作业都在14个小时以上，劳动强度很大，工资说是那么多，但到月底七扣八扣就所剩无几了，而且还以各种理由推脱，根本拿不到手。工地管得也很严，周围专门安排有岗哨，根本不让出去，有的因吃不消偷偷跑掉，抓回来就会遭到毒打，阿米提进来没几天，就亲眼看到过一个年轻民工逃跑后被抓回来打成了残废。阿米提明显感到，这是一个犯罪团伙，也是另一种魔窟，如果不跑，他将永无出头之日，弄不好还会把命丢到这里。于是，他就寻找逃跑的机会。但由于这里管得太严，上厕所都有人跟着，根本找不出办法。无奈，他只好暂时忍着，等待时机。

有一天，他在上厕所时，突然发现了缝隙：这个厕所是一个旱厕，里边有个蹲位的开口比较大，人侧着身子可以下到底层。底层是一个粪池，粪池出去是一个下山坡，人如果往下走，厕所前边的人是根本看不到的。

缝隙找到后，他就利用工余时间，拉了几个工友以做好事的名义把粪池清理得干干净净，并铺上了新鲜的干土，为此还受到了领工员的表扬。

但接下来总是没有合适的契机，每次上厕所都有人跟踪。

这一天，他想了个办法，故意把肚子吃坏，一次一次地往厕所跑，而且每次都是真的要解手。那个跟踪的人连续跟了他三次，发现每次都是真的，到第四次的时候就不跟踪了。他瞅准机会，悄悄地从厕所的粪池里下到了后面的山坡，然后沿着山沟拔腿就往山外跑，一口气都没敢歇，生怕那些人追过来。路上连鞋都跑丢了，打着赤脚。就这样一直跑到后半夜。后来实在太累了，他就靠着路边的一棵树想休息一下，结果一坐下就睡过去了，一直睡到第二天的半上午。

醒来后他感到很饿，朝周围看了看离城郊不远，就站起来往前走。谁知一站起来就感到脚下钻心地疼。一看，两个脚掌不知道什么时候就被石头划伤了，裂开了道道血口。他只好把衬衣上的一只袖子撕下来包在脚上，并从树上折下一根树枝作为拐杖，然后咬着牙往前走。由于脚痛，他走得很慢，直到太阳快落山才走到有人家的地方。

他想找口饭吃，但要了两家都遭了白眼，他只好找垃圾桶。这里属于城市的郊区，垃圾桶很难见到，找了好久才好不容易找到了一只垃圾桶。他立刻跪下去翻找起来。开始他找到的是两个猪骨头，这个是不能吃的，因为他们的老祖宗有规定。接着就翻到了一包鸡骨头，用塑料袋装着，他把塑料袋一打开，一股香味立马就飘了出来，真是喜从天降！他抓起一个就往嘴里塞，真香啊！一会儿就把一袋子啃得精光。吃完他还又反复舔了舔嘴唇。接着又翻出半袋，他舍不得吃，就另外找了个塑料袋子把它套起来，作为明天的食物。

有了这袋子鸡骨头垫底，他感到身上有劲多了，一下子又来了精神。他捡起地上的一个塑料瓶子，到附近的人家讨了一瓶自来水，一口气喝下去，然后去寻找能够睡觉的地方。

走了一段路，又碰到一个垃圾桶，在这里虽然没有找到能吃的东西，但翻出了一双旧皮鞋，他端详了一下，看还能穿，就把脚上的布条拆下来，然后把这双鞋穿上。试了试有点大，他把刚才拆下来的布条捋了捋垫了进去。

阿米提从那个水泥预制厂逃出来之前，他是把仅有的一点钱塞在他穿在脚上的鞋底子夹层里边的，现在鞋子跑丢了，钱也随之丢失，身上已经没有分文，他必须尽快想办法找到能够挣碗饭吃的地方。于是，他带着脚伤咬着牙来到了农贸市场。他沿着市场里边的两排餐馆询问了一遍，没有找到一家需要打工的。他有点泄气，就往外走，准备去找美食街。没走多远，遇到一个卖咸鸭蛋的摊位，一个看上去有30多岁的男同志坐在摊位前，一边打理摊位，一边吆喝着推销他的咸鸭蛋。他的身后是一个不大的门店，隔着玻璃门窗可以看到里面货架上摆着同类土特产农副产品。从人气上看，这个门店的生意做得一般。他感觉有些渴，想向这位店主讨碗水喝，这位店主二话没说，当即起身进屋倒了一杯茶水递到了他手里。他看这位店主挺热情，喝完茶后就坐在摊位前和这位店主攀谈起来。先是问了咸鸭蛋的进货渠道和价格，问了店面的经营情况，接着又互相作了自我介绍。通过交谈，他了解到，这位店主名字叫赵文革，不是当地人，而是广西桂林人，带着老婆孩子在这里做点小生意，由于做这个生意的人太多，生意比较清淡，仅能管生活和店面租金。他一看有机会，就介绍了烤羊肉串的经营办法和技巧，动员他们尝试一下这个生意，并自告奋勇为他们教会烤肉方法，然后合伙经营。赵文革和老婆一商量，感到这是个不错的生意，而且感到他这个人也挺实在，就爽快地答应了。接着，他们就给他在自家的煤棚里摆了个床，买来了大米、白面、清油、蔬菜、鸡蛋，还买了一口新锅，然后拿出10元钱，用5元给他买了一双布鞋，另外5元让他零花，又让他洗了澡，洗了衣服。赵文革看他穿用的衣服不够，就把自己的衣服拿出来送给他穿。

一切准备就绪，这个店的烤羊肉串生意很快就做起来了。

每天由赵文革去市场把羊肉买回来，然后由阿米提将羊肉洗干净，切成块状，再用竹签子穿好交给赵文革，最后由赵文革在街头烤好去卖。而他们原来的门店则交由赵文革的爱人去打理。

为了使赵文革掌握烤羊肉串的技术，阿米提在赵文革租屋的家门口专门教了他几天，这样才让他开始出摊。

生意很快火起来，赵文革的收入日丰，一家人都非常感谢他。

然而，令人不安的事情出现了。

有一天，他和赵文革正在出摊，突然发现那几个劫持他去水泥预制厂的人朝他们这里走来，边走还边搜寻着什么，他赶忙藏了起来。

那几个人走后，他怕那些人再来找他的麻烦，就向赵文革提出了辞职。赵文革之前听他说过那个情况，虽然舍不得让他走，但看他态度坚决，只好同意。临行前，他们在家里专门做了一桌丰盛的饭菜为他送行，还给他掏了500元钱。他知道赵文革的生意也是刚刚开始，不忍心让他们破费，只接了50元。赵文革的爱人心里不过意，又给他送了些吃的，还给他送了一双新鞋。

阿米提在赵文革那里虽然待的时间不到一个月，但这家人好，他过得很舒心，加之换上了干净整齐的衣衫，人也显得精神多了。离开梧州后，他带着崭新的面貌和信心，按照地图的指引，来到了广西的柳州。

柳州是广西最大的工业城市，也是区域性中心城市和历史文化名城，南来北往的人很多，有很多新疆人在这里做生意。阿米提一来到柳州，就来找在这里做生意的新疆人。

在一个卖葡萄干的摊位前，他向一个名叫买买提江的摊贩打听这里有没有人经营烤羊肉串生意。虽然没有得到他想要的结果，但买买提江却给他找来了一个炸油糕的人。这个人名叫梁为民，今年有40多岁，是本地人，还有一座单独的院落。据买买提江介绍，他们家是他的爱人当家。当阿米提提出用"你出钱我烤肉"的办法进行合作时，梁为民用手机跟他的爱人请示了一下，当场同意了。接着，就直接把阿米提接到了他们家，给了他一间收拾得干干净净的大约有10平方米的房子。第二天，他们带着阿米提到铁匠铺花了150元打了一个烤肉箱，又花了250元买了菜刀、菜板、焦炭、铁扦子、调料等，做了充分的准备。看起来这一家生活比较殷实。

烤肉摊支起来后，第一天就很火。周围的居民和来来往往的行人没有见过羊肉有这种吃法，只是在电视上看到过，都想吃个新鲜，不到半天就收入了80多元。梁为民和他的爱人很是高兴，从中拿出50元作为对阿米提的奖励和对他开业大吉的祝贺。

谁知，乐极生悲。正当他们的生意像烤箱里的炭火一样红红火火的时候，一辆城管执法车突然开过来停下，有六七个戴着大盖帽、身穿灰色制服的男男女女从车上跳下来，说他们污染空气、影响市容，把烤肉箱里的炭火浇灭，然后把烤肉箱扔到车上，扬长而去了。梁为民不解，上前争辩，说他们在这里炸了这么多年的油糕，谁也没有管过，为什么现在烤羊肉就不行？那些人说，炸油糕烟气小、污染轻，所以允许；而烤羊肉串烟雾大、污染重，必须取缔。

烤肉摊摆不成了，梁为民夫妇继续炸他们的油糕，而阿米提却无事可做，只好继续流浪了。

梁为民夫妇看阿米提一个人在外谋生确实不易，就托人把烤肉箱从城管那里要了回来，送给了阿米提。临走时，他们还把他送了好远，并给他的口袋里塞了200元钱，还送了一大包食品和饮料。

阿米提深深地为这对善良的夫妇分别鞠了一躬，然后含着感激的泪水踏上了新的征程。

古兰兰和黑枣从吴胜利那里得知阿米提可能是去了成都的消息后，立即乘坐上公共汽车从南宁来到了成都。本来从南宁到成都是有火车的，黑枣因为背着烤肉箱不能乘坐，就让古兰兰坐火车去，他自己坐公共汽车或搭一辆拉货的便车前往。古兰兰说两个人好不容易才走到一起，如果再分开怕走散了，再说两个人在一起还可以做个伴，互相有个照应。就这样，他们才都坐了公共汽车。

到成都后，他们猜想阿米提如果真要来成都，他迟早还会按之前他和黑枣的约定到公安局附近来找黑枣，于是把黑枣的烤肉摊又支到了以前的位置，古兰兰也在附近找了个合适的位置支起了服装摊，一边经营着各自的摊位，一边等候着阿米提的到来。

可是，他们在这里等候了一个多月，也没有见到阿米提的踪影。

这里原本是不允许摆摊设点的，黑枣支烤肉摊时也只此一家，加之他还是个孩子，所以也就没人来管。可是自从古兰兰把服装摊摆到这里以后，一些小商小贩一看没人管，也都陆陆续续来到这里摆摊设点，很快形成了一个小规模的市场。由于这里离公安机关比较近，影响办公不说，还有碍政府机关的安全和形象，所以城管部门就出面对这里进行了清理和整治。古兰兰和黑枣也只好把他们的摊子撤了，分别搬到了服装街和美食街。

在服装街和美食街上，他们依然是一边经营着自己的摊位，一边寻找阿米提。有时他们还有意识地到农贸市场和夜市上去寻找一番，看看阿米提有没有可能在这些地方卖烤肉。当然，他们也时不时地到公安局附近去转一转，看看阿米提会不会出现在那个地方。

虽然一直没有看到阿米提的踪影，没有得到阿米提的信息，但他们始终没有动摇寻找阿米提的决心。他们坚信，凭着阿米提的信念和毅力，他不管遇到什么样的艰难困苦，都一定会挺起脊梁，只要他还在这个世上活着，他就一定会来找他们，或者和他们联系，即便是不和古兰兰联系，他也会和黑枣联系。他是不会放弃黑枣的，因为他是很讲信义的人，他不会因为黑枣人小或是流浪儿而背信弃义，他不是那种人。为此他们商定，在没有得到阿米提的确切消息之前，他们坚决不离开成都。

与此同时，阿米提一家人也非常挂念阿米提。

自从阿依提由于不堪忍受杜丕的欺凌返回家乡后，他们一家人尤其是牡丹汗就一直对阿米提的处境和安全心存担忧，她害怕阿米提再遭人欺负，她更怕阿米提因为承受不了那样的欺负而心生报复或者因绝望而走上轻生的道路。后来斯拉木和阿娜尔古丽来了，斯拉木带回的消息更加糟糕，而阿娜尔古丽的几乎疯掉更使她天天焦虑、夜夜噩梦。她担心极了，也害怕极了，当即就让阿依提赶快去把她的阿米提找回来，如果他不回来，就是抬也要把他抬回来，不让他再在那里干了，坚决不让他再在那里干了！阿米提是她的儿子，是她身上掉下的肉，她不能眼睁睁地看着让他在外面遭罪，受别人欺负。阿米提自呱呱坠地，她除了小时候打过阿米提的屁股外，还从来没有打过阿米提的脸。她舍不得呀！脸是什么？脸是尊严，是一个人活在世上的尊严，是一个人所有的价值所在，正所谓"人活一张脸，树活一张皮"。所以人们才说"打人别打脸，欺人别欺短"。现在，儿子为了混碗饭吃，为了还那些欠款，竟然在那里遭受这样的欺凌、这样的屈辱，她这个做母亲的能不心痛、能不寒心吗？所以她就让阿依提快去，把阿米提找回来，就是吃糠咽菜，也不让他再出去受这样的欺负了。有人问她，如果让阿米提回来，你们家欠人家的那些账怎么办？她一口回答：卖房子！把现在住的这个房子卖掉！在她眼里，人比房子重要。

阿依提没有违拗，第二天就启程了。他找到杜丕以后，杜丕说了一句绝户的话：阿米提已经死了！他一阵惊愕，问道：怎么死的？杜丕还是一副欺人太甚的样子说：他自己跳河了！阿依提信以为真，要去河边寻找。这时，他原来在那里干活时一位要好的工友悄悄告诉他：杜丕说的是气话，阿米提被他们赶跑了，具体去了什么地方，他们也不知道。

阿依提这一趟，不仅没有把阿米提带回去，而且连阿米提的下落也没打听到，牡丹汗的担忧变成了惊惧，由于急火攻心，眼睛突然失明，一下子就病倒了……

阿米提告别梁为民夫妇后，背着烤箱，带着一大包食品和梁为民夫妇的温暖，再次流浪，四海为家。他期望总有一天会找到落脚的地方，实现自己的梦想。

他一路走走停停，停下就支起摊子卖烤肉，有时收入好，有时收入差，经常是囊中羞涩。

在将近一年时间里，连他自己都不知道走过多少城市，穿过多少县城和乡村。他从春走到夏，从夏走到冬，风吹雨淋，日晒雪冻，车站、码头、牛圈、煤棚、废弃的农舍、桥底下的涵洞……都曾经是他栖身的地方。

一天，他来到一个名叫新沂的地方，遇到了八九个新疆人。

他们主动与阿米提搭讪，问他是新疆哪个地州的人，到这里是干什么的。

阿米提看他们不像是正道人，就敷衍了几句，起身就走，想尽快躲开。不料，这些人一下子围上来，挡住了他的去路，要他跟他们一起闯天下。他不愿意，这伙人就连拉带拽地强行把他带到他们的住处。

这是一座民房，共有两间，烟头、空酒瓶子扔得满地都是，地铺上的被子又脏又烂，屋内空气污浊，令人作呕。

进屋后，他们直言不讳地说他们的主要目的就是偷东西和贩毒，让阿米提也入伙，给他们当翻译和眼线，挣来钱有福同享，今朝有酒今朝醉。

阿米提一听，脑袋都大了，知道自己是又遇到了一伙不法分子。这样的社会渣子他见过多次，像赛迪克那样的恶魔他都挺过来了，现在他更不会答应。他始终牢记着自己复员时指导员说过的话："到了社会上，你只要不走歪门邪道，生活就一定会充满希望。"

面对这伙不法之徒的威逼利诱，无疑，阿米提拒绝了。

这伙人恼羞成怒，上来就对他拳打脚踢。他看他们人多，知道自己打不过他们，就用双手抱住头，像一条装满东西的麻袋，被他们打得满地乱滚。

打一阵，他们就停下来，问他答应不答应，接着又打，直打得他血流满面，遍体鳞伤。

他们看阿米提坚决不从，竟丧心病狂地使用更加残忍的手段折磨他。他们把他的两只脚用麻绳捆上，倒挂在屋顶中央一个大电扇上，用大瓦数灯泡从四个角度烘烤他，同时转动风扇。风扇的快速旋转，加上大瓦数灯泡的烘烤，使他被折磨得浑身的血液直往脑门冲，五脏六腑都要被甩出来了。他想喊喊不出，想停停不下，喉咙里像堵着团棉花，头上和身上的汗水顺着脖子、脸庞和头顶直往下流，把地下都打湿了。渐渐地，他失去了知觉，接着就昏死过去了。这伙人怕闹出人命，才把他从风扇上放了下来。

他是在一个池塘边醒来的。醒来时已经是早晨。他醒来时，两条腿疼得难受，已经站不起来了。他抬起头看看，眼前是一个池塘，池塘周围有树，背后是庄稼地，不远处有汽车行驶。回头看看自己身上，上身只有衬衣，外套不知道哪里去了，裤子被撕烂，光着脚板，鞋子也没有了。用手摸了摸口袋，身上分文不剩。烤肉箱和背包卷就更不用说了，早就不翼而飞。他用手抹了一把脸，感到脸上涩涩的，他想起来可能是血迹干在了脸上。他感到很渴，就用两只手和胳膊撑着把身子挪到池塘边，把水面上的脏东西拨开，用双手捧起池塘里的水洗了一把脸，然后又捧起水喝了几口，这才感到身上舒坦了一些。他知道，必须尽快找到有人烟的地方，否则他就会把自己的性命丢在这里。于是，他还是用前面那个办法，用两只手和胳膊撑着身子往有汽车行驶的那个地方挪。他知道，那里肯定是条公路，上了公路就有办法。

终于挪上了公路，终于又看到了希望。因为沿着公路往前看，远处有城市的模样。他咬着牙，用手和胳膊撑着身子，朝着那个有城市模样的地方，奋力地挣扎着。一尺一尺，一寸一寸，像一个无脊椎动物一样向前爬行。汗流浃背，渴得要命，但没有水，只好强忍着。两手当脚，在地面上和沙土石子相摩擦，很快就烂了，渗着血水，疼痛难忍，也只得忍受。两只胳膊疼得厉害，但他不能停。赤着脚的光脚板在沙石路面上往前蹬着挪，也被硌得稀烂，屁股在沙石路上往前挪，裤子也早已磨烂。但他都没有理。他只有一个信念，赶快挪到那个像城市的地方。

就这样，在太阳落山的时候，他终于挪到了这个城市的郊区。他赶忙搜寻，看有没有垃圾桶，他知道，这时候只有垃圾桶里有希望找到食物。后来，他好不容易找到了一个垃圾箱，比垃圾桶还大，当他满怀希望去里边寻找食物的时候，结果把这个垃圾箱翻了个底朝天，也一无所获。看来，能幸运地在垃圾箱里找到鸡骨头之类的美食和能穿的鞋子，也不是每次都能遇到的好事。

在垃圾箱里没有找到吃的和脚上穿的，他虽然有些失望，但他还是发现了可用的东西。他看到里边有个纸箱子，就撕成脚板一样大小，用绳子绑了上去。他看到里边还有一件破烂的白色背心，就把它撕成条，包在了血肉模糊的两只手掌上。经过一番包扎，他感到手和脚都好受了一些，于是准备离开这个垃圾箱再去寻找水和食物。可是，由于他已经两天一夜没有进食了，加之被那伙坏蛋打伤，又艰难地挪行了这么远的路，他已经完全虚脱了，刚一转身，他的头一晕，就倒在了垃圾箱边……

第十一章
雪上加霜

阿米提终于醒来了。醒来的时候他躺在一张床上。他睁开眼扫视四周，这是一间卧室，有台灯、衣架、床头柜和写字台，墙上还挂着几张照片，有老有小，老人显得很慈祥，孩子们显得很幸福。他动了动身子，身上虽然还有些酸疼，但手和脚的疼痛感却减轻多了。他看了看手，手上包着洁白的纱布，再看看脚，也是被洁白的纱布包裹着。他回忆了一下，自己是怎么进到这个屋子的，但脑海里一片空白，什么印象也没有，只记得自己当时在垃圾箱跟前感到头很晕，眼前一黑，倒了下去，后来就什么也不知道了。

这时候，一个老妇人走了进来，看到他终于醒来了，很是惊喜。老妇人告诉他，他已经在这里躺了两天一夜，把他们吓坏了，如果他今天还不醒来，他们就要把他往医院送。

他问老妇人是怎么把他救回来的，老妇人说，两天前的晚上她和老伴儿出去散步，路过那个垃圾箱的时候，发现他躺在那个垃圾箱前，他们上前喊了几声，他没答应，他们在他的鼻子下面试了试，还有气息，看了看他的身上，除了手和脚上有磨烂的地方，其他地方没有发现什么伤口之类的创伤。他们看了看他的穿着和面相，猜想他可能是在外流浪，遇到了难处，没有饭吃，饿成了这个样子，他们就想把他带到家里来。但他的身体很重，他们搬不动他，于是就从附近找了两个年轻人把他背了回来。老妇人和她的老伴儿都当过医生，就对他进行了救治。在救治前，他们还给他擦洗了身体，并给他喂了水和米汤。

事后得知，这位老妇人名叫蒋蓉秀，今年 65 岁，她的老伴儿名叫曹方，今年 66 岁，他们当年都是支边青年，都曾在新疆的生产建设兵团农九师医院工作过，一个当院务部主任，另一个当骨科主任。他们有一双儿女，也都是学医的，儿子在美国读博，女儿在澳大利亚留学，毕业后都留在了所在国，且都已成家，但不幸的是，有一年两家人结伴旅行，在从法国飞往美国途中因飞机失事全部遇难，现在只剩下老两口相依为命。现在他们住的这个地方是个干休所，各方面的条件都很好，特别是当年他们曾经支过边，国家给予了很多特殊的照顾，生活过得很舒心。

阿米提醒来后，老两口给予了精心的照料。他们在新疆工作过，知道少数民族的生活习惯，就特意给他做可口的新疆饭菜，还给他炖鸡汤、菌汤、牛骨头汤，给他补充营养。他们看他的衣服破旧，尤其是裤子的臀部已经被完全磨烂，他们就把家里适合他穿的衣服找出来给他换上。家里没有适合他穿的鞋子，他们还专门到街上给他买来新的。他由于一直处在颠沛流离之中，没有在意过修饰，特别是被这几伙坏蛋欺凌后，东躲西藏，没有顾得上理发和刮胡须，他的头发和胡子都长得很长且乱蓬蓬的，他们专门请来理发师打理。

他最关心的是自己的腿还能不能站起来，他们告诉他，他现在的腿伤是一种拉力伤，就是在重力的牵拉下，他的脚踝骨关节被扭伤错位了，他们已经为他作了复位治疗，只要休养一段时间就可慢慢痊愈，不会影响工作和生活，但前提是至少在一年之内不能负重，否则就会留下终身残疾。

在治疗和休养期间，阿米提向他们倾诉了自己的苦难经历。他们用亲身经历安慰他说，人生就像一首绝句诗，平平仄仄平平仄。人是和苦难相生相伴的，没有苦难就没有真正意义上的人生，关键是看你如何面对。他们鼓励他要把苦难当财富，勇敢地去面对人生的各种挑战，通过不懈的奋斗和拼搏战胜苦难，努力创造属于自己的幸福生活。

阿米提和老两口素不相识，但他们对阿米提却亲如家人，这也让阿米提心里过意不去，常说些感谢的话。老两口说："一个人在社会上生活，是离不开他人帮助的，如果没有他人的帮助，他们将寸步难行，一天也生活不下去。"老两口说，他们自己就常常得到别人的帮助。老两口还举例说，他们在新疆工作的时候，有一次去边境农牧团场巡诊遇到了暴风雪，并且还迷了路，当时就是在当地维吾尔、哈萨克族牧民同胞的舍命帮助下才脱离险境的，否则，他们就不会活到现在。

说到新疆，他们满怀留恋。他们说，新疆太美了，新疆人也太好了，他们热情、豪爽、待人真诚，即使是素不相识，只要你到了他们的家里或毡房里，他们会倾其所有招待你，那种情景你遇到一次就会终生难忘。

说到下一步往哪里走，老两口诚恳地建议他，通天河是个好地方，那里和新疆一样，多民族聚居，那里的人包容性强，不欺生，人与人之间友好和睦，民风淳朴，人杰地灵，外边的人进去后容易融入，相互之间很好相处。那里的气候也好，适合人居住，如果他将来在那里能找到合适的事干，他还可以在那里定居。老两口还说，他们当年在那里曾读过几年书，对此有切身的体会，建议阿米提不妨一试。

阿米提在老两口家休养了足足半个月，养足了精神攒足了劲，光体重就增加了5公斤。他要走了，但相互之间都依依不舍。他们再三挽留他，他不肯，因为他还得去拼搏，还得去奋斗，还得去寻找落脚点，还得去挣钱完成他的使命。

临别之前，蒋妈妈特意给他准备了一大包吃的和穿的，生怕他在路上挨饿受寒，并给他拿了500元钱。他已经受了蒋妈妈的大恩，哪还能再要她老人家的钱？于是只留了10元，象征他已经领受了老人家的心意。

分别的时候到了，他要向他们施以维吾尔族的大礼。他满含热泪地和他们拥抱，在深深鞠躬的同时，他向他们深情地喊了一声："阿恰（爸爸）！阿娜（妈妈）！"

他一步三回头地走了。他在心里默默地说："亲爱的阿恰、阿娜！是您给了我第二次生命，你们就是我的亲爸、亲妈，你们的恩情比山高比海深，只要我还有一口气，我就会想念你们，祝福你们。有朝一日我实现了自己的梦想，我一定回来孝敬你们，为你们洗衣，为你们做饭，为你们开心解闷，为你们养老送终！"

要说起来，陈阿弟也是个苦命的女人。她的相貌与她的实际年龄相差也太大了。她今年才刚满四十，但看上去却像五十开外的人了。皱纹不知道什么时候已经爬上了眼角，眼睛也显得少神，就连白发也悄悄地从那些黑发中钻了出来，给这个苦命的女人增添了许多沧桑。

要搁在当年，陈阿弟在远近的村庄里也算是一朵花呢。那时候，她和单宝仁都在公社的中学里读书。当时两人都是班里的学习尖子，还都是班干部，单宝仁是副班长，她是学习委员，单宝仁羡慕她长得漂亮，她羡慕单宝仁帅气，一来二去，两个人就在心里把对方当成了自己的恋人。为这事，单宝仁和他的班长还争过风。他们的班长也是个帅小伙子，班长的父亲还是个吃商品粮的，在公社的粮站当站长，他就是仗着这个条件，与单宝仁争夺起了陈阿弟。单宝仁不服输，在班里的各项学习和工作中处处争上游做给陈阿弟看，以期提高自己在陈阿弟心目中的位置，陈阿弟也是个只认才能不认背景的人，最后主动与单宝仁确立了恋爱关系。那个时候刚刚恢复高考，每年的录取比例很低，陈阿弟虽然在班里学习成绩好，但在高考时却因三分之差与大学失之交臂。她想第二年再复读，但父母认为女孩子能上到高中毕业已经算是才女了，加之家境贫寒，就没有同意。陈阿弟是个孝顺的女儿，既然父母不同意，她怕惹父母生气，也就没再坚持。而单宝仁则是完全可以为上大学一搏的，但在高考前却患了急性肝炎，最终连考场都没能进。第二年他又复读了一年，可是在高考时又因为连降暴雨山洪暴发，他们去县城的公路被冲断，又一次失去了上大学的机会。后来他还想再复读一次，他爸爸说人的命天早定，你就是这个命，就不要再做梦了，还是早点娶个媳妇好好过日子吧。就这样，陈阿弟来到了单宝仁的家。

陈阿弟刚到单家的时候，单家的家境还是比较殷实的。单宝仁的父亲是个木匠工头，整天带着村里的一帮泥瓦匠和木匠在周边的乡间为乡民们修建房屋、加工家具，一年下来的收入虽比不上那些外出当老板的，但在乡下也处于中上等水平，日子过得也算是小康之家了，为此陈阿弟还是感到自己很幸运，娘家的人都说她嫁了一个好人家。谁知天有不测风云，就在一家人其乐融融过小日子的时候，一场灾祸突然降临到了他们家，单宝仁的父亲在给一个人家盖房子时不慎从屋脊上摔下来造成大脑出血，住院治疗后留下了偏瘫的后遗症，两年后就去世了。后来单宝仁的母亲又患上了乳腺癌，不久也去世了。他们的家道就此中落。雪上加霜的是，他们的儿子出生后经常闹病，不到 5 岁的时候被确诊为肾病，动不动就住院。之前他们为给父母治病不仅把家里的积蓄花光还欠下了债务，现在为儿子治病又得大笔花钱，生活的担子一下子把他们压趴了。为了还债和给儿子治病，他们把家里值钱的东西都快变卖完了。陈阿弟本指望单宝仁能在外边多挣点钱，她把家里的事情全承担起来，谁知他在外边竟沾花惹草，和一个叫游秀碧的女人纠缠在了一起，使这个本来就千疮百孔的家庭更加风雨飘摇了。陈阿弟虽然也是个好强的女人，但怎能经得起这样的折磨，所以她整天忧愁不断，度日如年，不到 40 岁就显出老相了。尽管如此，她还是拼尽全力挣扎，因为还有儿子单小宝，那可是她这一辈子唯一的希望啊！

这些年来，为了给小宝治病，陈阿弟没少和单宝仁生气。按理说，他们两个当初也是自由恋爱的，不存在感情基础不牢的问题，夫妻之间在感情上不应该出现问题。他们在刚结婚那几年也确实恩爱，为此曾使许多同学和朋友羡慕。但是自从单宝仁和游秀碧好上之后，这个家对于单宝仁来说慢慢地失去了吸引力，到最后干脆就变成了招待所，要不是还有个单小宝，单宝仁恐怕早就不登这个家门了。不是单宝仁不想登，而是游秀碧霸着他不让他登。有时候即使他想登，但因为陈阿弟经常向他要钱给单小宝治病，他也就望而却步了。

连外人都知道，这些年，陈阿弟和单宝仁生气，主要在一个"钱"字上，而要钱主要是为了给单小宝治病。在单小宝患病初期，陈阿弟虽然经济上紧张但还能撑得住，所以她很少问单宝仁要钱。但后来单小宝的病情越来越重，住院的次数越来越多，陈阿弟实在受不了了，就向单宝仁张了口。单宝仁那时候还是自己单干，只要陈阿弟张口他总会给，有时候即使陈阿弟不说，他也会主动给，只是数量有多有少而已。但自从和游秀碧合伙以后，这种状况就发生了明显变化，不要说他主动给了，有时候问他要几次他都不会给，陈阿弟要是催要得急了，他还会跟陈阿弟发脾气，常常把陈阿弟气得半死。这不，单小宝病情复发又住院了，单宝仁从新疆回来已经一个多星期了还没给陈阿弟掏出一分钱，陈阿弟不得已又和他争吵了起来。

陈阿弟说："小宝在医院躺着，医院天天催缴医疗费，你都回来一个多星期了，也不给个话，你究竟有没有钱啊？"

单宝仁低着头说："没有。"

陈阿弟说："没有多的有少的，多少给人家一点也不要叫人家天天催呀！"

单宝仁仍然低着头："多少都没有，一点也没有。"

陈阿弟生气了，说："地里的活你一点不干，一年到头都在外面跑，那你挣的钱都哪儿去了？"

单宝仁说："做生意哪能像你说的那么简单，你想挣多少就能挣多少？这两趟没有赔也就算烧高香了！"他说的也是实话。原来他在新疆和游秀碧做的都是羊皮生意，后来羊皮生意做不成了，他听人家说新疆是全国最大的产棉区，这几年国家把棉花的经营放开了，棉花生意好做，于是他和游秀碧就做起了棉花生意。头一趟还可以，总算赚了一点，可是后来这两次都是不赚不赔，刚好持平，原因是大家看棉花生意好做都去做，结果和羊皮生意一样又是引起了恶性竞争，本钱小的商贩自然就被淘汰了，像他和游秀碧这样的商贩就在其列。

陈阿弟说："既然不能挣钱，那你还往外跑什么？你还不如回来，把咱们那几亩地种好也行啊！"他们家有七八亩责任田，单宝仁一年四季不在家，都是陈阿弟一个人种的。就这样，她还要在农闲季节出去捡些废品拿去变卖，以贴补家用。

单宝仁说:"你看咱们周围这些人家,谁家是靠种地发家的?就那几亩薄地,种好了能把肚子填饱就算不错了,还想靠它发家?是不可能的!"

陈阿弟说:"不想种地就把生意做好啊,怎么生意也做不好,连吃饭还得靠家里养活?"她说的是单宝仁做生意不但经常拿不回钱来,每次走的时候还要从家里带,等于是家里在养活他。

单宝仁说:"做生意哪能像你说的想做就做,不想做就不做!现在要是不做了,那我这些年联系的这些客户丢了怎么办?这些客户一丢、渠道一断,以后再想做找谁去?"

陈阿弟说:"种地你嫌挣不来钱,出去做生意你又挣不来钱,现在不让你出去你又说舍不得丢客户,那你说我们这一家人的日子怎么过?小宝的病还治不治?"

单宝仁说:"谁说小宝的病不治了?我不是还在想办法吗?"

陈阿弟说:"你在外边时,我打电话问你要钱,你说回来后给,现在你可回来了,我问你要钱,你又说在想办法,你什么时候才能把办法想出来啊?你究竟是给不给呀?你不给,这小宝的病可怎么治呀?"陈阿弟由于心里痛苦,说着说着就流了泪,哽咽着说不下去了。

单宝仁由于这两趟都没挣来钱,一是怕回去不好给游秀碧交代,二是给单小宝交不了住院费,心里正在发愁,一看到陈阿弟又哭了,心里很烦,就不得好气地说:"钱、钱、钱!你就知道钱!每次不说钱你不打电话,每次回来你都是要钱!难道我是开银行的?"一气之下,就甩开门出去了,一边走还一边气呼呼地说,"真他妈的烦透了!"

陈阿弟追着他说:"不说钱你靠什么吃饭?不说钱你拿什么去给小宝治病?"

单宝仁头也不回地说:"没有饭吃就等着饿死!没有钱病就不要治了!死了那也是他的命,活该!"

陈阿弟指着他说:"你个没有良心的东西,自己的儿子有病你不但不给他治,你还咒着他死,你还算个人吗?你走,你走得远远的,永远都不要回这个家!"说完又呜呜地哭了起来。

生气归生气,但儿子的病还得治,儿子是自己的心头肉,是自己唯一的希望,就是扒房子卖地也得给儿子治病。

第二天,她把最近捡来的废品整理了一遍拉到废品收购站换了点钱,又跑回娘家借了一点，总算给医院有所交代了。

单宝仁出去跑了几天又回来了，说是新疆那边的棉花市场回暖，他要尽快赶回去再试试运气。陈阿弟虽然对他心里有气，但他毕竟是自己的男人，善良的陈阿弟还是给他准备了出远门的吃食和必备衣服。

单宝仁走后，单小宝也暂时出院了，陈阿弟又过起了和单小宝相依为命的生活。她拼命地干庄稼地里的活，一有空闲便背起那个偌大的蛇皮袋子四处捡废品，以贴补单小宝的医疗费用。日子就这样在艰难中一天天地过着。

阿米提从蒋蓉秀妈妈家里出来后，开始朝着蒋妈妈指点的通天河走。他本来想，百十公里的路程，按他这个当过兵的人的走法，要不了几天就可以走到了，所以在走之前蒋妈妈让他还是搭个车过去他都没答应，说这点路程在一个当过兵的人的脚下一点都不在话下。谁知他在上路的当天就出了事。

阿米提从蒋妈妈家里走时，身上穿的都是蒋妈妈给他买的新衣服，包括鞋子也是崭新的。他原来背的那个行军包早在那个噩梦般的水泥制品厂里就已经被扣留了没有拿回来，蒋妈妈也给他换了个新的，还有他手上提着一大包吃的，加上在蒋妈妈家养了一身膘，让人一看就会认为他是个在外跑生意的，最低也是个外出打工赚饱了钱衣锦还乡者。就是因为这个错觉给他招惹了是非。

那天傍黑儿的时候，他来到一个镇上。住店他是舍不得的，况且当时正是夏季，他想随便找个地方能凑合一个晚上就行。于是他就在街上寻找。这时忽然有几个年轻人打打闹闹地走过来，其中有一个像喝醉了一样直往他身上撞，他下意识地推了一下，那个小青年顺势便倒在了地上。这一下惹了祸，那一群小青年上来就是一阵推搡，接着就连拉带拖地把他弄到一个角落里，像修理死猪一样把他的身上洗劫一空，最后连脚上的鞋都没给他留下。他们临走时还骂了他一句："看着穿得怪光鲜，原来也是个穷光蛋！"事后得知，这是一帮地痞，他们"坏事常干，大错不犯"，连镇上的派出所也拿他们没有办法。

这一下可把阿米提给坑苦了！还有那么远的路程，身无分文，还光着脚，怎么办？他首先想到的是赶快找双鞋穿，要不然，路那么远，还到处是山路，打赤脚怎么能行。于是他趁着天还亮来到可能能找到鞋的地方到处翻找了一遍。最后总算是找到了两只，一只是布鞋，稍微有点大；另一只是透气鞋，前掌已经烂了，但还能穿。他把找来的这两只鞋子穿在脚上，又从垃圾堆里找了两节绳子把鞋子绑了绑，最后总算把问题解决了。

　　接下来就更困难了。因为要吃饭，他得尽快找到挣钱的办法。他想给人家打工，但找不到门路。他想帮人家照看摊子，但没人相信他。无奈，他来到一个公家单位，说他当过兵，能不能帮人家看大门，工资可以不要，只要能给口饭吃就行。人家一看他的这身打扮，谁也不敢接收。但这个单位的门卫是个热心肠，当他们知道他的遭遇后，给他找了一双穿过的旧鞋并把他脚上不叫鞋子的鞋子换了下来，又给他打了单位的份饭，临走时还用塑料袋给他装了满满一袋子单位发的方便面、矿泉水和水果等吃的东西。

　　阿米提不得不上路了。贵州的山多，雨水也多。走到第三天的时候，天上下起了大雨。他从蒋妈妈家走的时候，蒋妈妈是给他备有雨具的，但都被那帮地痞给洗劫了，他只好从垃圾堆里找了一块破塑料布代替。现在遇到这么大的雨，一块破塑料布是无论如何也挡不了雨的，无奈之中，他在离路边不远的地方找了个山洞想暂时躲避一下，谁知这一躲差点把他的命搭了进去。

　　阿米提当时躲进山洞以后，大雨一直没有停歇，他索性靠在洞壁上闭上眼睛想休息一会儿，由于途中走得太累，眼睛一闭上很快就迷迷糊糊地睡着了。睡梦中忽然有一种轰隆隆的沉闷声音把他惊醒，他一静听，这声音好像是山洪暴发的响声，他赶忙爬出洞来看。声音是从山顶上传下来的，他抬头一看，是一些山石被雨水冲刷松动后滚落了下来，他赶忙又往洞里钻。这个山洞的口很小，他往里钻的时候是半弯着腰爬进去的，就在他的上半身刚进洞下半身还在洞外的时候，一块巨石从洞口上方带着呼啸声滚落下来，刚好砸在了他的右腿上。他在路上走的时候，由于天热，他的裤腿是挽得很高的，现在这块带着锋利棱子的石头砸在他裸露的腿上，在把他的腿砸骨折的同时，瞬间把他腿上的肉也撕成了条，他下意识地"啊"了一声，一下子疼得半昏过去。剧烈的疼痛又使他清醒过来，腿上的血已经把地上洇红了一片。他在部队上曾经训练过战地救护课目，他赶忙把衬衣脱下来撕成条状往伤口上包扎。血终于止住了，但骨折他却没有办法，他知道，眼下只能暂时忍受，待到城里后才能想办法。

　　雨一直下到傍晚才停，他只好等到第二天才上路。

　　这次上路和第一次简直无法相比，两条腿变成了一条腿暂且不说，另一条腿光疼痛就够钻心的了。他虽然找了一根较粗的树枝做拐杖，尽量不让那条伤腿用劲，但只要往前走一步，浑身就得用力，一用力那条伤腿就要疼一阵子，伤腿一疼，他的眉头都要紧皱起来，牙根就要紧咬，头上的汗珠接着就要往外冒。虽然痛苦，但他别无选择，必须走下去，必须咬牙坚持。他的心里只有一个信念：黑夜再长终会黎明，苦难再大总有尽头，只要坚持下去，就一定能够迎来胜利的曙光！

第一天总算坚持了下来。但到了第二天，他却走不动了。那天在路上淋了一场雨，加之腿又被砸伤，他忽然发起了高烧，直烧得口苦咽干，头昏脑胀，浑身像散了架一样疼。腿被砸伤后也没有条件敷药治疗，加上天气炎热，伤口也开始跳着疼，他知道这是化脓的前兆，他怕感染，就从路边的一户人家要了点消炎药简单处理了一下，并要了几片感冒药服了下去。

此后的时间里，他完全变成了一个乞丐。饭是要着吃的，水是要着喝的，地里正在生长的土豆、红薯、萝卜、苞谷穗乃至白菜、韭菜、大葱、苤蓝等都成了他果腹的食物。

伤腿由于没有得到及时治疗，伤口已经开始溃烂化脓，只要把缠在上面的布条一揭开，就会散发出一股股难闻的恶臭味。

由于长时间靠左腿单腿行走，这条腿已经十分僵硬，往地上坐的时候连弯都打不过来。两只胳膊由于要拄拐棍当腿使用，也是既疼又僵硬，在路上走的时候稍不注意就会摔倒，摔倒后又会引发剧烈的疼痛。

阿米提遇到了自离家以来最痛苦的时期。

这天他拄着拐棍走到了一座公路桥下。穷困潦倒中的他有气无力地坐了下来。他闭着双眼靠着一个桥墩，感到异常绝望。他见不远处有一根麻绳，就强撑着站起身把它捡过来，吃力地挂在桥墩的钢筋上。他拄着拐棍站在地上朝那根绳子望了一阵子，心有不甘地又回到刚才靠的那个桥墩跟前坐了下来。他靠着桥墩双手颤抖着掏出那张欠账单看了又看，两行泪水扑嗒扑嗒地滴落在欠账单上。他两只眼睛紧紧地闭了起来。恍惚间有一队军车载着嘹亮的歌声从桥上呼啸而过，他的眼前突然出现了火热的军营生活。他想起了自己的连队，想起了亲爱的战友，想起了火热的练兵场，想起了首长的谆谆教诲和殷切嘱托……他睁开眼，把目光投向远方。他捡起地上的树枝拐棍，又顽强地站起来，一步步地朝前走去……

陈阿弟有每天早晨早起捡废品的习惯。据她观察，环卫工人每天有两次集中清运垃圾的时机，一次是每天的晚饭后，另一次是每天的黎明前。她要想捡到自己需要的废品，每天就要赶在环卫工人清运垃圾之前。所以她也养成了早起晚睡的习惯。

　　这天凌晨天还没亮，她就和往常一样早早地背起那个偌大的蛇皮垃圾袋出了门。她捡垃圾有几个大体的固定点位，每次出去她都是先从远处开始捡，然后由远而近，这样也会省一些力气。她所去的最远的一个垃圾点位设在一个靠近居民区的三岔路口，那里有一排树，树荫下放着两个各能装两三吨垃圾的垃圾箱，垃圾箱两边还各放着四个半人多高的四边形垃圾桶，那是专门用来装零星垃圾的。这里也是她捡垃圾中最大的一个垃圾点位，每次在这里都几乎可以把她的那个蛇皮袋子装满。这天早上她还是先从这里捡起。可是当她刚把蛇皮袋子放下，弯下腰把手伸进垃圾箱里准备翻找时，忽然听到哪个地方有微弱的喘息声，她被吓了一跳，赶忙回转身寻找声音的来源。当时由于天还黑，她围着垃圾箱找了一圈也没发现有什么东西，就又开始把手伸进垃圾箱翻找可以换钱的废品。谁知她刚翻出一片纸壳子拿出来，又传来了像刚才一样的呼唤声，这一下她稍微听清楚了一点，好像说的是"救救我"。她早起习惯了，也不害怕，就又围着垃圾箱的周围寻找。这一下她发现了，在离垃圾箱三四米远的地方躺着一个人。她走过去，俯下身一看，是一个男的，脸朝下在地上趴着，衣裳都烂成了条状，浑身脏污，身上还有些难闻的气味，旁边放着一根粗树枝。那人一见到她，就用很微弱的声音断断续续地说："大嫂……救救我……我饿……"她不知道这是个什么人，不知道他是干什么的，但知道他肯定是一个流浪的人。看样子他是爬着过来的，想到垃圾箱里捡点东西吃，但由于没有一点气力了，就躺在了这里。看来如果再没人搭救这个人就活不下去了。她抬起头看看周围，没有一个人可以帮忙，她也没有多想，就蹲下身子把那人放在自己的背上背了起来。她是个庄稼人，又正值壮年，还真有些气力，一口气就把那人背回了家。待把他放到小宝的床上时，她的身上完全被汗水浸透了，就像从水中刚刚捞出来的一样。

　　事后得知，她救回来的这个人就是阿米提。那天他从那个公路桥下重新站起来之后，鼓足了勇气一步一步地往前挪，一直走了四天才走到这里。开始他身上还有点劲，勉强可以站着往前挪，后来慢慢地就支撑不住了，只好匍匐着往前挪，再后来就完全是往前爬了。他那天之所以要去找垃圾箱，是因为他在之前的两天时间里已经滴水未进，实在是饿极了，他知道，这时候只有垃圾箱可以救他的命，于是他就爬着去找垃圾箱。找到垃圾箱时，还是在人们刚刚入睡的时候，可是当他快到垃圾箱跟前的时候，浑身上下一点力气都没有了，只好躺在那里。他知道，垃圾箱跟前迟早是会有人来的，所以他就在那里躺着，等着有人来。谁知一等就是一夜，要不是遇到陈阿弟，他也可能就没有命了。

陈阿弟把阿米提背到家里放在小宝的床上，先是用毛巾蘸温水把他的脸和手洗了洗，接着给他喂了水，然后又烧了一碗鸡蛋面汤一口一口地给他喂下。待他稍微缓过来一点后，这才把他的脏衣服脱下来，把单宝仁的衣服取出来给他换上。他的腿伤已经是腐烂一片，散发着恶臭，她不会处理，就让他暂时歇息，她去找医生。

医生被请来后，先是给他的腿部骨折部位做了清创和固定处理，接着给他开了一些中草药让其煎服。医生特别嘱咐说，他的腿伤感染严重，身体极度虚弱，主要是长期饥饿、疲劳、情绪压抑所致，需要精心调理，加强营养。陈阿弟遵照医生的嘱咐，倾其所有，给阿米提做了很多好吃的。当陈阿弟了解到他在生活上的风俗习惯后，还专门为他买了一套餐具。

阿米提是一个知恩图报的人，当他的身体稍有好转，就殷勤地帮助陈阿弟收拾捡来的废品。一开始陈阿弟看他的伤腿被石膏固定着行动不便，不让他干，他却说他干活习惯了，老是在床上躺着很着急，也不利于身体恢复。陈阿弟也确实需要帮手，就依了他。

其间，他还向陈阿弟讲述了他的苦难经历。陈阿弟也是在苦难中挣扎过来的，对他也更加同情。

就在这时候，单宝仁回来了。

单宝仁和游秀碧这次到新疆去的目的是准备搞一批棉花，但到了以后发现，搞棉籽本钱更低，利润更大，于是他们就订购了一批棉籽。做棉籽生意的路子和其他批量生意的路子一样，都是要先找好下家，把定金先拿到手，然后再去寻找货源。而他们这次是先搞到了货源，然后才跟客户谈的接收协议。由于客户是通天河这边的，货源在新疆，距离太远，最后双方达成协议，只要他们能从新疆搞到货源，货到即全额付款。棉籽生意之所以这样好，主要是因为他们这边基本上不产棉花，棉籽对于这边的榨油厂来说是紧俏货，所以也就不存在拖欠货款的问题。既然厂家的态度这么鲜明，单宝仁和游秀碧也就再没有后顾之忧，合同一签就在新疆发货了。往常从新疆发货，一般是游秀碧留守，单宝仁跟车，因为跟车日夜颠簸，非常辛苦。这一次游秀碧看利润比较大，她对单宝仁不放心，就和单宝仁一起，亲自跟车回来了。

一路上都很顺利，眼看就要交验货物等着结账了，谁知却出了岔子。

毛病出在一个看似不起眼的细节上。

按照双方事先签订的合同规定，棉籽的水分含量是有指标的，超过了这个指标就是质量有问题，质量有问题要么厂家不接收，要么压价，这是行规。单宝仁他们从新疆进货的时候，货物的水分含量是专门检测过的，其含量和合同上约定的指标完全符合，要不然他们是不会发货的。但他们由于是第一次做这种生意，缺乏经验，他们忽视了新疆和贵州的气候是有很大差别的。新疆那边气候干燥，而贵州这边气候温润，空气中的水分含量差别很大。由于新疆到贵州路途遥远，汽车在路上运行的时间长，加之当时正值雨季，空气中的水分含量更高，棉籽又是容易吸收水分的东西，待到他们的货物运到贵州这边的时候，货物中的水分含量已经远远超过了原合同规定的指标。把货物退回去显然是不可能的，那样损失会更大，但收下就得按合同约定压价，这一下他们傻眼了，只得忍痛压价把货物放给人家了。最后一算账，不仅没有赚到钱，还贴进去了差旅费，而且还不算这段时间他们所付出的辛劳。好在这边的人他们还熟，没有受到处罚，要是再处罚，那就更惨了。

单宝仁就是在这种情况下回到自己家的。

当单宝仁垂头丧气进到自己家门的时候，阿米提正拄着拐杖在院子里帮着他们家整理废品。阿米提当过兵，做什么都喜欢归整。他把一张张废纸壳子和一个个矿泉水空塑料瓶或绑或捆，一捆捆一摞摞摆放得整整齐齐的，看上去还真有些美观感。

单宝仁一进院门，两个人几乎是同时愣在了那里。单宝仁没想到他的老对头怎么会来到他的家里，阿米提也没想到这里竟是单宝仁的家。待醒悟过来，单宝仁气得涨红着脸质问阿米提说："你是怎么到这里来的？"

阿米提不知道如何回答，支支吾吾地说不成句子："我……我……"

这时候陈阿弟从里屋出来了，她看着眼前这两个男人的表情，不解地问道："怎么，你们两个认识呀？"

单宝仁仍然是十分生气地指着阿米提对陈阿弟说："你问他！"

阿米提不知道话从何说起，只是嘴唇动了几下，没有发出声来。

单宝仁却把在新疆时和阿米提发生的过节一股脑儿地端了出来。讲完后对陈阿弟说："要不是他，我们哪能赔到这种程度？"

他这样一说，阿米提倒是不服气了，他争辩说："你什么时候在我的羊皮摊位上买过羊皮？一开始你只不过是在我的摊位上看过几次货而已，我当时让你买，你和那个女的还说我是生瓜蛋子呢！"

单宝仁说："我们那些羊皮虽然不是从你的手里直接买的，但我们是从你的合伙人手里买的，那也是你们的人，况且羊皮上都是盖的你们的章子，这你能赖账？"

阿米提说："他们根本就不是我们的合伙人，他们的羊皮也不是从我们手里进的，羊皮上盖的章也是假的。我们为这就已经吃了大亏了，你还要往我们身上算账，这是什么道理？"

单宝仁也不相让，说："你这纯粹是在为你们自己开脱责任！你们不光以次充好，坑害客户，还故意压低收购价，挤压我们，搞得我们次次都赔，没有办法只好退出羊皮市场。你把我们都害苦了，还有理在这里说！"

阿米提说："压价也不是我们先开始的，是你们先压低羊皮的收购价要和我们竞争，我们不得已才压了价，后来也赔得一塌糊涂，你现在怎么把责任都推到我们身上了？"

单宝仁摆了摆手说："反正我们吃你的亏吃大了，我们这里都有账，你是跑不了的。现在也不是说理的时候，我也不和你辩论，这是我的家，我要求你现在必须从这里出去，不能再让我见到你，要是让我再见到你，你可不要怪我对你不客气！"说完，阴着脸做了一个驱逐的手势。

阿米提也不哀求，咬了咬牙说："走就走，没有见过你这样不讲理的人！"说完，拄起拐杖就要往外走。

陈阿弟不答应了，她袒护着阿米提对单宝仁说："你看他伤成这个样子能走吗？这要是搁你身上，你能忍心让他就这样走吗？你还有没有点同情心？你出门在外难道就不会遇到难处吗？你要是遇到难处人家对你这样你心里怎么想？这个家不光是你的，我也有一半，人是我救回来的，救人要救到底。不管你们过去有什么恩怨，等他把伤治好了，你们怎么论理都行，但现在不行，这样做是要坏良心的！"说完，又把阿米提拦了回来。

这一下，单宝仁就开始把气往陈阿弟身上撒了。他指着陈阿弟暴跳如雷地说："你这是什么意思？一个外来的男人，我说让走，你说让留，你是不是看我常年在外，你受不了了，要再找个男人？你要是真这样想，就早说，不要用这种做法来气我！"

陈阿弟一听，心想这是什么话呀，一步窜到单宝仁面前指着他的鼻子说：

"你还是个人吗？我救了个人就说我是想男人了，那你在外边和一个女人鬼混这算是什么？姓单的，你不要糟践我，在这方面你还没有资格指责我！我今天给你说清楚了，这个大兄弟不管你让不让留，我是留定了，不但要留，而且要一直把他留到伤病治好。我这样做也不是为了让他日后报答，我就是看他可怜，你我都是可怜人出身，可怜人要帮衬可怜人，这是做人的本分，走到哪里都不会错！你要是不同意，你就还去做你的生意，等他伤病好了人走了，你再回来！"

单宝仁说："这话可是你说的。那好，我现在就要你一句话，你是让他走还是让我走？"

陈阿弟说："我并不是非要你走，而是说你如果真的不想见他，你就先回避一下，等他把腿伤养好了以后你再回来，这还不行吗？"

单宝仁指着阿米提，用凌厉的目光对陈阿弟说："我也没有耐心和你绕圈子了，你就说一句话，让不让他走？"

陈阿弟态度依然很坚决："我还是那句话，眼下不能让他走，一定要让他把腿伤治好，哪怕是让他能把拐杖扔掉也行。"

单宝仁像下了最后的决心一样说："那好吧，你不让他走，那我就走，你可不要后悔！"说完，提上提包气呼呼地返身出门。

阿米提拄着拐杖上前拦他，他一甩胳膊把阿米提捽了个趔趄，只听阿米提"啊呀"一声，一屁股坐在了地上，刚刚好转的腿伤又一次骨折了，头上的汗珠顿时滚落了下来。

单宝仁回头只是看了阿米提一眼，就转过身气呼呼地出门走了。

陈阿弟对着单宝仁的背影骂了一句"天杀的"，赶忙上前把阿米提扶起来，把他架回了屋里。

单宝仁本来就对这个家失去了兴趣，这件事一出，他就干脆来了个借梯上楼，跑到游秀碧这边来了。在游秀碧的挑唆下，他们俩在通天河近郊另租了一套单元房，两个人从此正式同居，单宝仁也不再回家了。

单宝仁走后，陈阿弟向阿米提询问他是怎么认识单宝仁的，阿米提就把事情的来龙去脉给陈阿弟详细述说了一遍。陈阿弟听完后，气愤地说："都是那个狐狸精出的坏主意，他们早晚是要遭报应的！"

阿米提感到由于自己的到来影响了人家的家庭和睦，骨折复位后坚持要走。但陈阿弟仍然坚阻。她知道，单宝仁是靠不住了，自己有那么多的地要种，还要捡拾废品，确实需要一个帮手。另外，她还有个想法，就是现在随着城乡人民生活水平的提高，不管是城市还是乡村产生的垃圾量都越来越大，能回收利用的废品也比过去更多，如果把地里的活交给别人干，自己以主要精力捡拾废品，这样收入会更好一些。于是她对阿米提说："你的腿伤这么严重，现在这么出去往哪里走？另外，我这里也确实需要有个人帮忙，如果你确实想走，我想让你把腿伤养好，同时也让我找到合适的帮手以后你再走，这段时间就算你给我帮忙了，你看这样行不行？"陈阿弟既然把话说到了这个份上，阿米提知道陈阿弟也是好意，也就同意了。

单小宝对阿米提的到来本来是欢迎的。他知道，妈妈是个善良的女人，妈妈做的事情肯定是对的。所以，每次从学校回来，他都要帮助妈妈照料伤病治疗中的阿米提。阿米提也非常喜欢这个爱学习、知道心疼妈妈的孩子，每次他们两个在一起的时候，他总是要给小宝讲新疆的风土人情，讲发生在新疆的有趣故事特别是阿凡提的故事，讲自己的人生经历，讲他自己知道的一些有伤病、有残疾的人自强不息、顽强拼搏的生动事迹，鼓励他要做一个有志向、爱学习、勇于战胜病魔的人，将来长大了回报父母、报效国家。单小宝身体不好，为了给他增加营养，阿米提发挥自己会做饭的长处，常常在条件许可的情况下，帮助陈阿弟尽可能地为他改善生活。单小宝的病情时轻时重，病情轻、能够正常上学的时候，阿米提每天帮他准备学习用品，做好家务，尽量让他能够集中精力用于学习；病情重、需要住院治疗的时候，阿米提每天总是把饭菜准备好，让陈阿弟及时送往医院，自己则在家里做好家务，照看好家事，为单小宝治病助力，也为陈阿弟减轻负担。这样一来二去，阿米提就和单小宝建立起了不是父子但近似父子的关系，有时候两个人一旦离开的时间稍长几天，彼此之间都会想念的。

然而，自从单宝仁因为阿米提的到来而离家出走的事情发生后，单小宝对阿米提的态度却变了，他认为单宝仁的出走完全是阿米提造成的，是因为阿米提的到来才使他们这个完整的家破裂了。于是自从单宝仁离家出走之后，他就不再理阿米提，不再亲近他，甚至还有意识地疏远他。

单小宝知道单宝仁平时和陈阿弟的关系不好，他也知道是什么原因造成的，有时候他甚至还有点恨单宝仁。但他知道，单宝仁毕竟是他的爸爸，在这个家里不能离开爸爸，作为儿子他也不能没有爸爸。现在爸爸离家出走了，而且是因为阿米提的原因，他自然就把账全部记在了阿米提的身上。他想劝妈妈让阿米提走，但有一次他试探着向妈妈说了一句，就被妈妈断然拒绝了，妈妈说："做人要有同情心，不能见难不救，见到有难人如果不伸出援手，上天会惩罚的。"妈妈这样一说，他就不敢再劝了。

单宝仁虽然这些年一直在外边跑生意很少回家，但他和单小宝毕竟是父子关系，离开的时间一长，两个人之间都互相有些想念。这天是星期天，单小宝背着妈妈找到了单宝仁。他的本意是来看看单宝仁，缓解一下思念之情，同时也是想劝劝单宝仁赶快回家，不料想单宝仁已经被游秀碧死死地控制着，几乎是身不由己。游秀碧还给他说了许多挑唆性的话，说阿米提比单宝仁年轻，陈阿弟肯定是看上阿米提了等等，说得这个不谙世事的少年火冒三丈。单宝仁也让他快回去劝劝陈阿弟让阿米提快走，说如果阿米提一天不走，他一天都不登这个家门。经游秀碧和单宝仁这么一挑拨，年龄还小、经事还少的单小宝就更加怨恨阿米提，跑回家的当天就要求陈阿弟赶快把阿米提赶走。陈阿弟不同意，他一气之下就干脆离开了家，也离开了学校。

单小宝辍学后不着家，整天在街头游荡，没几天就被赛迪克团伙的人盯上了。

赛迪克在信阳被释放后不思悔改，又带着他的团伙成员操起了旧业。他原打算是到东南沿海去的，后来他感到自己的口音和那边的人差别太大，恐怕一出手很快就会被发现，所以他还是选择到了西南地区。前段时间他一直在贵阳及其周围活动，最近才来到了通天河附近的几个市、县。到这里后他发现，这里的少数民族很多，语言、服饰、长相等互相之间差别也不大，于是他就决定把大本营扎在这里，团伙成员分成若干个小组分头活动，有大的机会就收，平时放开，八仙过海各显神通，但风筝线还是牢牢地抓在他自己手里。另外，他在被关押期间，有的团伙成员失散了，他现在还得想办法把他们收拢起来。他们这样既安营又流动，就给单小宝这样的孩子提供了学坏的温床。

赛迪克团伙采取的敛财办法仍然是明面上搞新疆的特色文艺演出，暗地里实施偷盗。这天他们在离通天河不远的一个县城活动期间，被单小宝看到了，单小宝过去没有见过新疆的杂耍和歌舞，看了赛迪克团伙成员的演出感到很新奇，跟着演出人员接连看了三场还不满足，于是又看了第四场。他的举动其实早在第二场时就被赛迪克团伙中那个常戴墨镜的青年男子看到了，到第四场的时候，青年男子把他叫到一个饭店里进行了洗脑，同时给他说出了优惠条件，凡是他弄来的钱二一添作五，他可以得到一半。事后青年男子亲自带着他试做了一次，所得收入全部给了他。单小宝一看钱来得这么容易，心想要是跟着他们干以后就再也不用为医疗费作难了，于是就下了决心。也就是在这期间，他才认识了赛迪克，当然也认识了艾尔肯。艾尔肯也通过他知道了阿米提的下落，心里很是欢喜。

艾尔肯虽然跟着赛迪克已经干了多年，但他的良心并没有泯灭，之前还多次帮助过阿米提。现在看到单小宝也进了狼窝，他知道这样做对于这个不谙世事的少年来说将意味着什么，于是就找机会把单小宝的情况转告了阿米提。阿米提一听不敢怠慢，拄着拐杖前去寻找。走之前陈阿弟特意给阿米提的口袋里塞了些钱，以防对方如果不放人就花点钱尽量把人领回来。谁知阿米提找到他们的活动场所后人还没见到，口袋里的钱就被盗劫一空，阿米提只好空手而归。哪料想单小宝已经先于阿米提到家了，并把偷来的钱交给了陈阿弟。陈阿弟一看这是自己给阿米提的钱，当场把单小宝暴打了一顿。阿米提回来后对单小宝反复劝阻，单小宝依然充耳不闻，在家里只待了两天就又趁机逃出了家门。阿米提第二次通过艾尔肯又寻到了单小宝，强拉硬拽着他去上学，但单小宝丝毫没有心思，很快逃学，开始跟着赛迪克鬼混。

陈阿弟本来是把单小宝看成自己这辈子的全部希望，没想到他现在竟堕落成了这个样子，一时间万念俱灰，对生活彻底失去了信心，于是就在一个夜深人静的晚上投进了附近的一条河里。好在是阿米提事先发现了她的异常举动，在她出门时悄悄地跟在了她的身后，最终总算没有酿成悲剧。但由于她心力交瘁，加之又在河水里挣扎了一阵，她还是被送进了医院。

单小宝得知母亲因他而自杀的事情后有所悔悟，提出以后会尽量不让母亲操心，但前提是阿米提必须走开。阿米提看事已至此，知道自己也该走了，就说服陈阿弟准备离开单家。

临离开前，阿米提根据陈阿弟的提议，从她捡来的废品中找出了几块能用的旧铁皮，然后扛着来到铁制品店，让店主帮着打了一个烤肉箱。陈阿弟还要给他掏钱，他只留了10元钱，其他的就婉言谢绝了。因为他知道，单小宝的病不知道什么时候会重犯，只要犯一次，那将又是一个大窟窿。

阿米提离开后，陈阿弟怕赛迪克的人再来找单小宝的事，就把单小宝的名字改成了周小勇，并把他送进了远处的一所寄宿学校。

第十二章
郝戈是个好哥哥

阿米提虽然腿伤还没有痊愈，但他怕影响陈阿弟母子之间的关系，执意离开了陈阿弟家。他按照之前蒋蓉秀老妈妈的指引，经过两天的步行来到了通天河市，到达时已近傍晚。这时他感到又累又饿，想赶快找点饭吃。但摸摸口袋里从陈阿弟手里接的 10 元钱，无论如何他也舍不得花。路边有许多卖吃的小摊位，他走着、看着，把口袋里的 10 元钱攥出了水，也始终没有掏出来。他在心里盘算着，这 10 元钱可是他现在所有的本钱，他要靠它在通天河这个被蒋蓉秀老妈妈称作"民风淳朴、人杰地灵"的好地方生存下去的。

终于，他找到了一个小饭馆，花了 1 元钱买了个馍，又跟老板要了碗开水，低着头默默地吃起来。老板看他不是本地人，热心地给他介绍起店里的特色菜，他诚实地告诉老板，他没有钱，吃不起那些特色菜。老板看他一副老实诚恳的样子，主动说请他吃个菜，但他还是谢绝了。

填饱了肚子，他看这位老板挺和气，就和老板攀谈起来。他向这位老板打听："在这附近，哪里可以卖烤羊肉串？"

老板想了一下，说："这附近我还真没有听说哪里有卖烤羊肉串的。不过，你可以到市场上去看看。但你也不要抱太大的希望，因为这地方的人没有吃烤肉的习惯。"

他很感谢这位老板的提醒，但他对自己的烤肉事业还是充满了信心。临出门时，他对老板说："有机会我一定请您吃烤肉！"

离开小饭馆，阿米提这才发现天已经黑了，虽然勉强填饱了肚子，但住的地方又成了问题。这时恰巧有一群"背篓人"从面前路过，他就走上前向她们打听。这群"背篓人"都是女的，年龄都在 30 岁上下，她们都是从乡下来到城市打工的人，主要是靠帮人背些零碎杂物及米面油之类的东西挣些小钱。她们一听说他要找住宿的地方，其中一位名叫阿桑的女人看了看他的装束，自告奋勇地说："找住的地方很简单，你跟着我们走就行。"阿米提一听，条件反射般地婉拒说:"那就不打扰了,现在天气又不冷,在路边墙角随便找个地方凑合一晚上算了。"阿桑没有就此罢手,还是热情地动员他说:"那个地方确实很便宜,绝对是你可以负担得起的。"看着阿桑热情而又诚恳的样子,阿米提不好再拒绝,就跟着她们去了。

阿桑她们住宿的地方离火车站不远,是一家简陋的旅店,人称"大通铺"。这里的住宿费果然很便宜,只要1元钱就可以住一晚。阿米提兴高采烈地在柜台交了钱,跟着阿桑她们进到了所谓的"房间"。进来后阿米提才发现,这里的住宿费便宜是有原因的。放眼一望,一个大开间里用木板搭成了大通铺,男男女女混住在一起。阿米提一看,脸一下子红了,心想:一个大男人家,怎么能跟一群女人住在一起?他抬脚想走,阿桑却拦住他说:"大家出门在外,都是为了生活奔命,何必计较那么多细节!"说完,阿桑就拉着他来到属于他的铺位。阿桑怕他这样睡不自在,就找来一条床单挂起来,给他隔出了一个"单间",阿米提这才勉强入铺。

躺下后,阿米提和这些"背篓人"聊起了各自的经历。听着她们一个个诉说着各自的辛酸,引得阿米提也难过了起来。关灯后,阿米提久久不能入睡,他想起了远方的家人,想起了跟他朝夕相处的同事和朋友,还有他的心上人阿娜尔古丽。曾经有很多次他想打个电话回去问问阿娜尔古丽的情况,但最终都忍住了,这样的一个自己,还有什么脸面再去关心阿娜尔古丽?

深夜,睡梦中的阿米提被吵醒,刺目的灯光照得他睁不开眼睛。原来公安人员前来夜查,发现大通铺男女混住,担心有问题,索性把睡梦中的众人都带到了派出所。面对公安人员的询问,阿米提一一作答,阿桑她们和店主也一齐为他说明事实真相,事情这才作罢。

清晨,随着喧闹的市声再度响起,阿米提把烤肉箱暂时放在旅店里,只身来到大街上开始寻找摊位。当走到通天河畔的一个啤酒屋门前时,他马上就被这里的环境吸引住了。

阿米提在地图上详细研究过这个城市的地理概况。眼前的这条河宽有几十米,它贯穿整个通天河市区。抬眼望去,河两岸全是民居和商铺,而阿米提驻足的酒吧前是一条20多米宽的大道,路沿上长着一行高大的法国梧桐,树边过去便是河岸。

阿米提凭着自己的经验,断定这里是一个十分理想的烤肉摊位,于是便兴奋地回到旅店扛上烤肉箱，当天就在啤酒屋门前的梧桐树荫下支起了烤肉摊。

　　阿米提刚把摊子支起来，还没来得及去市场上买羊肉，一个老板模样的小伙子从啤酒屋里冲了出来。这个小伙子看上去有二十六七岁，中等偏上的个头儿，浓眉大眼，皮肤白净，留着短发，显得很精神，也很精干。事后得知，这个小伙子名字叫郝戈，本地人，是这个啤酒屋的小老板。他一出门就指着烤肉摊气呼呼地对阿米提说："干什么干什么？你把这些东西放在这里要干什么？"

　　阿米提嗫嚅了一下，赔着笑脸说："我想在这里卖烤肉。"

　　郝戈眉头一皱，还是没好气地说："什么？卖烤肉？你没长眼睛啊？这里是卖啤酒的酒吧，不是自由市场，卖烤肉到自由市场去，别在这里捣乱！快走！快走！"一边说，一边做着要赶他走的动作。

　　阿米提愣了一下，问道："这个地方是你们家吗？"

　　郝戈看了看阿米提，答道："我们家倒不是，但这里是我们的地盘。"

　　阿米提说："既然不是你们家，那在这里摆个烤肉摊为什么不行？"说着，又去做开张的准备。

　　郝戈火了，说道："你这个人是怎么回事，不让你摆就快走，还赖在这里干什么？你是个痞子呀？"

　　阿米提下定了决心说："我已经看上了这个地方，谁也不能干涉。"

　　郝戈气乐了，说："这么大个地方，要是你看一眼就归你了，那你为什么不去看地球仪？"

　　不管郝戈怎么说，阿米提就是不走，坚持要把摊子支在这个地方。

　　郝戈看把阿米提撵不走，就拿起手机拨打了一个电话。

　　不一会儿，来了一个骑摩托车、穿灰色制服的人，戴着大盖帽。这个人个头儿不高，看上去有 40 来岁，表情冷冰冰的。他一下车就朝阿米提伸着手说："把牌牌子拿来。"

　　"什么牌牌子？"阿米提不解。

　　"营业执照啊！"

　　"我又不开公司，要什么营业执照？"

　　"这是规定，没有营业执照，你摆什么摊子？"

　　阿米提无奈，只好收起摊子，去办营业执照。

　　后来知道，来的这个人是这个片区的城管，名字叫吴尊。

　　阿米提来到工商局办事大厅，方知办营业执照还需要身份证。自打从信阳的公安看守所出来后，他的身份证就一直被藏在牛仔裤腰的暗口袋里，后来因落难被陈阿弟收留后，陈阿弟看他的裤子太烂，就把单宝仁的裤子换在了他身上。这条裤子没有暗口袋，他就把身份证装在一个专门的小包里。住到"大通铺"后，他怕身份证丢失，就把装有身份证的小包按贵重物品寄存到了前台。现在因办营业执照需要身份证，无奈他又跑回"大通铺"去取，一直折腾到天快黑才把执照领上。

阿米提领回营业执照后，第二天就名正言顺地来到原地把烤肉摊支了起来。为了证明他这个摊位的合法性，他还特意把新办来的写有他名字的个体户营业执照挂在了摊子上。

可是，还没等他开张，郝戈又从啤酒屋里出来了，气势汹汹地要他赶快搬走。

"真是狗咬耗子！"他在心里骂了一句，对郝戈说，"你这个人才稀罕！这里又不是你们家的地方，你凭什么叫我搬走？"

郝戈也不同他争论，又给城管员吴尊打了电话。

看来他和吴尊的关系还真是不一般，他的电话刚一放下，吴尊就骑着摩托车过来了，对阿米提说："大街上不能随便摆摊设点，快把你的摊子搬走！"

阿米提和他争论，他摘下阿米提的营业执照就走了。

没有营业执照可不行！阿米提赶忙追到吴尊的办公室，说了许多好话，承诺一定搬走，吴尊才把营业执照还给了他。

阿米提走出吴尊的办公室时气得直攥拳头。

回到原地，他气鼓鼓地扛起烤肉箱，把烤肉摊支在了农贸市场，用身上剩下的六元五角钱买了些羊肉作为开张生意。可是，不管他怎样吆喝，就是没人光顾，他在摊子前等了一天都几乎无人问津。自己没有冰箱，他怕羊肉放的时间长了变质，就叫来那群"背篓人"免费让大家品尝。

阿米提开业不顺，他决定重新选点。

他在街上转了一圈，不由自主地又来到郝戈的啤酒屋前。

当时有一辆装满啤酒的大卡车停在门前，只有郝戈一人在卸车。阿米提犹豫了一下，主动走上前搬下来一箱子。

郝戈大声喊着说："别动！别动！"

阿米提说："怕什么？我又不问你要钱！"

郝戈不好再说什么，就随了他。

其间阿米提问郝戈为什么就他一个人在卸车，郝戈说："本来说好是明天才送的，我让我的员工放了一天假，没想到送货的时间提前了。"

卸完车郝戈要给阿米提付劳务费，阿米提说："举手之劳的事情还要什么钱？这种事情我在部队上的时候干得多了。"

郝戈一听阿米提当过兵，好奇地问："怎么，你也当过兵？"

阿米提说："当过兵，当了整整三年。"

郝戈问："你当兵在哪个省？"

阿米提说："我们当兵没出疆，就在新疆境内当的兵，也算是'家门口'兵吧。"

郝戈问："那你在哪个部队当的兵？"

阿米提说了原部队的番号。

郝戈惊奇地说："哈！原来我们是一个师的！"

说完，就激动地拉着阿米提的手往自己的啤酒屋走。

郝戈把阿米提让进屋里坐下，打开一瓶啤酒给阿米提和自己各斟了一杯。他先是对自己之前的做法道了歉，接着询问阿米提把烤肉摊支到哪里去了。阿米提说明情况后，他催着说："快去，你把摊子再搬回来。"

阿米提说："这不影响你的生意？"

郝戈说："影响啥？你卖烤肉，我卖啤酒，兴许咱俩的生意还能互补呢！"

阿米提说："城管再来找麻烦怎么办？"

郝戈说："这个你不用担心，我和他是朋友。"他指了指挂在墙上的聘书说："我还是他们的市场义务监督员呢！"

阿米提一听，像遇到救星一样，站起来右手抚胸连连对郝戈表示感谢。

郝戈问阿米提住在什么地方？阿米提说："还没有找到住的地方。"

郝戈想都没想，说："我这里有个库房，你来看看怎么样？"说着，拉上阿米提就往外走。

郝戈拉着阿米提来到他的啤酒库房。库房很大，有一半是空着，不要说一张床，三张床都能支下。阿米提高兴极了，连连说"好"。

郝戈趁热打铁，和阿米提一起，一会儿就把房间收拾得干干净净，并且把床也支上了，还买来了日用品，俨然一个新家。阿米提激动得不知说什么好。

晚上，郝戈又来到这里，和阿米提促膝长谈在部队上经历的那些事儿，一直说到深夜。

早晨一起来，阿米提就把烤肉箱搬了过来。可是当他去支摊子的时候，他却犯愁了，自己身无分文。他在烤肉摊前思谋了一阵，又把烤肉摊收起来，往街上走去。

在土特产一条街上，阿米提挨个儿询问门店和摊位寻找打零工的机会，可是问了十几家都不需要。眼看午饭时间已到，他无奈地低着头又回到了郝戈啤酒屋前。

阿米提坐在自己的烤肉摊前，一副无助的表情。郝戈走过来，关切地问道："你一上午都到哪儿去了，为什么还不支摊？"

阿米提支支吾吾地说出了自己的苦衷：想打点零工先挣点本钱回来。

郝戈一拍大腿说："嗨！就这么点小事，你还用犯那么大的难？说吧，需要多少？"

阿米提迟疑了一下，伸出了五个指头。

郝戈说："500元？"随手掏出一沓钱大致数了一下，递到了阿米提手里。

阿米提又把钱塞到郝戈手里，一边摇头，一边摆手。

郝戈以为500元不够，又要进屋去拿，被阿米提拦住了。原来他只需要50元。

郝戈慷慨地给他递过来100元，并说："如果不够，尽管跟我要，我虽然还不是大老板，但给你铺个本还是绰绰有余的，你就不要再到处打零工了。"

阿米提把钱接过来，说："等我挣来了一定还你，而且还要加倍！"

郝戈说："这样说你就见外了！在家千日好，出门一时难，谁出门在外还不会遇到点难处？况且我们还是战友呢！这是我送给你的，再不要说还的话了。"说完，把阿米提拉进屋里吃午饭。饭后，骑着摩托车带着阿米提去菜市场买烤肉的食材。

食材买回来后，阿米提的烤肉摊就正正规规地支起来了。谁知刚一支摊，城管员吴尊又骑着摩托车来了，这次是不请自到。他一到，就要没收阿米提的营业执照。郝戈忙走出来说："吴管，这是我的战友，是我邀请过来的。"吴尊奇怪地说："前两天你还给我打电话要撵他走，怎么一转眼又成战友了？"郝戈说："过去我们不认识，后来一说还是一个师的，这就叫不打不相识嘛！"吴尊说："是战友也不能破坏规矩，不能随便摆摊设点。"郝戈说："我们现在合伙了，他卖烤肉，我卖啤酒，这样对我的生意也有好处。"吴尊还要阿米提搬走，郝戈说："城管费我再加一点。"吴尊说："那你要保证规范经营，卫生清洁，不能乱抛乱扔，否则就要按规定处罚。"郝戈一个劲儿地点头答应着，并承诺说："你把这一片的卫生都交给我，达不到要求你拿我是问！"

吴尊走后，阿米提紧紧地拉着郝戈的手说："郝戈，我的好战友，你真是我的好哥哥！"

就在阿米提在通天河竭尽全力谋求立足的时候，远在成都的古兰兰和黑枣还在为找不到他而忧心忡忡。

本来，古兰兰和黑枣他们到成都后，是指望阿米提会到公安局附近去找他们的，所以他们一到成都就把服装摊和烤肉摊支在了那里。后来那里的摊贩越来越多，政府为了那里的清洁和安全，就把那个临时市场给取缔了，他们也只好分别搬到了服装街和美食街上。虽然地点变了，但他们仍然没有放弃对阿米提的寻找，经常或分或合地在周围的农贸市场、菜市场、餐馆饭店或回到公安局附近查找。这样查找了一个多月，仍然没有得到阿米提的任何信息，他们就扩大查找范围，逐个街道、逐个社区、逐个车站码头地找，一直找了半年多，还是没有消息。无奈，古兰兰把黑枣留在成都守摊子，自己则从西安开始，一边做生意一边查找，沿着阿米提之前曾经打过工的路线走了一遍，每到一地都找一个合适的人留下自己的手机号码，以便有了消息能及时联系。即使这样，阿米提还是杳无音讯。

眼看着和阿米提失去联系已经一年有余了，古兰兰和黑枣都或多或少地有些失望。

这天，古兰兰突然想到一个问题：阿米提会不会是回新疆老家去了？

这个问题一提出，黑枣也受到了启发，他说："这个好办，问问他们家里不就知道了？"

古兰兰说："新疆那么远，我们都没去过，也不认识他们家的人，找谁去问呀？"

黑枣说："古阿姨也是，聪明一世糊涂一时。你那么聪明，怎么连这个芝麻的事情都解决不了？"

古兰兰更加不解了，说："哈！我们的黑枣长大了，也会取笑你古阿姨了！你说说看，你有什么好办法？"

黑枣说："古阿姨，你不是在装糊涂吧，给他们家里打个电话不就得了？"

古兰兰说："这倒是个办法，可是我们没有他们家的电话号码呀？"

黑枣说："我这里有。"说着，扭过身子，从他的裤腰里取出一个很薄的小黑皮夹子，然后把皮夹子打开，从里边拿出一张小纸片，递到了古兰兰手里，指着一个号码说，"我和阿米提叔叔在一起的时候，他经常给这个号码打电话，你用手机打一下试试。"

古兰兰接过小纸片一看，上面用很小的字密密麻麻地记满了电话号码，其中还有她自己的。她既吃惊又赞赏地说："我们的黑枣真是个有心人！"说完，就取出手机照着黑枣说的一个号码拨了出去。

连续拨了几次，电话终于拨通了，接电话的是个男同志。她问这里是不是阿米提的家里，对方说他们这里是乡供销合作社，阿米提曾在这里工作过。对方问她找阿米提有什么事，她如实说明了打电话的目的。对方没有正面回答她，而是问她和阿米提是什么关系，她回答说是朋友。对方问她是不是到北京去看过阿米提，她说是的。对方问她是不是和阿米提在一起照过相，她说照过。说完后她有些纳闷，问对方是怎么知道的。对方回答说，他看过她的照片，说她长得很漂亮。她感到更加蹊跷了，就问对方和阿米提是什么关系。对方回答说，他是阿米提的同事和铁杆朋友，并主动地通报了自己的姓名，说他叫迪力夏提，他们也在到处寻找阿米提。话越说越近，对方就向她通报了阿米提的最新信息。说是一个多月前，警方在广西和贵州的交界处打掉了一个通过欺骗手段劫持民工以获取暴利的犯罪团伙，他们根据这个团伙留存的受害人的信息和物品，凡是受害人还在那里的，就把应该属于他们的劳动报酬和扣押的物品现场归还，然后把人员遣散；受害人已经离开或亡故的，则把上述的劳动报酬和物品寄回他们家里，阿米提的家里就是收到了他的这些东西后才知道他的消息的。她一听把东西寄回家的人是已经离开或亡故的，一下子紧张起来，忙问：那阿米提人呢？他到哪里去了？对方说，据警方介绍，阿米提在被那个犯罪团伙劫持后，时间不长就逃跑了，现在下落不明。打完电话，她把自己的手机号码留给了对方，请求对方一有阿米提的消息就立刻通知她。对方爽快地答应了，说他愿意为美女效劳。

通过这个电话，古兰兰和黑枣虽然没有得到阿米提的具体下落，但总算有了他的消息。他们坚信，聪明和勇敢的阿米提一定会战胜困难，给他们传来好消息的。

于是，他们决心坚守在这里，耐心地等待。

阿米提的烤肉摊终于落地生根了，但他的摊子前终日顾客寥寥，很不景气。虽然有郝戈的冰箱让他使用，卖不出去的羊肉可以放在冰箱里，不害怕腐烂变质，但生意做不起来，却让他寝食难安。他望着生意兴隆的郝戈啤酒屋，急得在摊子前乱转。

一天，吴尊走过来询问经营情况，阿米提叹着气直摇头。

吴尊说："这里的人们以前没有吃过你这种烤羊肉串，他们对烤羊肉串不了解，不知道它好不好吃。你要想把生意做起来，首先需要做好宣传工作。"

阿米提问："宣传？怎么宣传？"

吴尊说："你可以在报纸、电视上做广告，也可以印一些传单散发，实在不行，还可以找些人来进行口头传播。"

阿米提一听，心想，在报纸、电视上宣传咱没有办法，印传单也没有钱，但找几个人还是有办法的。于是，他骑上郝戈的摩托车就走。郝戈问他干什么他也没顾上回答。

阿米提来到"大通铺"，找到阿桑，说明了来意。这群"背篓人"看见阿米提很是亲切。当她们知道阿米提的来意后二话没说，跟着阿米提来到了他的烤肉摊。

一群"背篓人"在烤肉摊前又唱又跳，吸引着一拨拨市民围拢观看。尽管这群"背篓人"使出了浑身解数，但终究没能达到阿米提的心中所想。阿米提很是苦闷。

晚上，阿米提来到郝戈的啤酒屋向郝戈请教。郝戈想了想说："你先不要发愁，我帮你想点办法。"

阿米提一看郝戈答应帮忙，眼前有了希望，因为他从这几天的接触中已经感受到，郝戈为人仗义，朋友多，只要他答应的事，肯定没问题。可是一连三天过去了，郝戈却一点动静也没有。他有些坐不住了，来找郝戈，刚走到门口又犹豫了，他感到求人办事这样催得太紧也不好，就又回到摊子前坐了下来。

这天到了周末，阿米提想今天的生意可能会好一些，所以就早早地起床，做好了出摊前的准备。可是，他想象的情况并没有出现，已经到中午了，前来吃烤肉的顾客和往常一样依然是寥寥无几。他沮丧地坐在一边，发愁得脸都绿了。

这时，郝戈走了过来，说："阿米提兄弟，今天晚上我有重要客人，请你给烤上 100 串肉。100 串可能还不够，你要多准备点料。"

阿米提疑惑地说："你有多少客人，要吃这么多？况且这里的人是不喜欢吃烤肉的。"

郝戈说："这个你不要管。你尽管烤，有人吃。到时候如果不够，我还会来拿，你的任务是保障供给！"

阿米提看了看他，将信将疑地又到市场上买了些羊肉拿回来穿好，放在了烤箱上。

夜幕降临，郝戈的客人陆续到达。其中有：通天河日报社记者文雅、通天河电视台记者高见、通天河经济报社记者张清源和通天河学院英籍外教凯丽斯，以及双凤酒楼的双胞胎姐妹张雪梅和张雪燕。

客人一入座，郝戈就说明了来意："我的啤酒屋最近增加了一个新的项目——喝啤酒吃烤肉，今天主要是把大家请过来试吃一下，请大家放开肚皮尽管吃，吃多吃少都不让大家掏腰包。但有两个条件：一个是有什么意见要当场提，以便改进；另一个是，你们都是场面上的人，有的还是媒体人，如果感到好吃，要广为宣传。"接着让阿米提把烤肉端了上来，向大家介绍说："这是我的战友，也是我的合作伙伴，来自新疆，他的名字叫阿米提·海里木，这些烤羊肉串就是他亲手做的。"

阿米提听到郝戈向大家介绍他，马上用右手抚胸向大家致礼。

参加聚会的这些人大多是文化人，赶忙鼓掌以示谢意。

张清源把他的名字念了一遍，但只念了前一半就忘记了，他对阿米提说："你的名字这么长，像两个人的名字，不好叫，叫了也不好记，能不能简短一点？"

阿米提连忙解释说："我们的名字之所以比较长，是因为它由两部分组成，前面的部分是我的名字，后面的部分是我父亲的名字，就相当于汉族人名字中的姓，中间用圆点隔开。叫的时候，一般只叫前面的部分，也就是名字，后面的姓就省略了。比如说我，你们平时只叫我阿米提就行了。"

阿米提这样一解释，大家都笑了。张清源说："阿米提，好，这样叫好，这样叫一次我就记住了。没想到你们的名字当中还有这么多文化呢！"

大家围绕着阿米提的名字说笑了一阵，郝戈让阿米提开始给大家发烤肉。阿米提一手端着摆放烤肉串的盘子，一手恭恭敬敬地给大家每人发了一串烤肉。大家把烤肉串拿到手里后，都是举在面前仔细端详，谁也不往嘴里送。阿米提明白了，是因为大家过去都没吃过，不知道怎么吃，所以都怕出洋相，谁也不敢先吃。他在其他地方也遇到过这种情况。他知道此前郝戈在他的摊子上尝过，就给郝戈递了个眼色。郝戈会意，做了个示范，大家这才吃起来。

大家不吃还好，一吃就惊叫了起来，几乎是异口同声地说："哇！真香啊！"

高见嘴里一边嚼着肉，一边像私塾先生在课堂上教学生读书一样，夸张地摇晃着头说："天下怎有如此之美味！"

张清源接过他的话茬儿说："不！应当说，天下竟有如此之美味！"

话音刚落，就引起大家一片欢笑声。

文雅是个女同志，记者出身，遇到新事物喜欢弄清楚来龙去脉。她向阿米提问道："阿米提先生，这么好吃的美食，你是怎么做出来的呀？"

阿米提介绍说："这种吃食，说它好做也好做，说它不好做也不好做。咱们简单一点说吧。每次在烤之前要把食材先准备好。食材也比较简单，主要是羊肉，最好是羊后腿肉或里脊肉，再就是调料，有辣椒粉、孜然、洋葱、咸盐等。烤之前要先将羊肉洗干净，切成 3 公分见方、0.6 公分左右厚薄的方块，然后用扦子穿起来，穿的时候一般是一串 7 块至 8 块，肥瘦要搭配开，否则烤出来的肉串干硬不好吃。食材备好后就开始烤，烤的时候，是把肉串平架在火上，一边烤一边撒上辣椒粉、孜然、洋葱、咸盐等佐料。这样烤上两三分钟，当肉色呈酱黄色时，翻过来再用同样的方法烤另一面。两面都烤好后，连同扦子放在盘中就可以食用了。"

文雅一边听一边点头，阿米提说完后，她感叹了一句："这么说，这也不复杂嘛，可是过去我们这里为什么就没有这种吃法呢？"

阿米提说："这种烤肉串要想好吃，至少要有四个方面的条件作保证。一个是食材要好。肉最好是后腿或里脊肉，羊身上其他部位的肉都不如这些部位的肉质好。而且新疆北疆地区的羊肉最好，像伊犁、塔城、阿勒泰这些地方的羊肉就特别适合烤肉串。"

说到这里，文雅插问了一句："为什么这些地方的羊肉最好呢？"

阿米提说："这也是相比较而言的。去过新疆的人都知道，这几个地方都是大草原，草原的水和土壤中含碱量比较高，羊喝了这里的水、吃了这里的草，体内的含碱量自然也就比其他地方要高，它们的肉也就没有膻味，所以吃起来就感觉特别的香。"

文雅一听，"噢"了一声，说："这里边还真有些奥秘呢！"

阿米提继续说："烤肉串要想好吃，第二条是烧火的材料要好。最好的是木炭，木炭烧起来无烟不说，最大的好处是火力有力而且匀称，容易把肉烤透，而不是光烤表面。而且木质的材料无毒，大家现在都讲究绿色、环保，用炭火烤的肉吃起来放心。第三条是火候。这就像你们女同志炒菜一样，掌握火候很重要，如果火候掌握得不好，要么烤过了，肉被烤煳了；要么烤轻了，肉只烤了个表面，内里不熟，这样都不好吃，也不能吃，吃了就会出毛病，闹肚子。"

阿米提说到这里，文雅又插问了一句："那火候怎么掌握才好呢？"

阿米提一听笑了，说："这个让我说我也说不出来，但我能做出来，这就像你们炒菜一样，要靠自己去练，去体会，去琢磨，练习的次数多了，也就慢慢能掌握了。"

文雅说："我听明白了，这得用心体会。"

高见接上来，还是摇着头晃着脑袋说："我也明白了，这就叫'运用之妙，存乎一心'也！"

大家又是一阵笑声。

阿米提继续说："第四条和第三条一样，放佐料要适当。放多了或是放少了，都会影响肉的口感。"

文雅说："是的，再好的东西，如果掌握不好度，都会走向反面。"

阿米提最后说："当然，上面说的都是一些主要的方面。其他还有一些，比如说，孜然，这是一种上好的佐料，烤肉串如果离了它，你就吃不到真正的烤肉串了。但这种孜然也是一定要用正宗的，如果你用了假冒伪劣产品，也同样达不到要求。有些人卖烤肉，不用孜然，而是用其他同类产品代替，这是对消费者的一种欺骗和亵渎。再比如穿肉用的扦子，烤肉串过去用的大多是红柳枝做的扦子，由于红柳本身有一种特殊的香味，所以用它做成的扦子烤出来的肉就特别香。但这种植物是长在沙漠里的，被称为沙漠守护神，它们长得很慢，砍伐后恢复起来也很慢。这些年新疆为了保护绿洲，防止沙化扩大，已经不允许随便砍伐红柳了，所以现在我们烤肉用的扦子一般是铁质的，也有少量用竹子做的。虽然和红柳扦子相比烤出来的肉串口感稍微逊色一些，但为了我们自己的生存和我们的子孙后代，我们还是要遵守国家的法规，不要再去毁坏那些沙漠的守护神。还有，在烤肉之前要准备几个洋葱，切好放在清水桶里停一段时间，待水有些洋葱味了，再把穿好的羊肉放进洋葱水里泡上几分钟，等到要烤肉的时候再拿出。这样会使肉烤出来更嫩，不仅不大容易烤煳，还不会粘在槽子或扦子上。这可是我们新疆烤羊肉串的'秘密'呀！"

大家一边吃烤肉、喝啤酒，一边听着阿米提的讲解，都感到开阔了眼界，很有收获。

文雅说："真没想到，小小的一串烤肉，还有这么多讲究，真是长知识了！"

张清源纠正说："这不只是讲究，而是一种学问，一种文化，而且这种文化值得在我们通天河大力宣扬和推广，让其他的民族都能从中汲取到营养。"

高见说："我们的张大评论家不愧是搞社会评论的，不管什么样的新生事物，他都能找到其与我们通天河社会发展的切入点和结合点，我看我们应当建议市委、市政府给你授勋！"

在说说笑笑中，聚会的气氛愈加浓烈。

郝戈看看火候已到，就从座位上站起来，双手抱拳对着大家说："既然各位老大哥、老大姐对我的老战友阿米提先生的烤肉串这么赞赏，那就拜托各位利用各自的便利条件帮助给多做些宣传，让我这位老战友的烤肉生意能够尽快地热闹起来，这也算是响应市委、市政府说的要多为通天河引进项目和人才的号召，为我们通天河做了一件好事啦！"

阿米提一听，也连忙站起来向大家表示感谢。

文雅接过阿米提的话茬说："阿米提先生，不是你感谢我们，而是我们要感谢你，感谢你给我们带来了这么好吃的美食，感谢你给我们提供了这么好的一个新闻素材。你能把新疆美食烤羊肉串带到我们通天河来，这本身就具有新闻价值。"

此言一出，大家都热烈地议论起来。

张清源说："文姐和高见，你们都掌握着通天河最大的宣传机器，可不要吝啬哟！"

文雅说："那好，我现在就表个态，明天我就来向阿米提先生采访一下，然后写一篇推介文章，发到《通天河日报》的《生活广场》栏目，题目我都想好了，就叫《通天河畔新美食——新疆烤肉串》。"

文雅的话音刚落，就引起了一阵热烈的掌声。

高见接上来说："我也想好了，就搞个电视报道，题目暂定《新疆烤串落户通天河》，明天我也来找阿米提先生采访。"

"好！"又是一阵掌声。

高见说完，看张清源不吭声，就将了他一军："张大哥也不能'坐山观虎干'吧？"他把"坐山观虎斗"换成了"坐山观虎干"。

大家自然又是一阵笑声。

张清源扶了扶架在鼻梁上的深度眼镜，用诙谐的语气慢条斯理地说："请诸位完全放心，我是不会白尝这顿美食的，我虽然没有你们那么大的权力，但我可以写一篇社会评论，中心思想就是：新疆烤串能否引领通天河美食新时尚？我们拭目以待！我想用这样的办法吊吊那些食客的胃口，诸位以为如何？"

他这样一说，大家欢呼起来了，高见也学着他的腔调说："然也！然也！"

大家的笑声更响亮了。

最后大家把目光投向了张雪梅和张雪燕。这是一对彝族双胞胎姐妹，开着一个中等规模的酒楼，名字叫双凤酒楼。她们坐在一旁，只是听，一直没有说话。这时她们一看大家都把目光投向了她们，姐姐张雪梅大大方方地表了个态："我们不是搞宣传的，也没有宣传工具，我们就做点实际的，从明天开始，在我们酒店的菜谱里加一道新菜，菜名就叫'新疆烤羊肉串'，让阿米提先生做我们的指导厨师。大家看这样行不行？"

"太好了！太好了！"郝戈带头鼓起了掌，"这样做不仅能增加烤肉串的销售量，而且是用实物给顾客们做了宣传，这样宣传的效果肯定会更加直接。"

文雅也说："这是个好办法，到时候还可以让阿米提先生去给顾客们现场介绍一下烤肉串的文化知识，那样效果会更好。"

大家都说完后，只剩下凯丽斯。郝戈看她是个外国人，对这些事不一定感兴趣，就没让她发言，准备总结。谁知凯丽斯却生气了，正色道："郝戈先生，你们中国人说：'宁少一湾，不少一碗'，意思是说，遇到好事，宁可把一个村子隔过去，但是也不能让已经得到这种好处的村子漏掉一个人。今天晚上你请我们来，是要让大家给阿米提先生帮忙的，大家都伸出了援手，为什么把我的权利给剥夺了？请你不要忘了，我是一位大学的副教授，我也是有宣传阵地的。"

郝戈一听，脸马上红了，赶忙道歉："对不起，凯丽斯教授，我知道，您是想利用您的讲台给我的老战友阿米提做宣传的，我这样理解对吗？"

凯丽斯说："这才是我最喜欢听的话！"

说完，她突然笑了，说："郝戈先生，我刚才是跟您开了个玩笑，谢谢您今天晚上让我们认识了您这位战友——阿米提先生。看得出来，他是一位很优秀的男士，我很喜欢。"

郝戈高兴了，说："是吗？据我所知，我的这位战友还是一个未婚的小伙子，要不，我给你们当个月下老人？"

"玩笑开大了！玩笑开大了！"文雅制止了大家的笑声。

郝戈言归正传说："今天晚上大家能够赏光，作为东道主我非常高兴，也非常感谢。为了表达我和阿米提先生对大家的谢意，我们做出了一个决定：从明天起，凡是各位自己和你们的亲戚朋友到我们这里来消费的，不管是啤酒还是烤肉，只要你们一个电话，一律五折优惠！"

"真的吗？"大家问。

"真的！"郝戈毫不含糊。

"一言为定？"

"一言为定！"

大家把手掌拍在了一起。

阿米提没有经历过这样的事情，对这样做的效果心中没底。客人离开后，他问郝戈："郝哥，这样做能行吗？"

郝戈信心满满地说："我的阿米提兄弟，你就等着收银子吧！"

宣传工作的威力真是不可小觑！

就在报纸和电视台刊登和播出了文雅他们几个撰写和拍摄的报道和评论后的第二天清晨，阿米提的烤肉摊前早早地就来了一群顾客在等候。阿米提把烤肉箱放在地上，疑惑地说："你们来这么早干什么？不会是要吃烤肉吧！"顾客们抢着说："我们就是来吃烤肉的。报纸上都登了，电视上也说了，说你的烤肉吃起来特别香，我们过去没吃过，都想吃点尝尝！"阿米提半信半疑，说："你们说的可是真的？"众人答道："那还有假！你快烤肉吧，我们都等着尝鲜呢！"阿米提赶忙把烤箱支好，把木炭加上，开始忙活起来。

不一会儿，他的烤肉摊跟前就围满了人。

城管员吴尊过来视察，阿米提连忙让座，并热情地捧上一盘子新烤的肉串，感谢吴尊对他的指点。吴尊谢绝了阿米提的好意，说："为商户服务是我们的职责。"

其实，不光是他这里客人多，郝戈的啤酒屋内外也是顾客满盈，郝戈忙得不亦乐乎。他不时地到门口向阿米提大声吆喝，说他的啤酒屋从来没有接待过这么多的客人，感谢阿米提的烤肉摊给他带来了人气。

夕阳西下。忙碌了一天的阿米提收起烤肉摊，拿出钱包仔细一数，瞪大了眼睛：这么多！不会是数错了吧？他又数了一遍，还是这么多。他高兴极了，拿出一沓子就往郝戈的啤酒屋跑。

阿米提跑进郝戈的啤酒屋，把一沓子钱塞到了郝戈手里。郝戈不知就里，说："你给我钱干什么？"

阿米提说："还你的账啊？"

郝戈说："你什么时候借我钱了？"

阿米提说："你忘了？我刚来的时候哇！"

郝戈想起来了，说："那不就只有100元吗？你怎么给我这么多？而且咱们当时不是已经说好了，我那100元不是借给你的，是作为战友送给你的，怎么能让你还呢？"

阿米提说："我现在有钱了，一定要还！"

郝戈说："要还也只是100元，你给我这么多干什么？"

阿米提说："这些钱是我感谢你的。"

郝戈说："你感谢我干什么？我又没给你做什么。"

阿米提说："你看，不是你把你的朋友请过来给我做宣传，我哪能挣这么多钱？"

郝戈这一下明白了，他笑着说："就这一点小事还用感谢？要说感谢，我还得感谢你呢，要不是你把烤肉摊摆到这里，我的生意哪有这么好？再说了，你可不要忘了我们还是一条战壕里的战友呢！要是搁战争年代，我们还会是生死之交呢！还有，不光是我的宣传好，最重要的是你烤的肉好，你的人品好，大家才愿意来。要是你烤的肉不好，你的人品也不好，就是我宣传得再好，也不会有人来的。"郝戈说着，把阿米提给他的钱又全部装到了阿米提的口袋里。

阿米提感动得紧紧握着郝戈的手不放，最后又向郝戈施以维吾尔族大礼，郝戈也慌忙学着还礼。

阿米提说："就凭着你这份情义，我也要在通天河扎根！"

吃烤肉在通天河是个新生事物，通过报纸和电视的宣传，还有张雪梅姐妹以及凯丽斯教授在酒店和学生中的推荐，前来尝鲜的人络绎不绝。为了满足大家的需求，阿米提除白天卖烤肉外，还在傍晚的时候在烤肉摊前加摆了一排桌凳，并在树上挂起了音响，播放起了具有新疆民族风情的音乐。入夜，许多顾客在阿米提的烤肉摊前吃着烤肉又唱又跳，兴至深夜，俨然一个小夜市。特别是那些年轻人，更是把阿米提的烤肉摊当成了娱乐的好去处，一来到这里便放开了歌喉：

> 通天河人的生活，
> 安逸又洒脱，
> 每天都有包谷酒喝，
> 豆腐干要卖两角多，
> 老板也不会啷个啰唆。
> ……
> 通天河人的生活，
> 就是啷个快乐，
> 喜欢吹拉弹唱，
> 喜欢胡打乱说，
> 每天都会是这样的过。
> 但是，但是，
> 这就是生活……

　　他们一边唱，一边跳，一边还要大声喊叫，极尽欢娱，让阿米提也情不自禁地和他们一起唱跳起来。

　　与此同时，郝戈的啤酒屋内外也是灯火辉煌，他的啤酒生意与阿米提的烤肉摊一样，也是非常火爆，郝戈时不时地也随着阿米提烤肉摊上的音乐声跳上一阵，引来一片喝彩和欢笑声。

　　清晨，市声还未升起，阿米提就早早地来到摊位前打扫卫生。郝戈闻声赶来，也把自己的啤酒屋打扫得干干净净。郝戈问阿米提累不累，阿米提说："说不累是假的，但是这样干很有意思，也就不觉得有多累了。"

　　这天吃过早饭，阿米提又开始出摊。他刚把烤肉摊支起来，城管员吴尊走过来了。他想，吴尊肯定又是来视察的，每次都会给他带来新的鼓励和办法，他很感谢，于是连忙让座。可是，这一次他猜错了，吴尊是来要求他把烤肉摊搬走的，否则就要没收他的营业执照。阿米提一听愣住了，说："我就是卖烤肉的，又没犯什么法，为什么要这样处理我呀？"

吴尊说:"你夜里在这里卖烤肉又唱又跳,大喇叭声音那么大,吵得居民们睡不着觉,大家反映很强烈,状都告到我们局里去了。"

阿米提争辩说:"在我们新疆,夜市可以开到凌晨两三点,有时甚至可以到天亮,我在这里还没到 12 点就收摊了,怎么还要告我的状?"

吴尊说:"你们那里早上 9 点半吃早饭都还不算晚,可是我们这里早上 8 点都得上班了,你说怎么办?"

阿米提这才想起了时差问题,他道歉说:"我以后一定注意这个问题,晚上决不超过 10 点。"

为了求得吴尊的谅解,阿米提还到郝戈的啤酒屋拿来一张纸给吴尊写了保证书。

吴尊拿过保证书看了一遍,又递到阿米提手里,态度和缓地说:"我也不是非要让你搬走,只是想给你提个醒儿。你在这里摆上烤肉摊后,给这一带市民群众的生活也带来了许多方便和新的享受,大家都很感谢你,我们也希望你把这个烤肉摊办得更好,为市民群众提供更好的服务,在这条街上树立起一个样板。只要你以后严格按城管规定办事,多替市民群众考虑,不要再影响他们的休息,我们就一定会大力地支持你,保护好你的利益。"

吴尊说完,还握了握阿米提的手,然后骑上摩托车走了。

望着吴尊远去的背影,阿米提点了点头自言自语地说:"看来这个人也是个好人,过去自己是错怪他了。"

在郝戈和他的朋友们的关心和帮助下,阿米提的烤肉生意日渐兴隆,他的收入自然也随之日丰。经过一段时间的发展,他的业务渐渐地稳定下来,他的心情也逐渐地平静下来,他不用再为找不到活计而担忧,也不再为挣不来钱没有饭吃而失眠,更不再为受人欺凌而担惊受怕,他的心情也渐渐舒展开来。

心情平静下来之后,他又开始思考起自己下一步怎么办。显然,之前的那种流浪生活是再也不能继续下去了,那样的生活真是让人不寒而栗、不堪回首!颠沛流离,衣食无保,受人欺凌,孤独无助,朝不保夕,整天挣扎在饥饿、无助和恐惧线上,过了今天不知道明天会流落到哪里,心中的苦水连个倾诉的地方都没有,更不要说有谁能够帮助自己了。

不想再过流浪生活,就要找一个能够容身、能够接纳自己,且又适合自己生活的地方。显然,通天河是一个不错的选择。

他对自己自从进入通天河以来的经历进行了回顾，也对之前的流浪地进行了比较。他来这里的时间虽然不长，但他对这里的人文地理却产生了浓厚的兴趣，不仅仅是兴趣，而且是一种感情，一种融入和留恋的感情。使他最感动的是人。与在其他地方所接触的人相比，他感到这里的人不欺生、不排外、不吹胡子瞪眼、不坑人、害人。他们对人态度友好，为人和善，待人真诚，让人感到有亲和力、吸引力和安全感，一接触就有一种亲近感、依恋感，一来到这里就不想再离开了。做生意也是这样。这里的人做生意，注重诚信，看重人情，买卖和气，交易公平，不欺行霸市，不讹买讹卖，不坑蒙拐骗，不落井下石。而这些，正是他所期望和追求的，也是他自己所长期坚持的。虽然在一开始他和他们之间也有过一些摩擦，但那是因为他初来乍到，相互之间还不够了解，当他们了解了他以后，很快就接纳了他，并且善待他，帮助他，爱护他，甚至成就他。这些，在其他地方他都是很少遇到的，即使偶尔遇到一个或一次，也是昙花一现，转瞬即逝。自己到这里虽然时间也还不长，还有待于再观察、再磨合，但开头给他的感觉不错，他打算坚持一段时间，如果这种情况能够延续下去，他就在这里落脚，从而结束流浪生活。

随着生意的稳定，阿米提的生活和心情也随之稳定下来。生活和心情稳定下来以后，有时候他就不由自主地想过去的人和事，想他的家乡，想他的亲友，想他的恋人，也想之前曾经和他一起流浪后来却走散了的黑枣。

这天，他的烤肉生意仍像往常一样火爆。快到中午的时候，一个像黑枣模样的少年前来吃烤肉，他的眼前立刻出现了黑枣的幻影。这个孩子吃完烤肉后，大人拿出钱来结账，他拉扯了半天都没收，一家人说着感谢的话，带着满脸疑惑走了。

晚上，他躺在床上翻来覆去睡不着，黑枣的面庞不断地在他的眼前晃动。后来他做了一个梦，梦见黑枣和古兰兰在一起，古兰兰已经成了黑枣的妈妈。早晨醒来，他从提包里的一个小笔记本中取出一张小字条，穿上衣服就往外跑。

阿米提来到郝戈的啤酒屋，郝戈问他这么早有什么急事。阿米提说借用一下你的手机。郝戈把手机给了他。阿米提照着小字条上的电话号码拨了出去，里面很快传来了古兰兰的声音。

古兰兰惊喜地说："你是阿米提大哥吗？你现在在哪里？我们找你都快找疯了！"

阿米提说："我也很想念你们！我现在在贵州，这个地方叫通天河。黑枣是不是和你在一起？"

古兰兰说："你怎么就肯定黑枣就在我这里？"

阿米提说："我知道黑枣那里有你的手机号码，我们失散后他肯定会跟你联系。"

古兰兰说："你猜得很对，黑枣就是通过电话和我联系上的，现在就和我在一起。"

阿米提一听，真有点喜出望外。他问古兰兰："你们现在在哪里？你现在还做服装生意吗？"

古兰兰说："我们现在在成都，为了找你，我们在这里专门摆了摊子，黑枣摆的是烤肉摊，我摆的是服装摊。我们一边经营，一边找你，可把我们找苦了，也把我们担心死了！"接着，古兰兰给阿米提讲述了这一年多来她和黑枣寻找他的经过。

阿米提听后十分感动，情不自禁地流下了热泪。他也给古兰兰述说了上次在北京和她见面后自己所遭遇的苦难经历，说得古兰兰也在电话那头唏嘘不已。

末了，他对古兰兰说："现在好了，我在通天河已经站住了脚，苦难的生活快过去了，希望你和黑枣也能到这里来看看，我们见面好好叙一叙！"

古兰兰在电话里说："只要你在那里，你就是不邀请我们也要去！"

放下电话，郝戈说："这么早打电话，我还以为你有什么急事呢，原来也是婆婆妈妈的事情。"

阿米提说："有些事情你没有亲身经历过，体会不到它的真正意义。"接着，他给郝戈讲述了他和黑枣、古兰兰的友谊。

郝戈说："没想到你们还有这么多故事！你就邀请他们过来，有什么困难我帮你解决。"

古兰兰和黑枣接到阿米提的电话就启程了。启程之前围绕着是乘火车还是乘坐汽车他们还犹豫了一番。开始是说坐汽车，因为要坐火车那个烤肉箱没办法带，那可是阿米提用自己的辛苦钱挣来的，但是如果坐汽车就要辗转折腾耽误时间。后来，黑枣说让古兰兰坐火车走，他自己背上烤肉箱坐汽车。古兰兰不同意，说三个人好不容易才聚到一起，要是黑枣一个人在路上再遇到个什么闪失她不好向阿米提交代不说，就是她自己也是于心不忍的。后来古兰兰就动员黑枣把烤肉箱处理掉，到通天河后如果需要，她给买个新的。黑枣想想古兰兰说得也有道理，就把烤肉箱送给了他新结交的朋友作为留念，只把阿米提心爱的热瓦普背在了身上。

　　经过十几个小时的车程，列车顺利地到达通天河火车站。古兰兰和黑枣背着行李刚刚走出出站口，早已等候在这里的阿米提就亲切地迎了上来，见面后都分外激动。

　　接着，他们跟着阿米提来到了他的宿舍。还没等坐下，郝戈就跟了进来。郝戈一看见古兰兰，两眼放光。阿米提朝他看了一眼，他红着脸赶忙把目光移开了。

　　阿米提原准备把古兰兰安排在自己的宿舍里住下，他和黑枣另外找个地方暂时凑合几天。郝戈说："你这里条件太差，女同志住着不方便，我已经安排好了，先住在我的一个亲戚家，亲戚家也有一个女孩子，刚好能和古同志做个伴。"阿米提当即同意了。

　　晚上，郝戈在自家的啤酒屋里专门为古兰兰和黑枣接风。席间，阿米提对古兰兰说："这里的民风很淳朴，不仅人好，气候也好，希望你也能在这里发展。"古兰兰说："原来我是准备去西安发展的，既然阿米提大哥说了，那我就先租个服装摊位，干一段时间试试。"郝戈一听古兰兰想租个服装摊位，马上说："这件事情就包在我身上了！"

　　黑枣一来，阿米提的烤肉摊上又多了一个帮手。加上见到了古兰兰，他的心情更加愉悦，出摊的时候他的嘴上不断有欢快的维吾尔族民歌流出，空余时间，他还会把他心爱的热瓦普拿出来弹奏一番。

　　古兰兰到来后，把她上次和迪力夏提通话的情况也说给了阿米提，阿米提听后赶忙给阿迪拉和迪力夏提分别打了电话，讲了他现在的情况，让家人和同事放心。阿迪拉和迪力夏提也给他说了家里和单位的情况。阿迪拉给他说，家人都非常挂念他，尤其是母亲，去年为了他眼睛还差点失明了，现在虽然没有大碍了，但还非常挂念他，整天念叨。迪力夏提给他说，去年阿娜尔古丽从成都回到家里后几乎疯了，后来虽然治好了，但还是整天愁眉苦脸，沉默寡言，吓得她母亲也不敢再提她和斯拉木的婚事了，到现在那件事还在那里搁着。放下电话，阿米提对自己不争气给父母和恋人造成了那么大的痛苦深感内疚，他决心一定要豁出命来干，把亏欠家人和恋人的损失补回来。

生意好起来的阿米提，念念不忘曾经给他提供过帮助的人。其间，他曾专程来到陈阿弟家，给陈阿弟送来了一笔钱。陈阿弟不要，他把钱强行留下。

接着，他又提着礼物来到蒋蓉秀老妈妈家看望。曹方叔叔前不久到广州参加全国骨科学术研讨会去了，只有蒋妈妈一个人在家，两人相见后亲如母子，有着说不完的家常话。

当然，他也没有忘记文雅、高见、张清源和张雪梅、张雪燕姐妹以及英籍外教凯丽斯，一有机会，他就要把他们约到郝戈的啤酒屋，请他们一边喝啤酒、一边品尝他亲手烤的肉串，感谢他们对他这个"外来户"的热情接纳和真诚关爱。开始他们还不愿意来，说是不想让他破费，他说："按照我们维吾尔族的传统，朋友邀请你到他们家里做客，如果你没有特殊的理由而拒绝了，那么他们就会认为你这是对他们最大的看不起，以后他就不会再和你来往了。如果你们以后不想帮助我了，现在你们就可以拒绝我。"他这么一说，他们就不好再拒绝了。这样一来二去，大家互相邀请，有来有往，司空见惯之后，相聚也就成家常便饭了。

第十三章
明星市民

阿米提的哥哥阿依提自在乡、村联办的地毯厂里担任半工半农的业务员以来，由于地毯行业不景气，连续做了几笔生意都未得手，急得他团团转。眼看都 30 岁出头了，对象家因嫌他家穷，一直也不给个准信儿，这使他心里越发着急，想尽快找个能赚钱的事干干。这天他听阿迪拉说阿米提已经在通天河落下了脚，就对父亲海里木说他也想到通天河去。海里木说："想去可以，但要等他站稳脚跟，不能像前几次那样。"得不到父亲的允诺，他就只好在家里耐心地等待阿米提的消息。

古兰兰来到通天河后，接受阿米提和郝戈的建议，在服装一条街上摆了个服装摊，经过一个多月的试运营，基本摸清了这里的行情，决定也在这里落脚。这天，她利用晚饭的时间，约请阿米提和郝戈在一家火锅店里一起吃火锅，征求他俩的意见。

阿米提不知道她的用意，一落座就关切地问道："最近的生意怎么样？能不能经营下去？"

古兰兰一边往锅里下菜一边说："我正要跟你们商量呢。经过这段时间的试经营，给我的感觉是，这里的人好相处，生意也好做，所以我就不打算走了，想在这里租个门店，长期经营，不知道你们两位当哥哥的有什么意见？"

郝戈一听，抢先答道："不走好！不走好！我在这里人熟，这些事情都包在我身上，你只管说你的想法！"

阿米提看了看郝戈，对古兰兰说："你在这里扎根我支持，这事就劳烦郝哥了！"

郝戈说："看你说哪里去了！你们大老远地到这里来，人生地不熟的，作为地主，我应当尽心尽力。从今往后咱们就是一家人了，有什么事尽管给我说，只要我能办到！"说完他又朝阿米提补充了一句，"谁叫我们是战友呢！"

文雅自上次在报纸上发表了那篇有关新疆烤肉串的报道并产生了广泛的社会影响后，她对新疆的美食产生了浓厚的兴趣，一有机会就找阿米提采访，让他介绍新疆的其他美食，采访后写成文章在媒体上推介。高见和张清源知道后也加入进来，由高见拍摄制作成电视片，再由张清源配上解说词，然后在市电视台播出，效果空前地好。

阿米提由于生在新疆，长在新疆，对新疆尤其是维吾尔族的饮食文化有着深切的了解，他不仅会讲，而且会做，使这种文化在通天河很快得到了传播。

一开始这种活动是在郝戈的啤酒屋里进行的，后来前来听看的人多了，加之还要拍电视片，需要一定的场地，他们就把采访现场搬到了张雪梅姐妹的双凤酒楼，并邀请酒楼里的餐饮师傅一同参加。

在采访现场，阿米提一边讲解，一边做示范，这样不仅满足了文字和视频采访的需要，还对酒楼的厨师进行了培训，一举两得，深受记者和酒店的欢迎。

文雅他们的文章和电视片一开始也是零星发表和播出的，后来应读者和观众的要求，他们专门在报纸和电视上开辟了栏目定期刊发和播出。

阿米提就是利用这个机会，为通天河的报纸读者和电视观众介绍了诸如抓饭、馓子、馕、那仁、拉条子、揪片子、烤包子、手抓肉、油塔子、面肺子、丁丁炒面、过油肉拌面、大盘鸡、烤全羊等几十种风味美食的制作方法，使新疆美食在通天河一度成为热门吃食，阿米提也由此成了大家熟知的公众人物，不论他走到哪里都会有人用半生不熟的新疆话亲切地呼唤他的名字，好像阿米提就是他们的朋友和街坊邻居。

对新疆的美食文化采访报道告一段落后，文雅他们又把目光转到了新疆的歌舞艺术。他们知道阿米提会弹奏热瓦普，就让他讲解热瓦普的弹奏艺术。后来，他们从阿米提口中了解到麦西来甫在新疆的少数民族中带有很强的群众性，就让他重点介绍麦西来甫的基本知识。

面对着摄像机的镜头，阿米提娓娓道来：

麦西来甫，在维吾尔语中是"集会""聚会"的意思，也有人把它叫作"欢乐的广场歌舞聚会"，它是维吾尔族人民集娱乐、教育、聚餐为一体的民间娱乐活动；

麦西来甫内容丰富多彩，是抒发思想感情、歌颂美好生活、表达内心喜悦的好形式；

麦西来甫不受时间、地点、条件的限制，只要需要随时即可举办，具有极大的灵活性；

麦西来甫好懂易学，老少咸宜，为各族人民所普遍喜爱；

麦西来甫的参加者必须严守礼仪，戒绝污言秽语和有碍观瞻的动作；

麦西来甫起源于古代的祭礼庆典活动，距今已有 1400 多年的历史；

麦西来甫在新疆因地区不同而各具特色，其中以喀什地区麦盖堤县一带的"刀郎麦西来甫"最负盛名；

……

阿米提围绕着麦西来甫的名称、含义、内容、形式、起源、演变、特点、禁忌以及地域差别等，一边讲解一边表演，把麦西来甫这种民间艺术形式演绎得惟妙惟肖、精细入微、淋漓尽致，引得文雅他们听得入神、看得入迷，竟然忘掉了面前正在工作的摄像机，情不自禁地也跟着阿米提学起了麦西来甫的舞蹈动作，一个个在摄像机的镜头前竟忘情地舞动起来。

为了给大家助兴，阿米提还操起热瓦普，边弹奏边给大家演唱起新疆民歌。他先是唱了一首热情欢快的《掀起你的盖头来》，接着又唱了一首激情洋溢的《新疆好》。唱着唱着，他忽然想起了家乡，想起了父母，想起了儿时的伙伴，想起了老家门前的那条小河，于是，他用维吾尔族民歌曲调为大家演唱了一首流行歌曲《老家》：

> 天边的彩云下
> 可是我的那个老家
> 我在远方思念着它
> 哗啦啦的小河水
> 流淌童年的欢乐
> 青袅袅的炊烟下
> 住着我的亲爹亲妈
> ……

阿米提唱得声情并茂，歌声里带着淡淡的忧伤。文雅知道他是想家了，就让大家每人都唱一支自己最喜欢的歌曲，调节一下气氛。文雅是布依族，她首先带头唱了一支布依族民歌《好花红》。张雪梅姐妹是彝族，她们就联袂唱了一支彝族民歌《远方的客人请你留下来》。高见是壮族，他唱了一首壮族民歌《壮乡三月风光美》。凯丽斯是英国人，她用英语唱了一首英格兰民歌《可爱的家》。张清源说他从来就不会唱歌，但为了不扫大家的兴，他声情并茂地朗诵了一首自己写的诗《美丽的通天河》。这样一来，采访现场变成了大家竞相献艺的舞台，一个个兴高采烈、激情奔放，把采访推向了高潮。阿米提听得出来，大家的歌声里都寄寓着对他的美好期望和祝福，他对大家更加感佩，也更加热爱通天河这个美丽的地方了。

随着阿米提在社会上的知名度越来越高，到他这里来吃烤羊肉串的人也就越来越多，忙得他常常是应接不暇。

有一次吴尊过来视察，他对吴尊说："我每天天不亮就得起床，一直要忙到天黑，而且越到晚上越是人多，常常累得晚上睡觉时腿都搁不到床上了。"

吴尊说："我看你每天都是乐呵呵的，好像身上有使不完的劲！"

阿米提说："我这个人就是这样，越是有事干，身上就越是有劲，这也是在部队上养成的习惯。"

吴尊嘱咐说："生意越好，越要注意身体，世界上的钱是挣不完的。"

阿米提抚着胸，诚恳地感谢吴尊的关心和提醒。

阿米提知道陈阿弟经济上拮据，又从卖烤肉的收入中给她送去了一些。陈阿弟坚决不要，他就追到学校，把钱塞到了周小勇的书包里。

自从那天在火锅店里古兰兰说想租个门店后，郝戈非常上心，不到三天时间他就找到了三个门店让古兰兰挑选。古兰兰一个个仔细查看后，最后挑选了一个离阿米提烤肉摊较近的一个门店，她说这样以后有个什么事也好互相照应。

门店确定后，古兰兰就着手装修。阿米提前来帮忙，郝戈说："我在这里情况熟悉，这件事情就交给我了。只要古同志把图纸给我，其他的事情你们就不用操心了，最后只管来验收就行了。"阿米提看郝戈这么热心，也就随了他，自己继续忙自己的事情。

古兰兰一边经营她的服装摊，一边隔三岔五地到门店里招呼一下，空闲的时候，她也到阿米提的宿舍看看，帮助阿米提收拾收拾屋子、换洗衣服。阿米提阻拦，她却说："这些事情都是女同志的强项，作为你的一个妹妹，帮你做点家务有什么不可以呢?"阿米提看她说的也有道理,也就随她了。

随着交往次数的增多,阿米提与文雅、高见、张清源、凯丽斯以及双凤酒楼的张雪梅、张雪燕姐妹俩之间的友谊不断加深,他们经常在郝戈的啤酒屋热情相聚,一边喝着啤酒,一边吃着烤串畅聊,互相交流本民族的历史、文化、语言和风俗习惯,常常是极度尽兴还舍不得离开。

阿米提对这几位新朋友非常看重,甚至把他们当成了自己的知己,有话喜欢和他们说,遇到困难也喜欢给他们讲。特别是文雅,在这几个人当中年龄最大,威信最高,阿米提也把她看成自己的一位知心大姐姐,有事总喜欢找她。文雅对阿米提这个"外来户"也特别关照,只要阿米提说句话,她都是有求必应,从来不拂他的意。

对于这几位朋友所提议做的事情,阿米提也总要尽其所能予以支持。

一天,文雅、高见、张清源、凯丽斯等在一起相聚,双凤酒楼的张雪梅和张雪燕姐妹提出想成立一个健身俱乐部,并取名叫"好空气",在征求大家意见时,阿米提首先举手赞成,并报名成为俱乐部的首位会员。后来"好空气"健身俱乐部举行开业典礼时,阿米提专门前来祝贺,并送上了一份贺礼。张雪梅、张雪燕姐妹坚辞不收,阿米提说:"这是我们维吾尔族的风俗习惯,你们难道可以拒绝祝福吗?"张雪梅、张雪燕姐妹无奈,只好收下。

后来,阿米提向张雪梅、张雪燕姐妹缴纳会费,张雪梅、张雪燕姐妹还是不收。她们说:"你不远万里到我们这里来,挣个钱也不容易,只要你能来参加我们的活动就是对我们的最大支持了,哪还能收你的钱呢?"阿米提说:"缴纳会费是俱乐部的章程规定的,你们不收我的会费,那不是要把我拒之于俱乐部的大门之外吗?"张雪梅、张雪燕姐妹只好依了他。

古兰兰的"兰兰服装店"装修一新,即将开业。郝戈忙前忙后,古兰兰非常感激。古兰兰说:"办这个门面多亏了你,要不然,光办手续、搞装修这些事情就够我忙的了。"郝戈说:"自己人不说感谢的话,以后遇到什么难事尽管给我说。"他们正说着话,阿米提进来了。阿米提自我解嘲说:"我又放了一个马后炮。"

随着一阵噼噼啪啪的鞭炮声,"兰兰服装店"正式开业,阿米提、郝戈以及文雅、高见、张清源、凯丽斯、张雪梅和张雪燕等都前来祝贺。张雪梅和张雪燕姐妹俩还特意送来了厚重的贺礼。古兰兰说什么也不肯收,张雪梅、张雪燕姐妹说:"你的服装店今天开业,这是一桩喜事,难道你也像阿米提说的,要拒绝我们的祝福吗?"古兰兰不知就里,问阿米提是怎么回事,张雪梅、张雪燕姐妹代阿米提作了回答,惹来一片笑声。

时值周末,下午下起了大雨。文雅、高见、张清源、凯丽斯、张雪梅、张雪燕姐妹和阿米提、郝戈、古兰兰等相约来到郝戈的啤酒屋聚会,说是要给古兰兰的门店开业再庆贺一番。席间,大家争相奉献本民族的歌舞节目,气氛煞是浓烈。

古兰兰经营服装真是一把好手,她的服装店一开业,生意就出奇地好,不仅顾客盈门,就连文雅她们都高看她一眼,一有机会就喜欢到店里来转转,看上的衣服买上就走,当然古兰兰也会给他们以最大的优惠。开始文雅说这样不行,优惠得太多了怕她吃不消,就说:"你要再这样,我们就不到你这里来买衣服了。"古兰兰说:"只要你们能来,就是对我的最大支持,因为经商最讲究人气。至于赚多少钱,那是次要的,特别是朋友,只要不亏本就行了,如果计较太多,那就不叫朋友了。"她还对文雅他们几个说:"如果要算账,那么我到通天河以后你们给我的帮助值多少钱,能算得过来吗?"她这样一说,文雅他们反倒不好意思了。为了支持古兰兰的生意,他们经常利用各种机会在各自的朋友圈里对古兰兰的服装和她的服务态度进行宣传,古兰兰的生意更加火爆了。

古兰兰的生意好起来以后,她对通天河这个地方更加热爱,时间不长,就在离她的门店不远的地方租了个两室一厅的单元房作为自己的宿舍,同时还在附近为阿米提也租了一套同样大小的单元房。阿米提开始不同意,说:"你是个女同志,住在人家家里不方便,租个房子情有可原。我是个男同志,不管在哪里住,只要能支张床,有个吃饭的地方就行了,何必花那个冤枉钱?"古兰兰说:"一个人在外闯荡,要想有个稳定的工作和生活,房子是最重要的,只有安居才能乐业。你老住在人家的库房里,不但你自己不方便,来个客人不方便,就是人家郝戈也不方便。人家那里毕竟是个库房,平时总要有些东西要放进去,你在那里面住着,人家有东西要放怎么办?有时候人家即使想放,也不好向你张口。你刚来的时候,一时没地方去,暂时住一下无可厚非,但时间长了不行。你既然要在这里长干,就不要过于凑合。如果是因为你的收入低,一下子交不了那么多的房租,我可以先给你垫上,等你有钱了再还给我。"话说到这个份儿上,阿米提只好同意了。但关于房租的事,其实古兰兰已经替他交了。后来他去拿钥匙的时候,要给房东交房租,房东说已经交了,并且还给他出示了房租的收款收据。他一看是古兰兰替他交的，就去给古兰兰送钱，古兰兰不收，说："就那么几个钱，哪能那么认真？"阿米提说："这个钱你如果不要，这个房子我就不租了。"古兰兰知道他的脾气，就说："我知道你现在正需要钱，这个钱就算是我借给你的，等你有钱了再还给我，这样总行吧？"古兰兰这么一说，他也就勉强同意了。

阿米提在古兰兰的劝说下搬进了新居，古兰兰像家庭主妇一样把里里外外收拾得干干净净，阿米提很是感激。

后来，古兰兰看他这里连件像样的家具也没有，准备买几件家具送过来，哪怕简单一点也行。阿米提知道后，瞪大眼睛说："一个人住这么大一套房子，已经很奢侈了，如果你还要给我添置家具，我就真的不租了！"说着，就去找钥匙，要退租。古兰兰一看他真的发火了，也就只好就此罢手。

古兰兰的服装生意越做越好，经常有新货进来。进货的时候，只要是郝戈看到或听到，他都要前来帮忙，越来越像这个店的店主了。古兰兰对郝戈的好意深表感谢，但她却劝说郝戈以后还是少到这里来，以免引起不好的议论。郝戈对此却不以为然，后边只要遇到古兰兰进货，他还是照常过来帮忙。

这天又有一批新货进来，郝戈一看，还是像往常一样，放下自己的生意就跑了过来。古兰兰第一次对郝戈拉下了脸，说："郝戈，你在我心里是一位好哥哥，我对你给予我的帮助一直记在心里，我会找机会报答你的，但因为我是个女同志，也是个姑娘家，你经常往这里跑，对你对我都不好。请你还是尊重我的意愿，以后少过来。如果有困难，我会给你说的。"

郝戈虽然已经二十六七岁了，但由于原来一直在新疆当兵，复员后又一直忙活生意上的事，真还没有和女孩子打交道的经验。他一看古兰兰这么说，就诚恳地表示歉意说："古同志，对不起，你说得很对，我以后一定注意。"

郝戈虽然嘴上这么说，但一遇到古兰兰有个什么事，不管古兰兰给不给他说，他还是一如既往地予以关心和帮助。

这天，他听说古兰兰得了风寒仍然上班，就专门做了可口的饭菜送过来。古兰兰一反常态，当即让他把饭菜端回去，把他搞得一头雾水。

过了一天，他又过来想看看古兰兰的病情好一点没有。到服装店一看，服装店的门却上着锁，他就给古兰兰打电话，问道："今天怎么没上班，是不是病还没好？"古兰兰说："已经好了，我在街上买点东西。"他说："就这么近，买什么东西还要把门店锁上?"古兰兰说:"我的事你管得着吗?"又给他闹了个大红脸,好在是跟前没人,要不,真不知道脸往哪里搁?

尽管这样,他对古兰兰仍然心存念想,有事没事总想多看她一眼,多帮一把手。

古兰兰虽然在私下里对郝戈的态度有些生硬,但在公开场合仍然像对待恩人一样对待郝戈,丝毫没有不尊重郝戈的地方,有时在聚餐时甚至还主动地给郝戈添茶夹菜,郝戈遇到难题时她也是主动地站出来帮着化解,这使郝戈更加摸不着头脑了。

进入秋天以后,天气渐渐凉了下来,阿米提烤肉摊前的顾客也渐渐稀少起来。这时候,他总想找点什么事情做。他这个人就是这样,从小养成了爱劳动的习惯,总是闲不下来。他最不能忍受的就是无所事事。当了兵以后,这种习惯更加得到了强化。这不,烤肉摊前刚一不忙,他一有空就扛起扫帚和铁锨来到烤肉摊前的马路边,把一排梧桐树下的叶子打扫干净,然后把路沿整修好。这些活干完后,他又来到离他的烤肉摊不到 500 米远的通天河岸边,捡拾垃圾,扫除枯枝败叶,修补岸边被损坏的地方。自己实在没有能力修补的,就打电话或亲自跑去找相关部门派人整修,俨然一个巡道工和通天河河长。

这天早饭后,他看出摊还早,想到这两天天气凉了,树叶落得多,就又扛上工具准备到马路上清扫卫生。刚一出门,他看到通天河两岸到处是劳动大军,个个不是扛着工具,就是抬着箩筐,河里还有小型的挖泥船冒着黑烟伸着长臂在往船上装泥沙,沿河两岸人声鼎沸,机声隆隆,浩浩荡荡,一片欢腾。阿米提不知道这是干什么的,就去问郝戈。

郝戈这时刚好从啤酒屋里出来,阿米提指着那些劳动的人群问道:"郝哥,河岸上那么多人是在干什么呀?"

郝戈说:"那是在清理通天河里的淤泥,市政府把它叫作'通天河绿色环保工程'。这项工程年年都搞,目的在于保持通天河的水质清洁,为市民营造一个良好的生活环境。"

阿米提问:"我能不能参加?"

郝戈说:"那都是党政机关的工作人员,他们是在义务劳动,每个单位事先都分配了任务,你去了人家也不会让你干。"

阿米提说:"这既然是为市民造福的,作为每一个市民都有义务为清理河道出一把力。"

说完，他扛起一把工具就上了工地。

清理河道的劳动场面热火朝天。阿米提一来到这里就下到河里，和大家一样干起来，他甚至干得更加起劲。

这天他去参加劳动的时候，头上戴的是维吾尔族蓝色小花帽，上身穿的是一件领子上绣着花纹的衬衣，这都是前不久阿迪拉给他寄来的，加上他留着一绺漂亮的小胡子，站在劳动的人群里特别显眼。

在劳动工地上有很多新闻记者在采访，有的拿着笔记本，有的拿着录音笔，有的扛着摄像机。其中一个穿着鹅黄色上衣、年龄看上去也就是二十四五岁的电视台女记者看到阿米提干得出色、穿戴特别，就手持话筒，在摄像记者的配合下来到阿米提跟前采访。

这位女记者一上来就问："同志，请问你是哪个单位的？"

"我没有单位。"阿米提如实答道。

"没有单位，那么请问是谁通知你来参加这项公益劳动的？"

"也没有人通知，是我自己要来的。"

"是自己要来的？"女记者有些疑问，"那么，请问你从事的是什么职业？"

"卖烤肉。"阿米提朗声答道。

女记者笑了笑说："是个体户。"然后她忽然"噢"了一声，说，"你就是那个大名鼎鼎的卖烤羊肉串的阿米提先生吧？"

阿米提不好意思地笑了笑，点点头说："是的，看来你还没吃过我烤的羊肉串，欢迎你也到我那里尝尝，我的烤羊肉串味道可是好极了！"

女记者忍不住笑出了声，说："好！等这次清淤劳动结束后，我一定到你的烤肉摊去光顾一下，亲口尝一尝你给我们通天河人民带来的新疆的美味佳肴！"

阿米提一听，赶忙右手抚胸致礼："热合买提！喀热西阿力米孜！"

女记者没听懂，很礼貌地问道："阿米提先生，请问你刚才说的话是什么意思？"

阿米提回答说："我刚才说的是维吾尔语，翻译成汉语就是'谢谢！''欢迎您！'"

女记者又"噢"了一声，学着阿米提刚才的动作和语气说："热合买……提！喀热西……米孜！"

阿米提纠正说："前一句说对了，后一句少了一个音节，应该是'喀热西阿力米孜'。"

女记者说："喀热西……阿力米孜！我记住了，'欢迎您'是'喀热西阿力米孜'！"

阿米提说："这也是一个大概意思，因为这是翻译过来的，有那个意思就行了，也不一定那么较真。"

女记者说："好，我今天又学了一招，知道维吾尔语的'谢谢'和'欢迎您'是怎么说的了。回头我要拜您为师，多学一点维吾尔族的日常用语。"

阿米提说："您真谦虚！"

女记者说："干我们这一行的，需要各方面的知识。正如俗话说的，艺多不压身嘛！"

女记者说完，又问阿米提："请问阿米提先生，你是一位从新疆来我们通天河做生意的个体营商人员，又没人通知你，那你为什么要自动前来参加我们市委市政府组织的这项公益劳动呢？大家都知道，这是没有报酬的。"

阿米提连想都没想就流利地回答说："这是我们通天河每个市民都应该尽的义务，我虽然现在还没有落户通天河，但通天河人民早就把我看成通天河的市民了，我也已经把自己看成通天河的市民了。既然我也是通天河的一个市民，那么我就应该自觉地尽一个市民的义务，而不应该等有人通知了才来。况且我的烤肉摊就在河岸边上，如果把河里的淤泥清理了，河水清澈了，两岸的环境就像你一样长得漂亮了，对我的烤肉生意不也是很有益吗？所以，我就扛着工具也来了。不光这一次来，以后只要有这样的活动我都要来。也不光是我自己一个人来，我还要动员我的伙伴们都来……"

还没等阿米提说完，女记者就拿着话筒鼓起了掌。她右手竖起大拇指连连称赞说："好样的，阿米提同志，我想，我们的观众听了你的这一番话后，都会像你一样自动地加入我们清理淤泥的劳动大军！"

阿米提说："那就太好了！我们不是常说，人多力量大、众人拾柴火焰高嘛！"

当天晚上，这则新闻就在市电视台与观众见面了。

古兰兰有看电视新闻的习惯。她看电视新闻，一方面，是从新闻中了解国家的大事，因为经商是离不开国家大势和政策环境的；另一方面，是想看播音员的着装。她从电视新闻主播的着装中发现了一个商机：这些主播都是电视台重点包装的，而他们在播音中穿着的服装一般是最时尚的，按照他们穿着的服装样式和品质去进货，往往销路广，销速快，效益好。所以，只要时间允许，她几乎每天都要看两次新闻，一次是中央电视台的新闻联播，一次是新闻联播之后紧接着的本市新闻，也就是通天河新闻。中央电视台的新闻主播穿的服装代表的是全国的顶级服饰，而本市新闻中主播穿的衣服则代表着某种地域特色。这也是她的服装生意做得好、受欢迎的一个诀窍吧。

这天晚上，由于她新进了一批货，回来晚了，只赶上了看通天河电视台的本市新闻。她刚把电视打开，画面上显示的就是阿米提正在接受女记者采访的报道。采访结束，市委领导发表谈话，盛赞阿米提的举动，号召全市人民都要向阿米提学习，把清理通天河河道、保护城市生活环境作为自己的应尽义务。古兰兰看着看着，眼里不由自主地闪动着激动的泪花。

古兰兰既是被阿米提的高尚举动感动了，也是被阿米提的精彩表现折服了。古兰兰真没想到，阿米提面对电视的采访镜头，还有这样的一种才能，或者说是一种天赋。说实话，看着阿米提在美女记者的话筒面前神情自若、从容镇定的表现，古兰兰的眼睛一下子直了。因为自从和阿米提认识以来，她只知道阿米提会烤羊肉串，和人说话虽然不乏机智和幽默，但那只是一种生活的样式而已，仍然是一个普普通通的老百姓所能表现出来的，和社会公认的"公家人"还是不可同日而语。即使他在电视机前给大家表演新疆菜的烹调方法，那也是只做不说，需要说的话都是记者或播音员替他说的。就是需要他说话的时候，他也事先有所准备。而现在，他完全是在面对新闻记者的随机采访，是在一种毫无准备的状态下接受的采访，这种采访最终是要和广大的电视观众见面的，是要接受电视观众品评的。在一般人看来，能在电视上说话的都是有一定层次的领导人，或者是一些有名望的人，即使是普通百姓，那也大多是经过充分准备的。而阿米提所接受的采访，显然是在一种毫无准备的情况下进行的。在这种状态下，他表现得是那样神情自若，那样从容不迫，那样侃侃而谈，那样有条不紊，那样出口成章，她真是被他镇住了，被他倾倒了。她看到了阿米提的另一面，看到了阿米提更加优秀的一面、更加成熟的一面、更加精彩的一面、更加令人钦佩的一面、更加富有魅力的一面。这样的男人，怎么能不使姑娘为之怦然心动呢？

古兰兰正是在这种激动的心绪中，几乎一夜无寐，第二天一早就在自己的服装店门前挂上歇业的告示牌，然后扛上工具加入了清理通天河淤泥的劳动大军。

新闻宣传的威力是巨大的，榜样的力量也是无穷的。就是在头天晚上的电视新闻的动员和鼓舞下，第二天通天河两岸的劳动大军成倍增加，场面比第一天更加壮观。除了古兰兰，郝戈、张雪梅和张雪燕姐妹甚至连黑枣都加入了清理河道的行列。当阿米提再次走进劳动现场的时候，一群记者像蜜蜂一样围了上来，要求阿米提接受采访。阿米提却趁机跑掉了，来到一个不起眼的地方继续清理淤泥。他说："这么多的人都在热火朝天地参加劳动，不能把镜头只对准我一个人，应当让更多的劳动者进入观众的视野。"

清淤劳动结束，郝戈把阿米提请到了自己的啤酒屋，屋里摆着一张长条桌，桌子上按照维吾尔族的风俗摆满了干果和美食，文雅、古兰兰、高见、张清源、凯丽斯和张雪梅、张雪燕等分立两旁热烈鼓掌。阿米提一看，愣了，不解地说："你们这是在干什么？"

郝戈故意卖了个关子说："我们是在欢迎明星市民呀！"

阿米提一听，扭头朝眼前寻找了一遍，更加疑惑地说："明星市民？谁是明星市民？"

郝戈说："就是那个在电视上接受记者采访，后来又受到市委领导表扬的那个人呀！"

阿米提的脸一下子红了，不好意思地摆着手说："过奖了，过奖了！真不好意思，那都是应该做的。过去在部队上，这样的事情做得太多了，要说明星，大家都是明星，根本不值得这样宣传，太张扬了！所以我见了记者就赶快躲，生怕他们像以前做节目那样，把我又拿到电视上去，当成新疆的一道美味佳肴了！"

阿米提的一番幽默的话语把大家都惹笑了，古兰兰也躲在文雅的后面悄悄地笑。

笑声过后，郝戈这才言归正传，一本正经地说："今天大家聚会，一是祝贺你成为明星市民，二是为你祝贺节日！"

郝戈这么一说，阿米提又皱起了眉头，说："为我祝贺节日？我的生日是四月份，现在又不过生日，哪还有我的什么节日？"

郝戈说："今天是古尔邦节呀！"

阿米提一下子想起来了，拍着自己的脑袋自责地说："看我这记性！都怪那个没出息的阿米提，这几年只顾到处流浪，连自己的大年都忘记了，该罚！该罚！你们说怎么处罚我吧！"

郝戈笑了一阵儿说："不是该罚，而是该庆贺！这次活动是文雅大姐和高记者、张记者策划的，这些美食都是雪梅和雪燕让她们双凤酒楼的大师傅亲自做的。"

文雅说："这些干果和点心是郝戈专门从新疆的乌鲁木齐邮购过来的。"

张雪梅也学着阿米提的口吻幽默地说："这些菜品都是那个叫阿米提的新疆人教给我们大师傅的，如果口味不好，那你就去找那个不争气的阿米提算账吧！"

张雪梅这样一说，把大家都逗笑了。

阿米提说："我又没给你们说过什么时候是古尔邦节，你们是怎么知道的？"

文雅指着郝戈说："请你不要忘了，他可是你的战友，在新疆当过兵呢？"

郝戈也不谦虚地说："在这个地方，要说新疆通，除了你，恐怕就是鄙人了！"

大家又是一阵笑声。

阿米提被深深地感动了，说："这顿饭本来应该是我请的，既然你们这么有情，我也不能无义。下面你们就看我的吧！"

接着，他让大家坐下来，自己反客为主，亲手为大家做了一顿丰盛的具有浓郁维吾尔族风味的饭菜。

饭后他又边歌边舞，给大家表演了维吾尔族舞蹈《麦西来甫》。

他先是跳了一支独舞《庆丰收》，接着把他的热瓦普拿过来，一边弹奏，一边满怀深情地唱了一首《奶茶歌》：

舀来了天山清泉水
采来草原红玫瑰
我们用热情烧烈火耶
煮出的奶茶令人醉

严冬的阳光暖人心
沙漠清泉最珍贵
奶茶斟满情和意耶
歌声绕着彩云飞

　　香甜的奶茶红篝火

　　欢声笑语随风吹

　　百里花海风光好哎

　　万紫千红举金杯

　　由于此前大家都跟他学过麦西来甫，他的歌声一起，大家都纷纷离座，情不自禁地和着他的歌声唱跳起来，在且歌且舞中又度过了一个美好的夜晚。

　　转眼就到了一年一度的新春佳节。大街上零星的鞭炮声和人们匆匆忙忙采购年货的脚步声，传递着喜迎新春的信息。

　　这天，阿米提正在忙碌，张雪梅、张雪燕姐妹走了过来，关切地问道："阿米提，要过年了，你回不回新疆啊？"

　　阿米提想了想说："今年刚来，就不回去了，争取明年回去过个春节。"

　　张雪梅、张雪燕姐妹便热情地邀请道："那你就到我们家去，和我们一起过个年，大家在一起热闹热闹吧。"

　　阿米提一听，有些为难，因为他知道，不管哪个民族，过大年都是一家人在一起团圆，自己又不是人家的家庭成员，要是过去，那算哪门子事呢？于是他就婉言谢绝说："干我这种活，平时挺累的，你们开饭店也辛苦了一年，大家都趁这个机会好好休息一下吧。"

　　张雪梅、张雪燕姐妹说："阿米提，你可不要忘了，拒绝别人的祝福不好，拒绝别人的邀请同样会伤害朋友的感情。在过年的时候拒绝朋友的邀请，是要影响一年好运的！"

　　阿米提无话可说了，只好痛痛快快地答应说："好，为了明年我们大家都有个好运气，我答应到你们家过春节！"

　　大年三十晚上，阿米提如约来到了张雪梅的家。一家人可真够热情的，他们专门把双凤酒楼的大师傅请过来为阿米提主厨，饭菜全是按照阿米提的生活习惯做的，家里的节日氛围也全是按照阿米提的民族风格布置的。

　　一进家门，张雪梅就把自己和张雪燕的父母、公婆、丈夫、兄弟姐妹向阿米提一一做了介绍，阿米提也按照维吾尔族的礼仪向张雪梅全家人致礼，并做了自我介绍。

　　这是一个温馨和睦的大家庭，大家分坐在两张大圆桌上，欢声笑语，其乐融融。

　　为了招待这位来自远方的客人，张雪梅专门拿出了贵州产的茅台酒。大家在宴席上频频举杯，共同庆贺中华民族的传统节日——春节的到来。

席间，阿米提流泪了。他一个人远离家乡，在外流浪了整整四年，这四年间，他一直在漂泊，在闯荡，其间不知遇到了多少苦难，经受了多少委屈，现在终于能够在一个家里过年，而且是一个特别温暖的家，他能不流泪吗？

受到他的感染，张雪梅一家人也落泪了。他们理解他，懂得他此时此地的心境。

为了纾解阿米提心中的抑郁之情，张雪梅提议全家为他专门跳了一支欢快的彝族舞蹈《跳脚跳到太阳落》，并合唱了一首《远方的客人请你留下来》。阿米提也边歌边舞，给大家演唱了一首维吾尔族民歌《甜甜的歌儿迎宾客》，以表达对主人盛情款待的感谢之情。

第二天，也就是大年初一，通天河市举行了盛大的迎新春游园活动，阿米提也穿着节日的盛装，自行加入游园的队伍中。他弹着热瓦普，吹着唢呐，欢天喜地，载歌载舞，俨然一个通天河的市民。

随着时间的延续，阿米提攒够了一笔钱。这天晚上，他把这笔钱拿出来摆在桌子上，一边数、一边欣赏。是啊！为了能挣到这些钱，他不知吃了多少苦、流了多少汗，不知经受了多少委屈、经历了多少磨难，不知吞进了多少苦水、咽下了多少辛酸。今天终于能够如愿以偿，可以卸掉背负的沉重包袱，洗雪埋藏在心底的屈辱，挺起腰杆了，他的内心深处掀起了一阵阵波澜。

他把钱数完，又掏出那张欠账单在桌子上摊开，静静地想了一阵子。他要盘算一下这笔钱应该怎么花。

这时，黑枣走了进来，问道："阿米提叔叔，你拿这么多钱准备干什么呀？"

阿米提回答说："我欠人家的账时间太长了，现在有了这些钱，我要拿回去给人家还上，然后把家里的房子也翻修一下，让爸爸妈妈在乡邻们面前也风光风光。"

黑枣一听，脸色暗了下来，低缓地说："我什么时候要是也有个家就好了。"

阿米提摸着他的头亲昵地说："会有的，只要好好干，将来叔叔一定帮你成个家。"

事情想好后，阿米提把自己要回家还账的想法通过电话告诉了阿迪拉。阿迪拉又把这一消息说给了爸爸妈妈和哥哥姐姐，一家人自然是十分欢喜。阿米提独自一人在外漂泊了整整四年，他们天天盼望着他的消息，现在终于盼到他可以回家了，他们能不欢喜吗？

第十四章
在还账和捐助之间

阿米提从火车站买票回来收拾东西准备出发，掀开枕头取钱时，手一摸里边是空的。他把整个枕头全部打开，里里外外翻了几遍，翻得他满头大汗，但他的钱仍然不见一分。他一下子急了，赶快给古兰兰打电话。

古兰兰本来是想等到他走时再过来给他送行的，现在一听说他的钱丢了，就急急忙忙地跑了过来。古兰兰一进门就问道："你的钱是在哪里放着?"

阿米提说："在枕头下面压着。"

古兰兰埋怨说："你这么大个男人家，怎么像个老太太，平时不把钱放到箱子里，而是压在枕头、席子下面，那能安全吗?"

阿米提说："我也没个箱子，平时都是压在枕头下面，从来没有发生过这样的问题，所以也就大意了。"

古兰兰说："平时那都是零碎钱，数量少，不会有人在意，现在你一下子放那么多，肯定是让别人知道了。"

阿米提说："我一天到晚都是在摊子上忙，这个屋里平时就没人进来，不会有人知道的。"

古兰兰说："黑枣不是经常到这里来吗?"

阿米提说："他倒是来的次数不少，有时候就在我这里睡着。"

古兰兰问："你的这笔钱黑枣见过没有?"

阿米提说："黑枣见过，我昨天晚上数钱的时候，黑枣就在跟前，他还问我这笔钱准备怎么花。"

古兰兰说："那黑枣会不会拿?"

阿米提说："黑枣过去身上有些毛病，但这些毛病早已改了，他绝对不会拿。"

古兰兰说："你还是问一下好，黑枣毕竟还是个孩子，说不定他当时一看到那么多钱，脑子一热就办了错事。"

阿米提说:"没有证据去问他,会不会伤他的自尊心呀?"

古兰兰说:"你如果不好说,我去找他问一问。"

阿米提想了想说:"那也行。"

中午,古兰兰把黑枣叫到自己的宿舍,专门做了一顿好吃的。古兰兰陪着黑枣边吃边问道:"阿米提叔叔对你好不好?"

黑枣毫不迟疑地回答说:"阿米提叔叔对我当然好!我从小就失去父母,我现在已经把阿米提叔叔当成自己的爸爸妈妈了。"

古兰兰问:"阿米提叔叔挣的钱你见过吗?"

黑枣说:"见过呀,昨天晚上他还在屋子里数钱呢!"

古兰兰说:"你阿米提叔叔数钱的时候,他的跟前还有其他人吗?"

黑枣说:"当时就他一个人,后来我就去了,没见到有其他人。"

古兰兰说:"听说他的钱丢了。"

黑枣吃惊地说:"丢了?怎么丢的?不可能吧,别人又不知道他的钱放在什么地方。"

古兰兰说:"你知不知道他的钱放在什么地方?"

黑枣说:"他把钱数完以后就压到枕头下面了。"

古兰兰叹了口气说:"现在丢了,真的丢了。"

黑枣惋惜地说:"那就太可惜了,阿米提叔叔说是要拿这笔钱回去还账和翻修他们家的房子呢。"

黑枣说完,又低下头去吃饭。古兰兰始终观察着他的一举一动。

黑枣扒了几口,突然抬起头说:"哎,古阿姨,你说阿米提叔叔会不会怀疑是我拿的呀?"

古兰兰说:"为什么?"

黑枣说:"因为当时他数钱时就我一个人在场啊!"

古兰兰说:"不会的,你阿米提叔叔不会怀疑你。再说,你也不会去做那种事。"

黑枣一听古兰兰这么说,这才又放心地大口大口吃起来。

晚上下班后,古兰兰又来到阿米提宿舍。

阿米提说:"你问他了?"

古兰兰说:"问了,但这个钱不是他拿的。"

阿米提说:"你能判断出来?"

古兰兰说:"我能判断出来,说谎的人眼神不一样。"

阿米提说:"那现在怎么办?"

古兰兰说:"那只有到派出所报案了。"

公安人员到来后,把屋子的里里外外翻了个遍,最后在阿米提的枕头底下发现了一张小字条,上面写着:"拿单小宝来换。"阿米提看了一眼字条,赛迪克的影像在眼前闪了一下,他对公安人员说:"这个钱找不回来了,撤案吧。"公安人员不解地问:"为什么?"阿米提没有回答。公安人员带着疑问走了。阿米提虽然嘴上没说,但他从这张小字条上明明白白地看到,赛迪克是因为他把单小宝救回来的事在想门道报复他的。阿米提的心里像压了一块石头,又沉了下去。

阿米提自从给家里打电话说他要回去后,一家人尤其是母亲牡丹汗天天想夜夜盼,但就是迟迟见不到他的影子,牡丹汗急了,就让阿迪拉给他打电话询问情况。阿米提不好正面回答,就推脱说:"这段时间太忙了,等忙过这一阵就回去,请家里不要着急。"阿迪拉把这些话传达给家人时,姐姐阿依汗说:"一个卖烤肉的,又不是国家主席,能忙成这样?真是的!"

阿米提是个性格乐观的人,钱丢后,他心想,钱是人挣的,也是人花的,既然丢了,也知道找不回来了,生气也没有用,再下气力挣就是了。于是他又起早贪黑地干,钱包慢慢地又鼓了起来。古兰兰提醒他说:"这一次不要再往家里放了,拿到银行办个存折吧,那样会安全一些。"阿米提说:"你提醒得对,我差点把那个教训给忘了。"

依照古兰兰的提醒,阿米提利用下雨休摊的时间把钱拿到银行存了起来。办完存款手续后,他拿着存折径直来到古兰兰的服装店,对古兰兰说:"这张存折还是放在你这里吧,我那里不安全。"古兰兰嗔怪地说:"看你这人,人家给你出个主意,你还像胶水一样把人家给粘住了!"话虽这样说,但她还是把存折接住了,并打趣说,"我没钱花了可要从这里边直接取了!"阿米提一本正经地说:"你尽管用,没有了咱再挣。"说完,还把写有存折支取密码的字条也给了古兰兰。古兰兰不要,他硬塞到了古兰兰手里。

阿米提对陈阿弟一家的生活不放心,经常要送些钱和生活用品。去的次数多了,也就引起一些村民的议论。周小勇听到后回家告诉了陈阿弟,并且说:"以后你如果还让他来咱们家,我就再不认你这个妈了。"陈阿弟含泪答应了。

这天，阿米提又去给陈阿弟送钱，被陈阿弟拒之门外。

通天河周围地区经常举办各种节会，每当这时，阿米提都像一只候鸟一样背着他的烤肉箱来到节会上卖烤肉，赚回钱来就交给古兰兰，不知情的人还会说一句"阿米提真听女朋友的话"。这天他从威宁的赛马节回来，又来给古兰兰交钱，引来正在店里挑选衣服的男女顾客一片赞扬声，古兰兰也不好解释，闹了个大脸红。

在通天河辖区内，有一个著名的景点名字叫百里杜鹃大草原，每当盛夏时节，其他地方都是赤日炎炎、酷暑难耐，而这里却是凉风习习、草长莺飞、牛羊成群、气候宜人，当地的彝族、苗族等民族的同胞都会聚集在这里，开展各种民族特色浓郁的文化活动。尤其是赛歌会年年举办，吸引着来自全国各地的游客。每当这时，阿米提都要背着烤肉箱来到这里，既逃过了烈日的炙烤，又借机装满了腰包，真可谓一举两得。

今年，他早早地就把烤肉摊支到了赛歌会现场，当然又是赚了个盆满钵满。

返回的时候，他乘坐了一辆长途客车，人坐在车里，烤肉箱放在客车的顶上，用车上置备的用于护栏旅客行李的网子罩着。

一上车，他就被一些乘客认了出来，大家都称赞他的烤肉真好吃。

车行至半途，阿米提透过车窗玻璃突然发现不远处的山上燃起了大火，一辆辆消防车和消防队员正往着火处赶。阿米提随即大喊起来："停车！停车！师傅快停车！"

车还没停稳，他就抢先跳了下去，迈开大步往着火的地方跑。司机在身后叫喊道："哎！你还走不走哇？"

阿米提边跑边扭头回答："你们先走吧，不要等我了！"

司机问："那你的烤肉箱怎么办？"

阿米提说："麻烦你帮我先放到你们车站，到时候我过去取。"

阿米提跑到火场后，和消防队员一起拿着扑火工具就往大火上扑打，他还抱着消防车的喷枪往大火上喷洒灭火剂，不一会儿，他的满脸满身就被烟火熏得像个黑人。

大火扑灭后，林业局一位干部开着一辆轿车统一把他们拉到了县林业局的一个餐厅，这位干部把阿米提和其他自动参加救火的人员介绍给了林业局领导。

餐后，林业局领导给阿米提颁发了一张"见义勇为荣誉证书"和300元"见义勇为奖金"。阿米提一开始坚辞不收，说："给这些东西干什么？不就是参加个救火嘛，又没有伤着，还给什么钱呀？"说着，他把荣誉证书留下，把奖金又交回了林业局领导手里。

这位林业局领导说："对见义勇为的行为颁发荣誉证书和奖金，是我们国家的法律规定的，也是为了鼓励更多的公民在国家和人民的生命财产受到威胁时挺身而出，你如果不收，那不是有违法规和设立这项奖励的初衷了吗？"

林业局领导这么一说，阿米提只好勉强收下了。但他的心里始终感到不安，在返回的路上，走一路都是心事重重的。

晚上躺在床上，他想着这300元奖金的来历辗转反侧，一夜都没睡好。

第二天天还没有大亮，他就跑来敲古兰兰的门。

古兰兰穿着睡衣把他让进屋里，问道："这么早过来，有什么急事吗？"

阿米提就把昨天的事给古兰兰说了一遍，然后说："救个火嘛，是理所当然的事，还要给钱，这是哪儿的事啊！"

古兰兰说："就这么芝麻大的一点小事，还犯得着连觉都睡不着？"

阿米提说："过去我还从来没有遇到过这样的事情，这笔钱花了我的心里是不得安宁的。"

古兰兰不假思索地说："要是真不想花这还不简单？那就捐呗！"

阿米提问："捐？捐给谁呀？"

古兰兰说："你不是说陈阿弟家生活艰难，你就捐给她们家啊！"

阿米提把此前陈阿弟家发生的事情讲述了一遍说："他们已经不让我进他们的家门了。"

古兰兰说："他们不要，那就捐给学校的贫困生呀！报纸和电视上不是天天都在做这样的宣传吗？"

阿米提一听，乐了："这个主意好，那就捐给学校的贫困学生！"

吃过早饭，阿米提连摊都没出，就衣着整齐地来到团市委。在一间办公室里，阿米提向一位年轻的工作人员说明了来意。这位工作人员回答说："给学生捐款要找教育局。"

阿米提接着又来到教育局。

教育局接待他的也是一位年轻的工作人员。当他说明了来意后，这位工作人员用异样的目光看了看他,然后用规劝的口气不冷不热地说:"你还是回去好好卖烤肉吧。"而对捐款的事却只字未提。

这使阿米提大失所望。

出了教育局大楼,阿米提闷闷不乐地往回走,一些认识他的人向他问好,他也无心搭理,引来一片窃窃私语。

阿米提来到古兰兰的服装店向古兰兰述说了捐款中遇到的境况。古兰兰劝慰他说:"就那几百块钱,实在捐不出去就算了,也不要一天到晚搁在心里。"

阿米提说:"这笔钱放在手里我睡不着觉。"

真如他说的,晚上他又把林业局发的那张荣誉证书和300元奖金拿出来看了一阵子,结果又是一夜无眠。他对自己说:"一定要想办法把这笔钱捐出去!"

后来这笔钱还真的让他捐出去了。

阿米提由于心里一直对这笔钱放心不下,所以他就特别留意。

这天是个星期天,中午的时候,他正在卖着烤肉,一位戴着灵巧眼镜的中年妇女和一位秀气的女学生来到摊前坐下,阿米提忙送上一盘烤肉。

阿米提是一个为人热情的人,在接待顾客中,只要有空闲,他总喜欢与客人攀谈。当这两位顾客光临的时候,正好顾客不多,他就和她们闲聊了起来。攀谈中,阿米提得知这是一对母女,妈妈名叫岳敏,在市妇联工作;女儿叫楚菡,在本市一所中学读书。阿米提因为心里有事,就向这位名叫岳敏的大姐打听说:"岳大姐,您知不知道给贫困学生捐款到哪里可以办?"

岳敏说:"怎么,你也想捐款呀?"

阿米提说:"是的,我听说有好多山区的学生因交不起学费,年纪小小的就停学了,怪可惜的,所以我也想捐一点,多少尽一点心意。"

岳敏说:"你的这个想法好啊,我所在的社会权益部就是专管这项工作的,如果你真想捐,明天上班后我就帮你联系一个捐助对象。"

阿米提一听说岳敏能帮他联系捐助对象,高兴坏了,说:"只要你能帮我联系上,以后您和您的女儿到我这里来吃烤肉,我一律免费!"

岳敏一听笑了,说:"那可不行!你卖烤肉串本来就是小本生意,利很薄不说,还要交房租什么的,现在你还要为贫困学生捐款,如果谁来吃烤肉你都不收钱,那你将来不是连吃饭都成问题了?何况为捐款人帮助联系捐款对象也是我们应尽的职责,我怎么能白吃你的烤肉呢?"一席话说得阿米提不好意思起来。

岳敏的办事效率真高。第二天阿米提刚把摊子摆开，岳敏就打来电话说联系的捐助对象已经找好，请他到办公室去一下。阿米提又把摆开的摊子收起来，快步往市妇联走。

在市妇联社会权益部办公室里，岳敏告诉他说，帮他联系的捐助对象是位于大山深处灵峰小学的女贫困生苗莉莉。岳敏还给他说了去灵峰小学的途径和方法。

有了捐助对象，阿米提喜不自胜，刚走出妇联的大门，他就给古兰兰打电话报喜。古兰兰一听说阿米提要到大山深处为学生捐款，在电话中说她也要去。开始阿米提不同意，说："你一个姑娘家，又是城里人，没进过大山，要是有个什么闪失，怎么给家里交代？"但古兰兰却硬要坚持，说："你不要忘了，妹妹我也是个走南闯北的人，什么样的苦没吃过？什么样的难没见过？"阿米提无奈，只好遂了古兰兰的愿。

说走就走。定下要到灵峰小学去捐款的决心后，第二天一大早他们两个就结伴出发了。

一开始他们乘坐的是公共汽车，途中，他们还猜测着灵峰小学所处的位置和苗莉莉的模样。到山跟前后，汽车不能走了，他们就根据岳敏事先的指点，在当地租了一匹马前往。

上马时，古兰兰想骑在前面，让阿米提骑在后面，阿米提感到一个大姑娘家坐在自己的怀里不大好，就自己骑在前面，让古兰兰骑在了后面，像骑摩托车带人一样。阿米提由于从小在农牧区长大，会骑马，加之离家漂泊以来一直没有骑过马，见到马感到很亲切，骑到马背上走起来颇有些自豪感和悠然自得的味道。而古兰兰却不同，她从小生长在南方，从来没见过马，骑到马背上还有点害怕，于是就把阿米提的腰搂得紧紧的，生怕掉下去，搞得阿米提还真有些不自在。古兰兰看出了他的窘境，就故意开玩笑说："你如果不怕我摔下去，我就松开手，不搂你的腰了。"说着，还真的把手松开了。这时刚好遇到一个小石坎儿，马蹄不由自主地颠了一下，差点把古兰兰颠下来。阿米提吓坏了，只好停下来，让古兰兰坐在自己的怀里。

古兰兰没有见过大山，望着眼前的一座座大山重峦叠嶂，满眼碧翠，很是高兴，拿出照相机一个劲儿地拍照，给山涧洒下了阵阵欢笑声。

走了一阵儿，好走一点的路渐渐消失了，他们只好下马。阿米提牵着马在前面走，古兰兰在后面跟着直喘粗气。

山路越来越险峻，许多地方的坡度都几乎是直上直下，他两个只好手拉着手攀上爬下，有几次还差一点滚下山崖。好在古兰兰是个开朗性格，不叫苦，不喊怕，而且还用相机抓拍了好多镜头。

灵峰小学坐落在一个山洼里。当他们走到离学校还有很远的半山腰时，学校的师生们早已在门口列队欢迎他们了。

在灵峰小学的教室里，当阿米提和古兰兰见到苗莉莉时，他们从苗莉莉的衣着就能想象出她家的贫寒程度。阿米提看 300 元有点少，就把身上仅有的200 元也掏出来递到了苗莉莉手中，古兰兰见状也连忙掏了 500 元，苗莉莉当时感动得热泪盈眶。其他学生一边羡慕地看着苗莉莉，一边眼巴巴地望着阿米提和古兰兰。

捐款后，阿米提发现学生们的课桌上没有书包，而是放着一些五花八门的布袋子，阿米提就问他们的书包哪里去了？老师回答说有许多学生从来就没有用过书包。阿米提的眼睛湿润了。他当场让老师统计一下有多少学生没有书包，他要想办法给这些学生捐一些。

在返回途中，阿米提回望着山洼中的灵峰小学，脸上露出了复杂的表情。他叹着气说："这些孩子也太可怜了！"

一回到城里，阿米提就和古兰兰来到文具商场为学生们挑选、购买书包。老板是个中年人，他一边热情地帮阿米提和古兰兰挑选书包，一边有意无意地问道："你们是哪个学校的，一次要买这么多书包？"古兰兰抢先答道："我们哪个学校也不是，我们这位大哥是要给学校捐书包的。"老板一听很感动，问明了捐助对象的具体情况后，当即以五折的优惠价结了账。阿米提和古兰兰扛上书包刚刚走出商场，那位老板又撵出来把所收的钱全部退了回来。阿米提坚辞，老板撂下钱早已跑回去了。阿米提说："看来这位老板也是一个好心人。"他把书包放在地上，按照维吾尔族的礼数，朝着老板跑去的方向深深地施了一礼。古兰兰说："人家早都进去了，你这样做他能看见吗？"阿米提虔诚地说："从小我的母亲就教导我们，对每个做了好事的人我们只要是看到或者是知道了，都要心存感念和敬意。刚才那位老板虽然已经看不见我们了，但我对他的敬意一定要表达，要不然，我的心里会不安的。"听着阿米提发自内心的虔诚话语，古兰兰敛起笑容，敬佩之意猛然间从心头升起。

按照阿米提给学校的承诺，他们买上书包后是要立即送到学校去的，可是这天晚上却突然降了一场雪。本来时令已经进入仲春季节，一般情况下是不会再下雪了。可是这一年气候有些反常，它还偏偏下了，并且还下得挺大。早上起床，古兰兰一看下雪了，就对阿米提说："要不，咱们改个时间吧？"阿米提说："我们对老师和孩子们已经说了去的时间，孩子们肯定是在眼巴巴地等着我们送书包去，如果我们不按时去，他们会感到失望的。再说，这样的雪在我们新疆也不算是什么大雪，没有那么可怕。"于是，他们就按照原计划出发了。

这次去和前次去的办法一样，一开始也是先坐了一段路程的公共汽车，后来就换成了马。由于有那么多的书包要让马驮，他们只好在雪地里步行。阿米提牵着马，古兰兰陪着，没走多远，人和马都变成了银白色。古兰兰过去没有见过大雪，她一看眼前的雪景这么好，就拿出照相机很新奇地不断按压快门。

山道越来越难走，在一个陡峭处，马怎么也不走了，阿米提和古兰兰只好把马背上的书包卸下来，背在自己身上，牵着手一步一步地在山道上爬行。

正攀爬间，古兰兰突然脚下一滑，连人带书包一起滚了下去。阿米提一看，赶忙也来了个"坐山车"，不顾一切地追了过去。在一个雪窝处，两个背着书包的雪人互相搂抱着滚在了一起。

师生们远远地看见了他们，赶快跑过来营救。

给同学们送的书包发放以后，阿米提和古兰兰与老师一起围坐在火盆边取暖。阿米提看学生们来上学的这条路太险，就询问还有没有其他路可走。老师告诉他说："除了你们走的这条路之外，还有一条近路，但中间有一条铁索桥，桥上的木板因年久失修已经腐朽，早已不能用了，学生们只好绕远道过来上学。"阿米提若有所思地点了点头，对古兰兰说："等一会儿返回时，我们过去看一看。"

离开学校前，阿米提向老师索要贫困学生的名单。老师给了他一张特困学生名单。老师说："学校的贫困生太多了，这张名单上是一些特困学生。"阿米提接过名单仔细地看了看，然后郑重其事地折叠整齐，装进了自己的上衣口袋。

雪停了，太阳露出了笑脸。阿米提和古兰兰告别灵峰小学的师生沿原路返回。师生们依依不舍地朝他俩招着手，久久不肯离去。

出了学校，他们按照老师说的路线，来到了铁索桥边。桥上横着六道铁索，桥下是看不见底的深谷。望着眼前的铁索桥，阿米提陷入了深思。古兰兰问:"你是不是想把这座桥铺起来?"阿米提重重地点了点头说:"学生们年龄那么小,走那边那条路太远,也太危险了。"古兰兰说:"要把它铺起来恐怕不是个小数目。"阿米提说:"那我们就拼命挣吧。"

　　阿米提为灵峰小学捐款和赠送书包的事迹在灵峰小学的师生中引起了强烈的反响,阿米提和古兰兰返回后的第二天,灵峰小学就以全校师生的名义给市妇联社会权益部写了一封感谢信,诚挚地感谢和赞扬阿米提心系山区教育的善举。岳敏收到这封感谢信后也很受感动,立即来到通天河日报社记者部,请求在报纸上予以大力宣扬。记者部主任文雅向岳敏详细了解了事情的来龙去脉后,当场满口答应。

　　第二天上午一上班,文雅就挎着采访包来找阿米提。

　　阿米提一听说是要采访他,一口回绝了,说:"就办了这么一点小事,就要大张旗鼓地在报纸上吹嘘,那我算什么人啦?"

　　不管文雅怎么劝解和说明,他就是不点头。文雅无奈,只好罢手,并向岳敏做了解释。

　　文雅的采访虽然被阿米提拒绝了,但文雅对阿米提的善举却深深地感动了,随后她把这一情况告诉了高见和张清源。经过商议,他们三个和古兰兰、郝戈一起结成了"爱心角",共同帮助阿米提救助山区的贫困学生。

　　这件事情后来让凯丽斯也知道了,在一个周末的早上,凯丽斯专门打来电话,邀请阿米提晚上在双凤酒楼小坐,阿米提因为之前和凯丽斯见过几次面,对这位英籍外教的性格很喜欢,也就爽快地答应了。

　　晚上一见面,凯丽斯就给阿米提递过来一个装有现金的信封。阿米提不知道这是什么意思,没有接收。凯丽斯不高兴了,说:"我这是专门资助贫困学生的,难道你会拒绝我对那些山区贫困学生的一片爱心吗?"凯丽斯这么一说,阿米提只好收下了。

　　席间,凯丽斯给阿米提讲述了自己的经历和抱负。

　　凯丽斯对阿米提说,她出生在英格兰东南部白金汉郡的一个教育世家,祖父和父亲都曾在剑桥大学任教,母亲也是白金汉大学的汉学教授,常常往来于剑桥大学和白金汉大学之间。她从小就向往中国,特别是对中国的汉学文化有着浓厚的兴趣,期望将来能够成为一个中国通,为中西方的文化交流做出一些贡献。后来她从政府的文告中听说中国因实行改革开放需要大批的英语教师,于是就在大学毕业前报了名，并在毕业时被顺利批准。来到中国后，按照规定，他们先是在北京大学进行了为期一年的专门培训，然后根据需要予以分配，工作时间为三年，三年后如果本人提出申请，还可以继续留任。她本来是被分配在条件较好的深圳大学任教的，后来她从报纸上看到贵州省由于自然条件的限制，教育比较落后，于是就主动申请来到了这里，被分配在了通天河学院。由于她的学位高，又是外聘，加之教学业绩突出，第二年就被授予副教授职称。

听了凯丽斯的自我介绍，阿米提对这位美丽的英格兰女士更加了解，对她的高尚情操也更加钦佩了。

在攀谈中，凯丽斯还询问了阿米提的家境和生活情况。从凯丽斯的眼神里，阿米提隐隐约约地感受到了对方对自己的某种爱意。但他也没有往深处想，因为一个有身份、有地位、出身高贵的外籍教授，怎么能爱上他这个浑身散发着烤羊肉味道的一介草根呢？要真是那样，那才是天大的笑话呢！

由于阿米提迟迟不回家，他欠的那些账一直也还不上，一些债主又来向父亲海里木要账。海里木很生气，要阿迪拉打个电话问问阿米提怎么还不回来，并且说："人回不来可以把钱先寄回来嘛！"阿迪拉打完电话对海里木说："二哥还是那样说，现在他很忙，等忙过这一阵一定回来。"海里木愈加生气，对阿依提说："你到通天河去一趟，看看究竟是什么原因。"阿依提遵从父命，第二天就登上了开往通天河的火车。

阿米提自打到内地闯荡以来，一直没有回过家，也没有见过家里的人。当阿依提一走下火车，兄弟俩就深情地拥抱在了一起。

阿依提的到来使阿米提异常激动。他把阿依提安排在自己的宿舍里问长问短，彻夜长谈，直到天亮。阿依提问他为什么说回去却一直没有回去，他对阿依提说了实话。阿依提说："让贼娃子偷了那是天灾，但你好不容易挣点钱都拿出去捐了，自己的事一点都没有办，那你还挣钱干什么？家里欠的那些账怎么办？"阿米提说："我也知道还账重要，可是一看到那些可怜的孩子，我的心就又软了。"阿依提说："你想给穷苦的孩子捐点钱我也不反对，但首先要把家里的账还完。"阿米提说："你说的也是。"

阿依提来到通天河的第二天，就要到烤肉摊上给阿米提当帮手。阿米提说："你在路上颠簸了几天，挺累的，还是休息一天再说吧。"阿依提说："咱们都是乡下人，哪有那么娇气！"坚持要随阿米提出摊。兄弟俩本来当年在县城就是一对烤肉的好搭档，现在站在摊前一吆喝，更是别有一番风情，前来吃烤肉和看热闹的人越来越多，他俩也越干越有劲，几乎成了这条街上的一道风景。到收摊时一数，一天的收入超过了平时的三倍，兄弟俩都会心地笑了。

阿依提在通天河期间，阿米提总共出去捐了三次款，两次是给灵峰小学的特困生送学费，一次是给报纸上登的一个患败血症没钱救治的小女孩捐款。前两次捐款时，阿依提要阻拦，阿米提说："这在以前已经做了承诺，食言了不好。"第三次捐款时，阿依提又要阻拦，阿米提说："那个孩子太可怜了，我不捐点钱晚上睡不着觉。"阿依提说："如果遇到这些情况你都要捐，那外边欠的那些账你到什么时候才能还上？"

阿依提回到新疆后把这些情况说给了家里。母亲牡丹汗说："阿米提从小就心肠软，见不得可怜人。"姐姐阿依汗说："天底下那么多可怜人他能都可怜得过来？"父亲海里木一时拿不定主意，就让大家商量解决的办法。阿依汗说："干脆，就让阿依提去给他当管家，那样他想捐也捐不了了。"海里木想了想说："看来要尽快还账，也不得不这样做了。"他对阿依提交代说："你去后一边和他一起干，同时要把他的账目管起来。我们也不说一分钱都不让他捐，人在社会中生活，见难不救也要不得，但要量力而行，要适度。"牡丹汗说："阿依提去也行，他那个媳妇也等着向他要彩礼呢。"

阿米提最大的心愿是把去往灵峰小学的铁索桥铺起来。阿依提走后，阿米提把古兰兰叫上又来查看铁索桥，商量具体办法。

古兰兰大体估算了一下所需的材料和人工费，对阿米提说："要想把这个铁索桥架起来，没有社会的力量参与，就指望你卖烤羊肉串挣那几个钱恐怕不行。"

阿米提问道："为什么？"

古兰兰说："你傻呀，没算账吗？你就是不吃不喝，一年到头能挣几个钱？况且你家里还有那么多的欠账等着要还呢。"

阿米提点了点头说："你说的也是。可是，如果这个桥不修，那些孩子上学就还要继续遭罪，尤其是冬天，到处冰天雪地的，人在平路上走有时都会摔倒，更不要说是在大山上了，要是哪个孩子出点意外，那这一家人怎么能过得下去呀？"

古兰兰说:"确实如此。要不,咱们给文姐他们说说,他们的门路比我们宽一些,让他们也帮助想点办法?"她指的是文雅、高见和张清源他们几个。

阿米提摆摆手说:"给他们几个说了不好。你给他们一说,他们又会拿到报纸电视上去到处宣传,事还没开始干,就搞得沸沸扬扬的,好像我们为孩子们做点好事是为了出名似的。那样一来,事情就变味了。"

古兰兰无计可施了,说:"那你说怎么办吧。不管采取什么办法,我都支持你。"

阿米提说:"只要有你这句话,我的心里就有底了。到时候如果实在没有其他办法,我就向你伸手。但有言在先,我向你要也不是白要,而是向你借,以后有了还还你。"

古兰兰一听,生气地说:"你这样说就见外了,好像只有你对孩子们有爱心,我就没有了,你也太小看我的思想觉悟了!请你不要忘了,1998年抗洪,我一次就捐了10万元呢,当时我连箱子底都拿出来了!"

阿米提一看古兰兰真的生气了,连忙解释说:"我不是这个意思,我是怕给你再添压力。你刚刚租了个门店,租金一次交齐不说,还进行了装修,又进了那么多的货做底子,手头也不宽裕。只要你愿意献爱心,我还巴不得呢!"

古兰兰的脸色这才又缓和下来,说:"这才像个大哥哥说的话!你说吧,准备什么时候动手?"

阿米提思谋了一阵说:"那就到入冬之前吧。到那个时候,我手里也攒的有点钱了,而且天气也不冷不热,正好组织施工。桥铺好后,刚好冬季来临,孩子们就不会再愁下大雪上学无路可走了。"

古兰兰说:"就按你说的办,到时候有困难,我们一起想办法。"

阿依提遵照父亲海里木的安排又来到通天河。阿米提想到阿依提前次来时兄弟俩在一起干的良好收益,自然十分高兴。

但是,阿米提怎么也没有想到,兄弟俩一起出摊的第一天就出现了新情况:阿依提把当天的收入全部收了起来。阿米提不解,但又不好问,这件事当天就暂时搁下了。

第二天,阿依提又把钱收起来了。阿米提带着疑问张了张嘴,最后还是把话咽了下去。

到了第三天,阿米提看阿依提依然我行我素,就给阿依提指了指摊子前挂的"阿米提烤肉摊"的招牌。阿依提自然明白阿米提的用意，直言不讳地说："这是父亲的安排，你有意见可以直接给父亲打电话。"阿米提惊愕地张了半天嘴巴。

阿米提想不通，找到古兰兰，把这个情况述说了一遍。古兰兰听后说："你哥哥的这种做法虽然有点决绝，但也有它的好处。"

阿米提问："这会有什么好处？"

古兰兰说："可以尽快把你们家里欠的账还完，还叮以把你们兄弟俩的婚姻问题都解决了，一举两得。"

阿米提说："那铁索桥的事情怎么办？"

古兰兰说："那就再等一等吧。"

阿米提说："那可就苦了那些孩子了！"

事情的结果确如古兰兰所说，兄弟俩在一起干活收入高，再加上阿依提在钱上把得紧，还账的钱很快就挣够了，还能把家里的房子也翻修一下。开始阿米提和阿依提商量一起回，后来阿依提说："咱们两个都走了对生意影响太大，不如只回去一个。"阿米提让阿依提回，阿依提说："你离开家这么长时间了，也应该回去看看。再说，那些欠的账都是你经手的，你回去还也不容易出差错。"阿米提也想顺便看看阿娜尔古丽，就依了阿依提。

第十五章
也算是衣锦还乡

当阿米提一身新装、满面红光、拎着大包小包出现在家人和乡邻面前时，真有点衣锦还乡的味道。大家争先恐后前来看望，夸赞之声不绝于耳。阿米提一时间成了十里八乡的新闻人物。

前来看望的亲邻们走后，一家人围坐在一起，和阿米提畅叙家常。母亲牡丹汗最关心的是阿米提在外面受了多少苦，父亲海里木最关心的是阿米提在外面打拼的情况，姐姐阿依汗最关心的是阿米提这些年在外面挣了多少钱，妹妹阿迪拉最关心的是阿米提带回来多少内地的好消息。阿米提一一回答后，说明了他这次回来的主要目的：一是看看父母和全家，他确实太想念家里人了；二是把原来所欠的账全部还清；三是想把房子翻修一下，因为房子太旧了，一到下雨就到处漏水。阿米提说完，还把提包里的银行汇票拿出来让全家人看，一家人都喜笑颜开。

阿米提这次回来本来还有一个重要的目的，就是要看看阿娜尔古丽，但他在一家人面前没有直说。虽然之前阿迪拉在电话里曾经给他说过阿娜尔古丽还一直在等着他，但他毕竟已经出外漂泊了四年多，其间也没有联系过，现在人家心里究竟是什么想法他并不知道，况且听说阿娜尔古丽与斯拉木已经正式定了亲，如果贸然行动肯定会带来不良后果，于是他决定暂时放一下，等把具体情况搞清楚再说。

阿米提把这次回来要办的事情说完，母亲牡丹汗又把话题转到了他的婚事上。

牡丹汗问："你以前从北京寄回来的那些照片当中，那个姑娘是不是你找的女朋友呀？"

阿米提笑着摇摇头说："我以前不是给你们已经说过了，那是在做生意的时候认识的，互相之间有过帮助不假，但要和人家攀亲，没有那个可能。"

牡丹汗说："那是为什么？"

阿米提说:"人家是南方人,家里很富裕,不可能找我们这样穷家寒舍的人。"

牡丹汗"噢"了一声,若有所思地点了点头说:"也是的。那个地方的人家都很富有,要是让人家到了咱们这样的家也会嫌弃的。不过,从照片上看,那个姑娘长得挺俊俏,性格看着也开朗,要不是咱们和人家的家境差得太多,能娶到咱们家那可就好了。"

阿迪拉接过牡丹汗的话茬儿说:"二哥,要说那个姐姐,长得就是好。那天我把照片一拿回来,咱妈就拿着照片左看看、右看看,一个劲儿地夸着说长得好长得好,要真是你的女朋友就好了。晚上做梦她还在说,没想到你娶了一个这么好的媳妇。"

阿迪拉这么一说,牡丹汗笑了,一家人都笑了。

姐姐阿依汗说:"你看咱妈,为给你找媳妇都快想疯了,碰见个长得好的就想娶回家,也不看看自己家里是个什么条件!"

牡丹汗白了阿依汗一眼说:"不要光说我,等你儿子将来长大了,你想找儿媳妇的心情比我还急!"

阿依汗"哼"了一声,说:"我才不像你呢,那么傻!我要静下心来先把我自己的日子过好再说,儿孙自有儿孙福!"

牡丹汗没有再接阿依汗的话茬儿,而是继续关心着阿米提的婚事。她对阿米提说:"那要是像你刚才说的,到现在还没有找,这一次回来有合适的定一个行不行?"

阿米提笑了笑说:"妈,先不急,等一等再说吧。"

牡丹汗不高兴了,说:"你都没看自己多大岁数了,还要等,你要等到哪年哪月?你不急,我还等着抱孙子呢!"

父亲海里木这时候也说话了:"你都老大不小了,也该成个家了,如果有合适的,这次就定一个,也免得你妈天天念叨,夜夜睡不着觉。如果是钱头上紧张,房子就先不要翻修,人比房子重要。"

阿米提知道,在这个家里,父亲轻易是不说话的,尤其是在一些重要问题上。对于父亲刚才说的这个意见,阿米提心里虽然不情愿,但在父亲面前又不敢说"不"字,只好默不作声了。

牡丹汗看阿米提没吭声,以为是阿米提同意了,就说:"就按你爸说的,我们都留点意,你也操点心,要是有合适的,这次就定一个。"

阿依汗依然是绷着脸说:"我可有言在先,你们找谁都可以,但不能再找阿娜尔古丽!"

阿米提问:"为什么?"

阿依汗说:"为什么?你问咱爸咱妈,你走后她妈到咱家大闹过好几次,把咱们一家人骂得狗血喷头,人都丢尽了,远近的亲戚邻居都知道。"

海里木说:"你姐说的也是实情。他们到咱家吵几架、闹几次倒还在其次,最主要是人家已经定亲了,你知道咱们农村的规矩,姑娘和小伙子只要定了亲,人就是人家的了,咱们要是再去掺和,那样对谁都不好。"

阿米提看了看父亲,知道了父亲在这件事上的态度,心想,多亏刚才没有贸然说出自己的想法,要不然,不知道会出现什么样的不愉快事情。自己离别亲人四年多,刚一回来就和家里人闹别扭,那也不是他的初衷。于是,他只好暂时采取沉默的态度,以便等待时机。

姐姐阿依汗怕阿米提与阿娜尔古丽旧情复燃,还对阿米提警告说:"你这次回来哪里都可以去,但就是不能去乡供销合作社门市部,尤其不能和阿娜尔古丽见面,这一条做不到,你就不要再认我这个姐了!"

一家人都支持阿依汗的意见,唯有阿迪拉没有说话。阿米提答应可以先不到乡门市部去。

和一家人叙完家常,阿米提带着欠账单,提着装满现金的提包,开始逐一登门还账。

他首先来到县供销合作社,社主任张旭平自然免不了用有志气之类的话把阿米提夸奖了一番。

接着,他又来到吐逊江家,把欠信用社的贷款一起还了。他看由于自己欠账把人家吐逊江搞得家徒四壁,连老婆也回到娘家不回来,心里很不是滋味,承诺这次回来一定要帮吐逊江想个办法,把过去的损失补回来。

阿米提在外边一家一家还账,来家里提亲的人却接连不断。先是有两家亲戚前来给阿米提提亲,左等右等不见阿米提回来,他们只好把照片和话留下。阿米提骑着摩托车从外面回来,母亲牡丹汗把两张姑娘的照片拿过来给他看,阿米提连扫都没扫一眼,就又放到了母亲手里。母亲说行不行见个面也无妨,阿米提不置可否。

第二天阿米提肩上挎着包骑着摩托车继续出去还账,又有一位乡邻来给阿米提提亲，牡丹汗不敢做主，说等阿米提回来再说。有几个亲邻的小伙子一看阿米提在外边发达了，就找到阿米提家，想跟阿米提一起到内地发展，牡丹汗说等阿米提回来后一定给他说。

阿米提晚上回到家，母亲把白天的事一一说给了他。说到那几个小伙子想跟着他出去打工的事，他当时就答应了，而在说到他的婚事时，他却没透口。母亲劝他说："我看，你还是给人家回个话，要不然会得罪人的。"阿米提不置可否地笑了笑说："妈，不着急。"

阿米提回到家乡后，本来是想尽快和迪力夏提、阿娜尔古丽见个面的，可是由于那天姐姐说了那么一番狠话，父亲又是那个态度，加之自己天天跑着还账，他还没有腾出时间来想个两全其美的办法，就把这件事给耽搁了下来。迪力夏提和阿娜尔古丽不知就里，还胡乱猜测了一番。尤其是阿娜尔古丽，还对阿米提生了一肚子怨气。

对于阿娜尔古丽来说，阿米提回来的消息，她当天就知道了，为此她在心里还激动了好一阵子。阿米提那是谁呀！那可是她的心上人。自从阿米提离家漂泊后，她就日日想、夜夜盼，盼着能和他见个面，特别是上次在成都亲眼看到阿米提受到屈辱的那个场面，她回来后伤心得在医院里躺了一个多月，要不是妈妈劝、爸爸劝，还有迪力夏提和阿迪拉劝，恐怕她已经不在这个世上了。后来就是因为这件事情，妈妈在她的婚事上不敢再逼她了。现在好不容易盼到阿米提回来了，可是一直见不上面，也不知道人家是怎么想的，开始那种殷切期盼的心情渐渐变成了失望，最后竟变成了一腔怨气。她的心几乎彻底凉了。

迪力夏提也是盼着阿米提能来看看他们，可是左等右等就是不见阿米提的人，他的心里也生了一些怨气。这天刚一上班，迪力夏提就对阿娜尔古丽说："听说阿米提回来都好几天了，怎么还不到咱们这里来？咱们和他可是同甘共苦过呀！"

阿娜尔古丽言不由衷地说："兴许人家这几年在外边事业干大了，看不起咱们这些乡巴佬了。"

迪力夏提说："不会吧，阿米提过去可不是这样的。不过想想也有点怪，即使他不来看我，也会来看看你的。这几年你为了他，吃了多少苦、受了多少委屈，别人不知道我还不知道？"

阿娜尔古丽锁着愁眉说："人心都是会变的。"

迪力夏提像是对阿娜尔古丽也像是对自己说："不可能吧，阿米提过去可不是那类人。"

阿娜尔古丽没有再说什么，只是脸上的阴云更浓了。

迪力夏提怕阿娜尔古丽的老毛病再犯了，就安慰她说："阿米提可能是刚回来，事情多忙不过来，我们再等等看。我相信他一定会来的，你可不要胡思乱想。"

又过了两天，阿米提还是没有来，迪力夏提有些沉不住气了，就站在门市部的门口朝外看，可是始终没有看到阿米提的影子。他回过头来对阿娜尔古丽说："算算时间，阿米提也该来了，怎么老不见人呢？"

阿娜尔古丽说："我说人心都是会变的，你还不相信，你等着看吧，他不会来的。闹不好人家正在哪个宾馆酒店忙着相亲哩！"

迪力夏提说："也有这种可能，我听说给他提亲的人多了去了，早就把门槛踏破了。"

阿娜尔古丽没有再说话，坐在一旁怔怔地生了一会儿闷气，对迪力夏提说："我有点儿不舒服，先回去了。"然后骑上摩托车走了。

阿娜尔古丽一回到家，就把自己反锁在了卧室里。母亲卓尔汗几次三番来叫她吃饭，她都不理会，卓尔汗急得不知如何是好。无奈，她只好给迪力夏提打电话说阿娜尔古丽病了，要求请假。

阿米提马不停蹄地跑了几天，总算把能还的账都还完了。回到家后，他对家里人说："以前欠的账，除了两家没找到人外，其他的都已经还完了，剩下的钱我想把房子翻修一下，要不然，一到下雨就漏，怪吓人的。"

父亲海里木说："想翻修房子可以，这个房子也该翻修了，要不，一到下雨就漏，住着也让人心里不踏实。可是我担心的是，要是有人给你提亲，办事没有钱怎么办？"

阿米提说："我不是说了吗，提亲的事不要太着急，先把家里的事安排好以后再说。就是提亲，也不是一下子就要花很多钱，如果提亲的对象是为了钱而来，这个亲还是不提为好。"

海里木说："翻修房子的事我们听你的，如在经济上能周转得开，那就翻修一下。可是你的婚事也不能耽误。我还是那句话，人比房子重要，如果有人提，看着也合适，那就定下，翻修房子的事情可以暂时缓一缓，以后再想办法。"

对父亲说的后一件事阿米提虽然不情愿，但他知道，现在毕竟还没到最后揭盖子的时候，不如暂时先搁置下来，看看情况再说，如果正面去和父亲争执，肯定会伤父亲的心。于是，他就撇开第二个话题，对父亲说："那就先把房子翻修一下再说吧。"

他们正商量着，一位中年债主找到家里来，向阿米提索要借款利息。债主说，他的那些钱当初要是放到银行，利息可能要给好几百。阿米提一听，先是一怔，接着低下头思谋了一阵，抬起头来想答复。这时他忽然看到全家人都在用异样的目光看着他，阿依汗甚至还不断地给他使眼色。他知道他们肯定对此有想法，就采取了缓兵之计，对这位债主说："你说的这件事情有些突然，让我再想一想。不过，请您放心，我会尽快给你答复的。"

这位债主走后，阿米提和一家人商量处理办法。

阿依汗问："你们当初借他款的时候，说没说过利息的事情？"

阿米提如实答道："没有，当时只是说借，没有说要付利息。"

阿依汗说："那这就好办了。当初没说，一分钱利息也不要给，到哪里打官司他们也打不赢。"阿依汗说完，又补充了一句，"在这件事情上你也不要太好说话了。这年头害红眼病的人很多，他们这是看你挣了几个钱，想来敲竹杠的，你可千万不能答应！"

阿米提为难地说："虽然当时没说利息的事，但咱们欠人家的账时间也确实太长了，人家说的也有道理，这笔钱如果不是给我们，而是放在银行，肯定会得到一部分利息。乡亲们挣个钱也不容易，我看就付给他们吧。"

阿依汗对此仍然持反对意见。阿米提把目光转向了父亲。

海里木想了想说："我们办事情也不能光顾自己，也要站在别人的立场上想一想。我看这样吧，那就把利息付给人家，不要让人家在背后戳我们的脊梁骨，人的名声比金钱重要。"

阿依汗看着父亲说："他就带回来那么多钱，这要是一付利息，房子还怎么翻修？"

阿米提说："没有钱，我们还可以再挣，要是坏了名声，就像泼出去的水一样，就再也收不回来了。"

妹妹阿迪拉说："二哥说得对，还是先付给人家利息好，等将来我们有钱了，就把旧房子扒掉盖成新的！"她还想再往下说，忽然发现阿依汗朝她白了一眼，她赶紧把后面的话咽了下去。

　　事情定下来后，阿米提就骑上摩托车一家一家还利息去了。

　　其间，阿依提也被他所在的地毯厂召了回来。他们给他打电话说，你既然是我们厂里的业务员，就应该在厂里上班，如果在外边跑业务也应该完成厂里的任务，而不应该无期限地在外边干自己的事情。无奈，他只得丢下阿米提的烤肉摊回到了地毯厂。

　　阿娜尔古丽从门市部回到家里，把自己关在卧室里，一连三天都不吃不喝，不管母亲卓尔汗怎么劝都无济于事。后来卓尔汗害怕阿娜尔古丽再像上次一样犯病，就哭着说："丽丽，你是妈的好闺女，你可要想得开呀！你要是有个三长两短，我和你爸可怎么过呀！"

　　阿娜尔古丽气愤地说："你现在害怕了，当初你们都干什么去了？今天你说人家穷，明天你说人家穷，不让我和人家交往，都是你害了我！"

　　卓尔汗说："妈不也是为了你好吗？你说现在怎么办？亲戚邻居都知道咱们和人家斯拉木已经定了亲，说出去的话，泼出去的水，没有正当的理由，哪能随便悔婚？况且我一开始就给你说过，阿米提只要把他欠人家的账还完，把公家的饭碗端稳，再把他们的房子收拾好，我就不反对你和他交往。现在他只是刚刚挣了几个钱，还不知道以后的日子怎么样，要是他以后还跟前几年一样到处流浪，那不是真把你推到火坑里了吗？"

　　阿娜尔古丽说："说来说去你还是嫌弃人家！你都没看看，现在不是你嫌弃人家，而是人家已经嫌弃你了！过去在一起本来是好端端的，你今天跟人家吵，明天跟人家闹，吵闹得像个仇人一样，人家现在回来连个照面都不打了，你说我出去还怎么见人？"阿娜尔古丽说着说着，竟伤心地哭了起来。

　　卓尔汗解劝说："他不跟咱打照面更好，免得外人再说闲话。你听妈的，起来吃点饭，把身体养得好好的，站在人场里让他们看看，我们家的闺女又不是嫁不出去！"

　　阿娜尔古丽还是哭着说："不管人家看不看我，反正斯拉木的这桩婚事我就是不同意，说到天边也不行！"

　　斯拉木听说阿娜尔古丽又绝食了，赶忙开着车过来看望，刚一进门，就被阿娜尔古丽撵了出去。

　　卓尔汗害怕阿娜尔古丽这样下去会出事，就跑来找迪力夏提。

迪力夏提听了卓尔汗的诉说后，心情沉重地说："这个结恐怕只有阿米提能够解开。"

卓尔汗连连摇摇头说："不行不行！我和他们家关系闹得那么僵，你给他们说了他们也不会答应，况且丽丽已经和斯拉木定了亲，现在再让她和阿米提见面，要是让斯拉木知道了人家会怎么想？"

迪力夏提一听，为难地说："不让阿米提见面，这事可就难办了！"

卓尔汗一看迪力夏提不肯帮忙，就用恳求的口气说："这几年你和丽丽一直在一起工作，都是好同事，不能眼睁睁地看着她就这样下去。就算是婶子我求你了，你一定要帮忙想个办法，要是丽丽还像上次一样，那我还怎么活呀！"卓尔汗说到痛心处竟哭了起来。

迪力夏提赶忙劝慰说："卓尔汗大婶，你不要过于难过，我和丽丽既是同事又是朋友，哪能见难不帮呢？你让我再想想，看看还有什么好办法，只要能帮上忙我一定帮，请您放心！"

卓尔汗拉住迪力夏提的手说："好侄子，你一定要帮大婶想个办法，大婶实在是没有法子，我让她给吓怕了！"

阿米提把欠账和利息还完回到家，家里坐满了客人，原来都是来给他提亲的。提亲的人中有一个是他父亲的同事，姑娘也带来了。阿米提因为心里一直想着阿娜尔古丽，对这门亲事也没有答应。这一下，父亲的脸上挂不住了。

客人刚走，父亲海里木就朝阿米提大发雷霆。他指着阿米提的鼻子斥责道："你是不是感到口袋里有几个钱就了不得了？你不就是个卖烤肉的吗？前面来的那几个你不同意也就算了，可是今天这个姑娘有什么不好？人家是大学毕业，在县城有正式工作，人你也看了，在周围十里八乡你能挑出几个？她的爸爸妈妈也都在县城工作，家庭条件也好，你还挑什么？人家哪一点配不上你？要不是看你爸这张老脸，人家还能登你家的门？"海里木越说越气，最后浑身上下都发起抖来。

这是阿米提打记事以来父亲第一次对他发这样大的火。他知道父亲也是在为他好。这几年他承包门市部欠了一圈外债，为了还账自己又不得不四处流浪、到处漂泊，眼看都快三十岁的人了，婚姻问题还没有着落，搞得一家人尤其是父母在亲邻面前很没有面子。哥哥阿依提到通天河以后就不止一次地对他说过，父母年事渐高，他们最大的心病就是他和哥哥两个人的婚姻问题，父亲说，如果他兄弟俩的婚事不解决，他将来是无法到老祖宗那里报到的。但他自己也有自己的打算，他要把欠的账全部还完后，再把房子翻修一下，让父母住在里边安全一些，然后再回过头来集中精力处理自己的婚姻问题，他相信自己这辈子还不至于打光棍。然而现在父亲由于过于爱惜他们，过于为他的婚事操心，竟到了迫不及待的地步。阿米提是个孝子，他知道父亲是误会了自己，他本想争辩几句，但怕惹父亲再生气，就用和缓的语气说："爸，请您老人家不要生气，我不是那个意思，也不是有了几个钱就眼光高了。我知道自己的底子，也知道咱们的家境，到什么时候我都是不会忘本的。我是想等把家里的这几件事办好后，再考虑我的婚姻问题，没顾及您和我妈的心情，让你们多操心了。这都是做儿子的不对。"

海里木在气头上，仍然绷着脸说："你要是不想定就早点说，现在闹到这个程度，我们怎么去跟人家交代？"说的虽然还是气话，但语气和缓多了。

母亲牡丹汗也说："那天你刚回来，你爸说这次回来如果有合适的就定一个，我看你没有反对，就以为你是同意了，所以就很上心。我们知道你这次回来的时间短，还怕耽误事，就天天催你爸，谁知道你是这么个心思。"

阿米提再次赔不是说："都怪我没有给你们二老说清楚，惹得你们二老多生了气，这都是我的错，以后一定改正，也请你们谅解。不过，儿子也请你们放心，等把家里的这几件事情安排好了，儿子一定给你们找一个让你们满意的儿媳妇。你们现在的任务就是把自己的身体养好，我还等着你们给我带儿子呢！"

阿米提这样一说，海里木的气也就慢慢消了。他对阿米提表态说："那这件事我们就交给你自己办了，我和你妈不再操心，如果办的过程中有什么困难，你随时给我们说，我们帮你想办法。但不管怎样，你必须把这件事情处理好，不能再让我和你妈失望。"

阿米提连连点着头答应说："请你们放心，我不光要把我自己的婚事办好，也要帮助哥哥把婚事办好，让你们二老光光彩彩地过好晚年生活。"说完，还主动走上前和海里木、牡丹汗深情地拥抱了一下。

迪力夏提把卓尔汗送出门市部后，独自坐在那里思谋了一阵儿，心想，这件事情只有阿米提能解决，于是他就骑上摩托车来找阿迪拉。

他把阿迪拉约在村外那棵杏树下，对阿迪拉说："阿娜尔古丽为你二哥的事情已经病了几天了，你能不能帮忙想点办法？"

阿迪拉问:"古丽姐知不知道我二哥回来了?"

迪力夏提说:"你二哥回来的当天她就知道了,她就是因为知道你二哥回来没去看她才生的病,她认为你二哥变心了,心里已经没有她了。"

阿迪拉说:"哪是这回事!你不知道,我二哥一回来就想去看古丽姐,也去看看你,可是因为古丽姐她妈这两年到我们家闹了好几次,况且她已经和斯拉木定了亲,我们一家人包括我爸都反对我二哥和她见面,所以到现在我二哥还没想出个办法。"

迪力夏提说:"既然是这样,你给你二哥说一下,请他想办法去见个面。我看阿娜尔古丽也挺可怜的。"

阿迪拉想了想说:"我先试试吧。"

阿迪拉回到家里,趁着爸爸妈妈和姐姐都不在,悄悄对阿米提说:"你这次回来见不见古丽姐?"

阿米提说:"怎么不见?你不是在电话中多次给我说过,她找我都快找疯了,我能那么没良心吗?"

阿迪拉说:"听说古丽姐为你俩的婚事病得很重,不管你俩将来成不成,你还是去看一看她吧。"

阿米提为难地说:"我一直想去,但就是没有合适的机会。我要是去了,让爸妈和姐姐知道了,又会惹他们生气,怎么办?"

阿迪拉说:"你要是想去现在就去,不要有那么多顾虑,他们回来要是问,我就说你被同学叫走了。"

阿迪拉这样一说,阿米提有了主意,骑上摩托车就飞出了门。

阿米提骑着摩托来到乡供销合作社门市部,先是和迪力夏提叙说了离别后互相之间的境况和念想,接着就在一起想办法如何和阿娜尔古丽见面。两个人商量的结果是:由迪力夏提出面,以县社领导要查账为借口,把阿娜尔古丽约出来。这样做,既能和阿娜尔古丽见上面,又不让她妈知道真实情况,可以避免节外生枝,再惹事端。

两个人商量好后,迪力夏提骑上摩托车来到了阿娜尔古丽家。由于事先卓尔汗央求过迪力夏提,所以迪力夏提到他们家后也没有引起卓尔汗的怀疑。

迪力夏提喝了两口卓尔汗递过来的茶水,然后走到阿娜尔古丽的卧室门前,隔着门对阿娜尔古丽说:"古丽,县社来人要查账,我给你打电话,你的电话关机,你还是过去一趟吧。"迪力夏提连说了两遍,里面都没有动静,他只好走了。

过了一会儿，迪力夏提又来了，说："县社的人说，你如果不能去，把钥匙带过去也行。"里面还是没有动静。迪力夏提只好又走了。

第三次，迪力夏提手里拿着一个账本，说："县社的人说，你的账目有问题，他们写在里边，你不去也可以，但你必须在上边签字，否则将停止你的职务。"这一次，阿娜尔古丽把门开了一条缝，把账本夺进去后，立马又把门反锁上了。

阿娜尔古丽夺过账本转身摔在了床上，不料想从里边掉出来一张字条，上面写着："阿米提专门看你来了，现在就在咱门市部等着。"阿娜尔古丽一看，出来卧室门抓起一件外罩就往外走。卓尔汗说："你去要见县上的人，也不把头发梳梳、脸洗洗？"阿娜尔古丽这才想起来把妆整理了一下。

迪力夏提把阿娜尔古丽带进门市部后悄悄地离开了。

阿娜尔古丽一见到阿米提就扑进了他的怀里。委屈和思念壅塞了她的大脑和胸腔，她不知道从何说起，任由两行泪水在脸上流淌。

阿米提抚摩着她的头发自责地说："你的情况我都知道了，都怪我无能，没有保护好你，让你受了那么多的委屈！"

阿娜尔古丽也抚摩着阿米提的脸颊深情地说："我知道你是为了我才出去打拼的，你受的苦难和委屈比我多得多。"

阿米提说："现在好了，苦难日子快熬到头了，只要我们肯吃苦，我们想要的幸福生活不会很远了。"

阿娜尔古丽说："你这次走把我也带上吧，我实在是不愿意在这个家待了，再待下去恐怕会真的要疯了！"

阿米提说："这次还不行，你没看两家的关系闹得那么僵，过去我爸爸还支持我，现在我爸爸的态度也变了，事情搞得越来越复杂了，我们得想个两全其美的办法。"

阿娜尔古丽说："都怪我妈，是她老嫌弃你们家里穷，结果办了好多错事，把你们一家人的心都伤害了。"

阿米提说："这也不能全怪你妈。天下父母一条心，都是为了儿女好，将来轮到我们也是一样的。"

两个人诉说了一会儿，阿娜尔古丽关切地问阿米提："你欠的账这次都还清了吗？"

阿米提回答说:"已经全部还清了。本来还想把房子翻修一下,结果人家还要利息,就把准备修房子的钱还了利息。不过不要紧,修房子的钱很快就会挣回来的。我想了一下,下次要搞,就把现在的这个房子扒掉盖成新的,免得一下雨家里人就担心房子漏雨。到那时你给你妈也好交代了。"

阿娜尔古丽关切地说:"房子要修,但也要注意身体,不能为了修房子去拼命干,最后把身体搞垮了,那样做是得不偿失的。"

离别的时候到了,阿娜尔古丽舍不得阿米提,反复叮嘱说:"你一个人在外,一定要照顾好自己,不要太累,不要太节俭,不管遇到什么样的难处,都要想着身后还有一个我在支持你……"

阿米提也说:"你遇事也要多往好处想一想,不要老往难处想。我的主意一定下,轻易是不会改变的。我们都再坚持一下,我们的愿望迟早会实现的。"他还嘱咐阿娜尔古丽说:"你也不能老惹你妈生气,她毕竟只有你这么一个闺女。"

阿娜尔古丽郑重地点点头,期盼着幸福生活早日到来。

阿米提要走了。临行前,哥哥阿依提和妹妹阿迪拉都要求和他一起走。哥哥的理由是,他所在的地毯厂由于资金和技术问题,经营比较困难,常常是入不敷出,与其在这里死不死活不活,还不如到外边另找个事干。阿迪拉的理由是,他们的农技推广站人满为患,最近正在进行机构改革,下一步可能要大量裁员,与其干耗,不如早点脱钩,这样既能为单位减轻裁员压力,又能找到一条灵活就业的路子。阿米提感到他们俩的想法都可行,经与父母商量同意,他就把他们两个都带上了,留下姐姐阿依汗在家照顾父母。还有几个亲戚和乡邻的小伙子都想跟着他,他也满足了他们的要求。吐逊江虽然没有跟他提这个要求,但他知道吐逊江家生活上的艰难程度,亲自登门做工作,特意把吐逊江也带上了。他知道吐逊江的胳膊有残疾,还事先通过电话让郝戈到通天河人民医院咨询了一下,医院答复说这样的残疾完全可以治愈,于是在动员吐逊江和他一起走时,他还在这件事情上对吐逊江做了郑重承诺。

走之前,阿米提还专门去向供销合作社的老经理苏来曼·乌拉音告别。老经理在他刚任经理时,不仅手把手地传帮带,还在生活上关心他、体贴他。他走了以后,老经理更是把他的事情当作自己的事情,替他解决了许多困难,特别是在债务问题上为他化解了不少矛盾,要不然那些债主不会让他过到现在。

所以他一回到家就来到老经理家看望，其间一有时间他就跑过来和老经理叙家常，还两次请老经理一家一起聚餐，极尽感谢之情。现在要走了，他更是忘不了老经理的恩情，再一次登门告别，为老经理留下联系方式，嘱咐老经理有困难尽管找他。他看老经理的老伴儿腿脚不好，还专门给他们买了一个老年用电动轮椅。

这次走的时候和上一次是大不一样了，亲戚邻居纷纷前来送行，阿米提和大家一一拥抱或致礼相别。他怕母亲再为他的婚事担忧，上车前再次向母亲牡丹汗许愿说："等把房子盖成新的，我一定给您老人家娶一个称心如意的儿媳妇！"

然而使他感到遗憾的是，在送行的人群中始终没有出现阿娜尔古丽的影子。事后得知，原来是卓尔汗听说阿米提要走了，她怕阿娜尔古丽来送阿米提，专门把斯拉木叫到家里看着阿娜尔古丽，一连三天都没让她出门。阿米提在心里暗暗对阿娜尔古丽说：再坚持一下，我的心上人，拨开云雾见光明的日子不会很远了！

阿米提回到通天河后，把各个摊位进行了分配，他自己一个摊，阿依提和阿迪拉一个摊，其他人也各得其所。阿米提所带领的这几个烤肉摊在通天河畔一字儿排开很是壮观，吸引着越来越多的食客。郝戈看着这壮观的场面，直夸阿米提有魄力。

对吐逊江的承诺阿米提没有食言，他把各个人的摊位安排好后，即在郝戈的帮助下把吐逊江送到了通天河人民医院。经过三个多月的治疗，吐逊江的残疾胳膊恢复了正常的功能。接着，他给吐逊江也安排了合适的烤肉摊位，使吐逊江终于从残疾的心理阴影中走了出来，他的老婆后来也带着孩子回到了他的家。

阿米提带的这批新人过来后，最高兴的是古兰兰。此前就她一个女的，她感到连个说话的人都没有，现在阿迪拉来了，而且和她的性格相近，两个人一见面就如同姐妹。她看阿迪拉没地方住，就主动提出和自己住在一起。有阿米提的感情在，两人相处得分外亲热。两个人在一起的时候，阿迪拉还向古兰兰讲起了她们当初看到她和阿米提在北京的照片还以为她是阿米提女朋友的话题，古兰兰听后羞红了脸。

阿依提和阿米提虽然是分摊经营，但阿依提还想把阿米提的经营收入管起来。这一次阿米提没有让步，兄弟俩经过一番争论，最后决定，经济收入由各自管理。但阿依提有言在先："你必须把盖房子的钱先攒够，然后再去做好事。"阿米提这一次答应得很痛快，因为没有新房子，卓尔汗不会让阿娜尔古丽嫁给他。

郝戈依然对古兰兰十分关心。过去古兰兰一个人的时候，外出进货常常是郝戈帮着古兰兰照看门店，古兰兰怕别人说闲话开始不让他来，后来时间长了，古兰兰一个人确实忙不过来，也就没有再阻拦。现在有了阿迪拉，古兰兰就把这个任务交给了阿迪拉。但郝戈对此没有在意，当古兰兰外出进货的时候，他还是像以前一样，不请自到地前来照看。这天古兰兰又要外出进货，走之前对阿迪拉说："你帮我照看一下，两三天就回来了。"古兰兰走后，郝戈来到店里，要把阿迪拉替走。阿迪拉说："兰兰姐走前有交代，没有她同意，谁都不能随便到店里来。"郝戈笑笑说："过去她不在家都是我帮着照看的，我保证不让她的门店损失一分一毫，你就完全放心吧。"阿迪拉将信将疑地走了。

古兰兰进货归来，阿迪拉对古兰兰说："你经常出去进货，人一走你的门面就没人看管了，对销售影响很大，你还是再雇个人吧。"古兰兰说："现在我这个门店面积太小，雇个人得增加支出，有点不划算，等将来面积扩大了再说吧。"阿迪拉说："你走后郝戈经常主动过来帮忙，你和郝戈之间是不是有意？"古兰兰矢口否认："没有你说的那种事，就是互相之间帮个忙而已。"阿迪拉说："我看郝戈挺优秀，和你也挺般配的，你如果看不上，那我可就要出击了！"古兰兰捅了阿迪拉一拳说："你敢！"阿迪拉说："你看你看！你心里还是有人家嘛！要不，我来当个媒人？"古兰兰说："有些事你还不懂。"

正在这时，迪力夏提突然打电话过来，询问阿迪拉到这里后生活适应不适应。阿迪拉说："你要是真关心我，就赶紧把你的那份不死不活的工作辞掉，也到通天河来！"

阿迪拉接完电话，古兰兰问："刚才打电话的是谁？"阿迪拉遮掩着说："是一个同学。"古兰兰盯着阿迪拉的眼睛说："同学？恐怕不对吧！我怎么听着好像很贴心的，是不是男朋友啊？"阿迪拉的脸一下子红了。

阿依提干活真是一把好手，每天从早到晚都像钉子一样在摊子上干，从来没听他说过一个"累"字。他不但自己肯干，对阿迪拉也看管得很严，不想让她耽搁一点时间。他说："卖烤肉是分季节的，忙季拼命干，淡季随便玩，这样才能做到既能挣来钱，又能好休闲。如果忙季不拼命干，到了淡季你想干也没有活干了，平均下来你的收入就只能顾个口粮。要是那样，我们从新疆跑到这么远的地方来，还有什么意义？"

有一天，古兰兰要去进新货，就打电话让阿迪拉过去再帮她照看一下门店。阿迪拉照看完回到摊位，因去的时间有点长，阿依提就绷着脸问她："你到哪里去了？"阿迪拉说："帮助兰兰姐照看了一会儿门店。"阿依提不高兴地说："每个人还是要先种好自己的自留地，少管别人的事情，挣不来钱将来拿什么给你送嫁妆？"阿迪拉生气地说："就你的私心重！"

阿迪拉虽然话是这么说的，但她还是不敢怠慢，只要没有特殊情况，她也是拼着命干。空闲的时候，她还把阿依提和阿米提的衣服被褥洗得干干净净的，两个哥哥也更加爱护她了。

阿米提这次也很听哥哥的话，把钱攥得很紧，从没见他乱花过一分钱。阿依提摊子上挣的钱开始是自己管的，后来他看阿米提管得严，他也嫌每天把那些零碎钱数来数去太麻烦，就干脆全部交给了阿米提管，自己和阿迪拉只留一点生活费。

三个人挣钱就是比一个人要快得多！由于兄妹三个都是拼着命干，几个月的工夫就把翻修房子的钱攒够了。

这天，阿米提把阿依提叫到自己的宿舍，拿出一个包裹放在阿依提面前，一打开全是钱。

阿依提明白了，说："你是不是想让我回去翻建房子？"

阿米提点点头说："本来我想回去，但又一想，咱这里的摊子大，况且刚刚经营得有点眉目，我一走怕出麻烦。另外，在盖房起屋方面你比我有经验，所以我想还是你回去辛苦一趟。"

阿依提问："你算了没有，这些钱够不够？"

阿米提说："我大致算了一下，这些钱基本上够用了，即使有点缺口问题也不大，反正我们的摊子上每天还有进账。"

阿依提问："你想盖个什么样的房子？"

阿米提说："这个问题我也想了很久，总的想法是，要盖咱们就盖个像样的，不要凑合。俗话说，起房盖屋，百年大计。既然我们沾了一次手，就下点功夫把它盖好，不说在十里八村数得上第一，至少也不能落伍。你知道，阿娜尔古丽的妈妈之所以不让闺女嫁给我，就是嫌咱们家太穷，房子太旧。嫂子之所以迟迟不给你定结婚日期，也是嫌咱家穷，房子太差。这一次我们一定要争口气！钱不够由我和阿迪拉在这里挣，你在家尽管放心办。只是让你太辛苦了，我这个当弟弟的真有些于心不忍。"

阿依提说："兄弟之间，我们就不说那些客气话了。再说，盖房起屋，人人有责，房子盖起来也不只是你一个人住。关于房子的样式和质量，这一点你放心，我有个朋友在县上城建设计所工作，我回去先找他帮助设计个图纸。"

阿米提说："这样就更好了。总之，这一次一定要把房子盖好！一定要盖得漂漂亮亮的！"

阿依提一回到家，就按照阿米提说的把旧房子扒掉，开始盖新的，许多乡邻都投来羡慕的目光。

母亲牡丹汗看着新盖的房子要比原来的旧房子大得多，而且材料也都是挑的最好的，心里不踏实，就对阿依提说："你这样盖要花多少钱啊？"

还没等阿依提回答，一位工匠抢先说道："牡丹汗妈妈，您老就放心吧，您家阿米提、阿依提现在都是摇钱树了，挣那么多钱不盖个好房子干什么？"

工匠的话引来了一片欢笑声。

把在老家盖新房的心病去掉后，阿米提又有了新的想法：爸爸妈妈为了他们姊妹几个，一直奔波劳累，没有享过一天福，现在条件慢慢好了，在通天河这边也应该有套房子，等将来他们年岁大了，把他们接过来也让他们享享清福。在一次和郝戈闲聊时，他把这一想法告诉了郝戈。他原打算是再干一段时间等攒点钱再说，没想到郝戈对这件事情很上心，没过多久就给他反馈了信息。

这天阿米提正在烤肉摊上忙碌，郝戈拿过来一张广告，说是靠近通天河大桥的地方有个新楼盘准备开盘，他问阿米提："你不是想买套单元房吗？是不是过去看一下？"阿米提看了看广告，就跟着郝戈去了。

阿米提跟着郝戈来到售楼部，围着楼盘模型转了一圈，看中了一个户型。向销售人员询问了房价后，阿米提对郝戈说："房子是好，位置也好，就是眼下钱不凑手。你知道，我的钱全部拿回家盖房子去了，要是能再过一段时间就好了。"郝戈说："要是真看上，那就借一点先交了首付。"阿米提摇了摇头说："向别人借钱，我张不开这个口。"郝戈说："过了这个村可就没这个店了。"阿米提说："让我再想想。"

　　阿米提回到宿舍，想了一晚上也没有想出个办法，第二天他把这件事情告诉了阿迪拉。阿迪拉想了想说："如果要真是你说的那种房子，不买可是有点亏了。"阿米提说："谁说不是呢！就是现在手头上太紧了，一点也拿不出来。"阿迪拉说："要不咱们先借点？"阿米提说："向谁借？没有合适的人哪！在这边我倒是有几个朋友，但咱和人家非亲非故，人家能帮咱在这里落脚就已经很不错了，要是再向人家借钱，这个口我张不开。"阿迪拉说："我倒是有个主意，咱们来的这几个人这几个月都挣了点钱，要不你去问问他们？"阿米提说："人家挣个钱也不容易，再说他们都是跟着我来的，我要是张嘴，他们会不会有其他想法？比如说，他们会不会说我是找借口向他们要好处？"阿迪拉说："不会的，只要咱们把话说清楚，他们也不会有其他想法，因为过不了多长时间咱们就会还他们的。"阿米提还是有些犹豫，说："咱们再想想，看看还有没有更好的办法。"阿迪拉急了，说："不要再想了，要是耽误了，你会后悔的。这样，你出面不好说，我去跟他们说说，要是不行，我们再想其他办法。"说完，没等阿米提表态，她就找那几个人借钱去了。

　　事情出奇的顺利。那几个人听阿迪拉一说，都很通情达理，他们说："钱放在那里也是闲着，拿去用就是了，谁还不遇到点急事？"不到一天时间，不但凑够了首付，而且后续房款也有了着落。

　　这件事不知怎么被古兰兰知道了，她也在她的货品上动了心思。

　　这天一大早，古兰兰就在店门口贴出海报，说要进行清仓大甩卖。郝戈走过来一看，不解地说："这么好的衣服你怎么这样贱卖？"古兰兰也不做解释，只是说："急着用钱！"郝戈说："你急着用钱给我说一声嘛，哪还用得着这样！"古兰兰说："你知道我的性格，不到万不得已，我是不会向别人张口的！"郝戈说："不向别人张口可以，对我，你还不愿张口吗？"古兰兰说："你？你是谁？你的钱你还是留着自己用吧！"郝戈听了古兰兰的话，一时间摸不着头脑。

　　阿米提晚上收摊回到宿舍后正准备做饭，古兰兰敲门进来，把一个银行的专用提袋递到阿米提手里。阿米提问里边装的是什么，古兰兰说："听说你想买套房子，我给你凑点钱。"阿米提说："买房子的钱我已经凑够了，你拿回去自己用吧。"古兰兰说："不管你的钱够不够用，这点钱你都得收下，这是我的一点心意。"话还没说完，人已经不见了。

　　房款凑够后，阿米提就和郝戈一起到售楼部交款，办理购房手续，谁知他们在这里却卡住了。

　　当时阿米提高高兴兴地来到售楼部后，把房款交到了财务人员手里，财务人员用点钞机点完，遂给他开了一张收款收据。阿米提拿着这张收据来到产权部签订合同，办理产权手续。一切手续办完，准备交接时，工作人员要求阿米提把户口本出示一下。阿米提一听愣了：他根本就没有在这里落户，哪来的户口本？因而他就如实地对工作人员说："我没有户口本。"工作人员问："那你的户口本呢？"阿米提回答说："我是从新疆来的，我的户口在新疆。"工作人员笑了，说："没有本市户口你买什么房子呀？"阿米提生气了，说："那你们怎么不早说呀，你们要是早说了，我也不至于为钱的事情到处求爷爷告奶奶了。"工作人员说："关于户口的事情，我们在售楼指南中就早已说得明明白白了，你是不是没注意看吧？"说着，还给他们指了指摆在面前的 X 展架。阿米提和郝戈走到展架前一看，那上面确实明确地写着购房需要本市户口的条文。郝戈自责地说："我们办这样的手续习惯了，反正都有本市户口，拿上户口本来办就是了，忽视了你的这个特殊性。"

　　要办户口，就要找派出所。阿米提跟着郝戈来到派出所询问，得到的答复是，非本市人员要想取得本市户口，有三个条件任选其一：一是大学本科以上的毕业生；二是准备在本市投资办企业的企业家；三是直系亲属投亲。阿米提没有一项符合条件，他们只好闷闷不乐地回来另想办法。

　　郝戈给他的朋友打了一圈电话，没有结果。他想了一阵后对阿米提说："记者们门路广一些，可以把他们叫过来想想办法。"于是他就利用星期天晚上的时间把文雅、高见、张清源几个人约到了他的啤酒屋，一边喝啤酒，一边商量如何办。这几个人很热心，分别都跟公安系统的朋友打了电话，但结果都是一样的：这是硬性规定，谁也没有办法。

　　正在大家都一筹莫展的时候，文雅出了一个主意：直接去找市长或公安局局长，或许还有希望。文雅解释说，她曾经听一个朋友讲过，城市落户每年也是有指标控制的，除了常规渠道之外，多多少少还是有些特例。因为这么大一个城市，总有一些特殊情况需要处理，不可能完全一刀切。文雅一说，大家都认为这是个好主意，但在谁去找的问题上却遇到了困难。

　　文雅说："是阿米提的事情，肯定是阿米提自己去找最合适。"

　　阿米提一听，急了："不行不行！市长那么大的官，我和人家从来就不认识，去了怎么说？人家怎么会认我？"

文雅说:"市长你怎么不认识? 上次在清理通天河淤泥时,市长不是在电视上还表扬过你吗?"

阿米提说:"嗨,那是公事,咱这是私事,根本就不是一回事! 再说了,一个市长管那么多的人,就见了我一次,况且咱还是个平头百姓,人家哪能就记得住? 不行,让我去肯定不行,我连人家的门朝哪开都不知道呢!"

文雅说:"找不到市长的门? 我们想出了办法,关键是要看你是不是真想要这个房子,如果不是真心想要,那就不必再去费这个心思了。"

阿米提一听文雅这样说又急了,连忙说:"当然想要了,要不,怎么能这样惊动你们?"

文雅说:"那你要是真想要,这个坎就得过去,你不去试一试,怎么能知道行和不行呢?"

话说到这一步,阿米提只好硬着头皮答应了。

根据头天晚上商量的结果,第二天上午阿米提由文雅带着来到了市政府。记者证真管用,文雅把她的记者证一出示,一路畅通。市长的办公室在三楼,文雅把阿米提带到三楼后朝市长的办公室一指就离开了,让阿米提自己去说。

市长的办公室是个里外套间,市长在里间办公,外间坐的是秘书。阿米提来到市长的办公室门口,一看门是开着的,就在门上轻轻地敲了几下。秘书因为吃过阿米提的烤肉串,一眼就认出了他,热情地把他让进屋里,并倒了一杯水,然后到里间通报了一声。

正在批阅文件的市长一听说是阿米提来了,热情地说:"阿米提是稀客,快请!"说着,离开座位迎了出来。

阿米提见到市长时有些紧张,连步子都不会走了。市长却握着他的手热情地说:"我早就听说你烤的羊肉串非常好吃,可就是没有时间过去尝尝,怎么样,生意还好吗?"市长说着,把他让到了座位上,自己隔着小茶几和他并排坐在了一起。

阿米提说:"谢谢市长关心! 我的生意很好,请市长一定抽时间过去尝尝我烤的羊肉,到时候我一定拿出最好的技术为市长服务!"

"好! 我一定抽时间去!"市长满口答应着,然后关切地询问起了阿米提的生活情况。市长问他家里有几口人,都是干什么工作的,问他到通天河后对这里的气候适不适应,身体状况如何,问他以后有什么具体打算。其间还特别表扬了上次在清理通天河淤泥的公益劳动中阿米提的突出表现，说他为大家做了一个很好的榜样。

聊过一阵儿，市长话锋一转说："我知道你们这些同志没有特殊事情是轻易不会来找我的，说吧，有什么事需要我帮助？"

阿米提事先想了一肚子的话，可是见了市长却不知道如何说了，他嗫嚅了一下，但没有说出来。

市长鼓励他说："不要有顾虑，有什么困难尽管说，只要我能办到的，我一定尽力，即使我办不到的，我还可以帮你协调嘛！"

阿米提看了看市长，鼓足勇气说："我想在这里买个房子。"

市长笑了，说："买个房子好啊，买个房子你就名副其实的成了我们通天河市民了！怎么，有什么困难？是钱不够吗？"

阿米提说："不是的，钱都准备好了，是没有户口。"

市长"噢"了一声说："我听明白了，你是说你想在这里买个房子，可是你没有这里的户口，你的户口还在新疆，想把户口迁过来，在这里落个户口。是这个意思吗？"

阿米提连连点着头说："是，是，我就是这个意思。"

市长问："那你找过公安局的同志吗？"

阿米提说："找过，人家说，只有大学生、投资商和投亲者才能落户，我不符合这些条件。"

市长看了看阿米提，若有所思地说："是有这样的规定。因为在目前的情况下，我们的城市还不是很发达，城市的承载功能还不是很强，如果对人口不加限制地任其膨胀，将会带来一系列的社会问题。当然，我们也有一些特殊政策，比如说像你，虽然不是大学生，也不是投资商和大老板，但你通过自己的行动给我们通天河的社会带来了良好的道德风尚和优秀的新疆民族文化，这是不能用金钱来衡量的。这样吧，我给他们说一下，看看有没有解决的办法。"

市长说着，离开座位回到办公桌前，拿起电话拨了一串号码，然后对着话筒说："杨局长吗？我是湛容。你好。你认识阿米提同志吗？对，就是那位烤羊肉串的阿米提。有这么一件事，这位同志想在我们这里买个房子，可是他的户口还在新疆，人家开发商不给办房产手续，现在想把户口迁过来，在我们这里落下，你们看能不能办一下？对，这个同志对我们这里是有特殊贡献的，如果办好了会在社会上产生良好的示范效应！对，特事特办，不要附加条件。好，好，那我就代表这位同志谢谢你们了！另外，我还有个想法，就是不要等着这位同志老是跑上跑下去找你们了，让我们的工作人员也改进一下工作作风，带上有关手续登门办业务，这也是一个向这位同志学习的好机会嘛。好，好，那我就等候你们的消息。谢谢，再见！"

市长放下电话，又回到原来的座位上，和颜悦色地对阿米提说："我已经给他们说好了，他们会尽快办理的，要不了几天就会把手续送到你的手上。"

阿米提感动得不知说什么好，他站起身来按照维吾尔族的礼节面对市长行了一个大礼，又给市长端端正正地敬了一个军礼。

市长紧紧地握住他的手说："阿米提同志，请不要这样，我作为市长，就是为大家服务的。你以后有什么困难尽管来找我，市政府的大门随时都向你敞开。"

市长说的话真是管用。阿米提原来想，办这种事还不得个十天半月？谁知他上午从市长的办公室里出来，下午公安局的工作人员就找上门来了。新疆那边的户口迁移证一下子寄不过来，为了不耽误阿米提购房，公安局的办事人员就让新疆那边先用传真把迁移证发过来，原件随后再邮寄。

当阿米提拿着自己的户口簿找到那家房产公司的售房部时，业务人员还拿着这个户口簿翻来覆去地看了好几遍，生怕是假的。他们说，平常办这种迁移手续，最少也得个把月，没想到他办得这么快。阿米提幽默地说："什么事都不是像你说的那么绝对，要不，字典上怎么会有'特殊性'这个词呢？"说得在场的人都哈哈大笑。

阿米提老家的新房竣工了，由于是找县上的城建设计所给设计的，样式看上去既有民族特色，又有现代元素，两者结合得非常完美，亲邻们看后都啧啧称赞，连几十公里以外的人们都开着车或者骑着摩托车前来参观。

迪力夏提是最先到阿米提家看过新房的，回到供销合作社后他对阿娜尔古丽说："阿米提家的新房子盖的可气派了，好多人从大老远都过来参观，你想不想去看看？"阿娜尔古丽说："我妈跟人家的关系搞得那么僵，我怎么有脸去？"迪力夏提说："你只要想看，我就有办法。"

这天刚吃过早饭，迪力夏提用摩托车驮着一个戴着墨镜的青年男子来到阿米提家。迪力夏提对阿米提的母亲牡丹汗说："我这个朋友听说咱们家的房子盖得好，特意过来参观参观，他们家也想盖个这样的房子。"牡丹汗热情地接待了他们。

　　参观过后，迪力夏提驮着青年男子刚一离开阿米提家，青年男子就撕下了伪装，原来是阿娜尔古丽。

　　迪力夏提对阿娜尔古丽说："看了这个房子你有什么感想呀？"

　　阿娜尔古丽说："看了这个房子，我想起了过去我们常说的一句话：'樱桃好吃树难栽，幸福生活等不来。'一个人只要有志气，肯吃苦，什么样的奇迹都可以创造出来。"

　　迪力夏提说："哎哟，我们的古丽小姐，你都快成哲学家了！"

　　阿娜尔古丽说："我这也是有感而发。你就说阿米提大哥吧，那几年他们家穷到那种程度，谁都看不起他，现在怎么样？恐怕周围没有几个能比得上他的！"

　　迪力夏提说："你妈要是有你这个眼光，恐怕不会给你设置那么多的障碍。"

　　阿娜尔古丽说："她是把人和钱的关系搞颠倒了。她不知道钱和人相比，人永远都是第一位的，而钱则是第二位的，一个人只要有志气，没有钱可以挣到钱；但是一个人如果思想堕落，不管有多少钱他迟早也会败掉。"

　　迪力夏提说："那这一下，你妈总不会再嫌弃阿米提了吧？"

　　阿娜尔古丽说："谁知道她的心里是怎么想的。"话一落，愁云又从她的脸上笼罩下来。

　　迪力夏提怕阿娜尔古丽再生忧虑，赶忙把话题打住了。

　　阿米提家盖新房的事也极大地刺激了斯拉木。这天他开着一辆新轿车来到阿娜尔古丽家，一进门，他就把一个装满钞票的皮包递到了卓尔汗手里。卓尔汗不解地问："阿娜尔古丽对你们的事还没透口，你拿来这么多钱干什么？"斯拉木说："你看人家阿米提家都盖了新房子，我看咱们家的房子也该翻建一下了，要是就这样下去，还不惹外人笑话？"卓尔汗说："你是说，咱们也把这旧房子扒掉，盖成新的？"斯拉木自豪地点了点头。卓尔汗拍着大腿说："真是我的好女婿，你怎么和妈想的一样！"

　　阿米提家的新房子一盖起来，阿依提的新媳妇茹仙古丽就追了过来，海里木和牡丹汗兴高采烈地为阿依提举办了婚礼。婚后，阿依提把茹仙古丽也带到了通天河。

　　兄弟俩一见面，阿米提就给了阿依提一个惊喜。他拉着阿依提来到刚落成的楼盘，指着新购买的单元房对阿依提说："过段时间等我们再挣到钱了也把它装修一下，然后把爸妈接过来住一段时间，让他们也享享福。"

阿依提拉着阿米提的手说："这件事办得好，你想到我的前头去了。咱爸咱妈为咱们姊妹几个辛苦了大半辈子，现在咱们也该尽尽孝心了！"

阿娜尔古丽家的新房也很快落成，比阿米提家的新房更加气派，在周围的乡邻当中，这座新房可以说是鹤立鸡群。卓尔汗见人就说："像斯拉木这样的好女婿打着灯笼也难找！"

迪力夏提看阿米提和阿娜尔古丽两家都翻了身，唯独他自己还独守穷根，很是苦闷。他对阿娜尔古丽说："我想辞掉门市部的工作，也跟着阿米提去发展。"阿娜尔古丽说："我要是像你一样没人拖后腿，早就飞过去了！"

斯拉木像是故意要和阿米提赌一把似的，他听说阿米提在通天河买了一套新房，就也在县城买了一套新房，并且进行了精装修，说是准备和阿娜尔古丽结婚时用。新房一装修好，他就把一串钥匙送到卓尔汗手里，喜得卓尔汗直夸这位未来的好女婿想得周到，有出息！

迪力夏提经过一段时间的痛苦思索，下决心辞掉门市部的工作，到通天河去投奔阿米提。他把这一想法告诉了阿娜尔古丽。

阿娜尔古丽问："你给家里说通了？"

迪力夏提说："我不光给家里说通了，给县社的张主任也说通了，我来交接一下工作就走。"

阿娜尔古丽忧愁地说："当初承包时有三个人，你一走就只剩下我一个了，叫我怎么过呀？"

迪力夏提故意揶揄说："你不是还有斯拉木吗？"

阿娜尔古丽嗔怪地说："去你的，哪壶不开提哪壶！"

迪力夏提一本正经地说："叫我说，你瞅个机会也过去，阿米提不会亏待你的！"

第十六章
名声比金钱重要

迪力夏提带着父亲买买提来到通天河，阿米提当然是热情欢迎，当天就给他们安排了食宿的地方和摊位，迪力夏提和买买提都从内心里感激阿米提。

文雅所在的通天河日报社记者部新近接到一项任务：春节前夕，外出打工的人员都回到了通天河，许多人无事生非，治安形势严峻，市委要求新闻媒体通过舆论加强引导。在记者部召开的例行业务会议上，文雅对大家说："阿米提就是一个很好的宣传对象。"她是记者部主任，大家自然都赞同她的意见。

采访对象确定后，文雅背着一个采访包来找阿米提。当时阿米提正在翻烤肉串，他一见到文雅，以为她是来吃烤肉的，连忙让了座位，捧上一盘烤肉。文雅说："我不是来吃烤肉的，而是来采访的。"阿米提问她采访什么？文雅说："就采访你是怎么创业的。"阿米提说："我有什么好采访的？你还是去找其他人吧。"说着，又去忙他的事情。

文雅知道阿米提不愿意上报纸，就把市委的指示说了。阿米提一听这是市委的指示，他也就不好再推辞，说："采访可以，但不能夸大。"文雅说："不会的，我们的新闻宣传有严格的纪律。"

采访开始了，但阿米提不知道从何说起。文雅说："就从你承包乡供销合作社门市部失败开始，你是怎么走到今天这一步的，中间你遇到过什么困难，受到什么挫折，你是如何战胜这些困难和挫折，最后又是如何走向成功的。就像拉家常一样，你是怎么做的，就怎么说，不要紧张。"

经过文雅的一番诱导，阿米提从前到后把自己的经历说了一遍。

文雅过去对阿米提的经历有过一些了解，但像今天这样详细的情况，她还是第一次听到。文雅也是一个感情丰富的人，听到动情处，还禁不住流了眼泪。

采访完阿米提，文雅又来找古兰兰采访。古兰兰说："我又不是领导，有什么好采访的？"文雅说："我们的报纸是面向大众办的，又不是专为领导办的，你就谈谈你和阿米提是怎么认识的吧。"古兰兰一听说是要采访阿米提的事迹，就把阿米提在开封是如何救她的那一段详详细细地说了一遍。文雅一听，赞叹着说："这完全是一个小说和电视剧的情节，写到我的报道里肯定能抓住读者的眼球。"说完，她还跟古兰兰开了一个玩笑，"没想到你们两个原来还有这样一段英雄救美的艳遇！"一句话把古兰兰说得羞红了脸。

文雅从古兰兰的服装店出来，又找了一些知情人如阿依提、阿迪拉、迪力夏提、郝戈以及城管员吴尊等进行了采访。由于阿米提的事迹生动突出，再加上采访深入，文雅又是个老记者，文笔也好，她写的这篇报道在报纸上发表后很快引起了轰动。

阿米提这边最早看到这篇报道的是阿迪拉。阿迪拉平时就喜欢看报纸，到通天河后她还专门订阅了一份《通天河日报》。按她的话说，一个人在一个地方生活，如果连这个地方的报纸都不愿意看，那就等于是半个傻子和半个瞎子。她订阅的报纸都是每天早晨由投递员放到他们所住宿楼栋门口的信报箱里，她吃过早饭出摊时顺便把报纸取上带到摊位，利用工作间隙阅览。这样既不耽误自己阅报，也给顾客阅报提供了便利条件。

这天她和往常一样把报纸拿到摊位上，趁顾客还稀少，打开报纸看了起来。一看上面登载有阿米提的事迹，她还没看完，就举着报纸跑到阿米提的烤肉摊，边跑还边喊着说："二哥，快看，你上报纸了！"

阿米提当时正在忙着招呼客人，听到阿迪拉的喊声，不以为然地说："瞎喊什么？一个卖烤肉的，一天到晚守在烤肉摊上，有什么好上报纸的？"

阿迪拉说："不信你自己拿去看看！"说着把报纸递到了阿米提手里。

阿米提拿过报纸一看，报纸上登的真是他的事迹，还有他站在摊子上卖烤肉的照片，并且还是登在头版，题目是：《通天河青年的好榜样——阿米提》，报纸为此还配发了评论《像阿米提那样创造幸福生活》。

顾客们一听说阿米提上了报纸，感到很新奇，都争相传阅，由衷地赞叹，兄妹俩的脸上也放出了光彩。

阿米提的事迹宣传后，一批又一批的返乡民工前来向阿米提求教，报纸和电视台的文字记者和照、摄像记者也围着阿米提采访，阿米提的名字一时间在通天河几乎是家喻户晓。

其间，市委宣传部又专门组织召开返乡民工创业就业座谈会，让阿米提在会上发言，受到与会人员的盛赞。随即，登载了座谈会报道和阿米提的发言及照片的报纸从印刷机上哗哗地流出。这一下，阿米提的名气更大了，他的烤肉生意也更加火爆。

望着阿米提火爆的烤肉摊，他的同伴们都很羡慕。迪力夏提和父亲买买提议论说："看人家阿米提多有出息，这下可出了名。人一出名，生意也好了，你看，他的摊子上烤肉都供不应求了！"

迪力夏提还跑到阿依提的烤肉摊前，对阿依提说："阿米提可真行，这一下，你这个当哥哥的脸上也有光了。"

然而阿依提却不这么看，他说："人怕出名猪怕壮，他这么出名未必就是好事。"

迪力夏提听着阿依提的口气不大对头，他知道阿依提平时对阿米提的有些做法有不同的看法，就没再多言语，赶忙回到自己的烤肉摊。

连阿依提自己都没有想到，他的这句并不经意的话，却成了一句谶语。

阿米提的老对头单宝仁和游秀碧自从在一起同居后，一直在西北地区跑业务，开始是做皮革生意，后来新疆的棉花市场放开经营后，他们又做起了棉花生意，其间虽然有赔有赚，但总体上是赔的多赚的少，生意惨淡。为此两个人经常吵吵闹闹，没有过过几天的安宁日子。无奈，前不久他们又回到了通天河原来租住过的那个房子。

回来后，单宝仁由于思念儿子，几次来找陈阿弟，但陈阿弟始终不让进家门，后来他就想办法找到学校，和周小勇见了面。见面中，他问阿米提是否还到他们家里去，周小勇就把陈阿弟不让阿米提进家门的事说了，他这才略感心安。但后来，周小勇为了劝说他回心转意，离开游秀碧，回到妈妈身边，再找个适合的事情干干，体体面面地过日子，不要再像现在这样颠沛流离，就把阿米提当例子说给了他，还把登有阿米提事迹的报纸拿给他看。这一看不打紧，结果给阿米提惹出了事端。

单宝仁看了登载有阿米提事迹的报纸后，开始并没有产生什么邪念和恶意，他甚至还有些佩服阿米提，认为阿米提这家伙有骨气，能耐大，没想到真的发达了，连市长书记都高看他，相比之下自己还真有些不如人家。见到游秀碧后，他还把自己的这些感受说给了游秀碧。

谁知游秀碧一听就蹦了起来，恶狠狠地说："你还夸他！要不是他和我们竞争，又卖给我们那么多变质的羊皮，我们哪能赔那么多钱，到现在都翻不了身！"

单宝仁争辩说："那也不能全怪人家，是咱们为了跟人家抢生意故意压价才失去了市场，后来也是咱们心太贪以次充好才赔了本，要是咱们也像人家那样讲究诚信经营，也不至于落到现在这个地步。"

游秀碧说："不管怎么说，阿米提都是咱们的死对头，不能让他就这么顺顺当当地红火下去！"

单宝仁说："算了，我们不要再去没事找事了，还是想想我们自己下一步该怎么办吧！"

游秀碧说："怎么？你就这样认输了？请你不要忘了，他趁你不在家，在你们家住了那么长时间，你老婆还把人家伺候得那么好，最后你连家都丢了，这笔账你就这么心安理得地让过去了？"

经游秀碧这么一挑拨，单宝仁对阿米提的报复心理又占了上风。

开始，他们想对阿米提实施公开报复，手段是雇用几个地痞找借口砸了阿米提的烤肉摊。后来他们慑于阿米提现在已是公众人物，怕公开报复引火烧身，游秀碧就鼓动单宝仁采取两种隐蔽的手段：一是匿名给市消费者协会写信投诉，控告阿米提在通天河利用独家经营烤羊肉串的优势欺行霸市，坑害百姓；二是雇人散布谣言，就说阿米提的烤肉串用的不是羊肉，而是有病的鸡鸭肉、兔子肉和毛驴子肉，让他有口难辩。

游秀碧给单宝仁口述完自己的计谋后，还用手指着报纸上刊登的阿米提满含笑意在市委座谈会上发言的照片说："老娘要亲眼看看你以后还会不会这么得意！"

相信大多数读者都会有这样的生活体验：一个人的家中丑事一旦泄露，街坊邻舍便很快会人尽皆知。据心理学家研究，人的大脑有个"负面偏好"机制，使得大脑对令人不快的消息亦即负面消息更为敏感，并认为坏消息比好消息重要。于是，负面信息就会让人产生更多的注意、更彻底的分析以及更广泛的联想，所以就产生了这样的现象：即使别人说你一箩筐的好话，你记住的却是不多，但是别人说你一句坏话，你或许会久久难忘。同时，人们对负面的消息还有一种好奇心理，心理学家称之为"偷窥心理"。这种心理产生的社会条件和机制是：在通常情况下，我们所听到的正面消息（亦即"好事"）一般多于负面消息（亦称"坏事"），由于这些正面消息更近于常态，所以不太引人注意，而负面信息则往往是超越了常态，所以更具有刺激性，人们一旦获悉，便会被无限放大，极速传递。由于负面消息本身具有反常性，因而会加剧公众好奇心理的滋生。正因为如此，那些花边新闻、小道消息等才能够像光速一般传播。这正应了我们古人所说的一句话，叫作"好事不出门，坏事传千里"；也应了维吾尔族的一句谚语：谎言没有翅膀，流传像飞一样。其结果是：人们宁愿相信那些被无限放大甚至是无中生有的负面消息，而对那些事实确凿、光明有益的正面消息却常常轻视、忽视甚至视而不见、充耳不闻。

阿米提就是在这方面吃了大亏。

正是游秀碧和单宝仁的造谣生事，很快使他的烤肉摊陷入了经营困境。

这天，阿米提像往常一样，早早地就来到自己的烤肉摊，做好各种准备，以便满足顾客的需求。

然而，使他没有想到的是，今天的顾客出奇地少，他的烤肉摊前异常冷清。有的即使来买几串烤肉，也是左挑右拣，和往常完全两样。看看时值中午，仍然没有几个顾客。阿米提往阿依提和迪力夏提那几个摊子望了望，他们的生意却一如既往地好，他的心里不免纳闷。

黄昏已至。阿米提看看一天销出的肉串还不及往日的零头，闷闷不乐地收了摊子。

阿米提远远地望了望阿依提和迪力夏提，阿依提和迪力夏提也用异样的目光望着他。

阿米提迈着沉重的脚步回到宿舍，把没有用到的生肉串放进冰柜，接着胡乱吃了一点东西，就坐在那里抽起了闷烟。这天是他正式支烤肉摊以来遇到的最反常的一天，他左思右想得不出答案。

古兰兰听说他今天的经营遇到了反常情况，怕他想不开，早早关了店门，没顾得上回宿舍，就来到他的住处，极尽安慰和开导，这才使他的脸上渐渐有了些许暖意。

阿米提由于一夜没有睡好，第二天早晨起来两只眼睛有点充血，眼圈周围也蒙上了一圈黑影。即使如此，他仍然打起精神扛上必备的食材来到自己的烤肉摊，手脚麻利地做好了一切准备工作，单等着顾客的光临。然而，使他更加没有料到的是，情况比昨天更糟，一直到夜幕降临，除了一群学生，几乎没有人光顾他的烤肉摊，而跟着他干的其他烤肉摊却都是顾客盈座。

阿米提只好神情沮丧地收起了摊子。

阿米提收起摊子后，低着头来到阿依提的烤肉摊，想听听阿依提的意见。阿依提却阴沉着脸说："这就叫乐极生悲！你以后少想着在报纸上出名！"

阿米提心中不快，又来到迪力夏提的烤肉摊前，询问父子俩对这件事情的看法。买买提挤出一张笑脸说："兴许明天就好了。"迪力夏提揶揄说："可能是顾客们看你前些日子太忙太累了，有意识让你休息几天……"他的话还没说完，买买提大叔就狠狠地瞪了他一眼，他赶忙把话题打住了。

阿米提快快不乐地回到宿舍，连晚饭也没心思吃，就和衣躺到了床上。一开始他还翻来覆去地睡不着，后来就迷迷糊糊地睡去了。睡梦中他做了一个噩梦，说是有一群野狗狂吠着向他扑来，他想反击，但怎么也动弹不了，最后吓得大叫了一声，却把自己惊醒了。醒来后还心有余悸，浑身上下直打战。他刚想坐起来定一定神，忽然传来一阵急促的敲门声。他急忙翻身起床把门打开，原来是阿迪拉和古兰兰来给他报信的。她们说："有人散布谣言，说你的烤肉串用的不是羊肉，而是有病的鸡鸭肉、兔子肉和毛驴子肉，吃了会得传染病。"阿米提一听，一下子火了，大声嚷嚷着为自己辩解："纯粹是胡扯八道！我用的羊肉都是正宗的新疆羊肉，这都是你们亲眼看着的，哪有他们说的那种事情！"她俩说："你跟我们嚷嚷有什么用，要想办法在社会上辨明是非才对！"阿米提一听，拿起手机就要打电话，阿迪拉说："深更半夜地你给谁打电话呀？"阿米提不管不顾地说："我要找那几个记者，都是他们惹的祸！"

第二天一大早，阿米提又是早早地来到他的烤肉摊。他见到人就要大声吵吵一番，为自己辩解。文雅过来后，他又跟文雅吵吵了一番，搞得文雅很是尴尬。

文雅看就这样下去会把阿米提气疯的，赶忙找来高见、张清源等商量办法，最终决定，由文雅在报纸上发报道辟谣，其他同志动员亲朋好友前来助阵，用实际行动为阿米提正名。

主意一定，各自都分头很快行动。文雅先是找了十几位社会名流进行采访，接着又专门采访了城管员吴尊，让他们现身说法以正视听。高见和张清源他们几个则利用中午和晚上时间邀集亲朋好友围在阿米提的烤肉摊前，一边喝着郝戈送来的啤酒，一边品尝阿米提的烤肉，猜枚划拳，制造人气。经过大家的共同努力，阿米提的烤肉摊又慢慢地热闹起来。

刚巧，这时省委宣传部、省旅游局和省电视台要举办"多彩贵州"旅游形象大使选拔大赛，文雅一看这是个好机会，就会同高见、张清源等对阿米提进行了包装，动员阿米提参加了通天河市的海选。阿米提由于形象和气质好，加之他多才多艺，在赛场上充分发挥自己会唱新疆民歌、会弹奏热瓦普、会跳麦西来甫舞蹈的优势，一举夺得了全市比赛的第一名。这使阿米提再一次名声大振，流言很快烟消云散，一切又都回到了常态。

事后，张雪梅和张雪燕姐妹俩在双凤酒楼设宴聚餐，专门为阿米提压惊，作陪的有文雅、高见、张清源、凯丽斯和古兰兰、阿迪拉等。席间，文雅对阿米提说："以后再遇到这样的事，可不要到处发脾气了，要相信大家的力量。"阿米提不好意思地连连点头称是，并按照维吾尔族的礼仪抚胸向大家致歉。

一场风波总算平息了。

没过几天，阿米提突然接到蒋蓉秀妈妈的电话，说是她的老伴儿曹方突然肚子疼得要命，她一个人处理不了，请求阿米提过去帮忙。阿米提连自己的摊子都没来得及收，就搭上一辆出租车火速往蒋妈妈家赶。

阿米提乘出租车来到蒋妈妈家时，她的老伴儿肚子正疼得在床上直打滚，两只手紧紧地抓住蒋蓉秀不放。阿米提赶忙通过120急救中心叫来救护车，把曹方送到了医院。经紧急会诊，病人患的是急性胰腺炎，医生说："幸亏你们送得及时，否则恐怕就有生命危险了。"

手术后，阿米提一直陪在病人身边，喂水喂饭，端屎倒尿，精心伺候，无微不至，同病房的病友对蒋妈妈说："像这样的儿子，现在是越来越少了。"

阿米提离开后，他的烤肉摊由哥哥阿依提代为经营。阿依提像经营自己的烤肉生意一样尽心竭力，使他的烤肉摊像往常一样顾客盈座。阿依提看自己一个人忙不过来，还从其他摊位上请了一个帮手前来协助。

一天，这个帮手把阿依提拉到一旁说："咱们储存的羊肉快用完了，新疆那边的羊肉还没运过来，怎么办？"阿依提想了一下说："那就到农贸市场先买一点地产羊肉回来应急。"帮手说："地产羊肉跟咱新疆那边的羊肉味道有差别，不会出问题吧？"阿依提说："只要是羊肉，差别不会太大，也不会出太大的问题。"帮手说："要不，跟阿米提说一下？"阿依提说："他那个死脑筋，说了也没用，就这样先办吧。"

没想到，这样做后还真的出了问题。

这天，阿米提的烤肉摊前热闹如常，阿依提一边忙，一边还哼着小曲。

　　临近中午的时候，一个年轻小伙子慌慌张张地走过来，对阿依提说："我媳妇和我的孩子昨天在你的烤肉摊吃了羊肉串，昨天夜里又吐又拉，连夜送到医院，医生说是食物中毒了，你们快去看看怎么处理。"阿依提说："这不可能！我们的羊肉都是好羊肉，从来没有出过这样的事情，你回去问问他们是不是在其他地方吃到什么不洁净的东西了。"小伙子说："我都问过了，昨天他们除了在你们这里吃了烤肉串，其他哪儿也没去吃。"阿依提说："也或许是在你们家里吃了什么不卫生的东西或是剩饭剩菜了吧。"小伙子说："我们自己做的饭菜都是干干净净的，要是吃的东西不干净，一家人都会出问题的，你看就他们两个出了问题，我不是好好的？"阿依提说："你是个小伙子，抵抗能力强……"

　　阿依提的话还没说完，又有两个人跑过来找他算账，说是他们的家人也出了同样的问题。阿依提再次辩解，双方争吵起来。迪力夏提和买买提等都纷纷跑过来解围。

　　不一会儿，城管员吴尊走过来，说已经有20多个人因食物中毒住进了医院，他们要找摊主。阿依提说："摊主外出了。"吴尊当场查封了烤肉摊，收走了营业执照，把阿依提也带走了。

　　阿米提正在给蒋妈妈的老伴儿喂饭，手机响了。他拿起手机一接，是阿迪拉打过来的。阿迪拉在电话中火急火燎地给他说："你的烤肉摊不知什么原因，造成了20多人食物中毒，城管不仅把你的营业执照收走了，还把哥哥也带走了，你赶快回来吧！"阿米提一听说自己的烤肉摊出了这么大的问题，一下子紧张起来，浑身上下都禁不住颤抖起来。蒋蓉秀说："这是人命关天的大事，你赶快回去！"阿米提看病人的身体已经逐渐恢复，就告别蒋妈妈和她的老伴儿，匆匆往回赶。

　　阿米提来到食物中毒人员住的医院门口时，之前已经从城管办公室出来的阿依提正在这里等候。他一见到阿米提就说："我就怕你到这里来，专门在这里等你。这些人很难缠，你还是先把情况弄清楚再说。"阿米提说："都什么时候了还说这样的话！"说着继续往医院进。阿依提紧追着他说："你不要犟，即使进去，也不能答应他们的条件。"阿米提没再搭理，快步往病房走。阿依提怕病人家属伤害他，也随着进了病房。

　　阿米提在阿依提的陪同下一来到病房，那些食物中毒的病员家属们一下子就围了上来，纷纷指责他为什么用劣质的羊肉坑害百姓，有的还说："报纸还宣传你呢，纯粹是个假典型！"阿米提听了这些话虽然感到脸上发烧，但他理解大家的心情，仍然诚恳地向大家道了歉，并表示一定要赔偿病人的损失，请大家一定放心。有的家属不肯原谅，后来还是医生护士出面为他解了围。

从医院出来，阿米提又带着阿依提来到工商局，向城管员吴尊作了深刻检查。吴尊说："事故的原因已经查清楚了，责任虽然在你的哥哥，但烤肉摊是你的，你必须把病员的善后事宜处理好，同时也要吸取教训，防止这类问题再发生。"阿米提诚恳地说："我们一定尽最大努力把这件事情处理好，争取减少不良影响！"

把这些事情办完，阿米提本来想回到宿舍喘口气，但他又一想，刚才去医院看病号时，为了查看病情，急急忙忙的，连点礼品也没有带，感到这样做在情理上说不过去，于是他又带着阿依提来到一个大型超市，购买了满满两推车适宜住院病人使用的生活用品。阿依提有些不解，问道："就你一个人生活，又不逢年过节，买这么多东西干吗？"阿米提说："这是慰问病号用的，我想再去看看那些病号。"阿依提说："你的脑子又进水了！到最后我们终究是要给他们赔钱的，买这些东西不是多花钱吗？"阿米提说："做人要将心比心，要是你我出了这么大的问题，我们该怎么想？"

从超市一出来，阿米提就和阿依提提着东西来到病房逐个病床慰问。开始那些病人的家属中有的还存有抵触情绪，后来他们看兄弟俩态度这么好，也就慢慢消了气。阿米提再一次诚恳地向大家道歉，并郑重承诺，他们的损失，包括住院费、误工费、精神损失费，他都会一分不少地予以赔偿，请大家完全放心。

阿米提说到做到，在这些病员临出院之前，他就逐个算清了赔偿款。由于前段时间购买房子，他手头上的现款不够，为了兑现承诺，他还特意从古兰兰、郝戈、迪力夏提等处借了一些。在算账过程中，他是按照就高不就低的原则处理的，有些费用就算得高一些。但阿依提不主张这么做。他认为，住院费应该给，因为国家有规定，医院也有凭据，但误工费和精神损失费不应该给，尤其是那个精神损失费，纯粹是自讨苦吃，主张一分钱也不能给。阿米提说："处理这样的问题，还是要站在对方的立场上多想一想，人家的身体本来是好好的，就是因为吃了咱们的变质食品才得了病，给人家的身体和精神上造成了很大的痛苦，如果我们在钱的问题上抠得太紧，不但违背了相关法规，就是在情理上也说不过去。"阿依提看他说得有道理，只得依了他。

　　蒋妈妈和她的老伴儿由于不放心阿米提这边的事情，由蒋妈妈做代表专程赶过来看望阿米提，到达时天已经黑了。一见面，阿米提就向蒋妈妈问道："曹叔还住在医院里，你走了谁陪护？"蒋妈妈说："有护士呢，是她们主动提出说要做好陪护工作，让我尽管放心。"阿米提知道蒋妈妈离这里路途远，担心地问："天这么晚了，您是怎么来的？"蒋妈妈说："我早早就来了，先是找到你的烤肉摊，没见人，我就摸到这里来了。"蒋妈妈知道这次事情花钱多，专门给阿米提带了些钱来。阿米提开始坚决不收，说："赔偿的钱我已经准备够了，你们二老就那点退休金，现在的物价又那么高，你们还是拿回去顾生活吧。"蒋妈妈不高兴了，说："这是我和你曹叔的一点心意，我们有了难处找你，你有了难处，我们也不能袖手旁观，你要是不要，我们以后有事也不找你了！"阿米提一看蒋妈妈把话说到这个份儿上，就只好暂时收下了，但他在心里想，找个机会还要给蒋妈妈拿过去。

　　阿米提把食物中毒病员的善后事宜处理完后，又让阿迪拉帮他就这件事专门写了一封《致全体顾客的道歉信》，用大红纸抄写后贴在一张大白板上，靠在烤肉摊跟前的一棵大树下供顾客观看。阿依提看到后生气地说："简直是脱裤子放屁多此一举！该赔的钱赔了，该道的歉道了，该看望的看望了，该检讨的也检讨了，现在又搞了这么个东西，这不是自己给自己脸上抹黑吗？"他当即就让阿米提把这个大白板赶快拿走。阿米提说："我们做错了事，就像人生了病一样，不能讳疾忌医。我们这样做，一方面是要让顾客看到我们的诚意，同时对我们进行帮助和监督；另一方面也是警醒我们自己要牢记教训，防止以后重犯。"由于阿米提敢于公开承认错误，赢得了包括食物中毒人员在内的广大顾客的谅解，他的烤肉摊又恢复了往日的兴旺景象。

　　城管员吴尊对这件事情的处理结果非常满意，那些食物中毒人员出院的第二天，他就把之前收走的阿米提的营业执照亲自送了过来，并称赞阿米提在食物中毒事件中态度端正、行动积极，把坏事变成了好事，树立了诚信经营的良好形象，值得全体工商户学习。

　　阿米提从老家带出了一批人，这些人来到通天河后，都把阿米提当成了靠山，遇到困难都喜欢找阿米提。阿米提是个热心人，只要这些人找到他，他都当成自己的事来办，从不推脱。迪力夏提就是一例。由于过去两个人在一起工作，又有阿迪拉的关系在那里摆着，他就把他们的事情看得更重一些，有事没事总喜欢到他们那里看一看，照应一下。这样一来二去，他们包括迪力夏提的父亲买买提都把他看成了自家人，一遇到需要帮助的事情，第一个想到的自然就是阿米提。

一天，迪力夏提的家里来电话说，迪力夏提的姥姥病了。迪力夏提的爸爸买买提准备回家探望，但他对迪力夏提一个人经营有些不放心，走之前来向阿米提告别时，特意嘱咐说，迪力夏提办事不牢靠，请阿米提多多关照。阿米提自然不会推托，他满口答应说："买买提大叔，请您放心地回去，这里有我呢！"

买买提走后，阿米提几乎每天都要到迪力夏提的摊位上查看一次，遇到需要帮忙的事情就随时搭把手。

这天上午，当他又来到迪力夏提的烤肉摊查看时，发现迪力夏提烤的肉串不对劲儿。原来，迪力夏提看阿米提的烤肉摊赚钱多，就动起了歪脑筋：以次充好，以少卖多。阿米提他们穿肉时一般是隔一块瘦肉加一块肥肉，这样吃起来既香又不腻，可是赚钱会少一些，因为瘦肉多了成本相对要高一些。可迪力夏提在穿肉时却是隔一块瘦肉加两块肥肉，这样自然就减少了成本能多赚到钱，但吃起来味道当然就不如前面的那种穿法了。

阿米提发现问题后，对迪力夏提严肃地说："经商以诚信为本，这绝不只是一个口号。买买提大叔在的时候之所以生意好，就是因为买买提大叔讲究诚信。你这种做法如果不纠正，迟早会败坏自己的名声，而名声是拿金钱换不来的。正如我们的老祖宗说的，如果生命的价值是麸子，那么名誉的价值就是金子。黄金丢失容易得，名誉丧失难挽回。对此我们切不可掉以轻心！"迪力夏提看阿米提有点小题大做，不以为然地说："一串羊肉就是几个小疙瘩的事情，哪有你说的那么严重？"阿米提说："好多事情都是坏在这些看似不起眼的小节上，'千里之堤，溃于蚁穴'的古训还是要牢记的好。"迪力夏提知道阿米提办事认真，再跟他辩论也是多费口舌，于是就对阿米提说："好吧，你放心，我以后一定照你说的办，绝不再犯。"阿米提一看迪力夏提答应了，也就没再继续说教，忙自己的事情去了。

自上次发生食物中毒的事情后，阿米提一直在思考着如何解决烤肉食材的储藏问题，以免同类问题再次发生。考虑了几天，他决定还是到冷库租个大一点的库位，把大家购进来的食材特别是肉品统一冷藏起来，用的时候到冷库提取即可，这样既可保证所用食材不会因为储藏问题而变质，同时又可以减少采购的次数，提高办事效率，节省经营成本。决心定下之后，他把哥哥阿依提叫过来帮助暂时招呼一下摊子，自己即刻就去办理。

阿依提知道他喜欢管闲事，就问他说："这大忙的季节，正是挣钱的时候，你撂下摊子，又要为谁跑腿去？"

阿米提说："我怕以后再发生类似前边那样的问题，准备到冷库租个库位，专门存放从新疆发过来的羊肉。"

阿依提说："办这样的事顶多再买个冰柜就够用了，要那么大个冷库做什么？"

阿米提说："再买个冰柜也只能够咱一家用，那其他人呢？他们要是也出现咱们摊子上的那种情况怎么办？"

阿依提说："各人自扫门前雪，谁家出事谁家管，你管别人那么多事干什么？他们挣的钱谁给过你一分了？真是狗咬耗子，多管闲事！"

阿米提说："做人不能光顾自己，要互相帮助嘛！咱们家出那么大的事，要不是大家出手相助，只靠咱们一家能办到现在吗？"

阿米提这样一说，阿依提也就不再阻拦了。

阿米提乘坐公共汽车看了几个冷库，最后选定了一个位置较好价格又相对便宜的冷库。看好后，他就和库主商量起诸如使用面积、期限、订金之类的具体事宜。他们这边正在商量，阿依提却接二连三地打电话过来，一接，原来是迪力夏提的烤肉摊出事了。迪力夏提趁阿米提不在摊位，就把前面的做法又使了出来：穿肉时隔一块瘦肉加两块肥肉。这种穿肉的方法被几个常来吃烤肉的年轻人发现了，和他理论，他强词夺理，还动手打了人家，引起一场群殴，造成多人受伤，他自己也住进了医院。阿米提不得不暂时放下租冷库的事前去处理。

阿米提急匆匆来到医院病房，看到阿迪拉正守候在迪力夏提的病床前，犹豫了一下，准备退出来，却被阿迪拉看到了，阿迪拉把他迎了进去。

迪力夏提额头上受了伤，缠着绷带。他一看阿米提进来，感到很不好意思，嗫嚅着说："都怪我没听你的劝告。"

阿米提知道迪力夏提已经知道自己错了，没有再责备，而是给他讲了一个笑话。

阿米提说：有一次我到张雪梅家里去做客，看到他的小儿子非常可爱，就抱在怀里，不忍放下。在聊天当中，张雪梅给我讲了一个小儿子咬辣椒的故事。她说，不知道什么原因，她的这个小儿子特别喜欢辣椒，每次他们买菜回来，只要里边有辣椒，他都要拿出一两个放在手里把玩，还时不时地把辣椒拿到嘴边做个要咬的样子，意思是询问妈妈这个东西能不能吃。每到这个时候，张雪梅都要给小儿子提醒说，辣子很辣，你现在还小，等长大了才能吃。小儿子听后，也就有些不舍地把辣椒放下了。这天张雪梅又买了一些包括辣椒在内的蔬菜回来，小儿子和往常一样又拣了一个特别好看的大辣椒拿到手里玩，趁着大人不注意，他就在这个辣椒有尖的一头狠狠地咬了一口。这一咬不打紧，他被辣得眼泪顿时涌了出来，大哭着说："妈妈！辣！辣！"从此以后，当他再见到辣子的时候，他会躲得远远的，最多也就是拿起来玩玩而已，你要是再让他咬，他立马就会摇着头说："不，不，辣！"

故事讲完后，他给迪力夏提留下了一句话："咱们都吃一堑长一智吧！"

对于在这次事件中受伤的顾客，阿米提也采取与上次在自己烤肉摊上所发生问题的处理办法一样进行了妥善处理，获得了这些顾客的谅解。

根据这两次事件的教训，阿米提感到，没有规矩不成方圆，这么多人在一起经营，必须立一个规矩，要不然，按下葫芦浮起瓢，这样的事情以后会层出不穷。于是他找来阿依提、阿迪拉和吐逊江等商量，以公约的形式把经营中应该注意的问题一一做了规定，然后把大家召集在一起进行共同研究，形成了一致意见。这一天，他以聚餐的形式把各个摊主请到了郝戈的啤酒屋，当众宣布了这个公约，并要求大家一定要严格自律、精诚团结，树好新疆人的形象，得到了大家的一致赞同。

经过大家的共同努力，每个烤肉摊的生意都再次红火起来。阿米提顺着他的烤肉摊看过去，各个摊位上都是香烟缭绕，顾客盈座，热心的阿米提再次露出了满意的笑容。

第十七章
你咋想到我心里去了

在迪力夏提烤肉摊发生的群殴事件平息后，迪力夏提专门在火锅店请阿米提吃饭，一是感谢阿米提在前次群殴事件中的倾力帮助，二是叙说旧情。

席间，迪力夏提诚恳地说："这件事要不是你出面，还不知道要闹出多大乱子呢！"

阿米提说："咱们都是自己人，就不用说客气话了，我不也是经常得到你和买买提大叔的帮助吗？"

迪力夏提说："通过这几次事情，我发现，你比原来在家时老练多了，遇到事情敢于面对，考虑问题周到全面，为人处世顾全大局，处理问题的办法也越来越多、越来越沉稳了。哪像我，考虑问题总是顾头不顾尾，遇到事情也是毛手毛脚的，甚至还带着一些孩子气，就像我爸说的，我和你的差距是越来越大了。"

阿米提说："你过奖了，其实大家都在进步。不过，说实话，要说我对问题的处理还比较稳妥，这也是让生活给逼出来的。你想想，我们这么多人，如果都不敢主事，都是把自己的利益看得高于一切，那我们怎么能合力创业，怎么能树立一个好的形象，怎么能在这里站住脚跟？所以，要想把大家团结在一起，总得有个人能挑头，也总得有人做出点牺牲。"

迪力夏提说："这几天躺在病床上，我也想了很多，有些毛病我是应该好好改一改了。就像我爸说的，你也老大不小了，应该成熟了。"

阿米提说："这是长辈们对我们的共同期望，我们都应该朝这个方向努力。"

在交谈中，阿米提询问迪力夏提还有什么困难需要帮助。迪力夏提说："自从我和我爸一踏上通天河这块土地，你就给了我们无微不至的关心和帮助，我们都打内心深处感谢你。要说困难嘛，其他也没有什么困难，就是在饮食方面还不太习惯。我们几个经常在一起议论，大家说，不要说多，每个星期能吃上两三顿家乡的饭也就心满意足了。"

阿米提若有所思地点了点头说:"你说的这个情况我也有同感,咱们从小在老家长大,吃惯了家乡的饭,猛一到这里,还真是有些不习惯。不要说你们,就是我已经远离家乡四五年了,也还是每到吃饭的时候就想,要是能吃到家乡饭就好了。"

迪力夏提说:"还有,就是每天这三顿饭的吃法。干我们这个活的,吃饭经常不准时不说,饭菜的质量也难以保证。中午这顿饭还好安排,反正人就在摊子跟前守着又不能离开,买个盒饭什么的只要能吃饱不误事就行,可是一早一晚这两顿饭就不好安排。比如说晚饭,在摊子上忙了一天,到下班的时候都是已经很晚了,加上劳累,到家后就不想再做饭了,往往就凑合一下。由于头天晚上下班晚,再加上有时候出夜摊,第二天早上不想起来,可是因为白天还要出摊,不起来不行,所以往往都是快出摊了才起来,起来后又要准备出摊的食材,搞得慌里慌张的,在吃饭的问题上就只好应付了。这样一天两天、十天半月还可以,但长期这样下去,身体是吃不消的。这个问题要是能解决一下,那我们在这里的生活就更加完美了。"

迪力夏提的话引起了阿米提的深思。他没有立即表态,只是说:"你说的这个问题很重要,让我再想一想。"

阿米提离开火锅店回到宿舍,越想越感到迪力夏提说的这个问题很重要。他扳手指头算了一下,陆陆续续跟他过来的人已经有 20 多个,吃饭问题确实成了一个大问题。过去自己是一个人单打独斗,吃饭问题还好解决,现在这么多人,如果不采取措施加以解决,势必直接影响到大家的经营热情和持久性。虽然这件事与他没有必然的关联性,但他感到自己毕竟比大家来得早一些,各方面的情况熟一些,经济上也有这个能力,况且大家都是奔着他来的,对他寄予了厚望,理应把这个责任承担起来。在应该采取什么方式解决这个问题时,他想起了部队的生活和在县供销合作社时单位的职工食堂,也想起了他在西安和成都时的新疆风味餐厅,他想,如果在这里也能开办一个新疆风味餐馆,不仅可以有效地解决大家的吃饭问题,而且还可以扩大自己的经营规模,吸纳更多的人员就业,是一个一举两得的好事。

下定决心后,他就去找郝戈商量,让郝戈帮助留意一下附近哪里有出租门面。郝戈一听,称赞这是件既利人又利己的好事情,当即拉着他走出门,指着马路斜对面的一家门面说:"听说那家门面想要出租,我带你过去看看,如果合适,我可以帮你找房主说说。"

阿米提跟着郝戈走到这家门面前,朝四周仔细地看了看说:"你真有眼力!这个地方位置好、人气旺,又靠近你的啤酒屋和我的烤肉摊,将来开业后生意肯定火爆!"

晚上回到宿舍,阿米提把自己的想法说给了哥哥阿依提,想听听阿依提的意见。阿依提说:"想扩大生意可以,想解决这些人的吃饭问题我看就免了。"阿米提问为什么?阿依提说:"你的脾气我还不知道,将来肯定是让这些人吃了大锅饭!"阿米提说:"吃大锅饭怕什么,大不了我把烤肉挣的钱贴上去。"阿依提说:"贴上去?不要说你一个烤肉摊,就是十个烤肉摊也填不满这个大窟窿!"阿米提笑了笑没再吱声。

阿米提有个特点,只要他想干的事情,一旦下了决心,谁也别想干扰他。开饭馆的事情也是这样,他把房子看好以后,就让郝戈帮助找到房主谈妥了条件并签了约。在经营方式上,他也学习郝戈开啤酒屋的办法,采取股份制,只要有人愿意参与,他都把他们吸纳为股东。他还根据将来的经营规模,预计了所需员工的数量,并让阿迪拉提前回家乡做了预招。紧接着,他又让郝戈帮着找到了一家合适的装修公司,开始对门店进行装修。

一切都按照阿米提的计划有条不紊地进行着。

今天是周末,傍晚时分,海里克和阿娜尔古丽刚从单位回来,卓尔汗就为阿娜尔古丽的婚事歇斯底里地咆哮起来。原来,今天上午斯拉木又来家里催促确定他与阿娜尔古丽的结婚日期。斯拉木说:"你们同不同意这门婚事请说句决定性的话,如果你们真不同意,现在还有几个合适的女孩子在等着,我不能就这样无限期地等你们。"这等于是最后通牒。

卓尔汗对丈夫海里克和女儿阿娜尔古丽吼叫着说:"你们要是不同意,我们收了人家那么多彩礼怎么办?特别是咱们家的房子,还有县城的房子,你们叫我拿什么去还人家?"

卓尔汗看硬的不行,就来软的,想用哄的办法让阿娜尔古丽就范。她对阿娜尔古丽说:"要不,咱先给人家答应下来,到时候如果阿米提真要能替咱们把人家花的这些钱补上,咱们再改变主意也不迟。"

阿娜尔古丽知道这是在哄她。她心里很清楚,结婚的日期一旦确定下来,斯拉木就会名正言顺地过来逼婚，到那时候她就是想脱身也脱不了了。何况，阿米提大哥家刚刚在老家盖了一套新房，又在那边的城里买了一套新房，就是他再能挣钱，他也毕竟只是个卖烤羊肉串的，不可能有什么大额收入，要在短时间内把斯拉木给她们家新盖和购买的这两套房子的房款还上，谈何容易。因而，不管卓尔汗怎么哄，她就是不听。她找了个借口说："我正在进行高等教育的专升本自学考试，等把自学考试的本科毕业证拿到手后再做商量。"

卓尔汗一听，气得要死要活地在房子里跳。她指着阿娜尔古丽说："你这纯粹是在找借口，等你拿到毕业证那都到驴年马月了？我给你们说，这次如果你不给我台阶下来，那我就把刚才说的话收回，到时候阿米提就是给我送四套房子的钱我也不答应！"

海里克看母女俩就这样争吵也不是解决问题的办法，就用调和的口气说："我看这样吧，我们也不说现在马上就确定，也不说到两三年以后再确定，现在是五月，我们就给人家说个年内的时间，这样人家也好接受。"说完，他还趁卓尔汗不注意，特意给阿娜尔古丽使了个眼色。他的目的很明确，就是先来个缓兵之计，让阿米提那边也好有个准备，同时也给卓尔汗一个台阶。

阿娜尔古丽想了想，勉强答应说："那就给他说，最近门市部就我一个人，平时连个替我值班的人都没有，我跟县社的张主任已经说了，等我再找到一个人，就和他商定结婚的日期。"

海里克马上表态说："这个理由能成立，也好对他们讲。"

卓尔汗虽然还是不满意，但一时也想不出更好的办法，也只好勉强同意了。

斯拉木虽然没有得到满意的答复，但总算有个期限，他也就没再说什么，第二天给卓尔汗送过来一个住房地址，让阿娜尔古丽抽空到县城去看看新房。阿娜尔古丽刚想拒绝，卓尔汗的双眉立马倒立了起来。

经过紧张的筹备，阿米提的新疆风味餐馆正式挂牌开业，一番庆贺之后，前来祝贺的宾客被邀请入席品尝新疆风味美食。阿米提当众宣布：今后这个餐馆就是我们这些烤肉摊主们的公共食堂！大家纷纷议论说："这一下我们再不用为没地方吃饭发愁了！"

阿米提的餐馆开业后，他把具体业务交给了阿迪拉，自己还回到了烤肉摊。心里一轻松下来，他突然想到郝戈怎么不见了，就到啤酒屋去找。当班的伙计对他说，郝戈这几天有事出去了，具体干什么他也没说，估计是要扩大自己的业务。

正说着，郝戈兴致勃勃地走了进来。阿米提说："好长时间没见到你了，你最近忙什么去了？"

郝戈没有正面回答，而是说："你什么时候有空，我带你去看一个地方。"

阿米提说："餐馆已经开业了，我把经营的事情也已经交给阿迪拉去打理了，我现在什么时候都有空，随叫随走。"

郝戈说："那我们明天就去。"

阿米提说："好，一言为定。"

第二天吃过早饭，郝戈开上自己的车拉着阿米提朝郊外走。阿米提疑惑地问道："你这是带我到哪里去啊？"

郝戈说："到了你就知道了！"

汽车沿着通天河郊外公路行驶了一阵子，停在一个林果基地的大门外。阿米提走下车，大门一侧悬挂的醒目标牌映入眼帘：通天河绿野科技有限责任公司林果基地。原来，郝戈的啤酒生意越做越好，他不满足于把自己的一生都交给一个小小的酒屋，就用赚来的资金和贷款，同一位战友合伙，成立了通天河绿野科技有限责任公司，专门经营经济林果业。

站在苍翠葱茏的林果基地前，阿米提赞叹不已。他指着这个山水相间、错落有致、郁郁葱葱、生机盎然、一眼望不到边的林果园问郝戈："这么一大片，得投资多少钱呀？"

郝戈回答说："建立这样的基地需要分期投资，我们的首期投资是1500万元！"

阿米提一听，惊愕得连嘴巴都张得老大："我的阿娜（妈）！需要这么多钱，你从哪里弄来呀？"

郝戈说："我们自己有一些，向亲戚朋友借了一些，又从银行贷了一些。"

阿米提赞叹说："你真有魄力！不管是从哪里弄来的，最后都得还。要是搁我，连想都不敢想！"

郝戈说："林果业现在是我们国家的朝阳产业，政府非常支持，你别看投资这么大，可它的效益特别好，要不了5年，所有的投资都可以收回，以后可就全是赚的了。"

在回去的路上，阿米提对郝戈说："我原来想，你那个啤酒屋就这样办下去，收入就挺高的，钱也够花了，没想到你还有这样大的心胸。"

郝戈说："如果仅仅是说过日子的话，我的那个啤酒屋挣的钱也确实够花了，我的日子甚至还会过得不错。但我想，不能把自己的一辈子都交给那个啤酒屋，要是那样，就太没有出息了。你看世界上那些有名的富豪，他们哪个现在干事情还是为了钱？要是讲个人花销，他们包括他们的儿孙几百辈子也花不完，钱对于他们来说，已经完全变成了一种符号。但他们为什么还要拼命地奋斗呢？可以这么说，他们现在所干的，已经不是为了金钱，而是为了体现一种价值，一种对家庭、对家族、对社会甚至是对人类所能贡献出来的价值。也就是说，他们要通过自身的努力，来展示一下自己究竟有多大能量，展示一下自己这一辈子究竟能为社会创造出多少财富。这是一般人所不能理解的。"

听郝戈这么一说，阿米提突然感到眼前的郝戈有些陌生。他不知道郝戈从什么时候开始变得这么深沉，这么大气，这么有眼光，这么有胸怀。

晚上回到宿舍，阿米提躺在床上辗转反侧，一夜都没有合眼，郝戈那片林果基地的影像不停地在他的眼前浮现，郝戈给他说的那番话更是不断地在他的耳边回响。

第二天一大早，他就来找郝戈。郝戈见了他吓了一跳："你的眼睛怎么这么红呀？"他站到镜子跟前一照，心里明白了：是夜里没有睡好造成的。

他对郝戈说："我昨天看到你的事业有了那么大的发展，激动得一夜都没睡好，我也想把自己的经营规模扩大一下，看看你能不能给帮帮忙。"

郝戈问："你想经营点什么？"

阿米提说："我一下子也没想好，只是有这个想法。"

郝戈说："你是不是也想经营林果业？"

阿米提说："那个项目我弄不懂，也没那么多资金。我还是想在市内发展一下。"

郝戈想了想说："要不这样，咱们先到街上转转，然后回来再商量。"

阿米提说："这样也好，就是太麻烦你了。"

郝戈豪爽地说："咱两个谁跟谁呀！"

吃过早饭，郝戈就开上自己的车拉着阿米提到现地查看。

他们先是来到一个建筑工地。郝戈指着一片正在建设中的楼群对阿米提说："现在房地产开发非常火爆，如果你有资金实力，搞房地产开发应当是个首选。即使没有资金搞房地产，成立一个物业公司也是一个不错的选择。"

接着，他们来到开发区。郝戈指着一片正在开发的工业园区说："将来这里肯定是高楼林立、工厂群集，如果现在能划出一块地皮来成立一个物流公司，到时候你坐在房子里什么也不干，也够你吃几辈子了。"

后来，他们又来到农资市场。郝戈指着一排排专门经营农业生产资料的商家说："现在环保型的农业生产资料需求量越来越大，如果你的资金量不大，承担不起大的项目，那么成立一个小型的农资公司，选择几个前景好的产品好好经营上几年，也会让你的腰包赚得鼓鼓的。"

晚上回到郝戈的啤酒屋，阿米提对郝戈说："你今天带我看了一天，使我大开眼界。以前我一天到晚就知道守在烤肉摊跟前，只看见眼皮底下那几串烤羊肉，算的是小账，赚的是小钱。现在看来，如果就这样长期下去，就像你说的那样，这辈子是不会有多大出息的。不过，我也想了一下，你今天说的那些项目确实都是好项目，但不太适合我做，因为我没有那样的资金实力，而且我对这些行业也不懂。你见过的世面广，看看其他方面还有没有适合我做的项目。"

郝戈说："我今天只是带着你转转看看，让你扩大一下眼界和思路，也不是非要让你做这些项目。你可以根据自己的情况再思考一下。"

阿米提说："我们维吾尔族有句谚语，'量被子伸腿，看口袋磨面'。我想做的，还是要和我的能力和经历挂钩。比如说农业呀、畜牧业呀什么的，最好是选一个既有新疆特点，又适合我去干，我又有能力去干的项目。"

郝戈说："我明白你的意思了，明天咱们继续去转街。"

第二天，郝戈又带着阿米提查看了农贸市场、畜牧交易市场、服装批发市场和农副土特产品批发市场，并就这些市场的经营特点、交易法则、运行规律、发展前景等给阿米提作了详细介绍。阿米提一边听一边仔细查看，还和在这些市场上能够接触到的商贩进行了沟通交流，增长了不少新的知识和见识。用他自己在路上对郝戈说的话就是："这两天转的时间虽然不长，但见识多多、收获满满，补了多少年我都没有学到的经商课。"

回到啤酒屋后，阿米提对郝戈说："今天看的这些项目离我是越来越近了，但我总有个感觉，还是不太适合我做。"

郝戈想了想说："那我问你，你现在最大的愿望是什么？"

阿米提说："我现在最大的愿望，就是既不要让我离开烤肉摊，又要使我的事业扩大。简单地说，我就是这么个想法。"

郝戈说:"那我再问你一句,你现在最需要什么?"

阿米提说:"我现在最需要的,就是能解决我们各个烤肉摊和我的风味餐馆能够源源不断地供应新疆牛羊肉的问题。"

郝戈一拍桌子说:"有了!喝酒!明天我带你再去看个地方!"

郝戈让阿米提看的,还是他的林果基地。

当阿米提跟着郝戈登上林果基地的一个高台时,郝戈指着山前一片开阔的长满灌木和青草的待植林果地对他说:"把这一片林果园划给你作为养殖基地,你从新疆弄一些成年牛羊过来育肥,专门为你的烤肉摊和风味餐馆供应食材,你看怎么样?"

阿米提惊喜地说:"嗨!你怎么想到我的心里去了!"

在母亲卓尔汗的软硬兼施下,阿娜尔古丽很不情愿地跟着斯拉木来到县城查看新房。新房的确不错:面积 128 平方米,暗合"我要发"的寓意;楼层是三楼,符合"金三银四"的选房标准;位置也好,离繁华市区不远,但不喧闹,既适合居住,又方便上班和购物。要不是阿娜尔古丽对斯拉木不感冒,能买上这套住房,她是完全中意的。

阿娜尔古丽跟着斯拉木正在屋内查看,她的手机突然响了。打开一看,是阿米提打来的,她赶忙挂断,跑到另一间屋子用短信对阿米提说:"我现在接电话不方便,你还是发短信吧。"阿米提就用短信把准备建立养殖基地的事情告诉了她。她看后也非常兴奋,就回短信说:"你的这个想法我全力支持,有什么需要我帮助的请随时给我说。"并且嘱咐阿米提,"一定要照顾好自己,千万不要太劳累了"。

阿娜尔古丽的举动引起了斯拉木的怀疑。把新房的里里外外查看完毕后,斯拉木对阿娜尔古丽说:"如果你没有意见,我就准备购置家具了。我的手机没电了,请把你的手机给我用一下,我找个上档次的家具店。"

阿娜尔古丽也没有多想,就把手机给了斯拉木。斯拉木佯装打了一阵电话,趁阿娜尔古丽不注意,调出手机中的短信进行了查看,果然从中发现了大量的阿娜尔古丽与阿米提两人来往的短信记录。

斯拉木本来就对阿米提和阿娜尔古丽都窝了一肚子火,现在一看见这样的短信更加来气,他阴沉着脸指着这些短信质问阿娜尔古丽说:"请问你这是什么意思?"

阿娜尔古丽辩解说:"怎么?和同学同事之间还不能打个电话、发个短信吗?"

斯拉木说:"同学同事之间有你这样打电话发短信的吗?你们今天打电话、明天便会私会,什么话都说,什么事情都干,不要以为我不知道!我告诉你,订婚前也就算了,现在我们已经订了婚,订了婚你就是我的人了,不能再随便打电话、乱交往,要是再乱打、乱交往,我就要干涉!"

阿娜尔古丽说:"订婚都是你催的,要不是你天天催,谁愿意跟你订?"

斯拉木说:"你说的不假,订婚是我催的,和你谈恋爱也是我主动追的,但是,打架一个巴掌拍不响,结婚谈恋爱也是双方都情愿的,你们家要是不同意,我们怎么能订婚?订婚仪式怎么能办得那么排场?"

阿娜尔古丽说:"那都是你哄着我妈同意的,你有本事去找她说,跟我发什么火?"

斯拉木说:"我有什么不敢的!我早就跟你们说过,你们如果确实不同意这门婚事,就给我说个准话,不要这样不死不活的,一拖就是几年!不要以为离了你我这一辈子就会打光棍!请你们不要忘了,我给你们家送的这两套房子,花的钱也是我用血汗换来的,如果你们现在把我送的钱一分不少地拿出来,我马上就可以答应你,你我两清,各走各的路!"

斯拉木这是第一次在阿娜尔古丽跟前说狠话。憋了一肚子火气的阿娜尔古丽一看斯拉木把话说到了这个份儿上,也就不想再让步了,于是她咬了咬牙说:"分手就分手,有什么了不起!欠你的钱我还你,一分都不会少!"说完,她连斯拉木的轿车都没坐,乘上公共汽车就回家了。

事后,卓尔汗知道了斯拉木要与阿娜尔古丽分手的缘由,她把阿娜尔古丽狠狠地骂了一顿,并打电话对斯拉木好言抚慰,请求斯拉木原谅。斯拉木本来就是说了一番气话而已,经卓尔汗这么一安抚,他也就来了个就坡下驴,马上给了自己一个台阶。

随着阿米提开办的新疆风味餐馆正式开业,从新疆过来的人员越来越多,统一管理问题成了大家关注的焦点。

这天阿米提正在烤肉,迪力夏提的父亲买买提大叔走了过来。他对阿米提说:"从新疆过来投奔你的亲朋好友越来越多,他们经营的烤肉摊规模也越来越大,为了便于管理,提高经营效益,大家都建议成立一个专门的公司,并且想请你来主持这个公司，不知你愿不愿意。"还说，"这不是我一个人的意见，而是大伙儿的一致意见，是大伙儿委托我来给你说的。"

阿米提说："这种情况我也看到了，让我想一想再答复您。"

晚上回到宿舍，阿依提对阿米提说："听说他们想成立一个公司让你当头儿？"

阿米提说："他们是这样说的，我还没想好呢！"

阿依提说："我先给你打个预防针，那个事情你可不能干！"

阿米提问："问什么？"

阿依提说："这还用多说！人多嘴杂不好管不说，还耽误自己的生意。"

阿米提说："这么多人总得有个人管，要不然，时间一长会生出许多是非。"

阿依提说："那也不能干！如果他们硬要你干，那你就办个正儿八经的公司，按公司的规矩享受待遇。"

阿米提说："都是乡里乡亲的，我怎么能说出口啊？"

阿依提说："那你就别干！不能给别人枉打工！"

阿米提看跟阿依提说不通，就来到古兰兰的服装店，与古兰兰商量成立公司的事。古兰兰倒是很支持，爽快地说："只要是你愿意干的事，我都支持！办公司要是有什么困难，我一定尽力帮助。"

阿米提说："要是真的成立了公司，餐馆和养殖基地的事情我就顾不过来了。"

古兰兰说："这有什么难的？你可以把这些事情委托给你的哥哥和妹妹呀！"

阿米提说："你说的和我想的一样，到时候哥哥负责养殖基地，妹妹负责风味餐馆，这样一来他们俩都有了自己的事业，也可以减少家庭矛盾，一举两得。"

古兰兰故意开了个玩笑说："考虑问题还挺周到的，你不傻嘛！"

阿米提不好意思地笑了笑说："这还不都是跟你学的。"

古兰兰说："越说长进越大，还学会夸人啦！"

两个人说了一会儿笑话，最后阿米提对古兰兰说："把餐馆和养殖基地分给阿迪拉和阿依提后，我准备把财权也分开。"

古兰兰说："这样也好，分开后可以减少矛盾不说，你以后想办什么事也不需要再和他们商量来商量去作难了。不过，在分的时候你也得给自己留一点口子。"

阿米提说:"为什么?"

古兰兰说:"这还用问,因为不管是开餐馆还是办养殖场,都比你的烤肉摊挣钱。"

阿米提说:"亲兄弟亲姊妹之间,就不要分那么细致了吧!况且,哥哥已经成了家,要生孩子,还要买房子,需要花钱的地方多,妹妹也要出嫁,也得准备嫁妆,让她经营餐馆,也就算我给她送嫁妆了。"

古兰兰说:"那你呢?你这辈子是不是就准备打光棍了?"

阿米提笑了笑说:"我这不是还早嘛!"

古兰兰说:"你总是把别人的事情考虑在前头,从来不想自己。"说完,朝阿米提深情地看了一眼。

阿米提想成立的公司很快成立了,定名为"阿米提烧烤联盟",阿米提的新疆风味餐馆也成了这个联盟的临时会议室。

在联盟成立的当天,阿米提以"联盟"董事长的身份给大家讲了一篇暖心的话。他说:"我这个董事长只管事不收钱,你们挣的钱除了给国家交税,其余的全部装进你们的腰包。"他还同时宣布:从今往后,他的养殖基地就是全公司的,供大家共同使用。

联盟成立后,阿米提倡议做的第一件事是:在各个烤肉摊之间展开竞赛。他鼓励大家说:"只要你不违法,挣的钱越多越好!"

他的这个号召一发出,立即在各个摊主之间引起了强烈反响。连他自己都没想到,一个小小的倡议竟能产生那么大的效益和威力。

阿米提的竞赛倡议发出后,首先响应的是迪力夏提。

竞赛开始的第二天,迪力夏提就扛着一块大板子靠在自家烤肉摊前的一棵大树下。父亲买买提问他干什么,他说:"阿米提发出号召后大家肯定都攒足了劲,新招数会层出不穷,我们要是不早点动手,那顾客还不是都跑到人家摊子上去了?"他一边说着,一边跑到街上买来大红纸、狼毫笔和广告色,准备把烤羊肉串的来历、口味、制作方法以及食用价值等知识写上去,以便可以获得广而告之的效果。

他的这个做法被阿迪拉看到了,阿迪拉充满爱意地责备他说:"你这个人怎么这么笨呀!你都没看现在都到什么时代了,还使用这种老掉牙的办法!你没想想,如果你把这个东西往那里一摆,本来要来吃烤肉的顾客还不都被你吓跑了？这样吧，我给你推荐一种新方法，你到广告文印店里去，把你的想法告诉人家，人家会根据你的想法给你制作出既美观又实用的宣传展架来，你需要几个人家就会给你做几个，人家做出来的肯定比你自己做出来的效果要好出一百倍！"

迪力夏提按照阿迪拉说的办法一试，效果果然出奇地好。

黑枣看迪力夏提有了新招，也从郝戈的啤酒屋里搬出来一个大音箱。阿米提问他干什么，他朝迪力夏提的摊子指了指说："我们也得出个新招。"说着，他让阿米提帮着把音箱安装好，然后把他事先准备好的刻录有新疆经典民歌的光碟放进去开始播放起来，不一会儿他们的烤肉摊前就围满了顾客。

一位年轻的摊主看到迪力夏提和黑枣有了动作，也在他摊前的大树上挂起了一个大屏幕彩电，播放起了在此之前电视台曾经播放过的阿米提讲授烤羊肉串制作工艺的录像带。他的这一做法，也吸引着越来越多的顾客。

过了几天，迪力夏提又有了新招：他在头上戴着大头娃娃，身上穿着民族服装，用音响播放着新疆少数民族音乐，边烤肉串、边唱歌，中间还时不时地穿插上一两段具有浓郁新疆民族特色的舞蹈和俏皮话。这一招果然比他的前一招更加有效，被他的精彩表演所招揽的顾客一拨接着一拨，连平时不苟言笑的买买提大叔也乐得直翘胡子。

阿迪拉更是不甘示弱。为了增强她所主管的新疆风味餐馆的影响力和吸引力，她一方面把餐馆经营的新疆菜品制作成宣传图片和视频，通过在餐馆门口布展和播放扩大宣传效果；另一方面，她把从新疆招来的姑娘和小伙子们组织起来，编成了一班歌舞，经过专门培训后，让他们在餐馆门口表演具有新疆民族特色的文艺节目。这些年轻漂亮的姑娘和英俊潇洒的小伙子，穿着艳丽的新疆少数民族服装，在餐馆门口吹拉弹唱、载歌载舞，人们观看着他们的表演就像是观看了一场精彩的文艺演出一样赏心悦目，从而引来了一群群行人驻足围观。

前来参观的一位词曲作家因受现场氛围的感染灵感突发，回到宾馆后连夜写下了一首脍炙人口的歌词并谱上了曲子。歌词中这样写道：

> 新疆的羊肉串啊，真是不简单。
> 羊娃子肉是嫩又鲜，加上调料和孜然，
> 香喷喷的油烟好比宣传单，闻到的人们就会馋。

来一串吧来一串，不吃真遗憾。

姑娘吃了羊肉串呀越变越好看，

小伙子吃了羊肉串呀力气用不完。

小巴郎子吃了羊肉串，心里还想再来一串。

老年人吃了羊肉串，脸上会笑开颜。

啊哈哈呀啊哈哈！

羊肉串呀羊肉串，真是不简单，

新疆的羊肉串呀好吃又好看，

人人都把那美誉传，越吃心里越喜欢。

全世界的朋友心和心相连，快来尝尝羊肉串。

　

新疆的羊肉串哪，真是不简单。

各民族的人们爱吃羊肉串，一串一串成了大家园，

五湖四海的朋友吃了羊肉串，心和心就连成一片。

羊肉串呀羊肉串，真是不简单。

姑娘吃了羊肉串呀越变越好看，

小伙子吃了羊肉串呀力气用不完。

小巴郎子吃了羊肉串，心里还想再来一串。

老年人吃了羊肉串，脸上会笑开颜。

啊哈哈呀啊哈哈！

羊肉串呀羊肉串，真是不简单，

新疆的羊肉串呀好吃又好看，

人人都把那美誉传，越吃心里越喜欢。

全世界的朋友心和心相连，快来尝尝羊肉串。

　

这首歌拿给迪力夏提和阿迪拉的歌舞班一唱，很快就在各个摊位上风靡开来。一时间，到这里来享受烤肉美味的顾客更是摩肩接踵、流连忘返，成了通天河畔一道亮丽风景线。

阿米提站在自己的摊位前抬眼望去，一溜儿烤肉摊就像一条烧烤街向前延伸着，各个摊位都充满了勃勃生机，呈现出一派兴旺景象，他的心里就像吃了吐鲁番的无核白葡萄一样感到无限的甜蜜。伴随着此起彼伏的优美歌声，他也情不自禁地弹起热瓦普，纵情地歌唱起来：

坎儿井的流水清，葡萄园的歌儿多，

吐鲁番的天气暖，比不上我心里热。

葡萄一串歌一串，甜甜的歌儿迎宾客，

欢迎远方的朋友们，葡萄架下坐一坐。

说上几句热情的话，弹唱一曲迎宾的歌，

再请亲爱的朋友们，看看我们的新生活。

白葡萄比不上咱心里甜，我们大家多快乐。

万丈云梯层层高，要把丰收献给祖国。

留下朋友的情，带走那欢乐的歌，

吐鲁番的大路连四海，友谊的双手紧相握。

各族人民爱家乡，各族人民爱祖国。

欢迎四海的朋友们，请到家乡来做客。

他们的做法很快引起了新闻媒体和城管部门的关注。

这天，阿米提正在烤肉摊上大声吆喝着为顾客服务，阿迪拉拿着一张《通天河日报》跑过来给他看。阿米提接过报纸一看，上面醒目地横排着一行大字标题：《通天河畔夜宵一条线》，文章描写的正是他们这一条用烤肉摊铺排起来的烧烤街的美丽风景。阿米提笑笑说："这一次恐怕不用再担心谁来造谣生事了吧！"

正说着，城管员吴尊走了过来。阿米提一看，立马收敛了笑容，悄悄对阿迪拉说："是不是谁的摊子又出事了？"

吴尊热情地走上前来，拉着阿米提的手说："我们局准备把你们这条街命名为'新疆烧烤一条街'，局里领导想请你过去商量一下有关事宜，看你什么时候有时间？"

阿米提惊喜地连连说："有、有！我现在就有时间，我们马上走！"

"新疆烧烤一条街"的命名仪式隆重举行。在一阵噼噼啪啪的鞭炮声中，佩戴着大红花的"新疆烧烤一条街"牌匾被悬挂在刚刚落成的街口彩门上方。阿米提和他的同伴们喜笑颜开地使劲鼓着掌，新闻记者们也跑上跑下忙不迭地采访拍照。

紧接着，刻有通天河市旅游局颁发的"ＡＡＡ级旅游景点"的大幅标牌也出现在"新疆烧烤一条街"的街口。

随着烧烤街的正式命名，每天在这条街上都是人声鼎沸。一批接一批的中外游客络绎不绝地来到这里观光、品尝、照摄像，好一派异域风光。

面对着奔涌而来的幸福生活，阿米提和他的同伴们常常用他们特有的方式——麦西来甫来表达心中的喜悦：

> 打起手鼓唱起歌
>
> 我骑着马儿翻山坡
>
> 千里牧场牛羊壮
>
> 丰收的庄稼闪金波
>
> 我的手鼓纵情唱
>
> 欢乐的歌声震山河
>
> 草原盛开幸福花
>
> 花开千万朵
>
> 打起手鼓唱起歌
>
> 我骑着马儿跨江河
>
> 歌声溶进泉水里
>
> 流得家乡遍地歌
>
> 我的手鼓纵情唱
>
> 唱不尽美好的新生活
>
> 青春青春多美好
>
> 越唱歌越多
>
> 打起手鼓唱起歌
>
> 我唱得豪情红似火
>
> 各族人民肩并肩
>
> 前进的道路多宽阔
>
> 我的手鼓纵情唱
>
> 快马加鞭建设祖国
>
> 春光永远在边疆

歌声永不落

……

通天河经济报社的记者张清源喜欢搞社会评论。在郝戈的啤酒屋里，他与文雅、高见等侃大山，从社会经济学的角度对阿米提的生存状况和发展模式进行了深入分析。他认为，阿米提所贡献的不仅是一条烧烤街，而且是提供了一个各民族经济文化相互嵌入所带来的社会经济结构变革的经典范例，比建立地域社会经济学的数学模型更具有理论意义。大家听了以后，都说他看得远、分析得透彻，堪称社会经济学专家。

第十八章
阿依提如是说

迪力夏提总想让阿迪拉陪他出去玩一玩，两人在一起说说心里话，但由于阿迪拉天天忙于餐馆里的事情，他的这个心愿一直没能实现。这天他看阿迪拉在餐馆里稍稍清闲了一些，就在晚上快下班的时候，主动过来帮助阿迪拉收拾餐馆。迪力夏提一边干活一边向阿迪拉央求说："今天晚上可陪我出去玩一玩吧，我都请你好多次了！"

阿迪拉故意卖了个关子说："那要看本姑娘的心情好不好。"

迪力夏提说："我看你今天的心情就很好。"

阿迪拉说："我这是装的。"

迪力夏提说："我看着是真的，怎么能说是装的呢？"

阿迪拉说："我要不装出笑脸，那还不早把顾客都吓跑了？"

迪力夏提说："我看你一天到晚把餐馆打理得井井有条的，生意又这么兴旺，怎么还会有不高兴的事儿呀？"

阿迪拉故意拉着个脸说："人家那些姑娘的男朋友，有的送房子，有的送汽车，再没有钱的也要送几套名牌衣服或化妆品，你看我，连一根线头都没人送，你说我还能高兴得起来吗？"

迪力夏提连忙道歉说："是我错了，是我错了，明天我就先给你买几件衣服送过来！"他还表决心似地说，"你放心，别的姑娘能得到的，我一定也要让你得到，别的姑娘得不到的，我也要想办法让你得到！"

阿迪拉说："你说的这些可都是真的吗？不会是骗我的吧！"

迪力夏提发誓说："我说的要是有一句假话，就让上天把我……"话还没说完，嘴就被阿迪拉堵住了。

阿迪拉一本正经地说："就凭你这个态度，本姑娘今天就满足一次你的要求。"

迪力夏提一听，一阵惊喜，激动地说："是想跳舞呢，还是想唱歌？"

阿迪拉恢复了常态，暖心地说："你挣个钱也不容易，我们就到河边走一走吧。"

吃过晚饭，两个相爱的人一起来到了通天河畔。

五颜六色的彩灯映照在通天河里流光溢彩，清澈的河水在静静地流淌着，就像少女的心。两个人手拉着手在岸边流连，说着贴心的话，倾诉着相思的甜蜜，规划着未来的美好生活。

在岸边的一个长条椅上，两个人依偎着坐了下来。

阿迪拉深情地说："我刚才是跟你说着玩的，我什么都不稀罕，只要你一颗心。"

迪力夏提把阿迪拉紧紧地揽在怀里，爱恋地说："我这颗心一辈子都是你的……"

单宝仁和游秀碧上次给阿米提使了坏以后，又到新疆跑了两趟，做了点和田的红枣生意，总算赚了一点。但他们也付出了惨痛的代价，游秀碧为此还差点把命丢在了那里。

事情是这样的：当时他们两个到新疆后，原打算再做点棉花生意，但由于新疆的棉花收购价格全面提高，他们怕拉回来销不出去，就想换个项目做做。恰巧这时从和田来的一位经销商说他们那里今年的红枣大丰收，收购价格比往年要降低30％左右，如果能搞一批红枣往内地销一销，那将会得到一笔可观的收入。游秀碧和单宝仁一看做红枣生意有利可图，就跟着这位经销商来到和田。这位经销商也很讲信用，没几天就帮他们搞到了一批和田最好的红枣品种"骏枣"和"灰枣"，而且价格比事先说的还要低。可是他们在返回的时候却出事了。

他们在贩运这批红枣的时候正值隆冬，要是在北疆，这时候正是滴水成冰的季节，可是南疆地区由于气候比北疆要暖和一些，加之南疆雨雪较少，他们从和田走的时候道路还是干爽的，所以就没有带多少御寒的衣物和食品。那位经销商出于好心，劝他们还是多带一点御寒的东西和食物，以防万一，可他们不以为意，说我们经常在新疆跑，也算是老新疆了，在北疆都没出过事，在南疆就更不用担心了。

然而，"万一"的事情还是让他们碰上了。

他们从和田出发还没出新疆，就遇到了几十年一遇的暴风雪，一直下了两天一夜，道路全部封死，他们被困在前不着村后不着店的戈壁滩上，后来还是遇到一队执行紧急任务带着推雪机开路的军车路过才把他们救了出来。但由于他们在风雪中冻的时间过长，他们两个包括司机在内都或多或少地受到了冻害。尤其是游秀碧，虽然当时单宝仁把司机的坐垫布都揭掉包在了她的腿上却仍于事无补，她的右腿最后还是被严重冻伤，留下了终身残疾，到现在走起路来还是一瘸一拐的。

这批红枣拉到通天河后，虽然顺利地出手了，收益也比较可观，但游秀碧却高兴不起来，甚至一提起这件事她就心有余悸，此后再也不到新疆去做生意了。

前不久，他们听说阿米提专门搞了一条新疆烧烤街，就坐上开往市区的公共汽车过来查看实情。

他们在这条街上转悠了一圈后，单宝仁说："看来阿米提这个家伙还是有点本事，这条街办得不错。"游秀碧说："咱们这几年特别是去年底虽然也挣了点钱，但是长期就这样在外边奔波也不是个办法，我看咱们还不如也在这附近开个烧烤店什么的，挣个安稳钱，也免得担惊受怕。"单宝仁说："你和我想的一样，在外边来回跑也确实太辛苦了，吃不好、睡不好不说，如果再遇到个什么意外情况，最后恐怕连尸首都拉不回来了。"

他们由于在新疆跑的时间长，知道新疆烧烤是个很受欢迎的吃食，加之他们亲眼看到了阿米提经营烧烤的效益，最后商量的结果是：想办法也在附近租个店面经营烧烤，以便使自己的生活稳定下来。

这两个人在这方面倒是还有点雷厉风行的作风。事情定下来之后，他们很快就在阿米提的烧烤一条街附近租了一个门面，准备经过装修后也开个烧烤店。为了使烧烤店一开张就能拿出令顾客喜爱的产品，他们还提前安排人让双凤酒楼的大师傅对其进行了专门培训。

阿米提一直想把去往灵峰小学的铁索桥铺起来。他知道古兰兰是他的坚定支持者，就来到兰兰服装店和古兰兰商量具体办法。他对古兰兰说："原来我想在去年入冬的时候把这件事情办了，后来阴差阳错一直没有办成，现在眼看又快要入冬了，如果再不抓紧铺，孩子们又要多受一个冬天的罪。"古兰兰说："我支持你的想法，但我知道你没有多少钱，你把能挣钱的项目都让给哥哥和阿迪拉了。你现在想铺，钱从哪里来？"阿米提说："这个问题我也想了几天，现在也没有更好的解决办法，只有先借后挣，先把事情办了，等挣来钱后再还给人家。"古兰兰想了想说："眼下也只有这个办法了。"

借钱的决心定下了，可是向谁借呢？阿米提又为难了。再向跟他过来的那些人去借显然是张不开嘴了，因为去年自己盖房子买房子时已经借了一圈，到现在还没有还完。向本地的几个朋友如郝戈、文雅他们借，也是不合适的。先不说郝戈，因为他为了那个林果基地的项目已经在外面借贷了那么多，现在再问他借钱无疑是为难他，就是文雅他们几个也不行，他们都是靠工资吃饭的，一个月就那几个钱，现在的物价又这么高，在这种情况下去向他们借钱，他们虽然会帮他想办法，但不到万不得已最好不要走这条路。想来想去，他还是把目光放在了阿迪拉身上。他知道，阿迪拉现在有点钱，就是她没钱，那也是自己的亲妹妹，给她说了她也会帮助自己想办法的。于是，他就利用晚饭后的时间，来到了阿迪拉的宿舍。

此时的阿迪拉正在和迪力夏提商量想买辆汽车的事情。

事情的起因是这样的：那天晚上他们俩沿着通天河转了一趟后，就商量着如何把他们的婚事提前安排一下。他们的一致意见是，将来办婚事，一切都要靠自己，不能给家里添压力。虽然没有说到要先办什么、后办什么，但他们各自还是都很上心，自觉做起了准备。尤其是阿迪拉，由于她泼辣能干，头脑又灵活，把风味餐馆经营得像模像样的，收益当然也比较可观。这天晚上下班后，她把攒的钱数了数，整理了一下，就打电话把迪力夏提叫过来，想商量一下看用这些钱办个什么事情好。

迪力夏提过来后，阿迪拉从箱子里取出一个精致的盒子打开，放在了迪力夏提面前。

迪力夏提没有急于动手，而是问道："这里边装的是什么？"

阿迪拉说："你把它打开就知道了。"

迪力夏提小心翼翼地把盒子打开，看到里边装的全是现金，他一下子惊呆了，说："你什么时候攒了这么多钱呀？"

阿迪拉说："这得感谢我二哥，要不是我二哥让我经营这个餐馆，就是打死我也挣不了这么多钱。"

迪力夏提说："这些钱你准备怎么用？是存银行呢还是置办点什么？"

阿迪拉说："我找你来就是想和你商量一下，你看这些钱是买辆汽车好，还是交个首付买套房子好。不管办点什么事都行，反正不能存银行，现在的钱贬值太快了。"

　　两人正商量着，外面有人敲门。阿迪拉打开门一看，是阿米提，就问道："这么晚了，二哥你找我有事？"

　　阿米提看迪力夏提也在，就把阿迪拉拉到外面小声说："你能不能借点钱给我？"

　　阿迪拉问："你准备办什么事？"

　　阿米提说："不要问办什么事，你就说你这里有没有钱？"

　　阿迪拉说："我的钱还不是你的钱？你说需要多少吧！"

　　阿米提说："你有多少？"

　　阿迪拉打了个埋伏，伸出了五个指头。

　　阿米提用力拍了一下阿迪拉的肩膀高兴地说："够了够了！这下我不用发愁了！"

　　阿迪拉问："你究竟要办什么事啊？"

　　阿米提就说了实话。

　　阿迪拉一听，说："你这是要拿去实行共产主义呀？那以后由谁还我呀？"

　　阿米提说："我的好妹妹，这是二哥向你借的，以后二哥不会少你一分钱！"

　　阿米提拿着钱走出门后，迪力夏提朝阿迪拉摊着两只手做了个鬼脸。那意思再明白不过了：这下完了，全打水漂了！

　　阿米提拿到钱后，心里有了底。他大致算了一下，用这些钱买材料差不多已经够了。他听说有的施工队可以先施工后结账，就找到郝戈让他给帮个忙，看能不能也找个这样的施工队。郝戈很上心，很快就找了个这样的施工队，答应可以先施工后结算工钱，但人家也有条件，结算时间不能超过一个月。阿米提想，车到山前必有路，船到桥头自然直，只要能尽快把桥先铺起来，工钱的事情到时候再想办法，所以他当场就爽快答应了。

　　今天的天气真好，深秋的晨光从窗子上的玻璃照射进来，屋子里明亮亮，给人的感觉是暖洋洋的。

　　阿米提早上一起床，把头伸出窗外看了看，一看是个晴天，心里一阵欣喜，赶忙洗漱做饭。做饭时他还很有兴致地哼唱起了新疆民歌《亚克西》：

　　　　伊犁河水翻波浪，

　　　　灌溉着牧场和农庄，

边防战士驻守在河岸上，

来往的人们喜洋洋。

亚克西，亚克西，

什么亚克西吧？

人民的生活亚克西……

　　吃过早饭，他给阿迪拉打了个招呼，就来到了木材市场。他的打算是，只要把铺桥的材料买好，他就带上工人直接送到工地。因为前一天他已经和工人商量好了，工人们说，只要材料凑齐，估计四五天就铺好了。

　　木材市场上店铺成排，各个店铺门前的不同型号木材都堆得像小山一样，不断有拉运木材的车辆进进出出，一派繁闹景象。阿米提在市场上转了好几个来回，仔细查看木料的质量，比较木料的价格，最后终于看上了一家店铺的货物，开始和货主讨价还价。

　　阿米提和货主像拉锯一样你讨我还地洽谈了很长时间，由于交易双方各执一价，互不相让，最后僵在了那里。阿米提只好采取缓兵之计，给货主留下一句"我到其他店铺再看看，如果没有合适的，我还到你这里来，咱们再商量"的活话，又转到其他店里看货去了。

　　就在阿米提为挑选铺设铁索桥木料的事情在木材市场上不厌其烦地和商家讨价还价的时候，阿依提和古兰兰都在到处找他。

　　先是哥哥阿依提。

　　上午上班后，阿迪拉刚把新疆风味餐馆的门打开，和迪力夏提一起收拾里边的卫生，阿依提匆匆忙忙地走了进来。阿依提一进门就慌慌张张地对阿迪拉说："我找你二哥有点急事，刚去他宿舍门锁着，他的烤肉摊上也没有，你知不知道这么早他到哪里去了？"

　　还没等阿迪拉回答，迪力夏提抢先一句用一种带有讥讽的口气说道："我们的雷锋叔叔又做好事去了！"

　　阿依提说："做好事？做什么好事？该不是又去给谁捐款了吧！"

　　迪力夏提说："这一次还不只是给一个人捐款，而是给好多好多人捐款呢！"

　　阿依提说："给好多人捐款？究竟有多少人？总该有个数吧！"

　　迪力夏提说："听说是给一所学校捐一座桥，你说有多少人？"

　　阿依提说："捐一座桥？那他要捐多少钱呀？"

迪力夏提说:"没多少钱,也就这个数!"说着伸出来五个指头。

阿依提瞪大眼睛说:"捐那么多!那他的钱是从哪里来的?"

迪力夏提说:"问他的妹妹要呗,他的好妹妹把嫁妆钱都给他捐出来了!"

阿依提说:"他自己想出名去捐款,打肿脸充胖子,也就罢了,怎么他连妹妹的嫁妆钱也不放过?我找他去,这个败家子!"说着,就气愤地往门外走。

阿迪拉要阻拦,被阿依提甩了胳膊。

阿依提走几步,又回过头来问:"他现在在什么地方?"

阿迪拉还没回答,迪力夏提就幸灾乐祸地故意拉着长音说:"木——材——市——场!"

阿依提一听,出门就往木材市场走。

送走阿依提,阿迪拉在迪力夏提的背上使劲砸了一拳,狠狠地说:"你个乌鸦嘴!出了事看我怎么收拾你!"

迪力夏提说:"哈哈!不要小看我这一句话,那钱兴许还能要回来呢!"

迪力夏提的话音还没落地,阿迪拉就气呼呼地又举着一个扫把打了过来。迪力夏提一看阿迪拉真的生气了,吓得赶忙跑出门躲开了。

临近半晌的时候,阿迪拉正在忙着招呼顾客,古兰兰左臂上挎着个坤包走了进来。她问阿迪拉:"今天你二哥哪儿去了?怎么找了一圈都没找到?"

阿迪拉由于还在生着迪力夏提的气,就没好气地对古兰兰说:"你一天到晚跟在我二哥屁股后面,你都不知道,我怎么能知道他到哪儿去了?"

古兰兰不想跟阿迪拉斗嘴,说:"你不知道就算了,我再出去找找。"

阿迪拉拦住她说:"你找他究竟有什么事?"

古兰兰说:"他想把去往灵峰小学必经过的铁索桥铺好,我给他凑了点钱,怎么找也找不到他,真急人!"

阿迪拉按早上阿米提给他讲的时间估算了一下,估计阿米提这个时候已经快把木料拉到桥上了,就半开玩笑地说:"他早早就走了,恐怕桥都快铺好了!"

古兰兰一听信以为真:"我只知道他是个急性子,没想到他比我想象的还要急!"一边说着,一边急急忙忙往外走。

阿迪拉本来是个玩笑话,没想到古兰兰当真了,她知道从这里到铁索桥有好长一段山路,她怕古兰兰真要到桥上去找,想喊住她,结果古兰兰已经上车了。

古兰兰急匆匆一走出餐馆,就拦了一辆出租车,赶到了铁索桥边。到跟前一看，桥面依旧，根本没有见到阿米提的影子，于是又坐上车返了回来。

就在阿依提和古兰兰到处寻找阿米提的时候，阿米提依然是在木材市场上逡巡，寻找合适的铺桥木料。

阿米提在市场上转了一圈，又来到刚才讨价还价的那个木材店。店主人主动迎上前说："怎么样，转了一圈是不是我的货最好、价格最低？"

阿米提说："我又看了一家，我是过来比比尺寸，看看哪家的最合适。"

店主听阿米提这么一说，口气比之前松动，说："那肯定是我们家的尺寸最合适，价格也最低。我也看了，兄弟你也是实心实意来买货的，我也是实心实意想卖货的，要不咱这样，我再砍点价下去，你看合适咱们就说定，你说不合适咱们这笔买卖就算拉倒，买卖不成仁义在，我们也算交个朋友。"店主说完，用指头比画了一个六字。

阿米提故作迟疑，又往其他店转去了。

阿米提刚走不远，那位店主就跑过来，把阿米提拉到了自己的店里，诚恳地说："这位大兄弟，我看你也是个实在人，这样吧，我再减个数，不赚你钱了，只收个成本价，这总成了吧？"

阿米提轻轻点了一下头还想再降一点，店主抢过话头抬起头朝店里边大声喊着说："这位大兄弟点头了，会计快开票，伙计们准备装车！"

店主安排完，热情地把阿米提拉到座位上，又让手下人倒了一杯热茶端过来递给了阿米提。

会计开完票拿给阿米提看，阿米提仔细看了一遍，然后拿出钱包开始数钱，店主则叫来三辆大卡车开始装车。阿米提数完钱把它交到了会计手里。

当会计从阿米提手里接过钱开始一张一张复数时，阿依提突然出现了，他大喊了一声："这个钱不能收！"还没等阿米提回过神来，阿依提就飞快地从会计手里抓过钱回转身跑了。

会计以为是遇到了抢劫犯，大声喊叫起来："有人抢劫啦！快抓贼呀！"

店主和他的伙计们一听有贼，呼啦一声跑过来，追上阿依提就打，三下五除二就把阿依提打翻在地，衣服撕得稀烂，脸上也流出了血。

阿米提见状，大喊着"别打了"，飞奔上前去拉架。他看店主手下的人还在打阿依提，就趴在阿依提身上把阿依提护住，结果他自己也被打得满脸是血。

店主一看打错了，慌忙叫来一辆车把兄弟俩送到了医院。

古兰兰在铁索桥边没有见到阿米提，又回到风味餐馆，回来的时候已经是下午了。她把寻找阿米提的情况给阿迪拉讲了一遍，阿迪拉不相信，说："早上他走之前亲口给我讲的，说是把木料买好后要直接拉到桥上，并且从早上出门到现在都没见他回来，他不到那个地方他能到哪里去？"

古兰兰说："他确实没到铁索桥去，桥上连一个人影都没有，更不要说他们去铺桥了。"

阿迪拉说："这就怪了，他们能上哪儿去呢？"

古兰兰说："要不，你打个电话问问？"

阿迪拉恍然大悟地说："看我这记性！只顾慌张，把这个最简便的办法都给忘了！"说着，拿出手机拨了出去。她拨了三次，对方都是关机。

她停了一下，忽然想起了什么，说："刚吃过早饭我大哥也找过他，兴许是在他那个地方。"说着，她又把电话打给了阿依提，结果阿依提的手机也是关机。她又打了一次，还是关机。

阿迪拉想了想，神色慌张，说："不对，肯定是出事了！"

古兰兰说："能出什么事？"

阿迪拉说："我二哥早上是先去木材市场买木料，然后去工地，如果要出事，他不是在木材市场上出事，就会在路上出事，走，我们先到木材市场看看去！"说着，两个人赶忙跑到马路边拦了一辆出租车。

两个人来到木材市场一打听，才知道阿米提和阿依提上午就被送到了医院，他们又急急忙忙地往医院赶。

阿迪拉和古兰兰来到医院病房一看，阿米提和阿依提都躺在病床上，两个人的头和脸都被纱布缠得严严的，只露着两只眼睛和嘴巴，阿依提的嘴巴还肿得从里向外翻着。阿迪拉一看到在床边陪护的店主就咆哮起来，指着店主的鼻子大骂了一顿。阿米提吃力地摆着手阻拦说："误会了，不怪他们。"

迪力夏提知道后也跑了过来。阿迪拉一看见他气就不打一处来，手指着他的鼻子说："都是你！要不是你嘴长，他们能伤成这样？一天到晚像个长舌妇一样，快给我滚，永远不要来见我！"

兄弟俩在医院住了几天，分别回到了自己的家里。

阿依提回来后，茹仙古丽心疼地一边为他照料，一边埋怨说："你就不该多管闲事，惹出了这么大的乱子。"

阿依提狡辩说："你看这个勺子（傻子），他为了出名，整天去给别人捐款，叫人家把他的脊梁骨都戳破了，我这个当哥的还不该管管？"

茹仙古丽说："谁说他那是为了出名？我怎么就没听到？"

阿依提说："大家都是这么认为的。你不知道，他把妹妹准备的嫁妆钱也都拿去捐了！"

茹仙古丽说："我听说那是借妹妹的，他以后还会还的。"

阿依提说："就是他将来还，那还不都是从我们家这个大锅里出吗？我要是不管，让他就这样下去，还不把这个家给全败完了？"

茹仙古丽说："弟弟做的是对的，你不要老去干涉他，做人不能太自私。"

阿依提挺起身瞪起了眼说："你个妇道人家懂什么？你怎么和他说的是一样的话？他做得对你跟着他过去！"

茹仙古丽说："你看看，这是个当哥的说的话吗？"

阿依提复又躺下去，生气地说："这都是让这个败家子给气的！"

阿米提从医院回来后，古兰兰过来看望。她一边帮着阿米提收拾房间，一边批评阿米提办事情操之过急。古兰兰说："这件事你给我说的时候，我已经给你表过态，只要你想办的事我都支持你。我既然给你表了这个态，我肯定会帮你想办法。没想到你这么着急，什么都没准备好，就把工程队也找了，还把人家阿迪拉准备结婚的嫁妆钱也拿来了。结果事还没办，就把自己搞成这个样子，你看你这个事情办得窝囊不窝囊！"

阿米提不好意思地说："我不是想早一点把桥铺起来，不要再耽误了孩子们冬天上学嘛！"

他们正说着，文雅也提着营养品前来看望。她也对阿米提提出了批评："铺铁索桥是一个比较复杂的工程，靠你一个人的力量怎么能行！这里边不光是钱的问题，还有个如何组织施工的问题。在那么危险的地方施工，如果组织不好，出个事故怎么办？亏得你还没开工，要是开了工，如果真在安全上出点什么麻烦，那就不仅仅是受点皮肉伤的事情了！"

文雅的一席话说得阿米提连连点头称是。但他还是强调说："我可以接受你们的批评，但这件事不能停下来。"

星期天，文雅召集高见、张清源、凯丽斯、郝戈和张雪梅、张雪燕姐妹等

"爱心角"成员商量如何筹措资金解决铺设铁索桥的问题。商量的结果是，先从"爱心角"成员中募集，最后如果缺口太大，就由文雅在《通天河日报》上发出募捐倡议，动员社会力量。

"爱心角"成员开会的第二天，文雅正在上班，阿米提怀里夹着一个纸包来到了她的办公室。阿米提说："我听说你们专门开会研究，准备动员社会力量募集资金。我想，能在我们'爱心角'范围内解决的问题，最好还是不要拿到社会上去，这种事情在报纸上登得多了人们容易反感。我这里已经筹措了一些，差不多就够了，只是缺施工力量，因为那天联系的那个施工队已经接新活了。"

文雅说："你那点钱我还不知道？那还不是问你妹妹借的！"

阿米提说："说借的也没错，说不是借的也可以。不管是不是借的，总算是现成的，我们拿去先用了。季节不等人，我们还是把桥先铺起来为好。"

文雅想了想说："你说的也有道理，眼下需要抓紧时间。那就这样吧，我们先用你筹的钱把事情办了，等以后有机会我们再帮你还账。"文雅说着，拿起电话拨通了市团委书记的电话，请求市团委派出青年志愿者帮助阿米提铺设铁索桥。接着，她又拨通了市交通局局长的电话，请求他们派出一两名工程技术人员到现场做技术指导。这两位领导一听说是给孩子们办好事，都痛痛快快地答应了。

这天是个晴天，头天刚下过一场雨，整个天空和大地都像被水洗过一样，一个载着施工人员和木材的车队行进在通往铁索桥的山路上。每辆车上的人员都打着一面印有"青年志愿者"字样的鲜艳红旗，洒下一路青春激荡的歌声。阿米提坐在头车上，心情无比激动。他不时地朝身后的车队看着，眼眶里涌出了感动的泪花。

这个消息不知怎么传到了社会上，电话一个接一个地打给了文雅，搞得文雅应接不暇。她在电话中不断地解释说："铺设铁索桥的资金已经筹齐，桥都已经铺好了，正等着举行通行仪式呢！"

又是一个暖阳高照的天气，苍翠葱茏的大山在灿烂阳光的照耀下愈加生机盎然。灵峰小学的学生们在老师的带领下深情地唱着抒情歌曲《感恩的心》来到铁索桥边，为这座铁索桥正式通行举行了一个隆重而特殊的少先队活动日。戴着红领巾的阿米提被师生们簇拥着，大家的脸上都挂满了笑容。摄影记者举着照相机不断地按着快门。躲在后边的古兰兰和阿迪拉看着笑得阳光灿烂的阿米提，眼眶里也涌出了激动的泪花。

随着一阵噼噼啪啪的鞭炮声，单宝仁和游秀碧的烧烤店正式开张。这对狗男女给自己的烧烤店起的名字倒是不错："珠联璧合烧烤店。"要是知道内情的人看了这个名字，肯定会在心里把"珠联璧合"四个字改成"狼狈为奸"的。

这个烧烤店开张后，游秀碧给单宝仁定的经营策略是：瞄准阿米提，分开三步走。第一步是"学"，就是要向阿米提学习。因为他们亲眼看到阿米提确实有一套经营办法，远学不如近求师，只有学好对手才能战胜对手，只要把阿米提的经营秘诀真正学到手了，与他相斗才能稳操胜券。当然这种"求师"是暗中学，而不是公开请。第二步是"争"，也就是要跟阿米提展开竞争，争取让自己的烧烤店在不太长的时间内能够在通天河的烧烤市场上占据上风，从而把阿米提的生意压下去。第三步是"灭"，就是要想办法把阿米提"灭掉"，最终把他赶出通天河，使自己的烧烤店在通天河称霸天下。游秀碧自鸣得意地对单宝仁说："到那个时候，你不想发财都不行！"

去往灵峰小学的铁索桥铺好后，了却了阿米提的一桩心愿，但也给他的思想上增加了新的压力：他得赶快挣钱，以便把借妹妹阿迪拉的账赶快还上。因为那是妹妹的嫁妆钱，他这个当哥哥的无论如何也不能把妹妹的这笔钱白花掉，况且他当初借的时候也是做过承诺的。另外，过完年学校就要开学了，自己之前承诺捐助的贫困学生还等着他资助的学费，否则他们仍将面临辍学的困境。所以，他一点都不敢懈怠。他心里十分清楚，如果自己稍有懈怠，这些承诺都有可能化为泡影。

这天，阿米提在烤肉摊上忙碌到夜幕早已降临，腿脚都不听使唤了。阿迪拉走过来心疼地说："二哥，那点钱我不要了，你不要再这样干了，你再这样干下去身体会吃不消的。爸妈都不在身边，你要是累垮了，我们有个什么事去找谁说呀！"

阿米提苦笑了一下，从口袋里掏出那张特困学生名单说："学校快开学了，他们都等着交学费呢！"

阿迪拉拿住名单一看说："就这点钱你不用急，我那里还有点，上次没都给你，我现在就去给你取！"话没说完就一溜烟跑了。

阿米提看着妹妹的背影，会心地点点头，眼圈儿红了。

阿依提自从接手养殖基地后，加上继续经营着原来的烤肉摊，收入日益丰盈，他和茹仙古丽的小日子也越过越好。茹仙古丽的肚子慢慢隆起，阿依提一进家门就唱起了小调。每当这时，茹仙古丽都要跟他说一句："我们到什么时候都不能忘了弟弟，要不是他，我们哪能过上现在的好日子。"

阿依提说："要说嘛，我这个弟弟确实是个天底下难找的好人，他要是别犯傻，老是把挣来的钱捐给人家，那真是一个再完美不过的人啦！"

茹仙古丽说："弟弟正是有这样的好品行，他才能这样受人尊敬，我们也才能受到这样的恩泽。如果他也像有些人那样，光顾自己，不顾别人，我们到现在仍然会在老家过那样的穷日子，说不好你现在还是个单身汉呢！"

阿依提说："你说的也是事实。不过，我就是对他那种自己当苦行僧而老是去为别人着想的做法想不通，你说他怎么就这么傻，他的心里究竟是怎么想的呢？"

茹仙古丽说："这个我也说不好，但我就是感到弟弟是个不自私的人，关心别人胜过关心自己，时时处处总是把别人的事情挂在心上，现在这样的人可是越来越少了。我们也得向弟弟学学，不要一遇到事情老是光想自己。要是那样，等我们将来有了孩子，我们在孩子面前如果说自私的话，甚至还会把孩子也教坏了。"

阿依提说："嚯，我还真没看出来，你现在想事情还挺长远的。好，这次我听你的，就是为了孩子，我们也得改改过去的毛病，在别人面前树个好形象，不要让别人小看了我们。"

茹仙古丽这是第一次听到丈夫说出这样的话，欣慰地笑着说："'跟着啥人学啥人'，看来真是俗话不俗！"

阿米提怎么也没有想到，艾尔肯会被他自己的人给抓住了。

一天下午，他正在招待顾客，迪力夏提气喘吁吁地跑过来说，他们抓到了一个小偷，让他赶快过去处理一下。他放下手中的活，跟着迪力夏提就走。

走过几个摊位，阿米提老远就看到一个烤肉摊前围了许多人，摊主抓着一个小偷正在打骂。阿米提走近一看，愣住了，原来是艾尔肯。阿米提喝住摊主不要再打了，拉起艾尔肯往外走。摊主在后面大喊着说："他还偷吃了我好多肉串呢！"阿米提说："偷你多少我给你赔上，再加一倍行不行？"摊主一看阿米提把话说到了这个份儿上，这才罢手。

　　阿米提把艾尔肯拉回宿舍。他看艾尔肯蓬头垢面，先接来热水给他好好洗了洗，接着又出去给他买了一套新衣服换上，然后亲手给他做了顿新疆风味饭菜。饭后，阿米提问他是怎么跑出来的，他才道出了原委。

　　艾尔肯说，盗窃团伙头目赛迪克在河南信阳被警方抓住后，艾尔肯他们这些人都跟着被关了进去，由于他们大多是未成年人，警方在审讯后，把他们中的大部分都遣散了，只留下几个骨干分子。他们当时想跑掉，但慑于赛迪克的威力，怕他出来后报复，就跟着其中一个未被留置的骨干继续干他们的旧业。这个骨干是赛迪克的亲信，他带着这帮人一边行骗谋财，一边等候着赛迪克出狱。赛迪克刑满释放后，把这些人又网罗到一起重操旧业，从河南一直南下来到了贵州。开始他们一直是在贵阳和周边的市县活动，其间他们和单小宝（艾尔肯此时还不知道单小宝已经改名为周小勇）还有过交集，特别是赛迪克对阿米提把单小宝强行拉走怀恨在心，一直想找他报复，但不知为什么阿米提却突然消失了。后来赛迪克从报纸上看到了有关阿米提的报道，他才知道阿米提已在通天河落了脚，于是，他就带着这帮人来到了通天河。到这里后，他一看阿米提的名气很大，不好公开下手，于是就采取了更加隐蔽的办法和阿米提斗，他的目的就是要把阿米提的收入都弄到自己手里，让阿米提在这里待不下去。艾尔肯对阿米提说："上次你丢的那些钱，就是他派人弄走的。"艾尔肯还说，赛迪克自从出狱后，心比以前更加狠毒，对他们这些人看管得更严，稍有不如意就打骂，有时候还让他们这些人互相打，谁要是不打，谁立马就会变成被打的对象。艾尔肯就是不堪忍受赛迪克的折磨才趁机逃跑的。

　　艾尔肯见到阿米提就像见到了久别的亲人，把憋在心里的苦水一股脑儿地倒了出来。

　　听了艾尔肯的诉说，阿米提对赛迪克这个恶魔更加仇恨了。为了防备艾尔肯被赛迪克发现，阿米提同艾尔肯商量，决定为他改个名字暂时送到灵峰小学，开春后找机会帮他找到家，然后把他送到父母的身边。

第十九章
杏树下的恩爱约定

阿米提要回新疆为养殖基地采购牛羊，临行前来到兰兰服装店向古兰兰告别。

阿米提一进门，看到店里的面貌大变，惊讶地对古兰兰说："几天没来，店里又变样了！"

古兰兰说："几天？可不止几天，总有几十天你都没来过了吧！"

阿米提带着歉意说："都是我不好，这段时间只顾忙着给灵峰小学捐款的事，把你这边的事情都抛之脑后，你不怪我吧？"

古兰兰深情地说："人家心疼都还来不及呢，哪还有心思怪你？"

阿米提看着古兰兰的眼神，心里涌起一股热流，但他又马上把心绪平复了下去。

古兰兰说："听说你最近要回新疆？"

阿米提说："我来就是想给你说一声。我的那个养殖基地规模扩大后，急需购进一批新疆牛羊，现在又刚好是新疆牛羊换季的好时机，所以我想回去一趟。"

古兰兰说："恐怕不只是这一个原因吧？"

阿米提实话实说："什么事情都瞒不过你的眼睛！"

古兰兰从衣橱后面取出一个大包裹递到阿米提面前，说："这是给我未来的嫂子准备的，里边都是具有民族特色的服装和首饰，你带回去吧。"

阿米提说："你真成了我肚子里的蛔虫了！不过，让我带回去可以，但你必须把钱收下，要不然她会生气的。"说着就在身上掏钱。

古兰兰一下子翻脸了，抓过包裹收了回去。

阿米提忙说："好、好！不掏钱、不掏钱！把包裹给我拿过来。"

阿米提这么一说，古兰兰绽放出了笑脸，又把包裹递了过来，说："见了嫂子，你就不会说这是你自己买的吗？谁像你这么实在！"

阿米提接过包裹说:"谁知道将来人家给谁当嫂子!"说完,脸上带着阴云走了。

古兰兰望着阿米提的背影,愣了好一阵子神。

阿米提从古兰兰的服装店出来,来到迪力夏提的烤肉摊。阿米提对迪力夏提的父亲买买提说:"大叔,我准备回新疆一趟,这边的事情有劳你老人家帮着多操操心。"买买提大叔说:"父母年岁都那么大了,你也该回去看看了。你放心走,这边的事情我和大伙儿商量着办,绝不给咱新疆人脸上抹黑!"

他们正说着,阿迪拉跑了过来,说她要去买票,看阿米提还有什么交代的。

阿米提这次回去,原打算就自己一个人,后来想阿迪拉一个女孩家,出来这么长时间了,虽然她嘴上不说,心里肯定想家,于是就和哥哥阿依提商量了一下,准备顺便把她带上,让她也回家看看。现在听到阿迪拉说去买票,就随口说道:"就买两张票的事,没什么要交代的,你如果忙,等一会儿我去买吧。"

阿迪拉说:"我不是这个意思,我是说,这里离咱们新疆太远了,我看还是买两张飞机票吧,不让你掏钱!"

阿米提说:"不让我掏钱也不行,省下的钱够给几个学生交一年学费了!"

阿迪拉看阿米提不松口,也就不好再勉强,转身买火车票去了。

买买提大叔说:"你为了那些孩子上学的事,这些年真是苦了自己啦!"

阿米提说:"将心比心嘛!我也是看那些孩子都是正读书的年龄,不上学也太可惜了!"

阿米提想利用这次回新疆的机会帮助艾尔肯找到家,临走前专门来到灵峰小学,把艾尔肯叫到校外询问他的家庭情况。

阿米提对艾尔肯说:"你再回忆一下,看看能不能想起来你们家住的那个地方属于哪个县、哪个乡、哪个村?"

艾尔肯摇着头说:"当时我被人贩子骗跑、后来又跟着赛迪克走的时候年龄太小,这些事都已经记不起来了,只隐隐约约地记得我们家住在一个叫作麻扎的地方,那个地方有沙漠。"

阿米提说:"你记不记得你的父母叫什么名字?"

艾尔肯说:"听母亲说我刚生下不久,我的父亲就离家出走了,以后再也没有回来,所以我也不知道我的生身父亲是谁,只记得我的继父叫阿不来提,母亲叫康巴尔汗。”

阿米提问:"他们现在的年龄有多大?"

艾尔肯说:"这些我也不知道,只知道继父比母亲年龄稍大一些,但大多少也不知道。那个时候太小,不懂得这些事,也就从来没有问过。"

阿米提说:"你们家还有些什么亲戚,你记得不?"

艾尔肯说:"我只记得我有个姥姥,也是住在一个沙漠里,小时候去那里玩过,但姥姥叫什么名字,我也不知道。其他的亲戚都不记得了。"

阿米提看从艾尔肯身上也只能得到这些信息了,于是嘱咐他说:"叔叔走了以后,你一定要听老师的话,好好学习,如果有困难,就去找你古兰兰阿姨。等我回去找到你的家后,一定想办法把你送回去。"

艾尔肯含着感激的泪花说:"叔叔,不管你将来能不能找到我的爸爸妈妈,这一辈子你都是我的恩人,我一定听你的话,好好学习本领,争取将来做一个对社会有用的人,再也不去跟着赛迪克这样的坏人干了!"

随着汽笛一声长鸣,火车风驰电掣般地把阿米提和阿迪拉载向日思夜想的故乡。

兄妹俩提着大包小包回到家来,父母都异常高兴。母亲牡丹汗一见到阿米提还是那句老话:"你怎么还是一个人呢?"姐姐阿依汗则不停地数落说阿米提不该一走就这么长时间,把家都给忘了!

阿迪拉知道阿米提的心思,回到家的第二天就来到了乡供销合作社门市部。

阿娜尔古丽正在营业,阿迪拉神秘地走了进来,阿娜尔古丽差一点没把她认出来。一见面,阿娜尔古丽就直夸阿迪拉又长高了,也越来越漂亮了。阿迪拉却心疼地说:"古丽姐,你怎么这么瘦啊!"

两个人寒暄了一会儿,阿迪拉说:"请你跟我去见一个人。"阿娜尔古丽疑惑地问:"去见谁?"阿迪拉说:"你去了就知道了。"说着,拉起阿娜尔古丽就往外走。

阿迪拉拉着阿娜尔古丽来到一条河边,远远一看,是阿米提站在河边的一棵树下。阿娜尔古丽忘了身后还有阿迪拉,飞奔着扑到了阿米提怀里,嘤嘤地啜泣起来。阿迪拉见状,扭过脸赶忙离开了。

阿米提深情地捧着阿娜尔古丽的脸颊,轻轻地为她擦去脸上的泪花。他把古兰兰带回来的衣服和首饰送到阿娜尔古丽的手上，阿娜尔古丽接过来紧紧地搂在了怀里。

阿娜尔古丽伏在阿米提身上，久久不愿松开。

黄昏时分，一家人都等着阿米提吃饭。姐姐阿依汗问阿迪拉："你二哥是不是会阿娜尔古丽去了？"阿迪拉没敢实说。

夜深人静之时，阿米提从外边回来。姐姐阿依汗问："你是不是会阿娜尔古丽去了？"

阿米提如实说了。

阿依汗说："她妈来咱家闹了多少次你知不知道？差一点没把咱妈气死！你是不是非要把咱爸咱妈气死才心甘呀？"

阿米提说："她妈是她妈，她是她，她心里一直有我。"

阿依汗说："她心里有你？她心里有你为什么还要跟人家定亲？她心里有你为什么还要叫人家给盖房子、买房子？她心里有你为什么不跟着你去？她心里有你？呵！不要再做梦了！赶快想想找个什么样的人合适吧，咱爸妈还等着抱孙子呢！"

牡丹汗实在看不下去了，对阿依汗说："他的心里也不好受，你就别再数落他了。"

阿依汗说："都是叫你们给惯的！"

牡丹汗说："要说阿娜尔古丽这姑娘倒是不错，能跟了咱阿米提也是咱家的福气，就是她那个妈太……"

阿依汗抢过话题说："太过分了！"

阿依汗虽然在阿米提面前说了不少气话，但阿米提心想，都是亲姊热妹的，说几句就让她说几句吧，那也是事出有因，于是他也没多计较，一心想着看还能帮着家里办点什么事情。因为父母的年岁毕竟大了，自己也难得回来一次，能搭把手就搭把手。

早晨起来，阿米提围着他们家新盖的房子转了一圈，对跟在身边的阿迪拉赞许地说："房子盖的确实不错，就是屋子里的家具太旧了。"阿迪拉说："嫌家具旧就换呗，那有什么了不起的！"阿米提说："嘀！人们都说财大气粗，可也真是的！"阿迪拉说："挣来钱就是花的，花了再挣嘛！"还说，"二哥，要不今天就办，这个钱我来出！"阿米提说："这点钱我还出得起，我们先进屋计划一下。"

阿娜尔古丽这天起得比平时哪一天都早，起床后还把屋子的里里外外收拾得干干净净，干活时嘴里还不停地哼着小曲儿，这在近段时间是没有过的事情。今天早上她洗漱用的时间也特别长，妆化得十分地仔细和得体，不像平时那么随便应付一下就算了事。化完妆，她又来到厨房替母亲准备起了早餐，早餐也准备得既丰盛又好看还可口，连父亲海里克都觉得有些异样，不停地给卓尔汗递眼色。

卓尔汗不知道阿娜尔古丽今天为什么这么不同寻常，她在心里揣摩了一阵儿，又站到阿娜尔古丽跟前左观察右研究了一番，最后还是忍不住问了一句："是不是要调你到县上工作啦？"

阿娜尔古丽的回答也和往常不一样："现在到县上工作还有什么可高兴的，到哪里不都是两个字？"

卓尔汗问："哪两个字？"

阿娜尔古丽说："承包呗！"

卓尔汗又问："那是不是斯拉木那边你真的想通啦？"

阿娜尔古丽说："不想通怎么办？不想通你要是真的去喝药、撞墙、上吊什么的，那我不成了咱们家的千古罪人了吗？"

卓尔汗这才松了一口气，劝导着说："这就对了嘛！你早就应该这么想！不是妈要包办你的婚姻，是妈经历过的事情太多了！人这一辈子图什么？不就是图个丰衣足食，图个衣食无忧，图个有吃有穿，图个在人前体面光彩吗？你看人家斯拉木多能干，多知道体贴人！你还没结婚，人家就把房子、车子、票子什么的都给你准备齐了，衣服也都给你买的一堆一堆的，你还有啥不满足的！不是妈夸口，妈吃的盐比你吃的白面都多，那几年计划生育抓得紧，妈就生下你这么一个宝贝女儿，妈不为你着想还能去为谁着想？天下的父母一条心，谁家的父母会把自己的儿女往火坑里推？现在你想通了就好，从今天起，妈再不拦你管你了，你想什么时候出去就什么时候出去，想到什么地方去就到什么地方去，想去几天就去几天。只要你喜欢，出去的时候穿什么都行，妆怎么化都行，而且穿得越时尚越好，打扮得越漂亮越好！从今天起，妈给你彻底解放了！"

阿娜尔古丽一听，故意捧起卓尔汗的脸猛亲了一阵子，一边亲还一边赞美说："真是我的好亲妈！"

傍晚时分，一辆装满崭新家具的送货车停在了阿米提家门口。阿米提和阿迪拉从车上跳下来，开始把车上的家具卸下来往家里搬。姐姐阿依汗夸赞说："这还像是个顾家的样子！"母亲牡丹汗说："这些东西这么高档，那要花多少钱啊！"阿依汗说："甭管多少钱，挣了就是要花的，你不花也没见他们给你存多少！你和爸辛苦了一辈子，也该享受享受了！"

他们正搬着，阿迪拉的手机响了，打开一看，是阿娜尔古丽打来的，阿迪拉向阿米提使了个眼色。阿米提加快速度把家具搬完，对母亲说他还有点事，就快步向外走去。

阿米提走出村口，阿娜尔古丽已经早早站在了那棵高大的杏树下。阿娜尔古丽一看到阿米提，像新婚久别一样张着双臂迎了过来。两人自然又是一阵热吻。

阿米提问："这么晚了，你妈让你出来？"

阿娜尔古丽说："我把她给蒙了！"接着她把早上卓尔汗说的那些话给阿米提学说了一遍。

阿米提大笑了一阵子说："那也不是长久之计，是谎言早晚总是要露馅儿的。"

阿娜尔古丽说："蒙混一天算一天吧，只要能和你在一起。反正我也想通了，大不了将来我们私奔！只要我下了决心，他们也拿我没办法。"

阿米提转了个话题说："你这么晚找我不是有什么事吧？"

阿娜尔古丽说："没有事就不能见你吗？你一去就是几年，回来一次也住不了几天，你知道人家是怎么想你的吗？"

阿米提说："都怪我不好，不该连累你。"

阿娜尔古丽说："这不是谁连累谁的问题，是我们两相情愿！我今天找你来，就是想把身子给你。你回来一次不容易，以后不知道什么时候才能再见面。"说着，又贴到了阿米提身上。

阿米提深情地看着阿娜尔古丽，摇了摇头。

阿娜尔古丽说："请你相信我，我这身子可是干净的，斯拉木连一根手指头都没敢碰过。"

阿米提说："我不是这个意思。我是说，你的心意我领了，但是我们现在还不能这样做。你想，我们有了第一次，就会有第二次、第三次，就会天天想、夜夜盼。这一次我在家住不了几天就又走了，那样我们两个不是都非常痛苦吗？所以，我们还是暂时忍一忍，等我们结婚了，到那时我们天天在一起了，我们想怎么样就怎么样。你说呢？"

阿娜尔古丽看阿米提说的也有道理，就依了他。

临了，阿娜尔古丽说："我现在最大的心愿就是赶快攒钱，把欠斯拉木的那些情全部还上，不要给他留下把柄。"

阿米提说："我们共同努力吧！"

分别时，阿米提告诉阿娜尔古丽说，他最近要到北疆去一趟，为他的养殖基地购买一些牛羊，再到南疆办点事情，他让阿娜尔古丽在家里耐心地等他。

阿米提购买牛羊的第一站是阿勒泰。傍晚时分，当他在阿勒泰公共汽车站一走下汽车，一群朋友和牲畜交易经纪人就热情地迎了上来。阿米提对大伙儿说："我这次回新疆的主要任务就是为我们的养殖基地购买牛羊。我们都知道，新疆最好吃的羊肉在北疆地区，尤以阿勒泰的羊肉为佳，因为这里的牛羊'走的是黄金道，吃的是灵芝草，喝的是矿泉水'嘛！所以我第一站就来到了咱们阿勒泰。"他的话引来了朋友们的一片欢笑声。

晚上，在一个偌大的毡房里，主人用手抓肉招待阿米提。阿米提一边吃一边赞许地说："咱们阿勒泰的羊肉果然名不虚传，味道鲜美不说，特别是细而不腻，绵而不膻，吃起来真爽口啊！"

第二天，阿米提在主人的陪同下来到牲畜交易市场。市场上人声鼎沸、牛羊欢叫，很是喜人。在这里看完，主人对阿米提说："我们还是到草原上去看一看吧！"

阿米提在主人的陪同下来到大草原，成群的牛羊立马映入眼帘。阿米提走到一群牛羊跟前，抓起一只成年羊仔细看了看说："正是育肥的好季节！"接着他又在一头牛身上摸了摸，说："就在这几群里挑吧。"主人问："您准备挑多少？"阿米提想了想说："那就按照幼年羊和成年羊各占50%的比例先挑2000只，再按照这个比例挑选100头牛和50匹马。"主人高兴地答应马上照办。

很快，不到两天，主人就按照阿米提的要求将这批牲畜筹备就绪。几辆装载牛羊的大卡车停在了阿米提住的毡房前，阿米提招呼着开始把这些牛羊和马匹分批装运。

装载完毕，阿米提搭上一辆汽车。临行前，他对朋友们说："伊犁和塔城那边的朋友也给准备了2000多只牛羊，我也过去把手续办一下。"

阿娜尔古丽今天的心情又是少有的好。她双手拿着一款花色艳丽的裙子站在试衣镜前反复比试，旁边的床上扔了一大堆衣服，都是没有穿过的，商标还在上边挂着。

卓尔汗走过来把阿娜尔古丽上下打量了一番说："我早就说过，这些衣服你要再不穿就过时了。你看，穿上多漂亮？我就喜欢我的闺女穿得漂漂亮亮的！妈给你生了这么一副好身材，再不穿不就浪费了吗？"

阿娜尔古丽故意哄着卓尔汗说："妈，我都听你的，从今天起，我把柜子里的衣服全都拿出来穿，天天都穿新的！"

卓尔汗说："你只要能听妈的就好。听妈的话，保证你这辈子天天吃香的、喝辣的、穿光鲜的，不说让你享受什么荣华富贵，至少不会让你吃苦受累。妈说的话你信不信？"

阿娜尔古丽说："我信！我信！我亲妈说的话闺女怎么能不信呢？"

卓尔汗用商量的口气说："人家那边都催得不耐烦了，要不，咱们瞅个空儿把结婚的日子给定下来？"

阿娜尔古丽说："妈，你尽管放心，等我把自学考试的本科毕业证拿到手，我一定按你说的办。你没看看，现在没有文凭，干什么都不行，有些公司招个保洁员也得要有大专以上文化程度。我要是现在不抓紧时间学，一结婚生了孩子，哪还有时间去学习呀？"

卓尔汗说："我的闺女说的也有道理，拿到了本科毕业文凭，将来就是没有工作，结了婚人家也不会小看你，生个孩子也有资格教育。"

阿娜尔古丽说："我的亲妈不愧是局长太太，思想观念蛮能跟上时代哩！"

卓尔汗自夸地说："你还当你的妈只会天天围在灶王爷跟前瞎忙活？"

阿米提从阿勒泰和伊犁、塔城办完事，乘坐公共汽车回到了他们家所在的叶尔禾县城。阿米提一走下公共汽车，阿娜尔古丽就穿着一身漂亮的裙子迎了上来。阿米提惊奇地问："你怎么知道我今天回来？"阿娜尔古丽说："你没听人家说，心有灵犀一点通嘛，你我之间不用点拨也是相通的！"阿米提问："为什么？"阿娜尔古丽说："心理感应呗！"阿米提一听，甜蜜地笑了。

出了车站，阿娜尔古丽带着阿米提来到事先订好的县城一家最好的宾馆。阿米提刚踏进客房门又退了出来，说："我们随便找个地方说会儿话就行了，何必要花这个钱？"

阿娜尔古丽说:"你在外边跑了这么多天,肯定很辛苦,开个房间也好安静地休息一下,缓缓身子。"

走进房间,里边更奢华。阿米提又退了出来,说:"这要花多少钱啊,住一天恐怕够给一个学生交一个学期的学费了!"

阿娜尔古丽问:"交学费?给谁交学费?"

阿米提看有些话一句两句也说不清楚,就换了个口气说:"我只是打个比方,我们确实没必要花这个钱。"

阿娜尔古丽说:"花几个钱有什么不值得的?你一年能回来几次?我是想,你这些天在外边奔波,肯定是吃不好、睡不好,也洗不上个澡,这里边有餐厅,条件也好,还能洗澡,就花个钟点房的钱,等洗完、吃完,稍微休息一下我们就走,还不行吗?"她一边说着,又把阿米提拉了进去。

阿娜尔古丽帮着阿米提把行包放下,又接了一壶水烧上,然后对阿米提说:"现在都兴开房,人家开房有的是会情人,有的是干坏事,我们开房完全是为了让你休息。来,快把衣服脱下,先进去洗个澡!"说着就上去帮阿米提脱衣服。

阿米提慌忙拦住说:"你先回避一下,还是我自己来吧!"

阿娜尔古丽一听愣了,不解地说:"什么?让我回避一下?你脱衣服还怕我看?那将来我们结婚了不在一起生活,不睡一张床?"

阿米提说:"你说的那是将来,现在我们毕竟还没结婚嘛!"

阿娜尔古丽说:"我出去没地方站,要不这样,你脱衣服时我像这样把眼睛捂起来。"阿娜尔古丽说着,做了一个双手捂眼的动作。

阿米提一看,笑了:"就你那点小花招我还不知道?小的时候我们在一起玩过家家,有一次我想撒尿,怕你看,就让你把脸转过去。你说,没事,我把眼睛捂起来就行了,我说行,你就把眼睛捂起来了。结果,我撒尿的时候,你把捂眼睛的手指头叉开睁着眼睛偷偷地看。我撒完尿,你说,我没看,我啥也没看见。后来你却悄悄地给其他小朋友说,我的小鸡鸡长得像个小辣椒,结果他们每次看见我就喊'小辣椒''小辣椒',搞得我好难为情!"

阿米提说到这里,阿娜尔古丽的脸一下子红了,她捶打着阿米提说:"你真坏!你真坏!"话还没说完,就扑进了阿米提的怀里。

临近傍晚,阿米提说:"时间不早了,咱们该回去了,我回去晚了不要紧,你回去晚了是要挨骂的。"

从酒店出来，阿米提给阿娜尔古丽说他还要到南疆去寻找艾尔肯的家，并介绍了艾尔肯的情况。阿娜尔古丽问阿米提准备到南疆去几天，阿米提说这也说不准，就看到时候寻找的情况。阿娜尔古丽说："不管你去几天，我都在家等你。"

阿米提回新疆后，在通天河这边发生了一个戏剧性的事件：凯丽斯经常独自一人坐在郝戈的啤酒屋喝闷酒，一边喝还一边打听阿米提的行踪。

这天，凯丽斯又是独自一人坐在郝戈的啤酒屋喝啤酒。郝戈走过来，问她还需要点什么，凯丽斯向郝戈问道："你知道阿米提什么时候回来吗？"郝戈说："你都问过我几次了，我不是已经给你说了吗，我也不知道，大概还得个十天半月吧。"凯丽斯木然地点了点头，说了句"谢谢"，又低下头继续喝她的闷酒。

郝戈瞅机会来到兰兰服装店，悄声对古兰兰说："哎！我告诉你件事。"

古兰兰说："什么事值得你这么神神秘秘的？"

郝戈说："自从阿米提回新疆后，那个凯丽斯隔三岔五都要来我的啤酒屋要啤酒喝，而且每次来都要问阿米提什么时候才能回来，你说，她是不是在暗恋阿米提呀？"

古兰兰说："瞎说！凯丽斯是个外国人，怎么能和一个中国人恋爱？再说了，即使她想爱阿米提，说出来阿米提也不会答应她！"

郝戈说："那为什么？"

古兰兰说："为什么？因为人家阿米提已经有女朋友了！"

郝戈说："阿米提有女朋友了？我怎么不知道！"

古兰兰说："你不知道的事情多了！你一天到晚除了知道挣钱，你还知道什么？"

郝戈说："你看你，又来了！人家是给你说个正经事，你怎么一张口就带刺儿！"说完，转身往外走，边走还边自言自语地说，"我这不是自找没趣嘛！"

古兰兰追出来扔过来一件上衣说："给！拿去穿上试试，看合身不合身！"

郝戈接过衣服马上朝古兰兰堆出一个笑脸说："合身，合身，肯定合身！"

阿米提把购买牛羊的事情处理完，就坐上公共汽车往南疆寻找艾尔肯的家。走之前他根据艾尔肯提供的大致情况，判断了他们家可能居住的地区和县份，然后直奔这个地区的公安局。

阿米提来到公安局大门口，经门卫登记后走进办公楼。在户政科，工作人员告诉他，管理这项工作有一个专门机构，名字叫"流浪儿童救助中心"，并给他讲了具体地址。

阿米提按照地址找到了他们说的救助中心。在一个办公室里，阿米提向工作人员说明了来意。工作人员问艾尔肯家住哪里，阿米提说是麻扎。工作人员拿出一张地图让阿米提看，南疆几乎每个县、乡都有叫麻扎的地方。工作人员问艾尔肯的父母亲叫什么名字，阿米提把艾尔肯继父和母亲的名字写在一张纸条上递了过去。工作人员按照阿米提提供的名字在电脑上搜索了一阵，打出了几张纸交到阿米提手里。阿米提一看是个名单，上面密密麻麻的都是"阿不来提"和"康巴尔汗"的重名，好在都有具体地址。阿米提谢了这位工作人员走出办公室。

此时正值中午时分，太阳照在头上热得直冒汗。阿米提坐在马路边的树荫下，掏出那几张名单仔细研究了一番，接着拿出一支钢笔在名单上画了一阵子，把寻找对象距离相近的县、乡归并在一起，然后起身往车站方向走。他打算先从最近的地方找起，然后逐步向远处延伸，这样如果能在近处找到，就可以少费一些周折了。

他的第一站是一个处于平原的乡镇，这里的三个村子里有他的寻找对象。他先是来到一个较大的村子里，向一户有名字叫"阿不来提"和"康巴尔汗"的主人打听，问他们家几年前有没有丢失过孩子。主人是一对老年夫妇，说他们家三个孩子都在，并且都已成了家，现在日子也都还过得不错。

接着他来到一个有一二十户人家的小村庄，打听一家名叫"阿不来提"和"康巴尔汗"的主人有没有丢过孩子。主人是一对年轻夫妇，只有一个女儿，正在上初中。

后来在一个散落的村庄里，阿米提用同样的方法向主人打听，询问他们家几年前有没有丢失过孩子。主人是一个老头儿，他说他的老伴儿几年前已经去世了，他有一男一女两个孩子，孩子的孩子也都一大群了。

夜幕降临，阿米提走进一家乡镇小旅馆。旅馆的设施十分简陋。阿米提口渴得一连喝了三杯水才舒了一口气。他洗了一把脸，啃了几口馕，躺在铺上便呼呼大睡。

阿米提从新疆购买的牛羊拉到通天河后有的出现了病情，阿依提不知道该怎么处理，就来到兰兰服装店，想找古兰兰询问一下阿米提什么时候能回来。阿依提对古兰兰说："阿米提走了这么长时间也没来个电话？"

古兰兰说："没有。"

阿依提说："他从新疆购买的牛羊都拉回来几天了，他也该回来了吧。"

古兰兰说："走时听他说还要到南疆办点事。"

阿依提说："我怎么没听他说，他要办什么事？"

古兰兰说："说了你也不要对外讲。"古兰兰就把阿米提准备为艾尔肯寻找父母亲的事说了阿依提。

阿依提一听，又生气了，说："这个人尽喜欢管别人的那些破事！他买回来的牛羊在路上都出了问题，他也不赶快回来看看！"

古兰兰说："我给他打个电话问问。"

古兰兰说完，就给阿米提打电话，但打了几次对方都是关机。

阿依提一看联系不上阿米提，气哼哼地走了。

古兰兰追出门，问阿依提问题严重不严重，阿依提说："眼下还不要紧，观察两天再说吧。"

阿米提头天是步行寻找艾尔肯家的，走了一天，他感到这样做不但很累，而且特别耽误时间，于是第二天他就在老乡家里租了一辆马车。

他今天准备找的第一家是坐落在河边的一个村庄。他来到这个村庄后，向一对年轻夫妇询问这是不是阿不来提和康巴尔汗的家，对方回答说是的。阿米提问两位老人哪里去了，对方回答说两位老人前几年就去世了。阿米提问他们家几年前有没有丢过孩子，对方回答说没有。阿米提问他们这个村有没有类似这种情况，对方回答说也没有。

阿米提坐着马车来到靠近山边的一个村庄，找到了名叫阿不来提和康巴尔汗的家。来到他们家门前一看，门锁着。阿米提向隔壁邻居询问这一家人的去向，邻居说，老两口跟着女儿到城里住去了。阿米提问他们家几年前有没有丢过小孩子，邻居回答说听说过，但不知道找到没有。阿米提一听有情况，向这位邻居要了这家女儿的联系方式，换乘上公共汽车急忙赶到了县城。

在县城的一个家属院里，阿米提找到了那位邻居所说的这家的女儿，得到的回答是：前几年他们家确实有一个儿子走失了，但后来又找到了。阿米提失望地离开了。

在接下来的几天里，阿米提一连找了三个县，都没有结果。这天他又跑了一天，最后来到了县城。看看天色已晚，他只好在县城找了一个家庭旅馆住下。

阿米提迈着沉重的步子进到简陋的房间把提包放下后，先是喝了一大杯水，接着掏出手机想打个电话，这才发现手机没电了。他赶忙取出充电器给手机充电。还没等电充满，他就迫不及待地拨通了古兰兰的电话，想给古兰兰说说这边的查找情况，看古兰兰还有什么好的办法。

新疆和贵州有两小时的时差。当阿米提打电话过去的时候，古兰兰已经熟睡，电话一响把她惊醒了。她拿起电话一听，故作没好气地说："你怎么到现在才想起来给我打电话呀？"

阿米提在电话中说："这几天我天天都是在外边跑，刚才才发现手机没电了。"

古兰兰说："这几天我一直给你打电话都打不通，我还以为你丢了呢！"

阿米提说："我说这两天一直没人来电话，原来是手机没电了，你说逗不逗！"

古兰兰问："找到艾尔肯的家了吗？"

阿米提说："哪找到了！这个地方叫阿不来提和康巴尔汗名字的人太多了，救助中心给了我好几张表，上面有一百多个重名的，我是一个县挨着一个县查的，查了一个多星期了也没查到，真像在大海里面捞针！"

古兰兰说："看你笨的！你不会到电信局去一下，把那些有电话的查出来，通过电话逐个找一找，范围不就缩小了？"

阿米提说："这倒是个好主意，我怎么没想到！"

古兰兰还告诉阿米提说，你从新疆购进的牛羊可能是没经过检疫，有不少都生病了。阿米提问问题严重不严重，古兰兰说："阿依提大哥说再观察两天再说。"

阿米提特意叮嘱了一句："你关注一下，有什么情况及时给我打电话。"

第二天一吃过早饭，阿米提就来到地区电信局，把需要查找的名单递给工作人员，请求查询名单中的电话号码。工作人员说："这涉及个人信息的保密问题，只有政府少数部门为了特殊需要，经过批准方能查询，对于私人我们是不受理的。"阿米提反复解释也无果，他只得又来到救助中心寻求帮助。

临近中午，救助中心的工作人员把查询结果交给了阿米提。

阿米提拿着救助中心提供的电话号码回到旅馆，连午饭都没顾上吃，就按照名单上的电话号码一一拨打起来，最终还是没有出现他想要的结果。

虽然如此，但寻找的范围毕竟缩小了一大半，于是他把没有电话号码的寻找对象又逐个归拢了一下，按照就近成片的原则一家一家寻找。可是他一连又找了几天，把这些人家全部寻找了一遍，还是没有找到他所需要的目标。

无奈，阿米提又给古兰兰打电话，让古兰兰再辛苦一趟，到灵峰小学问问艾尔肯，看看在他的记忆中，他们家周围有没有特殊的标志。古兰兰说她马上就去办。

阿米提在旅馆里焦急地不断看表，等待着古兰兰的回音。一直等到时针指向夜里十二点，他看古兰兰还没有回话，实在是太困了，就暂时躺下了。刚眯一会儿，手机突然响了，他打开一看，果然是古兰兰打来的。古兰兰说，今天山里下大雨，在路上耽搁了。古兰兰告诉他，艾尔肯经过仔细回忆，说他记得他的家门前长着一棵高大的、在南疆地区很少见的桂花树，这棵树还是早年从上海来的支边青年为他家栽种的。阿米提问："他能肯定就是一棵桂花树？"古兰兰说："我反复问了他，他说得很肯定，他说那棵桂花树开花的时候特别香，整个村子都能闻得到香味。"阿米提回想了一下，说："在我找过的那些人家中，有一家门前就长着一棵大树，但当时没太注意是棵什么树。这样，我明天就去，再查一下，是这一家更好，如果不是这一家我再继续寻找。"

阿米提记得很清楚，他说的那一家是住在一个山坡下的村庄里，那天他去的时候是徒步攀上去的，路很难走。今天他从县城赶到这个村所在的乡里时，特意在老乡家里找了一匹马，并让这家的一个小伙子带着他一起前往。可是，当他们跋山涉水又来到这户人家时，眼前是一棵高大的槐树。阿米提站在树下直叹气。

凌晨，古兰兰还在睡梦中，门外突然响起了急促的敲门声。古兰兰打开门一看，是阿依提。古兰兰把阿依提让进屋，问他有什么急事。阿依提说："你和阿米提联系上没有？"古兰兰说："已经联系上了。"阿依提说："你快打电话让他回来，他从新疆进的那批牛羊得了传染病，羊已经死了几十只了；牛虽然没有死的，但得病的也不少，让他赶快回来看看怎么处理。"古兰兰说："我现在就给他打电话。"

阿米提由于夜里回来得很晚，刚刚入睡。一接到古兰兰的电话，他火速从床上爬起来，提上提包就往外跑。

第二十章
他救过我的命

阿米提来到养殖基地，在哥哥阿依提的陪同下查看畜群。看着死去的牛羊，阿米提面色冷峻。他把阿依提留下，自己登车返回市区。

在市卫生防疫站，阿米提向防疫人员详细介绍了养殖基地发生的疫情，请求帮助诊治。

防疫人员在阿米提的引领下来到现场查看疫情，研究诊治办法。防疫人员查看后说，这是一种急性传染病，只要发现得早，完全可以得到彻底治疗，不用太担心。阿米提问："是不是运输前检疫不彻底造成的？"防疫人员说："那也不一定，这种疫病的病原体潜伏的时间相对较长，你在检疫的时候它如果还处于潜伏初期，这就有可能查不出来。"阿米提问治疗需要多长时间？防疫人员说："一般一个星期左右就可以了，最多不超过十天。"阿米提问："治好后影响不影响市场供应？"防疫人员说："不影响，也不会留下什么后遗症，这一点请你完全放心。"经防疫人员这么一说，阿米提这才放下心来，他让阿依提主动配合防疫人员抓紧治疗。

临走的时候，阿米提对阿依提说："我在南疆的事情还没有办完，现在疫病的原因已经查清楚了，我准备返回新疆把事情办彻底。"

阿依提说："你说的那件事情我已经知道了，能办就办，实在找不到也不必太认真，只要心意尽到就行了。"

阿米提说："艾尔肯救过我的命，只要有百分之一的希望，我就要想尽一切办法，哪怕付出百分之二百的努力也是值得的！"

阿依提看他的态度这么坚决，也就没再阻拦。

阿娜尔古丽自从那天和阿米提分别后，一直没再接到阿米提的电话，她有些等不及，就打电话询问阿米提在南疆的事情办完没有。接电话的时候，阿米提已经回到了通天河，正在处理疫病，阿米提就将实情告诉了她，并说由于走得太急没来得及给她打电话，请她原谅。阿娜尔古丽问阿米提什么时候还回来，阿米提说："疫病治好后马上就回去。"阿娜尔古丽说："那好，到时候我去接你。"阿米提说："我回新疆后直接到南疆，事情办完后就回去见你，请你耐心等待。"阿娜尔古丽只好答应了。

阿米提准备再回新疆为艾尔肯寻找父母，来向古兰兰告别。古兰兰问："养殖基地的事情处理完了？"

阿米提说："疫情基本控制，再巩固几天就没有问题了。"

古兰兰说："哥哥同意你走？"

阿米提说："他就那样，你要坚持，他也没有办法。"

古兰兰说："你真的还要去？"

阿米提说："这件事已经做了，就不要半途而废。新疆的季节来得早，眼看就要入冬了，要是不抓紧，恐怕至少得耽误半年。艾尔肯还不要紧，做父母的，尤其是他的父母，找不到孩子，不知道要伤心成什么样子了。"

古兰兰说："你说的这些我能理解，那你就快去快回。这边的事情你放心，有什么事我随时给你打电话。"

阿米提走到门口，又回头说："上次你给她买的衣服和首饰我都交给她了，她很满意，谢谢你！"

古兰兰看了看阿米提，故意用戏谑的口气说："不会是她说谢我的吧？"

阿米提如实答道："是我说的，因为你交代过，不让说是你买的。"

古兰兰亲昵地说了一句："还是那么实在！"

阿米提不好意思地"嘿嘿"笑了。

古兰兰深情地说："新疆那边不比这里，气候变化大，人又不好找，出门要多加小心，有什么事随时给我打电话。不要像上次那样，我不找你，你连个电话也不来，叫人都急死了！"

阿米提自责地说："都怪我，都怪我！这次一定改！"

阿米提回到新疆后，没顾上喘口气，就立即踏上了为艾尔肯寻找父母的路。由于有"桂花树"这个特殊的标志物，他每到一个地方都要首先观察一下周围有没有艾尔肯说的这种桂花树，然后确定寻找重点。可是一连几天都没有出现他想要的结果。其中有一次在一个靠近河坝的村庄里，他看到有一片树林里有一棵很像艾尔肯说的那种桂花树，刚好这个村子里也有一家名叫阿不来提和康巴尔汗的住户，他的心里一阵惊喜。待到现地查看和了解后结果是空喜欢一场：那棵树是天竺桂，虽然叶子和花朵有点像桂花树，但和桂花树根本就不是一个科属，并且也没有什么香味；那一家的主人是一对年轻人，孩子还在襁褓之中。

后来在一个小山村里，阿米提打听到了这里有一户名叫阿不来提和康巴尔汗的村民，当时他们没在村里住，而是到季节性居民点上放牧去了。阿米提在村里虽然没有看到桂花树，但从村民介绍的年龄段看，这一家正符合艾尔肯继父和母亲的大致情况。他当时心想，可能是因为年代久远，那棵桂花树已被砍伐了，于是他就满怀信心地翻山越岭找到了村民们所说的这个季节性居民点。人是找到了，这一家也确实走失过一个孩子，但这个孩子已经回来了，正在和大人一起放牧。

阿米提虽然在这几个地方都没有找到自己想要的结果，但毕竟是缩小了"包围圈"，他决心咬紧牙关再坚持一下。他的信念是：只要艾尔肯的父母还活着，他就一定要找到他们，除非他们是从人间蒸发了！

阿米提这次来新疆临走之前，郝戈曾专门在他的啤酒屋为阿米提送行。饭吃到中间，阿米提问郝戈是不是喜欢古兰兰，郝戈如实地做了回答。阿米提说："既然喜欢，那你为什么不向古兰兰求婚呢？"郝戈说："一个大老爷们儿，那样直来直去地求爱，多不好意思啊！"阿米提说："那有什么不好意思的，在这方面你要向我们维吾尔人学习。我们维吾尔族的姑娘和小伙子只要是看上了哪个是自己的意中人，都会大胆地讲出来，有时候还要撵着人家唱情歌呢！"这样一说，郝戈心里有底了。

阿米提走后，郝戈就带着一枚镶嵌有钻石的金戒指向古兰兰正式求婚，谁知古兰兰却说她在老家已经有了男朋友。郝戈问他的男朋友从事什么职业，古兰兰说也是个做生意的。郝戈不好往深处再问，只好闷闷不乐地走了。

郝戈刚一离开，古兰兰就打电话找阿米提，问阿米提这边的寻找情况怎么样了。阿米提刚好从乡下回到县城，就在电话中说："就剩最后一个县了。"古兰兰露出了满意的笑容。

阿米提在县城休息了一天继续上路。这是要寻找的最后一个县了，他在心里默默地祈祷着，一定要为艾尔肯这个从小失去父母之爱的可怜孩子找到自己的家。然而，上天像是故意要考验他的意志力一样，又给他出了一道难题。

阿米提这次所去的这个县是一个十分偏远的县份，村庄寥落，人烟稀少，途中不是戈壁就是大山，阿米提就像一个远古的淘金者，怀揣着希望和梦想，一步步地跋涉在苍茫的大漠戈壁和绵延的山岭道上。

第一天，他沿着戈壁道路走了一天，天快黑时，来到了一个湖边。湖岸上搭着一顶毡房，是一户哈萨克族牧民在这里放牧。他拄着一根树枝走下路基，来到牧民的毡房里，哈萨克族牧民热情地接待了他。

第二天，他走到了一条山路上。山虽然不高，但道路崎崎岖岖，难辨方向。刚好有几个牧人正赶着一群牛羊在转场，而且和他所去的方向一致，他就和这群牧人走在了一起，晚上也住在了一起。

第三天，他和牧人分开后，按照牧人所指的方向继续行进。行至中途，一条大山横在面前。他望着陡峭的山路，鼓足勇气，开始攀登。刚至山腰，天空突然翻滚起了浓重的乌云，狂风随之呼啸而来，这使他的行进更加吃力。他朝山上看了看，咬了咬牙，顶着狂风艰难地继续向上攀爬。不一会儿，狂风卷着暴雨倾盆而下，山上的泥土石块和枯枝败叶在暴雨的冲刷下哗哗地直往山下流泻，眨眼间就把脚下的路淹没了。在一个陡峭的山崖边，本来就已经十分疲惫的阿米提为躲避从山上流泻的石块，脚下猛然一滑，还没等他反应过来，就像一个失去了重心的物体一样，重重地摔下了山谷……

深夜，牡丹汗做了一个梦，说他的儿子阿米提被洪水冲进了一条大河里，阿米提伸着两只手拼命地向他呼救。牡丹汗惊醒后，把阿迪拉喊起来，叫她快给阿米提打电话。阿迪拉看看表说："深更半夜的打什么电话呀！"牡丹汗说："你不打我打，把手机拿过来！"阿迪拉不情愿地说："还是我打吧，给你你也不会打。"

阿迪拉拨了几遍，阿米提的手机都是无法接通。她不以为然地说："二哥住的地方可能没有信号，明天我继续打。"牡丹汗说："不行，今天夜里你就要不停地给我打，打不通你就别想睡觉！"阿迪拉朝牡丹汗努努嘴说："好，好，我现在就打，打不通我就不睡觉！"

就在这天夜里，阿娜尔古丽也做了一个怪梦。

睡梦中的阿娜尔古丽拉着阿米提的手在一个风景秀丽的山上游玩，忽然一阵大风刮来，阿米提被刮下了山，阿娜尔古丽惊恐地大声喊起来："阿米提哥！阿米提哥！"卓尔汗推门进来，摇晃着阿娜尔古丽的身子说："快醒醒！快醒醒！"阿娜尔古丽睁开眼说："妈，你喊我干什么？"卓尔汗说："你是不是又做噩梦了?"阿娜尔古丽说:"你怎么知道?"卓尔汗说:"你刚才说梦话,大喊着说:'阿米提哥!阿米提哥!'人家都说日有所思夜有所梦,妈问你,你是不是又想那个阿米提了?"阿娜尔古丽说:"看你说哪儿去了!人家说做梦都是反的,我在梦里喊阿米提的名字那就是在喊斯拉木的名字。"卓尔汗说:"你说的也是。人们做梦说谁谁死了,那这个人肯定还活得好好的;如果说梦到谁笑了,那这一家人肯定有丧事。"

卓尔汗走后,阿娜尔古丽摸出手机想给阿米提打个电话,但看看墙上的挂钟犹豫了一下,又放下了。

在通天河,古兰兰做的梦更加蹊跷。

睡梦中,古兰兰和郝戈一起骑着一匹大白马去灵峰小学送学习用品,走到铁索桥头时,大白马怎么也不肯继续前行了,无奈,他们只得下马,把马背上驮的学习用品卸下来自己背着过桥。当他们走到桥的中间时,不料一阵大风吹来,把古兰兰吹到了桥边。眼看古兰兰就要掉下桥去,郝戈飞步上前把古兰兰狠拉了一把,古兰兰得救了,但郝戈由于用力过猛,一头栽到了桥下。郝戈在掉下深渊的时候,还大声地喊叫着说:"兰兰,再见!兰兰,再见!"古兰兰抓住桥边的缆索往下看时,背后却传来了一阵笑声,她回头一看是阿米提。她问阿米提说你怎么也来了,阿米提却一句话也不说,只是大笑。古兰兰被阿米提笑得毛骨悚然,吓得一步步地往后退,一直退到桥边,不小心一下子跌落了下去。她"啊!"地大喊了一声,结果把自己喊醒了。

醒来后,古兰兰的浑身上下直打战。她坐起来,把梦境回忆了一遍,突然想到是不是阿米提出事了,她赶忙拿起手机拨了出去。但拨了几次对方都是无法接通,她更慌了,跳下床就往外跑。

古兰兰穿着睡衣跑到郝戈的啤酒屋急速地敲门。郝戈穿着睡衣和拖鞋把门打开,问她有什么急事。古兰兰这时候才醒悟过来,遮掩着说:"我……我今天想出去进点货,不知道你能不能帮我照看一下店面。"郝戈说:"就这么点小事你打个电话不就得了,怎么还敢这么早劳你大驾?"古兰兰说:"因为是刚刚决定的,不来当面说一下有失礼貌嘛!"郝戈说:"你我之间还需要这样讲究礼节吗?"古兰兰想说什么,但终于没有说出来,只好尴尬地转身走了。

清晨,躺在病床上的阿米提渐渐苏醒过来,守候在床前的护士和一个陌生的小伙子都一阵惊喜。护士告诉他说:"你都昏迷40多个小时了!"阿米提朝病房周围看了看，喃喃地说："我怎么在这个地方？"护士指了指跟前的小伙子说："你被摔伤在山下，是这位同志救了你。"小伙子笑了笑说："不是我救的，是我父亲救的。"阿米提问："你父亲是怎么救的我？"小伙子说："当时下大雨时，我们家的牛羊被大风刮散了，我父亲去找走失的牛羊时，在一个山谷里看到了你。你当时已经昏迷，我父亲想背你，但他由于年龄大背不动，就把我叫过去让我把你背了回去。我们看你一直昏迷，就用担架把你送到这里来了。"阿米提感激地说："谢谢你们！谢谢你们！"小伙子说："不要说谢的话，谁遇到这种情况都会这么做的！"

阿米提问小伙子叫什么名字，小伙子说他叫阿迪力。阿米提说："我们以后就结为兄弟吧。"阿米提问阿迪力家养了多少牛羊？阿迪力说："有四五百只。"阿米提若有所思地点了点头。

他俩正说着话，阿米提的手机响了。护士说："从你一住进来，你的手机就不断在响，我们也不敢接。"阿米提说："我住到这里，家里人可能要急坏了。"护士帮他把手机拿过来，他一接，是阿娜尔古丽打来的。阿娜尔古丽问他这两天为什么不接电话？他吞吞吐吐地说："手机忘在旅馆了。"阿娜尔古丽说："你现在在什么地方？"他迟疑了一下，有些语塞。阿娜尔古丽说："你说话的声音怎么不对劲儿呀？"阿米提还想遮掩，阿娜尔古丽突然哭了，说："你在骗我，你肯定是出事了！你快给我说，你究竟出了什么事？你现在在哪儿？"阿娜尔古丽越说越激动，越说哭声越大，到后来竟放声大哭起来。阿米提没辙了，忙说："你不要哭，我给你说实话，但你要给我保密，尤其是不要给我家里讲。"阿娜尔古丽在电话中哽咽着说："好，我不哭，我不给你家里讲，你快给我说，你现在在什么地方？"阿米提只好如实说了。阿娜尔古丽一听说他现在在医院里，马上就要过来。后经阿米提再三劝说，阿娜尔古丽才答应可以暂且不来，但要他必须静心养病，天大的事情也要等到身体完全康复后再去办理。

接完阿娜尔古丽的电话，阿米提主动给家里打了个电话。开始护士不让打，说他刚刚苏醒，需要静养，后经他反复解释，护士才勉强答应，但要求他不能超过三分钟。阿米提按护士的要求通过阿迪拉给家里报了平安。阿迪拉问他的手机最近为什么老是要不通？他说他经常是在山区跑，那里没有信号。

他刚把手机放下，古兰兰又把电话打了过来。他用眼神恳求护士想接听，护士犹豫了一阵才点头，但也是伸出了三个指头。阿米提用和对待阿迪拉同样的方法遮掩了一阵。古兰兰信以为真，说："我说嘛，有上天保佑，我的阿米提大哥是不会出什么事的!"古兰兰在电话中还给阿米提讲了她做梦的境况,阿米提故意戏谑地说:"人们都说梦是心中想,那还不是你白天又胡思乱想了!"古兰兰说:"看把你美得!谁胡思乱想了?只有你才胡思乱想!"阿米提一本正经地说:"哎!你给我说实话,你是不是看上郝戈了?"古兰兰说:"乱讲!谁能看上他?"阿米提说:"人家可是看上你了!"古兰兰说:"你怎么知道?"阿米提说:"我是感觉出来的!"古兰兰说:"那他也是一厢情愿!"阿米提说:"我看你们两个倒是挺般配的,如果你不好张口,回去后我给你们俩撮合撮合?"古兰兰连忙阻拦说:"不行不行!我心里已经有人了。"阿米提问:"有人了?谁呀?能不能给我透露一下?"古兰兰停顿了一下说:"你真笨!"

阿米提还要说下去,护士却用手势阻止住了。

早晨起来,阿娜尔古丽收拾完毕后对卓尔汗说:"我最近要出几天差,有事你就给我打电话。"

卓尔汗说:"是在疆内出差还是到口里出差?出去见不见斯拉木?"

阿娜尔古丽故作撒娇状说:"妈,你不是说今后不再管我的事了吗?"

卓尔汗说:"对、对!妈不再管了,对我的女儿还能不信任?"

转了一圈,卓尔汗又特意交代说:"姑娘家出去要穿得好一点,不要邋里邋遢的,叫人家看了笑话!"

阿娜尔古丽专门从衣柜里拿出两套漂亮的衣服说:"你看这两套怎么样?"

卓尔汗仔细看了看,夸赞说:"好,穿这两套好,就穿这两套!"

此时在医院病房里,阿米提已能下床。他对阿迪力说:"阿迪力兄弟,你看我也快好了,你家里还有好多事情,也该回去了。"

阿米提说着,向护士要来一张纸,写了一串电话号码递到阿迪力手里,说:"以后你们家想出售牛羊肉就给我打电话,有多少我就来拉运多少。"

阿迪力笑了笑说:"我们村现在还没有通电话和公路。"

阿米提问:"那什么时候能通呢?"

阿迪力说:"听说明年就通了,现在正在搞规划,到那个时候,电话、公路、有线电视都会通的。"

阿米提说:"你说的是'村村通'吧?那好,那就等明年。到时候你只要给我打个电话,我立马就会派人过来。"

阿米提说到做到。一年后,阿迪力说的那条公路如期通车了,阿米提知道情况后，亲自到阿迪力家来了一趟，用高于市场的价格收购了他们家的牛羊，还邀请阿迪力的爸爸妈妈和阿迪力一起乘飞机到通天河游览了一圈。此后，他们家的牛羊就成了阿米提养殖基地的专供畜品。当然，这是后话。

阿迪力从医院走后，阿娜尔古丽靓丽地出现在了阿米提面前。阿米提怕她伤心，一见面就跟她开了个玩笑："你打扮得这么漂亮，就不怕在半路上被别人抢跑啊？"

阿娜尔古丽嗔怪地说："傻瓜！我就不会下车后再换新衣服呀！"

阿米提说："那你给我说说，为什么要穿得这么漂亮？"

阿娜尔古丽说："为了让你早日康复啊！"

阿米提说："你穿的漂亮与我的康复有什么关系呀？"

阿娜尔古丽说："你没听人家说，穿漂亮衣服也可以愉悦心境吗？"

阿米提深情地说："你这么懂我的心，这一辈子要是娶不到你，那就只能怪我自己没这个造化了！"

阿娜尔古丽信心满满地说："一定的，你一定会娶到我，上天保佑！"

有阿娜尔古丽陪着，阿米提的身体恢复很快，加之艾尔肯的父母还没找到，阿米提的心里又着急起来，在他的软磨硬泡下，医生答应他可以提前出院，但必须静养一段时间。他想，只要能让出院，先答应下来再说。于是，他和医生商量了出院时间，并决定先把阿娜尔古丽送走。

这天吃过早饭，他对阿娜尔古丽说："你看，我已经好了。你也来这里好几天了，也该回去了，要不然，你妈又会找你麻烦的。"

阿娜尔古丽说："我妈现在已经不管我了，我在这里可以陪到你出院。"

阿米提说："我已经给医生说好了，明天就办出院手续。"

阿娜尔古丽说："明天就出院，你的身体行吗？"

阿米提说："行！其实我也没有伤着什么，只是那些天四处奔波，有些劳累，加上被大雨淋了一下，就发起高烧，谁知这一烧就是四十多个小时昏迷不醒，真没出息！"

阿娜尔古丽说："你的腰不是还没好吗？"

阿米提说："腰也没多大问题，进来的时候拍过片子，医生说没有骨折那种情况，只是有些扭伤，调理一段时间就会好的，你不用多担心。"

阿娜尔古丽说："想出院也好，在家里调养也方便一些，至少吃饭上会比医院可口一些，这样也有利于身体康复。"

阿米提说："我的事情还没有办完，眼下我还暂时不能回去。"

阿娜尔古丽说："什么大事能比身体的事大？我劝你还是先回去调养，等养好了身体，你干什么我都不拦你。"

阿米提说："你知道，季节不饶人，一入冬就不好办了。再说，我已经跑了几十家了，就剩最后几家，我不能前功尽弃。只要这家人在地球上没有消失，我就一定要找到他们，不能因为身体上的原因留下遗憾！"

阿娜尔古丽看阻拦不住，就提出要陪着阿米提去找。经过阿米提再三劝说，阿娜尔古丽只好依了他。

在通天河，凯丽斯仍然在密切地关注着阿米提的行踪。

上次阿米提因为养殖基地牛羊生病的事回到通天河待了几天，当凯丽斯得到这个消息时，阿米提已经又返回新疆了，但凯丽斯对此并不了解。

一天，凯丽斯来到郝戈的啤酒屋询问阿米提回来的事。她对郝戈说："听说阿米提回来了，怎么就没见到啊？"郝戈说："他回来没几天，早就走了！"凯丽斯说："他回来没露面吗？"郝戈说："他回来后一天到晚都是蹲在他的那个养殖基地处理疫病的事，连我都没说上几句话就匆匆走了，还说你呢！"凯丽斯说："那他什么时候才能回来？"郝戈说："我也说不准，听说是为一个流浪儿寻找父母，可能要一阵子。"凯丽斯的脸上又蒙上了一层阴云。

凯丽斯走后，郝戈来到兰兰服装店对古兰兰说："那个英国女人又来问阿米提什么时候回来了，你说，她会不会是有神经病？"古兰兰说："女的喜欢男的就是有神经病，那你们男的喜欢女的是不是也有神经病啊？"郝戈一时语塞，不知道说什么好。古兰兰有意缓和气氛，说："下一次要是她再来问你阿米提什么时候回来，你就给她说，阿米提回家是娶媳妇去了，不会再回来了，逗逗她！"

没过几天，凯丽斯果然又来到了郝戈的啤酒屋，但她这次没向郝戈打听阿米提的归期，只是一个人独自喝闷酒。郝戈主动凑过去想跟她开个玩笑，但一看她的情绪就不忍心张口了。谁知她的情绪却突然又好了起来，缠着郝戈问阿米提究竟什么时候能回来。郝戈终于忍不住，就对她说："你不要再等他了，他回去是娶媳妇去了，他不会再回来了！"凯丽斯一听，突然冷笑了几声，又要了两瓶啤酒，喝完后，摇晃着身体走出门外，一边走还一边重复着郝戈的话："他回去是娶媳妇去了，他不会再回来了！"说完，用尖厉的声音大笑着不肯停止，吓得郝戈直伸舌头。

　　阿米提拖着还没有完全康复的病体又上路了。他这次要去找的是最后几家，也是最远的几家。道路异常难走，一开始是戈壁砂石路，接着是荒岭土坡，后来是翻越大山，越过大山后又是荒漠戈壁，接下来是沙漠边缘，最后完全是进入大沙漠的腹地。随着道路状况的变化，他使用的交通工具也在变化。一开始他是搭乘一辆农用货车在砂石路上颠簸；后来他从老乡那里借来一匹马骑着赶路；接近沙漠边缘时，他找来一峰骆驼在黄沙堁上缓慢行进；进入沙漠腹地后，他只好下来牵着骆驼艰难地跋涉了。

　　阿米提虽然从小就是在新疆长大的，但他们那里是草原，没有沙漠，他只听说过在沙漠里容易迷路，容易干渴，容易遇到风暴，但他没有这方面的切身体会。为了防备迷路、缺水和风暴的威胁，在进入沙漠之前，他专门请教了当地的老乡，也做了充分的准备。但有一个最基本的问题却被他疏忽了，那就是在沙漠里如何行走。

　　对于曾经当过兵的阿米提来说，走路是再简单不过的事情了。因为从当兵的第一天起，队列训练就是一个常规的科目，不论是出操、上课、训练、比赛、野营拉练，还是吃饭、唱歌、集会、看电影以及接受上级首长的检查和检阅，哪一项都离不开"走步子"，可以说，"走步子"是军人的看家本领，也是家常便饭。然而，这次在沙漠里的行走却给了阿米提以极大的考验，要不是他的信念坚定和毅力坚强，真不知道他还能不能活着从沙漠里走出来，更不要说是为艾尔肯找到家了。

　　本来人在沙漠里行走就容易消耗体力，加之阿米提没在沙漠里走过，不知道在沙漠里怎么走才能省力，结果不到一天时间他就累得几乎精疲力竭。

　　晚上，他按照事先在老乡那里学到的办法，依偎着卧倒在沙地上的骆驼熬了一夜。

　　第二天，他牵着骆驼继续在沙海里跋涉。由于头一天体力消耗太大，两条腿走起来就像灌了铅一样，每前进一步都要付出百倍的努力。但不管怎样难走，他都始终咬牙坚持着。他的心里只有一个信念：就剩最后一家了，不能前功尽弃，必须实现自己的诺言！

　　到了第三天，他和其他那些走过沙漠腹地的人一样，也没有逃脱沙漠风暴的袭击。他过去只听人说过沙漠里的风暴非常凶险，但他没有亲身经历过，不知道这里的风暴究竟能凶险到什么样的程度，这一次他可是亲身领教了！狂风起时，黄沙弥漫，沙流滚滚，遮天蔽日，狂风怒号，人处在其间就像一只风筝轻飘飘的，要不是事先在老乡那里讨教了避让的方法，让骆驼卧倒在地上，把牵骆驼的绳索绑在腰上，趴在骆驼的怀里用双手紧紧地抱住骆驼的前腿，他恐怕早就随着沙流飞走了。

沙暴过后，弥漫的沙尘慢慢降落，天空渐渐变得清亮起来，但眼前的地形和地貌却完全变了样，到处都是新堆积起来的沙梁和沙包。好在是阿米提当过兵，学过军事地形学，他还能辨清方向。

这时候最大的困难出现了：没水！

沙暴来时，他的脸上和身上完全被沙子覆盖，嘴巴和鼻孔里全是沙子，耳朵里也被沙子灌满了。沙暴过后，他把身上的沙子抖落完后，感到口渴难耐，他打开水壶想喝口水，结果把壶底举向天也没能滴下一滴水来。他知道，水是生命之源，在沙漠里如果没有水，就等于死亡！

于是，他开始找水。但他拼尽了全力也没有找到。他绝望了！

骆驼见他躺在地上好久不起来，就迈着它那坚实的步子独自往前走去。

真得感谢骆驼的救命之恩！

就在死亡快要降临的时候，骆驼又回来了。骆驼见了他先是朝身后叫了几声，然后把拴在脖子上的绳索甩到了他的手里。他听人说过，骆驼是沙漠之舟，它不但能利用身体把水存住，还能在沙漠里找到水源，并且也能用它的特有方式把水的方位告诉它的主人。他的心里一阵惊喜，赶忙撑起身子跟着骆驼往前挪动。

果然，前面有一个小水塘，水塘边还长着一些小草。然而，此时的他两腿瘫软，浑身已经没有一点力气了。他只好趴在地上，拿出水壶匍匐着去水塘边取水。

哪料想，就在他快要接近水边的时候，他眼前突然一黑，接着就什么也不知道了……

阿米提回新疆后，他的烤肉摊是由黑枣打理的，忙的时候买买提和迪力夏提也会过来帮助招呼一下客人。

这天吃过早饭黑枣刚把摊子支开，赛迪克带着一个眼上戴着墨镜的青年男子突然出现在了烤肉摊前。黑枣不认识赛迪克，以为他们是来吃烤肉的，就热情地招呼道:"先生需要多少串?"

赛迪克没有直接回答,反问道:"你们老板哪儿去了?"

黑枣看了看他们的打扮和表情,感到来者有点不善,遂答道:"老板进货去了。"

赛迪克问:"他什么时候回来?"

黑枣说:"不知道,老板走时没讲。"

赛迪克又问:"前段时间有个叫艾尔肯的男孩来到了你们这里,你见到没有?"

黑枣怔了一下,随即摇了摇头说:"不认识,没见过。"

赛迪克冷冷地盯了黑枣一阵子,鼻子里哼了一声走了。

赛迪克和那个戴墨镜的青年男子走后,黑枣快步来到兰兰服装店,悄悄对古兰兰说了他在摊子上遇到的情况。古兰兰说:"前段时间我曾听你阿米提叔叔说过,艾尔肯原来所在的那个偷盗团伙的头目被释放出来了,正在到处搜罗此前失散的团伙成员,今天来的这两个人会不会就是他们?"黑枣说:"不知道,我过去也没见过这些人。"古兰兰说:"要不这样,我现在给你阿米提叔叔打个电话,问问他认识不认识这两个人。"

古兰兰拿起手机拨了几次,对方的手机都是关机。古兰兰说:"这个人,怎么老是关机呀?"

古兰兰放下电话,想了想说:"依我看,不管是不是,我们都得有所防备。我看这样,这两天我们空闲时到灵峰小学去一下,给艾尔肯打个招呼,叫他当心点,特别是不能私自回来,别让这伙人给发现了。"

过了一天,古兰兰有些放心不下,临时决定还是早一点去。于是她锁上门店,挎着一个坤包来叫黑枣。黑枣连忙收拾摊子,古兰兰站在一旁等着。待黑枣收拾完,他们正准备走,艾尔肯却突然出现在他们面前。一见面艾尔肯就说:"大白天的,怎么收摊了,你们是不是要出去办事呀?"

古兰兰和黑枣一看是艾尔肯,一下子愣住了。古兰兰问:"你回来干什么?"

艾尔肯答道:"我想看看阿米提叔叔回来没有,他是不是找到我们家了。"

古兰兰把他拉到一个僻静处说:"你能描述一下你们以前的老板长得什么样?"

艾尔肯问:"哪个老板?"

古兰兰说:"还有哪个老板?就是你们那个团伙的头目。"

艾尔肯说:"你问这个干什么?"

古兰兰就把昨天黑枣遇到那两个人的经过说了一下。

艾尔肯说:"肯定是他们!"

古兰兰说:"你敢肯定?"

艾尔肯说:"我跟他们干了十年了,就是把他们的皮扒下来,我也能认出他们的骨头!"

古兰兰说:"那你快跟我走!"说着,拉起艾尔肯往自己的宿舍走。

黑枣一看古兰兰不到灵峰小学去了,又把摊子支了起来。

古兰兰和艾尔肯的举动被躲在隐蔽处的那个戴墨镜的青年男子看得清清楚楚。古兰兰带着艾尔肯在前面走,他也在后面悄悄地尾随了上去。

古兰兰带着艾尔肯回到宿舍,她看艾尔肯还没有吃饭,就给艾尔肯做了顿可口的饭菜。古兰兰把饭菜端上来后,她看艾尔肯的衣服很脏,知道他最近肯定没有洗过澡,于是就让他在家里吃饭,自己出去给他买几件换洗的衣服,然后回来让他洗澡时换上。

古兰兰刚走没一会儿,门外响起了敲门声。艾尔肯以为是古兰兰回来了,起身去开。谁知他把门刚一打开,就被那个戴着墨镜的青年男子捂住嘴拖走了。

古兰兰提着一兜衣服开门进来,喊了几声"艾尔肯"也没人应答。她把房间的里里外外找了个遍,都没有发现艾尔肯的影子。她一下子慌了神,急急忙忙往外走。

古兰兰火急火燎地跑到黑枣跟前,问他见到艾尔肯没有?黑枣说:"艾尔肯不是跟你去了吗?"

古兰兰一看这里没有,也没顾上回黑枣的话,又跑着来到阿米提的风味餐馆,餐馆人员都说艾尔肯没来过。

在郝戈的啤酒屋里,古兰兰把刚才发生的事情对郝戈说了一遍。她问郝戈:"艾尔肯不见了怎么办?"

郝戈说:"那就快报警啊!"

古兰兰说:"我只顾急,把这一招给忘了!"随即拿起手机报了警。

此时的阿米提躺在一个农家小屋的床上,声音微弱地喊着"水"字。一位看上去约莫有五十多岁的男子从旁边一位双目失明的老妇人手里接过盛满鲜奶的大碗，用勺子一勺一勺地往阿米提的嘴里喂。阿米提的眼睛慢慢地睁开了，他朝房间里看了看，艰难地问道："这是什么地方？"

男子惊喜地说："我的大兄弟，你可醒来了！"

老妇人摸了一下身边的丈夫，对阿米提说："听你大哥说，昨天他到池塘里去给骆驼喂水，看到你趴在池塘边上，身上还埋着厚厚的沙子，已经不省人事了，就把你给背了回来。"

阿米提感激地说："谢谢你们！谢谢你们救了我！"

男子说："这是哪里话？人活在世上，哪个能见死不救？"

阿米提用力呼吸了几下，说："你们这里好香啊！是什么东西这么香？"

男子说："我们门前有棵桂花树，这香味是从那棵桂花树上飘过来的。"

阿米提一听说有桂花树，忙问道："桂花树？桂花树在哪里？"

男子说："就在门口。"

阿米提说："快让我看看！"说着就要起来。但他挣扎了好一阵子也没能起来。男子把他扶起来，搀到了门外。

男子指着桂花树说："我们这棵桂花树可有名了，十里八乡都知道，一到开花季节，整个村子都是香的。"

阿米提朝树上看了一阵儿，问道："你们家十年前是不是丢了一个男孩子？"

男子说："是呀，十年前是丢了一个小男孩。"

阿米提问："名字是不是叫艾尔肯？"

男子说："对呀，就是叫艾尔肯。"

阿米提惊喜地说："我可找到你们啦！"

男子有些不解，问道："你说什么？"

阿米提说："你们家的艾尔肯就在我们那里，现在正在学校里面读着书呢。"

男子一听说艾尔肯找到了，老泪纵横地捧着老妇人的两个肩膀说："你听见了没有？我们的儿子找到了！"说完，拉着阿米提就要施大礼，阿米提赶忙挣扎着去阻拦。

两个人又坐下后，男子给阿米提介绍说他叫阿不来提，是艾尔肯的继父；那个眼睛失明的老妇人叫康巴尔汗，是艾尔肯的妈妈。

阿不来提对阿米提说："艾尔肯是个独生子，他妈三十五岁时才有他的。谁知他的命这么不好，出生不久他的亲生父亲就离家出走了，不满五岁又被人贩子拐走了，他妈因为想他把两只眼睛都哭瞎了。"

　　阿米提说:"这棵桂花树可是立了大功! 没有它，要想找到你们那可就难了。"

　　阿不来提说:"艾尔肯从小就喜欢这棵树，那一年我们带他出去看电影，当时没看好让他走丢了，一个好心人就是听他说了这棵桂花树才领着他找到我们家的。后来他被人贩子拐走后，我们为找他把家里所有值钱的东西都变卖完了，只有这棵桂花树没舍得卖。我们当时就想，只要他还活着，他就一定会记着这棵桂花树，他就一定会回来的。"

　　阿米提说:"找你们这个地方可真难啊!"

　　阿不来提说:"你不知道，从县上到我们这里来还有一条道，可以绕过沙漠。"还说，"到明年就好了，到明年沙漠公路一通，你再到我们这里来就不用骑骆驼了。"

　　阿米提的身体还没有完全恢复，就让阿不来提用骆驼把他驮到县城，第一时间给古兰兰打电话报了喜。他还对古兰兰说:"他们家是那几张名单上的最后一家。我一开始要是从远至近而不是由近而远找，那就少费这些周折了。"古兰兰却告诉他:"艾尔肯又不见了。"阿米提听后一下子愣住了，好半天才回过神儿来，问古兰兰报警没有? 古兰兰说:"报了，警察也来了，但到现在也没有消息。"阿米提的脸色顿时暗了下去……

第二十一章
别让生命等待下一次

阿米提听古兰兰说艾尔肯又落入了赛迪克的魔掌，就从南疆火速往通天河赶，同时让阿迪拉也赶快回来。他怕阿娜尔古丽一直等他，临行前专门给阿娜尔古丽打了个电话。他在电话中告诉阿娜尔古丽，他在南疆的事情还没有办好，通天河那边出了点问题，他要尽快赶回去。阿娜尔古丽说要过来送他，他说他很快还会回来的。

阿米提一回到通天河，就立刻找到公安局，了解艾尔肯的案情，办案人员向他详细通报了案件侦破的进展情况。他看公安局也没有准确消息，就闷闷不乐地回到了自己的烤肉摊，一边继续烤肉，一边等候消息。

古兰兰对艾尔肯的下落一直很挂心，她看阿米提伸开了摊子，就过来询问情况。她问阿米提说："公安局那边情况怎么样了？有没有新的进展？"

阿米提说："我已经去过两次了，公安局那边说还没有查到线索，公安局还说邻近县市最近也发生过同样的案件，上级要求集中力量，全力侦破。"

古兰兰看他脸色不好，有些疲惫，就安慰说："事情已经出了，你也不要太着急，这段时间你一直在外边奔波，要注意休息，不要太劳累了。"

古兰兰正说着，突然发现阿米提脸色苍白，手扶着额头摇晃了几下，差一点倒在烤肉箱上。古兰兰赶忙上前扶住，把他搀扶到凳子上坐下，倒了一杯水端过来。阿米提喝了几口水，脸色慢慢地缓了过来。古兰兰劝他还是回家休息一下，他开始没答应，后来古兰兰叫来郝戈一起把他强行送回了宿舍。

斯拉木自从上次在县城看房子时和阿娜尔古丽吵了一架，好长时间都没到阿娜尔古丽家来。这天他又开着车过来，给阿娜尔古丽家送了好多东西，他对卓尔汗说他是刚从北京回来的，准备采购一批货物往那边发，顺便过来看看。

交谈中，斯拉木向卓尔汗询问起了阿娜尔古丽的近况。卓尔汗说："她这段时间不是一直和你在一起吗？"斯拉木说："我最近一直在外地出差，昨天晚上才回来。"卓尔汗"哦"了一声，表情僵在了那里。斯拉木说："我听说阿米提前段时间回来了，待的时间还比较长，阿娜尔古丽是不是和他在一起?"卓尔汗极力掩饰了一番，总算没有露馅儿。

斯拉木一走，卓尔汗就气呼呼地来找阿娜尔古丽算账。

她一进到门市部，就阴沉着脸质问阿娜尔古丽："你这段时间是不是和阿米提在一起?"

阿娜尔古丽知道总有一天卓尔汗会发现这个问题，她也早有思想准备，就如实答道："是的，我这段时间是一直和他在一起，我又没干出格的事，有什么大惊小怪的?"

卓尔汗火冒三丈地指着阿娜尔古丽的鼻子说："你个不要脸的东西，还敢欺骗老娘! 我还以为你每天穿得花枝招展的是去见斯拉木，没想到你是会阿米提去了，你气死老娘了!"

卓尔汗大吵大闹一阵后，要去找阿米提家算账，被阿娜尔古丽死死地拽住了。

阿米提在家里静养了两三天，精神比之前好多了，又开始出摊。临近中午的时候，凯丽斯走了过来。她一见到阿米提，就伸着两手说："新郎官，你也不给个喜糖吃?"

阿米提感到莫名其妙，问道："吃什么喜糖?"

凯丽斯说："你不是回去结婚了吗? 结了婚还不给个喜糖吃?"

阿米提疑惑地说："我结婚? 我和谁结婚? 谁跟你说的?"

凯丽斯说："是郝戈亲口对我说的，不信你去问问他!"

阿米提笑了，说："他肯定是在跟你开玩笑!"

凯丽斯说："开玩笑? 你说的可是真的?"

阿米提说："那还能有假? 不信你去问问古兰兰!"

凯丽斯说："问古兰兰? 为什么要去问古兰兰? 她怎么能证明你结没结婚呢? 她是你什么人? 你和她是什么关系?"

阿米提看越说越说不清楚，就干脆不接她的话茬儿了。他招呼凯丽斯坐下，亲手给她烤了一大把肉串，陪她聊了会儿其他话题。凯丽斯因为下午还有课，吃完肉串就走了。

临近傍晚的时候，天上淅淅沥沥地下起了小雨，街上的行人渐渐稀少起来。阿米提看再没有顾客光临，就收起摊子，沿着通天河的滨河路往自己的宿舍走。没走出多远，就听到前面的河里有重物落水的声音，他快步走到跟前的河岸一看，暮霭笼罩的河面上有一个人在水中挣扎，他心里一惊：不好了，有人跳河！他连鞋子都没顾得脱就下了水。他以前就会游泳，在部队上又学过水中救人的方法，下水后很快就把落水者救了上来。

落水者是一位苗族姑娘，被救上岸后脸色苍白，已经奄奄一息。阿米提赶忙把她倒背在自己的背上，把她喝进腹中的河水吐掉，接着拦了一辆出租车送到医院抢救。

姑娘苏醒后，经再三询问，才知道她的名字叫赵艺卓。原来，小赵母亲早逝，父亲重病，哥哥残疾，家境贫寒，高考被录取后无钱上学，在一家私人企业打工挣钱，准备来年再考。因受老板骚扰无脸见人，遂生跳河自尽念想。阿米提知道了这个缘由，不但给她送来许多好吃的，还进行了耐心的开导。

阿米提说："不知你想过没有，你现在的这个年龄，就像一朵含苞待放的花朵一样，可是你还没有享受人生的美好时光，就这样轻易地结束了自己的生命，你不感到可惜吗？"

小赵气愤地说："那个老板也太坏了！我就去了一次他的办公室，后来就再没有去过，而且当时他说他的老婆出车祸死了，他说我长得漂亮特别喜欢我，想和我结婚，我当即就拒绝了他。可是他今天上午当着那么多人的面，硬说我和他连床都上了，还不同意嫁给他！你说他可恶不可恶！我一个姑娘家，今年才18岁，他这样一说，叫我以后还怎么有脸见人？还怎么有脸活下去？所以……"小赵说到这里，眼里涌出了泪水，没有再说下去。

阿米提接过话茬儿说："所以你就想用死的方式来洗白自己，是不是？"

小赵咬了一下嘴唇说："我当时就是这样想的。"

阿米提说："你真傻呀！就凭他这一句恶言你就去搭上自己的一条性命，你的命就这么不值钱吗？换句话说，一句恶言和一条生命比起来，哪头轻哪头重你还分辨不出来吗？难道父母含辛茹苦地把你拉扯到这么大，你就这样轻易地把自己宝贵的生命断送掉吗？退后一步讲，就是你想证明自己，那也不能拿自己的生命去赌啊。我们打个比方，如果活着，你还有机会证明自己的清白，可是如果你死了，话语权都落在了那个老板一个人的手里，你不是要永远背着这个污名吗？"

小赵说："我当时心里只是感到非常生气和委屈，也就没想那么多。"

阿米提继续劝导说："我不知道你是怎么想的，我从小受到的教育就是要感恩和孝敬父母。可是你知道最能感恩和孝敬父母的做法是什么，最不能感恩和孝敬父母的做法又是什么吗？"

小赵像学生在课堂上回答老师的提问一样说："感恩和孝敬父母，就是从小要听父母的话，长大了要给父母以回报，父母到老景以后要赡养，为父母养老送终。"

阿米提说："你这是最普通的理解。按我的理解，作为子女，对父母最大的感恩和孝敬应该是百倍珍惜父母给予的生命，不管遇到什么样的困难和挫折都应当信心百倍、勇往直前、不屈不挠，在有限的生命历程中创造出辉煌的成绩，为国家出力，为社会造福，为父母争光。而对父母最大的不孝，就是轻视父母给予的生命，拿生命当儿戏，遇到一点困难和挫折就意志消沉、灰心丧气、悲观失望，甚至糟践自己的生命！即使按你说的那些感恩和孝敬父母的方面，我也要问你，如果你现在连生命都没有了，你还怎么能去感恩和孝敬父母？你还拿什么去感恩和孝敬父母？到那个时候，你不但不能感恩和孝敬父母，反而你的行为只能是伤害父母，给他们的心灵带来更大的痛苦和悲伤！就说现在，如果这一次你真的走了，不要说你还活着的父亲，就是你母亲的在天之灵恐怕也是不会安宁的！你想过这些吗？"

听着阿米提的劝说，小赵的头低了下去。

为了帮助小赵走出心理上的阴影，阿米提还给小赵讲述了自己的苦难经历，鼓励小赵丢掉思想包袱，鼓足生活勇气，勇敢地面对人生道路上的风霜雪雨，让父母赋予自己的生命绽放出绚丽的花朵。

通过阿米提的耐心开导，小赵的脸上慢慢地露出了往日的笑容。

就在阿米提在医院陪护赵艺卓期间，周小勇其实也在同一个医院住院，而且被医院下了病危通知书。

说起来，周小勇这孩子确实叫人挺同情的。

周小勇刚降生到单家的时候，他和其他的孩子一样，也是活泼可爱的。那时候，他的爷爷奶奶还都在世，他像他们的掌上明珠一样受到了百般的呵护。然而一年多以后，这种情况却发生了变化，他开始厌食，嗜睡，贫血，发育不良。当时他的爸爸妈妈和爷爷奶奶还都认为他是消化不好，营养不良，就一个劲地想办法"补"。但事与愿违，越补脸色越黄，越补瞌睡越多，最后眼睑和面部竟浮肿起来。这一下，大人们着急了，赶快找医院去看。可是，大人们抱着他前后跑了好多家医院，也说不出个子丑寅卯来。直到 5 岁多的时候，有一次他因患感冒，高烧不退，浑身疼痛，小便带血，四肢浮肿，这才被确诊为肾病综合征。病是确诊了，但却把大人们吓坏了，这么小就得了这样要命的病，以后可怎么办呀？一家人都陷入了极度的焦虑之中。

儿子是母亲身上掉下来的肉。"就是砸锅卖铁也要给孩子治病！"这是恐慌过后的陈阿弟给单宝仁和周小勇爷爷奶奶说的话。当时周小勇的爷爷已经偏瘫，奶奶的病情也已查明，经济条件是可想而知的。但那时单宝仁还走在正路上，虽然拿不回来大钱，每次总还能给几个，这样给周小勇治病就还有些希望。可是后来，家里的经济情况就越来越糟了。先是周小勇的爷爷去世，接着是周小勇的奶奶病逝，先前家里为两位老人治病已经债台高筑，现在又要给周小勇看病，钱就更紧了。就在这时，单宝仁和那个狐狸精游秀碧勾搭在一起，单宝仁挣的钱慢慢地都进了游秀碧的腰包，这就等于断了他们这个家的财源，陈阿弟的日子越来越苦了。好在周小勇的病情一开始还不算很重，虽然有时也出现过危机，但还没有到不治的时候，陈阿弟的心里总还有些希望。其间为了给孩子治病，她没少向单宝仁伸手，也没少和单宝仁生气，但有周小勇在中间牵着，这个家总还算完整，给周小勇治病的担子由两个人共同担着，陈阿弟的心里也总算有个依靠。可是自从阿米提在他们家出现，单宝仁借口出走和游秀碧同居以后，这个情况就发生了根本性的变化，不单是家庭生活的担子，就连周小勇治病的担子都压在了陈阿弟一个人身上。陈阿弟也是一个不肯轻易向困难低头的人，但后来生活的重担几乎把她压趴下去了。

阿米提离开他们家，特别是后来阿米提到他们家，他们拒绝接受他的帮助以后，刚开始那段时间周小勇的身体还算是正常的，有药物维持着还能正常上学、正常生活。陈阿弟的日子也还过得照常：日出而作，日落而息，农忙打理责任田，农闲捡拾废品。可是慢慢地周小勇的病情又发生了变化，身上又开始酸疼乏力，脸色也开始发黄，特别是有个周末他从学校回家，路上淋了一场雨，病情突然加重，食欲不振，行动无力，光想睡觉，血蛋白和尿蛋白都降到了临界点，不得已，陈阿弟又把他送到了医院。由于这一次病情重，一下子就住了一个多月。

周小勇出院后，陈阿弟什么也不敢再干了，每天都是陪着他，陪着他上学，陪着他吃饭，陪着他做作业，生怕他再有个什么闪失。可是这次的病犯了以后却和往常不一样了，往常一犯，住个十天半月的医院，回来以后可以稳定一段时间，而这次回来时间不久就又犯了，无奈又送到了医院，一送到医院就被报了病危。陈阿弟害怕了，赶忙去找单宝仁。她当时在心里想，不管怎么着，他毕竟是周小勇的爸，他可以不认自己的妻子，但儿子他总还是要认的。单宝仁听她把情况说了后，确实也来了，跟着她来到了医院。到医院后，他站在周小勇的病床前看了看，向医生询问了一番周小勇的病情，给陈阿弟掏了点钱，接着就走了，也没有在医院停留。陈阿弟虽然不满意，但他毕竟还是来了，陈阿弟也就没有过多怨恨。可是接下来的几次情况就不一样了。

周小勇第一次报病危以后，陈阿弟拿出了自己的所有积蓄，单宝仁也掏了腰包，医院看他们决心很大，也就尽最大努力予以救治，周小勇的病情很快就缓过来了。可是缓过来后并不见根本好转，而是轻轻重重，时常反复，而且一次比一次情况严重。开始陈阿弟去找单宝仁的时候，单宝仁的脸色虽然难看，但总算答应了陈阿弟的要求，但到后来，单宝仁就显得不耐烦了，一听说周小勇的病情又加重了，气就不打一处来，加之他的生意老是做不好，游秀碧又在中间作梗，每次见了陈阿弟不但不给好脸色，而且嘴里还骂骂咧咧的，把周小勇说成他们家的丧门星，说自从他来到世上他们这个家就没得安生过。尤其是周小勇第四次报病危时，单宝仁到医院只看了一眼，就咬着牙说："这也是他的命，实在治不好就算了！"这无疑是判了周小勇的死刑。陈阿弟一听，心都碎了，抱住他的胳膊苦苦哀求说："他可是你的儿子啊，你怎么能说出这样的话啊！他这么小，就让他走了，你能忍心吗！你还是想办法救救他吧！"单宝仁说："这你也都是看着的，我已经尽心了，尽了我最大的努力。我要是还有办法，会说出这样的话吗？现在放弃，对于他或许也是一种解脱，要是就这样拖下去，他迟早也是走，这还不如早下决心，让他也少受些罪。如果是你要想救他你就救，反正我已经是无能为力了！"单宝仁说完就走了，没有给陈阿弟留下任何希望。

单宝仁走后，陈阿弟又跑遍了所有的亲戚和朋友，尽管亲友们对周小勇都抱以极大的同情，但他们也爱莫能助，因为之前他们已多次为陈阿弟施以援手。

看着医生送过来的第五次病危通知书，想想单宝仁的所作所为，再想想自己徒有四壁的穷家，陈阿弟陷入极度的绝望之中。

就在这个时候，阿米提出现了。

　　阿米提是在往医院给赵艺卓送饭时，才得知周小勇现在的病情的。

　　那天，阿米提看赵艺卓需要加强营养，就在家里给她炒了两个肉菜、熬了一锅小米粥，又到包子店买了两屉小笼包子。他在返回病房的时候，听到另一个病房里有陈阿弟说话的声音，声音里还带着哽咽，他把饭菜送回病房让赵艺卓吃，自己前去看个究竟。进到病房一看，果然是陈阿弟，她正在给医生哭诉周小勇的苦难经历，恳求医生一定要想办法挽救周小勇的生命。阿米提朝病床上看，只见周小勇静静地躺在那里，头大如斗，全身浮肿，呼吸困难，眼睛肿得只剩一条缝，两只手肿得合不拢，已被下了第五次病危通知书。阿米提很惊讶，责备陈阿弟说："小勇病成这样，你怎么也不告诉我一声呀？"他当即掏出身上仅有的 200 元钱塞到陈阿弟手里，一边安慰，一边想办法挽救周小勇的生命。他回身把赵艺卓叫过来介绍给陈阿弟，让她们互相有个照应，接着就往家里跑。

　　阿米提一口气跑回宿舍，慌忙从箱子里取出自己的所有积蓄。接着，他又快步来到"新疆烧烤一条街"，把各家的摊主召集到一起，含着泪把周小勇的病情讲了一遍，号召大家都伸出手来帮一把，说完把自己的积蓄全部捐了出去。大家一看他的举动都纷纷解囊，就连哥哥阿依提也掏了腰包，那些身上没带钱的摊主，也都是飞跑着回去取钱。阿米提捧着这些散发着体温和羊肉串味道的捐款，一个劲地抚胸向大家致谢。

　　阿米提募捐完，当即把这些钱送给了陈阿弟。他知道仅凭这点钱是救不了小勇性命的，就急匆匆来到通天河日报社找到文雅，详述了周小勇的病情，请求文雅伸出援手。

　　文雅也是个很有爱心且很有社会责任感的人，听了阿米提的诉说，没有犹豫，放下手头的工作就跟着阿米提来到病房查看周小勇的病情，并向陈阿弟和医生护士仔细询问了周小勇的治疗情况及未来可能出现的危情。回到报社后，她连晚饭都没顾上吃，含着泪在灯下急敲键盘，连夜赶写了一篇长篇通讯《别让生命等待下一次无情》，详述了周小勇的病情及治疗情况，呼吁社会各界为周小勇奉献爱心，并以阿米提的名义向读者发出了一份倡议书，恳求大家都来救救这个垂危的小生命。

　　第二天一大早，一张刊载有文雅写的这篇通讯和阿米提《倡议书》的《通天河日报》就出现在街头报亭，人们争相购买和阅读后纷纷行动起来。

　　最先看到这张报纸的是岳敏，她早上起床后走出楼栋准备出去晨练，看到投递员骑着草绿色的三轮电动邮车送报纸来了，她从邮递员手里接过她家的报纸一看，一行印着大字标题的长篇通讯《别让生命等待下一次无情》和阿米提的《倡议书》映入眼帘，她站在那里急速浏览了一遍，回转身拿出自己一个月的工资，特意让女儿楚菡送到了医院。上午上班后，她又在本系统做了广泛动员，很快为周小勇募集到了一笔资金。

周小勇生命垂危的消息更是牵动了他所在学校老师和同学们的心。就在登载文雅这篇通讯和阿米提这份倡议书的报纸发行的当天下午，周小勇所在的通天河第一中学专门为周小勇举行了隆重的捐款仪式，文雅和阿米提都出席了这次大会，阿米提还应邀在捐助仪式上讲话。面对着全校 2000 多名师生，阿米提满怀深情地说："周小勇今年才刚满 15 岁，他就像一棵幼小的树苗还等待着长成参天大树，他就像一朵含苞的花蕾还等待着璀璨绽放，可是他现在却受到了病魔的无情袭击和摧残，眼看着就要夭折、就要凋谢了，我们作为他的老师和他的同学，能眼睁睁地看着他就这样被病魔夺去生命吗？不！绝不能！老师们，同学们，请伸出你们温暖的手、献出你们的爱心吧！救救小勇！救救这个可怜的孩子！救救这个即将凋谢的幼小生命！别让生命等待下一次！"

阿米提讲完，含着泪走到捐款箱前，从身上掏出带着自己的体温甚至带着羊肉串味道的 500 元钱投进了捐款箱。

紧接着，从校领导、老师、学生到校工，都纷纷慷慨解囊！

一时间，一张张汇款单、一封封慰问信像雪片一样飞到了周小勇所住的病房里。家在近处的人，有的送来了现金，有的送来了学习用品，有的送来了营养品和鲜花，有的甚至送来了药方……他们都有一个共同的祈愿：盼望周小勇早日战胜病魔，重新走进充满灿烂梦想的课堂。周小勇所在的医院也做出决定：免去周小勇住院前期的所有欠款。

面对社会各界的热情相助，陈阿弟泪流满面，她搂着周小勇说："孩子，你的病有救了！"

社会各界对周小勇的关爱举动也深深地感动了文雅，她眼含热泪又为《通天河日报》写了一篇专稿——《送你一片阳光》，详细地报道了社会各界对周小勇的热情关爱和帮助，自然又赢得了读者的普遍赞誉。

周小勇的病情牵动着社会各界的心，阿米提更是牵肠挂肚。由于周小勇的发病时间比较长，治疗起来难度也大，花费也就更大。开始社会上的捐款基本上保住了周小勇的医疗费，但随着治疗时间的延长，治疗费又慢慢有了新的缺口。文雅想在报纸上再发动一次捐助，但被阿米提阻止了。他认为，现在的缺口比起开始那阵子毕竟还小得多，不到万不得已不要再动员社会力量，因为那样的事情办的多了容易引起人们的反感。

为了弥补治疗费用上的这个缺口，阿米提就拼命地干，没几天人就瘦了一圈，这也引起了身边人的关注。这天，他正在烤肉摊上拼命忙碌，古兰兰走了过来，心疼地说："你不要命了！"阿米提说："不挣不行啊，周小勇那边的治疗费还有缺口呢。"古兰兰从坤包里取出一沓钱塞到阿米提手里。阿米提不接，对古兰兰说："你已经捐过两次了。"古兰兰说："只要小勇的病不好，我就一直捐！"

凯丽斯对阿米提的善举也十分赞赏，对他的身体更是非常关心。她利用周末把阿米提约到一家火锅店吃饭，饭后还给阿米提掏了 1000 元钱。阿米提不接，凯丽斯生气了，说："你为了周小勇连饭都吃不起了，我给你点钱还不行吗？"说着投去了深情的一瞥。阿米提读懂了凯丽斯的心思，但他没有说出来。

过了一天，阿米提把古兰兰和凯丽斯给的钱连同他这段时间烤肉挣的钱一并塞到了陈阿弟手里，并安慰说："这点钱你给小勇先用着，我们继续想办法，请你不要担心。"陈阿弟感激地说："大兄弟呀，我们这孤儿寡母的，这辈子可怎么还你这份情啊！"阿米提说："大嫂你可别这样说，当年要不是你收留我，哪有我的今天！"

在社会各界的热情关心下，周小勇的病情渐趋稳定。病情稳定后的周小勇对阿米提感激涕零，冰释前嫌。在阿米提的鼓励下，他更加如饥似渴地学习，赵艺卓也主动帮他辅导功课。赵艺卓还对周小勇说："过去我真傻，还想轻生！现在我想通了，一定要下决心继续复习功课，争取明年再考，将来一定要考上大学！"

这些年周小勇虽然病魔缠身，但他仍然以顽强的毅力刻苦学习，中间虽然出现过一段曲折，但他很快就回头了，因而成绩在班上一直是名列前茅，这也感动了更多的人，特别是他的老师，他们都更加尽心尽力地为周小勇的学习创造条件，使周小勇增添了战胜病魔的信心，他在学习上也更加用功了。中考结束后，周小勇的老师黎明给他送来了入学通知书：周小勇以全班第一名、全年级第三名的优异成绩顺利升入高中。听到这个消息，周小勇、陈阿弟和赵艺卓与黎明紧紧地相拥在一起。

周小勇抱病学习获得这样好的成绩，对黑枣震动很大。他晚上躺在床上翻来覆去怎么也睡不着。第二天天不亮他就来找阿米提，对阿米提说："叔叔，我也要像周小勇一样上学读书！"阿米提摸着他的头爱抚地说："你这样想就对了！"

秋季开学后，阿米提把黑枣送到了周小勇所在的学校，嘱咐黑枣一定要向周小勇学习，当一个优秀学生。他还对黑枣说，准备把苗莉莉也转到这所学校，这样他也好照顾。

周小勇的病情好转后，为了不耽误赵艺卓的学业，阿米提也给她做了妥善安排，让她到周小勇所在的学校高中部参加高考补习。这天，阿米提把赵艺卓叫到跟前说："小勇已经能独立学习和生活了，我给学校说了一下，把你送到高考补习班去，那样你可以集中精力复习了。"赵艺卓说："我自己可以补习，不用去学校。"阿米提说："到学校补习，可以集中精力，还有老师辅导，那多好！"赵艺卓面有难色地说："上学校补习还得交学费，我家里拿不出这些钱，他们是不会同意的。"阿米提说："你的任务是只管上学，学费的事情我来办。"赵艺卓说："不不，你的钱我不能再要！你资助的学生够多了，你的负担也太重了！"阿米提说："没关系，只要能让你们都上学！"说着，还把为她交学费的收据拿出来让她看。赵艺卓只好同意了。

周小勇的身体逐渐恢复后，医生嘱咐要加强体育锻炼，阿米提就把周小勇带到"好空气"健身俱乐部锻炼身体。看着他俩亲密的样子，那些不知内情的人还以为他们是一对父子呢！

单宝仁和游秀碧这两个人确实不是省油的灯！阿米提在这边为了给周小勇治病拼命地干，而他们不但不伸援手，还趁火打劫，想尽千方百计和阿米提竞争，企图把阿米提彻底搞垮。

本来，他们的烤肉店一开始生意还是蛮好的，因为通天河的市民由过去的不吃烤羊肉到现在把烤羊肉当成了美食，对烤羊肉的需求量自然就逐渐地增加了，然而烤肉店却还是那几家，其生意自然就好，在这种情况下，即使增加一两家店面，不管老店还是新店，只要你走正道经营，生意都不会太差。单宝仁和游秀碧的烤肉店刚开张时，因为他们要吸引客户，所以在经营上就更诚信一些，质量上也更注意一些。可是随着经营时间的延长，他们的劣根性就慢慢地暴露出来，降低肉质、以次充好、减量加价、坑害顾客，名声慢慢就变得不好，烧烤店的生意自然也就出现了颓势。在这种情况下，当他们看到阿米提的烤肉摊依然是生意兴隆，而自己的烤肉店却顾客寥落时，他们的心里就产生了不平衡感，开始谋划起了如何才能挽回颓势、使自己的烧烤店起死回生的招数。想来想去，他们也想不出来什么高招，就采取了低劣的手段来招揽顾客，以便和阿米提竞争。

经过一番密谋，他们的降价策略很快就出台了。由于一出手就几乎触到了价格的底线，所以很快便见了效。每天只要他们一打开店门，顾客就会一拥而入，生意出现了少有的火爆。

而与此相反，过去一直生意火爆的阿米提的烤肉摊上，顾客却突然稀少，搞得阿米提满脸疑惑，弄不清是什么原因。

这样延续了几天，阿米提才得到消息，说是单宝仁和游秀碧他们的烤肉店暗地里做了手脚。阿米提不好亲自前往，就叫来迪力夏提，让他悄悄地过去了解一下情况。

迪力夏提来到单宝仁和游秀碧的烧烤店一看，店内店外都挤满了人，再一问，果然是他们店里的烧烤品大幅降价了。

迪力夏提跑回来把这个情况说给了阿米提，询问阿米提有什么对策，阿米提皱了皱眉头说："他们降价，我们也只有降价了！"迪力夏提说："价格降下来以后利润怎么办？"阿米提说："那就少挣一点呗！"随后，迪力夏提根据阿米提的意见通知烧烤一条街的各个烤肉摊都一律降价。

阿米提的烧烤一条街是大户，这边一降价，单宝仁和游秀碧的烧烤店门厅自然就冷落了下来。游秀碧哪里甘心？于是她对单宝仁说："我们再降它一下！"单宝仁说："哪里敢再降？再降就没有利润了！"游秀碧说："你不会在降低成本上下点功夫？"单宝仁恍然大悟地说："你是说数还是那么多，但可以在量上做点手脚？"游秀碧说："你的理解能力不差嘛！"

他们的这一招很快就传了过来。迪力夏提对阿米提说："单宝仁的烧烤店又降价了，我们怎么办？"阿米提说："我们跟着降。"迪力夏提说："再降就没有一点利润空间了。"阿米提说："只要能保本就行。"迪力夏提临走时，阿米提特意交代说，通知大家，不管价格怎么降，质量一定要保证。

阿米提的应对措施一出手，单宝仁和游秀碧的烧烤店生意再度冷落下来。游秀碧说："我们再降它一下！"单宝仁说："再降就要折本了。"游秀碧说："折就折吧，我们的目标是把他们搞垮！"

　　对于单宝仁他们的这一新招，阿米提早已准备好了新的对策。当迪力夏提过来把情况一说，阿米提就胸有成竹地说："我们不降了，换产品，改烤大串肉，一串按半斤肉来算！"因为他知道，要是价格再降，就要折本了，而折本的生意是不能干的，这背离了经商的初衷，同时那也是恶意竞争，对于一个走正道的经营者，这种做法是不足取的。

　　阿米提他们过去经营的都是普通的也就是小的烤肉串，大烤肉串推出后，由于人们以前没有吃过，都想尝个鲜，加之阿米提的经营很讲诚信，价位合适，质量有保证，所以就特别受欢迎，正像顾客们说的："还是大肉串吃起来解馋！"这样一来，他的烤肉摊前又出现了顾客盈门的火爆场面。

　　面对烤肉店再次陷入冷清的局面，单宝仁一筹莫展，他愁眉苦脸地对游秀碧说："人家已经换成烤大串的了，我们怎么办？"游秀碧却说得很轻松："那就快想办法去学呀！"

　　单宝仁和游秀碧的烧烤店也很快烤出来了大串肉，但味道不好，许多顾客拿起肉串没吃几口就放下，发着牢骚走了。因为他们在阿米提那里只学了个皮毛，没有学到真经。这样一来，他们的烧烤店就彻底地冷清了下来。

　　与此相反的是，阿米提和他的烧烤一条街上的烤肉摊个个都是越来越火爆。迪力夏提跑过来悄悄地对阿米提说："他们彻底失败了！"阿米提的脸上露出了一丝不易察觉的笑意。

第二十二章
迷人的准嫂子

　　坏人肚子里的坏主意有时候也是层出不穷的，正如维吾尔族的谚语所说："四十个诚实的人只有一个心眼儿，一个险恶的人却有四十个心眼儿。"游秀碧和单宝仁用打价格战的办法没有斗过阿米提，一计不成再施一计，又商量起怎么利用阿米提善良的性格特点来对付阿米提。游秀碧对单宝仁说："听说那个人喜欢给可怜人捐款，你看这样行不行……"于是，如此这般地说出了自己的计谋。单宝仁连声称赞说："妙，妙，真是个绝妙好计！"

　　这天上午，阿米提正在摊子上烤肉，一个老人走了过来，说他家由于遭灾孩子被迫退学，可怜兮兮地恳求阿米提予以资助。阿米提想都没想，就顺手从束在腰间的钱包里掏出一把钱塞到老者手里。阿米提问老者："你的孩子在哪个学校，你把地址说一下便于我按时替他把学费交上。"老者说："谢谢你这个好心人！我孩子的学校离这里很远，让你来回跑着耽误你做生意，以后学校再要学费的时候我会过来帮他取钱，你就不麻烦了。"

　　临近中午，阿米提正在忙着招呼客人，一个老妇人走了过来，说她家房子着了火，家里的财产一烧而光，孩子无钱上学，恳求阿米提予以资助。阿米提顺手掏出一把钱塞到老妇人手里。老妇人说："你给的太多了！"说着，假意推让了一下，随手把钱塞进了自己的怀里。阿米提说："现在的学费都涨了，少了不够交。"老妇人感激地说："你真是个菩萨心肠，老天会保佑你的！"阿米提问老妇人："你的孩子在哪个学校，你把地址给我说一下，方便的时候我好替他把学费交上。"老妇人说："我孩子的学校离这个地方很远，你来回跑也耽误生意，需要的时候我过来取，你就不麻烦了。"说着，千恩万谢地走了。

　　半下午的时候，摊位前的客人少了一些，阿米提趁机坐下来喝口水想喘口气。正在这时，一个小女孩走过来，说她的父母都病故了，无钱上学，听说阿米提经常资助学生，她也前来求助，看阿米提能不能也给资助一下，否则她就得停学了。阿米提看这个小女孩怪可怜，就打开钱包顺手掏出一把钱简单数了一下塞到了小女孩手里。小女孩接过钱要跪下给他磕头，被他拦住了。阿米提从包里取出一张纸条，亲切地问："你在哪个学校上学呀？你把地址写到这张纸条上，以后你开学了我好替你把学费交上。"小女孩忙说："我们学校在大山里，离这里很远，以后开学的时候，我会提前到您这里来取。"

过了两天，这几个人又相继来了一遍，各自说出自己的理由恳求阿米提予以资助。与前次不同的是，他们把衣服换了，理由也是新的。对于那两位老人，阿米提没有什么疑问，因为第一次来时他都是正忙，人长得是什么样子他连看都没顾上看一眼，把钱一掏就又忙他的去了。到了那个女孩子的时候，他有些疑问，似乎什么时候见过，但因为每天来吃烤肉和过往的人都是一群一群的，他见的人太多了，一时又想不起来，也就没再多想，把钱掏了。

阿米提哪里知道，这些人是单宝仁和游秀碧雇来的，他们把从他这里索要的钱都拿给了单宝仁和游秀碧，然后二一添作五给分了。

古兰兰看到了在阿米提烤肉摊上发生的这一幕，发现可疑，遂悄悄地跟踪观察，结果发现这些人全都进了单宝仁和游秀碧的烧烤店。

古兰兰气愤地返回来，把这些情况说给了阿米提。

开始，阿米提还不相信，辩解说："天底下哪有这样的人，自己有吃有穿有钱花，还去到别人面前低声下气地装穷？"

古兰兰说："你没听说过这样的俗话吗？人上一百形形色色，林子大了什么样的鸟都有。现在好多人都学坏了，坑蒙拐骗什么样的坏事都干，哪有你这么不长脑子的！"

阿米提不以为然地说："你也把事情看得太严重了，人哪能都像你说的这么复杂？"

古兰兰责备说："不是我把人看得太复杂，而是你太善良了，什么样的人你都给掏钱！你也不想想，你挣的这些钱来得容易吗？"

阿米提争辩说："我是看他们太可怜才给的，谁知道他们是来骗我的？"

古兰兰说："哪个骗子是在脸上贴个标签，说他是骗子？他们就是利用了你这个太善良的性格！我劝你以后在这方面还是要多长个心眼儿，不要一见到是个可怜人就掏钱。像这几个人一样，你就是把心掏给他们，他们也不会说你好，他们在背后还会骂你是个大傻瓜呢！"

游秀碧的诡计被识破后，为了搞垮阿米提，她又给单宝仁出了一个损招。

一天，他们的店里来了一些顾客要求吃烤肉，游秀碧谎称本店没有开炉子，就派人到阿米提的摊子上拿了一些烤肉。烤肉拿回来后，他们采取偷梁换柱的办法，把事先准备的劣质烤肉拿给了顾客，结果引起了食物中毒。

这件事很快反映到了主管部门，城管员吴尊拿着顾客的告状信找到单宝仁和游秀碧的烧烤店要处罚他们。单宝仁和游秀碧一口咬定造成食物中毒的烤肉是从阿米提的烤肉摊上拿的，阿米提也承认了，于是城管员吴尊就把阿米提的营业执照收掉了，还让他赔偿了给食物中毒者造成的损失。

事情过后，单宝仁和游秀碧抓住食物中毒这件事大造舆论，搞得阿米提走到路上都有人指指戳戳，其他的烤肉摊也不同程度地受到了影响，阿米提把自己关在屋子里直生闷气。

古兰兰感到这件事有些蹊跷，就找到阿米提说："你的摊上那天也有那么多顾客吃烤肉，怎么没有一个人说他们食物中毒呢？"

一句话提醒了阿米提。

阿米提找到城管员吴尊，要求对食物中毒事件重新进行调查。

城管员吴尊执法很严，只要有诉求，他都会认真办理。接到阿米提的诉求后，他让阿米提和单宝仁各烤了一批肉串，然后从食物中毒的人员中找了几个代表前来辨认。这样一做，很快得出了结论，食物中毒人员吃的不是阿米提的烤肉。因为阿米提那天烤肉用的是新疆的红柳枝，这批红柳枝还是前几天哥哥阿依提从老家朋友那里搞来的，因为他们那里要修铁路，新修的铁路需要穿过一片长满红柳的沙漠，所以只得忍痛割爱砍了些红柳。而单宝仁他们用的是铁扦子。吴尊就把阿米提的营业执照还了回来，而把单宝仁和游秀碧的营业执照没收了。

郝戈的事业越做越大，前来提亲说媒的人不少，可是他的心里一直挂念着古兰兰，谁介绍的人他也不答应。虽然上次他向古兰兰正式求婚时被古兰兰拒绝了，但他也不记恨，而是像往常一样，还是经常到古兰兰的服装店里帮忙。这天趁着没有顾客的当儿，他问古兰兰："你说你已经有男朋友了，可是从来就没见来过。你的男朋友是不是长得很帅呀？什么时候你把他也带过来让大家饱饱眼福！"古兰兰回答说："请放心，我会满足你这个要求的。"

郝戈走后，古兰兰站在店门口望着郝戈的背影愣了好一阵子神。

对于郝戈，你说古兰兰她一点也没看上？也不是这样的。不论是人品、长相，还是事业，郝戈和古兰兰都是很般配的。对于这一点，连古兰兰自己也不否认。但是她为什么会对郝戈采取那样一种态度呢？

实际上，古兰兰的心里一直藏着一个秘密：他越来越喜欢阿米提了。正像在成都时想的那样，她喜欢阿米提做人诚恳诚实，而这种人现在是越来越少了，甚至在某些情况下已经成了凤毛麟角。她喜欢阿米提做事踏实扎实，而不像有些人那样偷奸耍滑，甚至为了一点私利坑蒙拐骗，丧失了做人的起码道德。她更喜欢阿米提在为人处世方面所展现出的那种大气和胸怀，而不是像有些人那样遇到事情斤斤计较、小肚鸡肠，碰到困难唉声叹气、无精打采，处理人情世故瞻前顾后、猥猥琐琐。当然她有时候对阿米提也有些看法，比如说，为了别人他常常不顾惜自己，再比如说他常常让人欺骗，就像前段时间发生的那种事情一样，纯粹是让人把他当成傻子给骗了，她当时还责备了他。可是过后一想，也不能说这就是缺点，因为这种做法的背后是善良，只有善良的人才会这样做，可是现在还有多少人能像他那样善良？这么一想，她又把他的这种缺点当成了优点。

如果说当初她对阿米提的看法还处于一种朦胧状态的话，那么经过这两年多的直接接触，她是越来越佩服阿米提，越来越被阿米提的男子气概所折服了。她甚至还认为，阿米提如果不是受当时的家庭条件和文化程度的制约，说不定他现在已经是政府某个部门或某个部队的栋梁之材了。

她越是喜欢阿米提，她就越是想和阿米提在一起，在阿米提遇到困难的时候她就越是想帮助他，她有时候甚至认为阿米提就是她自己的人，在他们之间不存在什么距离。但她也知道，阿米提有自己的心上人，阿米提也曾给她讲过他和阿娜尔古丽的事情，甚至还让她看过阿娜尔古丽的照片。但即使这样，她仍然一如既往甚至愈加强烈地喜欢阿米提。以至于前不久她回老家的时候，父母和哥哥都反复地劝她该找个称心的人了，可是她就是心神不定，给家里也没留个囫囵话，让家里尤其是父母在她的婚事上仍然是把心悬在半空中。

她在心里也常常问自己：这就是暗恋吗？她也说不清楚。

但使她生气的是，她那么喜欢阿米提，有时候她甚至都快要把那层窗户纸捅破了，可阿米提却毫无所知，就像一个木头人没有任何反应！难道她那个叫阿娜尔古丽的女朋友就那么优秀，就那么迷人？什么时候能够面对面地一睹她的芳容呢？

事也凑巧，想谁谁就来！那个被她称作"准嫂子"的名叫阿娜尔古丽的人很快就要到通天河来了，而且她俩还成了无话不谈的亲密朋友。当然这是后话了。

阿米提自从与单宝仁和游秀碧烧烤店的那件事平息以后，心情又慢慢地好起来。一天，阿娜尔古丽给他打电话说，县供销合作社实行体制改革，员工既可以留下，也可以一次性买断工龄自谋职业，她准备选择买断工龄自谋职业这条路。

阿娜尔古丽说的这件事虽然上次回去她曾经给他说过，但他还是劝她慎重考虑。因为他毕竟只是个个体户，和供销合作社那样的国营单位相比，是没有多少可比性的，尤其是阿娜尔古丽是个女孩子，不像他们这些男同志，走南闯北，到哪里都可以混一碗饭吃。她也不像阿迪拉，从小吃苦惯了，在科技站那个单位又是人浮于事，出来也是个解脱，而她从小生活在干部家庭，而且没有兄弟姐妹，就她一个孩子，家里把她看成掌上明珠，她要是出来干他们这种活，恐怕是吃不了这个苦的。所以他就让她再考虑考虑。

然而，阿娜尔古丽的态度却异常地坚决："我已经考虑好了，也给县供销社打了报告，很快就会批下来，你就等着接我吧！"

对于能早日见到阿娜尔古丽，也是阿米提天天盼夜夜想、求之不得的。既然她已经下了决心，自己除了热烈欢迎，还能再说什么呢？

阿娜尔古丽给阿米提打完电话后没过两天，她的报告就被批下来了。她在县供销合作社办完手续回到家里，把买断工龄的钱交到卓尔汗手里，说："妈，这是我后半生的生活费，现在一分不少地交给你，也算是我对你和我爸养育这么大的一种报答。等我将来有了新的收入，我会加倍地补偿你们。"

因为之前阿娜尔古丽已经多次表达过她要到通天河的心思，母女俩也曾有过思想交锋，现在阿娜尔古丽真把事情办了，卓尔汗也就没有太过反对，只是用不舍的口吻说："你就真的舍得把我和你爸孤零零地撂在家里？"

阿娜尔古丽也是用平缓的口气说："妈、爸，我已经多次给你们说过，我这次只是过去看看，如果适合我干，我就留下去，如果不适合，我还会回来，只不过是不想再这样干了，再这样干下去实在是浪费生命。但不管我将来走到哪里，不管我将来干什么，我都会永远想着你们，永远孝敬你们。等你们将来年岁大了，我会天天守在你们的身边服侍你们，尽到我做女儿的责任，让你们有一个幸福的晚年生活。这一点请你们完全放心，我永远都不会忘记你们的养育之恩，也不会做出不孝之事，要是那样我的良心也是会受到谴责的。"

卓尔汗想让海里克也劝劝阿娜尔古丽，海里克却说："现在就业门路这么宽，年轻人出去走走，开阔一下眼界，也未尝不可。"

卓尔汗还想把斯拉木叫来共同做做阿娜尔古丽的工作，被阿娜尔古丽拦住了。阿娜尔古丽说："如果你不打这个电话，我还可以在家里多陪你们几天，如果你要打这个电话，我现在就走，你们谁也拦不住我！"

卓尔汗知道阿娜尔古丽的脾气，听她这么一说，吓得赶忙把电话放下了，只好说："那你就先出去几天看看，要是不行就赶快回来。妈这辈子不能没有你，要是没有你，一天都活不下去！"说着说着，眼泪就像断了线的珍珠一样滚落下来，惹得阿娜尔古丽也流出了眼泪。

阿娜尔古丽要来了，阿米提得给她先找个住的地方。虽然他自己在这里有套新房子，但那是给父母准备的，况且哥哥阿依提和妹妹阿迪拉都知道，就连阿依提带着嫂子来后都没住，他自己当然也不能开这个头了，于是，他就来找古兰兰。

阿米提找到古兰兰后，一开始说这件事时有点吞吞吐吐。古兰兰嗔怪说："你向来说话都是像打机关枪一样，今天怎么变得这么不利索呀？"

阿米提嗫嚅着说："阿娜尔古丽要来了。"

古兰兰还是嗓门很大："我的准嫂子来了好啊，我早就想见见，看看这位准嫂子有多么迷人！"

阿米提笑了一下，不好意思地说："我是想让她跟着你先干着，给你打个下手，你看行不行？"

古兰兰说："就这么件事，还用你扭扭捏捏的！想在我这里干，哪有什么不行的！有个人给我当帮手，我还求之不得呢！"

阿米提说："我是说，她从小没出过远门，初来乍到的，人生地不熟，想麻烦你多关照一下。"

古兰兰说："看你都说到哪里去了！你还把我当外人呀！"

阿米提"嘿嘿"笑了一下，摸了摸后脑勺。

古兰兰问："她来了有没有地方住？要不，先安排到我的宿舍？"

阿米提说："不麻烦你了，我暂时把她安排到阿迪拉那边了。"

古兰兰开了个玩笑说："我还以为是要和你住在一块儿呢！"她看阿米提有

些窘迫，然后一本正经地说，"这样也好，生活上方便一些。"

出了古兰兰的服装店，阿米提又到街上为阿娜尔古丽购买了一些铺盖和日常生活用品，然后送到了阿迪拉的宿舍。

阿迪拉见阿米提提着一个大包袱进来，故意问道："二哥，我和嫂子两个住一起方不方便哪？要不，我出去，让嫂子一个人住？"

阿米提没有理解阿迪拉的用意，一本正经地答道："这有什么不方便的？我把她安排到你这里，就是要你们两个在生活上也互相有个照应！"

阿迪拉说："我是说，你们两个平时要是想热乎热乎，我不是像电灯泡一样碍事嘛！"

阿米提这才醒过劲儿来，在阿迪拉的鼻子上点了一下说："鬼精灵！越说越不像话了！"

阿娜尔古丽要出发了，提着大包小包往外走，卓尔汗和海里克也帮着提东西。

门口停着一辆出租车和一辆小轿车，小轿车是斯拉木开过来的，车体显然是刚刚擦拭过，浑身闪烁着锃亮锃亮的光。斯拉木见阿娜尔古丽出来，走下他的小轿车，拿着一张飞机票往阿娜尔古丽手里塞。

阿娜尔古丽没有接，而是绷着脸说："谢谢你。我早给你说过了，我已经买了火车票。"

阿娜尔古丽往出租车跟前走，斯拉木拦住她，要她上自己的小轿车，阿娜尔古丽拉下脸说："你们谁都不要送，你们要是再送，我就撞死在这个车上给你们看看！"

卓尔汗走上前来，当着斯拉木的面责备阿娜尔古丽说："你看你看！要出远门了，还说这些不吉利的话！"然后无可奈何地叹了一口气，把阿娜尔古丽送到了出租车上。

经过两天两夜的车程，阿娜尔古丽乘坐的火车顺利到达通天河火车站，停在了车站的月台上，接站的、下车的乱成一片。阿米提急切地望着车厢门，找寻着阿娜尔古丽的面影。阿娜尔古丽一走下车，就旁若无人地投进了阿米提的怀抱。

两人乘坐一辆出租车在大街上疾驰，阿米提指着一座座现代化的建筑向阿娜尔古丽做着介绍，两个人不断地发出会心的笑声。

来到阿迪拉的宿舍门前，阿米提提着包往里走，阿娜尔古丽紧随其后。进到房间，阿米提指着一个单人床铺说，这是你的床，条件有限，暂时委屈一下。

阿娜尔古丽往床上看了看说："怎么是个单人床？那你住在哪里？"

阿米提说："我在另一个地方住着，这是你和阿迪拉的宿舍。"

阿娜尔古丽想说话，扭头一看，阿迪拉站在身后，又把话咽了回去。

凯丽斯听说阿米提的女朋友来了，专门把他们请到有西餐的饭店吃西餐，并邀请文雅、高见、张清源和张雪梅、张雪燕姐妹以及郝戈和古兰兰作陪。席间，凯丽斯对阿米提和阿娜尔古丽极尽夸赞。她夸赞阿米提心肠好，夸赞阿娜尔古丽长得漂亮，说他们真是天造地设的一对。古兰兰虽然嘴上没说，但从一进门她的眼睛就像长在阿娜尔古丽身上一样，不停地朝阿娜尔古丽身上打量。她在心里赞叹说："天底下还真有长得这么漂亮的人！你看那双忽灵灵会说话的眼睛，你看那张樱桃样的小嘴，你看那个满月一样的脸盘，你看那匀称的五官，你再看那难见到的身条和气质，啧啧，真是太迷人了！怪不得阿米提的心里装不进第二个女人！"她一边吃惊，一边羡慕，一边自惭，渐渐地低下了头。

阿娜尔古丽来到通天河的第三天，阿迪拉招呼客人用完早餐正在收拾餐厅，迪力夏提走了进来。迪力夏提由于过去一直和阿娜尔古丽在一起工作，对阿娜尔古丽的到来很关心，一进门就问阿迪拉说："昨天都听说阿娜尔古丽来了，怎么就没见到人啊？"阿迪拉说："阿娜尔古丽跟着我二哥到景点上去了，过两三天就回来了。"迪力夏提说："回来后有劳给通报一声，让我们也尽尽地主之谊嘛。"阿迪拉故意损了迪力夏提一句："这还像句人话！"

此时的阿娜尔古丽正和阿米提一起乘坐着郝戈开的车，奔驰在前往通天河周围著名景点的路上。

早在阿娜尔古丽没来之前阿米提就给她介绍过，通天河和新疆一样，周围也有许多著名的景点，比如织金洞风景区、九洞天风景区、百里大草原风景区、大屯土司庄园以及通天河河滨公园等，每一个景点都有着美不胜收的风景和优美动人的故事。阿米提的介绍给了阿娜尔古丽很大的吸引力和诱惑力，她早就盼望着有朝一日能到这些地方来亲眼看一看，享受一下云贵高原的人文美景。

现在，她的这个愿望终于实现了，还是由自己的心上人亲自陪着，你说她的心里能不甜蜜？所以她走一路看一路照一路，生怕漏掉一处美景，给自己留下了许多美好的记忆。

在织金洞风景区，她和阿米提互相搂着肩膀站在"织金洞"三个大字下尽情拍照。

在九洞天风景区，她望着风景区的奇异景观对阿米提说："真是别有洞天！"

在百里大草原风景区，她对阿米提说："这里的草原也很美。"

在大屯土司庄园，她问阿米提："旧社会，这里的土司是不是就和咱们那里的地主、巴依差不多？"

在通天河河滨公园，她依偎在阿米提的怀里，甜蜜地说："我感觉我们现在天天都在度蜜月。"

从景点旅游回来，已经是上灯时分。他们在通往阿迪拉宿舍的路口从郝戈的车里下来，阿米提让郝戈回去休息，自己去送送阿娜尔古丽。

路灯下，阿米提要送阿娜尔古丽回宿舍，阿娜尔古丽坚持要到阿米提的宿舍看看，最后阿米提只好答应了。

阿米提带着阿娜尔古丽沿着楼梯走到自己的宿舍门口，发现赵艺卓站在那里。阿米提把赵艺卓让进屋里，问她这么晚了找他有什么急事。赵艺卓说她父亲因家境太贫困，坚决不让她再复习了，想让她继续打工挣钱。阿米提想了想说："从明天起，你就在我们的餐馆当服务生，这样既有经济收入，又有时间复习，可以做到两不误，那样你父亲也就不会再阻拦你了。"

赵艺卓走后，阿娜尔古丽问这个姑娘是谁，阿米提说："是我的一个资助对象。"

阿娜尔古丽在房间里转了一圈，说："房子里没个女的就是不行。"说着，就动手收拾起来。

收拾完毕，阿娜尔古丽提出要在这里住下。阿米提说："你不回去住，阿迪拉会有看法的。况且哥哥经常到这里来和我说事情，门上的钥匙他也有，说不定什么时间他就会来。他一来要是看我们俩在一起住着，不知道他会怎么说我们的。"阿娜尔古丽只得依依不舍地走了。

阿娜尔古丽也是个闲不住的人，在通天河的生活渐渐稳定下来后，她就向阿米提提出想找个事情干。因为事先阿米提给古兰兰讲过，阿娜尔古丽自己在家当过营业员，所以阿米提一说要她先跟着古兰兰干上一段时间，熟悉一下这里的生活和环境，再根据情况另行安排，阿娜尔古丽就很痛快地答应了。

阿米提带着阿娜尔古丽一来到古兰兰的服装店，古兰兰就像对待亲姐妹一样给阿娜尔古丽介绍店情和服装经营方法，两个人很快就成了亲密无间的朋友。

阿娜尔古丽由于以前经营过服装，对经营服装情有独钟，加之她的文化程度高，学过会计专业，经古兰兰手把手一教，她很快在业务上成了行家，古兰兰对她也更加喜欢了。

阿娜尔古丽来到通天河后，由于阿米提的人缘好，这个邀那个请，迪力夏提一直没有轮上，心里也始终惦念着。这天，他来到阿米提的烤肉摊前对阿米提说："阿娜尔古丽都来了这么长时间了，该给我一次机会了吧！"

阿米提也不推辞："一切听你安排！"

迪力夏提说："听说你们还没去过草海，那我们就去草海看看？"

阿米提问："都有谁？"

迪力夏提说："那就我们三家吧！"

阿米提不解地问："是哪三家？"

迪力夏提说："你和阿娜尔古丽，我和阿迪拉，郝戈和古兰兰，刚好三家。"

阿米提说："都是谁和谁呀？你成家了吗？我成家了吗？郝戈和古兰兰成家了吗？"

迪力夏提赶忙纠正说："对对对，你说的对，不是三家，那就是我们三对！"

阿米提说："你越说越糊涂了，什么是'对'？"

迪力夏提说："那就我们六个，六个还不行吗？"

阿米提听到这里，笑了。

当迪力夏提把这个想法告诉郝戈和古兰兰的时候，郝戈非常高兴地说："我举双手赞成！"可是古兰兰却迟疑了，说："阿米提大哥和古丽姐、你和阿迪拉都是真正的一对，而我和郝戈算哪一说？"迪力夏提打着趣说："嗨！就是出去玩玩，何必那么当真？"他看阿娜尔古丽也在跟前，又让阿娜尔古丽劝说了一番，古兰兰这才答应了。

一切准备妥当，他们就相伴着出发了。

给他们开车的还是郝戈。这次由于人多，郝戈把他新买的面包车开上了。

郝戈驾着车在去往威宁草海景区的大道上行驶着，三对年轻人坐在车上朝车外指指画画，洒下一路欢笑声。

　　他们所去的威宁草海，是一个国家级自然保护区，和青海湖、滇池并称我国的三大著名高原湖泊，也是世界上十大观鸟基地之一，其间有贵州最大的高原天然淡水湖和世界级的珍稀鸟类栖息地，被誉为"高原明珠"和"鸟类王国"。这里四面青山环抱，林木茂密，水天一色，翠峰耸立，冬暖夏凉，气候宜人，是冬春观鸟、夏秋避暑的最佳选择地，曾被美国国家地理杂志评选为世界上最受欢迎的旅游胜地。

　　阿娜尔古丽他们去的时间是在春末夏初，正值杜鹃花盛开的季节。他们一来到景区，放眼望去，千姿百态、绚丽动人的杜鹃花正在竞相怒放，偌大的草海周围一片璀璨。他们一个个都像天真烂漫的孩子一样，举着双臂在花海里奔跑着、欢呼着，好像进了天堂一般。

　　白天，他们成双成对地手拉着手在六洞桥和望海楼观鸟赏景、留影拍照；入夜，他们在草海边上搭起自带的帐篷，尽情地欢娱起来。

　　他们在帐篷跟前点起一堆篝火，又架起自带的烤肉箱。肉烤熟后，他们围坐在篝火旁，一边吃着烤肉，一边唱歌，郝戈还特意给大家准备了话筒和音响。开始都是阿米提和迪力夏提轮流主唱，阿娜尔古丽和阿迪拉陪唱，唱的都是维吾尔族歌曲，郝戈和古兰兰因为搭不上腔，就一直在旁边当听众，后来阿米提看这样做冷落了郝戈和古兰兰，于是就提议大家都要尽可能唱每个人都会唱的歌曲。郝戈首先响应，唱了一首军歌《真像一对亲兄弟》，这首歌阿米提也会唱，他就用低声和郝戈合唱起来。接着，迪力夏提自告奋勇唱了一首《草原之夜》，这首歌大家都会唱，他一唱，大家的激情一下子被调动了起来，都用同样大的声音跟唱起来，一边唱还一边手舞足蹈。阿米提从中受到了启发，提议说："我们应当把唱歌和跳舞结合起来，边唱边跳舞，大家同不同意？"得到大家的同意后，他就选了一首大家都喜爱的歌曲《美丽的草原我的家》，由于这首歌和大家此时此地的心境十分吻合，所以得到了大家的一致响应。但在让谁伴舞的问题上，互相之间推来推去，谁也不主动上场。迪力夏提和阿迪拉知道阿娜尔古丽的舞姿好，提议让阿娜尔古丽跳，可是阿娜尔古丽感到她是初来乍到，怕在大家尤其是郝戈和古兰兰面前出丑，说什么也不愿意上。后来还是阿米提亲自劝说，她才同意了。郝戈赶忙调好音响，把话筒让给阿米提领唱，接着，一曲优美动人的草原歌曲便在繁星闪烁的苍穹下唱响开来：

　　美丽的草原我的家

　　风吹绿草遍地花

　　彩蝶纷飞百鸟儿唱

　　一湾碧水映晚霞

　　骏马好似彩云朵

　　牛羊好似珍珠洒

　　啊——

　　牧羊姑娘放声唱

　　愉快的歌声满天涯

　　牧羊姑娘放声唱

　　愉快的歌声满天涯

　　……

　　歌者的歌声辽远、悠长、浑厚、苍凉，舞者的舞姿自由、舒展、洒脱、奔放，二者配合得几乎是天衣无缝，让人观之，真有一种赏心悦目、心旷神怡之感。尤其是阿娜尔古丽，她本来就有一副天生的好身材，加上与生俱来的能歌善舞，她跳的舞就像她这个人一样，看上去就是一件完美的艺术品。她把各种舞蹈语汇诸如情绪的起伏、力度的强弱、节奏的舒缓、速度的快慢、动作的大小、旋律的抑扬、时空的交替、幅度的把控等，都修炼得娴熟精当、把握得恰到好处、运用得得心应手，使她的舞姿看上去更加富于变化、柔美和谐、意境深远、楚楚动人。在刚开始跳的时候，她还有些拘束，后来随着音乐旋律的逐渐展开，她的舞姿亦如鲜花一般绽放开来，灵动夺目，清新可人。她通过自己优美的形体动作和富于变化的舞蹈语汇，把草原的辽阔、水草的丰茂、骏马的奔腾、牛羊的恬静、彩蝶的妩媚、鸟儿的可爱、云朵的多姿、霞光的绚烂、姑娘的美丽、歌声的曼妙演绎得惟妙惟肖，张扬得美丽动人，表现得淋漓尽致，为大家提供了一场豪华绚丽的视觉盛宴，使大家完全沉浸到了舞蹈所表达的意境之中，最后他们已经不是自己在唱歌，而是完全变成了一个舞蹈观众。特别是郝戈，他一开始还在忘情地歌唱，后来竟把眼睛长到了阿娜尔古丽的身上，以至歌声停止后他还在盯着阿娜尔古丽看，古兰兰用胳膊肘捅了三次他才醒悟过来。

　　接下来，他们又围绕着草原这个主题，演唱了《陪你一起看草原》《草原多么美》《草原夜色美》《父亲的草原母亲的河》《我和草原有个约定》《草原上升起不落的太阳》《骏马奔驰保边疆》《草原恋》等歌曲，一个个载歌载舞，极尽欢娱，直到深夜。

就这样，他们在草海一连游玩了三天还没有尽兴，要不是怕家里还有门店和摊位，他们还不知要欢乐到哪一天才肯罢休呢！

在返回的路上，阿娜尔古丽赞叹地说："通天河真美，我确实有点舍不得离开了！"

古兰兰由于特别喜欢阿娜尔古丽的身材和舞姿，一回到家就劝说阿娜尔古丽当起了自己店里的服装模特。阿迪拉也从中受到启发，让阿娜尔古丽兼任了风味餐馆歌舞班的领班和舞蹈教练，使阿娜尔古丽的舞蹈才艺得到了充分的施展。

周小勇出院后，回到了家里。阿米提由于这段时间一直在安顿阿娜尔古丽，有半个多月没有过来看了。这天，他把手头上的事情安排完，就给周小勇买了些营养品准备过去看望。阿娜尔古丽过去听说过周小勇的情况，提出也想跟着阿米提过去看看，阿米提同意了。

当时，陈阿弟正在院子里喂鸡鸭，收拾着捡来的废品。阿娜尔古丽跟着阿米提走进来，看到这一家的日子如此贫寒，顿生怜悯之情。

阿米提说："大嫂子，社会上不是给小勇捐了一些钱吗？"

陈阿弟说："那都是好心人给小勇看病用的，我不能乱花一分啊！"

阿米提想了想说："大嫂子，我有个事想和你商量一下，我那个摊子上人手不够，想请你去帮忙穿穿肉，不知你愿不愿意。"

陈阿弟说："大兄弟看你说的！莫说去帮你穿肉，你就是要嫂子的命我都不会说半个不字！"

阿米提苦笑了一下说："大嫂子你言重了！"

临出门时，阿娜尔古丽从坤包里摸出一把钱悄悄压到了陈阿弟家的条几上。

阿娜尔古丽来到通天河后，又有几个年轻小伙子从新疆过来投奔阿米提，阿米提热情地把他们迎进风味餐馆。餐后，阿米提说："养殖基地现在正需要人手，你们几个到那里干行不行？"

这几个小伙子都知道他的养殖基地是个挣钱的地方，哪有不干之理？随即就跟着阿米提来到了养殖基地。

　　阿米提把这几个小伙子安排好后，来到正在放牧的草场上查看。望着膘肥体壮的一群群牛羊，他的心里像吃了蜜一样甜。

　　月份交替，该给职工发放工资了，阿米提把陈阿弟应得的当月工资用一个信封装好递到了陈阿弟手里。谁知，陈阿弟任凭阿米提怎么劝说都不肯收，阿米提无奈，只好给文雅打电话，说是有件急事请她帮忙。

　　文雅当时正在电脑前处理稿件，一听说阿米提有急事，放下手头的工作就往外走。

　　文雅急匆匆来到阿米提的烤肉摊，询问阿米提有什么急事。阿米提为难地说："我请陈嫂子到我的烤肉摊上来帮工，今天要发工资了，可是陈嫂子说什么也不要，你说我怎么办呢？"

　　文雅明白了阿米提的意思，对陈阿弟说："这是你的劳动所得，这个工钱你要是不收，可就为难阿米提了。"

　　她看陈阿弟还是不收，就劝说道："我知道你的心思，你是认为阿米提帮了你那么大的忙，感到报答都来不及，还怎么能收他的钱呢？你的这个想法也有道理，可是你想过没有，你家里还有个病号需要长期治疗，你自己也还要生活，可是你没有一点经济来源，日子怎么能维持下去？阿米提就是考虑到你的这个实际情况才把你安排到这里的。你如果想报答他，也不在眼下这一天两天。我们常说，来日方长，你还不上这个情，将来还有小勇嘛！更何况，阿米提帮助你并不是为了让你报答，他帮了那么多的人，你听说过他让谁报答过吗？他不光不要人家报答，反而对人家付出的还更多。像你这个情况也是一样，不要老是在心里想着要报答他，还是要先把自己眼前的难关渡过去。再说，你想报答他，不收他给的工钱，一天两天可以，十天半月也可以，可是时间长了怎么办？你不生活了吗？况且，他这里也确实需要有个人帮忙，如果你不要这个钱，阿米提就不好再找你来，那他就还得找其他人，你说是找你好呢还是找其他人好呀？"

　　经过文雅反复劝解，陈阿弟才勉强把工钱收下了。

　　临走时，文雅对阿米提说："我还当是什么急事呢？给我还吓了一跳！"

　　阿米提辩解说："这个钱她要是不要，她下个月的日子就没法过了，这还不是急事吗？"

　　文雅想想阿米提说的也有道理，就对陈阿弟说："下个月你可不要再像这样拒绝了，要不，我还得多跑腿呢！"

　　文雅走后，市妇联社会权益部的岳敏走了过来，说她给陈阿弟找了一份家政工作。当岳敏看到陈阿弟在阿米提的烤肉摊上干，既能增加收入，也方便照顾周小勇时，就随了阿米提的安排。但她给陈阿弟也留下话，让陈阿弟以后家里有什么困难尽量给她讲，妇联社会权益部已经把陈阿弟她们家作为了重点救助对象。

第二十三章
黑枣长大了

古兰兰前一天进货去了，服装店里就阿娜尔古丽一个人在营业。临近中午的时候，阿娜尔古丽正在为顾客挑选衣服，手机响了。她拿起手机一接听，是斯拉木打来的。斯拉木在电话中说，他已经到达通天河，住在通天河宾馆。斯拉木还说，他是专门来看望她的，请她到宾馆见个面。

阿娜尔古丽一点思想准备都没有，接完电话，她的心里一下子慌乱起来。她顾不上招呼顾客，站在那里思谋了一阵，感到不好直接给阿米提说，就给迪力夏提打了个电话，让迪力夏提帮助拿个主意。迪力夏提一听，直言不讳地说："他撵着你到这里来，不会安什么好心，你还是提防点好。不过，这件事不能绕过阿米提，你还是直接给他说一下，兴许他能帮你摆脱这个尴尬的局面。"

阿娜尔古丽迟疑了一阵儿，就给阿米提打了个电话，询问这件事情该怎么处理。

正在摊位上忙碌的阿米提接到她的电话后，毫不犹豫地回答说："去！怎么能不去？不就是到宾馆去见个面吗，有什么好担心的！人家大老远地从老家过来，不要说你们是这种关系，就是个一般的同乡，也得尽尽地主之谊。"

阿娜尔古丽还是有些不放心，问道："你真的不多心？"

阿米提爽快地说："这有什么多心的！我完全相信你！况且，你们还是正式定了亲的，而我和你什么也没有。"

阿娜尔古丽说："谁说没有？我们彼此之间心里都有，这比什么都重要！"

阿米提说："有些话以后再说，你先去和他见个面，有什么事给我打电话，晚上我请客！"

阿米提接完阿娜尔古丽的电话不一会儿，迪力夏提走了过来，说："听说斯拉木追过来了？"

阿米提说："你听谁说的？"

迪力夏提说："阿娜尔古丽亲口给我说的。"

阿米提说："来就来呗，有什么大惊小怪的！"

迪力夏提说："人们不是常说，黄鼠狼给鸡拜年——没安好心吗？我看来者不善，你还是要当心点，不要让他把阿娜尔古丽给拐骗走了！"

阿米提说："天要下雨就让它下，顺其自然吧！"

下午的时候，阿娜尔古丽怀着忐忑不安的心情来到斯拉木住的通天河宾馆，进到房间后特意把门留了个缝隙。

斯拉木先是关切地询问了阿娜尔古丽来到这里后的生活情况，接着热情地拿出给阿娜尔古丽带来的东西。阿娜尔古丽没有接，斯拉木只好把这些东西放到阿娜尔古丽面前的茶几上。

斯拉木办完这些事情，走到门后把门关住，伸开双臂对阿娜尔古丽说："我跑这么远专门来看你，还不让我亲热一下？"

阿娜尔古丽冷冰冰地说："我那边的店里还正忙着，没有其他事我就走了！"说完，拉开门头也不回地走了，走时连斯拉木给她带的东西包括母亲带来的东西一件都没拿。

晚上，阿米提在他的新疆风味餐馆请斯拉木吃饭，阿娜尔古丽和迪力夏提作陪。席间，斯拉木提出要参观一下阿米提的事业。阿米提说："你过奖了，我只是个烤羊肉串的，没有什么事业可言。"

斯拉木说："我听说你的'新疆烧烤一条街'在这里很有名气，还有你的养殖基地，听说规模也很大，我想见识见识。"

阿米提说："那就献丑了，明天我陪你去。"

第二天上午，阿米提带着斯拉木来到他的"新疆烧烤一条街"。烧烤街上生意十分红火。斯拉木跟着阿米提在街上转了一个来回，对阿米提说："嗯，这个项目有点特色，办得不错。请问一年的利润有多少？"

阿米提说："这个没有算过。"

斯拉木说："你不是董事长吗？每年到年终不搞总结？"

阿米提说："什么董事长？我只是挂个名，起个协调作用，经营情况都是自负盈亏，我从来不收一分钱！"

斯拉木不相信，说："你这个董事长就是这样当的，不可能吧？"

阿米提说："那有什么！我自己挣的已经足够，还要别人那些钱干什么？"

斯拉木摇了摇头说："不可思议！简直不可思议！"

接着，他们又来到养殖基地。

养殖基地里牛羊成群，膘肥体壮。斯拉木问阿米提："你这儿有多少牛羊？"

阿米提说："羊有三千多只，牛有四五百头，还有少量的肉马。"

斯拉木说："这个项目你恐怕不会再实行共产主义了吧！"

阿米提说："和你说的共产主义差不多，牛羊都是我从新疆进的，但使用归大家，我只收取成本。"

斯拉木面无表情地点了点头。

返回途中，阿米提问斯拉木："你还想看什么？"

斯拉木不屑地说："没什么可看的了。"

阿米提说："要不，这个地方有几个景点，我陪你去看看？"

斯拉木说："不了，全国著名的景点我几乎都跑遍了，明天我准备休息一天，后天就返回。"还特意对阿米提说，"明天晚上我请客，你一定要赏光！"

阿米提说："对于你来说，我现在已经是这里的地主，送行饭应该由我来请吧。"

斯拉木说："接风的饭已经吃了，应当给我一个答谢的机会。"

阿米提知道斯拉木的性格和用意，没再推让。

古兰兰头天晚上进货回来了。第二天上午，阿娜尔古丽和古兰兰正在给货架上货，斯拉木突然出现了。只见他带着一副墨镜，左手插在裤兜里，右手夹着一支烟，派头显得很大。阿娜尔古丽惊讶地看了看古兰兰，涨红着脸对斯拉木说："你……你来干什么？"

斯拉木没有正面回答，眼睛朝货架上扫了一下，不屑地说："就是个小门店嘛，我还以为是多大个服装城呢！"

古兰兰愤怒地朝斯拉木瞪了一眼，扭过身去继续整理货架。

斯拉木也没停留，右手夸张地举起烟使劲抽了一口，朝空中吐了一团烟雾，然后趾高气扬地走了。

还没走出门口，斯拉木就听到后面传来古兰兰的声音："古丽姐，这个人是谁呀？牛皮哄哄的！"

斯拉木返身故意说道："说话不要那么难听嘛！不瞒你这位妹子说，我是阿娜尔古丽的男朋友，是专门从遥远的新疆坐飞机过来看她的！"

古兰兰过去只知道阿娜尔古丽和阿米提有恋情，经斯拉木这么一说，她惊讶地看着阿娜尔古丽，一时愣在那里。

　　阿娜尔古丽看了看古兰兰，羞惭地溢出了眼泪。

　　斯拉木走后，阿娜尔古丽把她和斯拉木的关系一五一十地告诉了古兰兰。古兰兰听后说："古丽姐，请恕我直言，我虽然对这位斯拉木先生不太了解，但凭我的直觉，他的人品比阿米提大哥那可是差远了！"

　　午间，斯拉木又给阿娜尔古丽打来电话，邀请她喝咖啡。阿娜尔古丽对斯拉木很反感，一开始拒绝了。但斯拉木穷追不舍，反复说："你不用害怕，我就是想见见你，不会对你怎么样！我就是怕你有顾虑，才专门安排到咖啡屋去的。"话说到这个份儿上，阿娜尔古丽只好答应了。

　　当阿娜尔古丽硬着头皮来到通天河最高档的咖啡屋——欧格莱咖啡屋时，斯拉木早已等候在那里。咖啡屋里飘着轻柔的音乐，阿娜尔古丽面对着斯拉木坐下来。斯拉木赶忙让服务小姐奉上刚刚研磨和调制的上岛、雀巢、星巴克、两岸、蓝山、迪欧、名典等名牌咖啡，好像是要给阿娜尔古丽设一场咖啡宴似的。斯拉木一边喋喋不休地向阿娜尔古丽炫耀他所知道的有关咖啡的知识，一边劝阿娜尔古丽品尝，但阿娜尔古丽却连杯沿都没沾。其间，斯拉木用十分鄙视的口气对阿娜尔古丽说："阿米提的脑子已经被驴子踢得一塌糊涂，辛辛苦苦挣点钱都给了别人，你跟着这样的人一辈子能有什么幸福？"他还对阿娜尔古丽许愿说，"我最近正在筹划一个巨大的项目，成功之后我将在县城专门给你搞个服装城，由你来当老板！"不管斯拉木说得怎样天花乱坠，阿娜尔古丽都始终无动于衷。

　　晚上，在通天河酒店一个豪华包厢里，斯拉木请阿米提和阿娜尔古丽、迪力夏提、阿迪拉吃饭，他还专门把古兰兰也请了来。古兰兰一开始不愿意，阿娜尔古丽说："你去一下，对这样的人也是个了解！"于是她就陪着阿娜尔古丽参加了。席间，斯拉木慷慨激昂地给大家描述了一个宏大的计划：他要承包一个偌大的无花果园，事成之后他要在县城为阿娜尔古丽建造一个现代化的服装城。他还对阿米提说："我现在提议，咱们来一个事业发展上的竞赛，看看谁才是最后的赢家！"事后，古兰兰对阿娜尔古丽说："这样的人迟早要栽跟头，你还是离他越远越好！"

　　阿米提去年预订的那套单元房已经竣工，并且已经进行了精装修。这天，他正在摊子上忙活，郝戈拿着一串钥匙递到他的手里说："这可是本市首套毛建加精装修的住宅楼，现在就可以入住了。"阿米提连连说着感谢，拿起钥匙就去找阿娜尔古丽。

　　阿米提来到阿娜尔古丽宿舍，把新房的钥匙拿出来递到了阿娜尔古丽手里，然后说："这段时间让你受委屈了，新房子已经好了，明天你就搬过去住。"

　　阿娜尔古丽又把钥匙退了回来，说："我现在和阿迪拉住在一起挺好的，还搬什么？"

　　阿米提说："你是不是住到新房子嫌一个人太孤单？你要是嫌一个人孤单，我可以让阿迪拉也搬过去和你做个伴。"

　　阿娜尔古丽说："我不是这个意思。我是说，这个房子是给两位老人准备的，那就还留给两位老人住吧。我们现在都是单身，住在这里挺好的，一时半会儿也添不了更多的东西，就不要来回折腾了。要是想住新房，我们就抓紧时间挣钱，以后再买一套。"

　　阿米提还想再劝劝阿娜尔古丽，陈阿弟从医院打来电话说，周小勇的病情突然出现反复，她不知道怎么办，想请阿米提过去一下。阿米提只好把房子的事情暂时放下，说了声"我马上去"，接着就往楼下跑。

　　阿米提匆匆来到医院病房，见周小勇呼吸急促，面色苍白，医生正在进行紧急救治。阿米提询问周小勇的病情，医生说需要转到省城医院治疗。阿米提嘱咐陈阿弟不要着急，他马上安排。

　　出了医院，阿米提来到新疆风味餐馆，见客人已经散去，阿迪拉和赵艺卓等正在打扫卫生，就把阿迪拉拉到一旁悄悄问道："你那里还有没有钱？"阿迪拉回答说："还有点儿，你准备干什么？"阿米提说："周小勇的病情又加重了，需要转到省城医院治疗。"阿迪拉说："你等一等，我现在就去给你拿。"

　　不一会儿，阿迪拉拿过来一包钱塞到了阿米提手里，并且说："这一点你先用，我们在这里继续挣，你到那边如果不够，随时给我打电话。"阿米提说："上次拿你的那么多还没还够，这次又拿这么多，二哥真是对不住你们。"阿迪拉说："钱是小事，救人要紧，况且我们挣的这些钱还不都是你给我们创造的条件？要不然，我们到哪能挣来这么多钱？"

　　在一旁收拾卫生的赵艺卓听阿米提说要送周小勇到省城治病，要求一起去。阿米提一开始没有答应，说现在距离高考的时间不长了，你的当务之急是好好复习功课，准备迎接高考，后经赵艺卓一再坚持，阿米提才勉强同意了。

　　清早起来，阿米提提着提包准备往医院走，阿娜尔古丽和阿迪拉过来送行。阿米提叮嘱说："我这次去的时间可能要长一些，你们在家要互相照顾，有什么事及时给我打电话。"阿娜尔古丽关切地说:"你一个人单独在外,也要注意照顾自己,特别是要吃好饭,不能太节俭了。"说着,从身上掏出一卷钱塞到了阿米提的口袋里。

阿米提带着赵艺卓来到医院,医院已经为周小勇做好了转院的各种准备。阿米提从医生手里接过手推车走出病房。

阿米提推着周小勇来到住院楼门口,在医护人员的帮助下把周小勇送进救护车。医院领导和许多医护人员站在门口招手送行。

救护车准备起步,岳敏匆匆赶来,递给陈阿弟一个印有"通天河市妇联社会权益部"字样的大信封。岳敏说:"我们刚刚得知小勇要转往省城医院治疗的消息,这是我们社会权益部的一点心意,请你务必收下。"陈阿弟接过信封,感动得热泪盈眶。

阿米提送周小勇往省城医院转时,由于走得太急,没来得及给黑枣和苗莉莉讲。这天,老师向苗莉莉催缴学费,苗莉莉没钱交,就找到黑枣说:"老师又在催缴学费了,怎么办?"黑枣说:"我这里还有一点,要不你先拿去交上?"苗莉莉说:"你不也得交吗?再说,你已经替我交了那么多了,我不能老要你的。况且还有下学期的学费将来也得交。"黑枣说:"那我们就回去给阿米提叔叔说说。"苗莉莉说:"过去都是阿米提叔叔把学费提前送来,这一次可能是他太忙了。"黑枣说:"等我们星期天回去看看再说吧。"

星期天上午,黑枣带着苗莉莉回来找阿米提。他们先是来到阿米提的烤肉摊,见烤肉摊上盖着塑料布,接着又来到阿米提的宿舍,宿舍的门也锁着,最后他们来到了风味餐馆。黑枣问阿迪拉:"阿迪拉姑姑,阿米提叔叔哪里去了?"阿迪拉说:"小勇的病情反复,你阿米提叔叔陪着到省城医院去了。"黑枣问:"要去多长时间?"阿迪拉说:"说不准,可能需要一段时间。"黑枣和苗莉莉有些失望。阿迪拉问:"你们有什么事?是不是没有学费了?"黑枣吞吞吐吐地说:"没有,没有什么事!"阿迪拉说:"有什么事就跟我说,跟我说和跟你们阿米提叔叔说都是一样的。"黑枣肯定地说:"阿迪拉姑姑,我们真的没事,我们就是因为时间长没回来,有点想阿米提叔叔了。"阿迪拉说:"真没有事就好。"又问,"你们还没吃饭吧?"黑枣和苗莉莉相互看看,傻傻地笑了笑。阿迪拉明白了,说:"你们两个先喝点水,饭马上就好。"

吃完饭,黑枣和苗莉莉要走,阿迪拉给她俩分别塞了几张钱。

　　走在回学校的林荫道上，苗莉莉对黑枣说："阿米提叔叔不在家，阿迪拉姑姑问你有什么事你怎么不跟她说呀？"

　　黑枣说："你不知道，阿迪拉姑姑为给灵峰小学修桥，把想买汽车的钱都捐了，我们不能再给她增添负担了。"

　　苗莉莉说："那不是阿米提叔叔掏的钱吗？"

　　黑枣说："是阿米提叔叔掏的钱不假，但你没想想，阿米提叔叔只是一个卖烤肉的，又不是什么大老板，他挣的钱都给我们这些贫困生交学费了，他哪里还有那么多钱捐？"

　　苗莉莉说："那他没有钱为什么还要捐呀？"

　　黑枣说："你不知道，阿米提叔叔是个软心肠，见不得可怜人。他一看有那么多学生交不起学费被迫退学，就吃不下饭睡不好觉，千方百计筹钱为学校捐款，为的就是让这些学生能继续读书。"

　　苗莉莉犯着愁说："阿米提叔叔现在不在家，那我们的学费怎么办呀？"

　　黑枣想了想说："我突然有了一个好主意，能解决这个问题，但你也得配合。"

　　苗莉莉说："只要能挣来学费，你叫我干什么都行，我不怕吃苦。"

　　黑枣说："也不需要你吃多大苦，你只要不怕丢人就行。"

　　苗莉莉说："丢人？你不是想叫我去当坐台小姐吧？要是叫我干那样的事，我宁可不上学也不去干！"

　　黑枣说："看你都想到哪儿去了！就凭你长得又黑又瘦的样子，年龄又这么小，就是白送给人家，人家也不会要！"

　　苗莉莉生气地说："你看不起人，我交不起学费也不找你了！"说着，噘着嘴跑了。

　　黑枣快步追上苗莉莉说："看你，人家和你开个玩笑，你就当真了！"

　　苗莉莉说："你知道我是怎么才长得这么又黑又瘦的吗？我从小家里就很穷，没吃到嘴里，也没穿到身上，所以到现在还是长不高。你不体谅人家，还笑话人家，能不叫人家伤心吗？"

　　黑枣说："你说的这些，我都听阿米提叔叔说过，今天是我不好，不该让你伤心。你放心，以后我再也不说这样的话了。"

　　苗莉莉不生气了，说："那我以后就还像以前那样对你好。"

　　两人就这样说着又走了一段。苗莉莉问："刚才你说的办法究竟是什么呀？"

黑枣卖了个关子说："到时候你就知道了。"

在省城医院，经过一段时间的紧张救治，周小勇总算转危为安。周小勇的病情稍有好转，就嚷嚷着要学习功课。好在有赵艺卓跟着，才没有让他失望。阿米提带着歉意一个劲儿地夸奖赵艺卓说："开始我还不想让你来，要不是你在这里，还不知道小勇会怎么闹腾我们呢！"

陈阿弟买来饭菜放到阿米提面前，里边有烧鸡、炖羊肉等。陈阿弟心疼地说："阿米提大兄弟，为了治小勇的病，看你都瘦成啥样子了，你快吃吧，吃一点也补补身子。"

阿米提把饭盒推到陈阿弟面前，说："陈嫂，我是个男同志，身体吃得消，你看看你，整天没日没夜地守在小勇床前，都瘦得快脱相了。"

陈阿弟又把饭菜推过来，说："你要是不吃，大嫂我可就真生气了，明天你就回去，我不让你再在这里陪了！"

阿米提无奈，说："要不，我们一人一半，你不吃我也不吃！"说着，就往陈阿弟的饭盒子里拨。

陈阿弟想阻拦，但拗不过阿米提，只好依了他。

又是一个星期天，黑枣叫上苗莉莉一起上街。黑枣在前面走，苗莉莉在后面紧紧跟着。苗莉莉不停地问："你究竟叫我来干什么呀？"黑枣说："你放心，就是叫你给我帮帮忙，又不是干什么坏事，你怕什么！"

来到一家铁制品商店门口，黑枣也没多说什么，就把一沓钱塞给了老板。老板从里边扛出一个新焊制的烤肉箱交到黑枣手里，又搬出一小箱子穿羊肉的铁扦子放到黑枣面前。黑枣让苗莉莉抱上铁扦子箱，自己则扛上烤肉箱往回走。

走出铁制品商店，苗莉莉问："你买这些东西干什么？"

黑枣说："你真傻，这还看不出来？"

苗莉莉说："怕不是准备卖烤肉吧？"

黑枣说："这你算猜对了，就是准备卖烤肉！"

苗莉莉说："卖烤肉需要有技术，你有这样的技术？我看你平时都是给阿米提叔叔打下手，从来没见你独立出过摊，你行吗？"

黑枣说："这你就不了解我了，我跟着阿米提叔叔学了三年多呢，光单独出摊就快有一年半了。"

苗莉莉说:"我们天天都要上课,哪有时间做这种事情?"

黑枣说:"正课时间当然不行,可周末我们不是有时间吗?"

苗莉莉说:"一个星期就只能干两天时间,那能挣几个钱?"

黑枣说:"我算了个账,阿米提叔叔每烤一串肉挣3角钱,我们就按每串赚两毛五分钱算,一天如果能卖200串,那我们就能挣50元,两天就是100元。一个月按四个星期算,就是400元,要是真能挣到400元,那我们的生活费不是就有保障了?"

苗莉莉说:"平时的生活费有保障了,可是每学期的学费呢?学费从哪里来?"

黑枣说:"你忘了?我们还有假期呀!每年我们有两个假期,每个假期平均有两个月的时间,这对于我们来说那可是宝贝!你没算算?我们两个每天挣50元,一个月就是1500元,两个月就是3000元,两个假期就是6000元,而我们两个的学费加起来还不到3000元,那不是还要盈余3000元吗?有这3000元,我们干什么不行?兴许我们也会像阿米提叔叔那样去资助那些有困难的学生呢!"

苗莉莉说:"真是不算不知道,一算开了窍!那样我们以后就不用再让阿米提叔叔为我们操心了。"

黑枣说:"我想的就是这样。我们也有两只手,为什么要给阿米提叔叔增加负担呢?"

苗莉莉说:"这样做好是好,就怕阿米提叔叔不同意。"

黑枣说:"为什么?"

苗莉莉说:"他会担心这样做影响我们的学习成绩呀!"

黑枣说:"这个不怕。我早就想好了,这件事我们不要跟他讲,先瞒着他。"

苗莉莉说:"那不行,你瞒不住。过去我们每个星期都至少要回去一次,要是那样,以后回不去,他要是问起来怎么办?"

黑枣说:"这个好办,遇到双休日我们两个轮流回去。他要问另一个干什么去了,随便说个理由就过去了。"

苗莉莉说:"平时好办,那要是放假了呢?假期时间那么长,瞒是瞒不过去的。"

黑枣说:"到那时候我们就想其他办法,比方说参加假期补习班什么的。阿米提叔叔喜欢好学上进的人,只要听说我们是为了学习,他就不会过问太多了。"

苗莉莉说:"还是你想得周到。"

两个人一起来到一个小农贸市场,黑枣把烤肉箱放到一个肉铺跟前,准备支摊。苗莉莉说:"你怎么选这个地方? 在学校门口不是更方便吗? 况且那里学生也多,卖起来肯定会比这里要快一些。"

黑枣说:"你真傻! 放在学校门口,老师和同学们来来往往的,指不定他们会说些什么难听的话! 我还不要紧,你一个女孩子家,能受得住那些闲言碎语吗? 再说了,人际关系也不好处理。其他班的同学还好说,要是本班的同学你收不收钱? 收了吧,你心里会感觉过意不去;不收吧,你就会连本一起赔进去。特别是遇到老师你就更不好处理,作为老师,人家肯定会掏钱,可是作为我们就不好处理了。所以我想了很久,还是离学校稍远一点比较好。你看这个地方,离学校不远不近,往返不需要更多的时间、有个什么事好联系不说,关键是没有那些复杂的事,有时即使遇到个难缠的事情我们也好处理,就是一分钱不要,我们也赔不了多少。"

苗莉莉听黑枣说的有道理,就随了黑枣的安排。

过了一会儿苗莉莉又问:"你这个牌子上写的是'新疆烤羊肉串',可是你能弄来新疆羊肉吗?"

黑枣说:"你忘了? 阿依提叔叔那里不都是养的新疆羊吗?"

苗莉莉说:"忘是没忘,我怕你从阿依提叔叔那边弄羊,万一让阿米提叔叔知道了你不是露馅儿了?"

黑枣说:"这个我已经考虑好了。我们不要每天都去拿,那样容易露馅儿。我们旁边这个肉铺子有个小冷库,我们一次买上几只羊宰好后就放在这个小冷库里,需要的时候就进去取,方便得很。不信你看看,我已经放进去一只羊了,等一会儿我拿过来咱们就正式开张。"

苗莉莉说:"我真没看透,你小小年纪,竟想得这么周到,办事这么牢靠!"

黑枣说:"这都是跟着阿米提叔叔学的。你要是跟他时间长了,也会学到很多本领。"

黑枣说着,拿出一个钱包递到苗莉莉手里,交代道:"等一会儿我烤肉,你负责收钱,收钱时要注意当面点清。"

苗莉莉说:"你怎么让我收钱呀?"

黑枣说:"烤肉的活忙,要是让我再收钱怕顾不过来。"

苗莉莉迟疑地说:"我没干过这样的事,收钱还是你来吧。"

黑枣说:"没干过就学嘛!谁生下来就会收钱?"

苗莉莉说:"我不是这个意思,我是怕弄错。"

黑枣说:"错就错一点,不要怕,谁办事还能不出个错?只要不出大错就行!就是错了,宁可咱们吃亏,也不能占人家顾客的便宜,不然会失去顾客对咱们的信任,以后再做就困难了。"

苗莉莉还在迟疑,黑枣说:"你办事怎么这么不利索呀!"

苗莉莉说:"我是说,要是钱少了,你不会怀疑我手脚不干净吧?"

黑枣不耐烦了,说:"嗨呀!你们女孩子的心思就是细,我什么时候怀疑过你手脚不干净了嘛!"

苗莉莉说:"人家不是怕万一嘛!"

黑枣说:"万一你少收了我也不会怪罪你,咱们两个谁跟谁呀!"

黑枣把话说到这个份儿上,苗莉莉不好再推辞了,就把钱包接了过去。

黑枣把摊子支起来后,很快就来了两个成年顾客。其中一位年长的顾客指着摊子上挂的招牌说:"'新疆烤羊肉串'应该都是少数民族烤的,你这个摊子怎么是个汉族呀?"

黑枣说:"这位客人,你说的可就是外行话了!不管是哪个民族,只要用的是新疆羊肉和新疆烤羊肉串的技术,烤出来的羊肉串肯定就是新疆烤羊肉串,你说是不是?"

年长的顾客说:"嗯,说得有道理!不过,我看你不一定能烤出新疆羊肉串。"

黑枣说:"为什么?"

顾客说:"你这么小小的年纪,烤羊肉串的技术是从哪里学来的?不会也是从新疆学来的吧!"

黑枣说:"你听说过阿米提这个名字吗?"

顾客说:"听说过!我不仅听说过,他刚到我们通天河来的时候,我还吃过好多次他烤的羊肉串呢!"

黑枣说:"那是我师傅,我是他的徒弟!"

顾客说:"是吗?那我倒要看看你究竟是不是阿米提的徒弟!"

顾客随之坐在了摊位前的座位上,他的同伴也跟着坐了下来。

　　黑枣一看，乐了，信心十足地说："那你就先尝一尝，如果不够味，我不要你一分钱。"

　　顾客问："你这烤羊肉多少钱一串？"

　　黑枣说："每串 4 角 5 分。"

　　顾客说："阿米提的烤羊肉串不是 5 角钱一串吗？"

　　黑枣说："师傅是 5 角，我是他的徒弟，敢和他平起平坐吗？"

　　顾客一听笑了："说得有道理，薄利也可以多销嘛！来，先给我拿十串！"

　　黑枣犹豫了一下说："你们就两个人，先拿五串吧，万一不合您的口味呢？"

　　顾客说："我就要十串，不合我的口味钱我也照掏！我就是要检验一下你烤的是不是新疆味道的烤羊肉串！"

　　黑枣没再磨叨时间，很快捧上来十串烤肉。

　　顾客一串还没吃完，就赞扬说："嗯！还真是地道的新疆烤羊肉串！"他拿起一串肉递给他的同伴说，"你也尝尝！"

　　同伴只吃了一口就称赞说："地道！地道！地道的新疆烤羊肉串！"

　　黑枣更加高兴了，嘿嘿笑着，连连说道："谢谢两位叔叔夸奖！"

　　顾客指了指苗莉莉，问道："你们是兄妹吧，这么小的年纪，为什么不去上学呀？"

　　黑枣迟疑了一下说："我们每星期一至星期五上课，星期六和星期天才过来。"

　　顾客说："噢，我明白了，你们是要利用双休日进行勤工俭学呀！"

　　黑枣点了点头。

　　顾客说："你们的家是在农村还是城市？"

　　黑枣的脸色一下子暗了下来，指了指苗莉莉喃喃地说："她的家在农村，我没有家。"

　　顾客若有所思地说："我知道了，你们两个是同学，都是苦孩子，也都有志气。来，付费！"说着，从口袋里掏出一张 100 元的票子放到了苗莉莉手里。

　　黑枣要苗莉莉找钱，顾客说什么也不要，说："就算是我支持你们在这里摆摊总行吧？"

　　黑枣不解地看了看顾客和他的同伴，说："你支持我们？你是……"

　　顾客说："对！我支持你们。你们这个摊位就在这里摆，不收管理费！"

　　顾客的同伴看黑枣还不理解，说："这是我们这个片区市场管委会的郑主任，今天是来暗访的，没穿制服，他允许你们在这里摆摊你们就摆，他说不收费就不收费。"

黑枣说："你是说，在这里摆摊还要收管理费？"

顾客的同伴说："对呀！不仅要收管理费，而且在摆摊之前还要经过批准呢，要不，我们的城市不就乱套了吗？"

黑枣这才恍然大悟说："噢！原来是这样！那就太感谢你们了！"说着，恭恭敬敬地给他们两位分别鞠了一个躬。

顾客起身要走，从口袋里掏出一张小卡片递到黑枣手里，说："这是我的名片，上边有我的电话号码，有什么事就给我打电话，不要害怕。"

黑枣接过名片，仔细看了一遍，又给他们鞠了个躬。

郑主任亲昵地摸了摸黑枣的头说："我让你们在这里摆摊，是因为看你们年纪还小，家境又贫困，交不起学费。不过，干这个可不要耽误学习哟！"

黑枣郑重地点了点头。

郑主任走了，黑枣怔怔地看着郑主任的背影发呆。只听郑主任的同伴边走边说道："主任您也是个软心肠人。"郑主任叹了口气说："我说我小时候可怜，刚才那个小男孩比我小时候还可怜！"郑主任的同伴说："你怎么知道？"郑主任说："你没听他说，他没有家，没有家说明他就是个孤儿，那就肯定是哪个好心人收留了他。"郑主任的同伴说："你是说他是被人收留的？"郑主任说："这是我的猜测。你想想，孤儿能够上学，一是来自孤儿院，二是收养他的人。要是来自孤儿院，每到双休日是会被召回去的，所以我猜测他是有人收养的。"郑主任的同伴说："有人收养还会让他们出来打工挣钱？"郑主任说："这有两种情况，一种是收养人家里很穷，交不起学费，就会同意让他们出来打工挣钱；另一种就是他们自己不忍心给收养人的家庭增加负担，所以就利用双休日出来打工，用自己的劳动养活自己。"郑主任的同伴说："怪不得你说这孩子有志气……"

郑主任和他的同伴渐渐地走远了，黑枣还直愣愣地站在那里，眼泪不知道什么时候流得满脸都是。

郑主任和他的同伴走后，不一会儿来了许多顾客要求吃烤肉，黑枣和苗莉莉忙得把中午饭推迟到了半下午。

收摊时，苗莉莉数完钱后问黑枣："你猜猜今天挣了多少？"黑枣想都没想伸出了三个指头："除下那位主任给的100元，不会少于这个数！"苗莉莉说："你真神！"接着把一把钱递了过来。黑枣把整钱收了起来，说："这个咱们攒起来交学费。"然后又拿出几张零钱递到苗莉莉手里说:"这几个钱你拿去买双鞋,看你的脚趾都露出来了。"苗莉莉把钱推过来说:"我不要,还是你拿去买双鞋吧,你的鞋比我的还烂。"黑枣说:"我是个男孩,穿烂一点没关系,你是个女孩子,穿的烂了人家笑话。"黑枣看苗莉莉还要推脱,就黑下脸说:"我是哥哥你是妹妹,妹妹要听哥哥的话!"苗莉莉扑闪了几下眼睛,只好收下了。

在省城医院周小勇的病房里,阿米提和赵艺卓提着大兜小兜的新书走进来。周小勇高兴地走上前说:"这一下我又有新书看了!"陈阿弟说:"这孩子,什么都不稀罕,就喜欢书!"阿米提说:"喜欢读书好!喜欢读书的孩子将来有出息!"

阿米提在床边坐了一会儿,拿起手机给阿迪拉打了一个电话,询问家里的情况。阿米提问阿迪拉:"黑枣和苗莉莉最近回来过没有?"阿迪拉说:"前段时间回来过一次。"阿米提问:"他们没说有什么事?"阿迪拉说:"我问过他们,说没什么事。"阿米提说:"我走得匆忙,估计他们可能是没有生活费了。"阿迪拉说:"临走时我给了他们一点。"阿米提嘱咐说:"他们要是再回来,你就先帮我垫上,要多给一点。"阿迪拉说:"你又见外了!我是他们的姑姑,我就不应该给吗?你放心,他们下一次回来,我一定多给点,保证不让他们受委屈。"

通天河这边的兰兰服装店里此时没有顾客,阿娜尔古丽和古兰兰站在柜台边聊天。

古兰兰问阿娜尔古丽:"阿米提大哥什么时候回来?"

阿娜尔古丽说:"我也不知道。他这个人,一出去就把家忘了,连个电话也不回。"

古兰兰说:"他就是这么个脾气,干啥都特别上心,也特别专心。"

阿娜尔古丽说:"阿依提大哥说他是一根筋,我也看有那么一点。"

古兰兰说:"男人家干事,不专心干不成事。不要说是男人,女人也是一样。比如说做饭炒菜,不专心肯定做不好,做出来也不好吃。你就更不要说做生意了。你像我开这服装店,要是不专心,根本做不到现在这个样子。"

阿娜尔古丽说:"我看他挺喜欢你的,有机会你也劝劝他,好事要做,但也要量力而行。我看他做得有点过了,已经超出了自己的能力范围。再说,他就这样下去,身体也吃不消。你看他前段时间,为了给艾尔肯找家,差一点把命都丢了。"

古兰兰说："你说的也是，他回来后有机会我们都劝劝他。"

双休日到了，黑枣的烤肉摊前，顾客一如往常那么多，黑枣和苗莉莉虽然忙碌，但从他们的表情上看，内心是非常喜悦的。

时至近午，却来了几个小地痞。他们先是跟黑枣耍赖，想多吃少掏钱，黑枣看他们不好惹，就依了他们。后来他们得寸进尺，用污言秽语调戏苗莉莉，说："你在这里卖羊肉能挣几个钱呀？还不如去卖身。"黑枣护住苗莉莉和他们论理，他们说："你是谁呀，也不看看你爷们儿的这几张脸。"黑枣说："我不怕你们！我的叔叔是阿米提。"那几个小地痞说："阿米提？阿米提不就是那个烤羊肉串的吗？他认识谁呀？"黑枣说："他认识市上的领导。"小地痞说："他一个卖烤肉的能认识市上领导？狗屁！"黑枣辩解说："你没看过电视？市上领导经常接见他，还专门请他吃过饭呢！"小地痞说："就是认识市上领导爷们儿也不怕，县官不如现管！"说着就要上去殴打黑枣。苗莉莉突然在一旁大声喊："黑枣哥，你还不赶快去给市管会的郑叔叔打电话？"经苗莉莉这么一提醒，黑枣挣脱这群小地痞，扭头跑进旁边的肉铺子。这群小地痞一看黑枣真的是给市管会的郑主任打电话，赶忙起身就跑，还没跑出多远，就被郑主任带来的人截住了。郑主任把这群小地痞狠狠地教训了一番。

黑枣的烤肉摊前很快又安静下来，他们的生意依然还是那么红火。

在返回学校的路上，苗莉莉和黑枣边走边聊着。

苗莉莉说："真没想到，干了不到一个月的双休日，就把咱们一个学期的学费都挣回来了！"

黑枣说："这就应了阿米提叔叔说过的话，金子来自沙土里，幸福来自汗水里。一个人只要有志气，不怕吃苦，勤劳肯干，什么样的困难都可以克服，什么样的奇迹都可以创造！"

苗莉莉说："过去我怎么就没想到这个办法？"

黑枣说："我们都还小，经过的事情少。我要不是跟着阿米提叔叔干了那么长时间，我也想不出来这样的点子。"

走了一阵，苗莉莉突然向黑枣问道："黑枣哥，你说像我这样家里很穷的人，将来能不能嫁出去？"

黑枣不假思索地说："能，肯定能嫁出去！"

苗莉莉说："你为什么就这么肯定？"

黑枣说:"你没看报纸上说,咱们国家现在男女比例失调,男孩子多,女孩子少,只要是个女孩子就不会剩下。"

苗莉莉说:"我是说,我们家里太穷,将来肯定嫁不到一个好男人。要嫁,也是嫁一个很穷的人,或者是一个残疾人。"

黑枣说:"那可不一定!"

苗莉莉问:"为什么?"

黑枣说:"这就要看你的努力程度了。比如说,你将来学习成绩很出色,考上了北大清华,成了硕士博士,谁还去问你的出身呢?"

苗莉莉说:"那要是考不了那么好呢?"

黑枣说:"考不了那么好也不要紧,只要能考个大学就行。再退后一步讲,即使考不上大学,现在的就业门路这么宽,只要自己肯下气力,干啥都能挣个饭碗。"

苗莉莉说:"我不是这个意思。"

黑枣说:"那你是什么意思?"

苗莉莉说:"我是害怕。"

黑枣说:"你害怕什么?"

苗莉莉说:"我害怕人家嫌弃我。你想想看,人家要是娶了我,我到了人家家里,人家嫌弃我家穷,看不起我,那样我会一天到晚都抬不起头来。要真是那样,活着还不如死了好!"

黑枣说:"你真是像林黛玉一样,多愁善感!这么小就思虑起这些事来了!你要真是那样害怕,你就嫁给我,我保证不嫌弃你,一辈子都对你好!"

苗莉莉说:"你真是这样想的?"

黑枣说:"对呀,我就是这样想的,那还有假?"

苗莉莉不信,说:"你在骗我!你要真是这样想的那就好了。"

黑枣说:"你不相信我?"

苗莉莉说:"我就是不信!"

黑枣说:"为什么?"

苗莉莉说:"我怕你将来变心!"

黑枣说:"我将来会变心?拉倒吧!我能吃几碗饭我自己还不清楚?一个流浪儿,吃饭穿衣上学都还靠着别人资助,我还会变心?真是天大的笑话!"

苗莉莉说:"我说的是真的。"

黑枣说："你真的认为我将来会变心？"

苗莉莉说："我不是认为，我是怕，是担心。我担心你将来一旦有钱了，就不要我了，那时候我就什么也没有了。"

黑枣说："你说的都是些什么呀？我现在什么也没有，你怎么就说我不要你了！再说了，即使我将来真的能挣来两碗饭吃，我也不会变心，你看我是那样的人吗？我要是真变心了，阿米提叔叔也不会饶我呀？"

苗莉莉说："你有这句话我就放心了。黑枣哥，不管你心里有没有我，我的心里可是早就有你了，就像小说上说的，在我的心里，你早就是我的白马王子了。"

黑枣说："嗨！你怎么这么小就琢磨起这些事来了！"

苗莉莉说："你没看，人家四年级的学生就开始谈恋爱了，我们马上都该上初中了，还不该考虑考虑自己的终身大事呀？"

黑枣说："那也太早了，谈恋爱太早是要影响学习的。"

苗莉莉说："我们不是要谈恋爱，我是想跟你说说心里话。"

黑枣说："那你跟我说说，你为什么喜欢我？"

苗莉莉说："我看你和阿米提叔叔一样，吃过苦，有志气，有主见，知道疼人，将来肯定能靠得住。大人们都说，男怕入错行，女怕嫁错郎。嫁给像你这样的人我一辈子心里踏实！"

黑枣停下来端详苗莉莉，说："我还真没看出来，你能说出这样的话，说明你的心理年龄要比你的实际年龄大得多！"

苗莉莉一本正经地说："这些我也都是跟着你学的！"

周小勇的病情基本稳定，由于想念老师和同学，他坚持要回家。经过院方同意，阿米提带着他们回到了通天河。

阿米提一回来，阿娜尔古丽就过来看他。阿娜尔古丽看阿米提为治疗周小勇的病，累得脸都瘦了一圈，很是心疼。她一边为阿米提洗衣做饭精心照料，一边劝说阿米提以后也得顾惜自己的身体，不要光去顾别人。阿米提一边答应，一边给阿迪拉打电话说："马上要高考了，请你安排人把赵艺卓从岗位上换下来专门复习功课，迎接高考。"

由于阿米提烤肉技术好，人们都喜欢吃他的烤羊肉串。前段时间他陪周小勇到省城治病迟迟不回来，许多人都等急了。现在一看他回来了，大家都相拥着来吃他的烤肉，常常使他忙得连饭都顾不上吃。他打电话让阿娜尔古丽、阿迪拉和古兰兰都过来帮忙。

这天是周末，他由于心里一直挂念着黑枣和苗莉莉，就来到风味餐馆对阿迪拉说："黑枣和苗莉莉已经很长时间没有回来拿生活费了，趁今天是星期天，我准备给他们送一点过去。"阿迪拉问他需不需要钱，他说："这几天我又挣了一点，估计够了。"

阿米提来到学校找黑枣和苗莉莉，校工说，星期天学生都回家了。阿米提问学校有没有利用双休日办补习班什么的，校工说，现在上面有新政策，要求学校不准利用办各种补习班的名义占用学生的休息日。阿米提问，学校有没有组织学生搞什么校外活动，比如勤工俭学之类的。校工说，中小学现在都不允许搞这些活动了。阿米提询问了半天毫无所获，只好返回。

阿米提来到烧烤一条街，逐个摊位询问是否见到过黑枣和苗莉莉，回答都是摇头。阿米提越发焦急起来。

他低着头走到风味餐馆门前，阿迪拉从门里走出来，问他找到没有，阿米提说没有。

阿米提问阿迪拉："这两个孩子多长时间没有回来过了？"

阿迪拉说："自从你走后他们就只回来过一次，还是你刚走的第一个星期，此后就再也没有回来过。"

阿米提说："他们也没给你说过有什么事？"

阿迪拉说："上次我就给你说过，我问过他们，他们当时说没有什么事。"

阿米提说："那他们能跑到哪里去呢？"

阿迪拉说："你也没问问他们的老师和同学？"

阿米提说："学校都放假了，学校里除了校工见不到其他人。"

阿迪拉说："这就怪了！"

停了一会儿，阿迪拉说："他们会不会是回灵峰小学去了？"

阿米提说："学校放假都是统一的，市内的学校放了假，山区的学校肯定也会放假。"

阿迪拉说："那他们会不会都到苗莉莉家去了呢？"

阿米提想了想说："也有这个可能。这样，我现在就到苗莉莉家里去一趟。我已经好长时间没有到他们家去了，即使不找孩子，我也该到他们家看看了。"

　　此时的黑枣和苗莉莉正在他们的烤肉摊上忙着烤肉。苗莉莉一边打下手，一边对黑枣说："阿米提叔叔快回来了吧，我们应该抽空回去看看。他要是回来了找不到我们，会急坏的。"

　　黑枣说："就是的，这段时间只顾忙，我把这件事给忘了。干完这几天凑够个整数我们就回去。"

　　阿米提从苗莉莉家回来，瘸着腿走进风味餐馆。阿迪拉一看，关切地问道："你的腿怎么了？"阿米提说："在路上不小心摔了一跤。"阿迪拉问："伤得怎么样？"阿米提说："不要紧，晚上用热水敷一敷兴许就好了。"

　　阿迪拉把阿米提扶到餐馆里的椅子上，端过来一杯水递到阿米提手上，问阿米提找到黑枣和苗莉莉没有。阿米提说："苗莉莉的家人说，苗莉莉好长时间都没有回去过了。"阿迪拉怕阿米提着急，就安慰说："你先休息一下，别着急，两个孩子在一起，不会出什么事的。"阿迪拉嘴上虽这么说，但心里直打鼓，自责说："这都怪我，你不在家，我没有看好他们。"阿米提说："这哪能怪你，是我没交代嘛。"

　　过了一会儿，阿迪拉说："黑枣喜欢到哥哥那里玩，你没问问哥哥，看他见到了没有？"阿米提说："你是说养殖基地那边？"阿迪拉说："对呀！黑枣不是挺喜欢到他那里去骑马吗？"阿米提说："我怎么把那个地方给忘了！"说着掏出手机给阿依提打电话。

　　阿依提在电话中对阿米提说，黑枣前段时间在他那里买过几次羊，但最近没有见到。阿米提说："黑枣在你那里买过羊？他没说买羊干什么用？"阿依提说："他说他是给朋友帮忙。"

　　阿米提放下电话，想了一下说："他们两个肯定是在哪个地方摆摊卖烤肉！"阿迪拉说："两个都是小孩子，不可能吧？"阿米提说："很有可能！"阿迪拉说："你怎么就那么肯定？"阿米提说："黑枣在来这里之前单独出过摊不说，他手里还多少攒了一些钱，几次都说想利用节假日搞点勤工俭学，我怕他影响学习，就没答应。这一次肯定是他回来取钱没有见到我，知道我短时间回不来，又不好问别人借，就动起了脑筋。这样，我现在就去，他们的摊子恐怕就在学校周围，我过去找找看。"说着就要起身。阿迪拉看他的腿疼得太难受，就劝他在家休息，要自己去，说："你放心，我一定想办法找到他们。"阿米提说："你不知道怎么找，还是我去。"阿迪拉说："要不，这样吧，我把郝戈喊来，让他把车开上，这样找也快一点。"阿米提看自己的腿确实也走不动，就听从了阿迪拉的建议。

　　不一会儿，郝戈开着他的面包车过来了，阿迪拉把阿米提扶上了面包车。

　　郝戈开着面包车来到通天河中心小学，沿着学校周围缓缓行驶。阿米提和阿迪拉目不转睛地朝四周看着，没有见到人。

　　接着，他们又来到小吃一条街。阿米提在阿迪拉的搀扶下沿着每个门店找寻，也没有见到。

　　后来，他们又往农贸市场走。路过水产店门前时，阿米提看到市管会的郑主任从水产店里走出来，他让郝戈把车停下，自己下车去跟郑主任打招呼。

　　郑主任一看是阿米提，就快步走上前来，握着阿米提的手亲热地说："我说老伙计，我最近到你的摊子上去了几次都没见到你，你到哪里去了？"

　　阿米提说："前段时间我到省城医院去了。"

　　郑主任说："是不是又去给那个小病号治病去了？"

　　阿米提点了点头说："是的。这孩子的病突然加重了，在咱们这里治不好，就转到省城医院了。"

　　郑主任说："这次去的时间可是有点长，总有两三个月了吧？"

　　阿米提说："快三个月了。怎么，又想吃我烤的肉了？"

　　郑主任说："是有点想，不过我最近可是吃过你徒弟烤的肉，味道和你烤的没什么两样，他要是把你的牌子打上，准行！"

　　阿米提疑惑地说："我的徒弟？谁是我的徒弟？"

　　郑主任说："就是过去跟着你干的那个小男孩呀？怎么，你忘了？"

　　阿米提说："你说的是那个黑枣吧，你最近见过他？他现在在哪里？"

　　郑主任说："怎么，你不知道？他就在离市中心小学不远的那个小农贸市场里，他在那里摆的摊子生意可红火了！"

　　郑主任的同伴接过话茬说："我们郑主任还给过他很多照顾呢！他跟前还有个小姑娘，上次有几个小地痞要欺负那个小姑娘，还是我们郑主任给解了围呢！"

　　阿米提说："这就太谢谢你们啦！我们现在就去找他们。"

　　黑枣和苗莉莉正在烤肉摊前聚精会神地忙着，没料想阿米提和阿迪拉出现在面前。黑枣像做错了事一样垂着两手，等待着阿米提发落。苗莉莉则把钱包举到阿米提面前说："叔叔，我们已经把下学期的学费都挣够了！"

　　阿米提看着两个孩子又黑又瘦的脸，什么话也没说，心疼地走上前把他俩紧紧地搂在怀里。

随着通天河旅游旺季的到来，阿米提的烤肉摊越发火爆，阿米提忙得不可开交。古兰兰、阿迪拉和阿娜尔古丽都主动过来帮忙。加上陈阿弟，四个女人的欢声笑语使邻摊的摊主们都羡慕不已。尤其是古兰兰，声音更加脆响，吸引来更多的目光。

迪力夏提正在烤肉，邻摊的一个年轻摊主来到他的摊位跟前，朝阿米提的烤肉摊望望，悄悄地对迪力夏提说："你看人家阿米提，咋那么有吸引力？一天到晚有好几个女人围在身边，多有滋味！"迪力夏提说："怎么？你吃醋了？要是眼馋就自己好好干，保证也有女人围着你！"年轻摊主说："咱可没那个福气！"

停了一会儿，年轻摊主又把嘴巴凑到迪力夏提的耳边悄悄说："哎！我听说阿米提和古兰兰有一腿，你听说过没有？"迪力夏提说："去你的！你有什么凭据？"年轻摊主说："大家都是这么说的。你没看他们两个经常在一起，掰都掰不开！"迪力夏提有些将信将疑。

中午，迪力夏提来到风味餐馆和阿迪拉坐在一起吃饭。迪力夏提对阿迪拉悄悄说："外边现在都在议论你二哥和古兰兰的事情，说了好多难听的话。"阿迪拉边吃边问："你都听到他们说什么了？"迪力夏提说："他们都说你二哥是不是和古兰兰有一腿？"阿迪拉举起手中的炖羊肉就往迪力夏提的头上砸。迪力夏提一边躲着一边说："我这也是为你们家好，信不信由你，反正大家都是这么说的，你也应该提醒他们一下。男女之间还是有点距离好，不要一天到晚总是缠在一起，让人家说闲话，这样对谁都不好！"

阿迪拉瞅着客人稀少的时候，给阿米提送过来两盒饭菜。她悄悄对阿米提说："二哥，现在外面都在议论你和古兰兰的事情，说你们一天到晚都缠在一起肯定有点什么事。我对这些议论虽然不信，但还是想给你提个醒，你还是和古兰兰保持点距离好。因为现在有古丽姐在跟前，你如果不注意就会闹出乱子。"阿米提不以为然地说："别听那些人瞎议论！古兰兰是个热心人，见不得别人有困难。你们也都要向人家学习！"阿迪拉委屈地说："我不是怕人家说闲话嘛！"

同样的话也传到了郝戈的耳朵里。这天，古兰兰正在招呼顾客，郝戈走进来把她拉到门外悄悄地说："现在外面对你和阿米提的议论很多，我也不信，但我还是想提醒你一下，往后你还是要注意点影响，不要和阿米提太亲近了，否则让人家的女朋友看到了会吃醋的。"古兰兰不管不顾地说："谁都知道我和阿米提大哥的关系，我们又不是现在才好，哥哥和妹妹之间遇到点困难相互帮助一下有什么不行？光听蝲蝲蛄叫，我还不种麦子啦！"郝戈一听，很没趣地离开了。

第二十四章
为了一双皮鞋

斯拉木带着礼物来到阿娜尔古丽家，卓尔汗赶忙烧出上好的奶茶端给这位孝顺懂事的未来女婿。

卓尔汗问："你的无花果园项目跑得怎么样了？没有遇到啥难处吧？"

斯拉木说："项目的各种手续都准备好了，就是找主管领导批不下来。海里克伯伯在县上当局长，经常和县上的领导打交道，不知伯伯能不能帮助给协调一下。"

卓尔汗说："这有什么难的！这是为咱们自己的事，他不办也得办，等他星期天回来，我当面给他说！"

斯拉木一听，夸张地拍了一下沙发的扶手说："那就太好了！只要县上领导一批，项目马上就启动！"接着，他在卓尔汗面前再一次绘声绘色地描绘了无花果园办成后给阿娜尔古丽带来的美好生活前景。

斯拉木像一个胸有成竹的大老板，带着憧憬的神色对卓尔汗说："无花果抗癌、抗衰老、降'三高'，现在是世界性的消费新产品，发展前景非常广阔。只要把这个项目拿下来，要不了几年，我们就可能是千万富翁、亿万富翁，到那时我们想要什么就会有什么！别说是在县城给阿娜尔古丽建个服装城，就是在地区城、省城搞个服装城也不是问题，想住个别墅什么的那就更不在话下了！"

一席话说得卓尔汗心花怒放，对眼前这个聪明能干的准女婿更加喜爱了。

经过一番拼搏，赵艺卓终于如愿以偿地考入通天河学院。开学那天，阿米提专门把赵艺卓送到学校，替她交了学费，并给她置办了一套生活用品，还特意给她买了一款新手机。阿米提交代说，一个女孩子家单独在外，家里不放心，至少每个星期要给家里打一次电话。

黑枣和苗莉莉所在的通天河中心小学也同时开学，阿米提除了给他俩带足学费，还专门把他俩送到学校。开始阿迪拉也要来，阿米提说，你那个餐馆比我的烤肉摊重要，就坚持自己一个人来了。

在学校大门口分手时，阿米提又特意交代："这个学期是小升初的关键学期，你俩一定要安心学习，不要再为学费的问题分心。"两个孩子都很听话地点头答应。

接着，阿米提又前往灵峰小学为他原来确定的资助对象捐款。

阿米提走后，阿依提因为养殖基地的事情来找他。阿依提在他的烤肉摊和宿舍没找到，就来到风味餐馆。一见到阿迪拉他就问道："你二哥到哪儿去了？怎么又没见到人影！"

阿迪拉说："今天几个学校都同时开学，他去给学生捐款去了。"

阿依提生气地说："这个人简直不可理喻，自己的事情他不去管，尽去管别人的那些事！"

阿迪拉问："养殖基地又有什么事了？"

阿依提说："眼看快要入冬了，现在正是打草的好季节，今年冬天的饲草怎么办他也不去看一下，错过了这个季节叫那么多牲口冬天吃什么？"

阿迪拉说："他下午可能就回来了，到时候我给他说一下。"

阿依提没再说什么，气呼呼地走了。

傍晚时分，阿米提回到宿舍，阿娜尔古丽正在帮他收拾屋子。阿娜尔古丽一看到他进门，赶忙把他的衣服接过来挂在衣架上，接着又倒了一杯水端到他面前。阿娜尔古丽知道他还没有吃饭，就马上动手做，一会儿就把饭菜端上来了。

阿娜尔古丽趁阿米提吃饭的机会，拿起他的皮鞋准备擦油。阿娜尔古丽拿起皮鞋一看，鞋子的后跟早已磨平，前掌张着嘴，帮子也裂了口。阿娜尔古丽问："我给你买的那双新鞋儿哪去了？这一双都烂成这样了，还怎么穿呀！"

阿米提不好意思地笑了一下说道："那一天我去看苗莉莉她爸，身上没有钱，就把它当成礼物送给苗莉莉她爸了。"

阿娜尔古丽说："那双鞋是我专门给你买的，你去看人没有钱给我说一下，我再给你一点嘛！你看你这么大个人了，出门穿这样的鞋也不怕人家笑话？你这还是去捐款，站在主席台上，那么多人都看着你，你就没感到不好意思？你一个人在这里还好说，现在大家都知道我在这里，你这样穿着出去别人即使不笑话你，他们也会戳我的脊梁骨哩！"

阿米提知道自己错了，赶忙说："明天就买，明天就买！"

阿娜尔古丽顺手从坤包里掏出几张钱放在了他面前。

阿米提这几天一直在为几个孩子的上学问题奔走，没顾上自己的生意。第二天吃过早饭，他来到风味餐馆找阿迪拉，想问问这几天有什么事没有。

走到餐馆门口，他看到阿迪拉正在餐厅里忙碌，就站在门外边向阿迪拉问道："这两天我不在家没有人找我吧！"

阿迪拉从餐厅里走出来说："其他人还没有，就是哥哥昨天回来了，说该考虑牲口过冬的饲草问题了。哥哥说，现在正是打草的黄金季节，错过了这个时间，牲口过冬的饲草问题就不好解决了。"

阿米提说："我知道了，今天我就过去看一下。"

阿迪拉说："这么远，那个地方又不通公共汽车，你怎么去？"

阿米提说："在这边先坐个公共汽车，出城后看看能不能搭个便车。"

阿迪拉说："你不要去搭车了，我让郝戈开车送你过去，前段时间你的腿摔那一下还没完全好呢！"

阿米提要推辞，被阿迪拉拦住了。

不一会儿，郝戈把车开过来，阿米提上了车。出发前郝戈特意给阿迪拉交代说："今天有人要给我送货，你帮我照看一下，人家一来你就赶快给我打电话，要不，明天就得停业了。"

汽车很快行驶到郊外。郝戈对并排坐着的阿米提说："阿迪拉真是个好姑娘，迪力夏提能找到阿迪拉可真是烧了高香！"

阿米提没接他的话茬儿，而是问道："你和古兰兰谈得怎么样了？"

郝戈说："没什么进展。有一次我问她有没有男朋友，她说她已经有了。我问她的男朋友是干什么的，她说也是个做生意的。我说什么时候把你的男朋友也带过来让我们大家看一看，她说她会让我满意的。她虽然嘴上是这么说的，可就是一直没有见到她男朋友的影子，不知道是怎么回事。"

阿米提说："她说她有男朋友，我怎么没听说过？"

郝戈说："她说的这些话真真假假，我也搞不清楚。"

阿米提说："要不，哪天我替你问问？"

郝戈说："也行，你和她比较熟，她或许能给你说个实话。"

阿米提坐上郝戈的车走后，文雅来到风味餐馆对阿迪拉说："阿米提今天哪去了，我到他的摊子上也没见到他。"阿迪拉说："我二哥到养殖基地去了，你要是有事就给他打电话。"文雅说："我就是给他打电话打不通才过来找他的。昨天都给他打电话，可能是信号不好，无法接通。"阿迪拉说："我二哥经常这样，一忙起来就经常忘带手机，你有什么事给我说，回来我告诉他。"文雅说："我们'爱心角'的成员好长时间没有在一起相聚了，大家都吵吵着要聚一聚，今天刚好是周末，所以就定在今天晚上，地点还在双凤酒楼。另外，让他去的时候把阿娜尔古丽也带上。"阿迪拉说："那好，他一回来我就告诉他。"

阿米提来到养殖基地，把打草的事情给阿依提交代完，坐上车往回返。临行之前，阿依提对阿米提说："你看你脚上的鞋，快换一双吧，烂成那个样子了还穿着，也不怕别人笑话！"阿米提连连说："换、换，回去就换！"

阿米提坐着郝戈驾驶的车进入市区。路过通天河学院大门口时，阿米提看了看手表说："学生们现在可能已经下课了，我顺便看看艺卓有没有什么事。"郝戈把汽车停下来，阿米提想打电话，一摸口袋说手机忘记带了，郝戈就把自己的手机递了过来。阿米提接过手机打电话和赵艺卓通话，打完后把手机还给了郝戈。

阿米提在车下等候赵艺卓，郝戈的手机响了，一接，说是给他送货的到了，让他赶快回去。阿米提说："那你就先回去吧，这个地方离咱们那里也不远，等一会儿我坐公共汽车回去。"

郝戈开车走后，阿米提左等右等不见赵艺卓出来，他看不远的地方有个鞋店，就走了过去。

阿米提走进鞋店，仔细看了一圈，发现有一双鞋不错，就让售货员拿了过来，一试，很合适。他正要掏钱，顺着店门看到赵艺卓从学校大门口跑了出来，正在找他。他把鞋又递到售货员手里，说："我先出去办点事，等一会儿再过来拿。"说着，就往外走。

赵艺卓看到阿米提从鞋店出来，忙迎了上来。阿米提看着跑得满头大汗的赵艺卓，问道："你怎么走了这么长时间，是不是从里边出来要走很远？"

赵艺卓说："是有点远，其他同学出来都是骑自行车，我没有自行车，所以就出来慢了。"

阿米提问："你们上课和吃饭的地方离你们的宿舍远不远？"

赵艺卓说："也远，同学们上下课和到食堂吃饭都是骑自行车。"

阿米提问："一辆自行车需要多少钱？"

赵艺卓说："这没准儿，好的要1000多元，差的也得五六百元，我们同学好多都是买的二手车。"

阿米提问:"一辆二手的自行车大概需要多少钱?"

赵艺卓说:"一辆二手车一般有个二三百元钱也就够了。"

阿米提从口袋里掏出 300 元塞到赵艺卓手里说:"我身上装的钱不多,你拿去先买个二手车,等有钱了咱们也买个好一点的。"

赵艺卓推脱着又把钱塞到了阿米提手里,说:"我知道你也没钱,这些钱我不能再要了,走路就是多费点时间,没事的。"

阿米提说:"那不行,走路时间太长是要误事的,吃饭上课没个自行车怎么能行?"

赵艺卓说:"不要紧,吃饭没早晚,上课我早点走就是了。"

阿米提还是不依,赵艺卓往阿米提的脚上看了看说:"叔叔,这钱我真的不需要,你还是拿去买双鞋吧,看你脚上的鞋子都裂得不能再穿了。"

阿米提遮掩着说:"鞋子家里有,你古丽阿姨给我买了双新的,还在家里放着,我这回去就穿。"说着,硬把钱塞到了赵艺卓手里。

阿米提回去了。望着阿米提的背影,赵艺卓的眼里泛起了泪花。她目送着阿米提消失在林荫道深处,转身朝鞋店走去。

阿米提在街上行走,遇到了一个垃圾箱,他习惯性地往里边瞅了一下,发现了一双皮鞋。他拿出这双鞋一看,虽然也是皱皱巴巴的,但比自己脚上穿的鞋要稍强一些,再一看鞋码,和自己穿的鞋刚好一样大,他也没多想,就坐在树荫下用这双鞋把自己脚上的鞋换了下来。

阿米提穿着从垃圾箱里捡到的这双皮鞋路过风味餐馆,阿迪拉看到他回来,马上把他叫住,说:"文雅姐上午专门过来邀请你晚上参加聚会,时间是下班后,地点还在双凤酒楼。你去的时候一定要把古丽姐带上,这是文雅姐专门交代的。"末了,阿迪拉还提醒阿米提以后出门要把手机带上,以免有急事找不到他。

阿米提看看时间还早,就在餐馆简单吃了点饭,回到宿舍把手机带上,径直往自己的烤肉摊走,边走边给阿娜尔古丽打电话,让她晚上一起参加文雅安排的聚会,并说下班的时候让她和古兰兰在店里等着,到时候他去接他们一起去。

阿米提回到烤肉摊刚把摊子支起来,手机响了。他打开一接,是黑枣打来的，说是开学后学校领导发现许多学生假期作业完成得不好，临时决定下午要召开学生家长会议，要求家长必须参加。阿米提又把摊子收了起来，去学校参加家长会。

下班时间到了，马路两边的门店开始陆续关门。阿娜尔古丽站在服装店门口张望，对身后的古兰兰说："他说是要来接我们一起去的，怎么到现在还不来？"古兰兰说："他可能是临时有事，我们就再等一等吧。"

又等了一会儿，还不见人，阿娜尔古丽有些不耐烦，对古兰兰说："要不然，咱们先走？"话音刚落，电话响了，阿娜尔古丽拿起手机，是阿米提打来的。阿米提在电话中说，他在学校参加家长会，现在还没有结束，可能还得一会儿，请她和古兰兰先去，不然文雅会着急的。阿娜尔古丽放下电话很不高兴地说："这个人，这个时候了才打电话来，早干什么去了？"古兰兰说："吃饭嘛，又不是工作，晚就晚一点，没关系！"说着，把店门关上，挽起阿娜尔古丽的胳膊往外走。

古兰兰和阿娜尔古丽来到聚会的包厢时，文雅和高见已到，张清源因为报社有会还没来。文雅和高见看到古兰兰和阿娜尔古丽，连忙起身相迎。双凤酒楼是张雪梅和张雪燕姐妹开的，所以文雅把张雪梅和张雪燕姐妹也叫了来。几个先到的人一边喝着茶一边闲聊，等候阿米提和张清源。

阿米提比张清源早到了一会儿。阿米提一进来，文雅赶忙起身让座，并倒上了一杯茶。不经意间，文雅往阿米提的脚上瞄了几眼，半开玩笑地说："阿米提，如果是因为我们在报纸上写了文章让你的生活负担加重，那我们以后就宁愿不写了。"阿米提不知道文雅说的是什么意思，连连摆着手说："没、没有，我的生活很好，没有什么负担。"文雅又往他的脚上看了一眼说："那你脚上的鞋子是从什么地方来的？"阿米提这下窘迫了，不好意思地低着头说："我看这双鞋比我脚上穿的要好一些，就换上了，反正这么好的鞋，丢了也可惜。"这一下，阿娜尔古丽的脸上挂不住了，因为这双鞋上还明显地保留着从垃圾桶里捡来的痕迹，在整个宴会期间她几乎没说一句话。文雅自觉失言，席间不断地给阿娜尔古丽夹菜敬酒，也未能打破沉闷气氛。宴会一结束，阿娜尔古丽就头也不回地走了，搞得文雅非常尴尬。

阿娜尔古丽回到宿舍的时候，阿迪拉刚洗漱完正在看电视。阿娜尔古丽一回到宿舍，就把门"嘭"的一声摔上了，阿迪拉被吓了一跳。阿迪拉不知就里，问道："哟！古丽姐，今天不是去聚会了吗，怎么这么大的火气，谁惹你了？"阿娜尔古丽气哼哼地说："问你二哥去！"阿迪拉说："我二哥怎么了？你们两个不是挺热乎的吗，怎么生气了？这还是第一回吧！"

正说着，阿米提敲门进来了。阿米提一进门就堆着笑脸给阿娜尔古丽赔不是，说："都是我不好，让你在那么多人面前失了面子，我以后一定改！"

阿娜尔古丽没接他的话，伸出右手说："钱！把钱拿来！"

阿米提嘻嘻笑着说："我明天就去买，我一定买双新的，买双好看的、漂亮的，然后我把这几个人都请过来，让他们看看阿娜尔古丽的男朋友也是个体面的人。"

没等阿米提说完，阿娜尔古丽就逼着他说："我不听你说这些好听的话，哪怕你明天去买一百双我也不管，我现在就要钱，就要我昨天给你的要你买鞋的钱！"

阿米提犹犹豫豫地说："其实我中午已经看好了一双，还试穿了一下，挺合适，嘿嘿。"

阿娜尔古丽打断他的话，说："你已经看好了，也试了，挺合适。那鞋呢？鞋在哪里？你把鞋拿来给我看看，现在就拿来！"

站在一旁的阿迪拉不解地说："我二哥脚上穿的鞋不是好好的吗，还买鞋干什么？"

阿娜尔古丽说："你问问他脚上穿的鞋是从哪里来的？"

阿米提红着脸没有好意思回答。

阿娜尔古丽说："咱们先不说你脚上穿的这双鞋是从哪里来的，你去先把你买的那双鞋拿过来。"

阿米提吞吞吐吐地说："鞋、鞋，我当时还没来得及买。"

阿娜尔古丽说："没来得及买？没买，那钱呢？钱哪里去了？既然没来得及买鞋，你就去把钱拿过来给我看看！"她看阿米提还在迟疑，声音更高了，说，"去呀？去把钱拿来呀？你只要去把钱拿过来，今天晚上咱们就销账，你要是拿不来，你就出去，不要再来跟我说话！"

站在一旁的阿迪拉也急了，对阿米提说："二哥，你就去把钱拿过来嘛，别让我古丽姐生气了！"

阿米提嗫嚅了几下说："我看赵艺卓吃饭上课挺远的，其他同学都有自行车，她没有，我就把钱给了她，让她也买个自行车。"

阿娜尔古丽手指着阿米提对阿迪拉说："你听听，他又把买鞋的钱捐给人家了！前几天我看他的鞋子烂得都穿不成了，就给他掏钱让他买双新的，他说他有钱，马上买。过了两天，我看他没有买，就给他掏了钱让他一定买一双，他说行，马上买。可是又过了两天还是不见他买，眼看他要去学校捐款，还要让他上主席台，我急了，就给他买了一双，让他一定换上，他说你放心，一定换。结果昨天我见他时，他还是穿着原来的那双烂鞋，而且还参加了学校的捐款仪式。我当时心里就很来气，问他有新鞋为什么不换？他说他去看望苗莉莉家时把那双鞋当成礼物送给苗莉莉的爸爸了，我当时听了怪生气，还说了他几句。但一想，鞋毕竟已经送了，我就又给他掏了钱，让他再买一双，这一次可不能再拖了。他当时给我答应得好好的，结果他今天又把钱送给赵艺卓买自行车了。人家文雅今天请客，文雅请的都是些什么人？人家请的都是些文化人。文化人都是很讲究面子的，你问问他今天穿的那双鞋是从哪里来的？"

阿迪拉问："从哪里来的？"

阿娜尔古丽一字一句地说："是从垃圾箱里捡来的！"

阿迪拉惊讶地重复了一句："从垃圾箱里捡来的？"

阿娜尔古丽说："我不是反对你做好事，特别是像周小勇、苗莉莉、赵艺卓这几个孩子都很可怜，我也很同情，可是，我们也得过生活呀，也得看看自己有多大力量，要量力而行。你倒好，手里有点钱就捐了，有点钱就捐了，捐得自己连一双鞋都买不起，要到垃圾箱里去捡了！你要是就这样下去怎么能行？我们今后还怎么能在一起生活？我知道你过去出来闯荡吃过不少苦，也在垃圾箱里捡过鞋，也捡过吃的，可是我们出来闯荡的目的就是继续穿不起鞋、吃不起饭吗？就是为了在别人面前连一点面子、连一点尊严都没有吗？过去你是一个人过还好说，现在我也在这个地方，我们虽然还没有结婚，但人家是把我当成你的媳妇看的，你如果连一双鞋都穿不起，人家不笑话你还能不笑话我吗？你让我这个当媳妇的在众人面前脸往哪搁呀？"

阿娜尔古丽越说越生气，越说越激动，越说越委屈，最后竟哭得哽哽咽咽的，泣不成声。

阿米提也不知道说什么好，只是坐在一边叹气。

阿迪拉对阿米提说："二哥，这就是你的不对了！古丽姐这么做也都是对你好。你回去要好好想一想，以后在这些方面也得改一改了！"

阿迪拉对阿米提批评了一阵子，接着又来劝解阿娜尔古丽。

后来文雅和古兰兰都过来帮助劝解，这才把事态平息。

这是他们两人第一次这么红脸，此后好长时间他们的心里都有一种说不出来的滋味。

先是阿米提。当天晚上他从阿娜尔古丽这里回到自己的宿舍，一夜都没合眼，胸口总感到有个什么东西在顶着，憋闷得慌。是阿娜尔古丽说错了吗？阿娜尔古丽说得一点也没错，她也是为了自己好，为了将来这个家好。那么是自己错了吗？自己也没什么错呀！如果赵艺卓是自己的女儿或者是妹妹，自己能忍心让她那样吃苦受委屈吗？那么是谁错了，是哪里出错了呢？他一下子找不到答案。越是找不到答案他就越是想找，越是找不到他就越是感到苦闷、感到纠结，纠结来纠结去最后就睡着了。也许是长时间没有睡过好觉的缘故，他这一睡就睡到了第三天下午。

就在他睡着的第二天早饭后，当大街上的车辆和行人慢慢多起来的时候，有几个年轻人来到他的烤肉摊前要吃烤肉，却发现他的烤肉摊还是用篷布盖着。他们问邻摊的摊主，邻摊的摊主说，阿米提可能又捐款去了。这几个年轻人听后有些失望地离开了。

过了一天，这几个年轻人又来到他的烤肉摊前想吃烤肉，发现他的烤肉摊还是盖着。他们又去问邻摊的摊主，得到的回答是，阿米提可能是捐款还没回来。这几个年轻人只好唉声叹气地走了。

到半下午的时候，古兰兰的服装店里渐渐安静下来。店里没有了顾客，阿娜尔古丽坐在一旁愣神。古兰兰说："阿米提大哥已经两天都没起床吃饭了，他可是从来没有这样过。"阿娜尔古丽说："当时我确实很生气，说了很多气话，特别是当时在酒桌上我的脸色肯定不好看，给人家文雅那些人也搞得下不来台，事情过后我也有些后悔。"说完，还叹了一口气。古兰兰说："事情已经过去了，就不要再想它了。趁着店里现在没人，你还是过去看看吧，要不我陪你去？"阿娜尔古丽说："也好，那就麻烦你了。"古兰兰说："咱们两个谁跟谁呀！"

阿娜尔古丽由古兰兰陪着，来到阿米提宿舍门口。宿舍的门留着一条缝，赵艺卓和阿米提说的话从门缝里传出来。只听阿米提说："我是想让你买个自行车，谁让你给我买鞋子了，你这孩子！"赵艺卓说："为了我们几个上学，你连一双鞋都舍不得买，我们心里能好受吗？来，你穿上试试。"阿米提把鞋子穿上试了试，说："这双鞋正好，穿上挺合适。"赵艺卓说："我听售货员说，你当时挑的就是这一双。"

　　赵艺卓和阿米提正说着，阿娜尔古丽和古兰兰进来了。阿娜尔古丽马上换上了笑容，热情地说："艺卓，你回来了？"赵艺卓赶紧站起来，回答说："古丽阿姨，我回来了。"阿娜尔古丽说："你还没吃饭吧，我马上给你做。"赵艺卓说："不了，我回去还有课。"阿娜尔古丽说："有课也得吃饭，你先喝口水，饭一会儿就好。"赵艺卓还要推辞，阿米提把她挡住了，说："你阿姨叫你吃你就吃，不吃她还会不高兴呢。"赵艺卓只好留下了。

　　古兰兰一看这个情况，找个借口先回去了。

　　饭桌上，阿娜尔古丽除了不断招呼赵艺卓要多吃菜外，还特意把阿米提的碗里垒得高高的，阿米提的脸色也缓和多了。

　　饭后，赵艺卓告辞回学校，阿娜尔古丽嘱咐她要照顾好自己，有什么事情及时打电话。赵艺卓对阿娜尔古丽说："古丽阿姨，你和阿米提叔叔也要照顾好自己，你看阿米提叔叔最近又瘦了，眼皮都肿着。"阿娜尔古丽的脸色微微红了一阵儿，说："你们放心，我一定把你叔叔照顾好。"

　　赵艺卓走后，阿娜尔古丽回到了自己的宿舍。直到晚上躺在床上，赵艺卓给阿米提买鞋子的情景都在她的眼前晃动。

　　星期天，阿娜尔古丽来到赵艺卓所在的学院，打电话把赵艺卓叫了出来，说是想让她陪自己到商场看看，问赵艺卓有没有时间。赵艺卓看了看表说："离补课时间还有一个多小时，来得及。"说完，就陪着阿娜尔古丽来到了通天河商场。

　　商场内各种商品琳琅满目，顾客熙熙攘攘。阿娜尔古丽拉着赵艺卓来到自行车专柜，对赵艺卓说："阿姨想买辆自行车，你给当当参谋。"赵艺卓说："阿姨你也喜欢骑自行车呀？"阿娜尔古丽说："我在老家都喜欢骑自行车，我还会骑摩托车呢！"

　　两个人在一辆辆各种款式的自行车跟前走过，阿娜尔古丽指着一款较高档的自行车说："你看那一辆怎么样？"赵艺卓说："那一款当然好了，我们学校好多女老师都是骑的那种车子。"阿娜尔古丽说："你的同学中间有没有人骑？"赵艺卓说："我们的同学也有骑的，但很少，都是些有钱人才买。"阿娜尔古丽说："那我们就要那一款。"接着，就去交钱。交完钱，赵艺卓帮着把自行车推到了楼下。

　　阿娜尔古丽陪着赵艺卓来到通天河学院大门口。赵艺卓要把自行车往阿娜尔古丽手里交，阿娜尔古丽说："艺卓，这辆车子是给你买的，你把它推回去吧。"

赵艺卓愣了，说："阿姨，这不是给你自己买的吗？"

阿娜尔古丽说："傻孩子，我上班就那几步路还需要这个？这是阿米提叔叔和阿姨专门给你买的。你阿米提叔叔说，你吃饭上课的地方都很远，来回要走很长的路，同学们都有自行车，所以就专门嘱咐我给你也买一辆。怎么，你不喜欢？"

赵艺卓说："看阿姨说哪里去了？我是说，这辆车子太贵重了，我有个二手车子骑着就行了，你还是拿回去自己用吧，要不然就把它退了。"

阿娜尔古丽说："买回来就是要用的，退了干什么？"说着，又把车子交到赵艺卓手里。

赵艺卓很犹豫，说："像我这种家庭状况的人，要是骑回去人家会说我是偷的。"

阿娜尔古丽说："不怕，我们这里有发票。"说着，随手把发票递到赵艺卓手里。

阿娜尔古丽看赵艺卓还在犹豫，就鼓励她说："不要有那么多顾虑，你只当这是爸爸妈妈给你买的，以后有困难，尽管给我们说。一个女孩子家，有些话不好给你阿米提叔叔说，就给我说，你就把我当成你的亲妈妈吧。平时生活上也要注意，要讲节约，但也不要过度，你们现在正是长身体时期，搞得不好将来是要吃亏的。特别是女孩子，更要注意，否则就会被人家看不起，也容易学坏。人们常说，'富养女，穷养子'，讲的就是这个道理。"

赵艺卓从来没有享受过这样的母爱，她再也控制不住自己的感情，她把车子放在那里，喊了一声"妈妈"，一下子扑到了阿娜尔古丽的怀里。

此时，正是天高云淡的季节。抬眼望去，一群大雁排成"人"字队形，正唱着悠扬的歌儿飞向遥远的天际。

周小勇的病情又恶化了。在医院里，一群医生围在周小勇的病床前研究病情。躺在病床上的周小勇双眼紧闭，呼吸急促。陈阿弟、阿米提和岳敏的脸上都笼罩着浓重的阴云。

晚上，岳敏回到家里，一家人围着餐桌吃晚饭。岳敏对在市人大工委担任副主任的丈夫说："周小勇的病情轻轻重重，老是这样拖着也不是个办法。你在人大那边大小也是个头头儿，上下也有些熟人，能不能找个什么人帮着想个办法？"丈夫说："熟人肯定是有，就看需要找什么样的熟人？"岳敏说："病人嘛，那肯定需要找能治病的人。这孩子得的是肾病，如果有能治肾病的专家更好。"丈夫说："治肾病得专科医院，一般的医院不行。"丈夫吃着饭想了一会儿，突然停下筷子说："我想起来了，前几年我听省人大一位搞过医学的领导说，他有个学生在省城开了一个医院，专门治疗肾病，我打个电话问问。"说着就要去打电话。岳敏说："看把你急的，吃了饭再打吧。"丈夫说："救人如救火嘛，饭少吃几口没有关系。"

丈夫打了几个电话，同设在省城的朝歌肾病专科医院的院长取得了联系。院长王爱红也是个热心人，一听周小勇的病情和家境，当即表态同意收治，费用全免。岳敏立刻把这个好消息告诉了阿米提。

阿米提接到岳敏的电话喜出望外。他在电话中对岳敏说："明天就把周小勇往朝歌医院送！"

第二天，朝歌医院的院长王爱红带领全体医护人员早早地就站在医院大门口，迎接周小勇的到来。周小勇在阿米提和陈阿弟的护送下刚一下车，就受到了贵宾般的礼遇。

在医院里，王爱红院长亲自为周小勇做了诊断。王院长说："小勇体内的蛋白流失很严重，还不及正常人的三分之一，需要中西医双管齐下。"陈阿弟问有没有彻底治好的希望，王院长很有把握地说："我们的方案如果在三个月内能见到明显的效果，彻底治疗还是很有希望的，但需要病人和家长积极配合。"

病人安顿下来以后，阿米提把这边的情况打电话告诉了阿娜尔古丽。阿娜尔古丽问阿米提这次需要多长时间，阿米提说大概和上次一样，也需要三个月左右。阿娜尔古丽的脸色一下子暗淡下来。

卓尔汗思念阿娜尔古丽心切，坐在沙发上不断地给阿娜尔古丽打电话，拨了几次都没接通，开始是没人接，接着是无法接通，最后干脆关机了。卓尔汗气得直发脾气，对海里克说："这死丫头，真把爹娘给忘了！"

海里克安慰说："你不要害怕，她迟早会主动给你打电话的。"

卓尔汗说："你怎么知道？"

海里克说："你没想想，一个女孩子家，从小到大都在爹娘身边，这一下子跑那么远，她能不想家吗？现在不想，是她去的时间还短，那个新鲜劲儿还没过去，等那个新鲜劲儿一过去，她对那个地方厌倦了，她就会想起家，想起我们。再说了，她到那个地方是奔着那个阿米提去的，你不要看过去他们那么热火，那是因为他们没有在一起生活，现在他们在一起生活了，一开始是看对方的优点多，时间一长，他们就会逐渐发现对方的缺点和弱点，有时候甚至会把对方的缺点和弱点放大，那样他们慢慢就会产生摩擦，摩擦到一定时候，他们可能就会厌倦甚至讨厌对方，遇到一些不顺心的事就会大动肝火，吵嘴斗架。如果这个时候有个他们都比较信任的人能够从中间调解一下，矛盾或许还能化解，要是没有这个人从中间调解，那他们从此分手就是迟早的事了。"

卓尔汗点了点头说："嗯，你说的也有道理。"

海里克说："所以，我劝你先不要着急，等一段时间再说。要是她真的喜欢那个地方，真的喜欢阿米提，我们也就来个顺水推舟，按他们的意愿办就是了。"

卓尔汗说："那不行！我就这一个闺女，我不能让她离我那么远。阿米提那个小伙子我也不喜欢，我就喜欢斯拉木。只要我还活着，我就不允许她嫁给阿米提！"

海里克说："她想在哪里生活，她想和谁结婚，肯定有她的道理。你要知道，她现在都那么大了，已经不是一个小孩子了，还是一个大学生，她有她的想法。我们做父母的，只能顺其自然，不能逆风而上，逆风而上是要翻船的！你说你喜欢斯拉木，不喜欢阿米提，不就是嫌弃阿米提家太穷。斯拉木家有钱，斯拉木又会经常来看看你，嘴巴也比较甜。除了这些，你觉得他还有啥？"

卓尔汗说："说来说去，你也是在帮阿米提说好话吗？"

海里克说："不是我帮谁说好话，我说的是事实，不信你将来可以看结果。"

卓尔汗心里有事，没和海里克争辩，换了个话题说："你刚才说，咱们的古丽现在是和阿米提生活在一起，难道他们敢住在一起？"

海里克说："我说的生活在一起，是说他们的工作、吃饭、活动这些会在一起，而不是说他们会住在一起。我们自己的女儿，我们心中还是有这个底，她还不会糊涂到那个地步。"

卓尔汗说："只要他们不住在一起，他们干什么我都不干涉。"

海里克说："离我们这么远，你想干涉也干涉不了。"

卓尔汗说："她要是做得太出格，离得再远我都要干涉！反正说到天边我都不会让她和阿米提结婚，要不，我怎么跟人家斯拉木家交代？人家扶持我们那么多钱我们用什么去还?"

海里克看和卓尔汗纠缠不清,就把话题打住了。

经过一段时间的精心治疗,周小勇体内的蛋白逐渐回补,人也变得活蹦乱跳,和医护人员开始没大没小起来。由于家贫,周小勇过去很少有机会看电视。现在,他一做完作业便赖在电视机前不动弹。大家怕他感冒不让他看电视,他就生气,直到王爱红院长亲自管教方才罢休。王院长的办公桌也成了周小勇的专用书桌,他的书和课本常常是摊得满桌都是,王院长也兼职做了他的辅导老师和清理人员。阿米提问王院长为什么对周小勇这么好,王院长说:"我从周小勇身上看到了我的童年和少年。"

阿米提这次到朝歌医院给周小勇看病,由于出来的时间较长,给养殖基地那边耽误了些事情,把哥哥阿依提急得团团转。

这天,阿娜尔古丽和阿迪拉正在宿舍里吃饭,阿依提走了进来。阿依提问阿娜尔古丽说:"阿米提什么时候能回来?"

阿娜尔古丽说:"可能要三个月左右。"

阿依提说:"这个人真是'一根筋'!别人家的病人,你帮着送过去就行了,还要在那里陪着。你是个做生意的人,啥是一天两天的事?退后一步讲,就是十天半月也行,你可好,这一去就是三个月!一年能有几个三个月?你还做不做生意了?你不做生意你吃什么?我说他的脑子叫驴踢了,你们都说我说得不好听,他这种做法你叫我能说出什么好听的?你们看看,眼看就要过春节了,那么多人都想回家,你让谁回不让谁回总得有个安排吧?这倒好,他一拍屁股走了,把这个烂摊子撂给我不管了,你说气人不气人!"

阿依提说着,气哼哼地走了,阿娜尔古丽和阿迪拉喊他吃饭他都没回头。

在阿娜尔古丽的老家,卓尔汗又坐在那里给阿娜尔古丽拨电话,但就是拨不通,最后她气得把电话都摔了。海里克走过来安慰她,她气哼哼地说:"这都快过春节了,人家的孩子都往家里跑,我的孩子还在外边,连个消息也没有,你说我不想?不行,我得把斯拉木叫过来,这死丫头不接电话,我就叫斯拉木给她发短信,就说春节快到了,我想她,让她给我回来过春节,只要她回来,过去的事情都可以一笔勾销,如果她不回来,老娘我跟她没完!"

海里克说:"你也糊涂了!你的闺女本来就对斯拉木不感冒,你还让他给你闺女发短信,你闺女会听?"

卓尔汗说："那你给我发，她也是你的闺女，你发了她应该相信！"

海里克不耐烦地说："好、好，我发，我发！哎呀，真是的！"

卓尔汗拿眼睛瞪了瞪海里克，忍住了。

在朝歌医院这边，阿米提从外面回来，听到周小勇在病房里又哭又闹，谁也劝不住。阿米提问陈阿弟是怎么回事？陈阿弟说："春节快到了，他突然吵着要回家过春节，谁劝都不听，没有办法，王院长就把他锁在了房子里。你没听，他正在踢门哩。"阿米提听陈阿弟这么一说，把门打开了。他往面前一站，周小勇就乖乖地垂首站在了那里。

事后，王爱红院长来到病床前问周小勇："你为什么那么怕阿米提？"周小勇说："我不是怕，而是敬重，没有他，我活不到今天，在我的心目中，他就是我的爸爸！"

刚刚回到门口的阿米提听到这话，泪水一下子滚落下来。

兰兰服装店里，趁着没有顾客的当儿，阿娜尔古丽对古兰兰诉说了自己的惆怅和忧虑。

阿娜尔古丽在通天河虽然和阿米提是分着住的，但阿米提在家时他们几乎天天可以在一起，这段时间阿米提不在家，她的心里总感到空落落的。尽管阿米提隔三岔五都要打个电话回来，同时还有古兰兰和阿迪拉陪着，但总比不上阿米提在身边时的日子好打发，阿娜尔古丽因此不免生出些怨气来。加上阿米提的哥哥阿依提经常在阿娜尔古丽面前数落阿米提的不是，而且马上就要过春节了阿米提还不能回来，阿娜尔古丽更是满腹惆怅和疑虑，她真担心将来结婚后阿米提还是这种样子日子可怎么过。

由于心中忧虑，加上受点风寒，阿娜尔古丽病倒在床上。阿迪拉说给阿米提打个电话，阿娜尔古丽说这么远，打了他也回不来，还是算了。

晚上，阿娜尔古丽的手机响了几次，她一看是卓尔汗打的，就没有接。过了一会儿，她的爸爸发短信说，她妈妈由于思念她，病倒在床上，请她务必在春节前回去一趟。她想了想，觉得有些疑问，就把短信拿给阿迪拉看。阿迪拉说："这个好办，现在电话这么方便，我给家里打个电话，一会儿就会问出结果来。"

果然，不一会儿阿迪拉就接到了回电，卓尔汗没有病，只是有些思念阿娜尔古丽。即使这样，阿娜尔古丽也不免想念起家里来。阿迪拉看出了她的心思，安慰了一阵子。

大年三十，王院长把周小勇母子和阿米提请到家里吃年夜饭，其中有几个菜是特意为周小勇治病的食补药膳，周小勇放开肚皮吃得红光满面，把王爱红院长还吓了一跳，生怕他扛不住。

在通天河这边，双凤酒楼的张雪梅和张雪燕姐妹俩也把阿娜尔古丽请到家里吃年夜饭，并专门请阿迪拉和古兰兰作陪。席间，虽然主人极尽热情，但阿娜尔古丽还是难展笑容，搞得气氛很沉闷。

春节过后，周小勇可以出院了，大家都在为周小勇出院做准备。王爱红院长让医护人员拿过来两个月的服用药和调理食谱，交到陈阿弟手里，并详细交代了服用和调理方法。

在医院大门口，全院医护人员为周小勇送行。周小勇在王爱红院长和三名医生护士的陪同下，乘坐医院专车返回通天河。阿米提和陈阿弟在车上向送行的人们频频招手致意。

阿米提今天要回来了，但阿娜尔古丽仍然面色阴郁地坐在柜台边。古兰兰对阿娜尔古丽说："阿米提大哥今天就要回来了，你怎么还是这么不高兴？"阿娜尔古丽冷笑了一下说："他的心根本不在我身上，他回来与我有什么关系？"

周小勇很快就要回来了。在周小勇家所在的村口，周小勇的亲邻们都在翘首迎候。载有周小勇的汽车刚一进入人们的视线，喜炮就被点燃，欢迎这位曾和死神擦肩而过的坚强少年的归来，也欢迎给予周小勇第二次生命的白衣天使和阿米提。

回到家的阿米提高高兴兴地来找阿娜尔古丽，却被阿娜尔古丽数落了一顿："你为给别人治病把家里人都忘完了，你还回来干什么？"阿米提的心情顿时一落千丈。

陈阿弟一回到家，就炖了一锅鸡汤。她提着鸡汤往外走，周小勇问道："妈，你到哪里去？"陈阿弟说："这段时间你阿米提叔叔为了你人都瘦了一大圈，我把这鸡汤拿过去让他也补补身子。"

陈阿弟辗转了一路提着鸡汤来到阿米提宿舍门前，敲了一阵子没见开门，又提着鸡汤往楼下走。

陈阿弟提着鸡汤又来到阿迪拉宿舍门口，正想敲门，忽然听到里边有争吵声。她停下来一听，是因为给周小勇治病的事。只听阿娜尔古丽说："你为了别人，把你挣的钱全部花光不说，还把时间都搭上了，一出去就是几个月，要是结婚后你还是这个样子，我们还怎么生活呀？"阿娜尔古丽还说，"他们家还有那个病号，现在才十几岁，那要拖到哪年哪月？那不是个无底洞吗！"

陈阿弟听到这里，没有再敲门，返身快步跑下了楼。

阿米提听到门口有脚步声，打开门看了看，没有见到人，脸上露出了疑惑之色。

第二十五章
特殊的生日礼物

陈阿弟自从那天晚上给阿米提送鸡汤时听到阿娜尔古丽说的那些话后，下决心不再接受阿米提的资助，也不再到阿米提的烤肉摊上班，以免引起小两口之间的不和睦。阿米提对此并不知情，他把去省城陪护周小勇期间耽误的一些事处理完后，就想抽时间到陈阿弟家里看看，是不是他们又遇到什么难事了。

这天早饭后，他来到风味餐馆门口把阿迪拉叫出来说："陈嫂已经好几天没来上班了，我过去看看，你帮我照看一下摊子。"阿迪拉说："你去吧，我把这边的事情安排一下，马上就过去。"

阿米提刚转身，阿迪拉又嘱咐说："人家要是嫌在咱这里工作不好或者工资低，咱可不要勉强人家。"阿米提点了点头说："知道了。"

当阿米提提着礼物来到陈阿弟的家时，陈阿弟正在给鸡鸭喂食，看样子周小勇已经上学去了。阿米提一进门，陈阿弟就热情地迎出来。阿米提说："大嫂，出去这几个月，家里的事没受影响吧。"

陈阿弟说："这都亏得遇到了好邻居，这些天都是邻居帮忙照看的，连鸡鸭都喂得肥肥的，鸡蛋鸭蛋还给攒了一大堆呢！"

阿米提说："俗话不是说，远亲不如近邻嘛！"

陈阿弟说："谁说不是呢！"

阿米提询问周小勇的病情有没有反复，陈阿弟说："和回来时一样，药都照常吃着，看着身体各方面都挺好的。"

阿米提说："那我就放心了。"

陈阿弟把阿米提让进屋里坐下，沏了一杯茶恭恭敬敬地递到阿米提手里。阿米提朝屋里看了看，没有发现特别的情况，就向陈阿弟问道："大嫂，回来后你怎么没去上班呀，是不是家里忙离不开？"

陈阿弟迟疑了一下说："出去了这么长时间，刚回来，有些家务事需要料理料理。"

阿米提说："你说的也是，出去了这么长时间，是有些事需要处理。等你处理完了，要是有时间，你就过去，我那里还需要人手呢。"

陈阿弟停顿了一下说："大兄弟，有些话我还是给你说了吧。"

阿米提说："大嫂，有什么事你尽管说，只要能办到的，我一定尽力。"

陈阿弟说："我不是让你办什么事，我是说，你那边我还是不去了。"

阿米提一怔，说："你不是嫌我那里工资低吧？你要是嫌工资低，我回去马上给你涨工资！"

陈阿弟说："我哪里还会嫌工资低呀？你就是不给我工资我都不会有半句怨言！"

阿米提说："那你是嫌在我那里工作不好？要是那样，我今天就去找妇联的岳大姐，她原来曾经给你找过一份工作。如果她当时给你找的那个工作现在没有了，她还会帮你想办法的。她说过，你不管遇到什么困难，随时都可以找她。"

陈阿弟说："在你那里工作，还轻松，还能照顾家里，特别是能照顾小勇，我到哪里还能找到这样的好事？"

阿米提说："那你说不过去了，是什么原因？"

陈阿弟说："大兄弟，我就实话给你说了吧，我是不想再连累你们了。"

阿米提不解地问："连累我们？这有什么连累不连累的！你帮我干活，还给我减轻了压力，我找都找不来这样的好事，怎么还说是连累我们呀？"

陈阿弟说："我在你那里干活，你照顾我，给我发那么多钱，小勇病了，还得照顾小勇，你也从来没有扣过工资，大嫂我什么不知道？过去你是一个人还好说，现在你有了媳妇，虽然你们还没有结婚，但就和结了婚一样，什么事情都不能再由你一个人说了算，你们还要过日子，在我们身上操心多了，会影响你们的和睦。况且你们还要磨合，还有个正式结婚的问题，如果因为我们家的事坏了你们的婚事，那你大嫂我可就要愧疚一辈子了！"

阿米提说："大嫂你是不是听到什么了？"

陈阿弟说："大嫂什么也没听到，大嫂是自己想的。大嫂这么大年纪了，都是过来人，我们不能光顾自己呀！"

阿米提还要坚持，被陈阿弟拦住了。陈阿弟说："大兄弟，你的好心大嫂我都领了，以后你就把你那边的事情照顾好，大嫂这里你就不要再操心了。大嫂给你说句狠话，你要是有事来坐坐大嫂欢迎，你要是为这事再来，我连门都不会再给你开。到那时，你可别怪大嫂对你不客气！"

阿米提看陈阿弟把话说到了这个份儿上，只好暂时告辞。临离开前他还是留下了一句话："大嫂，我说的话，请你再想想。"

阿米提的烤肉摊前坐满了顾客，阿迪拉在帮着招呼摊子。阿米提低着头走回来，阿迪拉迎上前问道："见到陈嫂了吧，她说来不来？"阿米提就把刚才在陈阿弟家遇到的情况说了一遍。阿迪拉说："怎么会是这样？"阿米提说："她会不会是听到了什么？"阿迪拉说："不会吧，我们也没说她什么呀？"阿米提说："那天晚上在你们的宿舍里古丽和我争吵，说了一些有关她们家的事，她不会是听到了吧？"阿迪拉说："不可能，他们家离咱们这里这么远，又是晚上，他们又是刚从省城回来，不可能到咱们这里来。"阿米提说："这就怪了，前后才几天时间，她的态度怎么就变化这么大？"阿迪拉说："兴许是她多心了，我们多过去看看可能就好了。"阿米提说："但愿是这样。"

阿米提从陈阿弟家里回来后，琢磨了几天也想不出缘由，就把这件事情暂时放下了。

这天早饭后他提着东西正常出摊，刚打开门，发现黑枣和苗莉莉站在门口。阿米提说："你们回来了，怎么不敲门呀？"黑枣说："我们听到屋里有响声，想是古丽阿姨在，所以就没敲。"阿米提说："怎么？你们怕你古丽阿姨吗？"黑枣说："不是的，我们是担心影响你和古丽阿姨在一起亲热。"阿米提捏了一下黑枣的鼻子说："鬼精灵！"

阿米提把黑枣和苗莉莉让进屋里，问他们回来有什么事，是不是遇到什么困难了？黑枣说："没有什么困难，今天是星期天，我们想家了，回来看看。"阿米提恍然大悟地说："看我这脑子，把今天是星期天的事情都给忘了！你们先在家里玩，我去把摊子支起来，中午我给你们做拉条子吃。"阿米提说着，拿出一篮子新疆干果放到黑枣和苗莉莉面前，嘱咐了几句，接着往外走。黑枣说："我们在家也是闲着，还不如去给你打个下手。"阿米提一听很高兴，就带着他俩下了楼。

阿米提带着黑枣和苗莉莉来到烤肉摊前，三个人一齐动手把摊子打开，开始忙碌起来。阿米提询问了两个孩子的学习和生活情况，他俩都一一做了回答。阿米提说："你们今天过星期天，那小勇过不过？"黑枣说："过星期天学校都是统一的，他应该也过。"阿米提想了想说："趁现在客人还没上来，我过去看看他，一会儿就回来，你们先帮我看着摊子。"黑枣先是答应，接着又说："要不，我跟你一起去？"阿米提说："这里也离不开人。"黑枣说："那好吧。"

阿米提提着一兜吃的东西来到陈阿弟家时，周小勇正拿着考100分的卷子给陈阿弟看，陈阿弟高兴得合不拢嘴，直夸周小勇有志气。听到外边有敲门声，陈阿弟问道："谁呀？"阿米提在门外答应了一声。周小勇一听是阿米提，嘴里喊着"阿米提叔叔"，张开双臂就往外跑。陈阿弟一把拉住他，把他推了回去。周小勇不知缘由，挣扎着还要出去，被陈阿弟紧紧地抱住了。周小勇问为什么？陈阿弟说："等一会儿妈给你说。"

阿米提又敲门，陈阿弟说："大兄弟，大嫂求你了，你回去吧，不要再来了。"

阿米提看门敲不开，就干脆坐在门口等。陈阿弟说："今天你就是等到天黑，大嫂也不会给你开门。"

邻居们都认识阿米提，他们一看到阿米提，都围过来跟阿米提说话。周小勇听到门外的说话声，使劲挣扎着要去开门，被陈阿弟死死地抱住。陈阿弟哭着朝门外喊："大兄弟，你就不要逼我了，你回去吧，你要不走，我今天就死给你看看！"话说到这个份儿上，阿米提只好怏怏地走了，引来围观的人一片议论声："阿米提不会是来求婚的吧！"

阿米提走后，陈阿弟搂着周小勇号啕大哭了一场。

阿米提低着头走回自己的烤肉摊，摊子上很热闹。顾客们一看到阿米提，都夸奖黑枣和苗莉莉这两个小徒弟得到了阿米提的真传。阿米提朝顾客们点点头，算是应答。黑枣看阿米提今天的表情有些反常，不断地朝苗莉莉使眼色。苗莉莉会意，把阿米提哄着拉回了宿舍。

阿娜尔古丽把两位购买衣服的顾客送出门，回过头来整理服装架上刚刚被顾客挑乱的衣服。古兰兰对阿娜尔古丽说："阿米提大哥想做点事也不容易，你看他一天到晚闷闷不乐的，你还是过去看看，安慰安慰他，不要让他憋出病来了。"

阿娜尔古丽不高兴地说："我去安慰他？那谁来安慰我？"

古兰兰说："男女不是不一样嘛！你没听人家说，男人最怕女人跟他生气，女人要是跟他生了气，当时他不会说出来，但他会像闷葫芦一样压在心里，时间一长就会得病，甚至会得一些很古怪的病，要是那样对谁都不好。我劝你还是过去看看他，即使不想说话，帮他洗洗涮涮也行。两口子嘛，总得有个人先低头。"

阿娜尔古丽说："谁和他是两口子了！"

古兰兰说："那不也是迟早的事？"

阿娜尔古丽说："他那个人，你给他低头不低头都是一回事。这次你给他低头了，下一次他往人家那里跑得会更勤！"

古兰兰走过来扒住阿娜尔古丽的肩膀说："我的好姐姐，我知道你是个明白人，你也在心里心疼阿米提大哥，就算我求你，去看看他，行吗？"

古兰兰看阿娜尔古丽的心里有所松动，说："我看这样，今天的顾客少，我们就自己给自己放一天假，你去看看阿米提大哥，我也出去放松放松！"

古兰兰嘻嘻哈哈地说着，把阿娜尔古丽往外推，随手就把门给锁上了。临别时，古兰兰还在后边说："我听说黑枣和苗莉莉也回来了，回去后要高兴一点，不要让孩子们有什么感觉！"

当天这顿饭是阿娜尔古丽做的。孩子们吃完饭回学校去了，餐桌上摆着残羹冷炙，阿娜尔古丽在收拾，阿米提坐在一旁愣神儿，让人一看就知道，这顿饭吃得很沉闷。阿娜尔古丽一边收拾屋子，一边对阿米提说："你看你，你为我心里不畅快，也不能在孩子们面前表现出来，他们回来一次也不容易，你这样做让孩子们回去怎么想。"

阿米提说："我哪是因为你？"

阿娜尔古丽说："那你是因为谁？"

阿米提说："还不是周小勇家的事！"

阿娜尔古丽说："那不还是因为我？要不是那天晚上我说了你几句，你哪能几天都不说话？"

阿米提说："哪是这个？我去了几次他们都不开门。"

阿娜尔古丽说："不会吧？你对他们家那么好，他们对你怎么能连门都不开？那他们还有没有良心！"

阿米提说："我说的不是这个意思。"

阿娜尔古丽说："那你是什么意思？"

阿米提说："这中间可能有误会。"

阿娜尔古丽说："误会？那会有什么误会？"

阿米提就把前几天去的情况说了一遍。

阿娜尔古丽说："这可能是他们自责吧，我们也没说他们什么呀！"

阿米提说："会不会是我们两个那天晚上争吵的那些话让他们听到了？"

阿娜尔古丽说："不会的！他们家离我们这里那么远，时间又那么晚，况且他们又是从省城刚刚回来，轻易是不会到我们这里来的。"

阿米提说："反正我琢磨着这里边肯定有原因，要不，他们的态度不会那么坚决。"

阿娜尔古丽想了想说："要不这样吧，瞅个空儿我跟你去一趟，看看他们，我也好长时间没见他们一家了，怪想的。"

阿米提脸上露出了笑容，说："你去了好，你去了他们肯定会开门！"

这天刚好古兰兰安排阿娜尔古丽休息，阿娜尔古丽就跟着阿米提来到了陈阿弟家。可是到门前一看，陈阿弟家的门上却落着锁。他们在门前等了一会儿，没见人回来。问邻居家，邻居说："他们家搬出去了，连锅碗瓢盆和铺盖都搬走了。"问什么时候走的，邻居说："走了几天了。"阿米提和阿娜尔古丽黯然而归。

通天河市最近连续举行了几次大规模的商品交易活动，全国各地的客商纷纷云集，给通天河的餐饮业带来了新的商机。阿米提的新疆烧烤一条街和其他的同行一样，生意也愈加红火。阿米提的烤肉摊又增加了新的品种，客人更加爆满。原来的座位不够用，他又购置了新的桌椅。

星期天，赵艺卓回来看望，阿米提特意给她做了一顿新疆的特色饭拉条子。在炒菜的时候，阿米提知道学校生活艰苦就备了四个菜的原料，可是当炒到第二个菜的时候，赵艺卓夺过阿米提手中的铲子说什么也不让再炒了。阿米提问其缘故，赵艺卓说："一顿饭有一个菜就行了，我们的同学中有的一顿饭连一个菜都吃不上。"阿米提说："不可能吧？都上大学了，家里还供应不起？"赵艺卓说："怎么没有？我们班有个女同学，每顿饭都是提前到饭堂帮助厨师打菜，最后可以免费得到点菜汤。"阿米提问："你说的那个学生叫什么名字？"赵艺卓说："叫葛玲玲。"阿米提问："你们学校像这样的贫困学生多不多？"赵艺卓说："有好多，都是农村和山区来的。"阿米提问："那他们的助学金呢？"赵艺卓说："学院有助学金，但贫困生太多，分不过来。"听了赵艺卓说的情况，阿米提这顿饭几乎没有吃下去。他像对赵艺卓又像自言自语地说："这些学生正是长身体的时候，连一个菜都吃不上，怎么读书啊！"

赵艺卓走后，阿米提把最近挣的钱全部拿了出来，数了数有 4000 元多一点。他皱着眉头想了一会儿，去找阿迪拉。

走到风味餐馆门前，他抬起脚想进去，但犹豫了一下，又退了出来。阿迪拉从里边跑过来说："二哥，你有事？"阿米提遮掩着说："没事，没事，我就是随便看看。"

离开风味餐馆，阿米提又往兰兰服装店走。来到店门前，他朝里边看了看，见古兰兰正在整理新货，随之走进去，向古兰兰问道："就你一个人？"古兰兰说："就我一个人。"阿米提努了一下嘴，说："她呢？"古兰兰说："古丽姐说她出去办点事，一会儿就回来了。"古兰兰看看阿米提的神色，说："你找古丽姐有事？"阿米提说："不是找她，我是专门找你来了。"古兰兰说："有什么事就直说吧，你怎么也学会绕弯子了？"阿米提不好意思地笑了一下说："想问你再借点钱。"古兰兰说："跟我还说什么借不借的，你需要多少？"阿米提伸出一个指头说："1000，就 1000。"古兰兰随手就从抽屉里拿出一把钱，数出 1000 元交到了阿米提手里，说："1000 够不够？不够我这里还有！"阿米提说："够了，够了，其实有 800 就够了，我想借个整数，将来也好还。"古兰兰说："跟我还说什么还不还的，你拿去用就是了，没有了就再过来取。"

阿米提把钱装进口袋准备出门，古兰兰问了一句："借钱干什么？不会又是去捐款吧？"阿米提说："对你不说假话，就是去捐款。"古兰兰说："这一次准备捐多少？"阿米提说："本来是准备捐 5000 的，我把最近挣的钱全部拿出来数了数只有 4000 多一点，我想凑够 5000，就出来找阿迪拉商量，可是刚走到餐馆门口，我一想前几次欠她的还没还完，所以就跑到你这里来了。"古兰兰哈哈笑了一阵："看着你五大三粗的，心思还挺细腻。不过，捐款还是要量力而行，有多少就捐多少，哪有借钱捐款的。"阿米提说："不是想凑个整数嘛。"古兰兰又笑了一下，问道："你又捐这么多，不怕古丽姐还跟你吵？"阿米提说："吵也没办法，我一听到有学生可怜就吃不下饭睡不好觉。"古兰兰说："怪不得人们都说，你帮人都帮上瘾了。"阿米提笑了笑，返身离开了服装店。

阿米提带着从古兰兰这里借来的钱回到宿舍，又把自己之前准备的那些钱拿出来合在一起，仔细整理后用一张报纸认真包了包装进提包，然后提着往通天河学院走。

阿米提提着提包走进院长办公室，院长田雨春热情地接待了他。阿米提从包里把 5000 元拿出来放到田雨春院长面前说："我听说咱们学院有的从山区来的贫困生吃饭时连菜都舍不得吃，心里很难过，所以我也想设个助学基金，以后定期往这笔基金里注资，不知道行不行。"田院长对阿米提的善举非常赞赏，但她说他们学院以个人名义设的助学基金多数在 100 万元以上，最少的也有 50 万元，如果他确实想捐，就让他把这笔钱交给学院的贫困生资助中心，由他们帮助捐给几个贫困的学生。阿米提看田院长说的也有道理，就同意了。田院长马上叫来贫困生资助中心的王主任把阿米提带了过去。在交捐款的时候，他特意给王主任说要把葛玲玲作为他的资助对象。

　　阿米提捐完款，兴致勃勃地走出学院办公楼。路过教学区时，迎面碰到了在这里任教的凯丽斯，两个人见面都很高兴，站在那里很亲热地聊了一会儿。

　　阿米提走出学院大门，拐入林荫道。正走着，看见前面路边摆着个垃圾箱，有位妇女背着一个蛇皮袋子正弯腰在垃圾箱里捡东西。阿米提定睛看时，不是别人，正是周小勇的妈妈陈阿弟。阿米提喊了一声"大嫂"，快步往跟前走。不料陈阿弟头都没回，背着蛇皮袋子拔腿就跑了。

　　阿米提在后边边跑边喊，眼看快要追上了，两位巡警迎面走过来，拦住阿米提说："光天化日之下，你追赶一个妇女干什么？"阿米提指着陈阿弟的背影上气不接下气地说："她、她、她是我大嫂！"巡警疑惑地问道："她是你大嫂？她是你大嫂你喊她她为什么不理你？"阿米提还是结结巴巴地说："她、她是我的员工！"巡警更加不解了，问："怎么一会儿是你大嫂，一会儿又是你的员工，她究竟是你的什么人？"待阿米提平静下来把事情的原委说清楚以后，陈阿弟早已跑得无影无踪了。阿米提懊丧地瘫坐在了地上。

　　阿米提回到家已是晚饭时分，餐桌上摆着饭菜。阿米提坐在一旁唉声叹气不肯吃。阿娜尔古丽劝他说："今天没找到，往后我们多留点心就是了，光发愁有什么用？饭还是要吃的，不然怎么干活？"阿米提说："她们一家还有个病号，光靠捡破烂怎么能维持下去！不行，我还得去找！"说着，就要往外走。阿娜尔古丽拉住他说："你看看现在都几点了，往哪里去找？要找也要等天明嘛！你先把饭吃了，明天我和你一块去找！"阿米提这才坐到了饭桌前。

　　第二天一大早，阿娜尔古丽过来敲门。阿米提把她让进屋里，问："起这么早，有事？"阿娜尔古丽说："今天不是要去找周小勇的妈妈吗？"阿米提"噢"了一声说："你是说这个事啊！我昨天晚上想了一下，这么大个城市，她到处捡破烂，恐怕也难找，还是你说得对，往后我们多留点心就是了。不过，我还有个办法，这两天我抽个空到周小勇的学校里去一下，只要能找到周小勇，还怕找不到她妈妈？"阿娜尔古丽故意取笑他说："我还以为你的脑子里就只有一根筋呢，原来还有一根！"阿米提用右手摸了摸后脑勺，不好意思地笑了。

阿迪拉风味餐馆的生意这段时间也是出奇地好，员工们忙不过来，阿迪拉常常要亲自动手。这天，阿迪拉正在整理餐厅的卫生，迪力夏提走了进来。迪力夏提一进来就趴到阿迪拉的肩膀跟前神秘地说："他们那场战争结束了？"

阿迪拉不解地问："谁们那场战争？"

迪力夏提说："还有谁们？不就是你二哥他们？"

阿迪拉说："我二哥他们？他们有什么战争！"

迪力夏提说："你是真不知道啊还是故意装糊涂？不就是前几天闹得很凶的那一场吗？"

阿迪拉说："闹得很凶？闹得有多凶？"

迪力夏提说："你不是也在跟前嘛！我听说差一点快掰了！"

阿迪拉说："你听谁说的？"

迪力夏提说："大家都这么说。"

阿迪拉说："我怎么觉着你有点幸灾乐祸呀！"

迪力夏提说："没、没，我哪敢幸灾乐祸呀！再怎么说，他们将来也是我的大舅哥、大舅嫂呀！我怎么能连个远近都分不清呢？"

阿迪拉说："说这话嘛，还算是个人话！我可告诉你，以后少在背后嚼这样的舌根子！男子汉大丈夫做人要堂堂正正，光明磊落，想正事，干正事，说话办事都要像个男子汉，不要跟个长舌妇一样一天到晚尽说闲话，婆婆妈妈的。这个毛病要是不改，小心我也跟你掰了！"

迪力夏提说："那是，那是，我以后一定注意就是了。不过，有件事情你也得给你二哥提个醒儿。"

阿迪拉说："什么事情？"

迪力夏提说："我听说阿娜尔古丽她妈正在想办法让阿娜尔古丽回去，她爸爸也有这个意思，阿娜尔古丽已经有些动心了。"

阿迪拉说："这些你都是从哪里听说的？"

迪力夏提说："我的大美人儿！你不要忘了，本人和阿娜尔古丽曾在一个门市部待了好几年哩!"

阿迪拉说:"你给我说这些是什么意思?"

迪力夏提说:"我说的意思是,你给你二哥说一下,平时对阿娜尔古丽要好一点,多哄着她,不要老跟她吵架,要不然,说不定哪一天她一生气,就真的要返回新疆了!"

阿迪拉说:"我知道了,以后在这方面有什么情况要及时给我报告。"

迪力夏提做了个鬼脸说:"这样做不算是在背后嚼舌头根子吧?!"

阿迪拉在他的背上狠狠拍了一下说:"臭贫!"

阿米提通过周小勇真的找到了陈阿弟的住处。

这天,陈阿弟正在他们临时住的窝棚里侍弄刚刚捡回来的废旧物品,没料想阿米提和阿娜尔古丽却站在了面前,她一下子僵在了那。

阿米提痛心地说:"大嫂,你住在这里不是往我们的心里扎刀子吗?"

阿娜尔古丽也诚恳地劝解说:"大嫂,我们要是有哪些地方说得不对或是做得不对,你可以打我们骂我们,但你不能这样。不说你自己,就是为了孩子也不能走这条路啊!"

这时周小勇也从里边跑了过来,拉着陈阿弟的手说:"妈妈,看在阿米提叔叔和古丽阿姨的份儿上,你就回去吧!"

陈阿弟看看阿米提,又看看阿娜尔古丽,猛然搂住周小勇,和阿米提、阿娜尔古丽相拥在一起,哭成了一团。

张雪梅和张雪燕姐妹开办的"好空气俱乐部"健身房里摆放着各种各样的健身器材。阿米提在跑步机上锻炼跑步,跑得满头大汗。

阿米提有个习惯,每个星期都要至少洗一次澡。他租住的宿舍里没有洗澡设备,就在"好空气"健身房里买了一张会员卡,每次锻炼完身体就顺便冲个澡,他把这叫作健身和洗澡两不误。

这天他正在跑步机上锻炼,一个穿着印有"通天河学院"字样背心的小伙子和他搭上了话。小伙子自报姓名说他叫常有志,是通天河学院体育系的学生。阿米提也向常有志报上了自己的姓名。常有志一听他叫阿米提,一下子愣了,原来常有志是他的资助对象!常有志说:"没想到一个烤羊肉串的还有健身这个雅兴!"阿米提算着账说:"洗一次澡需要 20 元,我平均每个月要洗 4 次,这样算下来一年要花上千元,而这里的会员卡年费只有 600 元,不仅可以洗澡，还可以健身，又节约了费用，何乐而不为呢？"常有志称赞阿米提真有经济头脑。

中午饭时间到了，"兰兰服装店"里顾客渐渐稀少。古兰兰要阿娜尔古丽先去吃饭，阿娜尔古丽则要古兰兰先去吃。两人正在互相推让着，郝戈提了两盒饭菜送了过来。古兰兰打开一盒要阿娜尔古丽吃，阿娜尔古丽笑着摆了一下手，古兰兰恍然大悟地说："我忘了，你是穆斯林。"说完，两个人都笑了。

望着正在往回走的郝戈的背影，阿娜尔古丽说："这个人真好，找男人就应该找这样的男人。"

古兰兰说："怎么，你看上他了？看上了就归你，我做主！"

阿娜尔古丽说："看上也没有用。"

古兰兰说："你都看上他什么了？"

阿娜尔古丽说："你看他多知道疼人，找个知道疼人的男人是一个女人一辈子的福气。"

古兰兰说："你家阿米提大哥不是也很疼你吗？"

阿娜尔古丽说："要说他不疼我，那也不符合事实，但在他的心里，把别人的事情看得更重。为了别人，他不光忘记老婆，甚至把他自己也忘了。和这样的人在一起生活，除了能落个好名声，其他的什么也得不到。"

古兰兰说："我的看法和你刚好相反。我认为，那些光知道疼自己老婆的人，一辈子干不成什么大事，顶多就是个吃饭、穿衣、有钱花，没有什么大祸，也不会有什么大福，更不要说在世人面前扬名了。我就喜欢阿米提大哥这种男人，心胸大，眼光远，干什么事不自私，心里老装着别人，这样的人受人尊敬。"

阿娜尔古丽说："要是这两种人合到一起就好了。"

古兰兰看了看她，笑着说："快去吃饭吧，不要再胡思乱想了。要是你喜欢，我把郝戈一起给你算了！"

阿娜尔古丽也笑着说："你这不是逼着我夺人之夫嘛！"

在阿米提的烤肉摊上，阿米提忙着烤肉，陈阿弟忙着穿肉，黑枣和苗莉莉放假了也过来帮忙，可以说是生意兴隆，一派繁忙景象。

他们正忙着，常有志骑着自行车停在了摊位前。阿米提热情地向常有志打招呼。常有志说："学校放暑假了，我想到你这里帮帮忙，不知你同意不同意？"

阿米提一听，高兴地说："你是大学生，能到我这里来，那是求之不得的！你一来，我的烤肉生意肯定要爆摊了！"说着，伸出两只带油的手就要跟常有志握。

常有志聪明好学，不几天就能烤出肉串了，阿米提高兴得直夸奖。顾客们也说："大学生烤羊肉串，真是个稀罕事！"之后，阿米提烤肉摊的生意果然比以前更加火爆了。

晚上收摊后，迪力夏提提着一只烤鹅给阿迪拉送过来。阿迪拉一看，故意板着脸说："我一个开餐馆的天天跟油肉打交道，你还买这个干吗？拍马屁也不知道往哪里拍！"

迪力夏提说："你打开看看，这可不是一般的烤鹅，是我的一个朋友从新疆捎过来的，这可是塔城地区的特产。朋友一共捎过来四只，我给了我爸一只，郝戈两个人一只，你大哥和你二哥一只，剩这一只就送给你了，我自己还没有留。你也不表扬我一下，还这么损我！"

阿迪拉说："你是个三岁小孩呀，还总喜欢听表扬话！给你爸那一只不就等于给你自己了吗？你还跟你爸分家呀！"

迪力夏提说："我是说，有福我们两个同享嘛！你看我这心里总是想着你们家，人家一共捎来四只，我就给你们家送了两只！"

阿迪拉说："我知道了，我们家也领你的情了，行了吧？这样吧，你就在这里吃饭，我把这只烤鹅分开，咱们两个一人一半，你也不要回去吃你爸的那份了。"说着，就把烤鹅拿到操作间剁开装进两个盘子端了出来。

两个人边吃边谈，话题很快转到了结婚后的小家庭建设上。

迪力夏提说："上次你说买车的事现在考虑得怎么样了？"

阿迪拉说："我不是早给你说过了吗？那些钱让我二哥拿去用了，现在还没还完。"

迪力夏提说："我这里又攒了一点，要不，我把它拿过来，你看看买个什么样的车好。你看看人家郝戈，都两辆车了，听说还要再买一辆，还要买高档的。你看咱们一辆都没有，多寒碜人！"

阿迪拉说："也不能那样比，人家是坐地户，门路宽，我们是青石板上过日子，咱们能和人家比？不过话又说回来，水往低处流，人往高处走，咱们该置的也得置。我想了一下，咱们现在车不是主要的，当务之急是房子。你看你爸都是快 70 岁的人了，还住在那个像蜗牛住的小房子里，我虽然还是一个准媳妇，但看着心里也不是个滋味。所以我想，我们还是凑一凑先买个房子，让老人家住进去也享几天福。要是等到老人过世了再去买房子，我们的心里会愧疚一辈子的。"

迪力夏提说："没想到你想得这么远！那好，我就听你的，明天就把钱拿过来，由你全权处理。"

阿迪拉说："我一个人也做不了主，还是我们两个一起办好。"

迪力夏提说："那也行，但我只管跑腿，为你当保镖，做决定的事还是由你来。你知道我这个脑子不管用，一遇到大事就不听使唤了。"

阿迪拉说："买房子是大事，我们还是要和爸爸商量一下。"

阿米提的烤肉摊上还是原班人马：阿米提烤肉，陈阿弟穿肉，黑枣和苗莉莉打下手。常有志最忙，一会儿帮着阿米提烤肉，一会儿帮着陈阿弟穿肉，一会儿又帮着黑枣和苗莉莉给客人倒茶、抹桌子，真是忙得一塌糊涂。但常有志仍然乐颠颠的，根本看不出有一点疲劳。人少的时候，他一边帮阿米提打下手，一边还和阿米提攀谈，询问阿米提挣钱这么不容易为什么还要捐款？阿米提直言不讳地给他讲了自己的金钱观。

阿米提说："人人都喜欢钱，我也是一样，因为我不是神仙，但对于这个'钱'字我有我的理解。我们维吾尔族有句谚语：'把字写到沙子上只能保存一时，把字写在石头上可以保存到永远。'同样的道理，如果我们把钱花在不必要的地方，那钱不过只是一个符号而已；只有把钱花在该花的地方，那才叫物有所值。比如说我自己，挣到钱以后如果只是一味地为了享受，或者在别人面前炫耀摆阔，顶多只能说明我是一个经济上的富有者而已，其他的根本给我带来不了什么，有时候甚至适得其反。而如果我把这些钱拿出来，资助一些像你们这样有理想、有志气、有抱负的青年学生，那将来所产生的效益不知要比我拿出的这点钱大出多少倍！不要说让你们将来都去当政治家、军事家、科学家、艺术家了，就是你们每个人都能成为一个有文化、有知识的劳动者，那给家庭、给社会甚至给子孙后代带来的好处都是无法估量的。就像我一样，当时由于家里穷，掏不起学费，高中只上了一年就休学了。后来当兵以后，尽管我在各方面都表现得非常优秀，但就是因为文化程度的限制，当了三年的义务兵就复员回来了，而和我同年入伍的几个战友，人家都是高中毕业或已经上了大学，所以他们后来不是提干就是上军校，现在有好多都已经是营团职干部了。

我不是说一定要当干部才算有出息，我是说，文化程度对于一个人的成长进步是至关重要的。打个比方说，一个有文化的人就像站在山顶上，遇到事情他会看得很远；而一个没有文化的人就像掉进黑沟里，遇到事情后他的眼前只能是漆黑一片。这也就是我们维吾尔族谚语中说的，站在山冈看得远，有了知识智谋广。一个有文化的人与一个没有文化的人比起来，他对社会的贡献肯定是不一样的。就像我一样，如果我当年的文化程度能达到部队的要求，那么我对社会做出的贡献肯定比现在要大得多！正因为如此，我们的先哲们才说出了'树美的是绿叶，人美的是知识''油灯点着才有亮光，人学知识才有前途'这样的至理名言。我这样说，你肯定就会对我的做法能够理解了。"

常有志说："你这些年为了帮助贫困学生，吃了那么多苦、受了那么多累，甚至还受了那么多的委屈，你不感到吃亏、不感到后悔吗？"

阿米提说："这些年来，我确实帮助了不少人，也确实吃了不少苦，但和我得到的幸福相比，吃的这种苦就微不足道了。因为我在帮助别人的时候，心里感到非常幸福。特别是每当我看到我的资助对象一个个都很争气，学习成绩不断争先的时候，再想想他们在不久的将来要走向社会为人民造福的前景，你就别说我的心里有多高兴了！有时候我甚至还想，当我们将来老了再回望时光，看到我曾经资助过的学生一个个都功成名就，到那个时候，那将是怎样的一种心境啊！所以，虽然我现在在经济上还不是一个富裕者，但我感到自己在精神上是一个富翁，我要把自己想做的事情一直做下去，直到生命终结！"

面对几个年轻人期待的目光，阿米提还鼓励他们说："我曾经说过，一只小鸟有了翅膀就能飞翔，一个人只要有一双手就应当自立自强，将来不论走到哪里，都应当为他人带来快乐、幸福和希望！我们都应当做这样的人。"

对于阿米提所讲的这些话，常有志像在课堂上听教授讲课一样洗耳恭听。黑枣和苗莉莉也说这些东西在书本上学不到。

常有志在这里干了整整一个月，临走时阿米提给他付工钱，他说什么也不要，他说他从阿米提身上学到的东西花多少钱都买不来。

迪力夏提遵从阿迪拉的意见，就买房子的事和爸爸买买提商量。买买提说："买车买房都是好事，生活好了，收入高了，买个好房买个车也不见怪。我也知道你们对我的孝心，可我老感觉你们还缺点什么。"

迪力夏提说："爸你说我们缺什么，只要你说出来我马上就办！"

买买提说:"爸说了你们可不要生气。"

迪力夏提说:"爸,看你说的,你啥时候说我,我生气了?平时不都是你说叫我干啥我就干啥吗?"

买买提说:"我呀,就感觉你缺点像阿米提那样做人的精神。"

迪力夏提说:"爸,这你就冤枉我了,我可是天天和阿米提在一起,天天向人家学习哩!你比如说,我不抽烟喝酒吧?我不打麻将赌博吧?我不到那些网吧呀、氧吧呀、歌厅舞厅呀去消磨时光乱花钱吧?我更不会去今天喜欢一个明天喜欢一个?这些我都是跟阿米提学的,你还要我怎么样?"

买买提说:"这些我都看到了,你确实也做得不错。过去你天天守在那个门市部,现在你天天守在这个烤肉摊,一门心思干工作,这些爸都打心里高兴。可是,我问你,你帮过一个贫困的学生吗?"

迪力夏提马上说:"帮了,我帮了,去年阿米提要去给山里那个学校修桥,阿迪拉借给他的那些钱里,就有我一份儿,那是我和阿迪拉商量准备买车用的,那不也是做好事吗?"

买买提说:"那确实也是做好事。俗话说,修桥补路,积福行善嘛!但那些钱是人家阿迪拉的,并不是你挣来的,况且那个钱人家阿米提还是还了的。眼下我们国家虽然经济好了,人们的生活提高了,但是可怜人还有很多,尤其是山里人,条件差,发展慢,许多学生上不起学,有钱人如果不帮帮那些没钱人,那将来还不是富的富穷的穷,两极分化?所以我说,你们有钱了,还是要做点善事,做点能叫后人记着你们的事,不要光想着自己享受。说实话,房子多大算大?车子多好算好?那些都是身外之物,生带不来死也带不走。俗话说,人活一世草木一秋,人过留名雁过留声,好名声流芳百世,坏名声遗臭万年。一个人给子孙留的财产再多,都不如留个好名声,好名声胜过万贯家财。将来到你们快闭上眼的时候,你就知道爸给你们说的这些话有没有道理了!"

迪力夏提鸡啄米似地点着头说:"爸,你说得对,我明白你的意思了,等我打发完这拨客人就去找阿米提,让他给指个路子。"

通天河学院准备从国家和社会上拨付或捐赠的助学基金里拿出一部分对符合条件的学生予以资助,要求学院自下而上进行推荐,然后从中间挑选。常有志是所在班的班长,他按学院和系里的要求也组织召开了班会,推荐候选人。在班会上,他首先给全班同学讲述了阿米提的事迹和他在阿米提身边帮忙一个月来的亲身感受，然后谈了自己的打算。

常有志说："我通过与阿米提直接接触，最大的感受是，阿米提对自己很吝啬，对别人尤其是对贫困学生却非常慷慨。"

常有志举例说："他穿着15元钱买来的衣服，鞋是从垃圾箱里捡来的，几乎每天是白开水加馕就是一顿饭，吃的菜也是每天下午天快黑时从菜摊上廉价处理的……他对自己的吝啬程度简直让人无法理解，但他却慷慨地资助我们上学。和他比一比，我感到十分惭愧。一个文化水平不是很高的人，能够从遥远的新疆一路打拼到我们通天河，不仅解决了自己的就业问题，还为社会做出了那么大的贡献，我作为一个有知识、有本领的大学生还好意思再伸手向国家、向社会要助学金吗？"

常有志说着，举出刚刚签订的利用课余时间担任本市体育中心教练和利用双休日担任家教的两份劳务协议给大家看，倡导全班同学都要"以学养学"，告别资助。

他的倡议得到了全班同学的一致响应，他们这个班由此成了全院第一个"零资助"班。

迪力夏提对父亲买买提说的话非常上心，他把摊子上的客人一打发完，就跑过来要给阿米提帮忙。阿米提说："你那个摊子都够忙的了，怎么还过来给我帮忙？"

迪力夏提说："我是过来向你取经的。"

阿米提说："我是个烤肉的，你也是个烤肉的，我的烤肉技术还是跟你家买买提大叔学的，我这里还有什么经好取呀？"

迪力夏提一本正经地说："我不是说烤肉，我是想也资助个贫困学生，做点善事，这也是我爸的意思。"

阿米提说："你说的是这个事呀！让我想想。"

阿米提想了一会儿说："干这个事确实有些麻烦，我看你们就算了吧。"

迪力夏提说："是我爸专门叫我过来找你的，哪能算了呢？你尽管说，我不怕麻烦！"

阿米提说："上次我把你们准备买车的钱拿过来还没还完呢，我不能再给你们增加负担了！"

迪力夏提说："上次你是借，我这次说的是资助，一码是一码。要不然，你把周小勇让给我？"

阿米提说："不行，他们家情况特殊，让你们资助负担太重了，你那里还有大叔呢！他老人家年纪那么大了，还能干几年？"

阿米提想了一会儿，对迪力夏提说："你要是真想资助，那就这样吧，我把赵艺卓的一个同学让给你。这个星期艺卓在学校参加文化补习，星期天我让艺卓把她那个同学带回来让你和大叔看看。"

迪力夏提一听高兴地说："我的任务完成了，现在就回去给我爸讲，让他老人家也高兴高兴！"

常有志在岳敏家当家教，为岳敏的女儿楚菡辅导功课尽心尽力，岳敏非常感谢。常有志出门走时，岳敏拿出一个信封交到他手里，说是这个月的辅导费。常有志用手摸摸感到有点多，就掏出来数了一下，结果多出 500 元，他当即把多的钱拿出来又交回岳敏手里，并说："阿姨，原来我们都是说好了的，每个月我只要 500 元。"岳敏动情地说："孩子，拿上吧，我知道你家里的情况。我们都知道阿米提，一个卖烤羊肉串的都懂得行善，我和你叔叔都是国家干部，哪有见难不助之理？"一句话说得常有志眼里涌出了泪花。

常有志出了岳敏的家，径直来到周小勇所在的学校，把岳敏多给的 500 元装到了周小勇的口袋里。

阿米提也说到做到。星期天，他带着赵艺卓和她的同学葛玲玲来到迪力夏提的烤肉摊，并向迪力夏提和买买提大叔做了介绍。葛玲玲面向买买提恭恭敬敬地喊了一声："爷爷！"买买提拉着葛玲玲的手上上下下打量了一番，亲切地说："多好的孩子！从今天起你就是我的孙女，我就是你的爷爷，学习上有什么难处尽管给爷爷说！"他拉起葛玲玲的手说："走，让你叔叔在这里干活，咱们回家去，爷爷给你做好吃的，吃了饭爷爷带你上街，爷爷给你买几件好衣服，把我的孙女好好打扮打扮！"

郝戈看迪力夏提都资助了一个贫困生，也来找古兰兰商量想资助个学生。古兰兰完全赞同，并对郝戈说："我们早就应该这样做了！"古兰兰说她挺喜欢赵艺卓的，况且阿米提的负担也太重了，她想把赵艺卓要过来。阿娜尔古丽不同意，说："我早就把赵艺卓认作干女儿了。"古兰兰和阿娜尔古丽争了一阵，最后达成协议，两个人共同资助赵艺卓。

星期天，他们把赵艺卓叫到自己的服装店里。古兰兰和阿娜尔古丽把货架上的衣服一件件地拿下来往赵艺卓身上比试，郝戈欣喜地站在一旁当参谋。赵艺卓看着这样买衣服太花钱了，一再推辞，郝戈干脆开上车把她连人带衣服一起送到了学校。临下车时，郝戈还给赵艺卓装衣服的提袋里悄悄塞了一个红包。

周小勇念念不忘阿米提的恩情。他知道阿米提喜欢过"八一"，就在建军节前与老师和同学们商量，准备为阿米提专门举行一个"生日晚会"。周小勇的想法得到了大家的热烈响应。

当时正值暑假，周小勇提前来到学校进行筹备。

经过一番精心的准备，"八一"建军节这天，周小勇和同学们一起给阿米提送了一份特殊的生日礼物。

晚会是在周小勇所在的班级教室里进行的。讲台正中的墙壁上，用投影仪播映着一颗闪闪发光的红五星，红五星两边各投映着五面鲜艳的五星红旗。主席台的上方悬挂着一条横幅，横幅上写着"祝阿米提叔叔生日快乐"。讲台两边各摆放着五个展架，展架上都是阿米提资助学生的照片。整个教室布置得既有祝贺生日的温馨，也有回忆军旅的色彩，把同学们对阿米提的感恩之心和阿米提热爱军旅的回望之情完美地结合在了一起。

晚会一开始，同学们在周小勇的引领下，先是合唱了三首歌曲，一首是少年先锋队队歌，另一首是共青团团歌，还有一首是解放军军歌，分别代表着阿米提所资助的不同年龄段学生的理想追求以及阿米提此时的心境。接着，由阿米提资助的贫困学生代表发言。

首先发言的是周小勇，他发言的题目是《长大了也要做阿米提叔叔这样的人》。他在发言中深情地回忆了阿米提帮助他战胜疾病、帮助他学习文化、帮助他们家渡过生活难关的种种情景，讲得真真切切，讲得声情并茂，讲得感人肺腑，讲得激人奋进，使在场的人听了以后都禁不住热泪盈眶。

接下来是周小勇的同学，他们都是阿米提资助过的贫困学生。他们在讲演中，既有对阿米提所做好事的情真意切的回顾和自己学习成绩的汇报，也有对阿米提的诚挚感恩和美好祝福，更有对自己未来人生的科学规划和坚强决心。因为他们知道，阿米提最喜欢听的，就是要他们将来长大了一定要做一个对社会有用的人。

就在晚会快要结束的时候，常有志带着楚菡和赵艺卓、黑枣、苗莉莉也赶来了。

　　周小勇在筹备这次活动的时候，本来是想告知他们几个人的，后来他想这是他们班级的活动，因此就没有给他们说。现在他们既然知道了，也来了，周小勇就邀请他们也上台表达一下心意。没想到，他们一上台，就把整个晚会推向了高潮。

　　常有志首先从周小勇手里接过了话筒。他一开始就深情地讲道："我和大家一样，都是阿米提叔叔资助过的贫困学生。说实话，以前我对人生的意义理解得并不是那么深刻，我对未来的规划也无非大学毕业后能找个工作，再成个家，然后好好过日子，也就万事大吉了。自从和阿米提叔叔接触以后，我的思想发生了质的变化，我开始重新思考生活的意义，开始思考怎样才能做一个像阿米提叔叔这样的人。"

　　常有志说："我理解，要想做一个像阿米提叔叔这样的人，首先就要弄明白阿米提叔叔最本质的特征是什么。我的体会是，阿米提叔叔之所以能够成为大家都尊敬的人，首先是他有一颗慈善之心。他的慈善之心跨越了地域的界限，跨越了民族的界限，跨越了时空的界限。他的慈善之心昭示我们，爱心是没有界限的，善良也是没有界限的。只要拥有一颗慈善之心，我们就能让贫穷变为富裕，让愚昧变为文明，就能让和谐之花开遍神州大地，就能穿越天与地、山与水、人与人的阻隔，构建一个和谐美满的人间天堂。"

　　常有志激情满怀地说："善良的心是太阳，阿米提叔叔这颗太阳带给了贫困中的人深深的温暖；善良的心是雨露，阿米提叔叔这滴雨露带给了那些等待着滋润的心灵无限的生机；善良的心是春风，阿米提叔叔这股春风让一座城市一个民族的慈善之花更加绚烂。让我们在善良这颗太阳的光辉普照之下，手捧一颗慈爱之心，坚守一种信念，坚守一种信仰，坚守一个人一座城市的良心，发扬中华民族的慈善之心和和谐之美，让爱的花朵绽放在世界的每一个角落！"

　　常有志演讲完，邀请跟随他来的几个人上台，共同朗诵了他专门为当天的晚会创作的一首诗《爱的赞歌》：

　　　　　爱站立的地方可以开满鲜花，
　　　　　爱走过的地方有花香的味道。
　　　　　让我们在心底种植一棵慈爱之树，
　　　　　我们贫困的时候有爱的帮扶，

我们悲痛的时候有爱的慰藉。

在爱的面前，我们是兄弟姐妹、是手足同胞，
让我们手拉手心连心、同呼吸共命运，
因为我们同是一家人，
让我们以爱的名义谱写一曲爱的赞歌，
礼赞这个充满爱与和谐的美好家园……

常有志他们朗诵的这首赞美诗表达了参加晚会全体人员的共同心愿，大家不断报以热烈的掌声。

面对着眼前一张张可亲可爱的笑脸，阿米提本来是想说几句话的，但他的思绪却飞向了自己从新疆一路闯荡来到通天河的迢迢长路，飞向了自己在资助这些贫困学生中所发生的幸福、喜悦和生动的场景，也飞向了自己所遇到的被人误解、阻挠甚至破坏的桩桩往事，他的心激动了、澎湃了、颤抖了，最后竟连一句话也没能说出来，只是喃喃自语说："值了！值了！"然后含着满眼泪水走上讲台，先是向大家端端正正地行了一个标准的军礼，接着深深地弯下腰为大家鞠了一躬。

单宝仁和游秀碧在烧烤店开张之前，围绕着经营收益的分配问题曾经掰扯过好几天。开始游秀碧以两个人已经同居为借口，要求收益由她一人掌管，单宝仁因深知她的秉性，坚决不同意。单宝仁说，两个人虽然已经同居，但并不代表两个人就是一家人，因为没有得到法律的认可，为此坚持要分开管理。游秀碧因为拿不出更多的理由，加之她的右腿曾经在新疆冻伤过，行走不方便，离开单宝仁她一个人拿不下来，所以就只好答应了单宝仁的要求。但在分成比例上，她则坚持三七分成，最多也是四六分，即她占六单宝仁占四。单宝仁说你连行走都困难，打里打外都得靠我，你有什么资格要占大头？按说是倒四六才对，最多也就是各占对半。游秀碧不相让，说开这个店是她想出来的，没有她出主意，这个店也开不了。单宝仁一看这个女人也太不讲理了，知道她一个人拿不下来这个店，就为难了她一下，干脆找借口离家出走了。游秀碧这一下慌了，连哄带骗把单宝仁又弄了回来，答应按单宝仁的意见办，按各半分成。但要求收款的业务由她掌管，理由是她的腿行走不便，外勤由单宝仁负责，她管内勤，而财务正是内勤的职责，这在其他公司也都是通例。单宝仁看她在分

成比例上已经让了步，也就没在这方面和她继续争。

　　开张伊始，游秀碧还能按之前的约定执行，可是慢慢地她就开始出幺蛾子，以种种理由给单宝仁少分。一开始数量还小，单宝仁还能忍受，但后来给单宝仁分的利润越来越少，有时还不到两成，单宝仁看不能再忍了，就和她争吵。这样一来二去，两个人的矛盾就逐渐扩大了，有时候甚至闹得不可开交。

　　这天，单宝仁因为分钱问题又与游秀碧发生争吵，游秀碧一步不让，单宝仁一气之下跑出了门。他坐在一棵大树下望着天上圆圆的月亮，想起了儿子和陈阿弟。

　　晚上，单宝仁趁着月色回到自己的家门前，犹豫着敲了门。陈阿弟问是谁，他回答说是他。陈阿弟说："这个家没有你，快滚吧！"他说他想看看儿子，周小勇大声说："我没有你这个爸爸！"他一连喊了几次门都没开，最后只好叹着气悻悻地离开了这里，朝通天河走去。

第二十六章
都是红丝巾惹的祸

单宝仁被陈阿弟和周小勇拒之门外后,他对生活的希望一下子降到了冰点。可不是嘛,妻子让滚蛋,儿子不认爹,情妇又挤对,有家不能回,有门不能进,一个男子汉大丈夫竟然落到了这步田地,活下去还有什么意义?他越想越生气,越想越憋屈,越想越悲观,想着想着,眼前忽然飘起了通天河的幻影,他不由自主地往通天河方向挪去。

单宝仁来到通天河畔的时候,正是阿米提他们的烧烤夜市打烊的时候。单宝仁在河岸边来来回回徘徊,望着静静流淌的河水就是下不了决心。

这天是星期天,黑枣从学校回来给阿米提帮忙。正在单宝仁犹豫不决的时候,阿米提带着黑枣朝他这边走来。单宝仁一看有人过来,慌忙朝岸下跑去,结果不小心被岸边的树墩子绊倒,骨碌碌滚了下去。黑枣喊了一声:"有人跳河了!"赶忙往这边跑,阿米提跑得快,一会儿就跑到了单宝仁跟前。单宝仁滚下河岸后,被河边的杂草和灌木挡在了水边。阿米提到跟前一看是单宝仁,一下子愣住了。单宝仁站起来看身上没有伤着,尴尬地说:"夜不观色,不小心摔了一跤!"阿米提也搭了一腔:"我还以为是又有人想不通想跳河呢!"单宝仁下意识地回敬了一句:"我还没你说的那么没有出息!"说完,连他自己都不知道为什么会说这么一句言不由衷的话。冤家路窄,话不投机半句多。既然不是想寻短见,也就没有必要多费口舌,阿米提就带着黑枣爬上岸走了。

单宝仁望着阿米提远去的背影,忽然想到了一个问题:一个流浪汉都能混得人五人六的,自己一个坐地户为什么要自走绝路呢?将来要是让这些人知道了,还不是要耻笑一辈子!"真是个没出息的东西!"单宝仁自己把自己骂了一句,抖了抖身上的泥土,慢慢往岸上爬去。

秋季开学的第一天,通天河学院贫困生资助中心的王主任来到院长办公室给田雨春院长汇报贫困生资助申请情况。王主任说,常有志所在的班没有一个学生申请资助,是全校唯一的"零资助申请班",这也是本校过去从来没有过的事情。田雨春院长感到很惊奇，问是什么原因。王主任说，这只是情况汇总，他准备下去调查一下。田雨春说，我们一起去。

田雨春院长在王主任的陪同下来到常有志所在班。常有志给他们汇报说，这都是他的同学们自愿的，主要是受了阿米提思想和事迹的影响。接着，常有志详细汇报了他本人和阿米提的接触情况以及他对阿米提的切身感受，建议学院把阿米提作为全院师生学习的榜样，激励师生尤其是贫困生自强自立，发奋学习，以优异的成绩报效国家。

回到办公室后，田雨春对王主任说："看来我上次低估了阿米提捐款的意义。这样，你安排一下，本周利用周末的党团活动时间，全校师生在学院大礼堂集中，请阿米提先生来给大家做一场报告，然后把阿米提先生的 5000 元捐款单另提出来，我们学院再配套 5000 元资金，单独设立一个'阿米提助学基金'，同时请你们资助中心就如何用好这个基金再起草一个具体的管理办法，待请学院助学基金管理委员会讨论决定后下发执行。总的设想是，这个基金虽然和其他基金相比额度最低，但在设置激励度的时候要使它比其他基金的激励度都要高，要通过具体的制度规定真正把它变为激励广大贫困生奋发向上的一种荣誉，而不能仅仅把它当成一种经济上的资助。获得这个基金的对象至少应当符合三个条件：第一，家庭条件最差；第二，品学兼优，有理想有抱负，学习成绩在班级应排在前三名；第三，群众满意度高，群众评议的得票率不能低于 95%。"

田雨春讲完自己的设想征求王主任的意见，王主任说："您这个设想提升了这个基金的价值，正式设立后肯定会在全院引起强烈的反响，我估计，它虽然在我院的助学基金中额度最低，但它将来所发挥的激励效应有可能要超过那些额度高的基金。"

田雨春说："你说说看，这是为什么？"

王主任说："因为阿米提的这笔钱来之不易。我们原来的那些基金，除了国家拨付的外，其他的捐献者大多是大款或社会名流，而阿米提只不过是一个卖烤羊肉串的，是一个真正的草根，他捐的款是一分一毛积攒起来的，甚至还带着烤羊肉串的味道，所以它的激励价值是其他捐款所不能比拟的。"

田雨春说："你说的很有道理，但我觉得这里边还有更深一层的意义，那就是阿米提先生对教育的重视和尊崇。你想，一个靠卖烤羊肉串维持生计的社会草根都这么关心教育、支持教育，那我们的学生获得这样的资助以后能不受到激励而更加刻苦学习、更加发奋努力吗？我们身处教育第一线的教职员工能不从中受到激励而更加认清自己肩负的责任，更加热爱教育事业、更加孜孜以求地勇攀高峰吗？"

王主任深深地点着头说："院长看得深，的确是这样的。我们一定要精心准备，把这件好事情办好。"

临出门，田雨春又叮嘱了一句："在设计具体条件和办法时，覆盖面不要太小，要力求覆盖学院的每个院系，使更多的贫困生都能从中受到激励！"

阿米提今天和往常一样，还是早早地就来到他的烤肉摊，先把炭火加上，然后把桌椅摆开，接着把穿好的羊肉串架到烤箱的槽子上开始烤肉。他嘴里哼着小曲儿正在忙碌，一辆黑色小轿车停到了跟前，田雨春院长和王主任从车上走下来。阿米提放下手中的活儿热情地迎上前说："院长和主任能到我的小摊子来，真是我阿米提的荣幸！来来来，快坐快坐！"落座后，还没等田院长和王主任开口，阿米提已麻利地将一盘香喷喷的烤肉放到了他俩面前。

田雨春笑了笑说："阿米提先生，我们今天不是来吃烤肉的，我们是来请你到我们学院作报告的！"

阿米提一听愣住了，说："请我去作报告？院长、主任，你们没搞错吧，你们那里是大学，我一个卖烤肉的能去做什么报告？"

当田雨春把来意完全说明白以后，阿米提不好再推辞了，就打电话叫来阿迪拉替自己招呼摊子，然后跟着田雨春和王主任上了车。

阿米提走后，迪力夏提跑过来，向阿迪拉询问阿米提干什么去了？阿迪拉说："是通天河学院的田院长请他到学院给师生们作报告去了。"迪力夏提咂着嘴说："我的妈呀！你二哥这一下可要出大名了！"说完就往自己的烤肉摊跑。

迪力夏提跑回自己的烤肉摊脚还没站稳，就向父亲买买提报告了阿米提被通天河学院院长邀请去作报告的喜讯。买买提说："你看看，我说对了吧？阿米提将来是会有大出息的，你要好好向人家学习！"

通天河学院礼堂内座无虚席，气氛庄严隆重。胸佩大红花的阿米提站在讲台上给全院师生作报告。他从自己的出生地讲起，讲到上学、当兵、复员、工作、辞职、流浪，一直到通天河落户，这么多年来，经历了无数的风风雨雨和沟沟坎坎，其间他最大的感触是：一个人没有文化不行，一个国家一个民族没有教育更不行。教育能让一个人从无知变得聪慧，从碌碌无为变得事业有成。

一个人接受教育的目的就是让自己更加完善，这种完善包括思想、学识、能力、人格、素质等。由人构成社会关系总和的一个国家和一个民族，如果都能够重视教育、抓好教育，那么这个国家和民族就会大有希望，就会永远立于不败之地。"因此，我特别愿意用我的双手挣来的一点点钱，来资助你们当中家庭有困难的学生，让你们完成学业，将来成为对国家有用的人。"

阿米提朴素的语言，赢得了全场阵阵热烈的掌声。

随后田雨春院长讲话，她宣布：根据阿米提先生的意愿，由阿米提本人出资 5000 元，学院拿出 5000 元作为配套资金，设立"阿米提助学基金"。田院长说，这是学院开设助学金以来资金规模最小但审批级别最高的助学基金。全场更是掌声雷动。接着，王主任宣读了"阿米提助学基金"的审批和发放办法。新闻记者也把他们的镁光灯对准阿米提不断地闪烁。

赵艺卓、黑枣、苗莉莉他们几个在开学的时候，阿米提曾经叮嘱过，要求他们每星期最少要给他打一次电话，以便了解他们的学习和生活情况，及时掌握他们的活动动态。这几个孩子都很听话，经常给他打电话汇报学习情况，有时候一星期要打两三次。可是最近却一直没有接到赵艺卓的电话，他把电话打过去也联系不上，他有些不放心，来找阿迪拉商量。一见面，他就对阿迪拉说："我这段时间只顾在学校忙，好久没跟赵艺卓联系了。她最近到你这里来过没有？"

阿迪拉说："没有，她好长时间都没来过了。怎么，她没给你打电话？"

阿米提说："最近没有给我打过。我给她打过去，她的手机也是关机，不知道是因为学习忙还是把手机弄丢了。"

阿迪拉说："她平时和古兰兰联系比较多，你打个电话问问她。"

阿米提就用手机拨通了古兰兰的电话。

古兰兰说："这段时间她和我也没有联系。不过，那是大学，管得很严的，这段时间没打电话回来，可能是学业比较紧。"说完，她又补了一句，说有空她再联系一下，让阿米提放心。

阿米提关上手机，心事重重地出摊去了。

通天河学院自从召开了那场报告会后，在全院师生当中引起了强烈的反响，这几天到学院贫困生资助中心找王主任请求"零资助"的学生和请求分配资助对象的教师络绎不绝，搞得王主任应接不暇。这天，田雨春院长正在伏案办公，王主任兴高采烈地走进来向田院长报告这个好消息。王主任说："截至今天，全校又有 3 个班申请'零资助'，加上前段时间的 5 个班，已经有 8 个班成了'零资助申请班'。"还说，"不光学生们不要资助，他们之间还互相资助，学院的老师包括一些退休的老教授也都主动到各个班寻找资助对象，有的到班里找不到，就来找我们资助中心，请求给他们分配资助对象，形势真是太喜人了！要是照这样下去，明年我们学院就可以成为'零资助申请学院'，这在全国教育系统恐怕都是不多见的。"

田院长高兴地说："这都是阿米提这个模范的效应，看来我们抓这个典型是抓对了！"

阿米提和赵艺卓联系不上，心里一直很着急。这天他正在摊上招呼顾客，忽然接到赵艺卓所在学校打来的电话，询问赵艺卓在不在家，学校说赵艺卓已经外出一个多星期了。阿米提一听慌了，放下手里的活就往古兰兰的服装店跑。

一来到服装店，他就对古兰兰讲了赵艺卓所在学校打电话的情况，商量怎么查找。阿米提说："我们先到周小勇的家里和医院里找找，看她是不是在帮助周小勇补习功课。"古兰兰说行。阿娜尔古丽要一起去，古兰兰说："这个地方总得留个人。"阿娜尔古丽就依了她。

阿米提和古兰兰坐着郝戈开的车，先是来到医院。他们走进过去周小勇经常住的病房里一看，里面住得满满的，但没有周小勇。

接着他们又来到陈阿弟家。陈阿弟正在给请假在家的周小勇服药，陈阿弟说赵艺卓最近没有来过，周小勇说最近和她也没有联系。

走出陈阿弟的家门，阿米提对古兰兰说："如果不在这里，那她就有可能回家或者又到她原来打过工的那家房地产公司去了。"古兰兰说："那我们就到这两个地方再找找。"于是他们又坐上郝戈的车往这两个地方继续寻找。

阿米提和古兰兰在外边找，阿娜尔古丽在家做晚饭，阿娜尔古丽把饭菜热了几次都不见阿米提回来。阿娜尔古丽不放心，对阿迪拉说："他们这么晚了还不回来，不会出什么事吧？"阿迪拉说："三个人在一起，应该不会吧！"阿娜尔古丽说："但愿如此。"

直到后半夜，阿米提和古兰兰、郝戈才回来。阿娜尔古丽又把饭菜热好端上来，几个人都没有心思吃。阿米提对古兰兰分析说："学校提倡勤工俭学，她会不会在哪个酒店打工?"古兰兰说:"也有可能。"于是他们商定,次日阿娜尔古丽和阿迪拉都上阵,逐个酒店查找。

第二天,他们把全市的所有酒店都查了个遍,还是没有见到赵艺卓的身影。

晚上在汇总情况时,古兰兰动了个心思:一个女学生外出,不可能神不知鬼不觉。她对阿迪拉说:"明天去找你的葛玲玲。"

这次果然有了消息。

第二天早上一吃过早饭,古兰兰和阿迪拉就一起来到学校,通过葛玲玲找赵艺卓的舍友了解情况。一个舍友悄悄告诉葛玲玲:一个星期前,有个同学带着一个很时尚的年轻女性来到她们宿舍,说是他们酒店的歌厅急需服务生,双休日每天下午上班,按天付钱,每天300元,表现特别突出的另外奖励,但有一个条件,必须听从顾客的话,不能与顾客发生矛盾,否则加重处罚。因为赵艺卓长得漂亮,他们当时就看上了赵艺卓。赵艺卓临走时交代,这件事对谁都不要说。

得到这个消息后,古兰兰和阿迪拉当即来到那个同学所说的酒店,但这个酒店的经理说,他们从来没有在哪个学校招过服务生,除非是学校放假期间。古兰兰听到地下一层有歌声,就给阿迪拉使了个眼色,决定晚上再来。

晚上,当古兰兰和阿迪拉一走进这个酒店的地下一层,刺耳的歌声就从各个包厢里冲出来,震得两个人耳鼓生疼。古兰兰在前台订了一个包厢,付款后走进包厢,一位女服务生彬彬有礼地上前伺候。古兰兰和这位女服务生攀谈了一阵,发现这位女服务生知道一些内情,就从手包里掏出一沓钱悄悄塞到对方手里。经过一番开导,古兰兰和阿迪拉从这位女服务生口中得知,赵艺卓和另外几个女孩由于不听老板和顾客的话被关在一个地下室里。

得知了赵艺卓的下落,古兰兰立刻叫来阿米提,两个人一起来到派出所报案,请求派出所派人解救。

派出所所长接到报案,亲自带领几个民警把赵艺卓和另外几个女孩解救了出来。

被解救的赵艺卓跟着阿米提和古兰兰来到阿米提的宿舍。阿米提和古兰兰问其缘故,赵艺卓说,这个酒店的老板开始只是说让她和另外几个女孩只负责给顾客倒个茶,后来顾客提出非分要求她们不从,老板就逼迫她们,不给饭吃,后来干脆把她们关了起来,目的还是要强迫她们服从。阿米提问她为什么要到那里去，赵艺卓说："主要是想自强自立，不想让你们再资助了。"阿米提说："在咱们这里也可以打工挣钱呀？"赵艺卓说："每次都是我们干得少而你们给的多，我的心里实在过意不去，所以就想了这个办法。"阿米提说："那种地方哪能是善良人去的地方？以后你就在咱们自家的摊子上干，没有钱就问我要，再不要去干这种傻事了！"

这件事也引起了学院领导的重视。由于这个问题在学院带有一定的普遍性，田雨春院长担心有些学生因为搞勤工俭学而影响学习成绩，就安排资助中心的王主任协调相关部门在全院进行了一次专门的教育和整顿，引导贫困学生正确处理勤工俭学与学习的关系，把主要精力用在学习上，防止勤工俭学活动走偏方向。

年终，教育部组织评比考核，通天河学院是全国各大专院校中第一个"零资助申请学校"。在学院举行的颁奖大会上，田雨春院长特意把阿米提请上主席台，与她一起从教育部领导手里接过奖状和奖杯。

文雅、高见、张清源作为通天河市知名的媒体人，对通天河学院创造的这一经验都是见证人和报道者。通天河学院拿到教育部颁发的奖牌后，几个人相约在郝戈的啤酒屋小聚。围绕着"阿米提助学基金"在通天河学院所产生的效应这一话题，"社会评论家"张清源又发表了一大篇宏论。

兰兰服装店的店主虽然是古兰兰，但阿娜尔古丽从来没有把自己仅仅看作一个打工者，除了不经手现金外，不管是接待顾客、看管货品、处理内外关系，还是值班执勤、清洁环境卫生，她都十分注意维护店里的形象和声誉，维护店里的正当利益，从来没有因为自己的不负责任或疏忽大意而给店里造成麻烦和损失，不知内情的人甚至认为她是店里的负责人或者至少是股东。古兰兰对她也从不另眼相看，不但在货品经营上只要是她和顾客已经谈妥的，古兰兰都充分尊重她的意见，从来没有驳过她的面子，就连仓库和现金的管理，古兰兰也是一直把她当作自己人。她刚来的第一天，古兰兰就把她带到仓库查看，并给了她一把钥匙，后来还是她怕管不好惹出是非而没有接，但古兰兰并没有就此罢手，而是把钥匙放在了两个人都知道的地方，以方便使用。对现金的管理也是这样。开始古兰兰说她学过会计专业，而且在老家就是专门干这一行的，就让她管，但她说自己初来乍到，对店里的情况不熟悉，没有答应。过了一段时间，古兰兰又让她管，她说自己时间长没有管财务业务已经生疏了，又没有接手。但即便是这样，古兰兰在经手现金的时候也从来没有回避过她，平时收的钱也都是放在柜台的抽屉里，只要她们两个不管谁在，这个抽屉就从来没有锁过。由此可见古兰兰对她的信任程度。

两个人在工作上的配合也很默契。古兰兰深谙经营之道，但对财务和金融方面的知识稍嫌欠缺；而阿娜尔古丽在这方面是科班出身，正好弥补。古兰兰的性格活泼开朗，善于和外界打交道，但有时候却稍显粗疏；而阿娜尔古丽心思细腻，考虑问题周到，常常为古兰兰争取和赢得经营的主动权，有效地避免了可能造成的漏洞和被动。古兰兰因为进货要经常外出，每当这时，阿娜尔古丽总是把店的里里外外打理得井井有条，免去了古兰兰对"后方"的担心和挂念，一门心思把在外面的事情办好。

生活上就更不用说了。你有好吃的会想着我，我有好吃的也会想着你。你买衣服的时候只要知道我也会喜欢就会多买一件，我买衣服的时候同样也会这样做。女同志都喜欢化妆，只要一方买到了一款新的化妆品，另一方肯定同时也会得到。古兰兰由于要进货经常会出差，每次出差回来都少不了给阿娜尔古丽带点稀罕物件。阿娜尔古丽来自新疆，经常会收到从新疆寄过来或捎过来的土特产品，每当这时，古兰兰肯定是必不可少甚至是第一个分享者。有时候如果其中有一个犯点头疼脑热，另一个简直就会成为护士和保姆，把对方照料得服服帖帖，情意如同家人。

古兰兰来自服装经营世家，对服装经营有着独特的渠道、方法、技巧、经验甚至是"祖传秘方"。但在阿娜尔古丽面前，古兰兰从不保守，她甚至还和阿娜尔古丽商量过，将来如果有条件，她们准备合伙注册一个经营服装的专门公司，把经营服装作为两个人的终身事业。

就这样，两个人你喜欢我，我喜欢你，你离不开我，我离不开你，有时候甚至一天不见就感到心里空落落的，真有点"形影不离""一日不见如隔三秋"的感觉。

然而，后来两个人却因为阿米提的事情产生了一些误会，相互之间的关系慢慢变得疏远甚至紧张，还差一点"闹掰"了，并直接导致了阿娜尔古丽和阿米提关系的破裂。

起因是一组照片和一条红丝巾。

古兰兰最近又到外地进了一批货，去了快一个星期，回来的时候天已经很晚，接近半夜了。按理说，回来得这么晚，第二天应该休息一下，可是她没有休息，一吃过早饭就到店里来了。阿娜尔古丽一看她疲倦的样子，就劝她说："这次出去的时间长，在外边跑把你累坏了，这里有我在，你还是回去休息一天吧。"古兰兰说："我一个人在家也没啥意思，还不如过来和你说说话。"

贵州的雨水天气比较多，常有"地无三尺平、天无三日晴"之说。半下午的时候，外面又下起了雨，顾客渐渐稀少。没有顾客的时候，古兰兰就和阿娜尔古丽坐在一起聊起了天。

两个人刚进入话题，阿米提进来了。他一进门，就把一个纸包递到古兰兰面前。古兰兰拿起纸包看了看说："这是什么呀？还包得这么严实！"阿米提说："里边是钱。"古兰兰说："你拿钱干什么？"阿米提说："还你账啊！"古兰兰说："你还我什么账，你又没借我的钱！"阿米提说："没借？我借的还少啊！快收起来吧，俗话说好借好还再借不难，说不定哪一天又来找你了！"古兰兰说："你当我是你的钱柜呀？"她指了指阿娜尔古丽说："你的钱柜在这儿呢！"阿米提用手指朝古兰兰的鼻子那里点了一下，说了句"鬼精灵"，转过身走了。

阿米提走后，阿娜尔古丽问古兰兰："他又找你借钱干什么？"

古兰兰大大咧咧地说："他能借钱干什么？捐呗！"

阿娜尔古丽说："你看他这个人！人家是有钱没处花了，才想着做点善事、扬个名声，他倒好，没有钱借钱也要去要这个名，你说他这是何苦呢！"

古兰兰郑重地说："说实话，我有时候对他的做法也是不理解。他一个烤羊肉串的，不好好烤自己的羊肉串，去瞎操心捐什么款呀！可是后来和他相处的时间长了，对他的一些做法慢慢就理解了。我总想，人这一生啊，不能光顾自己，如果光顾自己，最后可能连自己都顾不了，如果你不光为自己，同时也能为别人着想，那样别人也会时刻想着你，当你遇到困难的时候，人家就可能也会倾力相助，这样实际上也是顾了你自己。你比如说我吧，在当时那种情况下，阿米提大哥要是个很自私的人，是一个明哲保身的人，那他肯定不会站出来保护我，他也就不会遭到坏人的暗算，那么遭殃的就肯定是我了，那样我也不会记他一辈子的好。"

阿娜尔古丽说："你说的也有道理，但就是和他在一起过日子太累了。"

古兰兰说："这就看你怎么看待这个问题了。你要是往积极的方面看，你肯定会为他的做法感到高兴，当他得到社会的褒奖时你也会感到光荣和自豪。你要是往消极的方面想，那肯定是一天到晚怨气满腹，看着他这也不顺眼，那也不顺眼，到头来只能是争争吵吵，两败俱伤。再说，他这样做，至少比吃喝嫖赌强。你没看现在有些男人，一有几个钱就不得了，今天去唱，明天去赌，嫖罢这个嫖那个，情妇小三一大堆，要是那样，你的日子那才真叫难过。"

阿娜尔古丽说："我知道，你总是向着他说话。"

古兰兰说："事情本来就是这样的嘛！"

外面的雨越下越大。古兰兰闲着没事，就拿出相册掏出手机翻着过去的照片给阿娜尔古丽看。每翻一张，她都要给阿娜尔古丽讲拍照时的情景。尤其是对她和阿米提的照片，讲得更是详细入微、绘声绘色。古兰兰的相册和手机里有她和阿米提头一次去给灵峰小学捐款的一组照片。那天他俩曾合坐一辆车，合骑一匹马，手牵手合攀过山崖，特别是第二天在滑下山坡时他俩还是合抱在一起，浑身滚得像泥猴一样。在为苗莉莉捐款时，他俩也是紧密地挨在一起。这些照片让谁看起来都会得出这样的结论：一对恋人。阿娜尔古丽初看时，还是喜笑颜开，不时发出爽朗的笑声，有时还会笑得前仰后合、眼中含泪。然而看着看着，她脸上的笑容却慢慢凝固了。古兰兰发现了阿娜尔古丽表情的变化，忙向阿娜尔古丽解释，但却越描越黑，阿娜尔古丽虽然嘴上没说什么，但她的表情却说明了一切。古兰兰后悔自己不该这样做。

晚上回到宿舍，阿娜尔古丽饭都没吃，就找到阿米提反复盘问他和古兰兰是什么关系。

阿米提大大咧咧地说："我不是早就给你说过了，我们之间就是一种朋友加兄妹的关系，其他什么关系也没有，这都是你亲眼看着的嘛！"

阿娜尔古丽说："我是亲眼看着的，但我还有亲眼看不到的。就是我亲眼看到的，我也看你们的关系太密切了，超出了正常的范围，让人不得不产生联想！"

阿米提说："朋友之间嘛，互相照个相、帮个忙，这有什么不正常的？你也太多心了吧！"

阿娜尔古丽说："究竟是我多心了，还是你们不检点，恐怕你的心里最清楚！如果你们之间的关系是纯洁的、高尚的，那么我问你，你在她遇到危难的时候救了她，她在北京也报答了你，那她为什么还要从北京、郑州、西安、南宁、重庆、成都绕了一大圈一直追到这里，来到这里后还落下脚不愿离开？你们之间不沾亲不带故的，为什么你一需要钱她就给，她的服装店任凭贵买贱卖也不心疼？这里有你的亲哥哥和亲妹妹，就算哥哥对你有看法，但妹妹对你还是很贴心的，可是为什么你连亲妹妹都不放心，非要把钱保存到她那里？你和她既非同性又不是故旧，那你和她在一起照相怎么就可以搂搂抱抱，那么亲密，而且连一点遮人眼目的顾及都没有？如果这些问题你能够回答清楚，那咱们的账就一笔勾销，我还是一如既往地信任你，在我的心里你仍然是过去的那个可亲可敬可爱的阿米提大哥，如果这几个问题你回答不了，那就说明你心里有鬼，你在我心目中的形象就要大打折扣，你以后也就没有必要和我来往了！"

阿娜尔古丽这么一说，阿米提急了，辩解着说："看你都想到哪里去了！情况哪有你说的那么复杂！她从北京一直找到这里，是因为我被赛迪克那帮坏人设计殴打后她怕我遭到不测，对不起我，才找到这里的。到这里后是我和郝戈看这里的服装生意好做劝人家留下来的，并不是人家非要留下的。至于说到钱的事情，那是我头一年挣到一笔钱后准备拿回去还账，结果被赛迪克团伙的人偷了，后来我看我这里不安全，怕再出现类似的情况，就委托她帮我把钱管了起来。当时哥哥和阿迪拉还没有来，后来哥哥和阿迪拉来了，但他们来后时间不长财务就分开了，我这一份要是从人家的手里要，怕人家有想法，就没有好意思要。实际上，我把钱放在人家那里等于是给人家添了麻烦，我的钱不够用，还经常把人家的进货钱拿来用，有时候搞得人家也挺难为情。如果你现在这样猜测人家，那确实就冤枉人家了。"

阿娜尔古丽说："那好，算我说的不对，是一厢情愿的猜测，我现在相信你说的这些都是事实。可是，那照片呢？第一次你从北京寄回去那么多照片，里边有好多是你和她在一起照的，看上去很亲密，我当时就有疑问，后来阿迪拉一再解释，我们也就信了。可是这次呢？这次你们一起到灵峰小学去捐款，又照了那么多照片，而且又是搂搂抱抱的，那怎么解释呢？难道还是偶然的吗？"

阿米提说："这你也当真呀？你经常和她在一起，还不知道她的性格？她就是那么个人，见了谁都大大咧咧的，如果你连这些事都要计较，那以后我们这几个人之间还怎么相处呀？"

虽然阿米提说的和古兰兰说的几乎一样，他俩之间的关系十分正常，但这件事终究在阿娜尔古丽的心里投下了阴影，此后一连几天她都是闷闷不乐的。

阿迪拉知道了这件事，就找到古兰兰，说咱们几个都是好姐妹，让她以后和阿米提在一起时要注意点影响，别搅乱了她家的生活。

古兰兰知道这件事纯粹是自己太粗心造成的，所以在阿迪拉面前也就没有多做解释，只好默认了。

　　阿米提有个习惯，遇到难事或者不顺心的事，总要找文雅诉说诉说。阿娜尔古丽因为照片的事和他闹了个不愉快，他就利用报社快下班的时间找到文雅，把这件事情的来龙去脉又原原本本地诉说了一遍。文雅说，这件事没啥，只要解释开就好了。并且说，女孩子是需要哄的，她要阿米提多哄哄阿娜尔古丽，必要的时候可以给她买个小礼品，这样她会感到你心里有她，怨气慢慢就会消解了。

　　经文雅这么一开导，阿米提的心情好了一些。心想，文雅就是有办法，再难的事，到了她的手里，就迎刃而解了。他准备按文雅说的办法试一试。

　　事也凑巧。当他在回家的路上路过特色产品一条街时，远远看到有个摊子挂着许多丝巾，他走到跟前一看，其中有条红色的特别漂亮，他就顺手买了下来，装进口袋，准备拿回去送给阿娜尔古丽。他还想给妹妹阿迪拉也买一条，摊主说这种款式十分走俏，只剩这一条了，阿米提只好等以后遇到时再买。

　　买完红丝巾，阿米提又来到菜摊上顺便买了一把青菜，准备回家做饭。正往回走，古兰兰突然打来电话，说她临时来了两个客人，想让阿米提过去陪一陪。阿米提正好还没做饭，就爽快地答应了。

　　古兰兰请客的饭局就安排在阿米提的新疆风味餐馆，阿米提来到餐馆后，不仅让厨师多上了几个新疆的风味菜，还在席间为客人献了几支维吾尔族的歌和舞。吃完饭送走客人，古兰兰由于多喝了几杯酒余兴未尽，仍举着酒杯缠着阿米提再唱再舞。阿米提唱罢舞罢坐下喝茶，古兰兰看到了他口袋里露出来的红丝巾。古兰兰从阿米提的口袋里把红丝巾拽出来，问阿米提给谁买的，阿米提顺嘴答道就是给你买的。古兰兰问这是真的？阿米提说是真的，不信你围到脖子上看看合不合适。古兰兰也不客气，撕开塑料包装把红丝巾围到脖子上，站在餐厅大堂的一面大镜子跟前一照，真是漂亮极了！她连连夸奖阿米提有眼光，趁阿米提不注意，抱住阿米提的脸就使劲亲了几口，亲罢又把阿米提的胡子捋了几遍，说阿米提的胡子真好看，有美男子的风度。

　　这一切都被前来寻找阿米提吃饭的阿娜尔古丽看得一清二楚。阿娜尔古丽铁青着脸扭过头就走了。

　　阿米提一看阿娜尔古丽扭头走了，心想，坏了，肯定她是误会了，赶紧撵到阿娜尔古丽的宿舍解释。阿娜尔古丽却说："事实摆在那里还用解释？给我买的丝巾怎么会围在别人的脖子上？如果不是恋人谁敢抱着脸亲？人家不是喜欢你怎么能从河南绕了一大圈追着你？关系不亲密怎么能天天形影不离？你口口声声说你们是朋友和兄妹关系，有这样的朋友和兄妹吗？我在这里你们都是这样，我不在这里你们还会有什么顾及？上次我说你们的关系不正常，你说我是猜测的，这次还是猜测的吗？"

阿娜尔古丽就这样和阿米提吵了一个晚上，搞得阿米提有口难辩，也闹得四邻不安。阿迪拉对阿娜尔古丽解劝了一阵子，但无果。

阿迪拉一气之下找到古兰兰，直言不讳地说："兰兰姐，上次我就给你说过，咱们是好姐妹，我们都知道你和我二哥的关系，你对我们的好我们也都记在心里，但你知道现在和过去不一样了，有古丽姐在这里，请你以后少和我二哥接触，实在回避不开时也要注意点古丽姐的感受，不要再给他俩之间的关系制造麻烦了！就算我求你了，行不行？"

郝戈知道这件事后，也把古兰兰批评了一顿，责备她不该和阿米提走得这么近，给人家家里制造矛盾。古兰兰硬着嘴说："你是我什么人？这关你什么事？真是狗咬耗子！"把郝戈弄了个大红脸。

这件事过后，阿娜尔古丽的情绪明显低落，她不但不再过来给阿米提做饭洗衣收拾家务，就是见了阿米提也不再理睬。阿米提想改善他们之间的关系，这天专门买了一条羊腿和一兜菜提着来到她和阿迪拉住的宿舍，阿娜尔古丽开门后一看是他，连理都没理，阴着脸一扭头又进了屋里。

第二天吃过早饭，阿米提找阿迪拉说完事情从风味餐馆出来，看到阿娜尔古丽从门前路过，阿米提主动上前说话，阿娜尔古丽连看都没看他一眼，就阴沉着脸朝前走了。阿米提尴尬地在那里站了好一阵子，就连正在支摊子的买买提大叔看到后都感到阿娜尔古丽做得有点过了。

阿娜尔古丽在家里待了几天后又开始上班。古兰兰一看到她，热情地迎上前说："古丽姐，你来了！"阿娜尔古丽只是不冷不热地轻轻"嗯"了一下算是应答。古兰兰吓得再不敢大声说一句话，更不敢露出半点笑容。

这件事情过后，阿米提继续忙他的事：烤肉、捐款、协调各烤肉摊主之间的关系，有时候也到养殖基地照看一下他的马牛羊。但和往常不一样的是，他的脸上没有了往日的笑容，走起路来也没有以前那么雄劲了。同伴们看到后，也都为他和阿娜尔古丽的关系深深地担忧起来。

第二十七章
他在外边有女人了

阿米提养殖基地的牛羊从新疆运过来后，都是沿用新疆那边的办法，放在露天散养的。郝戈看到后，曾经建议阿米提搭建些棚圈，把散养和圈养结合起来，这样既有利于管理，也有利于防止遭受自然灾害的侵袭，即使有了疫病也便于治疗和预防。阿米提知道郝戈说的有道理，也想办，但由于捐资助学的事情一个接着一个，一直没有腾出手，所以这件事情就被搁置下来。眼看雨季就要来了，阿依提有些着急，跑过来找阿米提商量。

阿米提当时正在摊子上招呼客人。由于这段时间和阿娜尔古丽的关系闹得不大愉快，他的脸色一直是绷得紧紧的。一见到阿依提，他赶忙强装着笑脸把他带到了宿舍，端茶倒水致敬了一番。

阿依提知道阿米提这段时间与阿娜尔古丽发生的不愉快事情，见面后先是以兄长的身份对阿米提批评了几句，劝导他一定要珍惜与阿娜尔古丽的情分，千万不能做伤害阿娜尔古丽感情的事情。接着，他就和阿米提商量如何给养殖基地的牛羊搭建棚圈的事。

阿依提说："通天河这边的气候和咱们新疆那边明显不同，这里雨水太多，很不利于牛羊在露天放养。我们的养殖基地以前没有搭建棚圈，从新疆购进的那些牛羊都是在露天放养的，遇到下雨天也没个地方躲藏，许多牛羊都得了病。"

阿米提说："我这段时间只顾忙这边的事，把那边的事给耽搁了。这样吧，这几天我刚好有点空，你如果有时间，我们马上就办。我先把这边的事情安排一下，等一会儿咱们就去建材市场。"

阿米提说完，在征得阿依提的同意后，就来到风味餐馆，把正在里边忙碌的阿迪拉叫出来，交代说："等一会儿我和哥哥一起到建材市场去一下，我那边摊子上还有客人，你过去帮我照看一下，别让客人们有意见。"

阿迪拉当即答应，进去安排了一下，就往阿米提的烤肉摊走。

阿米提离开餐馆刚走了几步，又回过头把阿迪拉喊住说："我这几天主要在养殖基地那边，这边有什么事你先看着处理一下，处理不了的给我打电话。"

阿迪拉答应了一声走了。

阿米提和阿依提一起来到建材市场，市场上人来车往，异常繁忙。他们与一家彩钢店的老板经过一番讨价还价后，把一堆用来搭建牲畜棚圈的钢管、角铁、彩钢板以及配套材料装上了两辆大卡车，然后坐进了驾驶室。几个施工人员则坐着一辆小型货车，跟在大车后面，一起向养殖基地驶去。

三辆车在兄弟俩的引领下来到养殖基地后，阿米提立即组织把车上的东西卸下来，养殖基地的员工们也纷纷过来帮忙。

由于在来之前阿米提已经把自己对棚圈的搭建设想和要求告诉了施工队的技术人员，所以他们到来后很快便投入了施工。阿米提和阿依提则帮着施工队做些配合工作，使整个施工任务得以顺利进行。

阿米提把烤肉摊交给阿迪拉离开摊位后，迪力夏提趁着空当走了过来。阿迪拉故作不高兴地说："正忙着干活，你又跑过来干什么？"

迪力夏提戏谑地说："不是想你了嘛！自己的东西看看还不行？"

阿迪拉举起两串生肉在迪力夏提的头上佯装砸了一下说："叫你使坏！"

迪力夏提把阿迪拉拉到一旁，神秘兮兮地说："咱们说正经的，他俩这一次闹得这么凶，不会真掰了吧？"

阿迪拉说："你安的什么心？怎么总想叫人家掰？"

迪力夏提说："我也是好心，想看看需要咱们做点啥，帮人家和解一下，毕竟我们还是一家人嘛！"

阿迪拉说："这还像句人话！但这种事情我们还是不要掺和，以免添乱。"

迪力夏提说："你说的也是！不过，阿娜尔古丽过去可不是这样，处事还挺大度的，怎么现在这么小心眼儿！"

阿迪拉说："女人在感情问题上都是这样，你要是在外边和一个女人没遮没掩地走那么近，我也会吃醋的！"

迪力夏提说："你也太小看人了，我哪是那种人呢！就你一个我都亲不够，哪还有那个心思！"

阿迪拉瞪了迪力夏提一眼说："又贫嘴！你没到那个时候，到了那个时候，你惹的事情恐怕比他们还多！"

迪力夏提说："请你把心放进自己的肚子里去吧，我迪力夏提也没那个、那个什么来着？对，也没那个魅力！不过，也不是我当事后诸葛亮，这一次也怪他俩，走得也太近了！我早就让你提醒他们要注意点影响，你看，让人家猜对了吧？"

阿迪拉说："我也提醒过他们多少次了，他们就是不听，那怪谁？"

迪力夏提临走时，阿迪拉特意交代说："这件事到此为止，出去不要乱说，要是说漏了嘴，小心你的舌头！"

迪力夏提做了个鬼脸说："你就是给我三个舌头我也不敢！"

迪力夏提回到自己的烤肉摊，父亲买买提问道："正忙着，你又跑到哪里去了？"

迪力夏提说："去和阿迪拉商量商量怎么处理阿米提和阿娜尔古丽的事情。"

买买提说："就你那点小聪明还能瞒得了我？我可对你说，婚姻问题劝和不劝离，遇到这种事情，能说上话的要多做和解的工作，说不上话的就少说，更不要去掺是非，听到了吧？"

迪力夏提像鸡啄米一样连连点头答应着，然后信誓旦旦地说："老爸你放心，我就是再没脑子，也不会去搅和人家的事情。俗话不是说'能拆十座庙不拆一桩婚'吗？更何况我们三个过去还都是同事，还有咱们和阿迪拉的这门亲事，哪头轻哪头重儿子还是知道的。"

买买提说："知道就好，免得以后惹是非！"

养殖基地这边开始施工后，第一道工序是平整场地和打地基。阿米提先是根据所搭棚圈的面积划出了一块场地，然后进行平整。平整场地应该租赁专门的机械设备，但阿米提为了节省经费，就用人力代替。他把养殖基地的员工们组织起来，一锹一锹地进行平整。当时由于天气炎热，一开始有的员工还有些不情愿，但他们一看阿米提也在干，而且比他们还干得多，他们也就没有什么怨言了。后来施工队的人员受到阿米提感染，也主动加入进来。

场地平整好后，开始打地基。之前在准备打地基材料的时候，阿米提是按照在新疆时的经验购买的，正式施工的时候才发现，这里的虚土层很厚，地基下沉得比较深，原来准备的材料不够用，不得已他又回到建材市场加购了一些。

经过几天的苦干，地基全部打好，工人们开始焊接框架。其时正值暑天，毒辣辣的太阳当头照着，每个人都是汗流浃背。阿米提也和大家一样，忙前忙后，挥汗如雨。阿依提看他这样干很心疼，就把他叫到一边，悄悄地提醒说："哪有你这么傻的？你把钱都给人家了，你在一边指挥指挥，招呼一下，看哪个地方不合适你让他们改正就行了，哪还用你自己亲自干？天气这么热，你这样干能吃得消吗？你不要命了？"

阿米提笑了笑，不以为然地说："搭棚圈是咱们自己的事情，多一个人多把力，多干一点进度就会快一点，哪还能分那么清楚！"

阿依提无奈地埋怨道："你的脑子真是一根筋！"

阿娜尔古丽那天因为照片和红丝巾的事情和阿米提生了一场气以后，心情感到非常压抑，班虽然还照常上着，但到了店里后，脸色一天到晚都是阴沉着，从来不和古兰兰搭一句腔。古兰兰知道自己理亏，也不敢主动说一句话。有时候为顾客挑选衣服的事互相之间需要沟通一下，两个人也只是通过眼神交流一下各自的态度，谁也不愿第一个张口。两人都像闷葫芦，从早到晚就这么哑巴一样地过着。

这天，阿娜尔古丽实在感到太压抑，她看到迪力夏提的烤肉摊上只有迪力夏提一个人在，就走出服装店来到迪力夏提的烤肉摊前，想和迪力夏提说说话。迪力夏提一看她来了，赶忙把她让到座位上，接着倒了一杯水端过来递到她手里，然后坐下和她聊起来。

阿娜尔古丽端着茶杯喝了一小口，然后把茶杯放到餐桌上，叹了一口气说："我的心里太苦闷，连个说话的人都没有，实在是不愿意在这里再待下去了，再待下去非把我憋死不可！"

迪力夏提知道她的心情不好，但又不好深说，就劝慰道："不管遇到什么样的不顺心事，都要想开点。咱们几个从新疆大老远的跑到这里来，也是不容易的，现在好不容易安定下来了，要是就这样放弃，也有点太可惜了。"

阿娜尔古丽说："我就是看到咱们来得不容易，所以从到这里的第一天起，我就决心在这里好好干，不说干出多大的名堂，至少不能让人家笑话。可是，就连这个愿望都实现不了，是是非非的事情不断地出，让人心里很不畅快，怎么能安下心来？"

迪力夏提说："你听到的那些事，有的是传言，有的也可能是误会，心里有话摊开说说就好了，不要老闷在心里。阿米提都是咱们自己人，你和他也相处这么多年了，互相之间都是知根知底的，有什么误会在一起好好谈一谈，只要把误会一消除，事情也就过去了，没有必要记在心里。要不然，既伤感情也伤身体，对你对他都不好。当然，这些道理你比我懂得多，我只是一种建议，你可不要误解。"

阿娜尔古丽说："我知道你也是为了我好。可是有些传言你也不可能完全不予理睬，有些事情恐怕也不都是误会。他那个人，怎么说呢？过去我对他的看法确实很好，我对他的好也是发自内心的，但没有想到他的变化那么大。"说到这里，阿娜尔古丽把话头打住了，接着又叹了一口气，然后把头低了下去。

迪力夏提明显地看到，她的眼眶里有泪水溢出。

他俩正说着，迪力夏提的父亲买买提走过来了。原来是葛玲玲今天回来了，买买提大叔在家里又给她做了一顿好吃的，还给她包了一大包从新疆带过来的干果和点心。

阿娜尔古丽一看说话不方便，就暂时离开了。临离开时，迪力夏提说这两天找个时间，咱们两个在一起好好聊聊。

经过工人们几天来的艰苦奋战，养殖基地彩钢棚圈的框架全部焊接完毕，从远处看，整个棚圈已见雏形。就在转入下一道工序——铺设棚顶的时候，却发生了一件意外的事情：由于天气炎热，有六七个工人中暑了，没有中暑的也都一个个脸色苍白，浑身无力，有的甚至上吐下泻，引起了恐慌。阿米提虽然也是又吐又泻，头昏脑胀，浑身困疼，但他硬是强撑着和阿依提一起，先是把中暑情况稍微轻一些的工人安排在养殖基地的员工宿舍里就地休息，由阿依提带着基地的员工负责照料，他自己则带着车辆把中暑情况重的工人送往通天河医院。一开始阿依提看他这段时间太劳累了，加之也中了暑，很是心疼，就和他争着去。他说这边的摊子大，阿依提对这边的情况熟，就没有答应。

这批中暑的病号由于往医院送得及时，在医院里治疗了两三天，基本上就痊愈了。回到基地后，阿米提根据气候情况把作息时间调整了一下，早晚天气凉快就分别提前和推迟一个小时上下工，中午太阳毒，就让大家多休息两个小时。这样一来，不仅提高了施工效率，还有效地防止了中暑问题的再发生。

可是过了没两天，又发生了一件意想不到的事情：许多人被雨水淋得病倒了。

事情是这样的：贵州的雨水多，这是大家都熟知的气象情况，由于施工点离基地的住宿点距离较远，所以从一开始组织施工，阿米提就要求大家每天上工前都要带上雨具，做好避雨的准备工作。后来随着施工时间的延长，工人们看每天上下工既要带施工工具又要带雨具很不方便，加之每次下雨之前都有预兆，临时躲避也来得及，所以他们慢慢地在上工前就不带雨具了。可是这天上午却出现了意外情况。当时阿米提和工人们正在紧张施工，晴朗的天空突然间浓云密布，雷声滚滚，不一会儿就下起了瓢泼大雨。大家来不及躲避，一个个都被雨水淋得像落汤鸡一样。下雨之前，由于天气热，每个人都干得大汗淋漓，突然被雨水一浇，当天晚上就病倒了一大片。症状也几乎是一样的：发高烧、打冷战、呕吐、拉肚子，阿米提也不例外。这次的病号阿米提没再往医院送，而是派人开车到医院请了一位医生和一位护士前来诊治，使病情逐渐得到了缓解。

一座崭新的牛羊棚圈在养殖基地终于落成。由于这个棚圈的建筑规模比较大，加之成畜饲养、饲料加工、产羔育幼的棚圈都是临山脚建造在一条线上，看上去非常壮观。连施工队的人员都说，他们在通天河还没有见过这么壮观的牲畜棚圈。可是阿米提却因为劳累过度，加之又被大雨淋了一场，身体极度虚弱，实在扛不住了，就在棚圈竣工的这一天，晕倒在工地上。阿依提赶忙派人把他往市区送。

阿米提从养殖基地走时，阿依提本来给送行人员专门交代过，回到市区后要把他直接送到医院。可是送行车辆到达市区后，阿米提怎么也不肯去医院。他说，人是吃五谷杂粮的，哪能没有个头疼脑热？要是有个小毛病都往医院送，那还不把医院都挤破了？送行人员心里很清楚，他这样说实际上是怕花钱。但在他的一再坚持下，送行人员只好把他送回了家里。

阿米提回到家时已是晚上，他本来想弄点饭吃，可是厨房里都是冷锅冷灶。他知道阿迪拉前几天到省城参加行业协会举行的金牌菜品颁奖大会还没回来，阿娜尔古丽一直在生他的气，他也不想麻烦她们，加之头晕得厉害，浑身上下酸疼，不想动弹，于是躺下睡去了。

阿米提回来的消息，古兰兰和阿娜尔古丽是第二天午饭后才得知的，当时她们正在正常营业。古兰兰听说阿米提病得厉害，想过去看看，但又怕阿娜尔古丽多心，一直没敢行动。直到临近下班的时候，她看阿娜尔古丽一点动静也没有，实在忍不住了，就鼓了鼓勇气对阿娜尔古丽说："听郝戈说阿米提大哥病得不轻，你还是回去看看吧，这里我招呼着。"阿娜尔古丽也终于开口了：说："那就辛苦你了。"说完，把服装架简单整理了一下就往外走。这是她们俩自从那次"红丝巾事件"后的第一次说话。

阿娜尔古丽来到阿米提的宿舍时，阿米提仍然躺在床上，额头上还捂着湿毛巾。阿娜尔古丽进门后走到床边，不冷不热地说："光捂这个有啥用？还是到医院看看吧。"阿米提有气无力地说："没事，就是受点风寒，休息一天就好了。"阿娜尔古丽倒了一杯水端过来放在床头，阿米提吃力地抬起上身喝了两口又躺下。阿娜尔古丽到厨房摸了一阵出来说，"我出去买点菜。"阿米提说："把钱拿上。"阿娜尔古丽头也没回就出去了。

阿娜尔古丽把菜买回来后，做了一小锅薄薄的揪片子。饭做好后，阿娜尔古丽盛了一碗端到阿米提的床头，阿米提由于胃口不好，没吃几口就放下了。阿米提让阿娜尔古丽吃，阿娜尔古丽也没吃。阿米提看看天色已晚，就让阿娜尔古丽回家去。阿娜尔古丽也没反驳，拿起自己的衣服出门走了。

阿娜尔古丽走后，阿米提在床上睁着眼往天花板上看了一会儿，迷迷糊糊地又睡着了。

阿迪拉晚上从省城回来后，听说阿米提病了，本想过去看看，但因时间太晚，就没去。第二天早晨一起床，阿迪拉就跑过来看望，准备给阿米提做点饭吃。阿迪拉站在阿米提的宿舍门口敲了一阵儿，里边没有动静。又等了一会儿，返身下楼，回到自己的宿舍。因为上午还要去给餐馆购物，她就给阿娜尔古丽交代说："古丽姐，我走了几天，餐馆里的食材不多了，我上午去进一点。我二哥那边，我刚才过去，敲门他没开，可能是还没起床。吃过早饭后请你过去照看一下，如果他起来了，你就给他做点饭吃。"阿娜尔古丽点了点头答应了。

阿娜尔古丽吃过早饭，先是到阿米提那边去了一下，她看阿米提还没起床，就过来上班。来到店里时，古兰兰已经把里外的卫生打扫干净，阿娜尔古丽赶忙去烧水。古兰兰询问阿米提的病情，阿娜尔古丽说就是受了点风寒，没有大碍。古兰兰问住院没有，阿娜尔古丽说给他说了，但他不去。古兰兰说："他就是这么个犟脾气，给别人捐多少钱都行，但一轮到自己一分钱都舍不得花了。"古兰兰又问阿米提早上吃饭没有？阿娜尔古丽说："我和阿迪拉都去看过了，他还没起床。"古兰兰说："等一会儿你就回去，给他做点饭，这里我一个人能忙得过来。"阿娜尔古丽说:"好吧。"

半晌时分,阿娜尔古丽估计阿米提该起床了,就给古兰兰打了个招呼,去给阿米提做饭。

阿娜尔古丽来到阿米提宿舍门口,在门上敲了一阵子,里边还是没有动静。她拿出手机想拨,但犹豫了一下,又放下了。在门口等了一会儿,没听到里边有动静,她抬腕看了看手表,转身下楼。

阿娜尔古丽回到自己宿舍开始做饭。做好后正吃着,迪力夏提打来电话,问她下午有没有时间,他想和她谈谈。阿娜尔古丽说行。

阿娜尔古丽吃过饭在午间休息了一会儿,按照迪力夏提约的时间来到通天河河滨公园。

两个人一见面,迪力夏提就开门见山地说:"我爸看你和阿米提这段时间为了前面那件事心里不畅快,想劝劝你,但又不好直接出面,就让我抽时间和你见个面。这段时间摊子上忙,一直抽不出空,今天摊子上的客人稍微少一点,上午我爸就催我,所以就给你打了个电话。对我爸的这个想法,你不会介意吧?"

阿娜尔古丽说:"你和买买提大叔这么关心我,我感谢还都来不及,哪能介意呢!"

迪力夏提说:"那天咱们两个在一起聊天后,这几天我就一直在想,你和阿米提是不是有误会了。从咱们这些年和阿米提在一起相处的情况看,其他的方面咱先不说,就人品方面大家都是有目共睹的,尤其是在男女之间的感情方面,他对你一直是忠贞不贰的,绝对没有外心,这一点我敢打包票。"

阿娜尔古丽说:"他过去是这样,我也看得出来。可是自从他认识古兰兰以后,他对我就不像过去了。尤其是古兰兰到北京去看他,他们两个一起去逛公园,又在一起照了好多相,这个时候他们之间已经产生了好感。后来古兰兰又去看他,想在北京摆服装摊,虽然那次没见上,但明显地可以看出来,他们之间的感情尤其是古兰兰对他的感情升温了。接下来,古兰兰从北京到成都,一路辗转,其间虽然是想找到他,怕他遭人暗算,那样他作为她的救命恩人她心里也会不安,但中间她也有'追'的意思,要不然最后怎么会在通天河这里落脚了呢?"

迪力夏提说:"不会吧?事情哪能像你说的那么复杂?古兰兰不就是想找到阿米提,给他以报答嘛!"

阿娜尔古丽说:"不会？肯定会！他们的想法肯定比我说的还复杂！你想想,按照常理,古兰兰找到阿米提以后,应该是人也找到了,她的心里也踏实了,原来的心愿也达成了,她也该干她的事情去了。可是她不但没有走,反而还在这里落了脚,你说这会让别人怎么想？"

迪力夏提说:"不可能,不可能！阿米提不是多次说过,古兰兰在这里留下来,还是他和郝戈给劝说的吗？"

阿娜尔古丽说:"是他和郝戈劝说的不假,但古兰兰如果没有那个想法,她能叫人家一说就留下来吗？她们家所在的那个地方哪个方面不比这里好？况且她们家里都是做大生意的,家庭条件又那么好,如果没有其他想法,她为什么舍得放弃那么好的条件,甘愿孤孤单单地留在这里？还有,郝戈人长得那么帅气,事业又干得那么大,又知道疼人,对她又追得那么紧,可是到现在她都不给人家一个囫囵话,这是为什么？难道你还看不出来吗？"

迪力夏提说:"那可能是两个人尤其是古兰兰还没考虑好。俗话说瓜熟蒂落,现在瓜还没熟,瓜蒂不可能落嘛！"

阿娜尔古丽说:"你也不用替他们遮掩。反正古兰兰和阿米提之间没那么简单,闹不好两个人……"阿娜尔古丽说到这里,抬眼往远处看了看,停下了。

迪力夏提说:"你是说他们两个有那种事情？不可能！不可能！你知道我平时是个嘻嘻哈哈的人,但在这个问题上咱们可不敢开玩笑！"

阿娜尔古丽说:"我这不是开玩笑,是有根据的猜测。"

迪力夏提说:"咱们都是同事,请恕我直言,你这种猜测是没有根据的,阿米提不是那种人！你说他们两个平时来往多一些,感情走得近一些,这个我信,但你说他们两个有那种事情,你就是打死我我也不信！咱们几个一天到晚工作在一起,都是亲眼看着的嘛！如果有那种事情,别人不是一眼都看出来了吗？那还用你猜来猜去！"

阿娜尔古丽看了看迪力夏提,突然问了一句:"你和他们在一起的时候你能看到,你和他们不在一起的时候你也能看到？那我问你,他们两个在北京见面的时候,古兰兰在北京住了那么长时间,你见到了吗？我们到这里之前,他们两个在这里待了那么长时间,你见到了吗？现在就是我们都在这个地方,我们也都是一步不离地和他们在一起,我们和他们不在一起的时候,你知道他们会干些什么？"

阿娜尔古丽这一问,把迪力夏提给问住了。但他还是摇着头坚定地说:"不可能，不可能，阿米提这个人不可能做出那种事！要真是那样，他就不是阿米提了！"

阿娜尔古丽的目光虚空地朝远处看着，没有再说下去。

停了一会儿，迪力夏提说："要是这么说，你不是准备要和斯拉木恢复关系吧？"

阿娜尔古丽冷笑了一声，不屑地说："那个人我压根儿就没看上，他不就是有几个臭钱吗？"

阿娜尔古丽这样一说，迪力夏提悬着的心放下来了，因为这说明她对阿米提只是生气和怀疑，但还没到感情破裂的那一步。于是他对阿娜尔古丽说："这件事你也不要太往心里去，免得伤了身体。有空我也找他谈谈，让他以后在这方面注意一点，不要再惹你生气了。必要的时候我把我爸搬出来，让我爸也劝劝他，我爸的话他还是听的。"

阿娜尔古丽说："但愿他能正视自己的问题！"

两个人就这么掏心掏肺地说着，一直到太阳落山。为了安慰阿娜尔古丽，迪力夏提专门邀请她到当地一家很有名气的火锅店吃了顿火锅。一开始阿娜尔古丽不愿去，说是阿米提还病着，两天都没吃饭了，她还要回去给他做饭。后来迪力夏提劝她说："阿迪拉已经从省城回来了，出去进点货也不会需要多长时间，那是他的哥哥，她会把他伺候好的。"迪力夏提这么一说，阿娜尔古丽也就答应了。

傍晚的时候，阿米提终于醒来了。阿米提醒来后挣扎了几下，从床上爬起来。他穿上鞋刚走两步，头晕得差一点摔倒，他赶忙扶住床头。停了一会儿，他慢慢地走到厨房，摸摸锅、摸摸碗，然后倒了杯水喝了几口，锁上门往外走，想找阿迪拉给他做点吃的，因为按照事先说的时间，阿迪拉该从省城回来了。

阿米提颤颤巍巍地来到阿娜尔古丽和阿迪拉的宿舍。他站在门口敲了一阵儿，里边没有动静。他想给他们打个电话，但摸了摸口袋发现手机没有带，就蹒跚着下了楼，来找古兰兰。

古兰兰今天下班的时间比平时要早一点。按照往常，她这时候还没下班。今天上午她把阿娜尔古丽打发走以后，一个人顶了一天，半下午的时候，她感到有点困，就想早点走，后来又坚持了一会儿，一看没有顾客了，她就把店门锁上，早早地回到了家。当阿米提蹒跚着来到她宿舍的时候，她都已经吃过晚饭了。

　　古兰兰一见到阿米提，就关切地问道："你的身体怎么样了？好些了吧？"阿米提说："整整睡了两天，刚刚起来，浑身上下困疼，很难受。"古兰兰问："那你为什么不去医院？"阿米提说："就这么点小病，休息两天就好了，我知道自己这是累的。"古兰兰问："你找我有什么事？"阿米提说："我醒来后感到口苦得很，想让阿娜尔古丽或阿迪拉给做点清汤饭改善一下口味，但找了半天一个也没找到。"古兰兰一听他还没吃饭，二话没说，马上就到锅上忙起来。

　　阿米提来的时候，天气还是好好的，就在古兰兰为他做饭期间，天气突然变阴了，后来还刮起了大风。

　　吃过饭阿米提要走，古兰兰看天气变了，怕他再受风寒加重病情，想留下他，但阿米提不同意，古兰兰也就不再坚持，搀扶着把他送下楼，准备拦个出租车把他送回去。

　　古兰兰扶着阿米提刚走出楼门口，迎面就吹来一阵大风。阿米提先是打了个趔趄，接着就大口大口地呕吐起来。古兰兰看他病得不轻，连忙叫来一辆出租车把他送往医院。

　　阿娜尔古丽和迪力夏提吃过饭回到宿舍后，阿迪拉也是刚刚进门。阿迪拉问阿米提吃晚饭没有，阿娜尔古丽说晚上迪力夏提请吃饭她没有过去看。说完，两个人就一起过来想给阿米提做点饭。

　　她们一起来到阿米提的宿舍门前一看，阿米提的门仍然锁着。阿迪拉就用手机给阿米提打电话，但阿米提的手机没人接。阿迪拉说："会不会是病得起不来了？"阿娜尔古丽说："不大可能，昨天我过来看他时，他还说没事，休息一两天就好了。"

　　过了一会儿，阿娜尔古丽猜测说："他是不是又给谁捐款去了？"阿迪拉说："也有这个可能，上次他的腿摔成那个样子还强撑着去给人家捐款，拦都拦不住！"

　　两个人又等了一会儿，没见阿米提的人影，只好下楼回去了。

　　阿米提在医院里输完水已是深夜，古兰兰让他就住在医院，他怕多花钱坚持要回，古兰兰只得依了他。

　　来到医院大门外，古兰兰拦了一辆出租车，把阿米提送到了他住的宿舍楼门口。出租车走后，古兰兰又搀着往他的宿舍走。阿米提的宿舍在三楼，古兰兰把阿米提搀着送到宿舍门口后，阿米提一摸口袋没有钥匙，这才想起是因为自己这几天病得头昏脑胀，出门时竟把钥匙忘到屋子里了。古兰兰看这么晚了不好打扰别人，只好又搭出租车带着阿米提回到自己的宿舍。

古兰兰的宿舍是一套两室一厅的单元房，主卧室里放着一张双人床，是古兰兰住用的，另一间是个小卧室，里面放着一张单人床，主要是用来招待客人的，平时很少用。古兰兰把阿米提搀到自己宿舍时，时针已指向凌晨4点，她赶忙安排阿米提休息。开始阿米提说眼看天都快亮了，说他就在客厅的沙发上随便凑合一会儿就可以。但古兰兰不同意，说你都病成这个样子了，哪还敢再随便凑合？就劝他到卧室的床上睡。阿米提同意后来到了小卧室，古兰兰说，你的个子大，又病着，小床太窄，睡下后连个身都翻不过来，还不如你睡到大床上，我睡到小卧室。两个人争执了一番，最后古兰兰说你再推让一会儿天都亮了，阿米提这才依了古兰兰，睡到了主卧室，古兰兰则睡到了小卧室。由于这天夜里睡得太晚，第二天早上他俩都没有醒，一直睡到半晌午。

阿迪拉头天晚上没有见到阿米提，很不放心，第二天一大早就和阿娜尔古丽一起又来到阿米提的宿舍。到门前一看，阿米提的房门依然锁着。她两个猜测，阿米提可能真是又去给谁捐款去了。阿娜尔古丽还在阿迪拉面前埋怨了一顿："身体都病成那个样子了，还去管别人的闲事，真是一根筋！"

阿娜尔古丽这段时间虽然心情不好，但上班还是很守时。一吃过早饭，她就和往常一样提前来到了店里。今天的顾客不少，有位姑娘挑了一件可心的裙子，但就是号码太小，阿娜尔古丽知道库房里有存货，但自己没有钥匙，拿不出来。本来她刚来店里时，古兰兰曾给了她一把库房的钥匙，她怕引起不必要的麻烦，就没有接。后来古兰兰就把这把钥匙放在两个人都知道的地方，以备急需。这次两个人闹意见后，她干脆就让古兰兰一个人把钥匙管了起来，以免再惹事端。阿娜尔古丽在店里等了一阵儿，她看那位买衣服的姑娘有些不耐烦，就给邻店的店员交代了一下帮她照看一下店面，接着就去找古兰兰。

阿娜尔古丽来到古兰兰的宿舍门前，敲了好一阵子门才打开。古兰兰显然是被敲醒的，身上还穿着睡衣。古兰兰的主卧室门正对着房门，当时是半开着的，阿娜尔古丽进门后下意识地往里面瞄了一眼，床上睡着一个男人，再一看，不是别人，正是阿米提。阿娜尔古丽惊愕地大张着嘴几乎晕倒。她的脑海里一下子一片空白，竟忘了自己是来干什么的，还没等古兰兰回过神来，她就一扭身飞奔下了楼。

阿娜尔古丽从古兰兰的宿舍楼里下来后又是一阵快跑，眼泪也不知道是什么时候流下来的，抹一把满脸都是。

阿娜尔古丽下楼后，古兰兰知道她肯定是误会了，连忙换上衣服出来追。但此时的阿娜尔古丽已经失去了理智，她一回到店里，什么也没说，抓起一根衣服挑杆，噼里啪啦就是一阵猛砸，把顾客吓得一个个都抱着头快跑。接着她又从服装店往自己的宿舍跑，边跑边抹眼泪。

阿娜尔古丽从服装店跑回宿舍后又是一顿猛砸猛摔，眨眼间满地一片狼藉。摔完砸完，坐在床边哭了起来。先是嘤嘤啜泣，接着便放声大哭，一直哭到中午开饭，最后哭得连午饭都没吃。

阿米提知道这完全是误会，就强撑着病体来向阿娜尔古丽解释，还没等他开口，阿娜尔古丽就指着他的鼻子骂道："你个吃里爬外没良心的东西还有脸来见我？你出去，快给我滚，滚得越远越好，永远不要再来见我！"阿米提无奈，就去找迪力夏提过来帮他解释一下，谁知阿娜尔古丽连迪力夏提也不认了，一见到他就哭着说："以前的事情我给你们说你们都不相信，一个劲儿地说不可能、不可能，说他不是那种人，现在他都睡到人家床上了你们还护着他，你们都在欺骗我！"

阿迪拉看到这种情况，气呼呼地来找古兰兰算账。她一到古兰兰的服装店，不问青红皂白，对着古兰兰就是一顿大吵大闹，甚至还大骂古兰兰是她们家的丧门星，要古兰兰快点滚出通天河！

古兰兰被这件突如其来的事情弄得不知如何是好，委屈的泪水汹涌而下。她锁上门，捂着嘴哭着跑回了自己的宿舍。

跑回宿舍后，她一头栽到床上又呜呜地痛哭起来，直哭得哽哽咽咽，浑身颤抖。

郝戈得知消息后跑过来，劝也不是，骂也不是，只好前后跟着，怕她失去理智。

事情发生的当天晚上，古兰兰一夜都是在痛心的泪水中度过的。第二天早晨起床后她来到洗漱间想洗把脸，站在镜子前一看，自己的两只眼睛哭得像两个水蜜桃。郝戈过来给她做早餐，她也没心思吃，独自在沙发上坐了一会儿，不由自主地又哭了起来，一直哭到天黑。郝戈陪在身旁也无济于事。

阿米提知道这件事情都是因为自己才引起的，感到很对不起古兰兰，就踟蹰着来到古兰兰宿舍。他本想劝解一下古兰兰，但一看古兰兰这个样子，他张了几次口也没能说出来，最后只好懊丧地离开了。

阿娜尔古丽吵闹了几天，也不再往古兰兰的服装店里去，跟着阿迪拉在风味餐馆打起了下手。

古兰兰则在她的服装店门前挂出了一个降价牌子，每件衣服以三折的优惠价进行清仓大甩卖。阿米提叫来文雅、高见、张清源和郝戈一起劝阻她也不理。

阿娜尔古丽在阿迪拉的餐馆里干起活来从早到晚总是闷闷不乐的，阿米提怕她闷出病来，几次走过来想和她说说话，但阿娜尔古丽一见到他就一扭身进了屋里。阿米提只好叹着气，快快不乐地离开餐馆。

古兰兰把店里的服装甩卖完，把服装店的牌子摘下来拿进屋里，锁上了店门。她站在店门前默默地看了好一阵子，抹了几把眼泪，然后依依不舍地转身离去。

这天天不亮，古兰兰就打起背包离开了通天河，走前连郝戈也没告诉。她只是给阿米提发了一条短信说：请你帮我照看一下赵艺卓，以后我会定期给她邮寄学习费用。

阿米提看到古兰兰的短信后，马上给她打电话，古兰兰却没有接。他赶快穿衣下楼。

阿米提急急忙忙来到火车站售票厅和候车厅仔细寻找，却没有看到古兰兰的影子。站在候车大厅的落地窗前，隔窗望着一列列火车呼啸而去，他的眼前一片茫然。

阿娜尔古丽整天闷闷不乐，越来越思念家乡、思念父母。这天晚饭后，她第一次主动拿起电话给家里打了过去。

母亲卓尔汗在电话里一听到是阿娜尔古丽的声音，就惊喜地对海里克说："我们的女儿终于来电话了！"当她听到阿娜尔古丽的声音有些异样时，反复地追问阿娜尔古丽是什么原因。阿娜尔古丽不得已，才在电话中委婉地说："阿米提在外边有女人了。"卓尔汗一听就斥责她说："我早就给你说过这个人靠不住，你还嘴硬！这年头在外边跑的男人哪个不花心？你在那里等着，我明天就让斯拉木坐飞机过去接你！"

　　清晨，整座城市还在沉睡着，阿娜尔古丽趁着阿迪拉还没醒来，就提上简单的行李，肩上挎一个小坤包，不声不响地走出了宿舍楼。她本想直奔机场，但仍然忘不掉阿米提，于是便来到了阿米提住的宿舍楼。她表情复杂地站在阿米提的宿舍门前，犹豫地伸了几次手想敲门，但终于没有敲响。她的泪水止不住流了下来。她掏出手绢用右手把嘴紧紧地捂着生怕哭出声来，一步一回头地往楼下走去。

　　阿迪拉醒来看到阿娜尔古丽的床上是空的，再一看她的箱包也不见了，就赶忙给阿米提打电话。阿米提一接到阿迪拉的电话，慌忙起床穿衣，连脸都没顾上擦一把就搭上出租车往机场赶。

　　当阿米提跑进办票大厅询问工作人员时，工作人员指了指对面墙壁上巨大的航班动态图对他说，他所问的那趟航班一个小时之前就已经起飞了。阿米提一听，神情沮丧的双手抱头蹲在了地上。

　　阿娜尔古丽走后，阿米提一连几天都没有出摊。顾客们一拨又一拨地在他的摊位前驻足，他的摊子始终是被雨布严严实实地遮盖着。

　　在歇摊的那些日子里，阿米提每天都是抱着他那把心爱的热瓦普忘情地弹唱，如泣如诉：

　　　　春天飘落的记忆　深深地藏在我的心底

　　　　却让我不愿再提起　是谁说过我爱你

　　　　秋风带来的消息　告诉我你已远离

　　　　又让我忘了我自己　曾经飘荡的过去

　　　　谁能了解我的心　在无尽的夜里

　　　　我好想告诉你　每个梦里都是你

　　　　谁能了解我的心　在无尽的夜里

　　　　用所有的心情　把我的思念带给你

　　　　……

　　文雅看阿娜尔古丽离开后阿米提太苦闷，就约请高见、张清源和凯丽斯一起利用聚会的机会劝解阿米提。他们都劝他说，天底下的好姑娘多如星汉，何必在一棵树上吊死？凯丽斯甚至还充满信心地说："阿米提先生，请你放心，过不了多久就会有人向你抛来爱情的橄榄枝！"阿米提苦笑着只是摇头叹气。

第二十八章
我从北京来看你

　　阿米提和阿娜尔古丽的事情出来后，首先在阿米提的家里引起了轩然大波。先是阿依提。在阿娜尔古丽离开通天河的第二天，他就专程从养殖基地赶过来，一见到阿米提就质问："你为什么把一桩好端端的婚事弄成这个样子？为什么把人家那么好的一个姑娘给气跑了？人家过去对你那么好，你的良心叫狗吃了？"

　　接着是父亲。父亲海里木一听说他与阿娜尔古丽分手了，而且主要原因在他身上，拿起电话劈头盖脸就是一顿斥责："你个不知羞耻的东西，怎么也学会在外边沾花惹草了？你就不怕辱没祖先受到惩罚？上次你回来我就警告过你，不要感到口袋里装了几个钱就觉得自己了不起了，干什么事情都无所顾及，为所欲为！要知道你是个当过兵的人，当过兵的人就是脱了军装一辈子也不能玷污军人的称号。要知道你是个穷苦人出身，这辈子不管走到哪里，不管怎么富有，不管到什么时候都不能忘本。要知道你是我们海里木家的人，我们这家人祖祖辈辈都是善良本分重名声的人，从来不坑人不害人不骗人，也从来不干那些令人不齿的丑事情。你现在倒好，把什么都丢到了脑后，连做人的底线都不要了，我看你以后还怎么能有脸回来？你就是回来，我看你拿什么面对生你养你的这个家庭、这块土地，你怎么面对这一方看着你从小长大的父老乡亲？"父亲的讲话非常严厉，简直就是叱骂。阿米提知道一时也解释不清，只好在电话中任凭父亲责备。

　　阿迪拉虽然不像父亲和哥哥这么对待阿米提，但在她的心里也生出了许多怨气。尤其是对阿娜尔古丽，平时两个人相处得如同亲姐妹，不管是在工作、生活、婚姻还是在女孩子的那些特殊的事情上，阿娜尔古丽都像一个大姐姐甚至像母亲一样对待她、体贴她，她们在一起时也曾对各自婚后的生活充满了甜蜜而又美好的憧憬，而现在却变成了这种结局，每每想到这些她的心里就一阵阵隐隐作痛。她对阿娜尔古丽真是太同情、太珍爱、太依恋、太惋惜、太不舍了！以致阿娜尔古丽走后已经好长时间了，她还是一想起和阿娜尔古丽在一起的日子，或是一提起阿娜尔古丽的名字，立刻就会泪流满面。

郝戈对失去古兰兰也十分痛心。他经常把迪力夏提叫过来倾诉衷肠。每次在酒桌上，他都要一遍又一遍地给古兰兰打电话，但得到的都是"无法接通"的回音。每当这时，他都要举着酒瓶子像倒水一样往自己嘴里灌，直喝得酩酊大醉。

阿娜尔古丽能主动回到新疆，倒是满足了母亲卓尔汗的愿望。她回去没几天，就在卓尔汗的撮合下，与斯拉木商定了结婚日期。阿娜尔古丽虽然对阿米提有气，但心里还一直放不下。当卓尔汗在酒桌上大讲阿米提的不好时，她还极力阻止，以致让卓尔汗当着好多人的面骂她不长心。

时隔不久，斯拉木在县城的服装商场为阿娜尔古丽找了一份工作。斯拉木为了献殷勤，专门瞅阿娜尔古丽不在家的时候跑过来，故意对卓尔汗说："我托人帮阿娜尔古丽在县城的服装商场安排了个工作，不知阿娜尔古丽愿不愿意？"卓尔汗当然是求之不得："现在安排个工作那么艰难，哪有不愿意的道理？你现在已经是我的女婿了，一切权力都交给你，你办事妈放心！"

自从阿娜尔古丽离开通天河后，阿米提着实苦闷了一阵子。他怎么都没想到，他和阿娜尔古丽的关系会是这个结果。在此之前他还曾经设想，待养殖基地的事情办完，生意上没有什么牵挂了，捐资助学的事情也都做了安排，欠外边的账都已经还清，经济上也不像以前那样拮据了，那就可以腾出手来把自己的婚姻问题处理一下了。他甚至还设想，待养殖基地的事情办完后，他就把阿娜尔古丽带回老家去，向两家尤其是向阿娜尔古丽的父母表明自己的态度，然后把他们两个人的婚事定下来。如果办得顺利，年里年外就可以把婚礼办了。自己的年龄毕竟这么大了，父母亲也等着抱孙子，不能就这么干耗着。但他万万没有想到，事情会发生这样的逆转，真是太可惜、太意外、太让人想不通了！

事情过后，冷静下来想一想，阿米提深感主要责任还是在自己。不是吗？人家从遥远的新疆来到这个地方本来是把自己当作靠山的，可是自己由于工作上的事很少给人家以关爱，以致人家最后感到连个说话的人都没有。人家到这里后，实际上已经和自己是一家人了，是一家人那么遇到事情就应该互相商量一下，至少也应该打个招呼，但自己仍然像过去一个人生活时一样，遇事都是自己一个人做主，想办什么事就办，想怎么做就怎么做，从来没跟人家商量过，人家问的时候还感到人家是多管闲事，干扰自己的事业。作为女人，都想让自己的男人在别人面前能够光鲜一些、帅气一些、体面一些，这样自己在别人面前也感到有面子，但自己在这方面就没有替对方考虑过，穿衣戴帽仍然像过去那样不修边幅、我行我素，搞得人家在一些重要场合很没面子。在男女关系的处理方面自己的教训就更深了。本来，按照本民族的传统心理，男女之间是授受不亲的，是应当有距离的，但自己在这方面就做得很不好。对于古兰兰，自己确实打心里喜欢，但喜欢毕竟代替不了恋人的地位，自己既然有了阿娜尔古丽，就应该顾及阿娜尔古丽的感受，就应该在处理自己和古兰兰的关系中掌握好分寸，但由于自己在这方面没有把握好分寸，与古兰兰走得太近了，有的时候甚至几乎没有了界限，结果给三方都造成了难以弥补的伤害，这无论如何也是自己所始料不及的。虽然自己和古兰兰的关系是纯洁的、高尚的，但屡屡让外人尤其是阿娜尔古丽猜疑，这不能不说是自己的责任。自己酿造的苦果应该由自己吞，可是现在却让这两个无辜的姑娘吞了下去，他感到非常自责和愧疚，太对不起这两位姑娘了。

他进一步想，在对这件事情的处理上，家里人对自己有意见，尤其是父亲和哥哥，他们说的那些话听起来虽然很刺耳，但他不怪罪他们。他们也是为了自己好啊！他们也是感到失去阿娜尔古丽这样的好姑娘太可惜了啊！作为父母，谁不愿意让自己的儿子走正道、有出息？谁不愿意让自己的儿子找个好媳妇过上好日子？作为兄长，谁不愿意让自己的弟弟妹妹有一个良好的前程、有一个美好的家庭？然而现在他们的希望因为自己的责任而破灭了，他们的心里能好受吗？如果自己在这方面做得好，他们能对自己是这个态度吗？

对阿娜尔古丽就更不用说了。他对她的爱是真诚的、真实的，没有半点虚假。正因为真诚、真实，他才没有过多地去关心、去交流。他总感到，两个人都是一家人了，还需要那么多的客套吗？然而他错了。不要说恋人之间，就是结了婚成了夫妻，该关心的还要关心，该交流的还要交流，而不能随意而为、放任自己。他现在还明白了一个道理：不管是恋人还是夫妻，两个人由于家庭出身、受教育程度、生活经历、脾气性格以及性别的不同，其考虑问题的角度是不同的。就拿阿娜尔古丽来说，她的出身、经历、性格、教养和他相比就有着很大的差别，加之她远离家乡和父母，在某些时候、某种情况下她的感情是非常脆弱的，需要他予以特别的关照和呵护，但他对此却忽视了，总认为她已经是成年人了，又经过这么多年的工作和生活磨炼，应该是能够独立地面对和处理生活中各种情况和疑难，没有必要一天到晚像个鸡雏一样依偎在母鸡的羽翼下，结果她出现了后来的局面，陷入孤独、抑郁、苦闷的情绪中，以致对生活失去了应有的热情和信心。

阿娜尔古丽走了，阿米提是痛心的，是不舍的。因为他和她的感情源远流长，其间经历了无数次风风雨雨的考验，这种经历和考验已经变成了他们生命中的一部分。然而她毕竟已经走了，她走得是那样的伤心、那样的苦涩、那样的无奈、那样的匆忙，甚至连解释的机会都没有给他，这不能不令他感到深深的遗憾和惋惜。阿米提知道，错过了阿娜尔古丽，他这一辈子是再也不会遇到这样称心如意的好姑娘了。但是他也知道，阿娜尔古丽这一回去，她和斯拉木的关系就身不由己了，不管他阿米提是否愿意看到，阿娜尔古丽一定会成为斯拉木的新娘，而自己和她只能是天各一方了。他必须正视这个现实！

经过一段时间的苦闷、徘徊和彷徨，又经过文雅、高见、张清源以及买买提大叔和迪力夏提等的劝解和开导，阿米提逐渐从失恋的痛苦和阴影中走了出来，开始了新的生活。这个新生活的转机是一次电视报道。当然这次报道也给他带来了不少麻烦。

这次电视报道源自一个偶然的机会。

那天，文雅、高见、张清源和阿米提、凯丽斯在郝戈的啤酒屋聚会。这次聚会对于他们几个来说是一次常规的聚会，聚会的主题仍然是交流资助对象的学习情况，研究对重点对象助学资金的解决办法，当然也有为阿米提排解忧郁的成分。自从阿娜尔古丽离开后，他们已经举行过多次这样的聚会了，如果说阿米提能逐渐地从因阿娜尔古丽离开而产生的思想苦闷和心理阴影中走出来，文雅召集的这种聚会也是功不可没的。

当时，几个人把聚会的主题议论完之后，又闲谈了一会儿。在闲谈中，文雅突然对高见说："中央电视台西部频道正在征集社会青年自主创业的作品，你何不利用这个机会更上一步？"

文雅说的这件事高见也知道，因为中央电视台在内部是专门发了通知的。高见摆了摆手说："就我这水平还能上中央电视台？拉倒吧！"

文雅说："怎么不能，你过去不是在中央台上过不少新闻吗？"

高见说："嗨！那都是豆腐块，最多也就是一分半钟，这次是专题，那要求之高老鼻子了，咱哪有那个能耐！况且也没有哪个对象好拍呀？"

文雅说："拍专题片上中央电视台也不是高不可攀的，关键是看你有没有这个勇气。要说对象，眼前就有啊！怎么，你也得了'灯下黑'症？"说着，朝阿米提努了努嘴。

高见一下子反应过来，赞同地说："好，好素材！只要你和清源能当撰稿，我就敢拍！"

这件事就这样在不经意间定了下来：由文雅和张清源撰稿，高见担任摄像，把阿米提的事迹拍成电视片上报中央电视台。

阿米提一听说要以他为对象拍电视片很不情愿，一个劲儿地摆着手说："算了算了，我已经够倒霉的了，还拍什么电视啊？要是传出去，那还不让人家笑掉大牙！"

高见说："他们笑你什么？男女失恋又不是你一个人！再说，如果你的事迹真能在中央电视台播出来，说不定还能给你招来桃花运的，要真是那样，到时候你还得给我付征婚广告费呢！"

张清源也附和着说："在中央电视台报道一下，也可以给你冲冲霉运，说不定你的运气从此就会好起来的。"

大家你一言我一语，正话戏说，嘻嘻哈哈地就把这件事给敲定了。

接下来，就由高见扛上摄像机当摄像，文雅和张清源拿着采访本和录音笔当文字记者，推推劝劝地让阿米提当"演员"，把阿米提从部队复员后特别是到通天河以来艰苦创业、见义勇为、扶危济困、捐资助学、服务社会的生动事迹进行了全面深入的采访，经过一番精心的制作后上报给了中央电视台。

让他们几个所始料不及的是，这个专题片以《我叫阿米提》为名在中央电视台的西部频道播出后，不仅仅是在通天河而且在全国的观众中都引起了强烈反响，许多人说："阿米提不就是新时代的活雷锋吗？！"

接下来，一些戏剧性的事情发生了：有的女性从专题片中了解到阿米提还没有成婚，就纷纷通过写信、打电话或者直接跑到通天河来等办法向阿米提求婚，搞得阿米提很是苦恼了一阵子。

第一个当面求婚者来自北京，还是一位女企业家。

《我叫阿米提》在中央电视台播出后，作为记者的高见一下子火了起来，给他带来的麻烦首先是接不完的电话。当时节目结束时，已到了午夜时分，但即使这样，一些观众仍然打来电话表示祝贺或者谈观看后的思想感受，电话一直响到凌晨。第二天他刚一上班，电话又接二连三地响了起来，当文雅给他打电话，称赞这部片子拍得好，上下反应都非常强烈，对他表示祝贺时，他还对文雅苦恼地说："从昨天夜里到现在，我的手机都快被打爆了！"

接完这些电话，高见合上手机，倒了一杯水准备喝一点润润嗓子。他刚把水杯端起来，手机又响了，一看区号，是从北京打来的，他心想，自己在北京又没有朋友，这是谁呢？一接是个女同志，只听对方自报家门说，她叫原惠尔，在北京创业，看了阿米提的事迹感动得一夜都没睡好觉，她说现在像阿米提这样的人太少了，看完电视片她都感动得哭了，她想亲眼见一见阿米提。高见问她是怎么知道了他的手机号码，原惠尔说，她是从中央电视台得到的，开始人家还不给，后来在她的苦苦哀求下，人家才告诉她的。原惠尔在电话中还用恳求的语气对高见说："高记者呀，我找你找得好苦啊！我现在就想立刻见到阿米提，请您一定要帮我联系到他本人，我很快就会去通天河！"

接完电话，高见摇摇头自言自语地说："世界上还有这样的事情，真够逗的！"同事问他遇到什么好事了？他笑着说："刚才有个女的从北京打来电话说，她看了阿米提的事迹很受感动，她要到咱们通天河来亲眼看看阿米提，真有意思！"同事说："你还别说，人家可能还真的要来！"高见说："你怎么知道？"同事说："你没想想，人家要是不准备来，还费那么大劲找你的手机号码给你打电话干什么？"高见说："她可能是刚看完电视一时激动，只是随便说说而已，现在哪有这样的傻帽儿！"同事说："我看你还是给人家阿米提说一下，让阿米提好有个思想准备，要是人家真的来了，到时候也不至于搞得过于被动。"高见没在意，只是笑了笑，又去忙手头上的事了。

第二天吃过早饭，高见骑着自行车来上班。刚走到办公楼大门口，手机又响了，他赶忙下车接。打开手机一看，还是原惠尔打来的。原惠尔在电话中告诉他，她已经到达贵阳，问从贵阳到通天河怎么走。高见听完电话一下子愣了，自言自语地说："嘿！这么快！还真的来了！"他这才想起来，赶忙给阿米提打电话，把原惠尔从北京来看他的事告诉给了他。

正在摊子上忙碌的阿米提接听完高见的电话后笑了笑，不在意地说："我有什么好看的，来就来呗！"

高见说："这可不是开玩笑哇！人家可是从北京来的！"

　　阿米提还是那样不以为然地说:"开不开玩笑就那么回事,谁来看我都是一个卖烤羊肉串的。"

　　给阿米提打完电话,高见又给文雅打电话,询问原惠尔来后如何接待。文雅想了想说:"规格太高咱接待不起,条件太差又说不过去,我看这样吧,总的原则按不好不差掌握,说得过去就行了。"

　　高见同意文雅的意见,马上给一个名叫"回到家"的快捷酒店打了电话。

　　下午,文雅、高见、张清源和阿米提按照原惠尔告诉的时间,早早地就来到"回到家"酒店门前等候原惠尔。当原惠尔身着一袭红色套装从出租车里款款走下时,冬日的夕阳在她的身上反射出一片灿烂辉煌。

　　原惠尔看上去有 40 来岁,气质优雅,风度翩翩,雍容华贵,热情大方,浑身充满在这个年龄段少有的朝气和活力,让人一看就知道这是一个事业有成的人。她笑吟吟地向文雅、高见和张清源问好,然后主动握住了阿米提的手。

　　趁这当儿,高见给文雅使了个眼色。待原惠尔转过身来,高见很有礼貌地说:"原总,很抱歉,有件事情想请您原谅一下。"

　　原惠尔温文尔雅地说:"高记者有什么话尽管讲,请不要客气!"

　　高见说:"这个酒店临时通知要接待一个大型旅游团,我们需要换个酒店。"

　　原惠尔朝酒店的上下打量了一下,笑了笑说:"那就客随主便吧!"

　　高见马上让文雅陪原惠尔上车,他则同张清源、阿米提又打了一辆出租车飞快地往条件最好的通天河宾馆跑。

　　通天河宾馆豪华气派。提前到达的高见、张清源和阿米提把原惠尔迎进大厅,乘电梯进入客房。文雅让客人休息,告知了晚饭时间,然后与高见、张清源和阿米提一起退出了客房。

　　几个人刚刚走出电梯,文雅就对高见说:"你的脑子转的还挺快嘛!"高见说:"我一看人家那个派头,心想,糟了!今天这个事情办砸了,回去后人家肯定会骂我的,所以就赶快想了现在这个办法。"张清源说:"你们这样做,算不算'以貌取人'呀?!"高见嘿嘿笑了一下没有回答。文雅说:"办什么事都得有点灵活性,因人而异嘛!"几个人会心地大笑了一阵。

　　晚上,文雅、高见、张清源和阿米提设宴款待原惠尔。一开始文雅他们是准备在条件最好的通天河酒店安排的,后来他们想,原惠尔来自北京,且又是一位成功的企业家,在高档酒店里用餐的机会肯定不会少,到他们这里后,安排一个有地方特色的饭店可能会更受欢迎,于是他们就把就餐的地点选在了一家在通天河很有名气的鹅肉火锅店。

　　晚宴开始后，文雅他们几个频频举杯，欢迎原惠尔千里迢迢来到通天河看望他们，气氛异常浓烈。

　　原惠尔被文雅他们的热情所感染，举起酒杯十分动情地说："今天我能够和大家坐在一起，首先要感谢高记者的纪录片让我知道了通天河，知道了阿米提。说实话，一位维吾尔族青年在陌生的通天河落脚，靠卖羊肉串为生，还能资助那么多的贫困学生，这是很多有钱人都做不到的。不瞒你们，这个片子播了两次我都看了，看一次掉一次泪，于是就特别想来亲眼看一看阿米提究竟是怎样的一个人。今天这个愿望终于实现了，还得到了你们的热情款待，为了表示谢意，我干了这杯酒！"

　　说完，她一仰脖子将满满一杯酒喝了下去。

　　原本已经很热烈的气氛经原惠尔这番充满激情的话语一点燃，眨眼间又升了温。文雅他们听了原惠尔一番发自肺腑的话也深受感动，互相之间都有一种相见恨晚的感觉，于是一个个开怀畅饮起来，真正是一醉方休，整个欢迎晚宴进行到很晚才结束。

　　第二天上午，原惠尔把阿米提请到她下榻的宾馆，拿出了她从北京给他带来的礼物：整套的西装、衬衣、皮鞋、腰带，还有围巾、手套、香烟、茶叶等。这些东西是原惠尔决定来通天河并订了机票后，亲自开着车到北京的东方广场、新光天地、世贸大厦选购的，把一个高档旅行包装得鼓鼓的。阿米提看这些东西太贵重了，开始时没有接。原惠尔动情地说："我从电视上看到你穿的鞋是捡来的，心里很难受。你把挣来的钱全部捐给了贫困学生，自己却连一件像样的衣服和鞋子都没有，让谁看了都不可能无动于衷。为了今后能更好地为这些贫困学生服务，你就收下吧！"阿米提看原惠尔也是一片诚心，不好再说什么，只好收下了。

　　接着，原惠尔跟着阿米提来到他的宿舍。尽管原惠尔已经从纪录片里看到过这个场景，但屋内的简陋和寒酸还是让她暗暗地吃了一惊。她什么也没说，像个家庭主妇一样，挽起袖子就开始收拾起来，阿米提拦都拦不住。

　　阿迪拉有事来找阿米提，一进屋看到原惠尔正在给阿米提拆洗被褥，她把阿米提拉到门外悄悄问道："二哥，她是谁？不是谁给你介绍的女朋友吧？"阿米提说："你都想到哪儿去了？人家是看了那个电视片才过来看看的，一两天就走了。"阿迪拉说："就是嘛！我看也不像！"

接下来，原惠尔就让阿米提带着，前去慰问阿米提曾经资助过的学校和贫困学生。

他们先是往灵峰小学走。

在陡峭的山道上，原惠尔问阿米提："这么难走的山道，你当初是怎么来的？"阿米提说："我当时心里只想着那些孩子，还真没把这些事放在心上。"原惠尔说："看来佛教书上说的是对的，人的心里只要想的是善事，什么样的难事都不成其为难事。"

来到灵峰小学后，原惠尔把她从北京带来的学习用具、课外读物、学习资料、衣服鞋子，分别赠送给了学校的贫困学生，同时将她带来的 6 万元现金也捐给了学校。同学们给她戴上了红领巾，并列队给她行少先队礼。

从灵峰小学回来，原惠尔又随着阿米提来到周小勇家，给周小勇带来了衣服和学习用具。当她看到周小勇瘦小的身子时，忍不住流下了热泪。临走时她给周小勇的妈妈送了一个红包，并把周小勇带回她住的宾馆。

原惠尔把周小勇带回宾馆后，又特意到商店为周小勇买来新衣服，接着把周小勇拉进洗澡间，像母亲一样帮周小勇洗澡。周小勇开始还有点不好意思。原惠尔慈爱地说："你就把我当成你的妈妈吧！"周小勇洗完澡换上新衣服精神多了，站在穿衣镜前自我欣赏了好久。最后，原惠尔又把周小勇换下来的衣服也洗得干干净净，让宾馆服务员拿去用洗衣机脱水烘干后叠整齐交到了周小勇手里。

接着他们又去看望苗莉莉。由于头天夜里下了一场雪，四周的大山都落满了雪，天空被浓雾笼罩着，冰花满树，山道泥泞。原惠尔和阿米提在寒风中走向苗莉莉的家。

站在用山草和野毛竹搭就的屋子前，原惠尔感慨万千。他们走进屋内，苗莉莉和她的弟弟齐声向阿米提喊道："阿米提叔叔好！"

阿米提指了指原惠尔对两个孩子说："这是你们从北京来的原惠尔阿姨，快向原阿姨问好！"

两个孩子很听话，乖乖地喊道："原阿姨好！"

原惠尔依次抚摸了两个孩子的头，然后从随身携带的包里拿出两套衣服和一些学习用品分别送给了姐弟俩，并给他们每人发了两盒北京绿豆糕和两袋大白兔奶糖。这些东西让姐弟俩眼都直了，因为他们从来没有见过。

中午吃饭，苗莉莉家没有什么东西好招待客人，苗莉莉的父亲就逮住一只正在下蛋的老母鸡要杀，被阿米提拦住了。但后来趁客人不注意，苗莉莉的父亲还是把那只鸡给杀了，使大家的心情在整个吃饭期间都沉浸在沉闷的气氛里。

临走时，原惠尔把一个装有一沓子现金的信封悄悄地压在了他们家桌子上放着的一个竹篮子底下。

把几个地方慰问完，文雅、高见、张清源和阿米提陪着原惠尔来到一家农家火锅店，几个人围着火锅交流思想。原惠尔谈了几天来在通天河的感受，文雅和高见他们也介绍了当地政府这些年来为改变山区落后面貌所做的努力。

趁着酒兴，原惠尔突然话锋一转，对阿米提说："阿米提，跟我去北京发展吧。你想继续烤羊肉串也可以，如果这一行不想干了，干别的也行。不管你干什么，我都负责给你投资。"

说完，原惠尔用一种期待的目光看着阿米提。

原来，原惠尔在北京打拼了10多年，已经拥有1个滑雪场、2个游泳馆和3家饭店，而且事业还在兴旺发展着。

从表情上看，原惠尔说这样的话是真诚的，是发自内心的。但她提出的这个问题对阿米提来说，毕竟是太突然了，他一点思想准备都没有。于是阿米提就说了一句模棱两可的话："谢谢原总的好意！北京确实是个好地方，我也在那里干过，那里给我留下过美好的记忆，也给我留下过创伤，到现在想起来还有些后怕呢！"

原惠尔追了一句："我了解过你的那段经历，那时候你是一个人，现在不一样了，有我呢，我们一起干事，你还担心什么？"说完，她还转过身对坐在跟前的文雅和高见说："文主任、高记者，你们说对不对？"她显然是在寻求他们的支持。

文雅和高见不好表态，几乎是异口同声地说："还是让阿米提自己决定吧，这毕竟不是件小事情。"

原惠尔看阿米提不表态，有些不甘心，进一步劝说道："北京毕竟是我们国家的首都，市场大，回旋的余地大，南来北往的人多，想干什么机会也多。你去了以后，继续烤肉也好，想帮我打理企业也好，任你选。不管干什么，只要你想干，我都会成全你，绝不会横加干涉，更不会拉你的后腿，这一点请你完全放心！另外，如果你还想资助贫困学生，我还可以单独拿出一部分资金来供你使用。总之，一切都随你的意愿办。"

按照阿米提的本意，对天上掉下来的这块"馅饼"他是有疑虑的，而且从这些年来打拼的情况看，他是不愿意离开他的烤肉摊的，但现在不能一下子就把心里的话说出来。一方面，如果这样说了，等于驳了人家的一片心意，这对于一个千里迢迢慕名而来的女人来说是不礼貌的，也是不应该的；另一方面，这个话题毕竟是刚刚提出来的，他还没有来得及认真思考，万一自己考虑以后想去呢？如果现在就把话说死了，那不是等于把自己的后路给断了吗？于是他给原惠尔说了一句活话：

"让我们都再想一想吧，这毕竟不是一下子就能决定的事。"

原惠尔也很大度："没关系，你再好好想一想，反正还有时间，我可以耐心地等你的回话。"

吃完饭回到自己的宿舍，阿米提在床上辗转了一夜。说实话，到北京去发展，这是多少人都梦寐以求的事情，更何况原惠尔已经打下了那么好的基础，要是在前几年遇到这样的机会，他阿米提连想都不会想，当场就会答应下来。但是，在经过了这么多年的风风雨雨之后，他考虑问题已经没有那么简单了。他首先要考虑的是，去了以后有哪些东西适合自己干，他自己能干什么，这些事自己能不能干成。就像以前在跟着郝戈选择新的发展项目和发展路径一样，他要考虑自己的基础、兴趣和能力。如果赋予他的工作不是自己的强项，那么最终只能是把人家的既有事业毁掉。同时，自己到北京后肯定是跟着原惠尔干的，那么到时候自己还有没有自主性，或者说自己还有没有独立的人格，遇事自己还能不能说了算。阿娜尔古丽之所以和他从开始有些摩擦发展到最终离开，原因固然是多方面的，但与他事事都不和人家商量恐怕也是一个重要的原因。更何况原惠尔的家业是人家自己打拼出来的，他去了就等于坐享其成，这对于一直把靠自强自立创造幸福生活当作人生信条的他来说无疑是相悖的，如果到时候真要让他那样做，他自己一辈子都不会心安理得。当然，从原惠尔的言谈举止当中阿米提还感觉到了另一种信息：她能从北京大老远地到通天河来，恐怕还有一个重要的因素，就是有可能想把他作为自己的人生伴侣。如果她真有那样的想法，那就要看具体的条件和可能了。他阿米提自己能吃几两干饭他自己的心里很清楚，他有什么造化和力量能去攀人家的高枝呢？思来想去，他觉得还是不去的好。通天河虽然与北京没有可比性，但这里有他的事业，有他的人脉，有他的伙伴和朋友圈，也适合他生存和继续发展。至于婚姻问题，他相信只要自己努力地干下去，会有一个好的结果，他自信自己这辈子还不至于打光棍。

决心一旦定下来，阿米提的心里反倒安宁了下来，吃饭更香，睡觉更甜，工作起来也更有精神了。

思想上经历了一番暴风雨之后，阿米提又出摊了。今天与往常不同的是，原惠尔也主动加入进来。原惠尔的加入就像雨后出现在天空的一道彩虹清新而又亮丽，吸引了不少好奇的目光。

辛劳一天下来，阿米提没有感到什么，而原惠尔却说她浑身就像散了架一样难受。她问阿米提你这么多年是怎么过来的，阿米提淡淡地笑了笑说："一天一天过呗！"

两人收摊后，原惠尔径直来到阿米提的宿舍。她拖着疲惫的身子不让阿米提动手，自己一个人洗米、蒸饭、炒菜，一会儿就把饭菜端了上来。

吃完晚饭，两个人面对面坐下来，原惠尔给阿米提讲述了自己的经历。

原惠尔是东北绥芬河人，父母都是农民，小时候家里很穷，靠亲友接济和政府扶助上了大学。十几年前她和男朋友一起到北京打拼，后来她的男朋友在一次车祸中不幸身亡，她只身把他们以前的事业撑了起来。现在她在北京虽然打造了几个成功的企业，但她并不满足，下一步她还打算向文旅和康养行业进军，而且已经准备了充足的资金。

讲完这些，原惠尔才给阿米提说明了来意：她想同阿米提组成一个家庭。

原惠尔坦诚地说："这些年我拼命做生意，没有时间考虑个人问题。从中央电视台看到你的报道之后，我的心被打动了。这些年来，你省吃俭用还要资助贫困学生，证明你的心是善良的，这样的男人靠得住。所以我就想，如果有可能，我们就组成一个新的家庭，共同在一起生活，共同干好我们的事业。这个想法只要你同意，将来你想在哪里发展、想干什么都行，如果需要，我也可以把公司总部搬到通天河来。当然，我做出这个决定也不是一时的心血来潮，而是经过深思熟虑的，像我们这个年龄段的人做事情也不可能太感情用事。"

对于像原惠尔这样有身份、有地位、有成就、有容貌的女性来说，这番真诚的话语，这番心迹的表露，让谁听了都不可能无动于衷。虽然在此之前阿米提已经有所预感，但一经原惠尔这样正式说出，阿米提的心里还是为之一振。

但阿米提很快就冷静了下来。从这几天的初步接触看，原惠尔不仅是一个独立自强、爱事业如生命的人，也是一个心地善良的人，对贫穷的人富有同情心，而不像有些人那样嫌贫爱富。在做人上也很低调，而不像有些人有一点钱就趾高气扬，炫富摆阔，不可一世。但阿米提深知，婚姻的基础条件在双方般配，不般配的婚姻会给双方带来终生的痛苦。自己与原惠尔相比，其差距是显而易见的，不论是眼界、气质还是学识、修养，他和人家都不在一个水平线上，家庭境况就更不用说了。两个人结合以后，不要说在事业上他给人家帮不了多少忙，就是和人家一起出入社交场合他也只能给人家扣分。这样的婚姻不但不会有幸福，反而还会给双方带来痛苦，而这种痛苦最终会把他们的家庭连同事业一起毁掉。当然，阿米提也看得出来，如果自己答应了原惠尔的要求，他们两个是可以走到一起的。但他心里更清楚，凭着原惠尔的条件，她完全可以找一个比自己强得多的伴侣。如果自己不明智，明明知道不可为而为之，那就太自私了，最终不仅会毁掉人家的大好前程，也会使自己在良心上背上沉重的十字架，对人对己都是得不偿失的。

阿米提自己在心里这样翻江倒海地思索着，但他一时又找不到合适的语句向原惠尔表达，气氛一下子凝固在了那里。

也许是因为阿米提迟迟没有答复，原惠尔怕阿米提曲解了她的意思，她有些耐不住，又换了个口气说："你也不要太为难，一时想不好也不要紧，我们可以慢慢再商量。我刚才给你说的那些也没有别的意思，我也不要求你很快就和我结婚，我只想让你去北京我们一块儿干，你还可以对我慢慢了解。即使最后成不了夫妻，我们也可以成为要好的朋友。"

面对原惠尔充满激情的神色和充满渴望的目光，阿米提沉思了一会儿，感到自己不能不给人家一个态度。于是，他心平气和地说："惠尔，很感动你对我的看重和表白，我觉得你是一个很好的人，也是一个很有作为的人，但我们两个不可能成为一家人，你应该有一个更好的归宿。"

阿米提说到这里停顿了一下，想观察一下原惠尔的反应。

原惠尔的脸色微微红了一下，问道："为什么？"

阿米提平静地答道："一个是，你是汉族，我是穆斯林，以后的生活会很不方便；另一个是，我是在小地方长大的，在这些地方生活习惯了，到大城市很不适应，尤其是北京，那里是有身份、有地位、有钱的人生活的地方，我是一个纯粹的草根，不适合到那里干；再一个是，我只是一个卖烤羊肉串的人，学的是小手艺，做的是小买卖，对于企业管理一窍不通，你就是把那些企业交给我，我也是心有余而力不足，无能为力。还有……"

原惠尔一看阿米提没有答应，一下子急了，还没等阿米提说完，她就迫不及待地说："阿米提，你说的这些理由都不能成立。谁说穆斯林和汉族不能在一起生活？咱们结婚后，我可以按穆斯林的生活习惯适应你，只要有了感情，什么都不是障碍。你不会搞企业管理，我可以安排人专门对你进行培训。你不想搞企业，你还可以继续卖烤羊肉串。你要是不想去北京，我也可以到通天河来，只要我们两个能够在一起就行。"原惠尔说得非常诚恳。

这一次是阿米提坐不住了，他拦住原惠尔的话头说："你千万不要这样想！北京是什么地方？通天河是什么地方？我只是个小本生意人，你那是大事业，你的业务都是在北京发展起来的，一旦失去了那种人文环境，你的事业还怎么发展？"

原惠尔说："这也没有什么难的，只要你答应我，我可以把公司总部迁过来，其他的业务还留在那里，有人经营就行了。现在的交通和通信条件这么好，在哪里办公不都是一样的？"

阿米提看了看原惠尔，迟疑了一下，说："我们两个之间的条件相差太远了，我不适合你……"

还没等阿米提说完，原惠尔就情绪激动地说："你不就是想说我是个有钱人你是个穷人，怕将来结婚后我看不起你吗？你这完全是自卑心理在作怪！我一开始就给你说过，我也是个穷苦人出身，也漂泊过、打过工、住过地下室，也看过别人的白眼，你要是不放心，结婚以后我就把家产全部交给你管，一切都由你说了算，这总可以了吧？"

阿米提说："咱们两个确实不合适，你完全可以找一个比我优秀的人做伴侣。要是我们俩结合，会把你害掉的！"

原惠尔说："你说的那些人我见得多了，他们除了有钱还有什么？我现在就看上你了，你要是不答应，我这次就住在通天河不走了！"

原惠尔越说越激动，说到后来眼眶里竟溢出了泪花。

阿米提看一下子说服不了原惠尔，为了缓解对方的冲动情绪，他只好来了个缓兵之计，说："这样吧，这件事咱们先不要急，你也再认真考虑一下，我们都再想一想。"

阿米提从来没有经历过这样的事情，他看原惠尔追得这么紧，不知道该怎么办，就打电话找文雅求救，不巧文雅到县上采访去了。他等不及，就一个电话接一个电话地打，文雅无奈，连夜赶了回来，第二天一吃过早饭就相约来到了古韵茶楼。

刚一落座，阿米提的气还没有喘匀，就迫不及待地说："文姐，原惠尔说她想嫁给我，怎么办？"

文雅一听笑了："就这么个事你就老打电话催我！这是件好事呀，你不正需要'雪中送炭'吗，有什么愁的？"

阿米提愁眉苦脸地说："这对别人可能是件好事，可是我的情况你知道，咱和人家就不是一个层次上的人嘛！"

文雅点了点头说："你说的虽然有自卑的成分，但也是实情，首先是两个人的起点就不一样。那你是怎么回答人家的？"

阿米提说："我当时就拒绝了。"接着他把自己拒绝原惠尔的话复述了一遍。

文雅一听，赞许地说："你讲得挺好嘛！"

阿米提说："啥挺好的，她一点都听不进去，还一个劲儿地反驳我，搞得我很为难。"他又把原惠尔说的话原原本本地给文雅学说了一遍。

文雅的脸色沉了下来，若有所思地"嗯"了一声说："是件麻烦事！一开始我们还都想着她是因为崇拜你才来看你的，没想到她是有目的的。当然这也不能说人家不好，一个没有结过婚的女人能主动向你表达爱慕之心，是很不容易的，我们应当理解人家的心情。现在的关键是，看你自己怎么想。"

阿米提有些结巴地说："我，我……不能同意。"

文雅说："你不同意也得有理由，你的理由呢？"

阿米提就把他之前的想法一条一条地说了一遍。

文雅说："你讲的这些都是实际情况，不过，这是人生的一件大事，你可得想好了。如果你还没有想好，你就再认真地思考一下，这对你毕竟也是个机会。如果你真的不愿意，那就要抓紧说明白，省得耽误了人家。"

阿米提说："我刚才给你说的都是我的心里话，我已经想好了，这件事情要是按她的意见办，对她对我都不好，所以我不能同意。可是我再三拒绝都不行，你说怎么办？"

文雅说："事情没有不行的，如果你确实不同意，你在拒绝的时候态度就要坚决，说出的话不要给别人留下希望。"

　　阿米提仿佛得到了锦囊妙计，连说了几个"好"字，离开座位就去找原惠尔。

　　此时的原惠尔也早已在他的烤肉摊上等候。她一看阿米提过来了，就提出要找他再谈谈。阿米提正好也有这个意思，就带着她往自己的宿舍走，原惠尔却把他叫到了自己住的通天河宾馆。

　　两人一坐下，原惠尔就单刀直入地说："我还是要问你，我们昨天说的话你想好了没有？"

　　阿米提的心有些发虚，生怕一口拒绝会让原惠尔难堪、绝望，但他也知道，如果不坚决拒绝就会给对方留下希望，进而给彼此之间都带来麻烦，于是他迟疑了一会儿，终于攒足劲说出了他的最后态度："惠尔，谢谢你对我这么好，我想来想去，觉得我们只能是朋友。你也赶快回北京吧，公司有那么多的事情在等着你去处理呢！"他的口气坚定得不容置疑。

　　原惠尔双眼紧盯着他说："你就真的这么不喜欢我？我就这么让你讨厌？"

　　阿米提担心自己内心的防线被突破，他赶忙撇开原惠尔的目光，狠了狠心说："我不喜欢你！"

　　瞬间，原惠尔的眼圈红了，眼泪一下子涌出来。她起身走到阿米提的面前，一把抱住阿米提结实的身板说："我知道这不是你心里话，你就这么狠心地让我走？"

　　阿米提再也不敢看原惠尔的眼睛，他说了句"我走了，明天送你"，然后拉开房间门走了出去。

　　不知为什么，刚一出门，他的眼泪也流了出来。

　　接着他来到超市，买回来一大兜水果和食品交给了楼层的服务员，让他们送到了原惠尔住的房间。

　　在返回的路上，阿米提一遍又一遍地问自己：这样做是不是太狠心了？人家一个女同志大老远地从北京过来看望自己，不仅慰问了自己资助的贫困学生，还陪着自己卖羊肉串，帮助自己料理家务，就这样让人家走了，自己是不是有点不近人情？这样想着，他拿出手机摁了几个键，但很快又压掉了。他本想给原惠尔打个电话再安慰几句，突然间又一想再不要节外生枝了，就把手机装进了口袋。

　　文雅的工作倒是很及时。阿米提走出通天河宾馆不久，文雅就打电话过来询问他们两个的谈话结果，阿米提如实告诉了文雅。文雅听阿米提说原惠尔情绪不好，当即表示说她马上把高见和张清源找来和原惠尔聚一聚，平复一下原惠尔的心绪，因为人家毕竟是带着对阿米提也是对通天河的一片情意而来的。

阿米提回到自己的宿舍，用白开水泡了一块干馕。他边吃边回忆着这几天发生在他和原惠尔身上的事情，原惠尔就像一个光影在他的眼前飘忽。他放下饭碗，又往自己的烤肉摊走。

他来到自己的烤肉摊，默默地拉开架子就干，来了客人也很少说话，搞得大家都莫名其妙。

原惠尔要走了。阿米提早早地就来到通天河宾馆为原惠尔送行。他坐在宾馆的大厅里默默地等候着。

原惠尔终于下了楼。当她看到阿米提时，故意把目光转向了别处。阿米提走上前帮她把行李送上汽车，她也没看阿米提一眼。可是当汽车缓缓驶离的时候，原惠尔却从车窗内探出头来，紧紧地、久久地凝视着阿米提。

阿米提看得清清楚楚：原惠尔的眼圈是红的，脸颊上挂着泪花。

阿米提目送着原惠尔乘坐的汽车消失在大街上的车流深处。他仰面朝天长叹了一声，面色冷峻地往自己的烤肉摊走。

阿米提默默地把摊子支起来，又开始出摊。他的手机响了，他拿起接听。对方说他订购的家具到了，已经送到了他的宿舍门口，请他赶快回去开门。阿米提疑惑地说："你们是不是搞错了，我没有订家具啊？"对方向他核对了收货人的姓名、住址和电话号码，结果一点都没错，他只好带着疑问往家走。

在回宿舍的半路上，阿米提接到了一条原惠尔发来的短信：

> 我们虽然走不到一起，但我们可以做一个永久的朋友。我给你订了一套家具，请你留下，做个纪念吧。以后我还会来看你的，包括你资助的人。

文雅有感于原惠尔对阿米提的崇敬和对贫困学生的关爱，特意撰写了一篇题为《我从北京来看你》的文章，在《通天河日报》上发表。高见看到这篇报道后给文雅打电话，说文章写得真好，特别是有关原惠尔与阿米提在感情方面的纠葛在文章中处理得恰到好处，这次又给《通天河日报》添彩了！

第二十九章
洋媳妇来自英格兰

"哎来来——，吃烤肉啦！没结过婚的羊娃子肉，小伙子吃了有人爱，姑娘吃了赛牡丹！哎——，吃烤肉啦，酥酥儿脆，倍棒儿香，吃到嘴里油汪汪，不吃心里想得慌！"

阿米提刚把摊子支开，清脆熟稔的吆喝声便在通天河畔嘹亮起来，街上的行人或回望或驻足，一个个熟悉的或是不熟悉的面孔随着他的叫卖声开始生动起来。

阿迪拉走过来小声问道："二哥，那个女的走了？"她指的是原惠尔。

阿米提点了点头说："走了！麻烦终于结束了！"

阿迪拉说："要不是她年龄有点大，我看对你也挺合适的。"

阿米提说："这里头的事情你不懂。人家白手起家，创下了那么大的产业，我要是跟着去，别人会怎么看我？人家肯定会说我是想去图人家的家业。人啊，还是安分守己好，不要有非分之想，凭自己的劳动吃饭最牢靠。我常常想，像我们这些人，有时候端在手里的这碗饭可能会稀一点，但它是自己挣来的，吃起来心里踏实。要是把自己对生活的希望寄托在别人的身上，早晚是要吃亏的。就像谚语里说的，寄人篱下的饭，双份也吃不饱。"

阿迪拉点点头说："你说的也是。"

两人正说着话，一个皮肤白皙、长着一双水汪汪大眼睛、头上扎着"马尾巴"辫子的姑娘亭亭玉立地站在面前。阿迪拉看有客人来了，就回到了自己的餐馆。

来的这个姑娘既不吃烤肉也不走，两只眼睛直盯盯地看着阿米提娴熟地烤羊肉串，自言自语地说："比看电视片真实多了。"

阿米提感到奇怪，忍不住问道："这位美女，你不吃烤肉也不走，请问有什么事吗？"

姑娘大大方方地答道："我是专门来看你的，家在重庆，刚下火车，我的名字叫云雪娇。"

阿米提说："我有什么好看的嘛！就一个烤羊肉串的，电视上都见了，还跑这么远干什么？这不是要耽误你的工作嘛！"

姑娘说："看电视没有看真人真实。"说完，就下手帮阿米提递烤肉的扦子。

阿米提从交谈中得知，云雪娇两年前从护校毕业，在重庆一家私立医院当护士。看了报道阿米提事迹的电视片后，感动得好几天都没睡好觉，下决心一定要来当面看看这位当代的活雷锋。

阿米提想，既然是来看自己的，那就是自己的客人，况且人家又跑了那么远，更不能怠慢，于是他就把她暂时安顿在自己的烤肉摊上给自己帮忙，等下午下班后再请姑娘吃顿饭。

考虑到重庆人的饮食喜好，阿米提把晚饭的地点选在了一家火锅店。同时考虑到自己在通天河已是小有名气，认识自己的人也多，自己单独和一个女孩子在一起怕影响不好，他就把文雅、高见和张清源以及张雪梅、张雪燕姐妹也叫过来一起作陪。

大家见面后，互相做了介绍，然后坐下来开始闲聊，一边聊一边等上锅上菜。

文雅对云雪娇的到来有些疑问，心想，从年龄上判断，这个姑娘不会也像原惠尔一样有什么想法吧？于是她就试探性地向云雪娇问了一句："小云，你在电视上都已经看到了阿米提，为什么还要跑这么远专程再来看他呀？你不怕耽误工作吗？"

云雪娇直爽地答道："真实的人和电视上是不一样的，电视上的人都是经过记者加工过的，而现实中的人更有血肉。"

文雅说："其实都差不多，那还不都是他阿米提？"

云雪娇说："怎么会一样呢？见了真人我可以和他对话、聊天，可是在电视上只能是我看他，他又不会认识我，也不能和他直接交流，他是怎么想的我就更不知道了。"

高见怕他们钻牛角尖，打了个圆场说："小云说的有道理，有道理。"

火锅和肉菜端上来后，阿米提开始倒酒。倒完酒，阿米提让文雅说话开场。文雅说："小云之所以能到我们这里来，是因为看了高见拍的电视片，开场白应该由高见说。"高见也不推辞，站起来讲了一番热情的欢迎话语，举起杯子和大家碰了一圈后一饮而尽。紧接着每个人都见了底，就连云雪娇也不例外。

　　酒过三巡，爱唱歌的高见看在场的人几个民族都有，除云雪娇他还不了解外，个个都是能歌善舞者，为了烘托气氛，他带头唱了一首壮族民歌《山歌好比春江水》，并跳了一支壮族舞蹈《扁担舞》。《扁担舞》一般是需要四个人才能跳的，但限于场地和人员，他只好单独跳了一段。

　　高见唱完跳完，大家都知道张雪梅是歌和舞的双料才女，就鼓动她为大家展现一下才艺。张雪梅的脸色微微红了红，站起来拢了一下头发，用双手抻了抻衣服，然后大大方方地唱了一首彝族民歌《阿诗玛》。她的歌声清脆、明丽、甜美、婉转，随着旋律的抑扬，她的手势和身体也给予了和谐流畅的配合。她用汉语和彝语各唱了一遍，一下子把气氛推向了高潮。

　　云雪娇用惊奇和羡慕的目光看着张雪梅，心想这个开酒店的老板怎么会把歌唱得这么好，不会是从专业院校毕业的吧？于是她忍不住问道："张姐，你是不是经过专门的训练呀？"

　　张雪梅笑了笑，用一句歌舞谚语做了回答："彝族生来会唱歌，一唱就是几大箩，唱得金星从东来，唱得太阳落西坡。百灵鸟听歌停了叫，牛羊听了忘吃草，你若爱听彝家歌，请往山寨快快跑。"

　　张雪梅说完，云雪娇赶忙端上满满一杯酒敬给她。

　　张雪梅挡住云雪娇说："不行不行，不能光让我一个人喝，你也得喝！"

　　云雪娇也不推辞，把杯中酒倒满，举到面前说："好，我也喝，先喝为敬！"说着，把自己手中的杯子与张雪梅的杯子碰了一下，一仰脖儿将酒倒进了肚里。

　　张雪梅随之也喝了下去。

　　一杯酒下肚，云雪娇的情绪更加高涨，她缠住张雪梅要她再跳一支舞。

　　张雪梅趁着酒兴，走到包厢的空地上，跳起了彝族舞蹈《踏歌舞》。这种舞蹈一般是由一群男女以篝火为圆心，围成圆圈跳的，当时也是因为场地和人员的限制，只有张雪梅一个人跳了一会儿。但由于张雪梅舞姿优美，人也长得漂亮，她的舞蹈还是赢得了大家的喝彩。

　　也许是受到现场气氛的感染，阿米提也跳起了新疆舞蹈。只见他腰肢扭动，然后上下左右耸肩，双手做着和面和打馕的动作，一会儿挤眉弄眼，一会儿摇头晃脑，一会儿他又屈膝而舞，下颌向前一伸一伸，做出各种滑稽的动作。云雪娇问这种舞蹈叫什么名字，他说叫"那孜库姆"。因为没有乐器伴奏，也没有他人配合，他只有自己边舞边唱，用一首维吾尔族的民歌《美丽的情人阿莱曼》来配合自己的舞蹈动作：

> 我要用生命的情丝作为沙塔尔的琴弦，
> 让它来诉说人生的悲欢。
> 弹奏起木卡姆表露心曲使人萦回于心，
> 若融入爱的遐想即献歌于伊人面前。
> 都说木卡姆发轫于《胡赛尼》和《艾介姆》，
> 而我要奏响《巴雅特》它更能动人心弦。
> 为把爱情赞颂我连续不断演奏，
> 为抚慰伤心之人我则将《英雄》乐章速弹。
> 切切的琴声把爱情推向高潮，
> 翩翩的舞姿将情人拥到我的面前。
> 当我越过久违的关山获得了重逢的恩惠，
> 飘飘欲仙的美人儿就像旭日一般重现。
> 啊！美丽的姑娘阿莱曼——
> 让我痛饮吧欢聚的美酒，
> 我要一手拿起弹拨尔，一手高擎玉盏……

阿米提的舞蹈动作娴熟灵动，他的歌声更是深情悠扬，歌罢舞罢，在座的人都报以热烈的掌声。

云雪娇从来没见过一个膀阔腰圆的五尺汉子跳起舞来这么灵巧，歌儿唱得又是这么优美动听，她的表情和举动虽然没敢太过显露，但她的内心却被阿米提的魅力深深地折服了。

夜晚总是短暂的，再美好的筵席也有曲终人散的时候。

这天晚上大家都很尽兴，只是云雪娇意犹未尽。

饭后，阿米提把云雪娇带到了阿迪拉的宿舍，让她和阿迪拉住在一起。

云雪娇是个毫不掩饰自己感情的人。从云雪娇的言谈举止中，阿米提已经预感到了什么，第二天一大早，他就跑到火车站买了一张通天河至重庆的火车票送了过去。谁知一见面，云雪娇就用不容商量的口气说："谁说我要走，把票退了！要买票也是由我自己去买，你的钱留下来还要资助贫困学生！"

阿米提几乎是带着哀求的口气说："你还是回去吧，你有工作，我也有工作，咱们也见过面了，以后就是朋友，多多联系就行了，何必要这样呢？"

云雪娇有些生气地说："说不回就不回，如果你这里不让住我就自己找地方住，哪有你这样撵客人走的！"

阿米提也生气了，说："你这个姑娘，怎么不听人劝呢？你一个姑娘家出来的时间长了就不怕家里人担心吗？而且你这样也耽误我的生意呀！"

云雪娇说："你卖你的烤肉，我办我的事情，忙的时候我还可以给你当个帮手，这怎么会影响你的生意呢？"

阿米提说："你在这里人生地不熟的，我放心不下嘛！"

云雪娇说："哟！这说明你还是很关心我的嘛！明确告诉你，我这次来就没打算走，我是要嫁给你的，为什么还要撵我？"

阿米提一听，头都大了，他带着火气说："你开什么玩笑！我们两个年龄悬殊这么大，况且我又是维吾尔族，生活习惯又不同，哪能是你说嫁就嫁的？"

云雪娇反驳说："年龄大一点怕什么？不就是相差十来岁吗？人家过去一些老将军和夫人的年龄相差二三十岁还不是照样结婚过日子，而且还很恩爱！你是维吾尔族又怎么啦？你们新疆刚解放的时候，这样的婚姻还少吗？只要我愿意就行，别人管不着！"

这一下，阿米提没招了，他在心里直叫苦："走了一个又来一个，你们这是怎么啦？为什么要这样折磨我？"

他一看人撵不走，只好把票退了。

走出火车站的售票大厅，阿米提就气呼呼地给高见打电话说："早知道会带来这么多麻烦，还不如当初不拍那个电视片了！"高见也很内疚地说："这是我们自己也没有想到的事情。"

云雪娇嘴上说不走，可是待阿米提把给她买的火车票退掉后，她却不见了，一连三天都没回来。阿迪拉有点不放心，就跑来对阿米提说："那个姑娘两三天都没见了，不会出什么事吧？"阿米提说："不会的，她可能是回去了。"话音刚落，云雪娇又站在面前。阿米提张着惊愕的嘴巴半天都没合上。原来，云雪娇这几天去了附近的旅游景点。她掏出在景点上买的背心和钥匙链塞到阿米提的手里说："这是我专门给你买的信物，要不要随你！"说完扭头就走了。阿米提怔怔地站在那里，看着云雪娇的身影消失在匆匆来去的人流中。

云雪娇这次还是没有走远，她是带着慰问金看望周小勇去了。看完周小勇，她与送行的陈阿弟拥抱了一下，走出家门。途中，她给高见打电话说有事要找，高见答应见她。

落日的余晖映红了天边。金钟花的上空炊烟袅袅，与黄红相间的天空遥相辉映，贵州高原上的壮观美景让人陶醉。

在一家茶楼的散台，云雪娇一见到高见就央求说："高大哥，你能不能帮个忙，让阿米提娶我。"

高见因为之前听阿米提说过这件事，就好言相劝说："老话说，强扭的瓜不甜，逼着吃的饭不香，你这样做是何苦呢？你这么年轻，而且你们俩在文化习俗上也不相同，我劝你还是放弃吧。"

云雪娇还是不管不顾地说："高大哥，我来之前就想好了，阿米提是个好人，我一定要嫁给他，我相信他会给我幸福的。"

高见仍然劝阻："这可是件大事，千万不能当儿戏，凭感情上的一时冲动，会后悔一辈子的。"

云雪娇不想再听高见的劝告，就追问道："你不要再劝我了，我只想听你一句话，这个忙你究竟帮不帮吗？"

高见知道阿米提的态度，也看他们两个人确实不合适，于是干脆地答道："对不起，这个忙我实在帮不了！"

云雪娇看高见没给她留下一线希望，就气哼哼地走了。

云雪娇看来硬的行不通，就变了一种方法：她要用柔情感化阿米提。

从这天开始，她哪里都不去了，把自己的行李搬到阿米提这里来，从早到晚像个家庭主妇一样，给阿米提做饭、洗衣服、洗被褥、打扫房间，还给他买烟、买酒。但阿米提不接受这一切，白天晚上都不回家。他的目的很明确，就是要有意冷淡她，让她尽快离开通天河，回到现实生活中去。

尽管阿米提想了很多办法想尽量避开云雪娇，可是云雪娇却非常执着，她住在阿米提这里就是不走。阿米提一开始是在迪力夏提那里借住的，可是时间一长他感到互相之间都不方便，于是他就来到阿迪拉的宿舍，让阿迪拉到他的宿舍去陪云雪娇，他暂时住在这里。云雪娇看阿迪拉过来了，就让阿迪拉一个人住在这里，她要回到阿迪拉的宿舍和阿米提一起住。阿米提一看云雪娇又回来了，就走出门回到自己宿舍，让阿迪拉再回来。这样折腾了好几次，云雪娇很沮丧也很无奈，只好先回去。

云雪娇走之前专门来到阿米提的烤肉摊告别，说："阿米提，你等着，我还会回来的，我不会放弃你！"

阿米提看云雪娇终于走了，拿起电话对高见说："高大哥，以后再也不要给我拍什么片子了，你看带来多少麻烦！"

在经过了原惠尔和云雪娇这两件事情之后，阿米提又想起了阿娜尔古丽，而且越来越想，阿娜尔古丽就像还在他的身边一样，他走到哪里阿娜尔古丽就跟随他到哪里，好像一步也舍不得离开。直到这时他才越发感觉到，只有阿娜尔古丽才是他的最爱，也只有阿娜尔古丽才是最适合他的。然而正像他在阿娜尔古丽刚走时所猜测的那样，阿娜尔古丽只要一回去就会身不由己，他迟早会成为斯拉木的新娘。这个结果他虽然不愿意看到，但事情并不以他的意志为转移。

此时的阿娜尔古丽家里里外外一片繁忙：他们正在为阿娜尔古丽出阁做准备。

本来，当时阿娜尔古丽之所以离开通天河，一方面是因为阿米提的那档子事确实是出乎她的意料，当然她当时并不知道内情，只是一时冲动而已，她一时出于气愤才做出了那样的选择，同时也是想家的缘故。也难怪，在家里就她一个独女，从小到大都是生活在父母的羽翼之下，从来就没有离开过那个温暖的家。后来即使到乌鲁木齐读了大学，那也没有出新疆，在她自己和父母的眼里那仍然是在家门前上学。可是到通天河就不一样了，不仅出了省，还非常遥远，一下子就像到了国外一样。开始在那个"新鲜期"里，她的感觉还没有那么明显，但"新鲜期"一过，她就慢慢地产生了想家的感觉，而且随着时间的延长，这种感觉越来越强烈，加之阿米提因为事业上的事又常常顾不上她，她的思想情绪和孤独感又没地方排解，后来又出了那档子事，等于是火上浇油，使这种思想情绪出现了爆发式膨胀，再加上母亲卓尔汗的撺掇，一气之下她就做出了那样的决定。

回到家乡后，经过痛定思痛，她的情绪慢慢地稳定了下来。情绪稳定后，她对自己到通天河之后所经历的事情进行了仔细的回顾，特别是对阿米提的所作所为以及自己对待阿米提的态度也进行了认真的反思。这时她才发现，阿米提虽然在一些事情上有点过于执着和机械，也就是阿依提说的"一根筋"，但阿米提最爱的还是她，她心里最爱的也是阿米提，除此之外再没有第二人。这样冷静地一想，她对自己的做法就开始后悔，她后悔自己不该那样对待阿米提，更不该使性子对阿米提不辞而别。后来，她曾寄希望于阿米提能够打个电话过来给她解释一下，即使不想解释只要能主动打个电话，她也会和他重归于好的。然而阿米提没有打。她想，自己肯定是把人家的心伤透了，断了的琴弦肯定是接续不起来了，为此她还苦闷了好一阵子，甚至还流过痛悔的泪水。但即使这样，她仍然想着阿米提，维护着阿米提，为此还经常受到母亲卓尔汗的斥责。比如，上次中央电视台在播放的那部专题片中曾涉及她和阿米提的婚恋问题，卓尔汗在观看中当时就指着电视机气呼呼地对她说："你看看，他把你和他分手的事情都在电视上说了，这不是在打击你抬高他自己？对这样的人还有什么可留恋的？"但即使这样，她仍然在心里放不下阿米提，她甚至还盼望着有一天阿米提能重新站在她的面前。

然而，这一切都正如阿米提所预料的那样，只要她一回到她的母亲身边，她就身不由己了。

她从通天河一回来，母亲卓尔汗就迫不及待地撮合她和斯拉木确定了结婚日期，接着又紧锣密鼓地为她准备嫁妆。这不，所有地上铺的、床上盖的、身上穿的、日常用的陪嫁都已准备得齐齐整整，光金银首饰就给她准备了满满两个首饰盒。卓尔汗对亲邻们说："我这辈子就这一个闺女，我积攒的好东西不给她还能给谁？"阿娜尔古丽虽然对阿米提心有不甘，但事已至此，她也就只能认命了。

就在阿米提为他的婚事烦忧的时候，有一个爱情的橄榄枝又伸了过来，而且这个橄榄枝还是来自大洋彼岸的英格兰。

这天，文雅正在办公室里处理新闻稿件，在通天河学院工作的英籍外教凯丽斯突然打来电话，邀请她到欧格莱咖啡屋品尝咖啡。两人一落座，文雅就问道："正上班，你这么急，有什么事吗？"

由于彼此都非常熟悉，凯丽斯也不遮掩，直言不讳地说："文姐，我看上了阿米提，你是我们的大姐，我想请你帮助牵个线。"

文雅一听笑了，说："阿米提真是交了桃花运了，有这么多的好姑娘在追，你不会也是看了那个电视片受到感动了吧？"

凯丽斯郑重其事地说："我早就看上他了，就是没有机会表达自己的想法。"

文雅看了一阵凯丽斯，点点头"嗯"了一声，若有所思地说："我过去没大注意，你们两个还真有点般配呢。"

凯丽斯一听很高兴，惊喜地说："你是说我们两个要是结婚很合适？"

文雅还是郑重地回答说："是的，我是这样看的。"

凯丽斯问："那你说我们两个都在哪些方面合适？"

文雅说："至少说在文化传统和生活习惯方面就很合适。另外，一个英俊潇洒，一个漂亮温柔；一个善良执着，一个善解人意；一个吃苦耐劳，一个温文尔雅，你们两个要是真的能结为连理，那肯定是一桩难找的好姻缘。"

凯丽斯说："你既然是这样的看法，那你就赶快给我们当红娘呀！"

文雅说："你们西方人不是流行自由恋爱吗？为什么还要找别人牵线搭桥？"

凯丽斯说："我现在是在中国工作，在中国工作就要遵循中国人的习惯，你们不是说要入乡随俗吗？"

凯丽斯的话说得文雅笑着直点头。末了，她给凯丽斯表态说："阿米提确实是个很优秀的男人，我可以帮你试一试。"

凯丽斯一看文雅答应了，很是高兴，当场拿出一个金项链要送给文雅。文雅不解其意，问道："你给我这个干什么？"

凯丽斯一本正经地说："这是给你的酬金呀！"

文雅说："我又没为你做什么，为什么要给我送酬金？"

凯丽斯说："你们中国人在结婚时不是要答谢媒人吗？我这就是答谢你的！"

文雅一听笑了，说："八字还没一撇呢，你给我什么酬金呀？就是将来你们成了，我也不能收你的酬金！"

凯丽斯不解地问："为什么？"

文雅说："因为我们是朋友啊！"

凯丽斯一听，脸上笑成了一朵花。

既然接受了人家的嘱托，就要当个事办。文雅把手头上的急事一处理完，就来找阿米提。当时阿米提正在招呼客人，文雅看人太多，就约请阿米提晚上在一个名叫"火焰山"的清真餐馆见个面。阿米提问文雅有什么事，文雅只是笑了笑说："好事！"

晚上一下班，阿米提如约来到"火焰山"。落座后，两个人边吃边聊起来。

文雅开门见山地对阿米提说："我今天晚上约你出来，主要是想问一问你对自己的婚姻问题有什么考虑。"

阿米提苦笑了一下说："阿娜尔古丽一走太伤我的心了，我目前还没有什么考虑。"

文雅说："如果有合适的你愿不愿意考虑?"

阿米提说："我一个烤羊肉串的，谁能看上我呀?"

文雅说："如果人家真看上了呢?"

阿米提想了一下，低着头说："一提起这些事心里就痛，我看还是算了吧。"

文雅说："那件事情已经过去了，就让它过去吧，你是个当过兵的人，应该能够承受住这个打击。如果有合适的，我建议你还是可以考虑一下，或许能把那件事情的阴云驱散掉，你说呢?"

阿米提看了看文雅，没有作声。

文雅一看阿米提的思想有所松动，就把凯丽斯的委托说了出来。

文雅的话刚一出口，阿米提就连连摆着手说："你别开玩笑了文姐! 人家一个外国人，又是大学教授，能看上我这个卖烤羊肉串的流浪汉? 那不真是开了国际玩笑吗?"

文雅却没有笑，而是郑重地给他讲了凯丽斯的许多优点和凯丽斯想和她成婚的愿望，也讲了不同国籍和不同民族之间的婚姻例证。因为阿米提和凯丽斯平时就熟悉，对她的情况也比较了解，他看文雅说得也有道理，答应先考虑考虑。

一走出餐馆，文雅就给凯丽斯打电话报告喜讯。凯丽斯喜出望外，说她们这些外教很快就有假期，她要在放假期间多多感谢文雅。文雅说："你先不要感谢我，你可以利用假期和阿米提多联络联络，以便加深感情。"

凯丽斯的假期很快就到了。

这天清晨，一轮金色的太阳刚刚把她的灿烂光芒铺向大地，一辆漂亮的红色小轿车便停在了阿米提的宿舍楼下。凯丽斯穿着亮眼的紧身衣走下车，迎候帅气的阿米提上车。楼上有人从窗子里伸出头用惊讶或羡慕的目光看着他们俩，嘴里还发出 "啧啧" 的赞叹声。

他们今天是要结伴到附近的景点上一游的。凯丽斯驾驶着她的红色小轿车飞驰在满眼碧绿的郊外，不时地和并肩坐在旁边的阿米提说着笑话，显得非常开心。

他们这次出来游玩的地点是通天河地区最著名的风景名胜区百里大草原，此时正是杜鹃花盛开的大好时节。在天地相接的连绵山峦和大地平原之间，大朵大朵的杜鹃花竞相开放，千姿百态，争奇斗艳，呈现在人们眼前的完全是一片花的海洋。

当凯丽斯载着阿米提来到景区时，映入眼帘的全是花的世界。抬眼望去，繁花似锦的大草原一望无际，湛蓝的天空下撒满了云朵般的羊群，整个大草原就像一幅巨大的美丽油画。两个年轻人完全被眼前的美景陶醉了。

凯丽斯先把她的小轿车安顿好，然后把自己的装束换了一遍。她换上了紫红色的连衣裙，戴上了粉红色的遮阳帽，鼻梁上也架起了茶色太阳镜，这样一打扮，更显得富有朝气和青春的活力。对阿米提，她也帮着打扮了一番。她专门给阿米提买了一件黄色 T 恤衫，再配上那顶蓝白相间的小花帽，使阿米提看上去更加英俊潇洒。

凯丽斯装扮完，就张着双臂在万花丛中奔跑起来，让阿米提不停地为她拍照，留下了一张张靓影。阿米提也做着各种姿势让凯丽斯拍照，忙得凯丽斯头上直冒香汗。

凯丽斯一边拍照一边不停地夸奖阿米提真是个帅小伙，谁拥有他谁这一辈子就找到了幸福生活的靠山。阿米提也真诚地夸赞凯丽斯美丽善良，谁和她结合谁就拥有了幸福生活的源泉。

凯丽斯询问阿米提："你的家乡是不是也这么美呀？"

阿米提自豪地回答："我的家乡比这里美多了！要不，歌子里怎么会唱'我走过许多地方，最美的还是我们新疆'呢？"

凯丽斯羡慕地说："那你一定要带我到新疆去哟！"

阿米提信誓旦旦地回答："君子一言驷马难追，一定，一定！"

他们不仅各自单独照了一张又一张，还用三脚架做依托，拍了许多合影照。在这些合影照中，有他们两个肩并肩的，有身挨身的，也有勾肩搭背的，但更多的是面贴面相拥相抱或互相倾倒在对方的怀里，俨然一对热恋的情人。他们还手拉手在花海里奔跑歌唱，为美丽的大草原平添了一道亮丽的风景。

在刚开始做这些动作的时候，阿米提还有些羞答答和忸怩，但在凯丽斯的火热激情燃烧下，阿米提羞怯的心最终被融化了，两个人几乎完全融合在了一起。

入夜，圆月当空，凉风习习。阿米提和凯丽斯合躺在由凯丽斯自带的便携式帐篷里，谈理想，谈抱负，谈对美好未来的设想，互相倾诉着衷肠。凯丽斯把她最喜爱的海涅的抒情诗《乘着歌声的翅膀》献给了阿米提：

乘着歌声的翅膀
心爱的人，我带你飞翔，
向着恒河岸畔的原野，
那儿有最美的地方。

一座红花盛开的花园，
笼罩着静谧的月光；
莲花在那儿等待
她们亲密的小姑娘。

紫罗兰浅笑絮语，
抬头向星辰仰望；
玫瑰花把芬芳的童话
悄悄地在耳边谈讲。

跳过来暗地里倾听
是善良聪颖的羚羊；
在远的地方喧腾着
圣洁的河水的波浪。

我们要在那里降落，
在那棕榈树的下方，
享受爱情和宁静，
沉醉于幸福的梦幻。

　　朗诵完海涅的这首诗，凯丽斯向阿米提抛出了爱情的橄榄枝："阿米提，你是个有责任心的男人，我要嫁给你！"

　　阿米提深情地说："你也是我遇到的少有的好姑娘，温柔善良，胸怀宽阔，有知识有抱负，但我们之间悬殊太大，只能做朋友，不能做恋人。"

　　凯丽斯说："社会偏见往往会把美好的姻缘扼杀在萌芽状态，要想使爱情的嫩芽开花结果，首先需要我们自己调整心态勇敢面对，向世人发出抛却这种偏见的最强音。"

　　阿米提说："你说的道理尽管已被许多人用实际行动证明，但社会现实的残酷往往会在更多人们心里造成阴影。一个卖烤肉的流浪汉能和一个大学教授恋爱，说出去会让那些带有传统社会偏见的人笑掉大牙。"

凯丽斯说："情与情的相爱来自心与心的珍惜，我看重的是你有一颗金子般的心灵。我要用自己的行动创造一个卖烤肉的流浪者与一个大学教授相恋相爱的神话，让那些用偏见观人看事的人走进历史的垃圾堆。"

阿米提说："即使是社会偏见可以战胜，但国与国之间的地域限制我们却无能为力。你的合同期一到就得回国，到那时我们天各一方谁来打理？"

凯丽斯说："这个问题解决起来没有多难，只要我们之间是真心相恋。现在的合同到期后我可以和中国政府续签，你我之间还可以在两个国度之间进行居住地挑选。你如果不愿意到英国去，我可以申请在中国留下来。"

凯丽斯的感情炽热，决心如磐，阿米提的心在激烈狂跳，浪涛飞卷。

虽然相互之间有一道社会地位和国度制约的鸿沟，但并不影响他们对美好生活的向往。

清晨，旭日东升，霞光万道，整个大草原犹如一个巨大的金色海洋。阿米提和凯丽斯迎着朝阳狂奔呼喊，如醉如痴。

直到第三天，这对年轻人仍然陶醉在碧草花海之中，以至所带的食物早已用完，他们还在草原上流连忘返。

该返回了，阿米提和凯丽斯深感余兴未尽，凯丽斯憧憬着哪一天能到新疆一游。

回到市区的第二天晚上，凯丽斯把阿米提约到一家名叫"怡春轩"的茶楼喝茶。

茶楼里装饰得古色古香。面容姣好的迎宾小姐身着旗袍，彬彬有礼地引导着客人。《雨打芭蕉》的优美旋律在茶座间轻柔地飘荡，给人以温馨浪漫之感。

席间，凯丽斯讲起了茶道，问今天晚上她点的茶好不好喝。

阿米提先是夸奖凯丽斯很会点茶，紧接着话锋一转，又说道："我们新疆人最爱喝的是奶茶。"

凯丽斯很好奇，问道："什么是奶茶？"

阿米提回答说："奶茶就是新鲜牛奶和茶叶再加上盐煮制出来的一种带有奶香味道的茶饮。"

凯丽斯又问："那这种茶是怎么做出来的呢？"

阿米提介绍说："这种奶茶在做的时候，是先把茶叶放到壶里煮开，然后把事先煮好的新鲜牛奶倒进茶壶中，再放点盐巴继续煮。喝的时候，一定要把茶壶从火上拿开，然后把奶茶倒进碗里，倒好后要稍微凉一会儿，这样它的表层就会有一层薄薄的奶皮子出现。这样的奶茶喝起来醇香可口，又可以解渴，喝醉酒的人喝了它还可以解酒，所以很受人们欢迎。"

凯丽斯一听很好奇，她说："你说奶茶这么好喝，我的口水都快流出来了，什么时候能喝上这样的奶茶呀？"

阿米提很兴奋，说："好！只要你想喝，我哪天都可以煮给你喝。"

凯丽斯也很高兴，拍着手说："那就太好了，我一定要喝你亲手做的奶茶。"

阿米提说："不过，这里的牛奶没有我们新疆草原上的牛奶好。"

凯丽斯说："那好办，有机会我就跟你去新疆喝你们草原上的奶茶。"

阿米提看了看凯丽斯的表情，问道："你真的想去新疆？"

凯丽斯说："我早就想去新疆看看啦！这两年我看过一些新疆的风光片，那里美得真像一幅油画，可惜一直没有机会去。"

阿米提说："这个好办，如果你真的想去，我可以陪你去看看。我们新疆可大了，确实是个很美丽的地方，你一去恐怕就不想走了。"

凯丽斯说："你真的可以带我去？"

阿米提说："真的！"

凯丽斯说："那咱们就一言为定！"

阿米提说："一言为定！"

说完，两个人几乎是同时端起茶杯，然后像喝酒一样碰在了一起。

茶杯放下后，凯丽斯说："如果要去，我们最近就得去，否则假期时间一到，以后就不知道还有没有机会了。"

看着凯丽斯急不可耐的样子，想想自己家里还有老父老母，阿米提答应了凯丽斯的要求。

凯丽斯一听，当即表示："明天我就去买去新疆的机票！"

阿米提从"怡春轩"茶楼出来，一路哼唱着新疆的民歌曲调走回自己的宿舍，打开门他却愣住了：怎么宿舍里还亮着灯？走进去一看，他吃惊得差点叫出来。他的沙发上坐着个姑娘，这个姑娘不是别人，而是前几天已经走了的云雪娇。阿米提惊异地问："你怎么在这里？"云雪娇说："我走的时候不是给你说过吗？我还会回来的。怎么样，我没有失约吧?!"阿米提说："你是怎么进来的？"云雪娇说："你是说这个呀！上次走之前我怕再来时你不在家，我就自作主张配了一把钥匙。不过你尽管放心，我不会把你的东西拿走的。你这屋里，除了上次那个想嫁给你的女老板给你买的家具以外，也没什么值钱的东西。"

阿米提不想再和她理论什么，就说："我出去给你安排个住的地方。"云雪娇拦住他说："你没看看现在都几点了，还到哪儿去找住的地方？你放心，我不会为难你。你还睡到你的床上，我就睡到沙发上，咱们井水不犯河水，你看这样安排怎么样？"阿米提看了看手表，无奈地摇摇头，从里间拿出一床被子、一个床单和一个枕头放到沙发上，对云雪娇说："你去睡床上吧，我睡在沙发上。"云雪娇跟阿米提推让了一阵，就依了阿米提。她看阿米提想直接睡觉，连忙拦住他，跑到洗漱间端来洗脚水放到阿米提面前让阿米提洗脚，然后又把牙膏挤好，把牙缸接满水，让阿米提漱口。阿米提想推辞，但一看她的表情，只好依了。

早晨起床，云雪娇正在洗漱，阿米提拿着一张去成都的火车票走到跟前。云雪娇嘴里喷着牙膏沫说："你买这个干什么？我这次来就不回去了，你快拿过去退掉！"一句话把阿米提惊愕得半天说不出话来，不得已又把票退了。

凯丽斯过来送飞机票，一看屋子里有个女的，问阿米提这是谁？阿米提打着掩护说："忘记给你说了，这是我的一个亲戚，昨天晚上刚来，我得给她安排一下，咱们把行程改一下你看行不行？"凯丽斯还想问，阿米提说我这个亲戚怕见人，然后连说带推地把凯丽斯送下了楼。

阿米提看自己做不通云雪娇的工作，就利用中午的时候跑来找高见帮助解困。谁知云雪娇却走到了前头，她对高见软磨硬泡，央求高见给阿米提再做做思想工作，让阿米提娶她。高见说了许多这样做不合适的理由，云雪娇却说："阿米提是个世上难遇的好人，和这样的人过日子心里踏实。"

阿米提看云雪娇一时难以说通，就以出差为名离开了通天河，走前又给云雪娇留了一张火车票，说自己这次出差时间较长，让她先回去，等自己出完差回来再说。

阿米提说是要出差，其实是到蒋蓉秀妈妈这里躲避云雪娇来了。谁知云雪娇早就料到了他这一招，他前脚走云雪娇后脚就打听到了蒋妈妈的住所。这天上午，阿米提正在帮蒋妈妈做家务，云雪娇提着礼物进来了，弄得阿米提很尴尬。云雪娇也不计较这些，挽起袖子就干起活来。她还在蒋蓉秀面前妈妈长、妈妈短地叫得很甜，哄得蒋蓉秀喜笑颜开。蒋蓉秀听云雪娇说想嫁给阿米提更加高兴，还撮合阿米提和云雪娇早些成婚，趁她的身体现在还行快些抱上孙子，弄得阿米提哭笑不得。

阿米提不得已，带着云雪娇又回到了自己的宿舍。云雪娇为了感化阿米提，还是像上次一样，不是帮他做饭、洗衣、洗床单，就是上街给他买肉、买菜、买烟酒，从早到晚都是为他忙碌。阿米提怕就这样下去自己真的会动了感情，就对云雪娇说："你想让我娶你，也得让我看看你的家住在什么地方，家里有什么人，不然，谁会相信你呢？"云雪娇看阿米提说得也有道理，就勉强答应了。

当阿米提把云雪娇送回家，见了她的父母后才知道，云雪娇走之前对家里人说，有个同学帮她在通天河一家正规医院联系了一个岗位，她是去应聘的。但不管怎样，他们还是很感谢阿米提，说现在的骗子很多，像阿米提这样的好人确实太少，如果他愿意，他们可以把女儿嫁给他。阿米提以自己是穆斯林生活习惯不同婉言谢绝了。

回到通天河，文雅他们几人专门在郝戈的啤酒屋设宴为阿米提接风洗尘。焦头烂额的阿米提一见到他们就气忿忿地说："你们以后再不要在报纸电视上宣传我了！"搞得大家都面面相觑，不知道说什么好。结果，接风宴变成了诉苦会。

云雪娇一走，凯丽斯就打电话问什么时间启程，阿米提不好再推辞，就让凯丽斯定时间。凯丽斯说第二天就走。凯丽斯还说到新疆后她想到阿米提的家里看看，阿米提没答应。阿米提说他的家在农村，把凯丽斯带回家怕惹亲邻笑话。

两个人说走就走。第二天，他们迎着初升的朝阳，登上了飞往乌鲁木齐的航班。

来到新疆后，他们沿着天山北坡一路向南，先是在阿勒泰的喀纳斯湖欣赏了这个坐落在深山密林中的高山湖泊的美景，接着在伊犁的那拉提大草原观看了哈萨克族的传统体育项目叼羊和赛马，又在巴音郭楞蒙古自治州的巴音布鲁克大草原观看了上万只天鹅到天鹅湖云集栖息的盛况，然后来到了最能体现维吾尔族民俗风情、文化艺术、建筑风格及传统经济等特色和精华的喀什噶尔。在这里，他们又游览了帕米尔高原、香妃墓、喀什大巴扎、高台民居、艾提尕尔清真寺等著名景点。

　　紧接着，他们乘飞机折返乌鲁木齐，接连观赏了传说中西王母曾经洗过脚的天山天池、被湮没在浩瀚沙漠中的古丝绸之路明珠楼兰古城和被称为生长在戈壁滩上的森林公园天山大峡谷等风景名胜，最后来到了世界著名的旅游胜地吐鲁番。在亲身体验了火焰山的炎热和坎儿井的清凉之后，两个人手拉着手来到了流水潺潺的葡萄沟。

　　在果实累累的葡萄架下，凯丽斯再一次郑重地向阿米提表明了心迹。阿米提这一次没有拒绝。这段时间他想了很多，也从凯丽斯的言谈举止中看到了很多，他知道凯丽斯是真的爱他，他也深爱着凯丽斯。

　　旅游结束，凯丽斯再一次提出要跟着阿米提到家里看看，阿米提也答应了。本来他们在出发前商量好是不带凯丽斯到家里去的，这有许多方面的原因，最主要的还是阿米提思想上有顾虑。现在既然快变成一家人了，阿米提也就没什么可顾虑的了。

　　牡丹汗听说阿米提要带个洋媳妇到家里来，让阿依汗她们赶快收拾屋子和院落。阿依汗说："阿米提又不是外人，干吗要这样兴师动众！"牡丹汗说："阿米提带了个外国的女朋友，我们也不能往他的脸上抹黑呀！"

　　阿米提带着凯丽斯一走进家门，父母的脸上立刻绽放出灿烂的笑容，就连爱挑剔的姐姐阿依汗也伸出了大拇指。亲邻们都是赞不绝口，特别是一些姑娘小伙子一看见凯丽斯眼都直了。

　　阿娜尔古丽夹在前来观光的人群中偷偷地望着阿米提和凯丽斯，脸上挂满了说不清原因的泪水。卓尔汗悄悄地来悄悄地走，眼神中也闪烁着不无羡慕的光芒。

　　父亲海里木一看儿子找了一个这么俊俏的洋媳妇，感觉脸上很是荣光，他按娶媳妇的仪式亲自筹办酒宴款待亲朋，一连几天他家的里里外外都是高朋满座、鼓乐声不断，一时间成了人们惊羡议论的新闻中心。

　　阿米提当然不会忘记自己的承诺。他用上好的鲜奶，辅以最好的配料，亲手给凯丽斯做了有新疆独特风味的奶茶，以至凯丽斯喝了还要喝。

　　阿米提和凯丽斯回到通天河，激动的心情好长时间都没能消歇。他们把这次新疆之行艺术化地称为"浪漫的爱情之旅"。

第三十章
死也不能把自己当商品出卖

阿米提的新疆之行，对阿娜尔古丽的母亲卓尔汗刺激很大，也刺激了阿娜尔古丽的新男友斯拉木。卓尔汗把斯拉木叫到家里，催促他一边为婚礼做准备，一边抓紧跑关系，争取早日拿到无花果园的承包权。

为了使这个项目尽快落地，卓尔汗还把海里克也搬了出来。开始海里克不同意，说这些事都是商业行为，让他这个教育局局局长出头露面，怕影响不好。卓尔汗一听立马把眼睛竖了起来："不要一天到晚老把你那个虚有名号的局长挂在嘴上，现在这个社会没有钱你什么也不是！你看现在哪个当官的屁股后面没有几个老板？何况这还是咱们自己家的事，办起来名正，说起来言顺，有什么好害怕的？"经卓尔汗这么一说，海里克也就勉强同意了。

经过一番紧张运作，斯拉木承包无花果园的项目被正式审批立项。斯拉木拿着政府有关部门的批文前来给卓尔汗报喜，卓尔汗眉开眼笑，要求斯拉木抓紧时间启动。

郝戈最近为自己的婚事伤心透了。他的心上人是古兰兰，但古兰兰一直没有消息，每次打电话都是"无法接通"，懂行的人说他可能是被古兰兰"拉黑"了。而他不喜欢的人却一个又一个地被带到了他的啤酒屋。来的这些女性，有的是做生意的，有的是打工的，有的是刚毕业的大学生，还有的是在政府机关工作的公务员。要说长相，一个赛过一个，要个头儿有个头儿，要身材有身材，看上去都是水灵灵的，如果没有古兰兰，随便挑一个在他的同学战友中都是出类拔萃的。但他一个都不中意，在他的心里只有古兰兰，只有古兰兰才是他的唯一。家里知道了这件事情，都劝他说，天底下的好姑娘比天上的星星还多，为什么非要像七仙女一样可望而不可即？父母也都催着他快办，如果耽误了后代，他的这份家业将来让谁来继承？然而不管是谁来解劝，他的回答都是摇头，那样子无疑是在告诉人们：这辈子如果娶不上古兰兰，他甘愿成为光棍汉队伍的成员！

就在郝戈为失去古兰兰而整天无精打采、愁眉苦脸甚至痛苦不堪的时候，有一天他却突然接到了古兰兰打来的电话。古兰兰在电话中说的第一句话就是："你想不想我呀！"这是古兰兰在过去从来都没有对郝戈说过的话。

郝戈一听，不顾他的啤酒屋里还坐着许多男女顾客，对着电话激动地大声喊着说："我都快想死你了！"

古兰兰故意逗他："你纯粹是在骗我，我听说你的啤酒屋都被求婚的美女挤满了！"

郝戈连忙为自己辩解："谁骗你谁是小狗，在我的心里你是我的最爱，就是有三个啤酒屋的美女也比不上你！"

古兰兰说："好吧，那我就信你这一回。不过，我要警告你，我不在的时候，你不许和别的女人来往，更不要以找对象的名义到处沾花惹草，记住了吗？"

郝戈说："一定！美女，本人记住了。不过，那你要是一辈子不回来，我就一辈子打光棍了？"

古兰兰说："我也没说叫你一辈子打光棍，我是说你要经受住考验，不能在美女面前打败仗！"

郝戈也想逗逗古兰兰，就说："那也说不准，你要是再不回来，我的防线就可能要被突破了！"

古兰兰说："你敢！你要是趁我不在，和其他女人有染，小心我回去收拾你！"

郝戈嘿嘿笑了一下，说："我的心肝宝贝，快把心放到肚子里去吧，那是我跟你逗着玩的，你就是给我三个胆我也不敢。"

古兰兰在电话中说："我谅你也不敢！你要是真想我，我就回去！"

郝戈忙问："你什么时候能回来？要不，你说说你现在在什么地方，我马上开车过去接你？"

古兰兰说："我会回去的，但现在不行，到时候我会给你一个惊喜！"

放下电话，郝戈一扫这段时间笼罩在脸上的阴云，干什么都蹦蹦跳跳，活像一个大孩子。就连不远处在风味餐馆里忙碌的迪力夏提和阿迪拉都感到莫名其妙。

周小勇经过一番顽强拼搏，终于圆了大学梦想。这天，阿米提正在烤肉，周小勇手里举着高考录取通知书前来报喜。阿米提接过通知书左看右看，欣喜若狂地把周小勇举了起来。

阿迪拉听说周小勇的大学通知书都收到了，心想中学的入学通知书也该到了，于是她就问苗莉莉："你和黑枣的入学通知书发了没有？"苗莉莉情绪低落地说："没有。"阿迪拉知道这两个孩子虽然文化底子薄，但平时很用功，就安慰说："不要担心，面包和牛奶都会有的。"

阿米提知道周小勇的这张通知书来得不容易，一定要给他好好地庆贺一下。这天他把手头上的事情处理完，刚要去为庆贺周小勇上大学张罗张罗，黑枣带着苗莉莉也回家报喜来了。阿米提高兴地说："好事来了真是挡都挡不住，我们就一起庆祝吧！"于是他就带上黑枣和苗莉莉一起前往周小勇家。走之前，他还专门把赵艺卓也叫上了。

来到周小勇家以后，几个人一齐动手，剪纸的剪纸，贴花的贴花，阿米提亲自下厨，做了一桌喜庆的饭菜。晚上，周小勇家的院子里张灯结彩，阿米提像操办大喜事一样，为周小勇举行了一场隆重的庆祝活动，除了赵艺卓、黑枣和苗莉莉，周小勇的老师黎明和常有志、楚菡、葛玲玲以及周小勇的许多同学都赶过来参加。看着这隆重热烈的场面，陈阿弟喜极而泣，语无伦次。

单宝仁听说儿子考上了大学，背着游秀碧从外地赶回来，给儿子买了一大堆东西，还准备了一个大红包。但他还没进家门，陈阿弟就把这些东西全扔了出去。陈阿弟还指着他的鼻子说："你不和那个狐狸精脱离关系，就别想进这个家门！"

斯拉木的无花果园项目在启动之前，项目方要求斯拉木必须拿出一部分资金作保证。其理由是，项目用地有十万亩之巨，仅第一期工程就有两万多亩，如果斯拉木不放一点资金进去，那么一旦开工，这些土地上的其他植被和设施都将被清除，到时候要是遇到什么情况斯拉木屁股一拍跑了，那不把当地的老百姓害苦了？

斯拉木没有这笔钱，就去找银行。可是当他向银行借贷时，银行提出必须有不动产作为抵押。斯拉木看他给阿娜尔古丽家在县城买的新房子更符合抵押条件，就前来央求卓尔汗。卓尔汗说："那套房子本来就是用你的钱买的，现在为了这个项目，如果需要你就拿去抵押吧，不需要和我们再商量。"

项目保证金一交，承包合同就顺利地签订了。斯拉木要为他所承包的无花果园项目正式开工举行剪彩仪式，前来邀请海里克和卓尔汗参加。海里克怕这样做在县直机关影响不好，没有同意。卓尔汗假意推脱了一下，欣然当了代表。

在正式举行的仪式上，卓尔汗被安排和县上的领导一起上台剪彩，电视台和报纸的记者把摄像机的镜头对着她拍了不少镜头，她的光辉形象后来还出现在了当地的电视和报纸的新闻报道中。她过去从来没有参加过这样的活动，更没有上过主席台和报纸电视，这一次斯拉木这样一办，她感到脸上很有光彩，回来后见到亲邻都要炫耀一番。星期天海里克和阿娜尔古丽回家休息，她在他俩面前更是对斯拉木大加赞扬，说斯拉木有能力会办事，特别是那个剪彩仪式办得漂亮，县上的领导都参加了，给他们海里克家族争足了光。海里克随声附和了几句，算是表示了对她的这种说法的赞赏态度，而阿娜尔古丽却像没听到一样忙自己的事去了，为此还遭到了卓尔汗的白眼。

文雅、高见、张清源和阿米提、郝戈等"爱心角"成员今天又聚集到郝戈的啤酒屋，商量起如何响应市委、市政府号召的问题。原来，阿米提的事迹在中央电视台报道后，引起了通天河市委、市政府的高度重视，他们立即做出决定号召全市人民向阿米提学习。社会的褒奖更加激励了阿米提，他决定重组"爱心角"，把"爱心角"扩大为"爱心联盟"，吸引更多的有识之士加入慈善事业，并准备在网上发起联盟倡议。郝戈一听，情绪高昂地第一个表态赞同，文雅问："是不是古兰兰有消息了？"郝戈甜蜜地一笑算作回答。

爱心联盟的倡议在网上发出后，没想到第一个加盟的竟是单宝仁，用阿米提的话说，当时他听到这个消息后"差点晕过去"。

原来，单宝仁想轻生那天晚上在通天河畔碰到阿米提后，回去越想越感到自己这辈子活得太窝囊。回过头来看看，自己一开始也是对人生抱有很远大的理想和志向，刚从学校毕业的时候自己也是踌躇满志、激情满怀，要不是后来遇到那个该死的游秀碧，再加上自己的意志薄弱，一步错导致百步错，也不至于自己的人生路越走越窄，最后竟落到有家不可归的境地。痛定思痛，他下决心弃恶从善。他想，目前虽然还不能摆脱游秀碧的羁绊，但只要自己不再犯糊涂，就一定会有出路。

思想弯子转过来之后，他想给自己找条新路，但由于他这几年跟着游秀碧干了很多坏事，在人们包括亲朋之间的口碑都很差，所以想了很长一段时间都没有结果。谁知这天晚上他在网上随便浏览的时候，无意间发现了阿米提发起成立"爱心联盟"的倡议，这使他的眼前一亮，心想，走慈善之路不是更能洗刷自己过去的污点，重新赢得亲友特别是妻子陈阿弟和儿子单小宝（此时他还不知道单小宝早已改名为周小勇）的信任吗？于是，他当即决定加入这个行列。

但在加入方法上他却犯了难。直接去找？那也太难为情了，彼此之间过去毕竟有过那么多的过节，即使是那天晚上在通天河边见过面，那也是碰上的，并且还是很尴尬的。托个中间人去说？想了半天也没有哪个人合适。想来想去，最后决定还是打电话吧，打电话既能把话说明白，也避免了那些尴尬局面。但是当着游秀碧的面打电话肯定不行，要是让她知道了还不把自己吃掉！于是，他就采取了避开游秀碧的时间和方式。

阿米提接到单宝仁的电话是在一个早上。他当时刚刚洗漱完准备做饭，手机响了，一看是个生号，他想这么早肯定是谁打错了，就没有接。

阿米提早上有喝奶茶吃油馕的习惯，他把手机放下，正在准备茶叶、牛奶和盐，电话又响了，但还没等他腾开手，电话又停了。过了一会儿，就在他把茶叶煮好又往壶里倒些牛奶并加上咸盐准备再煮的时候，电话第三次响了起来，而且接二连三地响，根本就没有停歇的意思，这时候他才感到，这个电话肯定是找自己的，而且可能有急事，于是他把煮奶茶的煤气关掉，拿起了电话。

阿米提打开手机一接听，里边就传来一个熟悉的声音："你还是个模范呢，老百姓打个电话怎么也不敢接呀？"

阿米提一下子想不起来是谁，脑子急速地搜索着，一时没有回答。

还没等他想起来，对方就自报了家门："我是你的老对头单宝仁，你不用害怕，我不找你的事。我在网上看了你们发的那个'爱心联盟'倡议书，我也想参与一下，先给你打个招呼，你们把账号告诉我，等几天我把钱汇给你们。"

阿米提一听是单宝仁，并且还要参加他们的"爱心联盟"，惊讶得半天都没回过神儿来。他想到的第一句话就是人们常说的一句谚语：黄鼠狼给鸡拜年！

这一下把阿米提给难住了：答应吧，不知道对方的真实想法；不答应吧，如果对方真是良心发现了，那还不拂了人家的一片好意？

正在阿米提左右为难的时候，对方又说话了："你不要害怕，人不都是你想象的那么坏！念起你曾经救了我的儿子，又把他送上了大学，我们之间过去的账我可以一笔勾销。不瞒你说，我这点钱原来是给儿子准备的，他们既然不要，我就捐给你们，因为你们将来还要资助他完成学业，这也算是我这个当爹的一份心意。还有一件事我也不瞒你，这点钱是我背着那个该死的弄来的，希望你们不要告诉她。"末了，单宝仁还不忘给阿米提敲打了一句，"我说过去的账勾销了，但并不等于说你我之间一点界限都没有了，我再给你说一句，以后你不许在我老婆身上再打主意，否则我和你没完！"

阿米提放下电话，把单宝仁刚才在电话中说的话回味了一遍，感到这个人有一种水煮鸭子嘴的味道。抛开个人恩怨，对方的这个请求答应不答应，他一下子还拿不准。为了慎重起见，他专门到文雅这里来了一趟，当面请教。一见面，他把单宝仁的电话内容说完之后，还把他们两个之间的过节原原本本地说了一遍。文雅倒是没把这件事情看得多么复杂，她说："只要他的钱来路正，就可以接收。现在的人说不清，或许真是因为你救了他的儿子被感动了呢！"

按照文雅的意见，阿米提回来后就通过短信把收款账号告诉了单宝仁，单宝仁也准时把捐款汇入他们的账号中，而且数字还不算小。

斯拉木承包的无花果园项目正式启动后并不顺利，遇到的第一个问题就是苗木移栽后出现了大面积的枯黄现象，他由于是第一次搞这样的项目，加之又舍不得雇请技术人员，问题一出就让他一筹莫展。

这天他情绪低落地来到阿娜尔古丽家，卓尔汗一看他的表情就知道他肯定是遇到难题了，急忙问道："你这是怎么啦？不会是项目上遇到坎儿了吧？"

斯拉木唉声叹气地说："谁说不是呢？那个无花果园的苗木移栽后出现了大面积的干枯现象，我找了当地的许多老百姓问都不知道是什么原因，真是把人愁死了！"

斯拉木这还是第一次在卓尔汗面前表现出愁眉苦脸的样子，卓尔汗有些担心，便问道："那样损失大吗？"

斯拉木回答说："要是查不到原因，枯苗救不过来，就得耽误一年时间。"

卓尔汗问："耽误一年要损失多少钱？"

斯拉木说："因为咱们的启动资金和苗木成本都是高息贷款，再加上每年应该上缴的承包金，这几项加到一起恐怕得要两套房子的钱。"

卓尔汗一听，惊讶地说："我的妈呀，要那么多！那你赶快想办法呀！"

斯拉木说:"我准备去请个园林专家,看他们有没有办法。"

卓尔汗说:"那你赶快办呀,这样的事可不能耽误!"

斯拉木说:"我也怕耽误,可是我的经济上……"话到嘴边他又咽了回去。

卓尔汗一看他的表情,知道他肯定是没有钱才来找她的,于是就问道:"你是不是没钱了,需要多少?"

斯拉木脸色微微红了一下,伸出了两个指头。

卓尔汗明白了他的意思,进到里间拿出一包钱放到他的手里。

送走斯拉木,一股不祥之云渐渐笼罩在卓尔汗的脸上。

通天河学院鉴于前段时间有些学生在勤工俭学方面因投入精力过多影响了学业,学院党委决定缩小勤工俭学范围,扩大捐资助学规模,并向全社会发出了倡议。阿米提看到这个倡议后,和文雅他们进行了认真研究,决定把通天河学院作为"爱心联盟"的重点捐助对象。阿米提经与田雨春院长具体协商,该学院有 100 名贫困学生被他们的"爱心联盟"列入重点捐助名单。

这件事情很快被哥哥阿依提知道了。他一听说阿米提要给通天河学院大笔捐款,当天就找到阿米提的宿舍阻拦说:"你就是个卖烤羊肉串的,平时捐助几个贫困学生尽尽心意也就行了,哪还敢开那么大的口子?你要再不收心,将来不光会把这几年咱们在这里辛辛苦苦挣的钱全部搭进去,恐怕连老家的房子也保不住,到那时一家人往哪里住?你总不能让爸妈去住山洞吧!"

阿米提说:"这几年虽然国家采取了很多办法,但贫困学生还有很多,我们总不能眼睁睁地看着这些孩子像我们小时候那样有学不能上吧?另外,我现在做的是一种社会公益事业,有很多人在参加,不止我一个人,而且将来还会发展,到时候会有很多企业参加进来,你就放心吧。"

阿依提虽然也知道阿米提说得有道理,但他还是不放心,就把阿米提的这个做法告诉了家里,让家里人想办法阻拦他。

斯拉木无花果园苗木枯死的原因找到了,他专门来到阿娜尔古丽的家里给卓尔汗报告情况。

一见面他对卓尔汗说:"园林专家到咱家的无花果园里看了,说苗木枯死的主要原因是当地的土质不适合栽种这种苗木,需要更换新的品种。"

卓尔汗问:"更换一次需要多少钱?"

斯拉木说:"大概需要 30 万元。"

卓尔汗："这么多呀！那你手里现在有多少？"

斯拉木说："我的积蓄已经全部投进去了，要不，我怎么能把咱家在县城的新房子拿去做抵押呢？"

卓尔汗问："那现在怎么办？"

斯拉木说："现在只有抵押贷款这一条路了。"

卓尔汗问："拿什么可以做抵押？"

斯拉木朝屋子里看了看说："如果你同意，我问问银行看咱们家这套房子拿去做抵押行不行？"

卓尔汗迟疑了一阵，咬了咬牙说："事到如今，也只有这样了。"

卓尔汗一答应，斯拉木马上就带着银行的工作人员前来对房子的价格做了评估，并让卓尔汗在评估报告上摁了手印。

"爱心联盟"自从上次和通天河学院达成捐资助学协议以后，在"爱心联盟"的内部做了分工，要求每人都要根据自身的实际情况准备捐献资金，而后按照联盟规定的时间集中收缴。任务明确后，每个人都立即着手准备。阿米提不像文雅那些在政府机关工作的同志每月都有固定收入，也不像张雪梅和张雪燕姐妹那样都有一定规模的企业在正常运转作保证，他就是一个卖烤肉的，他的资金来源只能靠一串一串地卖烤肉来积攒。开始在分配任务的时候，文雅曾提出让他象征性地拿一点就行了，但他不肯，说："倡议是我提出来的，如果都让你们拿而我不拿，那还怎么向大家交代？"于是大家只好依了他。

要捐助，就得一串一串地烤，一天一天地干，就得靠日积月累。好在阿米提干习惯了，很快就积攒够了上交的捐助资金。谁知还没等他来得及上交，姐姐阿依汗却突然来电话说，爸爸住院了，病得很重，请他赶快寄些钱回去。他知道，爸爸的身体一向很好，很少听说他会得病，现在说他病了，那就肯定会很重，于是他就赶快从他这段时间积攒起来的助学金中拿出一部分给家里寄了回去。

过了没几天，姐姐阿依汗又打来电话，说父亲的病情加重了，请阿米提再寄些钱回去，阿米提只好把前次没拿完的和最近几天挣的全部拿出来寄回去了。

集中收款的时间到了，"爱心联盟"的成员都按时按任务及时交了捐助资金，有的还超额完成了任务，唯独阿米提没有拿出钱来。文雅问他准备了没有，他说本来已经够了，最近家里出了点事，他都全部寄回去了。文雅说，家里有急事就先尽家里的事办，待凑齐后再捐。话虽这样说，但阿米提却感到脸上火辣辣的，他还是第一次违约。

斯拉木用卓尔汗的房产作抵押从银行贷出款把新苗木移栽完毕后，又来到阿娜尔古丽家向卓尔汗汇报。一进家门，他就对卓尔汗说："妈，无花果园那边的新苗木昨天已经全部栽上了，我过来给你说一下。"

卓尔汗不放心，问道："这一次不会再出什么问题了吧？"

斯拉木说："这个我也说不准。我在拉苗木的时候，有的说现在正是移栽的好时候，有的说移栽的最佳时间已经过了。究竟行不行，还得等上一段时间看看情况。"

卓尔汗说："既然有人说现在移栽不合适，那怎么不试栽一下呢？那样也牢靠一些。"

斯拉木说："试栽一次至少需要一个月，到那个时候季节就过去了，一耽误就是一年，还不如冒个险。"

卓尔汗说："这个险恐怕是冒大了！"

阿米提为了尽快把承诺的捐助资金交上去，起早贪黑地干着。还没干两天，姐姐阿依汗又打来电话，说父亲的病加重了需要做手术，前几次他寄的钱都花光了，请阿米提再寄些钱回去。阿米提手头上没有，就来向阿迪拉借。

阿迪拉问："二哥，你借钱干什么？不是又为了捐款的事情吧！"

阿米提说："爸爸住院了，需要做手术。"

阿迪拉一听，很惊讶，说："爸爸什么时候住院了，我怎么不知道？"

阿米提说："住院好长时间了，我把钱都寄光了。"

阿迪拉说："这是谁告诉你的？"

阿米提说："是姐姐打电话告诉的。"

阿迪拉半信半疑地给阿米提取了钱。

实际上阿迪拉的怀疑是对的。阿依汗自从第一次从邮递员手里接过阿米提的汇款单时，就笑嘻嘻地拿给母亲牡丹汗看。牡丹汗说："他本来就惦念家里，你这样做还不把他吓坏累垮？"阿依汗说："我这样做还不都是为了你们二老。我要不是用这种办法问他要点钱，让他把钱都捐给人家，你们将来老了怎么办？"

　　阿迪拉把钱取出来给阿米提后，她越想越不对劲儿，就给家里打了电话，家里人也不瞒她，就一五一十地给她说了。接完电话，她一口气跑到阿米提的烤肉摊前对阿米提说："二哥，你上当了，爸没有病，是姐姐骗你的！"

　　阿米提不相信，问道："爸没病？谁说的？"

　　阿迪拉说："我刚才给咱爸打电话了，我说爸你是不是病了，爸很奇怪地说：'我病了？我什么时候病了？'我又打电话给姐姐，姐姐说爸没病，是她怕你把钱都捐给人家，想给爸妈存点养老的钱，就那样骗了你。"

　　阿米提一听，当场把一把烤肉摔到地下，生气地说："肯定是哥哥捣的鬼，他就爱干这种没名堂的事，坏我的大事！"

　　斯拉木自从上次把无花果园的新苗木栽完到阿娜尔古丽家来过一次后，好长时间都没见到他的人影了。卓尔汗有些不放心，就打电话问海里克："斯拉木怎么这么长时间都没到家里来了，不会出什么事吧？"

　　海里克在电话中说："他那么大个活人整天走南闯北，会出什么事？可能是他的事情忙，没有时间到家里来吧！"

　　卓尔汗说："我是说他承包的无花果园又栽了新苗木，不会出什么事吧？"

　　海里克说："不会的。那么大个项目，移栽之前他能不充分论证一下，他敢冒那个险？"

　　卓尔汗说："那要是真出了事呢？"

　　海里克还说："真出了事怕什么？俗话说，兵来将挡水来土掩，他敢揽那个瓷器活，就说明他有那个金刚钻，你就把心放到肚子里吧！"

　　卓尔汗说："你说的也是。"

　　阿米提在摊子上烤肉，突然接到了一个不知名的电话。他一听，是艾尔肯，就赶忙问："你现在在哪里，怎么这么长时间不和我们联系？"

　　艾尔肯在电话中悄悄地说："我被赛迪克的人掳走以后，一直被关在一个地下室里，最近才放出来让我继续干原来的活。赛迪克把我看得很紧，专门跟了一个人，从来不让我单独行动，我现在能给你打这个电话，也是利用外出'干活'的机会跑到电话亭打的。"他还告诉阿米提，"赛迪克可能还要砸你的摊子，请你多加小心。"阿米提再问，对方的电话已经挂了。阿米提想了想，快步往派出所走。

　　来到公安派出所，阿米提把刚才打过来的电话号码拿给公安民警看，公安民警在电脑上迅速锁定了对方所在的位置。

过了几天，公安民警把阿米提请到派出所通报查找艾尔肯的情况：由于这个团伙是流窜作案，公安机关出动了很多警力但没有抓住。阿米提听后很失望，公安人员安慰他说："只要他们继续作案，迟早是会落网的。"

卓尔汗又等了几天，还是没有斯拉木的消息，就利用周末把海里克叫了回来。

海里克一进门，卓尔汗就迫不及待地问道："斯拉木会不会出事呀？"

海里克不耐烦地说："我都给你说过多少遍了，他那么大个活人，又走南闯北的，会出啥事！"

卓尔汗说："不会出事他怎么这么长时间不过来也不打个电话？"

海里克说："过不来也不打电话说明他忙呗！经营那么大个项目，他哪里有闲工夫老往你这里跑？"

卓尔汗仍然不依不饶，说："我就是不放心，要不，你打个电话问问？"

海里克说："打个电话还找别人，你自己打吧！"

卓尔汗说："我一个当丈母娘的，打着不方便，还是你打吧。"说着，把电话递给了海里克。

海里克不耐烦地拿起了话筒。一拨，电话里说对方是空号。又拨一次，对方还是空号。海里克说："他可能是换手机号码了，过几天他会自己打过来的。"

卓尔汗拿过话筒给阿娜尔古丽打了个电话，问："斯拉木最近和你联系过没有？"

阿娜尔古丽说："我很长时间都没和他联系了。"

卓尔汗问："斯拉木换手机号你知不知道？"

阿娜尔古丽说："不知道。"

放下电话，一股不祥之云立刻笼罩在卓尔汗的脸上。

这天是星期天，阿米提和往常一样在他的烤肉摊上忙碌着。半晌的时候，凯丽斯开着她的红色小轿车走过来，说今天是周末，她采购了许多吃的东西，要和阿米提在一起做饭吃。阿米提知道她又是想跟他学做新疆饭菜，就叫来阿迪拉替她打理摊子，自己和凯丽斯走回了宿舍。

凯丽斯提着东西跟着阿米提来到宿舍，先是和阿米提温存了一阵，接着挽起袖子当起了家庭主妇。

自从上次从新疆回来后，凯丽斯就提出要跟阿米提学做维吾尔族的饭菜，要不然将来结婚后怎么办？

凯丽斯是个很聪明的女人，阿米提一点就通，每个星期天学一样，然后再利用一到两个星期天巩固一遍，到现在已经学会做奶茶、揪片子、抓饭、辣子鸡、丸子汤、手抓肉和薄皮包子了。虽然吃起来味道还不是那么地道，但对于来自西方并且吃惯了西餐的姑娘来说，已经算是奇迹了。为此，阿米提经常夸赞，而且还对凯丽斯说："我以后也得跟你学学做西餐，要不然，双方在饮食上就违背'男女平等'的原则了。"说得凯丽斯的心里甜蜜蜜的。

今天她来要学的是做拉条子。在阿米提的指导下，她先是用淡盐水把面和好饧上，然后开始洗菜、洗肉并切好，还准备了几个鸡蛋，接着点火烧水。在烧水的过程中，她先是把饧好的面做成长圆条状并在表面抹上清油放在盘子里盘好，然后炒了一个西红柿鸡蛋和一个羊肉片芹菜装在碟子里用碗扣好作为拉面的拌菜，接着就开始拉面。在拉面的时候，她按照阿米提的指点，先是将盘在盘子里的面条在案板上边拉边抻边甩打，待拉到一定程度粗细的时候开始下锅煮，煮熟后用笊篱捞出来在凉开水盆子里过了一下，然后放进了用来吃饭的盘子里。最后，她把炒好的菜端过来，把菜倒在面上均匀地搅拌了一下，给阿米提和自己面前各放了一盘。她听说中国人有"原汤化原食"的说法，就按照阿米提说的方法又从煮过拉面的锅里给阿米提和自己各舀了一碗面汤。

凯丽斯虽然今天是第一次做拉面，但因为前边已有了做新疆饭菜的经验，吃起来味道还是蛮好的，当然又受到了"老师"阿米提的夸赞。

阿米提还给她介绍说，他们吃的这种拉面也叫拌面，根据炒菜的种类可以分为肉菜拌面和素菜拌面两种。阿米提还说，拉面的做法很多，比如过油肉拌面、豆豆拌面、鸽子拌面、鸡蛋拌面等。如果把经过凉水激过的面切碎，再与羊肉、辣子、豆角、西红柿等一起炒，也很好吃，当然它的名字就得变了，不能再叫拉面而是叫炒面了。

凯丽斯惊奇地说："你们维吾尔族的饮食文化真够丰富的，我要跟着你好好学一学！"

饭菜端上来后，两个人把关于拉面的话题说完，边吃边商量起了结婚的事。凯丽斯说，她想在学校申请一套公寓房，把婚房先安置那里，等有合适的机会买套商品房住。阿米提说："结婚嘛，就是两个人在一起生活，有个放床和吃饭的地方就行，不必搞得太复杂。"两人最后商量的结果是，婚房就暂时安置在现在阿米提住的这个宿舍，待以后有钱了买套新的。

卓尔汗正在为女儿出阁的事情忙碌，银行和房产公司的工作人员过来要评估他们家的房子价格。

卓尔汗不解，问道："我们家的房子又不卖，你们来估价它干什么？"

一个银行的工作人员说："这个房子已经是我们银行的了，我们估个价好做账。"

卓尔汗有点莫名其妙，说："我们家人老几辈子都在这个房子里住，什么时候成了你们银行的了？"

那位工作人员说："这位大妈，你还不知道啊，你们家斯拉木承包的无花果园经营失败了，他们全家都搬走了，他们家的房子也已经被银行扣押了。原先贷款时是用你们家的这座房子抵押的，现在你们要是还不上银行的贷款，就要把你们家的这座房子卖掉做抵押了。"

卓尔汗一听，说："你们把这座房子卖掉，那我们一家人往哪里去住啊？"

那位工作人员说："这个就不在我们的业务范围了，我们的任务就是为国家收回贷款，尽量减少国家的损失。"

这几位工作人员还没走，卓尔汗就气得昏倒在地上。

阿米提和凯丽斯把婚房定下来后，他们就开始进行装饰。

这天又是个星期天，凯丽斯开着她的红色小轿车来到阿米提的宿舍开始对房间进行装饰前的设计。在按什么风格进行装饰的问题上两个人一开始还互相谦让了一番，凯丽斯主张中式，阿米提主张西式，最后还是凯丽斯的意见占了上风。她说："你们中国人讲究入乡随俗，我看还是按中式风格进行装饰吧，我更喜欢中式风格。"阿米提问为什么，她说："中式风格以大红颜色为基调，按照中国人的文化传统，这样做象征着喜庆和吉祥，预示着我们结婚以后的日子红红火火嘛！"阿米提说："你现在真是个中国通了！"但为了照顾凯丽斯的文化习惯，阿米提还是建议在以红色为主色调的氛围中也加进一些西方文化的味道。凯丽斯为此还抱住阿米提使劲亲了一阵儿，说："这样会体贴人的男人往哪里找啊！"

风格定下来了，他们就到街上选购了一些装饰材料开始进行装饰。在这方面阿米提是外行，一切他都听凯丽斯的。凯丽斯先是画了图纸，经阿米提同意后开始施工。阿米提怕累着凯丽斯，提出雇请个工人过来干。凯丽斯说："我们自己动手不但可以完全实现我们自己的意图，而且还能节约经费，我们把这些节约下来的钱拿去资助几个贫困学生，不是更有意义吗？"一席话说得阿米提激动得眼圈都红了：这个未来的媳妇太理解自己的心了！

他们在这边正忙活着，蒋蓉秀妈妈打来电话说，她的老伴儿病了，已经住院，她看情况不好，请阿米提过去商量一下后事。阿米提一听，放下手中的活，给凯丽斯简单交代了一下，就赶忙往楼下跑。

当阿米提乘坐出租车赶到医院时，蒋蓉秀妈妈的老伴儿曹方静静地躺在病床上，床边围满了医生和护士，床头的心脏监护仪不停地发出嘀嘀的声音。蒋蓉秀在一旁默默地流着泪，她一见到阿米提就像见到救星一样，紧紧地依偎在阿米提的身边。阿米提面色冷峻地站在蒋妈妈身边，用自己宽厚的臂膀和健壮的身躯为这位善良的老妈妈抵挡从天而降的这场灾难和悲痛……

在叶尔禾县医院的病房里，躺在病床上的卓尔汗醒了过来。床边坐着海里克，阿娜尔古丽端着茶杯给她喂药。卓尔汗一醒来就说："这个该死的斯拉木，你做生意卖掉你们家的房子可以，你把我们家的房子抵押上可怎么说？"她抹着眼泪自责地说："这些都怪我，当初一个劲儿地和阿米提家赌气比富，到现在把一家人都害了，要是这些账还不上，人家银行真把咱家的房子卖掉，那我们一家人以后往哪里安身哪！"说着说着又哭了。

海里克怕她伤了身体，赶忙劝住了她。

停了一会儿，卓尔汗又说："事到如今我们也没有其他办法了，古丽她爸，你看这样行不行，我们还是给阿米提打个电话，看他能不能帮着想个办法。我想了一下，阿米提尽管对咱们不让古丽嫁给他心里有怨气，但这孩子也是咱们看着长大的，心地善良，咱们这件事情要是给他说一下，说不定他还真能给咱帮上个忙呢。"

海里克为难地说："咱们把人家闹成那个样子，又是咱丽丽主动跟人家分手的，怎么张这个口啊？"

卓尔汗说："你不好说让丽丽说，她毕竟跟阿米提好了那么长时间。"

阿娜尔古丽一扭身冷下脸说："你从头到尾都给人家使绊子，我张不开这个口！"

卓尔汗一听生气了，说："把手机给我，你们不说我说，我这个老脸不怕刺！"

海里克拦住她说："你这个人一句话说不好就跟人家吵架，你要是再一吵，本来能办的事还不让你给搅黄了？"

阿娜尔古丽看卓尔汗和海里克都很为难，迟疑了一阵，掏出手机说："还是我打吧。"

阿娜尔古丽给阿米提打电话的时候，阿米提正在和蒋蓉秀妈妈商量怎么料理蒋妈妈老伴曹方的后事。阿米提一听阿娜尔古丽说家里出了那么大的事，满脸惊愕。他对阿娜尔古丽安慰了一阵儿，放下电话，陷入了沉思。

阿娜尔古丽给阿米提说完后放下电话，卓尔汗忙问："他怎么说？"

阿娜尔古丽说："他只是安慰了几句，其他没说什么。"

卓尔汗说："他没说帮不帮咱？"

阿娜尔古丽说："他没说。"

卓尔汗生气了，说："我还说他是我们从小看着长大的，心地善良，这次算我眼瞎了！老娘不求他了，咱们想其他办法，活人不能叫尿憋死！"她转身对海里克说："你能不能在你们局里想想办法？"

海里克说："在我们局里能想出什么办法？"

卓尔汗说："我是说，你好歹也是个局长，从你们局里的经费中能不能先挪用一点，把咱们的房子先保下来，缓一缓等咱们有钱了，再给人家还上。"

海里克说："那你不是要砸我的饭碗吗？我的饭碗要是一砸，不要说是房子，恐怕你连人都没有了！"

卓尔汗说："那你说怎么办？活人总不能真叫尿憋死吧！"

海里克说："你也不要太着急，兴许人家是要想一想。这么大的数字，除了那些大老板，谁家也不可能一口气就答应下来。"

卓尔汗说："你的意思是说阿米提会帮咱们，我们再等一等？"

海里克说："等一等再说，到时候真不行了，我们再想其他办法。"

卓尔汗无奈，只好依了海里克。

阿米提按照汉族的丧葬习俗把蒋妈妈老伴的后事料理完毕后，又把蒋妈妈的生活安顿了一下，接着回到了通天河。

晚上躺在床上，他怎么也睡不着，阿娜尔古丽过去和他在一起时的情景又一幕幕地在眼前浮现。他知道，阿娜尔古丽不到万不得已是不会给他打这个电话的。救人如救火，如果不帮助他们渡过这个难关，就她妈那个性格，还不知道会闹出什么乱子的！

　　要帮，就需要钱。可是这么一大笔钱从哪里筹措呢？给通天河学院捐助的那些款都是文雅他们几个凑的，显然是不能动的，况且该自己出的自己还没有交够呢。找郝戈借？也不行，郝戈的收入虽然比较可观，但他的贷款还没有还完，在这种情况下向人家张嘴，显然也是不合适的。凯丽斯手里倒是有一点，但数量也不多，况且还正在装饰房子，两个人的事情自己没出钱就够难为情的了，要是再张嘴问人家要钱，那就太不应该了。把自己那套新房子拿去做抵押，贷点款出来，倒是个办法，但他听银行的同志说过，用抵押物贷款，批贷的数额一般不会超过抵押物的百分之七十，而且银行在对抵押物做评估的时候作价会很低，因为他们要考虑将来抵押对象的还款能力，他们在办理抵押之前要把贷款的风险降到最低，要是那样，一套房子也抵押不出多少钱来。况且，蒋妈妈那边已是孤身一人，还需要他做出安排。

　　阿米提就这样来来回回想着，一直都没有想出个合适的解决办法来。他的心里苦恼极了，感到自己太无能，怎么到关键的时候连解决这个问题的能力都没有。他甚至生起了斯拉木的气，在心里骂这个家伙不是个东西，捅了这么大个娄子，自己却逃之夭夭了，真是罪该万死！

　　就在天快亮的时候，他才想起了自己的养殖基地。一想到养殖基地，他的眼前就一个闪亮：用养殖基地的资产做抵押，还阿娜尔古丽家的那点贷款，那可是绰绰有余的！他马上算了一笔账：根本不用全部抵押，拿出一部分就完全够了。

　　这个办法一想出来，他还自我兴奋了一阵子。

　　然而，让他没想到的是，为这事他还差点和哥哥阿依提断了兄弟情分！

　　卓尔汗出院了。

　　出院后的卓尔汗让阿娜尔古丽搀着，沿着他们家的房子转了一圈。走回屋里，她拉着阿娜尔古丽坐在沙发上，心情沉重地对阿娜尔古丽说："看来阿米提是不会帮咱们家这个忙了，我想了一下，现在只有一条路能救咱们。"说到这里，她把眼神盯在阿娜尔古丽的脸上。

　　阿娜尔古丽说："妈，我是你的女儿，有什么话你就尽管说。"

　　卓尔汗说："斯拉木是不会要咱了，他现在就是回来把银行的账全还上我也绝不会让你嫁给他。我想了想，现在就只有你能救咱们这个家了。"说到这里，她把话停下了，眼睛还是直盯着阿娜尔古丽。

阿娜尔古丽知道她话里有话，就说道："妈，你说吧，只要能帮咱们家走出眼前这个困境，你需要我做什么我都答应。"

卓尔汗说："还是我的闺女懂妈的心。我想问你一句话，现在如果有谁能帮助咱们家走出这个困境，想娶你，你愿不愿意？"

阿娜尔古丽一听，惊愕地说："妈，你是不是想把我卖了来还银行的债呀？"

卓尔汗说："看你说多难听！你是妈唯一的宝贝，妈能舍得把自己的闺女给卖了？我是说，如果有人确实能帮助咱家，个人条件和家庭条件又不错，你愿不愿意？"

阿娜尔古丽眼泪流出来了，说："妈，你是不是已经看中什么人了？"

卓尔汗说："这不，出事才几天，妈哪能这么快就看中人了？我是说，只要你同意，我就去托个人说说，看有没有这样的头，再不然我就叫你爸动用一下他的关系。"

卓尔汗话还没说完，阿娜尔古丽就哭着向自己的房间跑去，边跑边大声喊着说："我不！我不要！我就是去死，也决不能把自己当成商品出卖！"

阿米提主意已定，就来到养殖基地和哥哥阿依提商量。一见面他开门见山地对阿依提说："我想把这个养殖基地做个抵押向银行贷点款。"

阿依提问："你贷款干什么？"

阿米提说："想帮助阿娜尔古丽家偿还银行贷款。"接着，他把阿娜尔古丽家发生的事情说了一遍。

阿依提一听，火了，说："她家欠银行的贷款与你有什么关系？她家贷款的时候给你说过没有？她们家要是赚钱了会不会给你分一份？"

阿依提在说这些话的时候，阿米提只是看着他的脸，没有出声。因为他心里有数，这个养殖基地的产权是他自己的，不管用于什么用途他都有话语权，之前他之所以在想到这个办法的时候还自我兴奋了一阵子，就是因为这个缘故。

阿依提压根就没想到这一层，他按着自己的思路继续对阿米提说："我知道你和阿娜尔古丽的关系，她要是不回新疆找斯拉木而是嫁给你，你把咱们的家产全部卖掉给她们，你哥我连眼都不会眨一下。但是现在不行，因为她现在和咱们家连一毛钱的关系都没有了，咱们凭什么要给她们家填这个窟窿？再说，这也不是个三五十、三五百、三五千的事情，是几十万、几十万哪！你都给了她们，那咱们这一家人怎么办？特别是爸妈都那么大年纪了，我们还要靠这点积蓄给他们二老养老送终，你都给了她们家，那咱爸咱妈往后怎么办？"

阿米提也不生气，还是很平静地说："哥，你说的这些都在理，但我不能眼睁睁地看着他们就因为过不去这个坎把这一个家给毁了。"

阿依提看了看阿米提，缓了一下语气说："你如果真想帮，那你就把咱们买的那套房子抵押上。"

阿米提说："这个办法我也想到了，但是不行。一方面，用这个房子做抵押也贷不了多少款；另一方面，蒋妈妈现在孤身一人，我还想把那套房子留给蒋妈妈，把她接过来住。"

阿依提一听连眉毛都竖起来了，说："怪不得姐老说你是个败家子，你真是比败家子还败家子！你怎么能把这套房子也捐出去？我知道蒋妈妈对你有恩，可是那不就是几天饭、几件衣服和 10 块钱吗？你已经还了她多少了？你还他们的远远超过 100 倍、1000 倍、10000 倍了吧，你还想怎么样？你还想把她们像自己的亲爹娘一样供养起来？"

阿米提说："现在是急等着用钱，我不跟你论这么多的理，我就是想把这个养殖基地先抵押出去，待我缓过劲来以后再还你。"

阿依提说："你能缓过来？就像你这样，有一个就想捐仨，你什么时候能缓过来？"

阿米提说："其他的事我也没有时间跟你说了，我现在就要你一句话，抵押这个养殖基地你同不同意？"

阿依提说："我也就给你一句话，说到天边我都不会同意！"

阿米提盯着阿依提的脸很久，然后咬了咬牙说："那好，从现在起，我收回这个养殖基地的所有产权，你在这里的付出我以后加倍还给你！"

说完，迈着坚定的步子登上了返回的公共汽车。

阿依提怔怔地站在那里，好久好久都一动未动。

第三十一章
在那个枫叶飘落的晚秋

为了把欠银行的款尽快还上好把房子保住，卓尔汗又给阿娜尔古丽找了一个人家。阿娜尔古丽不同意，卓尔汗就反复劝解。

卓尔汗把阿娜尔古丽拉到自己的身边连哄带劝地说："你看，这一家比斯拉木家还有钱，人也不错，你要是嫁过去，保证这辈子受不了罪。"

阿娜尔古丽坚决不同意，哭着说："钱、钱、钱，你就知道钱，要不是你光想钱，咱们家哪能落到这步田地！我不同意，钱再多我也不同意，谁要是同意谁跟人家过去！"

卓尔汗看劝不动，就吓唬说："那好，你不同意，那你就是不想要这个家了，也就是不想要我这个妈了。我也想好了，反正欠了人家这么多，房子也没有了，活着还有啥意思？不如死了算了！"说着，找来一根绳子就要往外走。

阿娜尔古丽一看卓尔汗真的要去寻死，慌忙拉住她，死死地拽着，哽咽着说："我……我……"

阿娜尔古丽刚想答应卓尔汗，但她的话还没说出来，手机里却"嘀"的一声，进来了一条短信。她忙打开一看，上面写着："款已汇出，请你带上自己的有效证件速到县城银行提取。阿米提。"

阿娜尔古丽惊喜地喊着说："他汇过来了！他汇过来了！"

卓尔汗也回过神来，问道："谁汇过来了？什么汇过来了？"

阿娜尔古丽说："是阿米提把款汇过来了！"

卓尔汗一下子愣了，带着疑问说："什么？阿米提？阿米提真的给咱们家汇款了？"

阿娜尔古丽说："是阿米提给咱们家汇款了！"

卓尔汗说："快看看汇多少？"

阿娜尔古丽说："短信上没说，他可能是怕短信泄密，我估计不会太少！"

卓尔汗说："你怎么知道？"

阿娜尔古丽说："我了解他！"

卓尔汗说："那你还不赶快进城？"

阿娜尔古丽这才醒悟过来，她"哎"了一声，赶忙去找身份证。

阿娜尔古丽刚一出门，卓尔汗撵了出来。阿娜尔古丽问她："你干什么去？"

卓尔汗说："我跟你一起去。要是汇的款多，我还可以给你当个保镖什么的。"

阿娜尔古丽说："你的身体能行？"

卓尔汗"嘿嘿"笑了一下，说："妈这是心病，只要有钱还账，妈的病立马就好了！"

阿依提从养殖基地一回到家就躺在床上不吃不喝，还一个劲儿地大骂阿米提是个败家子。

茹仙古丽挺着个大肚子走过来关切地问道："亲兄亲弟的，平时都有说有笑、互相照应，今天这是生的哪门子气？你就不怕别人知道了笑话？"

阿依提气呼呼地说："你不知道，他要把养殖基地做抵押，贷款给阿娜尔古丽家还账，我不同意，他就把原来答应给咱们的产权给收了，你说这个人可气不可气！他的脑子是不是又叫驴子给踢了？"

茹仙古丽一听，知道事情闹大了，说道："哟，这还确实不是个小事，那他原来是不是欠人家阿娜尔古丽家账？"

阿依提说："哪有账！他就是心肠软，看到人家有困难了，念及过去和人家好过，经不住人家说几句可怜话就又心软了，要给人家填窟窿！"

茹仙古丽说："阿娜尔古丽家日子过得不是挺好的吗，怎么还找他借钱？"

阿依提说："还不是那个斯拉木作的孽！仗着他早出去了几年，挣了几个钱，就不知道自己姓啥名谁了，今天要搞奇石大厦，明天要建服装城，后来又说要赶世界潮流，承包无花果园，想当保健品大王，到处吹牛皮说大话，满嘴跑火车，把阿娜尔古丽她妈骗得一愣一愣的。现在倒好，不但把自己的家里全折腾光了，还把阿娜尔古丽家也折腾光了，人家银行要拍卖阿娜尔古丽家的房子，她们这才急了，到处借钱，要是把银行的钱还不上，她们一家人最后连个容身的地方都没有了，你说她们办的这叫什么事嘛！"

茹仙古丽说："那是斯拉木惹的祸嘛，她们应该去找斯拉木呀，怎么来找咱阿米提干什么？"

阿依提说："就是啊，要不我怎么说他的脑子又叫驴踢了呢！"

茹仙古丽也不知道怎么办了，说："她们是不是认为阿米提过去和阿娜尔古丽好过，病急乱投医，就来找阿米提了。"

阿依提说："她们两个关系好，那都是过去的事了，现在人家都已经把他蹬了，他还去揽那个破事，这不是自作多情？所以我当时就给他说，要是阿娜尔古丽还跟他好，他就是把咱们的家业全部拿去给人家我的眼皮连眨都不眨一下，但现在不行，因为阿娜尔古丽已经不是咱家的人了。"

茹仙古丽说："哎呀，要还那这也不是个小数目呀，往哪儿去弄那么多钱呢？就是能弄来，将来她们家要是还不上，那不也得咱们家给背上？"

阿依提说："谁说不是呢！这不，这个败家子就把养殖基地给抵押了，用抵押贷来的款去给人家还账，你说他的脑子犯浑不犯浑！"说完他又补了一句："我们这个家将来非全败到他手里不可！"

茹仙古丽怕阿依提就这样生气不好，就劝解说："弟弟要这样办肯定有他的道理，他说怎么办你也不要阻拦，管的多了也伤弟兄之间的和气。再说，这个养殖基地本来就是弟弟的，咱们也不要有非分之想。咱们往后的日子你也不要过于担心，只要咱们有个事情干着，每个月都有点进项，也苦不到哪里去，大不了咱们还回老家去。村子里那么多人都没出来，人家的日子还不是都过得好好的？"

茹仙古丽这么一说，阿依提的气也就消了一半，但他还是心有不甘，叹着气说："我就是想不通他的那些做法，他怎么就那样一根筋呢？"

实际上，阿依提担心的养殖基地被抵押的事情阿米提后来并没有办。那天阿米提从养殖基地回来后，找郝戈咨询抵押贷款是怎么办的，当郝戈了解到阿米提是因为阿娜尔古丽家的事情要把养殖基地做抵押的时候就把阿米提难住了，说就那几个钱还用把养殖基地抵押上？况且评估起来程序很多，挺麻烦的，还不如找几个朋友凑一点来得快。郝戈的朋友多，一次就给阿米提找了20万元，张雪梅知道后也给拿了10万元。这件事后来让文雅知道了，他们几个也给凑了一点。就这样三凑两凑就给凑够了。这正应了人们常说的那两句话：赠人玫瑰，手有余香；平时肯帮人，急时有人帮。这件事只是由于兄弟俩这几天也没见上面，阿米提还没来得及给阿依提说罢了。

茹仙古丽挺着个大肚子对阿依提反复劝说，后来又做了顿好吃的端到跟前，阿依提的气也就慢慢消了。消气后的阿依提在茹仙古丽的安慰下渐渐进入了梦乡。

后半夜，茹仙古丽突然说肚子疼，开始阿依提还没在意，后来茹仙古丽疼得越来越厉害，阿依提知道可能是快生了，赶忙打电话叫阿迪拉过来帮忙。阿迪拉一过来，兄妹俩迅速把茹仙古丽送到了医院。

凌晨，茹仙古丽在生产中遇到大出血，需要输血，但血库里与茹仙古丽配型的血没有了，需要尽快寻找血源。望着昏迷不醒的茹仙古丽，阿依提在病房里急得团团转。阿迪拉焦急地说："要不，你给我二哥打个电话吧，他认识的人多。"阿依提说："我跟他都闹崩了，哪还有脸去找他？"阿迪拉说："这都什么时候了，还说那些！你不打我打！"说着，拿出手机拨了出去。

不一会儿，阿米提气喘吁吁地来到病房。他二话没说，先让医生测自己的血型，结果和茹仙古丽是同一血型，他就让医生赶快抽血。抽完血，他拿起手机拨了一串号码。

阿米提把电话打完后，常有志带着一群学生迅速赶到，黑枣、苗莉莉、赵艺卓、葛玲玲、楚菡等也都相继来到，最后连周小勇也来了。经过一番紧张抢救，茹仙古丽终于转危为安，并诞下一个男婴。看到母子平安，阿依提的眼眶湿润了。

茹仙古丽出院后，阿米提来到阿依提的宿舍。阿依提由于在医院陪护茹仙古丽累病了，正躺在床上。阿米提走上前拿出一包钱温和地对阿依提说："哥，这是我给你补偿的你这几年的辛苦费。另外，养殖基地也不用抵押了，产权还是你的，我不收回了。"

阿依提扭过身子疑惑地看了阿米提一阵子，说："不抵押了？不抵押了阿娜尔古丽家欠银行的账怎么办？"

阿米提说："那个钱已经解决了。"

阿依提不相信，说："已经解决了？那么多钱，怎么解决的？"

阿米提说："几个朋友凑了一点，凯丽斯问她妈要了一点，就凑够了。"

阿依提还是不信，说："你不是诳我的吧？"

阿米提说："我这个人你还不了解？我什么时候诳过人嘛！"

阿依提坐起来，说："是这，你说不抵押了，就按你说的办，但你给我的这个补偿金你也得拿回去。"

阿米提说："我这个人你知道，说出话来就得算数，我不能食言。"

阿依提说:"那就算我捐的,你给阿娜尔古丽家汇过去,或许能帮她家解点难。"

阿米提说:"真的不用了,他们家的难关已经过去了。"

阿依提生气了,说:"你要是不要,那我就不要养殖基地的产权。"

阿米提一看哥哥是真心的,就答应了下来。

阿米提临出门时,阿依提特意说:"那套新房子你也留给蒋妈妈吧,什么时候你去把她老人家接过来。"

阿米提回过身,满含深情地看了一阵阿依提,突然上前和阿依提紧紧地拥抱在了一起。

茹仙古丽的眼泪也汩汩地流了下来。

事后没几天,阿米提就把蒋蓉秀妈妈接过来参观了为她准备的新居。蒋妈妈里里外外看了一遍,激动地对阿米提说:"我这辈子要不是遇见你,往后这日子可怎么过呀!"

自从"爱心联盟"把通天河学院的 100 名贫困学生作为重点捐助对象以后,通天河学院的领导对此非常重视,在全院上下进行了动员,并通过新闻媒体在社会上也进行了广泛的宣传。为了扩大社会影响,学院领导与"爱心联盟"的几位骨干成员经过协商,决定把这笔资金作为"阿米提助学基金"的一部分注入"阿米提助学基金",同时决定专门举行一次隆重的捐助仪式,届时除通天河学院的师生参加外,还准备邀请一些企事业单位的领导和社会名流参加,以扩大其影响力,动员更多的企事业单位和社会人士为资助贫困学生、振兴通天河的教育事业做贡献。

通天河学院的田雨春院长对这项工作十分关注,过不了几天就要找学院贫困学生资助中心的王主任了解这项工作的进展情况,督促他们把这项工作做好。这天,田雨春院长又把贫困生资助中心的王主任叫到办公室,询问"阿米提助学基金"的捐助仪式准备得怎么样了。王主任汇报说,全院上下对参加这个活动积极性都很高,报纸电视上也广为宣传,真可谓"万事俱备,只欠东风"啊!田雨春院长高兴地点着头说:"这样就好,这样就好!我们一定要把这个仪式办成一个教育全院师生的现场会,办成一个展现我们学院师生精神面貌的推介会,办成一个促进我们学院全面建设再上新台阶的誓师会!"

事后,王主任把田院长的这一要求给阿米提做了通报,阿米提深感责任重大，专门向文雅作了汇报。文雅也不敢怠慢，把"爱心联盟"的成员召集在一起收缴捐款并专题研究配合通天河学院举行捐助仪式的事。

由于收缴捐款的事是由郝戈具体负责的，会议一开始文雅就向郝戈询问募捐情况怎么样了。郝戈说："自从上次我们在网上发出倡议后，线下捐款和网上捐款都很踊跃，按原计划已经过半了，如果不出现意外，到捐助仪式开始前，可望突破原定指标。"

文雅说："这说明我们通天河市的广大市民心向教育，有炽热爱心，我们一定要利用这个机会把这种爱心传递给更多的人。不过，你们要特别注意网上的动态。我最近看了一些报道，说现在搞网络诈骗的案件时有发生，你们也要注意这方面的信息，一定要注意加强网上资金监管，可千万不能出问题。在这方面要是出了问题，不仅影响到捐助仪式能否如期举行，更重要的是会影响市民的情绪，挫伤他们参加慈善事业的信心和积极性，到那时损失可就大了，我们对此一定要慎之又慎。"

为了加快捐款收缴步伐，会议决定由郝戈在网上再发一个倡议，进一步阐明捐资助学的意义，动员更多的爱心人士加入捐资助学的行列里来。

会议一结束，郝戈就根据会议的决定在网上再次发出了倡议。这个倡议一发出，很快在网上掀起了第二次捐款热潮。

凑巧的是，第二次倡议发出后，第一个响应的还是单宝仁。但他的这次捐款不仅没有起到积极的作用，还给这项工作埋下了祸根，要不是阿米提他们请求公安机关介入，这项工作还可能会被葬送了。

单宝仁有个习惯，喜欢上网，没有事的时候就在网上浏览一下，看看带点刺激性的新闻，以此消磨时光。有时候他也上网浏览一些商业信息，寻找可能的商机。自从加盟"爱心联盟"以后，他就特别关注"爱心联盟"的活动动向，做点对社会有益的事情，也平复一下愧疚的心理，他称自己的这种做法叫"还债"。当然，他在做这些事情的时候都是背着游秀碧干的，生怕被那个"该死的"发现后惹出事端。

这段时间由于店里的事情忙，单宝仁一直没有上网，这天生意稍微清淡一些，他俩早早就关了店门。吃过晚饭，游秀碧说她好长时间都没做过头，头都快变成鸡窝了，今天晚上刚好有空，她提出要去把头做一下，想叫单宝仁陪着她。单宝仁心里老想着上网的事，就找了个借口没去陪。待游秀碧出门后，单宝仁趁机会赶快上网查看"爱心联盟"在近期发布的一些信息，一看，"爱心联盟"正在倡议第二轮捐款，他想了一会儿，起身从他的衣帽箱子底下取出私藏的银行卡准备给"爱心联盟"的账户上再捐一点。

单宝仁回到电脑桌前正在操作，游秀碧突然又回来了，说她的手机忘记带了，她回来是取手机的。她看单宝仁正在上网，随意问了一句："又有什么好新闻了？"她说的"好新闻"就是网上经常发的那些社会热点，比如哪个女明星又出轨了、哪个地方又发生了凶杀案、哪个贪官又被抓了等，过去单宝仁看到这些新闻的时候经常讲给她听。今天单宝仁由于不是在看这个，就随口应付了一句："随便浏览一下，没有发现什么新闻。"游秀碧看他很认真的样子，就说："没什么新闻还那么专注？"说着就往他的跟前凑了一下。单宝仁因为有秘密怕她发现，就下意识地用手把电脑的屏幕遮挡了一下。不遮挡可能还没事，他这一遮挡，反而引起了游秀碧的怀疑。游秀碧上前把他挡在屏幕上的手往外一拨，朝屏幕上的网页认真地看了起来。这一看不打紧，单宝仁的事情露馅儿了，因为网页上清清楚楚地写着阿米提的名字，而且还有收款账号和汇款金额，汇款人正是单宝仁。这一下戳到马蜂窝上了。游秀碧也是个经常上网的人，她一看就知道是怎么一回事了，当时气得脸色铁青，把挎在左臂上的坤包往沙发上一甩，从单宝仁的手里夺过银行卡，手指着电脑屏幕逼视着单宝仁说："这是怎么回事？"

单宝仁是个胆小的人，由于事情来得太突然，他一下愣在了那里，嘴里"我、我"了半天也没说出个所以然来。

游秀碧仍然不依不饶，她指着单宝仁的鼻尖说："你现在也长能耐了，学会给老娘藏猫猫了！你说，你把你藏的这些体己钱拿去给阿米提干什么去了！今天你要是不给老娘说清楚，老娘马上就会让你净身出户！"

游秀碧的这句话一下子就掐住了单宝仁的脖子！因为他俩平时的所有收入都是游秀碧掌管的，每个月只给单宝仁一点零花钱，单宝仁就是因为这一条被游秀碧紧紧地控制着。现在一说让他净身出户，他就被吓破胆了，这将意味着他从此会无家可归，因为陈阿弟那边也不认他。面对着游秀碧咄咄逼人的目光，单宝仁战战兢兢地说了实话。

游秀碧一听更来气了，她简直是咆哮着说："你个吃里爬外的东西！就为了你那个半死不活的儿子，你竟敢背着老娘给仇人捐款！你忘了他在新疆给我们造成的损失吗？你忘了他在通天河这边和我们竞争差点把我们的烧烤店给挤垮吗？你忘了为了挣回赔的那些钱我们差点被冻死在新疆吗？要不是他和我们作对，我们怎么会落到现在这步田地？老娘还没找他算总账呢，你倒好，还给人家捐款去了，你的脑子是叫驴踢了还是狗咬了？"

游秀碧越说越气，一边骂还一边把单宝仁放在电脑桌上的东西一股脑儿地全摔到了地上。就这样她还嫌不解气，顺手把单宝仁的茶杯、衣服、鞋帽摔了一地。

这一连串的举动把单宝仁吓得大气都不敢出，等待着游秀碧发落。游秀碧撒完泼，指着单宝仁说："你给老娘说实话，你都给阿米提捐出多少钱了？"

单宝仁哆哆嗦嗦地说："也没多少。"接着，说了个数。

游秀碧一听，火气又来了，说："这还少啊，你是不是准备把我们的烧烤店全捐出去才甘心！"停了一会儿她又数落着说，"就这你还整天跟我吵吵着嫌我给你的零花钱少，老娘看你说得可怜巴巴的就信你了。平时表面上看着你怪老实，没想到你还藏着这个心眼儿！'不叫的狗咬死人'，真叫人们说准了！"

游秀碧叱骂完，逼着单宝仁说："你现在就把捐出去的款给老娘要回来，捐出去多少给我要回来多少，一分都不能少，要是少一分，老娘我和你没完！"

这一下把单宝仁难住了，这是自己找上门要给人家捐的，捐的时候自己的口气还很大，现在再要问人家要回来，怎么跟人家张口啊！单宝仁这么想着，迟疑着不肯开口。

游秀碧急了，逼着说："你要是不去要，那咱们就两清，今天晚上你就出去，愿到哪里去你就到哪里去，这个房子你就不要再进来了！"说着，就要把单宝仁的东西往外扔。

单宝仁害怕了，畏畏缩缩地说："那好吧，我现在要一下试一试。"说完，拨了一串号码。

号码拨完后，接通了，但对方没人接。又拨了一次，还是没有接。单宝仁拨的这个电话是阿米提的电话，他知道阿米提的电话经常不在身上带，就给游秀碧撒了个谎说："人家不接，怎么办？等等再说吧。"

游秀碧不依，说："我今天晚上要看着你把这个钱给我要回来，要不回来，咱们谁都别想睡觉。这个钱虽然是从你的口袋里掏出来的，但都是我们俩的血汗钱，不能就这样白白地扔给他们！"

游秀碧陪着单宝仁熬了一阵子，有些不耐烦了，对单宝仁说："你能从网上把钱给人家汇出去，你就不能从网上把钱再收回来？"

单宝仁犹豫了一阵，很不情愿地说："能是能，但需要装一个软件。"

游秀碧说："那有什么难的，你从网上下载一个装上不就成了？"

单宝仁说："哪有你说的那么简单！这是一种专门的软件，只有在黑市上才能买到，网上根本没有。如果在网上能下载，那不把网站上的那些钱全给掳光了！"

游秀碧说："你既然知道这种软件哪里有，那就赶快想办法去买呀！"

单宝仁说："前年还是咱们去东莞出差住酒店的时候，一个年轻小伙子找我推荐过这种软件，他说这种软件是从东南亚的一个国家走私过来的，你往电脑里装进去后，只要你知道对方的账号，它就可以把对方账户的密码破译，然后把他的钱给提走。我当时嫌他说的太贵，再说咱们又不干那种事，所以就没要。不过，他当时倒是把电话号码给我留下来了，说我什么时候需要他什么时候供货，而且绝对保证安全。"

游秀碧想了想说："那你现在就打电话，看看还能不能联系上，只要能联系上，不管贵贱咱们也买一套。"

单宝仁看了看游秀碧的表情，迟疑了一会儿，把电话打了过去。电话拨通了，但没人接。游秀碧说："只要能拨通，就说明这个人还在，等一会儿再拨。"

等了一会儿，游秀碧让单宝仁再拨，单宝仁又拨了一遍，对方还是没接。单宝仁想放弃，游秀碧说："今天不行就明天，明天不行还有后天，我们一定要和他联系上，我们不能把那些钱白白地送给阿米提！"

游秀碧的话刚说完，对方主动把电话打过来了，单宝仁就把想法告诉了对方。对方答复说有货，但价位提高了，问单宝仁能不能接受。单宝仁问清具体价格后说给了游秀碧，游秀碧说："这个价格是有点高，但总比给阿米提捐的要少得多，能把那笔钱要回来还是有赚的。"于是她让单宝仁又在电话中向对方讨价还价了一番，最后成交。但在付款的时候游秀碧坚决不同意一次性付清，她怕对方收到钱后不给货那不是把他们给坑苦了？对方同意可以分两次付款，但他们也有控制办法，说你们先付一半，收到货后再付另一半，然后他们把安装这个软件的密码发过来，如果你们收到货后另一半不付，他们也不会告诉你密码，那么你买的这个东西也等于聋子的耳朵。看来对方可能吃过亏，给自己的业务上了双保险！

双方协商妥当后，游秀碧把之前从单宝仁手里抢走的银行卡还给了单宝仁。单宝仁把货款转给对方后，对方也很讲信用，先后通过电子邮箱和手机短信把单宝仁所需要的软件和密码都发了过来。单宝仁按照对方说的程序，试着在电脑上摸索了一阵，果然可以。但他怕游秀碧使坏，没敢给游秀碧说具体的操作方法。

游秀碧看出了他的表情，就逼着他说："既然可以，就不要藏着掖着了，花了那么多钱，还犹豫什么？"

单宝仁有些迟疑，游秀碧就干脆坐他身边逼着他做。单宝仁无奈，开始操作起来。刚走了一个程序，游秀碧突然让他停下来，问道："用这个软件真能把捐的钱收回来？"单宝仁点了点头。

游秀碧又问："你把他们的钱拿走后，他们会不会发现？"

单宝仁说："他们的钱被人从后台抽走后，账户上的资金数据会发生变动，他们当然可以发现，但他们查不到资金的去向，就是查到了，他们也没有办法。"

游秀碧问："为什么？"

单宝仁说："因为这个软件是国外研发的，上面显示的地址都是国外的。"

游秀碧听单宝仁这么一说，她的态度突然变了，说："那咱们这两笔钱就先不要了。不仅不要，我还想再捐一点进去。"

单宝仁不解，问道："那为什么？你刚才还那样气势汹汹的，为什么眨眼之间又变了？"

游秀碧也不解释，说："我们再捐点，你那张卡里要是没钱了，把我这张卡里的钱拿一部分出来。"说着，从自己的坤包里掏出一张银行卡递到单宝仁手里。

单宝仁还要问缘由，游秀碧火了，说："问什么问，叫你捐你就捐，管那么多闲事干什么？又不让你掏钱！"说完她还又补了一句，"难道只有你关心公益事业，别人就不关心公益事业？"

单宝仁也不知道游秀碧的葫芦里卖的是什么药，在心里默默地说了一句："难道太阳真的会从西边出来？"然后犹疑地按照游秀碧说的又捐了些款。

他哪里知道，这是游秀碧给阿米提设的又一个陷阱。

阿米提因为要尽快把应交的捐款早日交上，他在烤肉摊上比平时干得更凶了。

凯丽斯又开着她的红色小轿车过来，一下车就对阿米提说，她选了几种窗帘布，要阿米提一起回到宿舍去比较一下，她好确定究竟要哪一种。凯丽斯还说，离结婚的日期越来越近了，提醒阿米提不能光在烤肉摊上忙，也应该为他们的婚礼做点准备。阿米提说："你办事我放心，婚礼的事由你全权处理，需要我的时候我一定全力配合，但现在我的最主要任务就是多烤肉多挣钱，把捐助仪式办好。"即使这样，凯丽斯仍然不依不饶，说："你给我教了怎么做新疆饭菜，我也得给你教教怎么做西餐，要不我出差或回国办事你想吃西餐怎么办？"虽然凯丽斯这么催，阿米提还是又烤了一批肉串才与她一起往宿舍走。

阿米提陪着凯丽斯还没走出多远，郝戈忽然气喘吁吁地跑过来说："昨天晚上我们筹措的善款不见了，你快过去看看！"阿米提一听，吃惊地问："你把善款放在什么地方？"郝戈说："我一直是放在抽屉里。"阿米提说："为什么不放到保险柜里？"郝戈说："我一直感到我这里比较安全，从来也没发生过这样的事，况且咱们聚会结束时比较晚，实在困了，所以就想等到今天抽个时间整理一下，然后放到保险柜里。谁知道，就这么一夜的工夫，钱就不见了，你说邪门不邪门！"善款丢失可不是件小事，阿米提让凯丽斯先到他的宿舍去，自己则和郝戈赶快到啤酒屋查看情况。

阿米提跟着郝戈来到他的啤酒屋，仔细查看了放钱的抽屉，但没有发现任何被盗的痕迹。阿米提问郝戈："谁还有这个抽屉的钥匙？"郝戈说："只有我一个人有。"阿米提问："昨天晚上我们几个离开后谁还来过啤酒屋？"郝戈说："从昨天晚上你们几个走后一直到今天吃过饭发现钱丢失，啤酒屋里只有我一个人，没有一个外人来过。"阿米提看事情有些蹊跷，就拉着郝戈去派出所报案。

公安民警经过现场侦查，认定是被盗，只是作案手段比较狡猾，除留下两个指纹以外，其他没有留下任何痕迹。公安民警说："这样的案子侦破起来需要较长的时日，有时可能一时还破获不了，你们要有这个思想准备。"听了公安民警的话，阿米提有些失望。

游秀碧自从让单宝仁在电脑上装了那个软件后，每天晚上都要趴在电脑桌跟前，让单宝仁把电脑打开，她要亲自查看一下"爱心联盟"账户上的资金变动情况。她每次在看的时候也不说她要干什么，只是问一些技术上的事情，有时候甚至会突然冒出一句像小孩子说的话："现在的科技手段真是太发达了，把傻子都变成孙悟空了！"单宝仁还以为她是在关心"爱心联盟"的捐款进展情况，也就没往深处去想。

　　这天晚上，游秀碧又让单宝仁把电脑打开，她要再看一看"爱心联盟"账户上的捐款情况。看了一会儿，她突然对单宝仁说："今天晚上可以把钱收回来了。"

　　单宝仁一愣，说："你不是说咱们也要支持一下'爱心联盟'的工作吗，怎么还要把捐款收回来？"

　　游秀碧说："我要是和你一样傻，我们恐怕连裤衩都没有穿的了！"说完，她就让单宝仁赶快操作。

　　单宝仁犹豫着开始操作。他先把所需的资金额度和收款人地址输进去，接着输入密码。就在他准备点击"确认"按钮的时候，游秀碧突然把他的右手按住了，说："你那样做有几个钱？数字重输！"接着就让他退出来，把数字改掉。

　　单宝仁说："我们捐进去的就是那么多呀！"

　　游秀碧说："要是就那几个钱，我还让你下这么大功夫干啥？"

　　单宝仁说："那你说要多少？"

　　游秀碧说："多少？我想全都要！"

　　单宝仁问："你是说要把他们账上的钱全部拿走？"

　　游秀碧咬着牙说："一不做二不休，要拿就全部拿走，一点也不要给他们留！"

　　单宝仁一听，头都大了，惊愕地说："你疯了，那是要犯法的！"

　　游秀碧说："犯法？你不是说这里边的地址是在国外吗？他们就是知道了也拿我们没办法，他们还能跑到国外去找我们？"

　　单宝仁说："现在找不到我们，将来还能找不到？你没听说，公安上现在都是和国外联手打击跨国犯罪，你拿走的数字太大了，那还不迟早要找到你？"

　　游秀碧说："真是猪脑子！有这么多钱在我们手上，我们还非要等着让他们登门来抓我们呀？"

　　单宝仁说："你是说，等把这些钱拿到手后，我们就一走了之，让他们找不到？"

　　游秀碧知道单宝仁是个胆小的人，说得太直白了怕他就此停手，就哄着说："我们现在先不要想那么多，先把钱拿到手以后再说。俗话不是说'车到山前必有路'吗？到时候我们再想其他办法。"

　　单宝仁彻底不想干了，他把鼠标停下来，说："这样干风险太大了，我不能干，要干你干！"

游秀碧说:"你要是不干,你就把之前捐出去的钱全部还给我!"

单宝仁说:"还就还,我一分钱都不会少你的,只要你往后不再把我挣的钱全部拿走就行!"

游秀碧说:"那也不行,我们自己捐出去的钱还是没有收回来。"

单宝仁说:"不管说什么,这件事打死我也不能干,为了这几个钱让我去蹲监狱,那就太划不来了!"

游秀碧知道单宝仁的胆子小,再说下去也是白说,就说道:"那你把密码告诉我,我自己干!"

单宝仁说:"那样还不等于是我自己干的?"他说什么也不把密码给游秀碧。

游秀碧火了,威胁说:"那我现在给你两条路:一条是把密码给我,我自己干,与你无关;另一条路是,我现在就给公安局打电话,就说你和国外的犯罪团伙相互勾结,企图卷走'爱心联盟'的善款。你看你要走哪条路,由你自己选!"

单宝仁知道游秀碧的心性,她是说到就会做到的。无奈,他就把密码写给了她。

游秀碧在电脑上操作完后,幸灾乐祸地狞笑着说:"这一次够他们喝一壶了!"

就在游秀碧第一次让单宝仁动用技术手段企图收回捐款的时候,郝戈正在电脑上处理"爱心联盟"的捐款接收事宜,他一发现他们的资金账户出现异常,就慌慌张张地跑来找阿米提。阿米提跟着他来到啤酒屋看了一阵网上的情况,他也弄不明白,就对郝戈说:"我也不懂,你赶快去找文雅!"

当文雅随着郝戈跑进来上网一看,顿时傻了眼:他们募集的善款被席卷一空。郝戈搓着手在屋里打着转转连声说:"这可怎么办?这可怎么办?"文雅说:"现在只有依靠公安机关了。"阿米提着急上火地说:"那就赶快报案呀!"

公安人员按照他们提供的情况在网上搜索了一阵子,对阿米提他们说:"这是一个跨国犯罪集团和国内的不法分子内外勾结干的坏事,犯罪分子作案的手段非常隐蔽,我们马上立案,你们也要积极配合!"

阿米提刚从公安局出来,田雨春院长打来电话,通报了学院方面有关"阿米提助学基金"捐助仪式的筹备情况,并询问阿米提这边准备好了没有。阿米提没有正面回答,只是支支吾吾地应承了几句。

　　回到烤肉摊，阿米提面色严峻地又开始烤肉。阿迪拉和迪力夏提过来询问善款被盗的事，阿米提向他们如实说明了情况。阿迪拉和迪力夏提安慰阿米提不要着急，大家一起想办法。他们两人走后不一会儿，就带着"烧烤联盟"的摊主们一起来到阿米提的烤肉摊前纷纷慷慨解囊，阿米提很受感动，当即把捐款送给了郝戈。

　　晚上，阿米提躺在床上怎么也睡不着觉，感到这几天发生的事情有些奇怪。他正在苦思冥想其中有什么缘由时，郝戈又打来电话说，阿米提白天送给他的捐款又被盗了，阿米提一听，急忙穿衣起床。

　　当阿米提来到郝戈的啤酒屋时，郝戈正在翻箱倒柜地找钱，急得满头大汗。阿米提问他这一次为什么又没往保险柜放？郝戈说："我把钱数好后准备往保险柜放，一看保险柜的钥匙没带，我就锁上门回去取，待我把保险柜的钥匙拿回来，钱已经不翼而飞了。"阿米提问他走时这个屋子里有没有人？郝戈说："没有人，我走时顺手就把门锁上了，而且回去的时间很短，前后不到一刻钟。"阿米提问你回来后门是否打开？郝戈说："我回来时，门还是锁得好好的。"阿米提说："这真是见鬼了！"

　　阿米提当即拉着郝戈一起来到派出所。郝戈把案情叙述后，公安人员进行了仔细分析，认为有两种可能：一种是内部人员作案；另一种是外部有人盯上了，要求他们加强防范。

　　第二天，田雨春院长又打来电话说，有关捐助仪式的问题学院方面已经基本准备就绪，询问阿米提这边的进展情况。阿米提说："我们这边遇到了点麻烦，正在想办法处理。"田雨春说："有关捐款仪式的事情在新闻媒体上已经做了长时间的宣传，社会各界都极为关注，最好是能如期举行，不要推迟。"阿米提答应说："好，我们马上研究。"

　　接完田雨春院长的电话，阿米提就将情况通报给了"爱心联盟"的骨干成员，大家都赶忙放下手头的工作，赶过来研究应对之策，最终形成的一致意见是：破案的事情等着公安机关出结果，他们的当务之急是赶快筹到善款，使捐助仪式能如期举行。

　　晚上，阿米提回到宿舍连饭都没顾上吃，坐在沙发上思谋如何筹款的事情。想来想去，他还是拿起手机打给了凯丽斯。

　　凯丽斯此时已经睡熟，手机一响把她惊醒了。她还以为阿米提是睡不着觉想跟她说说情话，打开手机还缠绵了几句。后来她看阿米提说话的口气不对，才问阿米提有什么事，阿米提如实相告了。凯丽斯犹豫了一下，看了看时间说："现在英国那边已经天亮，我马上给妈妈打电话。"

凯丽斯的妈妈真是一位心地善良的好妈妈，当凯丽斯把她的想法告诉妈妈后，妈妈很快就给她筹到了一笔善款。阿米提把这一消息告诉给了田雨春院长，田院长还在全院的教职员工大会上大张旗鼓地把凯丽斯表扬了一番。

事后，阿米提专门把凯丽斯约到自己的宿舍，亲手给这位美丽善良的英国姑娘做了一顿地道的新疆饭菜，其中有抓饭、烤包子、粉汤、酿皮子、青椒炒肉丝，还专门煮了一壶新疆味道的奶茶。

两个年轻人坐在由凯丽斯亲手装饰一新的婚房里，一边津津有味地吃着具有西域特色的饭菜，一边憧憬着美好的未来。阿米提像表决心一样对凯丽斯说："等我把通天河学院的捐款仪式搞完就开始筹划我们的婚礼，我一定要把我们的婚礼办得漂漂亮亮的，让你的'一个卖烤羊肉串的流浪汉和一个大学教授相恋相爱的神话'变成现实！"

然而，谁也没有想到，就在他们为自己幸福的未来充满憧憬的时候，一场叫作"非典"的灾难却突然降临到了人间。这个人类的克星先是从非洲开始肆虐，然后很快就蔓延到了欧洲和亚洲，来势非常凶猛，最后把全世界的人们都搞得人心惶惶。

最先看到这个消息的是凯丽斯。凯丽斯有上网的习惯，她几乎每天晚上在睡觉前都要在网上浏览半个小时。她在网上主要查看两个方面的内容：一是和教学相关的知识，二是国际新闻。前段时间由于教学任务重，加之要装饰婚房，每天要忙到很晚才能回到宿舍，这个习惯就被打破了。这天好不容易把这些事情忙完，自己给自己放了一天假。晚饭后，她突然想到自己已经好长时间没有上网了，就坐到电脑桌前把电脑打开开始上网浏览。她刚把国际新闻的栏目点开，一条骇人听闻的信息映入了眼帘："非典"这个人类的克星已经从非洲开始向欧洲和亚洲蔓延，来势凶猛，许多国家的政府开始召回在疫区工作的本国人员。世界卫生组织已经向各国政府发出通告，要求采取强力措施加以防范。一看完这条信息，她的心一下子就紧张起来。她知道，一旦这种疫情在中国蔓延，英国政府肯定会把他们这些人员都要召回的，要是那样，她和阿米提的婚事怎么办？阿米提会不会跟着她到英国去？阿米提要是不去，她自己留在中国妈妈会不会同意？还有没有其他两全其美的办法？一连串的问号摆到了她的面前。

　　凯丽斯一下子没有了主意，一种不祥之感慢慢地笼罩在心头。

　　对于凯丽斯的这种忧虑阿米提当然并不知道，他还是照常拼命地烤肉挣钱，他要按照和通天河学院的约定提前把助学基金凑齐，以便按时举行捐助仪式。

　　阿迪拉由于担心他的身体，就劝他说："实在不行就把捐助仪式推迟几天，不能为了这件事把身体搞垮了。"他却说："说出口的话，离开弓的箭。老虎不走回头路，好汉说话不食言。男子汉大丈夫，一言既出就要像钉子钉在墙上，不能想变就变。况且举行这个仪式的社会影响面很大，如果因为咱们的事把事情耽误了，那在社会上造成的负面影响就大了，到时候谁能负起这个责任？"阿迪拉无奈，只好依了他。

　　凯丽斯因为心里有事，打来电话说晚上想请阿米提吃饭。阿米提说："你不是喜欢到我的宿舍自己做吗？怎么今天变了？"凯丽斯说："我今天突然想到饭店吃顿饭，你就陪陪我吧！"他看凯丽斯说得恳切，也就答应了。

　　傍晚的时候，外面下起了淅淅沥沥的小雨。阿米提提前收起摊子，如约来到了一家名叫"情侣饭店"的餐馆。凯丽斯已经提前到了，坐在一张靠窗的餐桌旁，面前摆着几碟小菜和一瓶红酒。阿米提到来后，和凯丽斯对坐了下来。

　　凯丽斯的情绪今天少有的温柔和安静。她先是向阿米提询问了阿娜尔古丽家欠银行的账还完后还有什么困难，并且反复说阿娜尔古丽是个好姑娘；接着询问了为"捐助仪式"筹集善款的情况，嘱咐阿米提不能为了捐款伤了自己的身体。凯丽斯还深情地回顾了两个人交往的甜蜜日子，隐含着惋惜的意味。阿米提在感动的同时隐隐感到凯丽斯有什么心事在瞒着他。他想问，但又怕伤了凯丽斯的面子，迟迟没有开口。

　　吃完饭，凯丽斯抢先结了账。阿米提说："每次都是你结账，真不好意思。"

　　凯丽斯说："我们两个还分你我吗？"

　　两个人走出饭店后，发现雨下得更大了，空气中有丝丝凉意向他们的身上袭来，凯丽斯不由自主地挨紧了阿米提的身子。阿米提也紧拥着凯丽斯，慢慢地往前走。走了一会儿，凯丽斯忍不住亲吻了阿米提，阿米提也抱住凯丽斯亲吻了起来。两个人在雨中就这样动情地吻着，一时间竟难舍难分。一段不长的路，他们走走停停，竟然走了很久很久。

　　深夜，阿米提把凯丽斯送回学院。分别时，凯丽斯掏出一沓子钱塞到阿米提的口袋里。阿米提坚决不要，凯丽斯生气地说："不拿钱你吃什么？我不能看着你天天饿肚子！你的身体垮了怎么办？"

阿米提被眼前这个姑娘的柔情彻底打动了。他想，自己作为一个男人，今后不管走到哪里、不管遇到什么困难，都一定要让她生活得幸福，而不能让她受半点委屈。

雨后的阳光格外明媚，阿米提面带着甜蜜的笑容继续出摊。然而今天来吃烤肉的人却都在议论着一个话题："非典。"阿米提问什么叫"非典"，顾客给他做了解释。阿米提问"非典"对他的烤肉生意有没有影响？顾客说这次闹"非典"，将来受影响最大的可能就是餐饮业。阿米提问影响究竟有多大？顾客说，没有人敢到饭店吃饭了，你说影响有多大？阿米提惊愕得张起了嘴巴。

凯丽斯最担心的事情还是发生了。她的母亲从英国打来电话说："你可能看过电视了，中国已经出现了因感染'非典'而死亡的病例，我和你爸商量了，你要做好回国的准备。"

凯丽斯因之前已经想到了母亲会这样做，就态度坚决地说："我不能回，我的合同还没到期，到期后我还要续签。"

母亲说："这个你说了不算。如果中国政府不同意，我们可以通过外交途径做工作。"

凯丽斯恳求着说："妈妈，你不能这样做，这里有我的事业，还有我的爱情，我要留下来！"

还没等她说完，母亲就把她的话拦住了："我早就给你说过，在爱情问题上，我和你爸尊重你的选择，如果你感到你的男朋友确实很优秀，你可以把他带到英国来，这边的事情一切由我们来办。但你想留下，这个我们不能答应。我和你爸就你这一个女儿，我们不能让你远离我们，孤单单地生活在异国他乡。"

凯丽斯还要抗争，母亲把电话挂了。

第二天晚上，她把电话直接打了过去，她要再恳求一下母亲，哪怕等她的合同期满，他们把婚事办完也行。但母亲说什么也不同意，她急得眼泪都流出来了。

阿米提仍然在烤肉，但与往常不同的是，来吃烤肉的顾客明显减少。阿米提的情绪低落了下来。

午间，凯丽斯又打来电话，说她特别想吃这里的火锅，晚上请阿米提一起去吃火锅。

火锅店内，顾客明显减少。阿米提和凯丽斯对坐在一个小火锅桌前，面前除了火锅和必需的菜品，还是和上次一样放了一瓶红酒。

凯丽斯给阿米提斟满酒杯，并主动和阿米提喝了酒。

喝完，她问阿米提："如果我将来要回国，你能不能跟我一起去？"

阿米提不知道凯丽斯说这话的用意，他没有正面回答，而是说："我一个卖烤肉的，连一句英语都不会说，去了以后怎么办？"

凯丽斯说："我可以教你呀！"

阿米提说："我还有爸爸妈妈呢，他们的年龄都大了，需要我来赡养，我要是走了，他们往后的生活怎么办？"

凯丽斯说："我可以把他们接到英国去生活。"

阿米提说："他们一辈子就生活在那样的环境里，到英国他们会很不适应，况且他们也不会去。"

凯丽斯问："为什么？"

阿米提说："我们中国人有个习惯，叫'叶落归根''魂归故里'。意思是说他们在百年之后，都想回归自己的老家和老祖坟里去，要是到英国去，最后怎么办呀？"

凯丽斯"噢"了一声，脸色沉了下去。

过了一会儿，她又问阿米提："那你呢？你为什么不想去？"

阿米提说："因为我从小就在家乡长大，我舍不得离开我的家乡、我的祖国。正如我们的谚语中所说：与其在异国当皇帝，不如在故乡出苦力；即使祖国一贫如洗，胜过异国黄金满地。"

凯丽斯不说话了，举起杯子只是一个劲儿地喝酒。

阿米提看她的情绪低落，满面愁容，就问道："你是不是想家了？"

凯丽斯点了点头说："是的。"

阿米提说："那你可以请假回去看看呀？"

凯丽斯说："我们在国外工作是有规定的，请假一般要经过所在国的政府。"

阿米提说："哎呀，还这么麻烦！你看我们这些卖烤肉的，想来就来，想走就走，想干就干，想睡就睡，多自由啊！"

凯丽斯苦笑了一下，换了个话题。她仔细地询问了阿米提父母近来的身体状况，反复说她现在最大的心愿就是能到新疆或者把阿米提的父母接过来尽尽她这个做媳妇的孝心。

阿米提说："这个好办，等把学院那边的捐助仪式搞完，把咱们的婚礼办完，我就回去把他们二老接过来。到那个时候，恐怕你会伺候厌烦的！"

在返回的路上，凯丽斯又主动吻了阿米提，还给阿米提的口袋里又塞了一沓子钱。

"非典"成了人们谈虎色变的东西，阿米提烤肉摊前的顾客越来越少了。阿米提虽然有时间坐下来休息和喝茶了，但他的情绪却是少有的低落。阿迪拉走过来说她的餐馆也很少有人来吃饭了，阿米提的情绪更加低落。田雨春院长打来电话，说鉴于目前的"非典"形势，学院方面决定将捐助仪式推迟，征求阿米提的意见。阿米提知道这是形势所迫，只好同意院方的决定。

凯丽斯的母亲终于在电话中下了最后的通牒，要求凯丽斯必须按期回国。凯丽斯反复争辩，母亲坚决不从，并且说，她已经通过英国外交部给中国外交部递交了申请。凯丽斯知道事情已经无法挽回，悲伤得痛哭流涕。

没过几天，田雨春院长把凯丽斯约到自己的办公室。田院长拿着国家教委外事办公室的通知对凯丽斯说，英国政府已经通过中国政府把她商调回国。凯丽斯尽管知道这件事迟早会是这个结局，但她在接到通知的时候，仍然是浑身战栗，说不出话来。田雨春感谢凯丽斯对通天河学院所做出的贡献，并说学院领导要为她专门送行。田雨春知道她和阿米提的关系，临离开时还特意询问她回国的事阿米提是否知道，凯丽斯痛苦地摇了摇头。田雨春同情地说："相信你一定会处理好的。"

事到如今，这件事该向阿米提如实相告了。但采取什么方式呢？凯丽斯为难了。她知道阿米提是深爱着她的，把这件事如实告诉他是残酷的，但不告诉他也是不行的，她不可能不辞而别。她开始是想约阿米提到茶楼去谈，但后来又想，那里太幽静了，反而不好张口，还不如到酒店去，麻醉之后可以信马由缰。为此在订餐之前，她专门要了一瓶白酒。

地点还是在情侣饭店，还是两个人相向而坐，和以往不同的是，餐桌上摆着白酒。菜上齐后，凯丽斯也不说话，只是一个劲儿地喝酒。阿米提看她心里肯定有事，就反复地劝阻说："哪有这样喝酒的，这样会伤身体的！"但凯丽斯仍然是不管不顾地自己一个人喝，连阿米提也不照顾。阿米提实在是不忍心了，就把她的酒杯夺了过来。

直到这时，凯丽斯才满含泪水，吞吞吐吐地说出了要回国的事。

阿米提一听，一下子惊呆了。他虽然从凯丽斯的举动里已经看出了她肯定有心事，但他怎么也没有想到竟是这样的事。他像电视里的定格一样站在那里凝视着凯丽斯，心想，难道这个美丽善良的姑娘真的要很快离他而去吗？难道这个柔情似水的姑娘就这样要离开这块她喜爱的高原热土吗？难道他心爱的这个姑娘就这样从今往后要与他像牛郎织女一样天各一方吗？他的心好像一下子沉到了万丈深渊，猛然间又好像飘向了万里高空。他浑身的血液开始像烈火一样熊熊地燃烧起来，滚烫得火星四射，奔腾得汹涌澎湃，猛烈地撞击着他的心灵。他第一次真正感受到了刻骨铭心的疼痛。

他愣了一会儿，端起一大杯白酒喝了下去，然后走到凯丽斯身边，猛地把凯丽斯抱起来紧紧地拥在了自己怀里，流着伤心的泪水说："我不让你走！"

凯丽斯在他的怀里也是大哭不止。

到这时，他们谁也再没有心思吃饭，只是一个劲儿地诉说、哭泣，哭泣、诉说，一直到很晚才离开饭店。

在返回的路上，他们依然是走着、说着、哭着，在漆黑的夜色里紧紧拥抱，厮磨亲吻。

凯丽斯依偎在阿米提的怀里缠绵地说："今晚我要到你那里去，让你抚摩我的身体，让你的生命在我的身体里孕育和延续。"

阿米提怜爱地摇了摇头说："傻姑娘，这哪行？你一个姑娘家，回国后有了身孕怎么说得清？"

凯丽斯依然缠缠绵绵地说："只要有了你的孩子，我就可以堂堂正正地嫁给你了。"

阿米提说："我要娶你，但不能做未婚先孕的事，我不能伤害你，这不是一个真正男人做的事！"

凯丽斯搂住阿米提的脖子，用自己炽热的红唇热烈地亲吻着阿米提，胸腔里不断发出焦渴的呼唤声，久久、久久……

分手的日子终于来到了，离别的痛苦更是刻骨铭心。

乘飞机要到贵阳，从通天河到贵阳还有一段路程，田雨春院长专门派出自己的专车为凯丽斯送行。一路上，凯丽斯一直依偎在阿米提的怀里，缠绵悱恻、难舍难分。

到了贵阳机场，凯丽斯领上登机牌后并没有急于进安检口，而是和阿米提在大厅里说着悄悄话。他们都意识到，这一分手，这一生都恐怕再难以见到了，想到这种残酷的现实，两个人都忍不住又流下泪来。凯丽斯看阿米提左边的衣领有些翘起，就温柔地用双手帮着整理了一下。

大厅的扩音器里，女播音员用她那特有的甜美柔软的声音通知旅客登机，凯丽斯不得不一步三回头地移向安检口。这时的安检口仿佛成了他们两人阴阳两界相隔的关口，当凯丽斯快走到安检口时，她突然又猛地转身飞奔到阿米提面前，双手捧起阿米提的脸，在众人的注视下，不管不顾地给了阿米提一个长长的吻。长吻之后，她才又依依不舍地走进安检口。

随着一阵巨大的引擎轰鸣声，凯丽斯乘坐的飞机腾空而起。站在候机大厅的阿米提隔着落地玻璃窗，仰望着越飞越高的银鹰，他的心就像被掏空了、揉碎了一般难受。在他的听觉里一切声音都已消失，唯有那首《晚秋》一遍又一遍地在他的耳边回荡：

> 在这个陪着枫叶飘落的晚秋
> 才知道你不是我一生的所有
> 蓦然又回首
> 是牵强的笑容
> 那多少往事飘散在风中
> 怎么说相爱却又注定要分手
> 怎么能让我相信那是一场梦
> 情缘去难留
> 我抬头望天空
> 想起你说爱我到永久
> 心中藏着多少爱和愁
> 想要再次握住你的手
> 温暖你走后冷冷的清秋
> 相逢也只是在梦中
> 看着你远走
> 让泪往心里流

为了你已付出我所有

……

　　此后一连几天，阿米提都是弹着自己心爱的热瓦普，日夜吟唱着那首《在那遥远的地方》：

在那遥远的地方

有位好姑娘，

人们走过她的帐房

都要回头留恋地张望。

她那粉红的笑脸

好像红太阳，

她那美丽动人的眼睛

好像晚上明媚的月亮。

我愿抛弃了财产

跟她去放羊，

每天看着那粉红的笑脸

和那美丽金边的衣裳。

我愿做一只小羊

跟在她身旁，

我愿每天她拿着皮鞭

不断轻轻打在我身上……

　　袅袅的旋律吸引着邻舍和路人，窗外不断地有人围拢过来。他们倾听着这如泣如诉的歌声，仿佛触摸到了阿米提和凯丽斯爱相连、情不断的忧伤心弦。

　　阿米提终于又出摊了，但是他的脸上几乎没有了往日的光彩，来了顾客也是随意应付一下。凡是了解他际遇的人也都给予了充分理解。

　　这一天，他正在出摊，手机突然响了。他打开一接，是姐姐阿依汗打来的。阿依汗在电话里说，爸爸快不行了，让他赶快回去，他还以为姐姐又是诳他，他把手机挂了。父亲从去年以来就一直说身体不好，但还没有到十分严重的地步，前不久他还给父亲打过电话，询问父亲的身体状况，父亲还说没事的，让他安心做自己的事情。现在却突然说得这么重，可能吗？可是不一会儿，阿依汗又打来电话说，爸爸真的快不行了，你们要是再不回来恐怕就见不上了。正说着，阿迪拉上气不接下气地跑过来说了同样的话，阿米提这才相信。他连摊子都没来得及收，只是给迪力夏提交代了一下，就慌慌张张往火车站赶。

阿米提回到家里，父亲海里木已到了弥留之际。也许是见到了久别的儿子，海里木突然清醒过来。他拉着阿米提的手，用微弱的声音夸赞了阿米提的善举："儿啊，你做得对，爸爸过去错怪了你，你能原谅爸爸吗？"在场的人听了都无不感动。

父亲要入殓和出殡了。阿米提和他的几个兄弟姐妹按照维吾尔族的风俗习惯为父亲净身、做祈祷。

也许是上天要故意给阿米提设置难关。就在他为父亲料理后事期间，通天河那边遇到了少有的暴雨天气，他的养殖基地遭到了暴雨和山洪的袭击，损失惨重。这个消息是迪力夏提通过电话告诉他的。当时他正在张罗为父亲做乃孜尔（维吾尔等民族穆斯林为纪念亡人而举行的一种悼念活动）。一边是父亲的乃孜尔，另一边是养殖基地受灾急需处理，阿米提陷入了两难境地。母亲牡丹汗请教阿訇（宗教人士）后留下了阿依提，催促阿米提快快返回。

阿米提戴着重孝给父亲叩首祈祷后，带着愧疚的心情回到了通天河。当他一来到养殖基地，眼前的景象就让他惊呆了：原来草木繁茂、牛羊成群的养殖基地，转眼之间变成了一片水汪汪的沼泽。阿米提仰天长叹了一声，两行泪水瞬间流了下来。

第三十二章
草原婚礼

　　事业、家庭和爱情受到多重打击，阿米提几乎垮了。文雅、高见、张清源和郝戈、阿迪拉轮流陪着他，鼓励他迎难而上，渡过难关。周小勇和黑枣也天天陪在他的身边不离左右。

　　此时的阿米提并不知道，在他落难的时候，还有两个女人在默默地关注着他，一个是阿娜尔古丽，另一个是古兰兰。

　　阿娜尔古丽自从得到阿米提的救助把欠银行的贷款还完之后，他们的家里总算安定了下来。母亲再不为欠款的事情吵闹，她自己也再不用为那些事烦心了。但她却有了新的压力和心病：什么时候能把阿米提的账还上。她知道，阿米提自己没有多少钱，他给她们家汇的那些钱肯定是借来的。而母亲除了这件事之外，经常给她念叨的还有她的婚姻问题。这段时间虽然有不少人前来介绍，其中不乏条件优越的对象，但都不称她的心。不知为什么，只要有人给她介绍一个，她都要拿阿米提比较一番，只要一比，她马上就把这个对象给否定了。事后想想，她心里的那块地方还是被阿米提占领着，没有替代者。但她也知道，阿米提已经和那位美丽善良的英国姑娘相爱，自己想把断了的麻绳再捻起来，已经是不可能的了。后来她听迪力夏提说，凯丽斯被召回国了，刚听到这个消息的时候她虽然隐隐感到了有一种什么东西在心里动了一下，但很快就过去了，她对这对恋人的分手还挺惋惜的，因为她在通天河时也和凯丽斯有过交往，她知道凯丽斯也是一位很优秀也很漂亮的姑娘。但最近她的心里却不能淡定了，这就是前几天迪力夏提给她说的，阿米提不仅失恋，而且在事业上也遇到了前所未有的困难，特别是他的养殖基地遭到了暴风雨的袭击，几乎使他无力东山再起，阿米提为此都快趴下去了。听到这个消息后，她一连几天都吃不下饭睡不好觉。一方面她感到自己家里遇到困难的时候，阿米提倾其全力帮助他们渡过难关，而自己在阿米提遇到困难的时候却无能为力；另一方面她也是在心疼阿米提，她知道他的性格，遇到这样的事情不知道他会忧愁到什么程度！

　　正在阿娜尔古丽为阿米提的处境忧心忡忡的时候，一个不仅能够帮助她而且最终也能够帮助阿米提的人出现在阿娜尔古丽的面前。这个人不是别人，正是阿娜尔古丽曾经误认为是自己情敌的古兰兰。

　　阿娜尔古丽现在的工作单位是在县城的服装商场，当然这还得感谢斯拉木，是他当年为她安排了这么个工作，要不然她现在恐怕连个吃饭的地方都没有。这天她正在正常营业，古兰兰却突然站在了她的面前。开始她还当是顾客要挑选衣服，就迎上来搭话，一看是古兰兰，她一下子愣住了。还是古兰兰先开了腔："没想到吧！"

　　阿娜尔古丽一时不知道说什么好，愣了好一阵才咕哝了一句："是你！"

　　古兰兰倒是很大方："怎么，不欢迎啊？"

　　阿娜尔古丽这才回过神来，尴尬地把古兰兰往柜台里边让。

　　古兰兰掏出一张住房卡，对阿娜尔古丽说："你现在正上班，这里也不是说话的地方。这是我住的酒店，你把上面的房间号记一下，晚上我在酒店等你，咱们在一起吃顿饭，到时候好好聊一聊。"

　　阿娜尔古丽这时候说话流畅了，她带着歉意说："不管怎么说，我们过去也是姐妹，你关照了我那么长时间，今天能到我们家门口来，怎么说也得让我尽一点地主之谊。我看这样，你在酒店里等着，晚饭由我来安排，到时候我给你打电话。"说完，把古兰兰的酒店名和房间号记在了一张纸上。

　　古兰兰也不推辞，还是像过去一样大大咧咧地说："那好，你是当姐的，客随主便，晚上我等你的电话。"说完，风风火火地走了。

　　阿娜尔古丽望着古兰兰的背影，摇摇头笑了。

　　晚上，阿娜尔古丽在县城一家名叫"阿尔斯兰饭庄"的伊斯兰饭店请古兰兰吃饭。饭菜都是地道的新疆特色，有抓饭、馕饼、薄皮包子、手抓羊肉、烤羊肉串、面肺子、揪片子，还有葡萄干、哈密瓜、香梨、巴旦木果、开心果等精致的果盘。

　　古兰兰也不客气，饭菜还没上齐，她就动起筷子开始吃了，一边吃还一边夸奖新疆真是个好地方，她都不想走了。

　　吃了一会儿，她突然问阿娜尔古丽："古丽姐，你是不是还在生我的气呀？"

　　阿娜尔古丽不好意思地笑了一下说："都是过去的事了，谁还能老记在心里。"

古兰兰说:"你没记在心里我可是记在心里呢!自从离开通天河后我老是在想这件事情,一想起来心里就很难受,所以就下决心要来和你见一面,你就是打我骂我,我也要把这件事情说清楚,要不然我的心里一辈子都会感到不安的。"

接着,她就把那件事情的前前后后仔仔细细地说了一遍。

说完后,她对阿娜尔古丽说:"事情的来龙去脉就是这样的,你要是不信,那就由你去了,我也没有办法,但我的心里从今天起也就踏实了。"

阿娜尔古丽听完,感到很吃惊,这不是自己错怪了人家吗?因而问道:"那你当时怎么不解释一下呀?"

古兰兰说:"我当时想解释,可是你给我解释的机会了吗?你当时恐怕恨不得一口吃了我呢!"

阿娜尔古丽更加不好意思了,她的脸色一下子红到了耳根,歉疚地说:"我当时看到那种情况确实很生气,一下子就失去了理智,说了许多不该说的话,也做了许多不该做的事,让你也受了那么大的委屈,现在想起来也挺后悔的。"

古兰兰说:"这也不能都怪你,是我大大咧咧惯了,平时在和阿米提大哥相处中过于亲密,没有想到男女之间是应该保持点距离的,所以就让你产生了那些误会。"

阿娜尔古丽说:"我也知道你和他过去的关系,但我有时候也有点多心,遇到事情总爱往那方面想,所以就发生了一些不该发生的事情,这也要请你原谅一下。"

古兰兰说:"原谅倒是应该的,不过,说老实话,阿米提大哥确实是一个很优秀的男人,在现在这个社会中这样的人已经很少了。要说我对他一点爱意也没有,那也不是心里话,但我知道,在他的心里只有你,没有第二个女人,包括凯丽斯也是一样,那不过是失去了你以后在一种补偿心理的作用下才出现的事情。即使没有'非典',他们将来也不可能走远。"

阿娜尔古丽不解,问道:"为什么?"

古兰兰说:"别的不说,就是国与国之间的文化差别他们最终就无法逾越,更不要说其他了。再一个,听说凯丽斯她爸妈都是大学里的著名教授,他们就这一个独生女儿,能舍得让她留在遥远的中国?还有,你和阿米提大哥的感情是从很小的时候就培养起来的,他们两个呢?感情这个东西是一个说不清道不明的东西,但它一到关键的时候就会起作用,这是谁也无法改变的。"

　　阿娜尔古丽听着，一下子对古兰兰有了一种刮目相看的感觉，她真没想到古兰兰还有这么深邃的思想。

　　古兰兰接着自己的话题说："我给你说这些话的意思是，希望你从现在起要振作起来，以实际行动去重新赢得阿米提大哥的真爱。而我呢，和阿米提大哥只能是以兄妹相待，我的恋人是郝戈，过不了多久，我就会正式地接纳他。"

　　古兰兰说完这些话，如释重负般长出了一口气。

　　阿娜尔古丽被古兰兰的一番真诚话语打动了，诚恳地说："为了我让你费这么大的周折专门找过来，真不知道该怎么感谢你呢！"

　　古兰兰说："说感谢的话就见外了，谁叫我们曾经是好姐妹呢！不过，前边说的这些话还不是我这次来的全部目的，我还有更重要的任务呢！"

　　阿娜尔古丽说："有什么任务你尽管说，只要我能办到的，我一定尽全力。"

　　古兰兰说："我想请你出山！"

　　阿娜尔古丽一听，笑了，说："请我出山？我又不是什么名人，出什么山呀？"

　　古兰兰说："你还记得斯拉木曾经说过要为你建一座服装城的话吗？"

　　阿娜尔古丽说："那不过只是一句吹牛皮的大话而已，还提他干什么？"

　　古兰兰说："他说的时候确实是在吹牛，但他却给了我一个很大的启发。后来我就一直在想，我们全家人都是搞服装的，你我也是搞服装的，我们为什么就不能在这方面动动脑筋呢？所以从那以后我就特别留意，我不仅考察了通天河的地理位置和人文环境，我还利用进出服装的机会考察了西南地区几个省区的服装市场，我发现在整个西南地区还真的没有一座上规模的服装城，所以我就动心了，想搞一个服装城。前段时间回老家时，我把这个想法给我爸和我哥哥说了，他们都很支持，说只要我有这个雄心，资金的问题他们可以帮助解决，让我们只管经营就行。后来我想了一下，钱的问题也不能全让他们拿，我手里有一点，让郝戈和阿米提大哥都拿一点。我知道郝戈和阿米提大哥现在都没有钱，但他们都有固定资产，他们可以用固定资产到银行贷款。关于经营的方式，我想我们应该专门成立一个服装公司，让他们这些投资人都作为股东参加到里边，但控股权应当掌握在我们手里，整个公司也是由我们来经营，到时候给他们分红就是了。另外，我还想，阿米提大哥不是老想给贫困学生捐款吗？到时候我们可以专门拿出一部分资金成立一个捐资助学的基金会，这样就不用他整天拼命干，也不用去东拼西借了，同时也圆了他的捐资助学梦。这就是我这次来找你的主要任务，想听听你的意见。"

阿娜尔古丽静静地听着，思索了一会儿，然后说："你的想法好是好，可是我什么也不懂，什么也没有，怎么能帮上你的忙呢？"

古兰兰说："我现在需要的不是让你掏钱，而是需要你出来和我一起干。我也分析过，你有文化，而且学的是财会专业，这是我所不具备的，也是许多企业的软肋。你办事心细，想事周到，刚好能弥补我的性格缺陷。你要知道，现在企业都在讲'细节决定成败'，这确实不是故弄玄虚，而是用真金白银换来的经验。你为人稳重，不轻浮，这一点最能赢得客户的信任。你做事执着，有定力，不是站在这山望着那山高，看准的事情能一直做到底，这也是做企业的必备条件，那些像猴子掰苞谷一样的人是做不成生意的。还有一条也是别人不具备的，就是你长得好，别人比不上，用现在时髦的话讲叫'颜值高'，高颜值的人是企业的形象，这是花多少钱都买不到的。特别是你多才多艺，不但人长得好，歌唱得好，舞也跳得好，将来我们要搞服装城离不开模特队，刚好可以发挥你的这个独特优势。"

听到这里，阿娜尔古丽不好意思，她脸上飘着红晕说："哎呀，你都快把我夸成一朵花了！"

古兰兰一本正经地说："你本来就是一朵花嘛！你的名字不就是一朵美丽的石榴花吗？咱们不说别的，就你的身材和气质都叫人眼馋。你看你，穿什么衣服都好看，这本身就是一种财富，就是一个活广告，顾客看到你穿的衣服，她本不想买都要忍不住买，这种吸引作用将是无法估量的。"

古兰兰这样一说，阿娜尔古丽更加不好意思起来，她红着脸说："你不要再夸我了，再夸我就要飘起来了！"

古兰兰没有笑，仍然是一本正经地说："我说的都是事实，而不是虚话，这也是我的真实感受。"她接着刚才的话题继续真诚地说道，"所以我想来想去，还是想请你出山。现在不是都兴找合伙人吗？我琢磨了好长时间就看你最合适，所以想让你做我的合伙人。如果你同意，将来这个公司就是我们两个的，你打里我打外，我负责经营，你负责管理财务和形象设计，其他的事情我们将来专门建立一个团队，由团队来进行具体运作。关于服装城建立的地点我也想好了，就建在通天河。因为这里在整个西南地区基本处于中心区域，也是少数民族聚居的区域，我们这个服装城将来就以经营民族服装为主，争取把通天河打造成一个在整个西南地区甚至在全国都具有广泛影响力的民族服装集散地。

到时候，全国各地的民族服装商都可以在我们的服装城里找到一席之地。如果我们的这个梦想真能实现，到那时你不想当服装大王都不行，要是真的当了服装大王，那将是怎样的一种感觉啊！"

阿娜尔古丽一听，也激动起来了，说："真没想到，你还有这么大的雄心壮志！"

古兰兰说："古丽姐，不瞒你说，这些年我总觉得，人生在世，应该有点作为，应该轰轰烈烈地干一番事业。这么多年我之所以要独立干，就是想体现一下自己的价值，想看看自己究竟能干出多大的动静。特别是我们这些女同志，常常被那些男人看不起，我就是想干出一点动静来，让他们对我们这些女辈也刮目相看。"

阿娜尔古丽想了想说："你的想法好是好，可是我真的没有那个能力，我怕干不好，耽误了你的事业，到那时后悔恐怕就来不及了。"

古兰兰说："一个人的能力有多大，连他自己也不一定知道。我听人家说科学家们曾经说过，人的潜能是巨大的，即使像爱因斯坦这样伟大的科学家，一辈子的潜能也才用了不到百分之四。不把你放到那个岗位上，你能知道自己有多大能力？你能知道自己究竟能干出多大的事业？"

阿娜尔古丽还想推脱，古兰兰说："我的好姐姐，你就不要再犹豫了，你总不能让妹妹当单干户吧！我现在就看上你了，你干也得干，不干也得干，下个星期咱们就去和田考察，听说那里有个纺织厂，生产的艾德莱斯绸很有名，我们得抓紧时间订货，要不然，就跟不上趟了！你没听人家都说，时间就是金钱嘛！"

阿娜尔古丽一看古兰兰把话都说到这一步了，也就不再推辞，她答应说："好，我听你的，先干一段时间试一试。如果不行，我就退下来，到时候你可不要埋怨我哟！"

古兰兰态度很坚决地说："不是试一试，而是要一步到位。这个服装城就是我们两个的，从现在起我们就要把命拼上干，干出个样子也给那些老爷们儿看一看，到时候叫他们也去唱'谁说女子不如男'吧！"

说到这里，她自己倒先笑了起来，阿娜尔古丽也跟着笑起来了。

重新振作起来的阿米提把他的烤肉摊又支了起来。也许是名人效应的作用，他的烤肉摊一开张，前来吃烤肉的人就把他的烤肉摊围得几乎是水泄不通，阿米提忙得像一架高速旋转的机器。中午时分，他突然又接到一个不知名的电话，一接听，还是艾尔肯打来的，艾尔肯在电话中只说了一句话："你们的钱都是我们老板派人偷的，他们就是要用这种办法把你赶出通天河。"说完，电话就挂断了。阿米提放下电话，急忙赶往派出所。

阿米提把案情述说给公安人员后，公安人员与他一起对案情再次进行了分析。分析的结果是，要想破获这个犯罪团伙，目前只有两个办法：一个是在阿米提和郝戈他们的住所周围布控，另一个是派人打入该团伙内部掌握他们的犯罪轨迹和犯罪事实。第一个办法是治标，比较被动；第二个办法虽然可以治本，但一时还找不到合适的人员。公安人员要求大家都想想办法。

从派出所出来，阿米提径直来到郝戈啤酒屋，与郝戈商量怎样破获赛迪克这个偷盗团伙，用釜底抽薪的办法解决善款被盗问题。两个人商量了半天也没有个好的解决办法，阿米提为此很是挠头。正在这时，周小勇手里提着一盒月饼和一兜水果，过来看望阿米提。周小勇说他到阿米提的烤肉摊上没见到，以为在宿舍，找到宿舍又没见到，就找到了这里。周小勇听阿米提他们在议论赛迪克偷盗团伙的事，就问阿米提说："公安局为什么不把他们抓起来呢？"阿米提说："公安局的同志说，现在还找不到足够的证据。前边几次他们被抓后都是因为没有足够的证据不得已又给放了。"听了阿米提的介绍，周小勇陷入了沉思。他决定自己找个机会进去试试，但他没给阿米提和郝戈说。

这天，赛迪克带着他的犯罪团伙在街头卖艺，一群少年穿着奇异的服装跳那孜库姆舞蹈，引来阵阵喝彩声。艾尔肯和一个年龄大一点的青年男子趁机在人群中行窃，艾尔肯得手后往外走，周小勇顺手把艾尔肯刚刚偷来的钱包掏出来装进了自己的腰包。这一举动被在暗中监视的赛迪克看到了，让一个手下人把周小勇扭了过来，带回了他们住的窝点。

夜里，赛迪克让人把周小勇扭送到了他的住处。一见面他就用阴鸷的口气问周小勇："你这么长时间都干什么去了？"

周小勇也不胆怯，回答说："回家上学去了。"

赛迪克问："那你现在为什么又跑出来了？"

周小勇说："学校管得太严，我嫌不自由。"

赛迪克问："这次出来想干点什么？"

周小勇说："能干点什么就干点什么，只要能混碗饭吃，能到游戏厅打打游戏机更好。"

赛迪克问：“那你还愿不愿意跟着我干？”

周小勇说：“我想单干，谁也不想跟。”

赛迪克说：“如果我想让你跟着我干你答应不答应？”

周小勇说：“要是那样，你必须保证我的自由。”

赛迪克问：“你需要什么样的自由？”

周小勇说：“来去自由，你不能把我管得太死。”

赛迪克想了一下说：“我可以保证你来去自由，但有个条件。”

周小勇问：“什么条件？”

赛迪克说：“必须按月完成任务。”

周小勇说：“每个月多少任务？”

赛迪克伸出了三个指头。

周小勇问：“是300还是3000？”

赛迪克说：“那不是太便宜你了？是30000！”

周小勇故意惊讶地说：“我的妈呀，你这不是要我的命吗？”

两个人经过一番讨价还价，赛迪克最后给了个3000元的任务，并对周小勇说：“如果你不答应，你就别想再出去！”

周小勇咬了咬牙说：“好，我认了！但你可不能违约呀！”

赛迪克说：“每个月你只要完成任务，剩下的事情我一概不干涉，否则，少1000就是一根手指头。如果你骗了我，下一次再抓住，就要留下你的一只胳膊或一条腿。”

赛迪克说完，让手下人把周小勇身上搜了个精光，然后放了。

周小勇回到学校，把学习上的事情安排了一下，就做起了如何对付赛迪克的准备。

周小勇知道，要想把赛迪克团伙干坏事的证据拿到手，首先必须取得赛迪克的信任，而要取得赛迪克的信任，首先得把他规定的任务完成好。但一想到钱的事情，他又为难了，因为不要说给赛迪克筹钱，就是自己巩固性治疗的费用每个月都得不少。可是不这样做，对赛迪克就没有办法，那样对阿米提叔叔造成的损失就要大得多。想来想去，他最后还是下了决心。

傍晚时分，阿米提准备收摊，周小勇走过来向阿米提借钱。阿米提问他需要多少，他说2000元。阿米提也没问原因，就回宿舍给他取了2000元。

周小勇拿着这些钱走到一个僻静处，从口袋里又掏出两张，放在一起使劲揉了揉，装进了口袋。

趁着夜暗，周小勇来到赛迪克的偷盗团伙窝点，把一把凌乱的钱递到赛迪克手里。赛迪克数完后说："怎么不够数啊？"

周小勇故作可怜地说："就这我已经两天都没吃饭了，还差一点被人家抓住。"

赛迪克用审视的目光看了一阵周小勇，然后说："那好吧，这是初次，也不够一个指头，下一次要是再不够，就一起算账。"

周小勇装作可怜兮兮地说："老板，能不能给点吃的，我饿得都快走不动了。"

赛迪克说："到我屋里去，还有只烧鸡。"

吃完饭，周小勇也没在那里住，就又回到了学校，抓紧补习功课。

过了一段时间，周小勇来向阿迪拉借钱，阿迪拉也按照他说的给他取了2000元。他拿到钱后和上次一样也是从口袋里掏出几张合在一起揉了揉，然后又装进了口袋。

周小勇故意瘸着腿来到赛迪克的住处。赛迪克从周小勇手里接过钱数完后，又瞪起眼说："这个月怎么还没完成？"

周小勇说："不就差200元嘛！你看我这腿，要不是跑得快，恐怕早就被打折了！"

赛迪克的目光在周小勇的脸上停留了一阵子，然后说："念起你对本老板的忠诚，这一次就不追究了，但下不为例！"

周小勇故意央求着说："老板，我这腿确实不行了，我得休息几天，你能不能给减一点任务？"

赛迪克说："减一点可以，但不能减得太多。另外，在休息期间如果遇到艺班子出场人员不够，你也得上。"

周小勇说："那恐怕不行吧，到时候要是让我们家里的人看到了，那不又把我抓回去了？"

赛迪克说："你尽管按我说的办，到时候我自有办法。"

周小勇又故意扭捏了一会儿，勉强答应了。

走出赛迪克的住处，几个团伙成员抱着偷来的空钱包、身份证和银行卡往外扔，周小勇故作好奇地拦住说："这么好的东西扔了多可惜呀，让咱们看看也长长见识。"说着，把这些证件放在地上一个个翻着看了一遍，然后掏出手机，刚准备拍照，被赛迪克看到了。赛迪克问："你看这些东西干什么？"

周小勇说："这么好的东西扔了多可惜，我看还不如收藏起来，将来还能卖个好价钱。"

赛迪克先是把周小勇的手机拿过来翻看了一遍，接着用审视的目光把周小勇浑身上下打量了一番，然后喝令他当场把衣服脱下来。

周小勇说："老板你让我脱衣服干什么？"

赛迪克没有回答，用鄙视的目光催促周小勇马上把衣服脱下来。

周小勇故意迟疑着，慢吞吞地把衣服脱了下来。

赛迪克把周小勇的衣服仔细搜了一遍，然后又扔给了他，指着那些空钱包、身份证和银行卡冷冷地说："这些东西都拿出去扔掉，以后你自己挣回来的可以留下，做个纪念。"

赛迪克的艺班子仍然在街头卖艺。经过化妆的周小勇趁人不注意，把艾尔肯拉到一边说明了来意。艾尔肯悄悄告诉周小勇，赛迪克正在酝酿一次大的偷盗行动，已经踩点好几次了。两人说完，走回围观的人群，故意得手了一次，交给了赛迪克。赛迪克赞赏地在周小勇的肩上拍了拍。

回到窝点，周小勇对赛迪克说："我有个目标，想出去一下，不知道可不可以？"

赛迪克说："需要多长时间？"

周小勇说："如果顺利，三天就够了。"

赛迪克说："能拿回来多少？"

周小勇伸了一个指头。

赛迪克说："不行，太少，至少够一个月的任务。"

周小勇说："谁知道到时候情况有没有变化？"

赛迪克说："有变化也不行，再少不能少于这个数！"然后伸出了两个指头。

周小勇犹豫着说："那我就尽力吧。如果不行，你也不能罚我。"

周小勇回到学校后，又把课程补了一下，找郝戈借了3000元，到商场选购了一款微型摄像机，并向老板请教了使用方法。

临近傍晚的时候，周小勇回到窝点，把用塑料袋包装的微型摄像机藏在窝点外的一簇树丛里，然后走进赛迪克的住处，上交了任务。

周小勇从赛迪克的住处出来，看到又有几个团伙成员抱着偷来的空钱包、身份证和银行卡往外扔，周小勇又以"这么好的东西扔了多可惜，让咱们看看也长长见识"为由拦了下来，拿到一个僻静处，趁四周没人，用手机拍了下来。

第二天，赛迪克带着他的艺班子继续在街头卖艺，几个团伙成员趁机在围观的人群中行窃，周小勇紧随其后，趁赛迪克不注意，赶快用手机把他们的行为拍了下来。

赛迪克早就想对某大型商场下手，但一直没有机会。这天，突然天气阴黑，狂风骤起，大雨倾盆。赛迪克一看时机来了，带着他的团伙成员冒雨来到这个商场周围隐蔽。雨越下越大，赛迪克观察了一阵，没有发现异常情况，就指挥他的团伙成员迅速行动。周小勇也悄悄拿出微型摄像机开始拍摄。

谁知，在临近结束的时候，周小勇的行为被赛迪克发现了。气急败坏的赛迪克收掉了周小勇的手机和摄像机，并让手下人把他扭上一辆敞篷车，淋着大雨送回窝点，扔进了一间地下室里。

陈阿弟联系不上周小勇，面色沉郁地来找阿米提，说周小勇已经好长时间没回过家了，她到学校去也没找到，不知道这孩子到哪里去了。阿米提说："他前段时间还到我这里来过，不会出什么事的。"陈阿弟说："我这几天老做噩梦，一闭上眼睛就梦到他被人家绑着，不哭不笑也不说话。我是担心他的身体，上次出院时医生反复交代，药不能断，也不能着凉，一旦感冒发烧，病就可能复发。他这么长时间都没回家拿药，要是有病耽搁了，那我们家的天不就塌下来了？"阿米提安慰说："你先不要着急，我也帮你找找。"

阿米提来到风味餐馆找阿迪拉询问，阿迪拉说："小勇前段时间还来问我借过钱，最近没有见到。"

阿米提又来到郝戈啤酒屋找郝戈询问，郝戈说："周小勇前段时间在我这里也借过钱，说是要买个摄像机，可是最近几天却没见到他过来。"

阿米提又来到通天河学院询问，老师说周小勇前段时间还在学校正常上课，最近几天却突然不见了，他们也在寻找。

阿米提找了一圈也没有周小勇的消息，心里一下子急了，赶忙把阿迪拉和郝戈叫到一起分析周小勇可能到哪里去了，商量寻找办法。

晚上，阿米提和衣躺在床上，寻思周小勇这段时间的活动轨迹。正在他为得不到周小勇的信息而发愁的时候，手机突然响了，打开一看，又是一个不知名号码，他试着接了一下，还是艾尔肯打来的。艾尔肯在电话中说，周小勇被赛迪克关在他们窝点的地窖里，已经病得快不行了，请阿米提赶快想办法。说完，电话就挂了。阿米提放下电话翻身起床，抓起衣服就往外走。

阿米提来到派出所，把艾尔肯报告的情况述说了一遍。公安人员通过阿米提所接听的艾尔肯的电话确定了周小勇的位置，立即出动警力予以解救。

赛迪克和他的团伙成员闻风而逃，公安人员在一个又阴又潮的地窖里把周小勇救了出来。阿米提看周小勇已经昏迷，背起来就往医院跑。

在通天河人民医院里，经过几天的紧急救治，周小勇躺在病床上仍然昏迷不醒，几位医生又立即组织了会诊。一位年龄大的医生仔细查看完周小勇的病情后说："按理说，如果是一般的感冒，即使是重感冒，经过这几天的治疗也应该缓过来了，他的病情怎么越来越重呢？"一位年轻的医生说："他过去患过肾病，会不会是淋雨受寒病情复发了呢？"另一位年轻的医生说："不会吧，他原来的肾病不是已经治好了吗？"第一位年轻医生说："肾病最怕感冒，他这次被雨水淋得这么重，又在地窖里待了这么长时间，我建议还是检查一下他的肾脏情况。"那位年龄大的医生用决定性的口气说："马上进行肾常规检查！"

晚饭时间到了，陈阿弟忧心忡忡地守候在周小勇病床前。阿米提过来送饭，陈阿弟说她没心吃。阿米提安慰说："孩子有病，大家都在想办法，你要把心放宽些。"陈阿弟说："我怕他真是原来的病又犯了。"阿米提说："真要是原来的病犯了，大家都还会像以前那样，不会袖手旁观的，这一点请你放心。"陈阿弟说："我是说，真要是那样，恐怕就难以治好了。"阿米提说："以小勇现在的身体状况，即使原来的病真的犯了，医生也会有办法，我们要相信医生。"阿米提劝了一会儿，陈阿弟才勉强端起了饭碗。

阿米提回到宿舍，在沙发上独自闷坐了一会儿，拿起手机给文雅打电话。阿米提在电话中说："文姐，小勇病得不轻，有可能是肾病复发，要真是那样，恐怕又需要一大笔治疗费用，他家里是绝对拿不出来了。"文雅说："这一次要筹措治疗费用，再采取上次那种办法恐怕不太行了，我们得另想办法。"阿米提说："我也是这么想的，但就是不知道采取什么办法好。"文雅说："这是个大事，待诊断结果出来以后，我们'爱心联盟'的成员要在一起商量一下。"

医生们经过会诊，给陈阿弟宣布了诊断结果：周小勇的肾病又复发了。医生还说，正应了那句俗话：是病不是病，复发比先重。如果不抓紧治疗，周小勇很快就会出现肾功能衰竭。真要出现那种情况，那就要危及周小勇的生命了。医生还没说完，陈阿弟就吓得昏了过去。

阿米提得到周小勇的确诊消息后，紧急召集"爱心联盟"成员在一起商讨如何给周小勇筹措治病的善款。文雅说："有三个渠道我们要充分利用：一个是我们自身，我们每一个成员都要尽可能地予以资助；另一个是发动我们的亲朋好友，特别是对那些有能力的亲友，我们一定要亲自做工作；再一个是利用媒体，在报纸上、电视上、互联网上发布消息，公布账号，动员社会力量帮助周小勇渡过难关。"会议最后决定，善款一律交给阿米提。

"爱心联盟"的会议一结束，阿米提就把"新疆烧烤联盟"的各位摊主召集到风味餐馆做动员，请求大家再次伸出援手。摊主们都纷纷慷慨解囊。

阿米提给他的摊主们做完动员，又给凯丽斯打了电话，述说了周小勇的病情，希望凯丽斯也能够伸出援手。

在通天河日报社记者部，文雅也坐在电脑前聚精会神地给通天河日报写专稿：《周小勇的生命蓝天又现阴霾》。通天河电视台记者高见则扛着摄像机来到周小勇所在的医院采访，让医生们述说周小勇的病情，以唤起社会的爱心。

周小勇的病情一下子又牵动了许多善良人的心。阿米提的动员工作刚结束，一笔笔捐款就送到了他的手上。

先是阿迪拉。她一听说小勇的病又犯了，第一个伸出了援手。她来到阿米提的烤肉摊，拿出两个装得鼓鼓的信封说："二哥，这一个是我的，这一个算你的。"

阿米提说："都是你的钱就都写你的名字，怎么能把你的算成我的？"

阿迪拉说："我知道你也没钱，你是'爱心联盟'的领导，你拿不出钱来对别人怎么说？"

阿米提苦笑了一下说："那就还算我借你的吧。"

不一会儿，蒋蓉秀走了过来，掏出一个布包递到阿米提手里，说："这是我的一点积蓄，你拿去给孩子治病吧。"

阿米提说："您老人家要靠这个养老的，这个钱我们不能要。"

蒋蓉秀说："人命关天啊，我不是还有你们几个养着吗？小勇这孩子还小，后面的路还长，他的病治好了，兴许他将来还能孝敬孝敬我呢！"

阿米提只好收下了。

蒋妈妈还没走，阿依提也拿着一个纸包走过来，说："小勇这孩子怪可怜的，这是我和你嫂子的一点心意。"

阿米提感激地又和哥哥拥抱了一阵。

远在新疆的阿娜尔古丽和古兰兰也被周小勇的病情牵动了心。

这个消息是古兰兰先得到的。她和阿娜尔古丽到和田纺织厂考察并签订了长期合作协议后回到了叶尔禾县城。一回到酒店，古兰兰在洗去征尘后即上网浏览，在网上她看到了"爱心联盟"发出的倡议。她把阿娜尔古丽叫到酒店，让阿娜尔古丽也浏览了这一倡议。古兰兰说："你看这孩子病得挺重的，不到万不得已，阿米提大哥不会在网上发布倡议。"阿娜尔古丽说："那我们用什么办法能够帮他一把？"古兰兰说："我想了一下，因为我在新疆还要住一段时间，我们就以你的名义也在新疆搞一个'爱心联盟'，那样比你我个人的力量要大得多。"阿娜尔古丽说："我这个情况你知道，现在不想在网上出现自己的名字。"古兰兰说："这个好办，我来处理。"

经过一番筹划，阿娜尔古丽和古兰兰的"石榴花爱心联盟"在网上注册成立，爱心人士竞相申请加盟，阿娜尔古丽和古兰兰忙不迭地点击接受。

没过几天，他们就把第一笔善款汇给了阿米提。当阿米提收到来自新疆署名为"石榴花爱心联盟"的爱心捐款时，脸上和心里还疑惑了好几天。

几乎和收到新疆"石榴花爱心联盟"捐款的同一时间，邮递员又给他送过来一张汇款单，说是从英国来的，必须由他自己亲自去取。阿米提一看汇款单，眼睛里放出了惊喜的光芒。

然而，让阿米提万万没有想到的是，这次募捐活动却给游秀碧和赛迪克团伙提供了机会。

游秀碧对这次募捐活动的消息还是从单宝仁口中得到的，当然单宝仁的消息也是从网上得来的。游秀碧得到这个消息后对单宝仁说："看来这次他们的动作比较大，最终的捐款量可能也不会太小，对我们来说这可是一次千载难逢的机会。俗话说得好，舍不得娃子逮不住狼。我看这样，这次咱们也放一回血，多拿点出来，争取钓个大鱼。"单宝仁却坚决反对，说："上次那件事过后，我吓得天天晚上都睡不着觉，要是这次再这样办，我恐怕就要被吓死了！我看我们还是不捐也不收，大家都平安无事为好。"游秀碧看他劝着不听，就吓唬他。但单宝仁好像吃了秤砣一样，说这一次宁可净身出户他也坚决不办。

游秀碧和单宝仁在说这件事情的时候，是在他们的家里，时间是在晚上。后来发生的一件事，却令他们百思不得其解。

当晚他们两个正在商量而且单宝仁坚决不同意的时候，一个戴着墨镜的青年男子却突然站在了他们面前。这是赛迪克团伙的一个骨干成员，从西安开始就一直跟着赛迪克干，阿米提和艾尔肯的事情都是坏在他的手里。这个青年男子往跟前一站，把游秀碧和单宝仁都吓了一跳。游秀碧哆哆嗦嗦地说："你……你是怎么进来的？"因为他们住的是单元房，他们的习惯是一进门或出门随手都把门关上了，从来不会把门敞开着。

这个青年男子也不紧张，像个老熟人一样自己找了个位置坐下来，平心静气地说："不要害怕，我不会伤害你们，我是奉我们老板的指令来和你们谈一笔生意，谈完就走。"

游秀碧说："我们就是个卖烧烤的，也不做什么生意，就是要谈，也是在店里，哪有跑到家里来谈生意的？何况我们也不认识你们老板。"

青年男子说："你们不认识我们老板，可我们老板早就认识了你们，要不要我把我们老板的名字说出来？"

游秀碧说："你们老板是谁？"

青年男子一字一顿地说："赛迪克！"

游秀碧一听这个名字就倒抽了一口凉气，心想："这不就是那个犯罪团伙的大头目吗？"她们都知道这人是个来无影去无踪的狠角，惹了他会是个什么结果，因而马上问道："你们老板找我们做什么生意？"

青年男子说："你们不是已经讨论半天了吗？"

游秀碧和单宝仁一听，面面相觑，心里惊叹道："哎呀妈呀！这家伙早就进来了！"

到这时，游秀碧再也不敢怠慢了，忙给青年男子沏上茶，并让青年男子说如何合作。

青年男子也不客气，喝了几口茶后，说出了双方合作的具体办法。

临走时，青年男子撂出了一句狠话：如果同意合作，事成后各半分成，如果不合作，尸首分家！

第二天，游秀碧就和单宝仁乖乖地一起来到阿米提的烤肉摊，把一笔数量可观的捐款亲手交到了阿米提手里，阿米提为此还惊愕了好半天。

"爱心联盟"为周小勇募集的第一笔善款全部到位，阿米提把这些捐款认真整理后装进一个提包，准备往周小勇所在的通天河人民医院送。路过风味餐馆时，阿迪拉提醒说："二哥，要不要陪个人去呀，路上也安全些。"阿米提不以为然地说："光天化日之下，谁还有那个胆量！"

平时阿米提去医院都是乘坐公共汽车，今天他看带着这么多现金，也怕有个万一，就打了个出租车。不料想他今天的行动确实让赛迪克团伙盯上了。他乘坐的出租车行至中途，前边被一辆货车挡住了，他摇下车窗刚想看一下前面的情况，呼啦一下围过来一群人不问青红皂白就往他身上打，为了保护这笔钱款，他顾不得与这些不法之徒搏斗，竟被打成了重伤。正在为难之际，单宝仁和游秀碧前来救援，他情急之中没顾上多想，就把装钱的提包交给了单宝仁和游秀碧。

阿米提住院后，单宝仁和游秀碧前来看望阿米提，说他们的善款又被赛迪克的团伙成员卷走了。阿米提一听，心里一下子像掉进了深渊，他让他们两个赶快到公安局报案。

阿米提丢失善款的事被媒体公布后，立刻在公众中引起了轩然大波。善款的真实去向引发了公众的热议猜想，阿米提再次陷入了舆论的旋涡。他感到自己有口难辩，就找到文雅和高见，请他们在媒体上为他洗白。尽管文雅他们几个也下了很大功夫，但这笔钱毕竟是从他的手里丢失的，诟病之声还是难以避免。为此阿米提就像背负了一个沉重的石磨，整天抬不起头来。

一波未平，一波又起。善款丢失的事情还没理出头绪，"新疆烧烤联盟"又出了麻烦。这天阿米提刚把摊子支开，吴尊走了过来，他对阿米提说："根据上级指示，我们通天河市要掀起城管大革命，你们的烧烤一条街由于所用的烧烤方法和材料污染环境，所以被列为整顿重点，请你们从即日起一律停业整顿，善后工作待整顿结束后统一进行。"

由于一时没有新的烤肉设备可以代替烤肉箱，停业整顿就意味着他们的业务被取缔。阿米提反复找城管员吴尊协商，得到的答复都是"这是全市的统一行动，我们无能为力"。无奈，阿米提只好召集烧烤一条街的所有摊主开会，暂时停止了烤肉业务。

游秀碧和单宝仁的"珠联璧合烧烤店"也是经营烤肉生意的，他们的烧烤店当然也在整顿之列。游秀碧见大势已去，利用城管登门整顿之机，唆使手下人与城管员大打出手，将数名城管员打伤。警察出现后，游秀碧一口咬定单宝仁是主谋，单宝仁当场被警察带走了。

　　一些媒体记者误以为"珠联璧合烧烤店"和"新疆烧烤一条街"是一回事，就在新闻媒体上大肆炒作，把"珠联璧合烧烤店"与城管的纠纷说成"新疆烧烤联盟"与城管部门的纠纷，一时间闹得沸沸扬扬，直到文雅找到城管吴尊澄清事实并在报纸上刊登专题报道后，这件事情才得以平息。但此时，这件事已经把阿米提搞得焦头烂额了。

　　这件事倒是便宜了游秀碧。她趁着单宝仁被警察带走的机会赶快把门店转租，之后便卷走所得款项逃之夭夭了。

　　停业整顿后，新疆烧烤一条街上一片萧条，原来的摊主们都纷纷转行。阿米提无精打采地在街上转悠，满脸颓丧。

　　阿米提自己的烤肉摊也变成了葡萄干摊。他每天独自坐在生意寥落的摊位前抽着莫合烟，神情少有的沮丧。

　　从派出所放回来的单宝仁无家可归，踌躇着回到自己的家门前敲门，门上却上着锁。

　　"爱心联盟"为周小勇募集的那笔善款丢失后，周小勇在医院里只能进行维持性治疗。阿米提几乎每天都要到医院里来看一次周小勇。这天他正在病房里帮着陈阿弟给周小勇喂药，单宝仁战战兢兢地走了进来。单宝仁一看到阿米提，误以为阿米提已经和陈阿弟成了家，上来就要动手，被陈阿弟挡住了。陈阿弟给单宝仁讲述了阿米提资助他们母子几渡难关的前前后后。单宝仁一听，向阿米提问道："你筹措的那笔善款是干什么用的？"阿米提说："就是给小勇治病的，那是小勇的救命钱。"单宝仁这时才知道周小勇就是他的儿子单小宝，他立刻幡然悔悟，决定去找公安局。

　　在公安派出所，单宝仁向公安人员讲述了他们在赛迪克的威逼下与赛迪克合伙卷走那笔善款的经过，同时还供述了他在游秀碧的胁迫下从网上卷走"爱心联盟"捐资助学善款的事实。公安人员说，我们党的政策历来是坦白从宽，抗拒从严，只要你与公安机关密切配合，我们肯定会给你予以宽大处理。

　　随后，公安人员在单宝仁的引导下，把赛迪克犯罪团伙一网打尽，同时把游秀碧也一并抓获。

　　赛迪克团伙被打掉后，被赛迪克拐骗的儿童被解救，这些孩子的父母都前来认领。艾尔肯的继父阿不来提和母亲康巴尔汗在阿米提的引领下前来迎接艾尔肯。康巴尔汗指着赛迪克对艾尔肯说："你看到没有，那个畜生就是你的亲生父亲!"赛迪克听到康巴尔汗的声音,双手扒着铁窗痛悔地大喊:"儿子,是我害了你们啊!"

真相水落石出,媒体又争相报道起阿米提的感人事迹。市民们阅读着刊登有阿米提事迹的报纸,一个个赞不绝口。

笼罩在阿米提心头的阴霾被扫除后,一件件喜事便接踵而至。

经过整顿的"新疆烧烤一条街"面貌焕然一新,阿米提把他的"新疆烧烤联盟"改成了"爱心烧烤联盟"。城管部门为了能使"新疆烧烤一条街"保持原有的特色,同时又符合环保的要求,就与通天河炊具厂协商,为阿米提他们专门研制了一种能烤羊肉串的电烤箱。这批电烤箱批量生产后,城管员吴尊亲自带着车辆把一个个崭新的电烤箱给阿米提的烧烤一条街送了过来,摊主们一个个都喜笑颜开。单宝仁也加入了阿米提的"爱心烧烤联盟"。

阿米提正在和他的伙伴们欣赏电烤箱,阿娜尔古丽和古兰兰突然站在了面前,阿米提激动得不知说什么好,一下子愣在了那里。古兰兰把满脸羞涩的阿娜尔古丽推到他的跟前说:"阿米提大哥,上次是我把古丽姐气跑的,现在我把她找回来了,当面交给你,你要是对她不好,让她再跑了,我可就不负责任了!"说完,转身办她的事去了。她要去注册公司,名称她和阿娜尔古丽都商量好了,就叫"石榴花服装公司"。她们两人都喜欢这个名字,说石榴花娇艳美丽、火红吉祥,既象征她们自己,也象征着他们这个服装城的未来。

金秋时节,阿米提与阿娜尔古丽在美丽的大草原上举行了隆重的结婚典礼。迪力夏提和阿迪拉、郝戈和古兰兰、周小勇和赵艺卓、常有志和楚菡、黑枣和苗莉莉以及单宝仁和陈阿弟等都成双成对地前来祝福。文雅、高见、张清源、张雪梅和张雪燕姐妹、岳敏以及艾尔肯也出现在婚礼现场。凯丽斯还通过邮政礼仪小姐,为新郎新娘献上了大洋彼岸的美好祝愿。蒋蓉秀老妈妈更是笑得合不拢嘴。阿米提与阿娜尔古丽陶醉在新婚的喜悦和幸福之中,和大家一起跳起了欢快的舞蹈。《快乐的阿米提》成了这场婚礼的主题歌曲:

> 我是快乐的阿米提来自新疆,
> 美丽的大草原是我的故乡。
> 在那里母亲用甘甜的乳汁把我哺育,
> 还有众乡亲捧出的古道热肠。

忘不了生我养我的那片热土，
儿行万里仍然把您牢记心上。
阿米提啊快乐的阿米提，
树高千尺不离根哟，
愿你做一只跪乳的小羊。

我是幸福的阿米提来自新疆，
美丽的通天河是我的故乡。
在那里人民用有力的双手把我接纳，
还有众朋友捧出的古道热肠。
忘不了生我养我的那片热土，
儿行万里仍然把您牢记心上。
阿米提啊幸福的阿米提，
树高千尺不离根哟，
愿你做一只反哺的小鸦。

我是奋进的阿米提来自新疆，
美丽的大中华是我的故乡。
在那里祖国用温暖的怀抱把我呵护，
还有众同胞捧出的古道热肠。
忘不了生我养我的那片热土，
儿行万里仍然把您牢记心上。
阿米提啊奋进的阿米提，
树高千尺不离根哟，
愿你做一匹忠诚的小马。

提　纲　2015 年 6—8 月于乌鲁木齐—河南南阳
第一稿　2020 年 5—8 月于乌鲁木齐—北京
第二稿　2020 年 9—10 月于北京—南阳
第三稿　2020 年 11—12 月于乌鲁木齐